www.lenos.ch

Blaise Cendrars

Rhapsodie der Nacht

Aus dem Französischen
von Giò Waeckerlin Induni

Lenos Verlag

Der Verlag dankt dem Migros-Kulturprozent und der Schweizerischen Kulturstiftung Pro Helvetia für die Unterstützung bei der Herausgabe dieses Buches.

Die Übersetzerin
Giò Waeckerlin Induni wuchs als Italienisch-Schweizerin in Zürich auf und lernte früh, zwischen Sprachen und Kulturen zu wandern. Nach ausgedehnten Auslandsaufenthalten Übersetzerausbildung in der Schweiz, in Deutschland und in Frankreich. Ihr ganz besonderes Interesse gilt literarischen Einzelgängern. Zu den von ihr übersetzten Autorinnen und Autoren gehören, neben Blaise Cendrars, Bernardo Atxaga, Nicolas Bouvier, Patric Chamoiseau, Gisèle Pineau, Romesh Gunesekera, N. Scott Momaday, Dai Sijie und Isabelle Eberhardt. Für ihre Arbeit wurde Giò Waeckerlin Induni mit dem Basellandschaftlichen Kulturpreis 1998 in der Sparte Literatur ausgezeichnet.

Titel der französischen Originalausgabe:
Le Lotissement du ciel

Satz und Gestaltung: Lenos Verlag, Basel
Umschlag: Anne Hoffmann Graphic Design, Zürich
Foto: studio mm paris (La Tour Eiffel illuminée)
Printed in Germany
ISBN 978 3 85787 383 6

Inhalt

Warum ich *Rhapsodie der Nacht* geschrieben habe

Auf diese Frage möchte ich mit einer anderen Frage antworten: *Warum singen die Vögel?*

Colette, die von ihrem Fenster aus die gurrenden Tauben und die fröhlich tschilpenden Sperlinge im Hof des Palais-Royal betrachtete, soll einmal ausgerufen haben: »Die grösste Ungerechtigkeit der Schöpfung ist doch wohl, dass manche Wesen mit Flügeln geschaffen worden sind.«

In meinem Buch wimmelt es von Vögeln, von Flügeln, Engeln, Heiligen, Kindern, Blumen, Licht, Tagträumen … Aber auch Fledermausflügel kommen darin vor und all die grauenerregende Fauna und die furchterregende Flora der Nacht, doch ich musste zu einem Ende kommen, denn ich hätte am liebsten noch ein paar Geschichten von Schlitzohren und Schelmen hinzugefügt, aber mein Buch war schon übervoll, obschon ich noch vieles zu erzählen gehabt hätte.

Nach *Auf allen Meeren* geht die Reise weiter, jedoch auf den Bahnen einer inneren Welt. Es war mir ein Bedürfnis.

Ich möchte den jungen Menschen von heute sagen, dass sie sich der Tatsache bewusst sein sollen, dass man sie betrügt, dass das Leben kein Dilemma ist und dass zwischen den zwei entgegengesetzten Ideologien, zwischen denen man sie eine Wahl treffen heisst, das Leben liegt, das Leben mit seinen wunderbaren, aufwühlenden Widersprüchen, das Leben und seine unbegrenzten Möglichkeiten, das Leben mit seinen Absurditäten, die viel amüsanter sind als der Unsinn und die Platitüden der Politik, und dass sie sich weder von der einen noch von der anderen Seite vereinnahmen lassen dürfen und sie sich für das Leben entscheiden müssen trotz der Verlockung des individuellen oder kollektiven Suizids und dessen verheerender wissenschaftlicher Logik.

Es gibt keine andere mögliche Wahl.

Leben …

Blaise Cendrars
(Saint-Segond, 1. Mai 1949)

UNGERECHTIGKEIT

Colette schaute von ihrem Fenster aus den gurrenden Tauben und den fröhlich tschilpenden Sperlingen im Hof des Palais-Royal zu. Und sie meinte: »Die grösste Ungerechtigkeit der Schöpfung ist doch wohl, dass manche Wesen mit Flügeln geschaffen worden sind.«

Aux Ecoutes, Juni 1948

Der Irren von Saint-Sulpice gewidmet

DAS WELTGERICHT

Nur die Vögel, die Kinder und die Heiligen sind interessant.
O. W. Milosz an Armand Godoy

1

Der Anker wurde eingeholt.

»*Godverdam,* wenn Sie dieses Drecksbiest an Bord nehmen, sehe ich mich gezwungen ...«

Das »Drecksbiest«, wie der Zahlmeister durch sein Megaphon schimpfte, war ein prächtiger Ameisenbär, ein über zwei Meter grosser *tamanduá-bandeira,* der mich vor lauter überschwenglicher Zärtlichkeit wiederholt fast ins Wasser geschmissen hätte, und ich, schwankend auf der obersten Stufe des Fallreeps des auslaufenden Passagierschiffes, das die Hafenschlepper bereits abdrehten, bevor es Kurs auf das offene Meer nahm, und das Riesenbiest mit seinem grotesken bannerförmigen Schwanz und seiner noch groteskeren langen Nase, die einer umgestülpten Kapuze glich, aufrecht im Heck der Piroge seines Besitzers, eines einäugigen alten Negers, der alle Mühe hatte, sein Boot durch das Brodeln des schlammigen, von den Schiffsschrauben bereits aufgeschäumten Kielwassers zu rudern, einer Gischtlinie von Pernambuco bis Cherbourg, eine achtzehn Tage dauernde Überfahrt.

Ich blickte hinauf.

Direkt über mir brüllte der Zahlmeister fluchend und drohend in sein Megaphon, er mochte noch so laut schimpfen, im Zischen des aus der eingeholten Ankerwinde schiessenden Dampfes und beim dritten Ruf der Schiffssirene, dem herzergreifenden letzten Tuten, verstand man kein Wort. Alles zitterte, schlingerte, strudelte, längs der Reling, links und rechts vom Zahlmeister, die hochroten Gesichter der Passagiere, die ein plötzlich schräg durch die Ritzen der über dem Deck gespannten Planen fallender Sonnenstrahl hinterrücks köpfte und versenkte, derweil der hohe weisse Ozeandampfer sich zur Seite neigte, die Kupferbeschläge der Bullaugen aufblitzten, verloschen wie eine Bühnenbeleuchtung, das Fallreep, an das ich mich klammerte, plötzlich eingezogen wurde, der Ameisenbär mit dem Blick meinem Aufstieg folgte und seine endlos langen Arme mit den riesigen gebogenen Krallen nach mir ausstreckte, die Piroge ganz knapp unter der Treppe hindurchglitt und ich die Stimme des alten Negers hörte: »Nehmt ihn, Senhor. Für 300 000 Reais. Ist geschenkt. *Bicho tão bonito!* Ein so braves Tier ...!«

Jetzt war es zu spät. Wir nahmen bereits Kurs aufs offene Meer. Die Piroge schaukelte weit hinter uns auf den Wellen. Der Neger hatte zu lange gefeilscht, er brachte es nicht übers Herz, sich von dem Tier zu trennen. Das eingezogene Fallreep langte auf Höhe der Reling an, ein grinsender Matrose reichte mir die Hand, und ich sprang auf die Brücke.

»Es ist immer das gleiche mit Ihnen, Herr Cendrars«, sagte der Zahlmeister, »Sie hätten sich das Genick brechen und ins Wasser fallen können. Der Kapitän wird mir die Leviten lesen. Doch Gott sei Dank! haben Sie das Dreckshiest nicht mit an Bord genommen.«

Der Zahlmeister hatte recht. Ich hätte auf der Überfahrt die ganze Besatzung in die Laderäume auf Ameisenjagd schicken müssen, denn womit sonst hätte ich das skurrile Urwaldtier gefüttert, das sich nur von Ameisen und ihren Eiern ernährt? Das zahnlose Tier, das sich linkisch auf den Fussballen fortbewegt, die gebogenen Krallen nach oben gerichtet, steckt im Wald seinen langen trichterförmigen

Kopf bis zu den Ohren in einen Ameisenhaufen und wedelt und schwenkt den Schwanz wie eine Fahne, was Ausdruck von tiefstem Behagen ist, leckt mit seiner fadendünnen, wurmförmigen klebrigen Zunge ich weiss nicht wie viele Meter blitzsauber, geifert und sabbert einen zähen zuckerigen Speichel, auf den die Ameisen begierig sind, und wenn Hunderte und Tausende wimmelnde Ameisen an seiner Zunge kleben, braucht dieses seltsame Tier bloss mit einer Zehe auf seinen Nabel zu drücken, um eine geheime Feder auszuklinken, die mit unglaublicher Geschwindigkeit seine Zunge aufspult wie eine Angelschnur. Oft begegnet man dem Tier, wie es am Fusse eines in allen Richtungen durchlöcherten Termitenbaus auf seinem Hinterteil sitzt und genüsslich blinzelnd schluckt. Der Grosse Ameisenbär ist ein Faulpelz erster Güte und im übrigen völlig harmlos, doch man darf ihm ja nicht um den Hals fallen, denn seine Umklammerung, ein schlichter Reflex, ist tödlich, seine Kraft, von der er keine Ahnung hat, ist unwahrscheinlich, und seine langen, gewölbten, nutzlosen Krallen sind scharf wie Buschmesserklingen. Er ist ein Elegiker. Er lässt sich leicht zähmen. Ich habe in etlichen Fazendas welche gesehen. Gewisse Exemplare dieser umherstreunenden Eremiten erreichen von der Schnauzenspitze bis zur Schwanzspitze eine Länge von drei Metern. Ihr Borstenfell ist lang und hängt herab, bräunlich und stellenweise dunkel gelockt wie das einer Kaschmirziege. Doch nie zuvor hatte ich ein so prächtiges Exemplar gesehen wie den *tamanduá,* den ich in Pernambuco zurückgelassen hatte. Ich werde ihm zeit meines Lebens nachtrauern, denn ein derart aussergewöhnliches Tier als Gefährten zu haben öffnet dir die Augen auf die

Geheimnisse der Schöpfung und lässt dich mit dem Finger das Absurde der ganzen Evolution der Lebewesen berühren. Einen Gefährten zu haben, der dir das Herz wärmt, und zudem einen anhänglichen Weggefährten wie ihn, hält einen von morgens bis abends bei Laune. Vielleicht ist er Gott selbst. Moral und Intelligenz gehen ihm ab, und seine Manieren sind schwer nachvollziehbar. Niemand hat mir sagen können, wie seine Exkremente beschaffen sind und ob er nicht »Kötelchen« kackt wie die Ziegen. Die Ameisen jedenfalls essen ihre.

2

Die GELRIA war einer jener richtigen Ozeandampfer, die für die Hochseeschiffahrt gebaut worden waren und von denen man – vor dem Zeitalter der Luxusliner, der Konkurrenz der Schiffahrtsgesellschaften, des Wettstreits der Nationalismen, der mondänen Propagandakreuzfahrten, des Snobismus, des Tourismus, vor der Überhandnahme des modernen Kunsthandwerks im Schiffsbau, des prunkvollen Innenausbaus und der luxuriösen, Feuersbrünsten geweihten Ausstattung – so viele die sieben Weltmeere durchpflügen sah und die man immer seltener sehen wird, weil all diese hoch über der Wasserlinie schaukelnden »Krähennester«, weil all diese tüchtigen, tapferen alten Schiffe im Ersten und im Zweiten Weltkrieg versenkt wurden. Sie segelte unter holländischer Flagge, und ich fühlte mich heimisch an Bord, und jedermann kannte mich, denn es war das fünfte oder das sechste Mal, dass ich für die Überfahrt nach Europa die GELRIA nahm, also hatte ich an der brasilianischen Küste auf ihre Vorbeifahrt gewartet, um meine Tiere einzuschiffen, denn nur an Bord eines Holländers versteht man es, mit Tieren umzugehen, und Gasperl, der Bordzimmermann der GELRIA, bei dem, gemäss der Tradition der alten Schifffahrt, alle Tiere an Bord in Pension waren, kümmerte sich während der Überfahrt um meine kleinen Schützlinge und zimmerte ihnen komfortable handliche Kästen und Käfige, echte Tischlerarbeit, weil er viel Liebe und Geschmack und einen sechsten Sinn für die Bedürfnisse, die Gewohnheiten oder den Charakter der Tiere darauf verwandte, aber auch echten Erfindergeist, denn er baute Verstecke in die Kästen und Käfige ein, doppelte Böden, Abteile, Geheimschubladen, dank denen man bei der Ankunft den Zoll überlisten und die Flaschen weissen Rums und kistenweise gute Zigarren einschmuggeln konnte, die ich für meine Freunde in Paris mitbrachte. Auch meine Tiere brachte ich für meine Freunde und für meine Freundinnen in Paris mit – und ich trieb nicht etwa Handel, wie Serrhuis, dieser Dummkopf von einem Zahlmeister, glaubte, der dem Feilschen um den prächtigen *tamanduá* in Pernambuco ein Ende bereitet hatte –, Pinseläffchen für die Tänzer von Rolf de Marés »Ballets suédois« und Vögel für ein kleines Mädchen, das ich wie nichts sonst auf der Welt liebte und dem ich jedesmal eines dieser lebenden Kleinode aus Brasilien mitbrachte.

Doch diesmal hatte ich tatsächlich etwas übertrieben, und der Zahlmeister hatte hundertmal recht, verstimmt zu sein und mir zu drohen, er würde mir die Privilegien entziehen, die ich sonst an Bord genoss. In Rio hatte ich siebenundsechzig Pinseläffchen eingeschifft, Löwenäffchen mit sauerstoffblonder Mähne, eine vom Aussterben bedrohte

Gattung, die nur auf einer einzigen Insel hinter der Ilha de Paquetá vorkommen, zuhinterst in der Baía da Guanabara, kleine zerbrechliche Prinzen, die ich mit einheimischen Bananen, mit Reis, mit Hähnchenbrüstchen fütterte und die ich in meiner Kabine untergebracht hatte, um ihnen die Enge in den Käfigen des Zimmermanns zu ersparen, und in Bahia hatte ich eine grosse unbesetzte Luxuskabine gegenüber meiner Kabine verlangt, um dort zweihundertfünfzig Siebenfarbenpapageien vor dem Luftzug zu schützen, denn von diesen Tropenvögeln hat es noch kein einziges Exemplar geschafft, den Atlantik lebendig zu überqueren – deshalb hatte ich sämtliche Siebenfarbenpapageien aufgekauft, die ich bei den Vogelhändlern in Bahia hatte aufstöbern können, denn ich hatte mir gesagt, ich würde es doch bestimmt schaffen, meinem kleinen Mädchen, das ich über alles liebte, von meinen zweihundertfünfzig Vögeln zumindest einen lebenden zu zeigen. Was mich ein kleines Vermögen gekostet hatte, und wegen dieses Geldes, das ich Blödmann »blöde für Tiere« ausgab, wie er sagte, und nicht wegen meiner anderen vorgebrachten Argumente, liess er sich schliesslich überreden, und er überliess mir die grosse freie Kabine, stellte sie mir aber trotzdem ordnungsgemäss mit *one parrot* in Rechnung, mit einem Pfund Sterling also, dem Betrag für die Pension eines Papageis, die unerträgliche Schwätzer sind und von denen eine ganze Menge beim Zimmermann einquartiert waren, kleine, graublaue mit rotem Gefieder, die geschwätzigsten Papageien Brasiliens.

»Womit haben Sie mir mit Ihrem näselnden Megaphon gedroht, als ich in Pernambuco mit dem alten Neger wegen des Grossen Ameisenbärs verhandelte? Ich habe kein Wort verstanden«, fragte ich den Zahlmeister, als wir uns eines Abends auf Deck die Beine vertraten.

»Dass ich Ihnen für jeden Ihrer kleinen Affen und für jeden Ihrer Vögel *one parrot* in Rechnung stellen würde. Meine Abrechnung für die Schiffahrtsgesellschaft wäre somit in Ordnung, und ich hätte Sie von Ihrer Besessenheit geheilt, von Ihrer absurden Tierliebe, Ihrer Neugierde ...«

»Glauben Sie wirklich? Jenen Ameisenbär habe ich gleich ins Herz geschlossen und werde ihm mein Leben lang nachtrauern. Kommen Sie, alter Freund, trinken wir ein Glas und rauchen eine Pfeife dazu.«

Wir setzten uns an die Bar.

Nach einer Stunde meinte der nicht besonders gesprächige Serrhuis: »Ich weiss nicht, wie Sie das anstellen, Cendrars, man kann Ihnen einfach nichts abschlagen.«

»Was wollen Sie damit sagen?«

»Sie mit Ihren Affen und Ihren Vögeln ...«

»Haben Sie ein schlechtes Gewissen?«

»Es verstösst gegen die Vorschriften. Man bringt keine Tiere in einer Luxuskabine unter.«

»Aber es ist doch kein Inspektor an Bord, oder? Und ich schiffe ja in Cherbourg aus.«

»Zum Glück!«

Serrhuis machte sich Sorgen; er fürchtete, der zweite Zahlmeister könnte ihn anzeigen, und auch ich machte mir Sorgen. Meine Äffchen wurden schwermütig, jeden Morgen warf ich tote Vögel über Bord.

Würde das kleine Mädchen aus Batignolles wenigstens einen einzigen lebenden Siebenfarbenen sehen?

»*Barman,* nochmals das gleiche!«

Serrhuis stopfte sich eine zweite Pfeife und hüllte sich in Rauch und Schweigen.

Er meditierte.

Ein Grammophon spielte einen Blues.

Passagiere tanzten zwischen den Tischen.

Einem geliebten kleinen Mädchen bringt man keinen toten oder ausgestopften Vogel von der Reise mit.

»*Barman,* nochmals das gleiche!«

Ich hielt den Zahlmeister bei seinem Laster und ertränkte seine Buchhalterskrupel.

»Skål!«

»Skol!«

Ich musste über den Zahlmeister lachen, aber über den Tamanduá hätte ich viel herzlicher gelacht.

Die Nacht verging nicht schnell genug, und auch das Schiff fuhr nicht schnell genug.

Ich hatte es eilig anzukommen, um einem kleinen Mädchen eine Freude zu machen.

Ja! Die Wunder der Welt!

»*Barman ...*«

3

Der Siebenfarbenpapagei ist ein Tropenvogel, so gross wie unsere Amsel, von der er den frechen Blick hat, doch im Gegensatz zu unserer Amsel, diesem hitzigen, glatten, schwarzen, enggeschnürten Killer, ist der Siebenfarbene ständig erregt, ein zerzaustes, fiebriges, hin und her flatterndes Federknäuel wie die bändergeschmückte gefiederte Quaste, die man sich beim Federballspiel mit leichten Tamburinschlägen unermüdlich zuwirft. Er ist ein reizbarer, ein gefühlloser Vogel.

Mit Ausnahme zweier Gattungen, dem heiligen Python Indiens und der Hornviper auf Formosa, sollen in Brasilien, nebst den einheimischen, sämtliche Schlangenarten der Welt vorkommen. Deshalb nennt man dieses glühende Land die Hölle des Urwaldes, das Schlangenparadies. Nun stelle man sich vor, dass, mit Ausnahme der Feder des Pfaus und des Leierschwanzes, im Gefieder des Siebenfarbenen ein Paar sämtlicher Schmuckfedern steckt, die den Stolz und die Eitelkeit aller anderen Vögel auf der Welt ausmachen, und das ist der Grund, warum die Eingeborenen diesem Harlekin den Spitznamen *Seticolor* gegeben haben, weil sie damit ausdrücken wollen, dass dieser Vogel ein Regenbogen ist, ein Lichtwesen, ein Tautropfen, ein Geist, ein Hauch, ein glückbringendes Zittern, und darum halten sie so viele davon in Käfigen. Keine Hütte, die nicht ihren eigenen besitzt.

Wenn man in einer einsamen Urwaldlichtung, wo sie zu Tausenden in Schwärmen lärmen und flattern, einen Flug Siebenfarbene aufscheucht, ist es ein märchenhafter Anblick, und das Schauspiel einer Wolke aus bunten Flügeln, Federn, Daunen, Funkeln, das Geglimmer und Geschimmer in der Sonne wie von einer Million Edelsteinen, die sich in der überhitzten Atmosphäre gegen den dunklen Hintergrund des Waldes auflösen, weckt ergriffenes Staunen und bleibt einem unvergesslich. Ein Wunder. Und fünfundzwanzig Jahre später, als ich den ersten Farbfilm von der Explosion auf Bikini sah und das Wunder der magischen Entstehung ihres Wolkenpilzes, erinnerte mich dieses grauenhafte Phänomen an den Flug der Siebenfarbenen in der sengenden Tropensonne, im magischen Kreis der Urwaldlichtung, ein Bild und das Symbol der Auflösung der Materie.

In gewissem Masse ist alles märchenhaft für den Menschen, der sich von der Natur ausgeschlossen fühlt, und *weder* die Düfte *noch* die Farben, *noch* die Töne antworten ihm.

Doch nicht so sehr, um meinem kleinen Mädchen die aussergewöhnliche Farbenpracht seines Gefieders zu zeigen, lag mir soviel daran, einen dieser ungewöhnlichen Vögel lebend zurückzubringen, sondern damit das Kind aus Batignolles, das neben dem Tunnel wohnte und den ganzen Tag das Pfeifen der in den Tunnel einfahrenden Züge hörte, die echte Stimme, den echten Ruf dieses Vogels hört. Ja, seine Stimme, seinen Ruf, um nicht von seinem Lied zu sprechen, denn wie soll man das Gezwitscher des Siebenfarbenen nennen, der sich, sobald man ihn erblickt, auf der Stelle in das verblüffendste billige Spielzeug verwandelt? Man braucht ihn nicht aufzuziehen, um ihn zum Singen zu bringen. Wenn der Vogel es nicht erwarten kann, seine Koloraturen zu üben, stürzt er sich auf die Erde, wälzt sich im Staub, wird vom Veitstanz befallen und dreht sich, mit halbstarren Flügeln flatternd, zwei-, dreimal um sich selbst, dann wirft er den Kopf in den Nacken, sperrt in Ekstase den Schnabel auf, und seiner pulsierenden, vor Anstrengung geblähten Kehle entringt sich ein Gurgeln, ein Pfeifen wie von einem verstopften, spuckenden Dampfventil, und plötzlich ertönt der schrille Pfiff einer vorbeibrausenden Lokomotive, ein erstickter, von Keuchen begleiteter Pfiff, und die Ekstase des Siebenfarbenen endet je nach der Belastung der Stimmbänder und der Stimmung des Vogels entweder in langanhaltendem Gekicher oder in herzergreifendem Röcheln oder in einer Folge von Schluchzern. Was sich äusserst komisch anhört. Dann kommt der verzückte Vogel wieder zu sich, schüttelt sich und fliegt davon, solange er aber in Ekstase ist, lässt er sich einfangen. Kein Eingeborenenjunge, der nicht ein solches Spielzeug besitzt. Es in einem Binsenkäfig hält. Über der Tür jeder Hütte hängt einer. Und wenn der Vogel singt, lachen die Kinder. Und tagsüber singt er oft, und zwar eher aus Arglist denn als ein Ritual. Ein Amulett, ein Spielzeug, ein Talisman. Man braucht so etwas im Wald, wo jedes fallende Blatt einen erschreckt.

Was mir bei den Vögeln am meisten auffällt, sind ihre Augen, ihr Blick, der aus dem Jenseits, aus dem Grab zu kommen scheint, denn wo liegt der Friedhof der Vögel? Dieser unpersönliche, ja aus der Ewigkeit dringende Blick, den der Vogel nicht auf dir ruhen lässt, sondern mit dem er dich durchbohrt, als wärst du nicht undurchlässig, den er auf deine Seele hinter dir richtet, auf deinen Schatten, und er der Vermählung harrt, bereit, in die Unsterblichkeit zu entfliegen, davonzufliegen mit deinem anderen Ich, oder um die Augen deines Schutzengels auszupicken, um sie zu fressen, ist er dir nie aufgefallen? Es gibt nichts Eigentümlicheres auf der Welt als den Vogel, denn wo ist der Friedhof, die Totenkapelle der Vögel? Obwohl sie doch zerbrechliche Geschöpfe sind und täglich Millionen von ihnen sterben, und nie findet man ein verblichenes Gerippe und nur selten einen blutigen Kadaver. Lange hat man geglaubt, die Vögel würden den Tod im Meer finden und in ganzen Schwärmen in den Ozeanen verschwinden; diese Vorstellung ist falsch, keiner der Matrosen, die von riesigen, den Himmel verdunkelnden Vogelzügen berichten, hat je von einem Massenselbstmord von Vögeln auf hoher See erzählt; im Gegenteil, heute ist erwiesen, dass selbst die Kolibris die Meere überfliegen und dass dichte Schwärme dieser *Hummingbirds* regelmässig von der kanadischen Grenze und den Rocky Mountains bis zu den nördlichen Grenzen der südlichen Hemisphäre ziehen, in die Wälder Kolumbiens und Venezuelas, und den gefährlichen Tornados im Karibischen Meer und den Sturmwinden im Golf von Mexiko trotzen.

Das Vogelauge. Seine Luzidität ist höllisch. Was schaut es? Es trägt das Stigma der Metempsychose, was für eine Halluzination, wenn die Frauen Vogelaugen hätten!

Das war es, was ich mich bemühte zwei fidelen Kerlen zu erklären, zwei Reisegefährten, Fontaine de l'Albley und Babot du Lac, zwei dubiosen Bankiers, die unverrichteter Dinge nach Belgien zurückkehrten, nachdem sie davon geträumt hatten, dank ein paar raffinierten Schwindeleien in Brasilien das grosse Geld zu machen, und die ich mit an Land genommen und denen ich die Vogelhändler gezeigt hatte, um sie von der Bank abzulenken. Der eisgekühlte *pinga* und die Hitze Bahias hatten uns zugesetzt. Wir kehrten alle drei arg beduselt in Begleitung der schwarzen Träger an Bord zurück, die die kleinen Weidenkäfige mit den zweihundertfünfzig in der Stadt eingekauften Siebenfarbenpapageien am Fusse des Fallreeps der GELRIA aufreihten.

»Es war Hudson, der englische Erforscher des Río de la Plata, der zuerst auf diesen Gedanken kam«, erklärte ich ihnen, während ich die Käfige kontrollierte und aufhängte.

»Nachdem er das Loblied auf die Bahianas gesungen hat, für ihn die schönsten Frauen der Welt, fügt er doch tatsächlich trocken hinzu, dass die Negerinnen mit den Haselnussaugen absolut unwiderstehlich wären, würde man sie mit dem Blick des Adlers oder des Sperbers ausstatten. Was die Krönung ihres stolzen Göttinnengehabes wäre.«

Und ich fügte, übertreibend wie immer, sogleich hinzu: »Dieser starre Blick. Könnt ihr euch Greta Garbo mit den Augen des Waldkauzes oder des Uhus vorstellen und die junge Rothschild in London mit Geieraugen? Und was würdet ihr von Pariserinnen mit reglosen Hänflingaugen sagen, Grasmückenaugen, Meisenaugen … würde ihnen das nicht etwas Göttliches verleihen? So wie das gefrässige Auge der Hausgans die majestätische Physiognomie von Nietzsches Schwester verherrlicht, der ewigen Germania! Auch die Statuen hätten eine ganz andere plastische Wirkung, würde man die Augen satter Vögel in ihre leeren Augenhöhlen einsetzen. Stellt euch Minerva mit dem verdauenden Auge der Eule vor; Venus mit dem roten lidlosen Auge des Kormorans; die funkensprühende Eva mit dem zornigen Karfunkelauge des Sekretärs, der Schlange die Stirn bietend; Leda und ihren Schwan, alle beide mit dem gleichen weissen, kalten, falschen, verhexenden, mit Bosheit geäderten Auge; und die Nutten an den Strassenecken mit dem überraschten Auge des Hähers …«

Als die Weidenkäfige der Eingeborenen in der grossen Luxuskabine aufgehängt waren, nicht ohne die vehementen Proteste des Zahlmeisters natürlich, der schliesslich erschienen war und Augen machte, und was für Augen, angesichts dieser Beschlagnahme, und als meine Siebenfarbenen vor dem Luftzug geschützt waren, begaben wir uns, die drei Säufer aus Bahia, in die Bar der GELRIA, um etwas Stärkendes zu trinken, einen *ginger-tropical-blue.*

4

Ich machte mir Sorgen. Meine Äffchen wurden zusehends schwermütig, und jeden Morgen warf ich tote Vögel über Bord.

Wir hatten La Palma in den Kanaren angelaufen. Für meine Vögel war alles vergebens. Die Siebenfarbenen überqueren den Atlantik nicht, und ich hatte bereits über die Hälfte meiner Vögel verloren. Die Pinseläffchen jedoch wurden schwermütig, weil ihnen die frischen Bananen nicht schmeckten, die ich für sie auf den Kanaren eingekauft hatte, denn für diese blonden Söhne aus der Himmelssphäre des Steinbocks schmeckten die Bananen aus La Palma nach Rüben, schlimmer noch, nach Steckrüben. Gasperl, der Schiffszimmermann, riet mir, ihrem Reis kleine Pfefferschoten aus ihrer Heimat beizufügen, damit sie wieder Appetit bekämen, und ich solle sie ruhig vollaufen lassen, das würde sie bei Laune halten, und ihnen, falls sie verschnupft seien, *caninha* verabreichen, einen ordentlichen Zuckerrohrschnaps. Es war September, die kalte Jahreszeit nahte, und ich zog es vor, meinen Schätzchen Peptonpastillen zu geben, um sie vor dem kalten Pariser Klima zu schützen.

Der fröhlichste Ort an Bord war die Kabine des Zimmermanns im Zwischendeck, hinter dem Grossmast, wo *»La fille à son père«,* der Liebling des alten Knaben, sich um die Pensionäre ihres Meisters kümmerte und sie in den Hobelspänen unterbrachte. Es war ein geschmeidiges, schwarzblaues Affenweibchen aus Sumatra, das der Alte hätschelte, verwöhnte, herausputzte, mit Ohrringen schmückte, mit Fingerringen und Glasperlenketten, und es war überhaupt nicht eifersüchtig, mochte aber die Papageien nicht, von denen es in der Kombüse nur so wimmelte und mit denen es ständig Schabernack trieb, und wenn es dem prächtigsten eine Schwanzfeder ausriss, gingen lautes Gekreische und ein höllischer Radau los, so dass man sich auf der Arche Noah wähnte, denn in der Werkstatt tummelten sich nebst den Papageien noch eine ganze Menge anderer Tiere: Affen, die sich in ihrer Leine verfingen, weisse Eichhörnchen und Palmratten auf ihren Sitzstangen, wunderschöne kleine Schlangen und grausliche Lurche in Gläsern und, schlingernd-rollend-schwankend auf dem Plankenboden, geschäftige Eidechsen in allen Grössen sowie ein buntes Mäusevolk, Meerschweinchen und zusammengerollte Gürteltiere. Eine Zwergziege aus Teneriffa mit geschwollenem Doppeleuter diente als Amme für die Jungen der kranken Tiere. Gasperl hatte ein Holzbein, er war ein Veteran der Segelmarine, und ich sass oft bis spätnachts vor seiner Tür und rauchte in seiner Gesellschaft eine Pfeife, und wir tranken Genever, während er mir Geschichten von seinen Tieren erzählte und das an seine Brust geschmiegte Äffchen schliesslich einschlief, den Arm unter seinen Pullover gesteckt, und Matrosen und Zwischendeckpassagiere sich zu uns gesellten.

In Lissabon waren mir nur noch sieben Vögel geblieben. In Cherbourg drei. Zwei starben im Zug zwischen Cherbourg und Paris trotz der Wärmeflasche, die Gasperl mir geschickt in ihren Käfig eingebaut hatte; doch das kleine Mädchen aus Batignolles konnte schliesslich doch noch einen lebenden Siebenfarbenpapagei sehen, hören und bewundern, wie er seine Kapriolen auf dem Küchentisch vorführte, bevor auch er starb, am nächsten Tag, am frühen Morgen, im kalten Licht einer nackten Glühbirne, vor dem Gasrechaud, das den Raum heizte.

Geliebtes Kind, erinnerst du dich an jenen Vogel?

Postskriptum für empfindsame Seelen. Als meine Mutter 1907 starb, fand man in ihren Schatullen und Hutschachteln jede Menge Federbüsche, Federquasten, Reiherfedern, Schwungfedern, Paradiesvogelfedern, schwarze Hahnenfedern à la Bersaglier und weisse Hahnenfedern à la Helmkasuar, Auerhahnfedern, Kolibrifedern, Glanzfasanfedern, Wiedehopfkämme, Schwanenflaum, Straussenfedern, Fasanhennenfedern, Turteltauben-, Möwen- und Goldbrüstchenfedern, Taubenbrüste und sogar ein zartes Rebhuhn,Ədersträusschen, Barette, Spangen, Diademe, Boas, Pleureusen, Muffs, Federn für mehrere Hunderttausend Franc. Alles strömte Kampfergeruch aus und wird wieder in Mode kommen und wird wieder von empfindsamen Seelen getragen werden. Doch in dem ganzen Flitterkram war nichts, was dem Geschmeide des Siebenfarbenen gleichkäme, und am Tag des Weltgerichts wird das geliebte kleine Mädchen nochmals in die Hände klatschen und lachen, wenn es seinen Tropenvogel entdeckt, und Horden geflügelter Negerlein – alle die an den Lagunen und in den *paranás* an Gelbfieber gestorbenen Unschuldigen – werden mit ihr in die Hände klatschen, wenn auf einem lächerlichen Pariserhut, den ein alter altmodischer Engel schief auf dem Kopf trägt, der Vogel ihrer Kindheit zum Leben erweckt werden wird.

Ich allerdings werde am Endgericht nicht teilnehmen, da ich ein Ungläubiger bin. Doch ich werde auch nicht neben den empfindsamen Seelen liegen. Mein Plätzchen habe ich mir schon lange ausgesucht, nicht auf dem Kirchhof, sondern an einem gedachten Punkt an der Route eines Ozeanschiffes, dort, wo ein Selbstmörder in Ruhe tauchen und sich in einem Riesenbottich Indigo zwischen dem Sargassotang treiben lassen kann. Dieser Punkt befindet sich *am Breitengrad Null, ein, zwei, drei Zehntel südlich, eher südlich, und in ein, zwei, drei Dutzend Grad westlicher Länge, eindeutig West, dreizehn oder dreiunddreissig vielleicht …*

Ich hoffe, man wird mich diesen Punkt in Ruhe bestimmen lassen.

Posaunen werde ich keine brauchen.

Allerhöchstens einen grossen Pottwal, mich zu verschlukken.

Einer arbeitslosen »Brotausträgerin« gewidmet

DER NEUE SCHUTZHEILIGE DER FLIEGEREI

Mein Herz werde makellos durch deine Satzungen,
auf dass ich nicht zu Schanden werde.
Gebet des heiligen Joseph von Copertino

I
DER RÜCKWÄRTSFLUG

»Einige Zeit später kam ein ziemlich junger Pater mit einem anderen Gefährten hier an. Sein Gefährte erzählte mit wunderbare Dinge über sein Leben. Ich pries dafür den Herrn, und als ich mit ihm sprach, gefiel er mir sehr gut!«
Heilige Teresa von Ávila

1

Er stiess einen Schrei aus und erhob sich in die Luft …

Er schwebte vor dem Altar, nicht flatternd wie ein Vogel, der mit dem Kopf gegen sein Spiegelbild prallt: Er war in Ekstase vor dem Angesicht Gottes.

2

Domenico Bernino, seinerzeit Bischof von Osimo, Sohn des berühmten Bernini, genannt Cavalier Bernin, des Malers, Bildhauers und Architekten, den Ludwig XIV. nach Frankreich kommen liess, Schöpfer jenes grossartigen Meisterwerks der barocken Bildhauerkunst, des grossartigen Reiterstandbilds des Sonnenkönigs, das aus welchem Grund auch immer, wahrscheinlich weil der Grosse Ludwig eine Abneigung gegen alles hatte, was von den Gesetzen der klassischen Kunst abwich, an den Rand des grossen *Pièce d'eau des Suisses* verbannt wurde, einer abgelegenen Stelle im Park von Versailles, wo dieses Monument den Ausdünstungen des schlammigen Teiches ausgesetzt ist, den schmarotzenden Moosflechten ausgeliefert, die den Stein sprengen (von der Grossen Ringbahn aus kann man dieses Reiterbild sehr gut sehen, kurz nach dem Gare des Chantiers in Richtung Saint-Cyr, auf der rechten Seite), Domenico Bernino also, Joseph von Copertinos Biograph, zitiert aus den Akten des Heiligsprechungsprozesses die Aussage eines Hirten:[1]

»Als der heilige Joseph an dem heil. Weihnachtsabend den Schall der Sackpfeifen und Flöten einiger Hirten, welche er zur Verehrung der Geburt des himmlischen Kindes eingeladen hatte, hörte, fing er vor übermässiger Freude zu tanzen an, und nach einem lauten Seufzer flog er wie ein Vogel in den Lüften von der Mitte der Kirche bis zum Hochaltar, obwohl die Entfernung mehr als fünf Klafter[2] *betrug. Und er verweilte dort gegen eine Viertelstunde in süsser Verzückung, indem er den Tabernakel umfing, ohne jedoch eine der vielen brennenden Kerzen umzustossen, oder seine Kleider im mindesten anzuzünden. Die Hirten erstaunten darüber ausserordentlich.« (Acta Sanctorum der Bollandisten, September V, S. 1021A, 65, § 77 & alibi)*

3

Joseph Desa wurde am 17. Juni 1603 in Copertino in einer armen Familie geboren. Nachdem er das Schusterhandwerk erlernt hatte, trat er mit siebzehn Jahren als Laienbruder ins Kapuzinerkloster zu Martina ein. Nach acht Monaten Noviziat jedoch wurde er wegen körperlichen und geistigen Ungenügens aus dem Noviziat entlassen. Worauf er von den konventualen Minoriten im Kloster La Grottella in der Nähe von Copertino (im Süden Apuliens) aufgenommen wurde, wo er, trotz seiner geringen intellektuellen Gaben, aufgrund seines Gehorsams und seines ungewöhnlichen Eifers als Tertianer-Oblate geweiht wurde. 1628 empfing er die Priesterweihe. Sein Ruf als Wundertäter erregte das Misstrauen der Inquisitoren in Neapel, er musste vor ihnen erscheinen und wurde auf ihr Geheiss ins abgelegene Kloster von Assisi versetzt; anschliessend schickte man ihn zu den Kapuzinern nach Pietrarubbia und später nach Fossombrone (Herzogtum Urbino), bis er wieder zu den Franziskanerkonventualen nach Osimo (Provinz Ancona) zurückkehren durfte. Dort starb er am 18. September 1663 im Alter von 60 Jahren.[3]

4

Es war während des »Drôle de guerre«. Ich hielt mich in Paris auf. Es war mein letzter Urlaubstag, und um auf andere Gedanken zu kommen, bevor ich »an die Front« zurückkehrte, las ich und machte mir Notizen …

Es klopft an der Tür.

»Herein!«

Es war mein Sohn, der Jagdflieger.

»Rémy? Was für eine Überraschung. Wie geht's?«

»Es geht.«

»Bist auf Urlaub?«

»Mehr oder weniger. Nur gerade vierundzwanzig Stunden Erholung.«

»Hast Glück. Ich reise nämlich heute abend ab.«

»Ich auch.«

»Komm, mein Junge, lass dich umarmen. Wo bist du

stationiert? Was treibst du so? Ist es schlimm? Ich glaubte dich an der Ostfront. Weisst du, von Reims aus schaue ich mich oft an der Maginot-Linie um, denn ich langweile mich in Arras; ab Reims erkundige ich mich bei jeder vorbeifliegenden französischen Staffel, ob es nicht deine ist. Ich bin dir leider nie begegnet und deinem Bruder übrigens auch nicht, sein Regiment steht wohl irgendwo in den Vogesen. Hast du Nachrichten von Odilon?«

»Odi ist an der Alpenfront. Es geht ihm prächtig. Er treibt Wintersport. Du hättest mir übrigens im Raum Reims gar nicht begegnen können, weil ich der Nachtstaffel zur Verteidigung von Paris zugeteilt worden bin.«

»Ein aufreibender Dienst, was?«

»Ziemlich. Wir patrouillieren auf einer Höhe zwischen achttausend und zehntausend Metern. Die Sauerstoffmaske beengt einen auf die Dauer.«

»Armer Junge!«

»Und du, Blaise? Zufrieden?«

»Nun ja. Mit den Engländern verstehe ich mich bestens. Sie sind nett. Man trinkt zusammen. Ich bin ständig auf Achse und hoffe immer, dir oder deinem Bruder zu begegnen. Wäre doch schön, oder? Ein hübsches Motiv für den Postkalender: Vater und Sohn begegnen sich an der Front, der Alte und der Junge, der Amputierte und der Tapfere, der Veteran in der englischen Uniform, der einen jungen französischen Piloten oder einen eleganten Oberfeldwebel der Gebirgsjäger an die Brust drückt! Die Entente cordiale, was? Frankreich und England! *Forever!*«

»Ist dir wohl nicht ernst damit, Blaise! Ich störe dich doch nicht, oder? Warst am Schreiben?«

»Nein, nein. Ich habe bloss geschmökert. Übrigens, sag mal, Rémy, wer ist heutzutage der Schutzpatron der Luftwaffe?«

»Unser Schutzpatron? Keine Ahnung. In unserer Staffel steckt man den Sioux-Kopf an.«

»Nein, mein Junge, ich meine etwas anderes. Der Sioux-Kopf ist ein Abzeichen, das Abzeichen der La-Fayette-Staffel. Das Abzeichen eines bestimmten Kampfverbandes also. Damals, als im letzten Weltkrieg die La-Fayette-Staffel geschaffen wurde, war der Sioux-Kopf höchstens ein sentimentales Emblem für die amerikanischen Flieger, die sich freiwillig zur französischen Luftwaffe gemeldet hatten, wie mein alter Kamerad Joseph W. Stilwell, heute Luftwaffengeneral in China.[4] Es war ein Totem, eine Art Amulett, ein Glücksbringer oder ein Fetisch. Der Sioux-Kopf ist kein Schutzheiliger.«

»Was verstehst du denn unter einem Schutzheiligen, Blaise?«

»Unter einem Schutzheiligen? Eben, einen Heiligen, der einen beschützt. Jemand, an den man sich im Gebet wenden kann. Ein Symbol für den Schutzengel, das man sich aus der langen Liste der Heiligen der katholischen Kirche aussucht, deren Universalität zu den aktivsten und modernsten gehört, was du auch immer darüber denken magst …«

Mein Sohn lächelte nachsichtig.

»… die Luftwaffe hat heute also keinen Schutzheiligen?« beharrte ich.

»Nicht dass ich wüsste«, antwortete Rémy, der 1936 in Bourges seinen Flugschein erworben hatte, in der schlimmsten Zeit der französischen Luftwaffe also, da es für die Pilotenausbildung nicht nur an Maschinen und Treibstoff mangelte, sondern auch an Disziplin und vor allem an Glauben; für die Flugschüler stand eine ganze Reihe ausgedienter, fluguntauglicher fliegender Kisten zur Verfügung, darunter an zwei von drei Tagen, um die Risiken zu verringern, die berühmten, fliegende Särge genannten *Bloch 210.*

»Es gibt schon welche«, räumte Rémy ein, »die eine Christophorus-Medaille an ihr Instrumentenbrett geschraubt haben. Doch eigentlich nur zum Schein. Wie die Sonntagsfahrer. Sie spielen sich ein bisschen auf mit ihrem Christophorus in ihrem Taxi! Kannst du dir das vorstellen, Blaise, an Bord einer *Curtiss,* die 500 Kilometer in der Stunde fliegt? Ist immerhin etwas anderes, als in einer eleganten Limousine mit dem Schosshündchen neben dir auf einer geteerten Strasse zu fahren.«

»Du hast also nichts in deiner Pilotenkanzel, keine Medaille, keinen Fetisch, nicht einmal den Seidenstrumpf deiner Kriegspatin?«

»Der Seidenstrumpf als Stirnband, Mensch, Blaise, heute trägt doch niemand mehr Seidenstrümpfe, die jungen Mädchen laufen ja alle mit nackten Beinen herum ...«

»Und deine Kriegspatin?«

»Altmodisch ...«

»Aber du hast doch bestimmt ein Mädchen, oder?«

»Schon. Für den Urlaub. Vierundzwanzig Stunden. Im Kino getroffen ...«

»Ja worauf wartest du denn? Bring sie her! Nimm, hier, für das Taxi, geh sie holen, wir könnten doch zusammen essen.«

»Sie wird bestimmt nicht wollen.«

»Warum? Kenn ich sie?«

»Nein. Sie ist Brotausträgerin und arbeitslos, sie wird sich nicht trauen …«

»Ja, warum denn! Sie ist bestimmt ein hübsches Mädchen. Sag ihr, ich hätte zufällig einen englischen General zum Mittagessen eingeladen und dass Madame Lampen uns bestimmt anständiges Frikassee auftischen wird. Übrigens, zu meiner Zeit war die Medaille von Notre-Dame-de-Lorette sehr verbreitet bei der Luftwaffe, ist die heute auch nicht mehr Mode?«

»Nicht ganz, wahrscheinlich tragen sie nur noch Vatersöhnchen auf sich.«

»Und die Maskottchen? Gibt's die auch nicht mehr? Ich habe einen englischen Piloten gekannt, der einen Panda im Frachtraum mitführte.«

»Wir haben nur gerade einen grossen Hund, den wir auf einem Bauernhof gefunden haben und der uns jeden Morgen als Punchingball dient. Ein gutmütiges Tier, mit dem wir trainieren.«

»Aha, das Jeu de paume, um in Form zu bleiben. Aber ich sehe, ihr von der Luftwaffe habt also keinen Schutzheiligen. Ich werde euch einen besorgen. Sag mal, Rémy, möchtest du reich werden nach dem Krieg?«

»Aber natürlich, nichts lieber als das. Wie stellt man das an?«

»Du brauchst nur einen grossen Heiligen bekannt zu machen und den neuen Schutzpatron der Luftfahrt in Mode zu bringen.«

»Und kannst du mir einen empfehlen, Blaise?«

»Ja, mein Junge, und zwar ein As, einen Pionier, einen

Rekordhalter, den Rekordhalter im Fliegen ohne Segel und ohne Motor und sogar im Rückwärtsflug! Ein Rekord, der seither trotz des Fortschritts der Fliegerei nie geschlagen worden ist. Einen durch und durch modernen Heiligen, wie du siehst.«

»Und der wäre?«

»Der heilige Joseph von Copertino.«

»Ach so, der Nothelfer bei Prüfungen?«

»Genau. Ein Unverstandener. Bei den Studenten ist er fehl am Platz. Er würde sich bei den Fliegern viel wohler fühlen. Wirst sehen, eines Tages werde ich seine Geschichte schreiben. Er ist der Weltmeister der Levitation. Wie bereits gesagt: ein As. Aber es ist Zeit zum Essen. Beeil dich. Geh dein Mädchen holen. Ihr esst mit mir.«

5

Die Kinder liessen auf sich warten. Ich ging vor meinem Hotel in der Avenue Montaigne auf und ab, General Winter hatte sich bei mir eingehakt, ich erklärte ihm, dass ich auf meinen Sohn wartete, der sein Mädchen holen gegangen sei, bestimmt eine originelle Person, und dass ich Rémy seit fünf Monaten nicht mehr gesehen hatte, das heisst seit Kriegsbeginn, dass er am gleichen Abend zu seiner Staffel zurückkehren musste, dass ich nach Arras fahren würde, dass ich dank der persönlichen Intervention von Präsident Lebrun den Jungen auf seinen Wunsch hin von den Bomberpiloten zu den Jagdpiloten hatte umteilen lassen … derweil Madame Lampen, die sich um ihr Mittagessen auf dem Herd sorgte, ab und zu in der Tür erschien, um zu fragen, ob wir uns nicht endlich zu Tisch setzten, und die Leute aus der Nachbarschaft, die mich nicht mehr erkannten in meiner eleganten britischen Uniform und unter meiner Mütze mit der goldenen Kokarde, sich nach mir umsahen und mich wohl ebenfalls für einen englischen General hielten.

General Winter war ein alter Kämpe, der alle Feldzüge des britischen Empires in den letzten fünfzig Jahren mitgemacht hatte sowie den Frankreichfeldzug von 1914–18. Bei der Kriegserklärung im September 1939 hatte er sich nochmals freiwillig gemeldet, doch in Anbetracht seines hohen Alters hatte man ihn zum Kurier des Königs ernannt, um ihm nicht nur die Gefahren, sondern auch die Strapazen eines Feldzugs zu ersparen, der sich für das britische Expeditionskorps als ausserordentlich hart ankündigte. Er war ein distinguierter alter Gentleman, gebildet, intelligent, man konnte sich mit ihm über die vielfältigsten Dinge unterhalten, und er verstand es, spannend über Dinge zu erzählen, die er in den fünf Erdteilen gesehen und erlebt hatte; er war ein Freidenker ohne Vorurteile, von sehr angenehmem Umgang, von fast orientalischer Höflichkeit. Der alte Herr hatte mich ins Herz geschlossen, brachte mich zum Erzählen, stellte Fragen, machte sich Notizen, bat mich um die Erlaubnis, eines Tages meine Biographie schreiben zu dürfen.

Was mich am meisten erstaunte in meinem Umgang mit den englischen Offizieren des GHQ, des General Headquarters, in Arras war ihre Manie, sich Notizen zu machen, die kleinsten Bemerkungen festzuhalten und ein ausführliches, sehr detailliertes geheimes Tagebuch zu führen. Wahrscheinlich rührt diese Gewohnheit vom College her, von den Vorträgen, den Versammlungen, den Protokollen, den Debatten, die zum englischen Alltag gehören und die den kritischen Verstand schärfen, die Beobachtungsgabe fördern und einen daran gewöhnen, den Realitäten Rechnung zu tragen. Remy de Gourmont hat gesagt, nur die Engländer verstünden es, Biographien so zu verfassen, dass sie die Bedeutung eines Lebens in allen physischen Details, in seiner ganzen animalischen Wärme enthalten, in seiner Aura, ohne dass sie dafür, Fingerabdrücken gleich, abschreiben müssen. Ich habe immer behauptet, dass die Engländer die grössten Träumer der Welt sind und dass die Verfassung ihres Empires nie, weder in der Zeit noch im Raum, in die Tat hätte umgesetzt werden können ohne die intensive Wahrnehmung des Traums, des Wachtraums einer ganzen Nation. Und die feurigen Reden Churchills, verglichen mit dem abstrakt demokratischen, moralisierenden Geschwätz Roosevelts, mit dem unnachahmlichen Schweigen oder dem heiligen Zorn Stalins, den Anwürfen, den Anklagen, den Anschuldigungen, den Drohungen, dem Geflenne, dem Meaculpa, dem trotzigen masochistischen Füssestampfen Hitlers, der Donnerstimme, dem Gebelfer Mussolinis, dem Gekläffe oder den Krokodilsseufzern Reynauds oder de Gaulles, die lebhafte, prophetische Sprache Churchills während des Zweiten Weltkriegs, die *»Blut, Schweiss und Tränen«* verhiess, schenkte Millionen BBC-Hörern wieder Leben und Hoffnung, weil dieser Träumer, dessen Humor und Unerschütterlichkeit den Deutschen provozierte, seine Visionen aus der Realität schöpfte, so tragisch und ausweglos diese sein mochte, und dieser Prophet mit seinem unerschütterlichen gesunden Menschenverstand, mit seinem Zynismus, der die Dinge ohne Gefühlsduselei beim Namen nannte und sich weder einschüchtern noch von vorgefassten Meinungen täuschen oder von Banalitäten blenden liess, trat als der unerschrockene Kämpfer auf, der er war, ohne je die Welt und das Schicksal der Menschen aus den Augen zu verlieren – hier liegt der Schlüssel zum englischen Traum.

Ich weiss weder, was die geheimen Aufzeichnungen von General Winter enthielten noch was aus ihnen geworden ist, wahrscheinlich wurden sie durch die Fliegerbombe vernichtet, die ihn beim ersten Luftangriff auf Arras, am 7. Mai 1940, getötet hat. Gegen zehn Uhr abends entschuldigte sich der alte Gentleman, der sonst bis Mitternacht mit uns in der Offiziersmesse sass und einen letzten Whisky trank, er stand auf und ging schlafen, weil er sich etwas unpässlich fühlte. Ein paar Minuten später und ohne dass die Sirenen Fliegeralarm gegeben hätten, sprengte ein deutscher Torpedo das *Hôtel de l'Univers* in die Luft. Die Bombe schlug direkt in das Schlafzimmer des Generals im Zwischengeschoss ein. Die Offiziersmesse, die sich in einem Nebengebäude des Hotels befand, blieb unversehrt.

»Der alte Herr ist in seinem Bett gestorben, wie es sich für einen General gehört«, stellte ein kanadischer Major fest.

Ich fand in den Trümmern mein Radio, das immer noch an war. Es war zusammen mit dem vierten Stockwerk in die Tiefe gestürzt. Ich habe nie herausgefunden, wer es eingeschaltet hatte.

Es gab an die dreissig Tote, darunter die hübscheste Serviererin im Hotel und die Kinder des Besitzers.

Unter den Trümmern brennende Generalstabspapiere.

Die deutschen Bomber hatten eine neue Strasse durch die Stadt gezogen, eine Avenue, die die Grand-Rue von Arras im rechten Winkel kreuzte.

6

Ein Taxi fuhr an den Bordstein, und bevor das Fahrzeug angehalten hatte, sprang mein Sohn flink, gelenkig, lächelnd, zuvorkommend aus dem Wagen, um sein Mädchen aus dem absurden aerodynamischen Fahrzeug zu ziehen. Seine Mütze hatte er nicht auf. Er war ein schmucker Junge, mein Rémy. Man hätte ihn für siebzehn gehalten, wäre die Uniform nicht gewesen und das schwere Lederblouson, an dessen Kragen ein kleiner emaillierter Hund an einer Kordel baumelte. General Winter und ich warteten in einer Entfernung von etwa sechs Schritten und beobachteten die Szene. Aus dem Taxi kletterten zwei lange nackte Beine, das Kleid war bis zur Mitte der Oberschenkel gerutscht, ein gurrendes Lachen, dann schüttelte sich eine grossgewachsene junge Frau, die einen Regenhut aus geöltem Leinen trug wie einst die Matrosen der alten Segelmarine. Mein Gott! Wo hatte dieses grosse Kind einen solchen Hut in Paris aufgetrieben? Doch ich hatte keine Zeit, länger darüber nachzudenken; das Fräulein fiel bereits General Winter um den Hals, weil sie ihn für den Vater ihres kleinen Piloten hielt, hängte sich an seinen Arm, überschüttete ihn mit einem plappernden Wortschwall und zog ihn in Madame Lampens Restaurant.

Das Mädchen hatte ein unmögliches Auftreten, es war vulgär, es war fröhlich, es trug ein dünnes Fähnchen, es war nicht besonders hübsch, strahlte jedoch eine unwiderstehliche jugendliche Frische aus, und es war das schönste Mädchen aus dem einfachen Volk, dem zu begegnen mir je gegeben war, und sie war schmuddelig, so was von schmuddelig, ebenso schmuddelig wie heisshungrig, gelinde ausgedrückt, denn kaum sass sie am Tisch, begann sie aus allen Tellern zu naschen, sich den Bauch vollzuschlagen wie jemand, der nicht jeden Tag genug zu essen bekommt, der noch nicht zwanzig ist, der gierig ist, der Paris erobern muss, der sich eben eine Liebesnacht lang in den Armen eines jungen Liebhabers abgeschuftet hat.

»Ihr Sohn, M'siö«, sagte sie zwischen zwei Gabelvoll zu General Winter, »der ist was von lieb ... Bin ganz hin!«

Rémy amüsierte sich über das Missverständnis, war aber sehr aufmerksam gegenüber seiner Zufallsgeliebten, füllte ihren Teller, füllte ihr Glas, drängte sie, zu essen, zu trinken, flüsterte ihr Dinge zu wie »brauchst keine Hemmungen zu haben, Papa bezahlt, lassen wir es uns schmecken ...«, und der alte General und ich waren entzückt von der Schönheit dieses kleinen Luders mit ihren Zähnen, ihren Fingern, ihren kauenden Kiefern, ihrem sich dehnenden Magen, ihren zufriedenen Seufzern, ihrem Appetit eines jungen Tiers, ihrer Ungezwungenheit, ihrer Unbefangenheit, ihrem Ungestüm, ihrem Feuer, und ich gehe ausnahmsweise nicht ausführlich auf das Menü ein, obwohl Madame Lampens Küche – ihr Schinken in Madeirasauce, ihr Huhn im Topf, ihr Käsesoufflé – berühmt war und sie sich an jenem Tag besonders Mühe gegeben hatte. Ich gehe auch nicht näher auf den *Montrachet* ein, den ich 1927, ein ausgezeichneter Jahrgang, noch zu Lebzeiten des alten Lampen auf Flaschen gezogen hatte.

Diese Zufallsbekanntschaft essen zu sehen war ein Schauspiel, doch ihren Schmuddel näher unter die Lupe zu nehmen war ein seltenes Vergnügen und etwa wie für einen Paläographen, ein Palimpsest zu entziffern. Ich spiele weder auf ihre rissigen roten Hände noch auf ihre Trauerränder an den Fingernägeln an, noch auf ihr ungekämmtes Haar, das in Strähnen und wilden Büscheln unter ihrem unmöglichen Hut herunterhing. Auf ihrem Gesicht lag eine mindestens vierzehn Tage alte Schminkeschicht, was ein ungewöhnliches Fond de teint ergab, unter dem sich dunkle Rinnen bis hinter ihre Ohren hinab- oder aus den Halsfalten hinaufzogen und einen Schleier auf ihre Gesichtszüge legten, so dass man Mühe hatte, ihr Gesicht zu entziffern und die ursprüngliche Harmonie und die anmutigen Proportionen zu rekonstruieren. Reinster Picasso. Vom Schlimmsten. Und zu alledem hatte sie, wahrscheinlich aus Freude über die Einladung und in ihrer Hast, sich zu Tisch zu setzen, zusätzlich Rouge auf die Wangen gekleistert und Bleu unter die Augen, Farben, die das Gesicht in zwei kontrastierende Scheiben teilten; ihre grellgeschminkten Lippen bildeten zwei dicke Querstriche; dennoch strahlte sie jugendliche Unbekümmertheit aus, ihre Augen lachten, ihre Zähne waren blendend weiss, ihr aus der Kehle sprudelndes Lachen war ansteckend, ihr Schmuddel und das ordinäre Make-up waren wie ein übertrieben verschnörkelter Goldrahmen um einen zierlichen Handspiegel, der plastische Schmutz und das Make-up unterstrichen ihre Seele, lauter Vogelgezwitscher, ein reines Herz, ein unschuldiger Schalk, Sorglosigkeit und keine Spur von Hintergedanken oder Laster oder berechnenden Mätzchen.

Sie war ungekünstelt.

»Mademoiselle, kann ich etwas für Sie tun?« fragte ich gegen Ende des Essens, als sie genüsslich Mandelgebäck in Schokoladencreme tunkte und sich die Wangen verschmierte wie ein Baby. »Rémy hat mir erzählt, Sie seien arbeitslos ...«

»Eben, M'siö, es gibt keine Arbeit mehr für mich. Ich war in der Bäckerei in der Rue Jacob angestellt.«

»Hat die Bäckerei denn zugemacht?«

»Nein, M'siö. Aber ich hab keine Kunden mehr. Sind alle weg. Und der Besitzer braucht mich nicht mehr. Ist halt Krieg.«

»Aber ich kenne doch die Bäckerei in der Rue Jacob. Sie hat viele Kunden, Amerikanerinnen ...«

»Eben. Die sind alle wegen dem Krieg gegangen. Hab halt Pech. Ich bekam hunderte Franc Trinkgeld. Die Amerikaner sind nicht knauserig. Alle Künstler. Aber ich hab's nicht etwa vertrunken. Ich hab mir das Kino geleistet. Dort habe ich nämlich Rémy kennengelernt, wissen Sie?«

»Ja, dann haben Sie ja Freunden von mir das Brot gebracht. Kennen Sie Gertrude Stein?«

»Ehrlich, Sie kennen sie, M'siö? Was für eine ulkige Nudel! Ihretwegen hätt ich beinah meine Runde verpasst. Also ging ich zuletzt zu ihr. Sie hörte nicht auf, mich auszuquetschen und dieses und jenes und jede Menge Zeugs zu fragen. Sie wollte alles wissen. Aber sie war meine beste Kundin.«

»Und Miss Sylvia im *Hôtel de la Grille?*«

»Madame Sylvia, eine Näscherin. Drei Kekse täglich und Berge von warmen Croissants und Millefeuilles.«

»Und Madame Bruce, die Frau des Malers in der Rue Furstenberg?«

»Also, ich muss wirklich lachen, M'siö! Ich seh schon, Sie kennen alle. Die war wirklich komisch, das kleine Dickerchen, hat immer etwas zu schimpfen gehabt, war nie zufrieden. Für sie waren es die Flûtes und die Longuets. Sie waren ihr nie richtig gebacken. Für sie mussten sie ganz, ganz knusprig sein. Aber sie war eine liebe Person. Einmal hat sie mir ein schönes Kleid mit Schleppe geschenkt, ich hab's leider nie anziehen können. War mir viel zu gross. Also hab ich's weggeworfen, weil ich ein so schönes Kleid nicht an eine Freundin weiterverschenken wollte.«

»Und The Kid in der Rue Jacques-Callot?«

»Oh! Miss Kid! Die wollte immer, dass ich in ihrem Atelier tanzte, und um ihr Hausmädchen zu ärgern, zog ich eine Zirkusnummer ab, denn ich kann nämlich auf den Händen gehen, M'siö, und wenn ich geklingelt hatte, reichte ich ihr das Brot kopfunter, und die Alte schimpfte mich aus.«

»Und sonst, haben Sie sonst keinen Beruf?«

»Nein, M'siö. Ich bin Brotausträgerin. Und jetzt, wo die Damen nach Amerika zurückgekehrt sind, braucht der Patron mich nicht mehr. Ich bin arbeitslos. Schlimm, der Krieg …«

»Wenn ich das nächste Mal auf Urlaub bin, stelle ich Sie einem Freund vor, einem Couturier, und wir machen ein Mannequin aus Ihnen, was meinen Sie?«

»Was ist das? Was müsst ich da machen?«

»Man wird Ihnen beibringen, wie man sich schönmacht, wie man sich frisiert, und man wird Ihnen die elegantesten Kleider von Paris zeigen, und Sie werden nichts anderes zu tun haben, als in diesen Kleidern in den Salons umherzuspazieren, nicht auf den Händen, wohlverstanden, sondern wie eine wohlerzogene, vornehme, kapriziöse Dame. Sie haben bestimmt welche gesehen im Kino ...«

»Und Sie glauben, man nimmt mich, M'siö?«

»Aber warum nicht, mein Fräulein? Sie sehen sehr gut aus.«

»Wunderbar, also ehrlich, Sie sind wirklich ein netter Kerl.«

7

Wir sassen alle vier im Taxi; ich würde General Winter in der englischen Botschaft absetzen und dort gleich eine Kopie des jüngsten Luftwaffenbulletins abholen. Es würde nur ein paar Minuten dauern. In der Rue du Faubourg-Saint-Honoré hiess ich den Fahrer an der Ecke der Rue d'Anjou warten und sagte den jungen Leuten, sie sollen artig sein.

»Ich komme gleich wieder, Rémy. Danach gehen wir eine Medaille des heiligen Joseph von Copertino für dich besorgen. Es müsste mit dem Teufel zugehen, wenn wir keine finden.«

Die Kinder sassen einander artig gegenüber, das Mädchen mit dem zerknitterten Hut glücklich und satt, auf dem Rücksitz zurückgelehnt, mein Sohn, der sein Lederblouson mit dem angesteckten Pilotenabzeichen und dem Sioux-Kopf abgelegt hatte, sass träumerisch und abgespannt auf dem schmalen Klappsitz. Mir fielen die Traurigkeit in seinem Blick und die Ähnlichkeit mit meiner Mutter auf: Armer Junge! Ein harter Beruf.

»Alles in Ordnung?« fragte ich ihn.

»Alles in Ordnung«, antwortete er.

General Winter wartete unter dem Portalvorbau der Botschaft auf mich. Er nahm meinen Arm und führte mich durch den Ehrenhof; als wir die enge Treppe hinaufgingen, die zum Arbeitszimmer des Luftwaffenattachés führte, meinte er: »Dieses *French girl* ist wirklich drollig.«

Und stiess die Tür zum Arbeitszimmer auf.

Und auch diesmal keine Meldung von Belang.

»Was für ein seltsamer Krieg!« murmelte ich. »Enttäuschend.«

»Nein«, erwiderte er. »Es ist sehr beunruhigend, sehr.«

Bevor wir uns unten im Treppenhaus voneinander verabschiedeten, fügte er hinzu: »Fahren Sie heute abend nach Arras zurück? Ja? Hier, nehmen Sie ...« Und General Winter zog seine Brieftasche hervor, nahm ein kleines, in Seidenpapier gewickeltes Päckchen heraus und drückte es mir in die Hand. »Oh, nur eine Kleinigkeit. Ein *Pagal* für das *French girl.* Sagen Sie ihr, es sei ein Andenken an eine junge Eingeborene, die Erinnerung an eine Tote. Ich trage das schon seit über vierzig Jahren auf mir. Ich wollte ihn jemandem schenken, habe aber nie die richtige Person dafür gefunden. Sie fahren also nach Arras zurück? Auf bald, alter Freund. Das Essen war ausgezeichnet. Entschuldigen Sie, unser Botschafter erwartet mich ...«

»Nach Saint-Sulpice!« rief ich dem Fahrer zu. »Auf dem kürzesten Weg ...«

Die zwei im Taxi lachten. Rémy hatte seiner Brotausträgerin das peinliche Missverständnis erklärt, und das Mädchen schüttelte sich vor Lachen. »... ist doch egal, Rémy! ... Der alte Opa hat dich so liebevoll angeschaut, also hab ich geglaubt, er sei dein Vater ... Wetten, dass er keinen Sohn wie dich hat?«

»Der alte Opa, mein liebes Fräulein, bittet Sie, dieses kleine Geschenk anzunehmen, das er mir für Sie mitgegeben hat«, sagte ich zur Brotausträgerin und legte ihr General Winters Päckchen in die Hand.

»Was ist das?« fragte das Mädchen erstaunt, als sie das knisternde, zerknitterte Seidenpapier auseinanderfaltete.

»Oh! Was für ein hübscher Armreif!« rief sie aus und streifte den *Pagal* übers Handgelenk.

»Es ist ein Fussreif«, erklärte ich ihr. »Man trägt ihn um den Fussknöchel. Er ist hohl, und drin sind kleine Perlen, die beim Gehen klirren wie ein Schellenreif, ein paar Goldkörnchen …«

»Im Ernst?« sagte das Mädchen. »Meinen Sie, er ist aus echtem Gold?«

»Aber sicher! Es handelt sich um den intimsten Schmuck der Hindufrauen. Es gibt welche mit zwei, drei kleinen Diamanten, die beim Gehen leise klingeln.«

Und ich rezitierte:

»Die Bajadere hatte gerufen …

Der Klang ihrer Stimme war voller als der des hohlen Pagals, der einen Schein hell wie der Mondschein um ihre Knöchel legte.

O Asketen, wendet den Blick von den Frauen ab!«

(Lafcadio Hearn)

»Oh!« rief die Brotausträgerin aus.

Sie streifte den *Pagal* über den Fussknöchel, schwenkte ihren ungewaschenen Fuss, liess den Reifen klimpern und klatschte dabei lachend in die Hände. Plötzlich hämmerte sie mit den Fäusten an die Trennscheibe: »Chauffeur,

Chauffeur« rief sie, »kehren Sie zur englischen Botschaft zurück! Schnell, schnell! Ich muss dem General einen Kuss geben …«

»Chauffeur«, rief ich noch lauter, »fahren Sie weiter! Nach Saint-Sulpice! Beeilen Sie sich.«

Und zu der Kleinen: »Sind Sie übergeschnappt? Der General schickt Ihnen das in Erinnerung an ein junges Eingeborenenmädchen, ein Mädchen, das seit über vierzig Jahren tot ist …«

Die Brotausträgerin streifte schweigend den Reifen von ihrem übermütigen Fuss, steckte ihn in die Handtasche und brach in Schluchzen aus.

Grosse Tränen zogen eine Furche durch die dicke Schminkeschicht.

Rémy lachte sie aus: Die Tränen brannten in ihren Augen, die sie mit einem Zipfel seines Taschentuchs rieb, die Wimperntusche verlief, sie biss sich auf die Lippen, zog einen kleinen Taschenspiegel aus ihrer Handtasche, musterte sich schniefend darin, zwinkerte, weil das Kajal in den Augen schmerzte, doch dann lachte sie wieder, holte den Reif aus der Tasche und streifte ihn über den einen Arm, über den anderen Arm, über den einen Fuss, über den anderen Fuss … schüttelte ihn und hielt ihn ans Ohr.

»Und er ist tatsächlich ganz aus echtem Gold«, meinte sie stolz. »Und er gehört mir …«

Unterdessen fuhr uns das Taxi durch Paris. Ich schleppte Rémy in alle Devotionalienläden. Mein Sohn grinste. Nirgends liess sich eine Medaille des heiligen Joseph von Copertino auftreiben, weder in Saint-Sulpice noch in den Auslagen um Notre-Dame des Victoires. Schliesslich entdeckten wir in der Kapelle des Waisenhauses in Auteuil eine kleine Statue des Heiligen und eine grosse in der Kirche St-Jacques-du-Haut-Pas, seiner Hochburg im Quartier Latin, wo er aber eine eher traurige und lächerliche Figur machte. Zu kaufen gab es jedoch nicht einmal eine Novene.

»Macht nichts, Rémy, macht nichts. Ich werde trotzdem seine Geschichte für dich schreiben, und mit etwas Werbung wirst du bestimmt reich werden. Es ist an dir, nach dem Krieg dein Glück zu versuchen. Auf Wiedersehen, Rémy, und viel Glück!«

»Leb wohl, Blaise.«

Wir waren am Gare de l'Est, mein Sohn kehrte zu seiner Staffel zurück, und ich eilte zum Gare du Nord, um den Zug nach Norden nicht zu verpassen, mit dem ich zum britischen GHQ fuhr, dem ich in meiner Eigenschaft als Kriegskorrespondent für ein halbes Dutzend französischer Zeitungen zugeteilt war.

In Arras angekommen, erfuhr ich, dass ich noch in der gleichen Nacht für eine grosse Reportage über die Waffenindustrie nach England fahren musste.

Bevor ich einschiffte, schrieb ich meinem Sohn eine vorwurfsvolle Postkarte:

F. M.
Sergent-pilote RÉMY
Escadrille 1 / 16
Secteur Postal 897
Somewhere in France, 21.2.1940

Mein lieber Junge

Zum Teufel, wenn man das Glück hat, mit einem so hübschen Mädchen wie deiner Brotausträgerin auszugehen, spendiert man ihr ein Bad und ein Unterhemd. Und wenn der Pilotensold dazu nicht reicht, wendet man sich an seinen Vater; dazu ist er da. Das Gegenteil ist unentschuldbar.

Ich umarme Dich.

Blaise

Die Brotausträgerin, deren Adresse ich mir aufgeschrieben hatte, um sie meinem Freund, dem Couturier, zu empfehlen, hatte mich im Taxi auf der Fahrt vom Gare de l'Est zum Gare du Nord gefragt: »M'siö, glauben Sie nicht, dass es vielleicht seine Tochter war? Die Tochter des alten Generals, die gestorben ist?«

»Was für eine Tochter?«

»Ja die mit dem Armreif, den er mir geschenkt hat. Es war vielleicht tatsächlich seine kleine Tochter, glauben Sie nicht?«

»Wieso?«

»Weil der Reif so schmal ist!«

»Nun, sie hatte vielleicht schmale Fesseln. Wie Aschenbrödel.«

»Ach so! Hiess sie Aschenbrödel?«

»Aber nein, du Dummerchen. Sie war eine Tänzerin.«

»Ach so! Aschenbrödel war eine Tänzerin?«

Und so weiter und so fort. Sie war unsäglich dumm. Aber was für ein schönes Kind!

Schwarze Augen …

8

Ich weiss genau, dass ich mich der Kritik gewisser Leute aussetze, wenn ich versuche, eine Vita des heiligen Joseph von Copertino zu schreiben, ausgerechnet ich, der ich weder gläubig noch gelehrt bin.

In Sachen Hagiographie lassen die Sachverständigen und Gelehrten nur die alten *Vitae* als wahr gelten (oder zumindest als möglicherweise wahr gelten, nachdem sie sich eingehend damit befasst haben), und man stellt tatsächlich fest, dass, entgegen der landläufigen Meinung, je mehr man sich auf glaubwürdige Berichte von Zeitgenossen des Heiligen stützt, desto spärlicher die Dokumente und, je knapper die Beschreibungen dieser tugendhaften Leben, desto genauer die Fakten sind; im Gegensatz zu den legendären Leben, die, je mehr sie sich von der Zeit entfernen, in welcher der oder die Heilige gelebt hat, um so mehr Längen, Verwirrungen, Interpolationen, Irrtümer über die Person oder deren Identität enthalten, jede Menge Romaneskes, Dissertierendes, Dichtung, Propaganda, kurz, vor allem Literatur sind, so dass man sagen könnte, dass die Einführung des Wunderbaren im Leben eines Heiligen ein untrügliches Zeichen von Lüge ist, von Haarspalterei oder Romantizismus.

Meine Geschichte enthält keine neue Fakten, ich füge kein einziges neues Dokument hinzu, das sei vorweg gesagt; dass ich in Anbetracht der Umstände und der Verhältnisse, unter denen diese Studie entstanden ist, und da meine Geschichte im Lauf der verschiedenen Etappen und in behelfsmässigen Quartieren während des »Drôle de guerre« in Frankreich und in England geschrieben worden ist und später während des Rückzugs, des Exodus, der Besetzung, dass ich also keinen Zugang zu den Quellen hatte und weder Archive noch Bibliotheken konsultieren konnte (und auch nicht die geringste Lust dazu hatte); dass meine Dokumentation aus zufällig Zusammengetragenem und Gehörtem entstanden ist, aus Begegnungen, Gesprächen und Lektüren, nach denen ich nicht systematisch suchte, die mir aber spontan in die Hände fielen während des langen Krieges und meiner Versetzungen und meines Herumreisens, so dass ich also meine Zitate zur Hauptsache Olivier Leroys bereits erwähntem Meisterwerk über die Levitation entnommen habe und, was ein paar einzelne Details angeht, dritt- oder viertrangigen populärwissenschaftlichen Werken; und wenn ich diese Geschichte dennoch geschrieben habe, so ging es mir weder darum, mich in einem Genre zu versuchen, das ein paar konzise Meisterwerke hervorgebracht hat, noch um mich einer Schreibübung zu unterziehen, einer frommen überdies, noch tat ich es aus Nachahmungsdrang, noch der Einfachheit halber, sondern, *primo,* weil ich Rémy versprochen hatte, es zu tun – Rémy, der den neuen Schutzpatron der Fliegerei nicht bekannt machen wird, weil die Amerikaner es unterdessen schon getan haben –, und weil mein Sohn inzwischen bei einem Flugunfall ums Leben gekommen ist; *secundo,* weil, obwohl nach allen Regeln heiliggesprochen, Joseph Desa, geboren in Copertino (Apulien), ein Sonderling ist, der mich fasziniert; und, *tertio,* weil die Levitation die Kunst der Kurzreise ist, die ich gern beherrschen würde, seit ich die Eingeborenen in den riesigen Urwäldern Amazoniens sie habe praktizieren sehen, nachdem sie das *ibadu* eingenommen hatten. Und dann, weil, wie ich Rémy erzählt hatte, der heilige Joseph von Copertino sei ein Vorläufer, ein Weltmeister und ein As der Luftfahrt, denn bis zum heutigen Tag ist er der einzige, der den Rückwärtsflug beherrscht, *retrorsum volantem,* schreiben die Bollandisten.

Doch ich bin es mir schuldig zuzugeben, dass – so wie ich nachts mein Rundfunkgerät in mein Bett legte, wenn ich 1943 London oder Moskau hereinbekommen wollte, und es gedämpft laufen liess und es aus Vorsicht unter sieben Bettdecken erstickte wegen eines Gestapospitzels, der in die Wohnung nebenan eingezogen war, auf dem gleichen Treppenpodest, gleich neben meiner möblierten Wohnung in Aix-en-Provence –, dass die Flüge des heiligen Joseph von Copertino (deren Merkmale ich tagsüber in der Bibliothèque Méjanes in den *Acta Sanctorum* der Bollandisten studierte und denen ich in Gedanken oft folgte) eine Traumwelt zwischen mir und meinem beunruhigenden Nachbarn woben, den ich lachen und sich einsam betrinken hätte hören können, dass sie Träumereien, Visionen woben wie die des heiligen Joseph von Copertino, der eines Sonntagmorgens in der mit Gläubigen und Neugierigen brechend vollen Kirche von Assisi, aber auch mit einem Publikum aus hochgelehrten Männern und vornehmen Herren und Damen, die gekommen waren, sich persönlich von den aeronautischen Heldentaten des populären heiligen Mannes zu überzeugen, um sie herumzuerzählen und das Gerücht zu verbreiten (in der ekklesiastischen Gesellschaft herrschte damals eine richtiggehend snobistische Haltung für und gegen diesen Klosterbruder), kniend vor dem Tabernakel schwebte und eine seiner Sandalen zu Boden fiel, was einen Skandal hervorrief und seine Oberen derart verärgerte, dass ihm untersagt wurde, öffentlich aufzutreten, die unstoffliche Anwesenheit des heiligen Joseph von Copertino polsterte also gewissermassen meine Tür und dichtete meine Fenster ab, als hätte er seine Kutte davorgehängt, um das Einsickern der Ruchlosigkeit, die von meinem schändlichen Nachbarn herüberwehte, zu verhindern, damit sie nicht bis zu mir dringen und mich befallen und anstecken und heimtückisch infizieren konnte. Er war ein Mörder, der vor dem Haus einen Kutscher mit einem Faustschlag getötet hatte, er war ein Elsässer, der vor Verruchtheit und abgrundtiefem Hass platzte in seinen Knickerbockers, seinen weissen Socken, seinen pekarieledernen Handschuhen, mit seiner fettglänzenden Haut, seinen breiten Schultern, seiner aufgesetzten Korrektheit, die von einem grünen Tirolerhütchen und einem sattsam bekannten Oberlippenbärtchen über seiner Zigarre widerlegt wurde (ein Wunder, dass man ihn nicht umbrachte und er sogar einen Bauch ansetzte in Aix!). Ich zitterte vor Abscheu, wenn ich ihm im Treppenhaus begegnete, und der Scheisskerl summte sogar ein Liedchen, wenn er allein zu Hause war. Ich habe vorhin gesagt, der heilige Joseph von Copertino sei ein Sonderling gewesen: Ein andermal flog er, einen Seeigel schwenkend, von seinem Platz im Refektorium davon.

Dies in aller Offenheit, um das Unzusammenhängende meiner Geschichte zu entschuldigen.

9

Seine Spielgefährten hatten ihn Guckindieluft getauft.

Bis zu seinem Tod, er starb mit sechzig, wurde Joseph von Copertino ständig zurechtgewiesen.

Zu Hause schimpfte ihn sein Vater, der Flickschuster war, die ganze Zeit aus wegen seiner Zerstreutheit bei der Arbeit, und weil Joseph der älteste von zwölf Kindern war, weil er zu nichts zu gebrauchen war, weil er seinen Geschwistern ein schlechtes Vorbild war, weil er immer mit offenen Augen träumte und weil die Eltern nicht wussten, was mit ihm anfangen, und sie einen Nichtsnutz nicht ernähren konnten, denn die Familie war arm und die Bräuche streng, entschloss sich Felice Desa, Josephs Vater, nachdem er den ganzen Winter mit seiner Frau Francesca Panara beraten hatte – zwei ihrer Brüder waren Mönche bei den Ordensbrüdern der Minderen Konventualen –, nachdem er in den langen Winterabenden vor dem Herd hin und her überlegt hatte, Joseph ins Kloster zu schicken, wo er vielleicht ein Handwerk erlernen konnte.

Eines Sonntagmorgens also – die Werkstatt wurde zugesperrt und die Kinderschar bei einer Nachbarin in Obhut gegeben – brachen die braven Leute früh mit Joseph auf, um ihn nach der heiligen Messe Onkel Anselm vorzustellen, einem dritten Bruder der Mutter, der in Copertino Pfarrer war, und auf dem ganzen Weg rüffelte der Schuster seinen ältesten Sohn: »Geh doch voraus, du Trödel! Siehst du denn nicht, dass du Vater und Mutter auf die Nerven gehst, wenn du immer hinter uns herstolperst? Du machst uns Schande. Los, spute dich, geh voraus!«

Und gehorsam ging Joseph stumm voraus. Er war ein schmucker, kräftiger Bursche. Er war noch nicht fünfzehn, sah aber aus wie achtzehn und hatte bereits einen Anflug von Schnurrbart und erstem Flaum am Kinn und auf den Wangen. Seine Mutter erschauerte vor innerem Stolz, als sie ihn vorausschreiten sah. Doch schon bald setzte das Geschimpfe des Vaters wieder ein, denn Joseph trabte unversehens wieder verträumt hinter den Eltern her.

Es war ein schöner Frühlingsmorgen. Der Himmel war durchscheinend klar. Glockengeläute erfüllte die Luft.

»Los, spute dich, geh voraus, du grosser Esel!« rief der Vater.

Und ehrfürchtig und folgsam trabte der Schweigsame, der undurchschaubare Junge, wieder voraus, knickte mit den Füssen ein auf dem holprigen Pflaster der gewundenen Gässchen, die von fernen Vororten zur Kathedrale hinaufführten, deren durchbrochene Türme das Gewirr der Terrassen und Dächer der Altstadt überragten, er hielt den Blick unentwegt auf den Himmel gerichtet, blieb mit offenem Mund stehen, setzte sich wieder in Bewegung, stumm, hartnäckig und im Zickzack wie der Esel mit seiner Bürde auf dem Weg in die Mühle, der beim steilen Aufstieg stolpert und den man harsch antreibt. Wer schon einmal in Italien war, hat bestimmt die kleinen Esel gesehen, die mit kleinen Schritten ihres Weges trotten, als hätten sie die Fussgelenke verstaucht, die, trippel-trappel, unter ihrer Ladung verschwinden, mit blutig gescheuertem Rücken, mit schwärenden Wunden an den Gliedern, die der Krummstab ihres Meisters und Schwärme von Schmeissfliegen nicht verheilen lassen, die kläglich den Kopf mit den verkümmerten

Flügeln hängen lassen, den engelhaften Eselsohren, von denen oft das eine verstümmelt ist und das andere mit einer Geschwulst gefleckt. Es ist das Bild der Ergebenheit selbst. Doch habt ihr je die Schnauze eines dieser kleinen Esel getätschelt? Ihr Blick ist unergründlich. Hinter ihrem krausen Schädel kreisen grosse philosophische Gedanken, viel Heiterkeit, unterdrückte Menschenscheu und etwas eigenartig Brüderliches, das sie blinzeln, lächeln lässt.

Gebet der Demut: Gebet, mit den Eseln ins Himmelreich einzugehen.

... Lass mich, mein Gott ...

(Francis Jammes)

10

Onkel Anselm stellte nun also Joseph den Konventualen vor; diese jedoch weigerten sich, ihn aufzunehmen, vor allem auf Anraten seiner zwei anderen Onkel, zweier hervorragender Patres dieses Ordens, die den Jungen für unfähig hielten, was auch immer zu erlernen, und die überhaupt nicht auf die Argumente des guten Pfarrers eingehen wollten, der an ihr Familiengefühl appellierte und die Bürden aufzählte, die bei jeder neuen Geburt schwer auf ihrem Bruder lasteten, dem armen Flickschuster mit der kinderreichen Familie.

Ohne sich von diesem ersten Misserfolg entmutigen zu lassen, begab sich der Pfarrer zu den Kapuzinern im Kloster zu Martina, um sie zu bitten, seinen Neffen als Laienbruder aufzunehmen: Aber nach acht Monaten schlossen diese Joseph wegen seiner Zerstreutheit und seiner ungewöhnlichen Unbeholfenheit vom Noviziat aus und schickten ihn zu Vater und Mutter nach Hause zurück.

Unschwer, sich den Zorn und das Geschimpfe des Vaters vorzustellen, als er seinen langen Lulatsch von einem Sohn (Joseph ging auf die Siebzehn zu) in die ärmliche Werkstatt zurückkehren sah, diesen Dussel, der für den Schusterberuf zu ungeschickt und oft so geistesabwesend war, dass er sich beim Besohlen mit dem Hammer auf die Finger schlug, ohne es überhaupt zu merken, dem das Werkzeug aus den Händen fiel und der mit offenem Mund reglos auf seinem Schemel sass, die Augen zum Himmel gewandt. Der Vater zuckte die Schultern, er war es leid, den Jungen auszuschelten, und wandte sich wieder seinem Pfriem zu. »Könnt man dich wenigstens zu der Kundschaft schicken«, brummte er. »Bist einfach zu nichts zu gebrauchen. Vergisst ja alles …«

Aus Mitleid und um den gehorsamen, frommen Jungen nicht seinem Schicksal zu überlassen, angesichts der Klagen und der Tränen der Mutter und, diesmal, auf die Bitte der zwei anderen Onkel hin, die der Pfarrer von Copertino schliesslich dazu überredet hatte, ihm Schützenhilfe zu leisten und seine Schritte zu unterstützen, waren die Oberen der Minderen Konventualen schliesslich bereit, Joseph als Tertianeroblaten aufzunehmen. Im Kloster zu Grotella musste er vor allem die Maultiere besorgen, und der gehorsame Stallknecht, von dem man zu Recht behaupten kann, dass sich die Hälfte seines Lebens in den Lüften vollzog, bemühte sich redlich, seinen Pflichten nachzukommen.

Joseph war ein Vorbild an Gehorsam.

»Der Gehorsam«, pflegte er viele Jahre später zu sagen, denn allein dieses eine und einzige Wort hatte die Macht,

ihn von seinen ekstatischen Flügen wieder auf die Erde hinabsteigen zu lassen, *»ist das Messer, das den Willen des Menschen tödtet {...} O heiliger Gehorsam! {...} Auf das Wort des Gehorsames zieht der Herr sogleich den Vorhang vor ...«*

11

»Von den süssen Segnungen Gottes unterstützt«, heisst es in den Prozessakten seiner Heiligsprechung, *»gab er schon in der ersten Kindheit viele Anzeichen seiner künftigen grossen Heiligkeit.«*

Doch auch im Kloster zu Grottella wurde der bescheidene Laienbruder, der nicht für die Priesterweihe bestimmt war, ständig gerügt, getadelt, gescholten und Esel und Trottel geschimpft, denn einen solchen Einfaltspinsel hatte man noch nicht gesehen.

»Erinnern Sie sich an Bruder Johannes, Sir, von dem Jacobus de Voragine erzählt?« fragte mich ein gewisser irischer Pater, Feldgeistlicher bei den *Royal Welsh Fusiliers,* als wir uns eines Abends zu Tode langweilten und unter dem Vordach einer Scheune vor dem Regen Schutz gesucht hatten während der Nachtmanöver in der Umgebung von Carvin (Pas-de-Calais) und die motorisierte *First Brigade* mit eingeschalteten Scheinwerfern defilierte und wir darauf gefasst waren, die deutschen Flugzeuge auf die in der Ebene wogende Scheinwerferschlange hinabstechen zu sehen.

»Nur eine Übung«, hatte der *Brigadier* erklärt, der unsere erstaunte Reaktion auf dieses gefährliche Schauspiel bemerkt und die Kommentare mitbekommen hatte, die wir uns nicht verkneifen konnten, und der mit uns unter dem Vordach stand. »Eine Übung und gleichzeitig eine Inspektion«, hatte der *Staff Captain* nachgedoppelt. »Alle Elemente unserer Fahrzeuge müssen einwandfrei funktionieren. Auch die Scheinwerfer.«

»Ja aber wir sind doch im Krieg!« hatte ich eingewandt.

»Und in was für einem seltsamen Krieg!« hatte der irische Kaplan hinzugefügt. *»A very funny war, indeed ...«*

»Ich habe präzise Befehle gegeben«, entgegnete der *Brigadier-Major* wütend und stapfte im Regen davon, gefolgt von seinem kleinen Offiziersstab, um sich in den *command car* zu setzen.

Der Funkwagen knisterte.

Der Feldgeistliche war auf die Fliegerei zu reden gekommen, und ich hatte den Namen des heiligen Joseph von Copertino erwähnt, worauf wir uns, Pfeife rauchend, über den Heiligen unterhielten. Die Motoren heulten auf, die Gangschaltungen knirschten mit den Zähnen. Es war ein einziges Rucken und Stocken und Anfahren und Planschen der Reifen und Platschen der im aufgeweichten Schlamm rutschenden Gleisketten. Man hörte das Fluchen und die Verwünschungen der Männer, die, wie schon oft in dieser für den Ruhm der englischen Truppen verhängnisvollen Geschichte, den flämischen Schlamm verfluchten.

»Bloody hure, damned it!«

»... Sie erinnern sich doch an Bruder Johannes aus der *Legenda aurea?*« fragte mich der Pater. »Er war ein Gärtnerbruder, und alle seine Mitbrüder machten sich über ihn lustig. Er hatte nur die ersten zwei Worte des Ave-Maria auswendig lernen und hersagen können. Und er betete sie pausenlos vor sich hin. Nach seinem Tod sah man eine Lilie aus seinem Grab wachsen, eine Lilie, in deren Kelch die Worte geprägt waren, die Bruder Johannes pausenlos und bei jeder Gelegenheit wiederholt hatte: *Ave Maria.* Der Superior befahl, den Toten auszugraben. Und da sahen alle Brüder mit eigenen Augen, dass die wundertätige Lilie unter der Zunge von Bruder Johannes Wurzeln geschlagen hatte und seinem Mund entspross. Da begriffen die Brüder, dass der Gärtner, den man so oft wegen seiner Einfalt verachtet hatte, ein Heiliger war, der Heilige der reinen Demut.«

Und der irische Feldkaplan erzählte mir rachsüchtig: »Ich weiss nicht mehr, wo ich es gelesen habe, aber Ihr Joseph von Copertino war noch beschränkter als der Gärtnerbruder. Bruder Joseph soll von allen Gebeten, die in den Gottesdiensten rezitiert wurden, nur ein einziges Wort behalten haben, das Wort *Amen!* Ganz zu schweigen vom Wissen und von der Theologie, die man ihm im Kloster gern beigebracht hätte: Er konnte nichts behalten, absolut nichts! Ein richtiger Esel! Und ausgerechnet diesen Einfaltspinsel hat man zum Schutzheiligen der Kandidaten gemacht, die die Profess oder die Prüfungen zu den akademischen Würden ablegen, ja es wird ihnen auch noch empfohlen, sich an ihn zu wenden, um dank seiner Fürsprache die Prüfungen erfolgreich zu bestehen! Man hätte ein Engel sein müssen, um die Geduld nicht zu verlieren und mit einem derart sturen, beschränkten, schweigenden, in den Wolken schwebenden Schüler zurechtzukommen, der alle Rügen stumm über sich ergehen liess und der, wenn man ihn aufrief, triumphierend *Amen!* antwortete und mit offenem Mund dastand, egal wie inständig, sanft, ermutigend man mit ihm umging, um ihn aus seinem Zustand zu wecken. Er war ein schlechtes Vorbild für seine Mitschüler und eine Prüfung für die Lehrer, die sich durch das ungewöhnliche Verhalten seitens dieses undankbaren Schülers, den man aus Erbarmen aufgenommen hatte, oft zur Sünde des Zorns hinreissen liessen. Verständlich also, dass man sich mit der Zeit von ihm abwandte und Joseph in die Küche verbannte, und weil er dort zuviel Geschirr zerschlug, denn der Trottel war zu allem Elend auch noch ungeschickt, schickte man ihn schliesslich in die Schweineställe …«

»Verzeihen Sie, Hochwürden«, unterbrach ich ihn, »das mit den Schweineställen stimmt nicht ganz, meines Wissens versorgte er das Klostermaultier.«

»Meinetwegen«, antwortete der Ire. »Man schickte ihn also in die Stallungen, wo er Zeit hatte, Maulaffen feilzuhalten und sich seiner unerklärlichen trübseligen Einfalt hinzugeben.«

»Vielleicht unterhielt er sich mit Gott.«

»Glauben Sie das im Ernst? Ich misstraue diesen schweigsamen Burschen. Ich war Lehrer in einem englischen College. Meistens handelt es sich schlicht um Duckmäuser.«

»Nochmals Verzeihung, Hochwürden«, warf ich ein, »Joseph war vielleicht ein Esel, aber hinterhältig war er nicht.«

»Was das Ganze noch viel schlimmer macht!« antwortete der Kaplan der *Royal Welsh Fusiliers.* »In ihm war keine Spur von schlechtem Willen, keine Spur von Leidenschaft, keine Spur von sündigen Anfechtungen. Er war gesund und kräftig wie am Tag seines Eintritts ins Kloster. Das Schlimmste war für diesen Jungen, der sich für nichts interessierte, dass sich schliesslich niemand mehr für ihn interessierte. Ausser seiner Versunkenheit konnte man ihm nichts vorwerfen.

Man war seine Unbeholfenheit satt. Man ersetzte ihn durch einen anderen Schweinehirten oder Stallburschen. Und nach und nach vergass man ihn schlicht. Können Sie sich das vorstellen? In einem Kloster vergessen zu werden? Können Sie sich vorstellen, was das bedeutet? Es ist wie ... ja, wie ein in der Tiefe der Nacht vergessener Wachsoldat ... stellen Sie sich einen Mann vor, den man ... am Rand dieser Ebene ... in dieser Dunkelheit ... in der Einsamkeit und im Regen vergessen würde.«

»Sie übertreiben, Hochwürden. Er war im Chor zugelassen. Er war einigen Mönchen im Kloster aufgefallen. Sie erwähnen ihn mit grösstem Respekt. Sie hatten erraten, dass Joseph vom Herrn auserkoren war. Sie erwähnen seine permanente Vereinigung mit Gott, seine unbeirrbare Barmherzigkeit, seine erduldeten Kränkungen. Andere wiederum haben im Heiligsprechungsprozess des heiligen Joseph von Copertino bezeugt, dass sie durch die Gespräche mit diesem fliegenden Träumer mehr gelernt haben als aus den berühmtesten theologischen Werken. Im übrigen erinnere ich Sie daran, dass der arme Junge immer mächtige Fürsprecher hatte, den Bischof von Nardò zum Beispiel, den Bischof von Castro, den Papst selbst, Urban VIII., Benedikt XIV., Clemens XIII., der ihn heiliggesprochen hat ...«

»Natürlich, hinterher lässt sich das immer behaupten, und im übrigen ist das nicht weiter verwunderlich, denn letztlich war jedermann beeindruckt von den närrischen Geschichten, die man sich von diesem Irren erzählte. Doch Sie, Cendrars, glauben Sie etwa an die Levitation? Reinster Unsinn. Schwindel. Wäre ich sein Lehrer gewesen, hätte ich ihm den Hintern versohlt, wie man dies bei uns im College tut.«

»Und wer sagt Ihnen, Hochwürden, dass Gott es nicht auch getan hat?«

Der Pater blickte mich verblüfft an. Er nahm die Pfeife aus dem Mund: »Sie scherzen wohl?«

»Nein«, entgegnete ich. »Um ihm das Fliegen beizubringen. Ein kräftiger Klaps auf den Hintern, und du fliegst davon, schwebst …«

Worauf wir uns voneinander verabschiedeten. Die Nachtübung war beendet. Die Flugzeuge der Deutschen waren nicht gekommen. Wir hatten Glück gehabt! Jeder suchte seine entfernte Truppenunterkunft auf. Doch während der Fahrt im kleinen *Morris* setzte ich in Gedanken mein Gespräch mit dem Iren fort, und ich dachte an das *Journal* von Roland Garros, an seine Unruhe, an sein Bedürfnis, zu fliegen, davonzufliegen, einen Drang, den viele Heranwachsende in der Pubertät spüren und über den sich Garros ausführlich äussert und den auch ich im Traum gespürt hatte, als ich fünfzehn war. Und zwar mit grösstem Vergnügen.

Wovon träumen junge Menschen? Roland erzählt, dass er sich mit Wollust aus dem Fenster stürzte, um durch die Fenster zu spähen, vor allem durch die Lukarnen und Ochsenaugen der Dienstmädchenmansarden, und dass er sich nicht zu sehr von den Dachsimsen in der Strasse seiner Eltern entfernte – in Nizza war das –, doch manchmal wagte er es dennoch, über die Stadt zu fliegen, aber dann beeilte er sich, von panischer Angst gepackt, nach Hause zurückzukehren, und er erwachte und fuhr in seinem Bett hoch. Was mich angeht, so entflog ich über das Hafenbecken der Stadt Neuchâtel (in der Schweiz), wo mein Vater die abstruse Idee gehabt hatte, mich in die Handelsschule zu schicken

(1902 war das gewesen), und von wo ich ausgerissen bin, um nach China zu verschwinden (1904). Und ich schwebte, und ich kreiste, und ich liess mich zu kunstvollen und leicht schwindelerregenden Kunststücken hinreissen, stiess auf den Wasserspiegel hinunter oder stieg steil in die Luft bis zu den Wipfeln der Pappeln, die das linke Ufer des Seebeckens säumen, flog vor die Westfront des Ethnologischen Museums mit seiner fensterlosen Fassade, dessen Mauerwerk mich so unwiderstehlich anzog, dass ich zerstreut mit dem Kopf daran stiess und davon erwachte, und ich lag eine ganze Weile verwundert und reglos in meinem Bett.

Garros' *Journal* stellt das aussergewöhnlichste, das reizvollste und das lebendigste Dokument dar, das man über die Anfänge der Fliegerei in Frankreich und in der ganzen Welt lesen kann (etwa hundert Seiten sind den Vorführungen in einem Zirkus in den Vereinigten Staaten gewidmet, zu denen Garros gezwungen war, um Geld zu verdienen, denn seine Familie hatte Roland die Mittel gesperrt, um ihn zur Ordnung zu rufen, und er zeichnet in seinem *Journal* hundert Porträts von Überspannten, die sich spontan und leidenschaftlich für die Fliegerei interessierten und Pilot werden wollten: Cowboys, Bankiers, Mechaniker, Säufer, Frauen, alle mehr oder weniger verschroben, die zumindest die Lufttaufe erleben wollten und ihn in alle möglichen Abenteuer verwickelten, die für gewöhnlich mit sagenhaften Cocktails [den ersten!] endeten, in Bars, die Garros begeistert aufzählt, und er berichtet auch über die Ausbildung eines Elitepiloten, der unversehrt die tausendundein auf sich genommenen Gefahren und die unzähligen Abstürze eines Fliegers überlebt hat. Dieses *Journal* ist immer noch nicht veröffentlicht worden. Garros hat es in fünf Exemplaren tippen lassen und die fünf Exemplare seinen Freunden persönlich ausgehändigt, ehemaligen Abenteuergefährten in New Orleans, in Mexiko-Stadt, in Havanna, unter der ausdrücklichen Bedingung, dass sie es nie veröffentlichen und auch nicht der Presse übergeben würden. Mir war es trotzdem gelungen, an eins dieser fünf Exemplare zu kommen, doch es ist verschwunden wie alle meine Papiere, als Ende Juni 1940 mein Haus auf dem Land im Departement Seine-et-Oise geplündert wurde. Mein Exemplar war ein auf Vorder- und Rückseite sorgfältig getipptes Manuskript von zweihundertsechsundachtzig Seiten im Kleinformat, auf Luxuspapier mit Wasserzeichen, einer Art Briefpapier einer Dame von Welt oder Halbwelt, ohne Durchschuss, ohne Absätze, ohne Rand, im Blocksatz getippt, wie betoniert, fehlerlos, ohne Streichungen. Eine saubere, professionelle Arbeit. Ich habe noch nie ein solches Manuskript gesehen. Erzählen, von wem ich es bekommen habe, hiesse geradezu einen Roman schreiben. Vielleicht werde ich es eines Tages tun; doch nichts ist ungewisser. Ja, hätte Ajalbert das gewusst, was hätte er nicht alles getan, dieser Knallkopf! Und wie Roland mit umwerfendem Humor und einer beachtlichen Sachlichkeit erzählt, wie er unter dem Flügel seines Flugzeugs zigaretterauchend im Schatten lag, einsam seinen Triumph auskostet und zufrieden lächelnd das Meer betrachtete, wie er im warmen Sand an der Stelle lag, wo er gelandet war, bevor er sich wieder in sein Flugzeug setzte, um sich von den Offiziellen in Tunis mit der Stoppuhr kontrollieren zu lassen und ihnen persönlich zu verkünden, er habe eben gerade das Mittelmeer überquert. Als erster!).

12

Die Jahre vergingen.

Im Juni des Jahres 1625 wurde Joseph als Kleriker in den Orden der Konventualen zu Osimo (Provinz Ancona) aufgenommen, und er durfte mit grosser Freude das Ordenshabit entgegennehmen, und er begann mit grosser Inbrunst das Noviziat, das ihn zur feierlichen Profess führte.

Die Franziskanerkonventualen berichteten, wie Gott dem kleinen Oblaten aus dem Kloster zu Grottella auf wunderbare Weise zu Hilfe kam und wie dieser, obwohl kaum des Lesens und noch viel weniger des Schreibens kundig, die Prüfungen erfolgreich bestand und wie und warum der kleine Mönch des seraphischen Ordens und der grösste Ekstatiker der Geschichte zum Nothelfer der Examenskandidaten und ihr Schutzheiliger wurde, was sowohl mein Sohn Rémy, der Pilot, als auch der irische Feldgeistliche nicht begreifen konnten.

Der Bischof von Nardò hatte ihn *in Ansehung seiner grossen Tugenden zu den feierlichen Gelübden zugelassen, und* [er] *legte die klösterliche Profess unter den zärtlichsten Thränen ab. Voll Vertrauen auf Gott und seine jungfräuliche Mutter, deren mächtigen Beistand er mit Wärme angerufen hatte, empfing er ohne Examen am 30. Jänner 1627 die minderen Weihen, am 27. Februar desselben Jahres das Subdiaconat, und den 20ten März das Diaconat nach einem wundersam bestandenen Examen.* Bruder Joseph trat mit der Selbstsicherheit eines Gelehrten auf, der die Heilige Schrift vollkommen kennt. Diese Selbstsicherheit war nicht etwa Überheblichkeit, sondern demütiges Vertrauen in die Jungfrau Maria, die er mit Inbrunst um ihren mächtigen Beistand gebeten hatte. Der Bischof schlug das Neue Testament auf. Als ob die Jungfrau seine Hand führte, fiel sein Blick auf die Stelle im Evangelium: *»Beatus venter qui te portavit«* war das einzige, was Joseph durch langes Studium erlernt hatte und *sohin glücklich auslegen konnte. Endlich erlangte er auch das Priesterthum am 28. März 1628, nachdem der Bischof von Castro, Mons. Johann Baptisti Detti, obwohl ein sehr strenger und eifriger Mann, von der Geschicklichkeit der zuerst examinirten jungen Religiosen so befriedigt war, dass er von ihnen auf die Tüchtigkeit der noch übrigen Brüder schloss, unter denen sich auch Joseph befand, und sie ohne weitere Prüfung weihte.*

»Das war der Finger Gottes.«[5]

13

Joseph von Copertino empfing im Jahre 1628, im Alter von fünfundzwanzig Jahren, die Priesterweihe.

Aber ich kenne eine andere Version der berühmten Examen, denen er in der Studentenwelt seinen Ruf verdankt. Ich könnte wie der Feldkaplan der *Royal Welsh Fusiliers* behaupten, ich wüsste nicht mehr, woher ich sie habe. Doch warum sollte ich? Ich habe sie in einer dicken anonymen Broschur gefunden, die ich in der *Bibliothek* habe mitlaufen lassen. Zumindest verkündete ein von Hand beschriebenes Schild, dass sich hier eine Bibliothek befand, ich stiess die Tür auf und befand mich im Souterrain einer Festungsanlage der Maginot-Linie, wo man Bündel überholter Drucksachen und zerfledderte alte Bücher stapelte, die niemand las und die überall im Hinterland unermüdlich von patriotischen Ligen gesammelt wurden, die an den guten Willen der Franzosen appellierten, damit diese sich der in Schränken und Dachböden stapelnden Jahrgänge alter Zeitungen und Zeitschriften entledigten, und all dieses unleserliche Papier, das den Rattenzähnen und der Hartnäckigkeit der Würmer und den Moderflecken der Zeit entgangen und eigentlich dazu bestimmt war, den Geist zu beschäftigen und die erzwungene Freizeit der in den betonierten, uneinnehmbaren Frontlinien lebend begrabenen Soldaten auszufüllen, kam lastwagenweise an, und die Soldaten mussten den sich anhäufenden Altpapierkram auf dem Buckel wegtragen, und sie fluchten über diesen anstrengenden Sonderdienst, wobei ich nie einen der Männer habe eines der vergilbten Bücher in die Hand nehmen oder auch nur einen zerstreuten Blick darauf werfen sehen. Neuerscheinungen hätten sie gebraucht in einer solchen Superkulisse, Teufel noch mal, Neuheiten entsprechend ihrer supermodernen Bewaffnung und der Hoffnungslosigkeit, die sie alle erfasst hat, all die braungebrannten Burschen, die sich, wie die Stars an den Modestränden von der Sonne, schön der Reihe nach jeden Morgen ein Viertelstündchen von den ultravioletten oder infraroten Strahlen bräunen liessen, was ihnen vom Feldarzt aus wissenschaftlichem Snobismus zum harmlosen Zeitvertreib verschrieben wurde.

Dies ist also die andere Version von Joseph von Copertinos Examen. Allerdings verlegt der anonyme Autor die Szene in die berühmte Universität Bologna: Für die Theologiekandidaten war nun also die Zeit gekommen, nach Bologna zu reisen, das Examen abzulegen und das Doktorat zu bestehen; bei den Patres freute sich jedermann ausser Joseph, der sich keine Gedanken darüber machte.

Am Tag der grossen Abreise zwängten sich die Kandidaten aufgeregt in eine vierplätzige Reisekutsche mit einem Maultiergespann, das unter einem Hagel von Peitschenhieben und lautem Schellengebimmel im Galopp davonstob.

Nur Joseph war nicht mit von der Partie.

Der Pater Superior hatte ihn in sein Arbeitszimmer bestellt, um ihm mitzuteilen, dass er ihn nicht mehr lange in der Schule behalten könne, jetzt, da seine Mitschüler abgereist seien, müsse er ihn leider zu seinem Vater zurückschikken. »Du kannst dich nicht zur Prüfung anmelden, mein armer Joseph. Ich kann nichts mehr für dich tun. Du hast deine Zeit verschwendet. Es tut mir leid für deinen armen Vater«, sagte der Superior, als er Joseph verabschiedete.

Bruder Joseph küsste die Hand des Paters und verliess, wie es seine Art war, wortlos den Raum.

»Seltsamer Junge! Ist er vielleicht gar undankbar?« fragte sich der Pater Superior, als er durch die kleinen Fensterscheiben Joseph nachblickte, der den verlassenen Hof überquerte und flink zwischen den Flügeln des grossen Klostertors hindurchschlüpfte, das sogleich schwer hinter ihm zufiel.

»Er ist tatsächlich durch das Haupttor des Klosters gegangen. Ist er vielleicht gar hochmütig?« fragte sich der Pater nachdenklich.

Zwanzig Jahre später, als man ihn im Tribunal in Neapel zurechtwies, wohin ihn das Heilige Offizium zitiert hatte im Zuge der Ermittlungen über die zahllosen angeblichen Wunderheilungen, die das einfache Volk ihm als Thaumaturgen zuschrieb, und man ihn aufforderte, die Wahrheit, die ganze Wahrheit zu sagen und nichts, auch nicht die kleinsten Besonderheiten seines Lebens, auszulassen, und ihn mit Fragen bedrängte, und nachdem er den formellen Befehl des von der Inquisition berufenen Richters erhalten hatte, gestand der gehorsame Bruder Joseph demütigst, dass er an jenem Morgen, nachdem er wegen seiner Unwissenheit und seiner hoffnungslosen Dummheit aus dem Kloster gewiesen worden sei, tief betrübt und voller unterdrückter Tränen gegangen sei und dass er sich zutiefst geschämt und nicht gewusst habe, wie vor seine braven Eltern treten; doch nach kaum drei Schritten auf der Landstrasse habe er sich *getragen gefühlt,* und dieses Gefühl sei so berauschend gewesen, dass er die ihn umgebende Wirklichkeit nicht mehr wahrgenommen habe, und er könne nicht erklären, wie das geschehen sei, und anstatt ihn zu seinen braven Eltern nach Hause zu führen, wie der Superior befohlen, hätten ihn seine Schritte zur Aula der Universität geführt, und zwar just in dem Moment, als man die Namen seiner Klassengefährten verlas, die die Examen bestanden hatten; da habe er, Joseph, der unwürdigste und unwissendste, sich beim Examinator gemeldet, *immer noch von dieser unbekannten Kraft gedrängt, die ihn bereits nach Bologna gebracht hatte,* und habe kühn gebeten, man solle ihn bitte ebenfalls prüfen, und er habe auf alle Fragen mit Bestimmtheit *»Amen!«* geantwortet, worauf man ihm zu seiner grossen Verwirrung nicht etwa die Eselskappe, sondern feierlich den viereckigen Doktorhut der Theologie aufgesetzt habe; und mit diesem Hut auf dem Kopf, er wisse nicht wie, *sei er plötzlich zu seinen braven Eltern getragen worden,* die ihn stolz mit lauter Freude und Tränen empfingen, doch er habe sich geschämt, vor allem vor seiner Mutter, und seither verstecke er sich, und seither, ohne dass er wisse, wie und warum, und überall, wohin seine Füsse ihn trügen, würde das Volk ihn umringen, und in seiner Verwirrung *fliege er davon,* weil er nicht wisse, wo sich vor Scham verstecken.

14

Die zu seiner Zeit vom einfachen Volk verbreitete Legende hat aus dem heiligen Joseph von Copertino einen Wundertäter gemacht.

Davon zeugen die paar in Holz gravierten, unbeholfen bemalten Bilder zu einem anonymen Text in jener am Abend des 13. Mai 1940 verlorengegangenen Broschur, als befohlen wurde, das überflüssige Gepäck zu verbrennen, um in den Proviantwagen Platz zu schaffen, und das GHQ überstürzt im Morgengrauen Amiens verliess, um sich (zumindest die Presseabteilung) in Le Touquet-Paris-Plage einzurichten, bevor es sich wieder einschiffte. Die Zeit drängte, und die ehrgeizige Armee hatte nicht genug Transportfahrzeuge. Ich konnte doch nicht alle meine Bücher in meinen Taschen herumtragen, die der Schneider auf meine Bitte hin an meiner Uniform angebracht hatte, auch wenn sie zahlreich und geräumig waren, wo ich doch ohnehin schon ein Grauen vor vollen Taschen habe. Als Kriegskorrespondent jedoch war ich wohl oder übel gezwungen, einen Stenoblock und einen Füller einzustecken, als fauler Mensch meinen *Petit Larousse,* als Dichter ein Buch über Metaphysik plus eine Kamera! Ich hatte keinen Militärwagen mehr zur Verfügung und reiste mit dem Zug nach Paris zurück (dem letzten, und im Bombenhagel!), meinen Wagen holen; drei Tage später schloss ich mich wieder dem *staff* der AASF (*Advanced Air Striking*

Force der RAF) an, bei denen ich mich vom Luftattaché der britischen Botschaft in Paris hatte akkreditieren lassen, und als ich in halsbrecherischem Tempo auf einer Nebenstrasse die Aisne entlangfuhr, hatte ich endlich das Glück, unverhofft auf meinen Sohn und sein Geschwader zu stossen, wie ich es mir so oft gewünscht hatte, ein bewegendes Zusammentreffen, wie sich erweisen sollte. Es war am Abend des 18. Mai. Am 19. würde Rémy von der Flak hinter den feindlichen Linien abgeschossen werden. Die Ereignisse jener tragischen Tage waren erst der Anfang, und sie würden sich einen Monat lang überstürzen, bevor sie für uns alle in einer Katastrophe endeten. Meine Erinnerungen daran sind immer noch blutig, und ich habe nichts vergessen können, nicht einmal die sieben Bilder aus einer anderen Zeit in einer alten, zerfledderten und zu Asche gewordenen Broschur, einem umfangreichen, auf italienisch geschriebenen, in Padua gedruckten Kolportagewerk (wahrscheinlich um 1860) in grossen Epinalbuchstaben, die für die schlechten Augen alter Frauen gedacht sind. Die sieben Bilder (alte, gegenklischierte Holzschnitte) waren für die Kurzweil der Esel und die Bekehrung der Ungläubigen bestimmt und die grelle Kolorierung für die kleinen Kinder:

Erstes Bild: (Es fehlte.) Das war wohl das Porträt des Heiligen gewesen. Ein Bärtiger.

Zweites Bild: Bruder Joseph unterwegs auf der Landstrasse nach Bologna. Sein Gang ist sonderbar, er fällt auf. Feldarbeiter verspotten ihn. Man wirft mit Steinen nach ihm.

Drittes Bild: Je weiter er voranschreitet, desto mehr erregt sein ungewöhnlicher Gang Aufmerksamkeit. Frauen schauen ihm nach. Bruder Joseph scheint zu gleiten – die Frauen sperren staunend den Mund auf, sie glauben, ein Wunder zu sehen, weil er *die Füsse nicht auf der Erde aufsetzt,* sondern, ohne auszuschreiten, ohne aufzutreten, ohne den Abdruck seiner Sandalen im Strassenstaub zu hinterlassen, auf wunderbare Weise durch die Luft schreitet wie Christus auf den Wassern des Sees.

VIERTES BILD: (in kleinere Szenen unterteilt, auf denen der Heilige immer höher in die Luft steigt, bis er über der sich drängenden Menschenmenge schwebt): Die Frauen, Tagelöhnerinnen, Kuhhirtinnen, Bäuerinnen, die zum ersten Mal im Leben ihre Felder und ihre kleinen strohgedeckten Häuser verlassen, folgen ihm laut betend und fromme Lieder singend. Und wenn sie durch ein Dorf kommen, schliessen sich ihnen Hausfrauen und Mägde und Ammen mit ihren Säuglingen an. Und je mehr sich die Menge der Stadt Bologna nähert, deren Kirchtürme man am Horizont sieht, desto verzückter sind die sich hinter dem *Santo* drängenden Menschen. Und in den Marktflecken verlassen Handwerker, Krämer, Bürger ihre Werkstatt oder ihre Arbeit, um der Prozession zu folgen. Und wenn sie durch Städte kommen, öffnen sich die Türen der Hospize und der Gefängnisse, und die Kranken stehen von ihren Krankenbetten auf, und von den Gefangenen fallen die Eisen. *»Il Santo! … Il Santo! …«*

FÜNFTES BILD: In der Aula der Universität. Bruder Joseph mit gefalteten Händen, in schwankendem Gleichgewicht, wie ein Vogel auf dem äussersten Rand des Pults des Examinators kniend, den Blick gen Himmel gewandt und der *»Amen!«* antwortet.

SECHSTES BILD: Bruder Joseph unter der Kuppel des Petersdoms schwebend und darunter staunende Prälaten, die eine zerfurchte Gestalt umringen: URBAN VIII. (Joseph war tatsächlich von seinem Ordensgeneral nach Rom berufen worden und in Gegenwart des Papstes in eine seiner üblichen Liebesohnmachten gefallen und zur Kuppel hinaufgeschwebt, und Urban VIII. hatte erklärt, er werde es nicht versäumen, dieses Wunder zu bezeugen, sollte er nach dem heiligen Manne sterben.)

SIEBTES BILD (halb zerrissen): Porträt eines anderen Bärtigen. *»Raffaele Palma, Custos des heiligen Convents von Assisi – Joseph bittet ihn,* PULCHRA EST MARIA *mit ihm zu beten, er fasst ihn um die Hüften und hebt ihn in heiterer Verzückung von der Erde und zieht ihn hastig in den Lüften herum«,* erklärt die Bildlegende.

Die anderen Bilder waren herausgerissen worden.

15

Die Akte berichtet überdies, dass Joseph, als er in Neapel vor dem Heiligen Offizium erschien, das ihn, *der Magie verdächtigt,* vorgeladen hatte, sich vor lauter Unterwürfigkeit beim Betreten des grossen Audienzsaals vor seinen Richtern flach auf den Bauch fallen liess, doch anstatt in dieser demütigen Haltung zu verharren, erhob sich Joseph zum grossen Erstaunen aller Anwesenden langsam in die Luft und beendete seinen Aufstieg erst, als er an die Decke des Saales stiess, von wo er erst nach einer halben Stunde herunterkam und nur dank der liebevollen Ermahnung von Pater Silvestro Evangelista, seinem Gefährten, der wusste, wie mit ihm sprechen und wie ihn durch Berufung auf den Gehorsam aus seiner Verzückung zurückrufen: er rief Joseph also beim Namen, und der kam lächelnd wieder zu sich.

Joseph von Copertino wurde streng getadelt wegen dieser unpassenden Darbietung, die man für sündigen Hochmut hielt, und zur Strafe für die anderen Wunder und Heilungen, die er in aller Unschuld seit zwanzig Jahren bewirkt hatte, von den Inquisitoren in ein einsames Kloster verbannt. Urban VIII. milderte das Urteil, worauf er ins Kloster von Assisi geschickt wurde, wo ihn der Kustos, Antonius von St. Maurus, bat, sich ruhig zu verhalten, er begegnete dem frommen Joseph anfänglich mit Hochmut und behandelte ihn mit Geringschätzung und überschüttete ihn mit Drohungen und schimpfte ihn einen Scheinheiligen, einen Tölpel. Danach wurde Bruder Joseph in die Einsamkeit des Kapuzinerklosters von Pietrarubbia, dann in das von Fossombrone (Herzogtum Urbino) versetzt; der Ruf seiner Heiligkeit war jedoch so gross, dass um das Kloster herum schon bald Gasthäuser und Tavernen und Herbergen für die herbeiströmenden Neugierigen entstanden; schliesslich durfte Joseph zu den Minderen Konventualen in sein altes Kloster in Osimo zurück. Und dort starb er am 18. September 1663 im Alter von sechzig Jahren.

Pater Evangelista durfte ihn später überallhin begleiten, das war die einzige Gnade, die man ihm gewährte, denn ohne dessen Fürsorge hätte er nicht leben können, weil der Heilige in allen Verrichtungen hilflos und ungeschickt war.

16

Es ist nicht Pater Silvestro Evangelista, täglich Zeuge der fliegerischen Heldentaten von Joseph von Copertino, der Einzelheiten berichten oder die Liste der Rekorde aufstellen wird; und ebensowenig die *Acta Sanctorum* der Bollandisten, sonst äusserst gewissenhaft und peinlich genau, wenn es um die Offenbarung von Phänomenen geht, die sich vom Heiligen Geist herleiten lassen, sich aber überhaupt nicht und in keiner Weise für sportliche Rekorde interessieren. Um darüber etwas zu erfahren, muss man das umfangreiche Werk von Professor Olivier Leroy lesen, Autor mehrerer volkswirtschaftlicher Veröffentlichungen, das er der Levitation gewidmet und, anhand von genauen Daten, die Liste der Rekordhalter dieser besonderen Flugkunst ohne Halt, ohne Segel und ohne Motor, erstellt hat. Es ist kein Panegyrikon, sondern ein kritisches Werk, das sich mit allen Erscheinungen dieses Phänomens von den frühesten Zeiten bis heute auseinandersetzt, sowohl bei den zivilisierten als auch bei den primitiven Völkern, in dem sowohl die Fälle der Heiligen der römisch-katholischen und der apostolischen Kirche untersucht und analysiert werden als auch die der berühmtesten Medien und der Hexen, das die Statistiken über Höhe und Dauer der Flüge enthält sowie komparative und synoptische Tabellen. Das Buch liest sich wie ein Roman, wie der Roman der Prähistorie der modernen Luftfahrt, und wie bei der modernen Luftfahrt fängt auch die Levitation mit tastenden Versuchen an, mit Abstürzen, mit Hüpfern und Bruchlandungen, denn weder die Magier und Demiurgen der Antike und in der Fabel noch die christlichen Heiligen des Mittelalters, noch die Heiligen unserer Zeit haben sich auf Anhieb vom Boden erhoben und sind durch die Lüfte gereist; doch es ist unbestritten, dass von all den Eroberern des heidnischen Empyreums oder des christlichen Himmels Joseph von Copertino, der ungebildete demütige Bruder, den Rekord innehat, zwar nicht für die Flugdauer (Aloisius von Gonzaga: drei Tage) und auch nicht für die Flughöhe (Coletta von Corbie: man verlor sie aus den Augen, *oculis evanescens*), doch den für die Flugstrecke (am 10. Juli 1657: dreissig Meter, zwei Meter fünfzig über dem Boden) und für die Häufigkeit der Flüge (Prosper Lambertini, der spätere Papst Benedikt XIV., der im Heiligsprechungsprozess die Rolle des Advocatus Diaboli spielte und der Ritenkongregation die penibelsten *animadversiones* vorlegte, hat allein in der Stadt Copertino siebzig Fälle von eindeutiger Levitation gelten lassen! Ganz zu schweigen von den Ekstasen *{raptus est!}* im Kloster zu Assisi, die sozusagen täglich waren und vierzehn Jahre lang {von 1639 bis 1653} beobachtet wurden. Und überdies ist unser armer Joseph bis heute immer noch der einzige, der *rückwärts* geflogen ist!)

17

Es war mein Freund Alexandre Rouhier, der Geschäftsführer der Buchhandlung *Véga* am Boulevard Saint-Germain, der Buchhandlung mit dem reichhaltigsten Sortiment an okkultistischen Werken in Paris, der mir Olivier Leroys Meisterwerk an die Front schickte. In diesem ausführlichen Buch erwähnt Leroy, der alle Levitationserscheinungen, sogar die der Naturvölker, untersucht, keinen einzigen Fall von postumer Levitation und hat offenbar keinerlei Kenntnis vom *ibadou*.

Ein Fall von Levitation *post mortem* wurde mir von meinem Freund Edouard Trouin berichtet, Hotelbesitzer in Saint-Maximin-la-Sainte-Baume, aber auch visionärer Architekt, der die *Cité de la Contemplation* entworfen hat, die eines Tages gegenüber der Felsbarriere gebaut werden soll, an der Stelle, wo sich Maria Magdalena in dieser majestätischen Einsamkeit mehrmals täglich in die Luft schwang und von den Engeln bis in den siebten Himmel entführt wurde. Es handelt sich um die Levitation des seligen Jacques d'Uzès, der in seinem Sarg von Metz bis zur herzoglichen Gruft in seiner Heimatstadt im Departement Gard flog.

»Jesus aber schrie noch einmal laut auf. Dann hauchte er den Geist aus.

Da riss der Vorhang im Tempel von oben bis unten entzwei. Die Erde bebte, und die Felsen spalteten sich. Die Gräber öffneten sich, und die Leiber vieler Heiligen, die entschlafen waren, wurden auferweckt.

Nach der Auferweckung Jesu verliessen sie ihre Gräber, kamen in die Heilige Stadt und erschienen vielen.« (Matthäus 27,50–53)

Ein zweites Beispiel von postumer Levitation also, wie mir scheint, und zudem ein Fall von kollektiver Levitation. Und die Himmelfahrt Mariä, die Entführung der Jungfrau? Und die Auffahrt, der wunderbare Aufstieg Jesu Christi? Er war doch der Auferstandene, der lebende Gott. Und durch eine Levitation wurde sein irdisches Leben beschlossen:

»Und während er sie segnete, verliess er sie und wurde zum Himmel emporgehoben.« (Lukas 24,51)

Alexandre Rouhier aber, der nicht nur Buchhändler und bewanderter Okkultist ist, sondern auch Doktor der Pharmazie und Autor einer beispielhaften Monographie über den *peyotl,* die Pflanze, die staunende Augen macht, einen kleinen mexikanischen Kaktus, in Arizona allgemein *the dry whisky* genannt, selbst Alexandre Rouhier, dieser Wissensquell, scheint keine Ahnung vom *ibadou* zu haben, der Pflanze, die den menschlichen Körper in den Stand versetzt, sich in die Luft zu erheben und sich dort ohne sichtbaren Halt zu bewegen und zu reisen, ohne von physischen Kräften angetrieben zu werden, einer Pflanze, die alle Bewohner Amazoniens in ihrem versteckten Gärtchen hinter ihrer Hütte anbauen und die sie in ihrer Stummelpfeife rauchen, wenn sie die Sehnsucht packt und das Bedürfnis, der Umklammerung des Urwaldes zu entfliehen, oder die sie wie Tabak kauen, wenn sie beim Fischen oder auf der Jagd in Gefahr geraten oder wenn sie tödlich eifersüchtig auf ihre Frau sind und auf der Stelle nach Hause zurückkehren wollen: Ein Graspriem, und sie entfliegen, verschwinden in der Luft, um mit Sack und Pack und mitsamt Piroge vor ihrem Haus zu landen.

18

»In Amazonien soll der Fremde, der den Kreis der gerodeten Lichtung des *Waldmenschen* durchquert, nicht erschauern und vor allem nicht kehrtmachen, sonst wird er in die Ferse gestochen. Doch er soll beherzt diese urzeitliche Zuflucht des Menschen betreten, sich mit Namen vorstellen und sich ruhig verhalten.

Dann wird er den *Naturmenschen* aus der Nähe beobachten können, mit eigenen Augen sehen, wie er kommt und geht in seiner einsamen Lichtung in den unergründlichen Urwäldern, einer Insel in den Chlorophyll-Ozeanen.

Wenn man nicht zuviel Verwunderung zeigt, wird dein Kommen niemanden überraschen, und der Amazonier wird friedlich seinen gewohnten Beschäftigungen nachgehen, als hätte er deine Anwesenheit gar nicht bemerkt: Feuer schlagen, Stock und Pfähle handhaben, Leimruten auslegen, mit der Lockpfeife rufen, Fallen und Netze stellen, sein Lasso werfen oder die Angelschnur einziehen, mit dem Bogen oder dem Blasrohr schiessen oder sich auf dem sauberen gestampften Vorplatz zwischen seinen ganzen und halben Kalebassen, seinen irdenen Töpfen, seinen Utensilien und seinen Steinwerkzeugen hinhocken inmitten seiner verstreuten Schätze, vor seinem Manioksieb oder seinem Räucherrost.

Wenn du friedfertig veranlagt bist (doch pass auf, der Primitive, den du da überrascht hast, hat, selbst wenn er bereits ein Halbzivilisierter ist, das heisst ein Mischling oder *caboclo,* das Zweite Gesicht und liest in deinen Gedanken wie ein reinblütiger Indianer), wird der Mann sich ungezwungen in ein zwischen zwei angekohlten Pfählen unter dem Vordach gespanntes Netz legen, wird in seiner Hängematte Siesta halten, aber nur mit einem Auge schlafen, seine vergifteten Pfeile oder sein *espingarda,* ein altes Schiesseisen, in Reichweite, dessen Kolben eine Schraubenfeder ist, bewacht von einer Cascavelle, seiner schwarzen Hausschlange.

Doch wenn du sein Vertrauen gewonnen hast, wird dir dieser »Wilde« sogar erlauben, ihn hinter seine Hütte zu begleiten, wird dir das eingezäunte Gärtchen zeigen, wohin er sich mehrmals täglich begibt – denn er ist auf der Hut –, um die Pflanzen zu düngen, zu pflegen, zu überwachen, die er sich angeeignet und die er domestiziert hat, die geheimnisvollen Pflanzen, deren Eigenschaften und furchtbaren Anwendungen nur er kennt, heilige Pflanzen, dämonische Pflanzen, mit denen er einen Kult treibt, die er unter Lebensgefahr der Wildnis, dem erstickenden Urwald entreissen musste, seinem einzigen, seinem heimtückischen, seinem tödlichsten, seinem ewigen Feind.

Unter diesen Pflanzen – Lianen, Büsche, Farne, Dornen, Knollen, Palmen, Moose, Pilze, bösartige oder gutartige, die man mit Blut tränkt oder mit Fleisch mästet, tagblühend oder nachtblühend, von denen welche in der Mittagshitze bellen wie Hunde, von denen andere wiederum melodisch im Wind singen und nochmals andere übernervös wie Mimosen reagieren, wenn das Wetter umschlägt, Pflanzen, die zerfetzen, brennen, kratzen, sich festsetzen, haften, schneiden, bohren, sägen, nachts Düfte absondern oder im Mondschein pestilenzialischen Gestank, Niesreiz erregen oder einschläfern und deren Früchte, deren Blätter, Knospen, Wurzeln, Rinden, Pollen, Samen Gifte sind, fiebersenkende Mittel oder Betäubungsmittel, von denen der *Waldmensch* weiss, wie man Pulver daraus herstellt oder Raspeln, Färbemittel oder Sirup, Mark oder Harz, Spirituosen oder Salben, Kautschuk oder Kristalle, die, oft in winzigen Mengen, zur Zusammensetzung der Elixiere oder Toffana gehören, Hellseherdrogen oder Liebeselixiere, Stärkungsmittel oder todbringende Absude, mit denen er nicht geizt – gibt es eine, die seltenste, die magischste von allen, die jedoch in keinem verborgenen Gärtchen fehlt, die hinter jeder Eingeborenenhütte wächst und von der jeder Amazonier ein Beutelchen mit getrockneten Blättern mit sich trägt und die die geheimnisvollste Pflanze des amazonischen Urwaldes ist, denn noch kein Weisser hat sich je einen Steckling beschaffen können, und die die europäischen Gelehrten, die sie nur vom Hörensagen kennen, provisorisch katalogisiert haben aufgrund ihrer psychischen Wirkung und die zu den gefährlichsten halluzinogenen Drogen gehört, zu denen, die *an der Schwelle des Bewusstseins* wirken, die aber jeder Amazonier ruhig in seiner Stummelpfeife raucht, das ist das *ibadou,* die Pflanze der Levitation ... Eine legendäre Pflanze, dank welcher der *Naturmensch,* dieser Gefangene des Urwaldes, reist, ohne – wie wir Zivilisationsmenschen – das Schiff oder das Flugzeug nehmen zu müssen.«

19

Ich habe das vorangehende Kapitel nach der Rückkehr von einer Reise in Amazonien geschrieben und habe es, mit anderen Beiträgen und Fotografien, 1935 in der Zeitung *Le Jour* veröffentlicht. Doch wen ich damals nicht erwähnt habe, ist mein Reisegefährte, Hauptmann X., Botschaftsrat bei der brasilianischen Botschaft in Paris und der einzige Weisse, der imstande ist, aus eigener Erfahrung über die Wirkung des *ibadou* zu berichten, weil er einst in die Luft gehoben wurde, nachdem sein Pirogenführer ihn gezwungen hatte, eine bestimmte Dosis zu schlucken, als sie mit ihrem zerbrechlichen Boot in einen jener orkanartigen Stürme gerieten, die den Amazonas in ein tobendes Meer verwandeln und die bei strahlendstem Wetter am bläulichen Himmel plötzlich ohne warnende Vorzeichen über einen hereinbrechen. Es ist der *pororoca,* der zerstörerische Orkan, der dunkle Schneisen in die umliegenden Urwälder schlägt, der die Baumriesen fällt, den mächtigsten Strom des Universums zwingt, die Richtung zu ändern, ihn flussaufwärts treibt, Wassersäulen vor sich her peitscht, die als Windhosen niedergehen, der in brüsken Sprüngen von unerhörter Wildheit daherbraust wie ein Zyklon. Innerhalb von Sekunden ist alles verwüstet. Die Blitze leuchten pausenlos auf. Der Donner rast wie ein Panzer. Gelbes Gewölk streift den verdutzten Himmel, an dem Wolkenbänke dahinjagen. Es riecht nach Ozon, und die gewaltigen Wogen strömen erstickende, lodernde Hitze aus. Elektrische Funken zerren zischend an den zerrütteten Nerven. Der Blick schmerzt. Der darauffolgende sintflutartige Regen ist ein Häcksel, er kommt, er geht, er zermalmt, er zerquetscht; scharf wie die gewetzte Klinge einer Sichel, der Regen mäht, mäht und lässt Leere hinter sich zurück und geisselt und blutet einen aus.

»Und dann?« fragte ich meinen Freund. »Und Ihre Begleiter?«

»Sie sind ertrunken.«

»Waren es viele?«

»Ein Unteroffizier und sieben Männer.«

»Befanden sich alle in der grossen Piroge?«

»Nein, in drei Booten, zwei Männer je Boot und zwei Ruderer.«

»Und Sie?«

»Ich war in der kleinen Piroge an der Spitze, zusammen mit José-Antonho, dem Führer aus Pau-Queimado, einem Zambo[6], und seinem Sohn Firminho, einem fünfzehnjährigen Jungen …«

»Und dann?«

»Dann hat sich José-Antonho auf mich gestürzt, hat mich mit einem Ruderhieb auf die Stirn fast umgebracht, hat mich zu Boden gestossen, hat mich auf dem Boden der absaufenden Piroge festgehalten, und als ich zu schreien versuchte, steckte er mir eine Handvoll Gras in den Mund, ich hatte das Gefühl zu ersticken und …«

»Und ihr seid davongeflogen?«

»Nein, ich schlug um mich. Ich erinnere mich nur noch an das Gefühl von Wasser und Kälte. Bitteres Wasser, das in meinen Mund floss, grässlich bitter, so dass ich spucken und schlucken musste, und mir war eiskalt, und die Kälte lähmte mich.«

»Und dann?«

»Dann bin ich aufgewacht. Die Frauen flössten mir eine kreolische Brühe ein, eine warme Mixtur. José-Antonho und Firminho lagen neben mir. Sie schliefen noch. Mutter und Grossmutter bemühten sich um mich. Ich war krank. Das Fieber …«

»Sie waren also nicht im Camp?«

»Nein, ich war in José-Antonhos Hütte, in Pau-Queimado, in seiner Siedlung, dreihundert Kilometer vom Camp entfernt.«

»Wieviel Zeit war vergangen?«

»Es war noch Tag. Seit unserem Schiffbruch war kaum eine Stunde vergangen ...«

»Und die Piroge?«

»Sie war am Bootssteg festgebunden ...«

Der Botschaftsrat sprach nicht gern über dieses Abenteuer, ich hatte ihn aufgesucht und ihn gedrängt, mir mehr darüber zu erzählen. Er war ein glaubwürdiger, ruhiger und nüchterner Mann. Er hielt sich seit fünfzehn Jahren in Frankreich auf. Er hatte Léon Bloys Villa in Bourg-la-Reine gemietet. Er hegte höchste Bewunderung für diesen Schriftsteller, denn auch er verbrachte seine Nächte mit dem Schreiben von Romanen, nostalgischen Romanen, in denen er das Leben und die Vergangenheit seiner abgeschiedenen Heimat in einer Sprache mit einer äusserst komplizierten Syntax schildert und mit einem unvorstellbar reichen, einem ganz besonderen Vokabular, denn die Nächte sind lang, wenn man an Schlaflosigkeit und unter Malariaanfällen leidet und einen die Erinnerung an die *Grüne Hölle* nicht loslässt, wie der Botschaftsrat die Urwälder Amazoniens bezeichnete, die er gut kannte, weil er sie erforscht und sich durch das Dickicht gekämpft hatte und knapp mit dem Leben davongekommen war. Was bedeutet, dass er als Literat die Introspektion pflegte und sich von Wörtern nicht beirren und sich von Wahrnehmungen nicht täuschen liess. Ich konnte mich auf seine Aussagen verlassen, aus diesem Grund hatte ich ihn aufgesucht, um ihm genaue Fragen zu stellen in dieser friedlichen Vorstadtvilla gleich dem Lycée Lakanal gegenüber, wo ich 1916 behandelt worden war und nach meiner Amputation so viele alptraumhafte Wahrnehmungen gehabt hatte und der Geist sich verirrte, versuchte er doch krampfhaft, einer überlebenden abgetrennten Hand zu folgen, sie zu orten, sie zu identifizieren, sie zu lokalisieren, einer abgetrennten Hand, die sich schmerzlich bemerkbar macht, nicht am Ende des Armstummels, nicht in der Radialachse und auch nicht im Zentrum des Bewusstseins, sondern als Aura irgendwo ausserhalb des Körpers, eine Hand, Hände, die sich vervielfachen und sich entwickeln und sich fächerartig öffnen, die mehr oder weniger zerquetschten Fingerspindeln, die hyperempfindlichen Nerven, die schliesslich dem Geist das Bild des tanzenden Schiwa einprägen, der unter eine Kreissäge rollt, um nacheinander alle seine Arme zu amputieren, wobei man selber Schiwa ist, der zu Gott erhobene Mensch. Es ist grauenhaft. Daher das Lächeln …

Wir hatten lange bei Tisch gesessen. Wir tranken *cafezinhos*. Ich rauchte eine schwarze Zigarre, die der Botschaftsrat mir angeboten hatte. Madame, seine Gattin, hatte, während er von seinem Abenteuer erzählte, die ganze Zeit mit dem Fingerknöchel auf die Tischplatte geklopft und gebetet. Sie mochte es nicht, ihren Mann von seinen Urwaldabenteuern erzählen zu hören, als Hauptmann X. 1921 der Befriedungsmission von Marschall Cândido Rondon bei den *Muras*-Indianern zugeteilt war. Im Salon nebenan begleitete die jüngere Tochter des Botschaftsrats am Klavier ihre ältere Schwester, die mit Gefühl das schöne Lied aus Bahia sang:

O, meu sabiá!
Deus canta …
A mordinha d'ella!
Non me faz lembra …

Was konnte ich in einer solchen Situation den Botschaftsrat noch fragen? Ich konnte nicht länger in ihn dringen. Dennoch wagte ich noch eine Frage: »Sagen Sie, lieber Freund, was haben Sie gespürt, als Sie die starke Dosis *ibadou* geschluckt haben?«

»Ich weiss nicht, ich erstickte.«

»Aber … haben Sie keinerlei Erinnerung an Ihre Levitation, an die zurückgelegte Strecke?«

»Keinerlei.«

»Kein Schwindelgefühl?«

Der Botschaftsrat schwieg.

»Sagen Sie«, versuchte ich es nochmals, »und José-Antonho, was sagte er zu der ganzen Geschichte? Fand er das ganz normal?«

»Ach, Cendrars. Sie wissen doch, dass die Einheimischen nie über diese Dinge sprechen«, antwortete der Botschaftsrat.

Auch Joseph von Copertino hat nie einen Kommentar über seine Levitationen abgegeben, und man kann sich tatsächlich fragen, ob er etwas davon wusste, ob er sich ihrer bewusst war. Er hat nie darüber gesprochen, also wissen wir von seinen persönlichen Wahrnehmungen nichts.

Ein Geheimnis Gottes.

20

Grange-les-Vieilles-Eglises …

»Et c'est un grand progrès que là où les femmes priaient, les vaches ruminent …«

Ich hatte meine Route äusserst sorgfältig geplant, um mich durchschlängeln zu können …

Ich, der ich seit Jahren versuchte zu sterben, fuhr in halsbrecherischem Tempo über eine Seitenstrasse nach Granges-les-Vieilles-Eglises, und durch eine Gedankenassoziation ging mir Remy de Gourmonts Satz ständig durch den Kopf: *»… est c'est un grand progrès que là où les femmes priaient, les vaches ruminent …«*

Granges-les-Vieilles-Eglises …

Ab dem 10. Mai 1940 war der Surrealismus auf die Erde hinabgestiegen, nicht etwa das Werk absurder Dichter, die sich als solche ausgeben und die höchstens Unterrealisten sind, weil sie das Unterbewusste preisen, sondern das bewusste Werk Christi, des einzigen Dichters des Surrealen. Er hat nie eine Zeile geschrieben. Er handelt. Und jeder bekommt gehörig sein Fett ab. Logischerweise.

Wäre ich je gläubig gewesen, wäre ich an jenem Tag von der Gnade berührt worden.

Der Geist weht, wo er will.

Feuer, Flammen, Rauch. Bomben, auflodernde Brände. Brücken, Eisenbahnen, Schleusen gingen in die Luft, und auf den Strassen waren die grossen alliierten Heeresverbände, die, mit getarntem Helm, im Gesang der Motoren vorrückten und am gleichen Abend unter den Toten liegen würden, die Überlebenden in alle Richtungen fliehend, schon seit dem Morgen von den in Panik flüchtenden Menschenströmen auseinandergerissen worden, und sie hatten ihre Riesenkolonnen auseinanderbrechen sehen, durchschnitten von den Schlangen der langen amerikanischen Limousinen aus Brüssel und Amsterdam, die im Gekicher von Luxusnutten und im Kreischen der mit Schlämmkreide eingeschmierten Reifen im vierten Gang flüchteten, ein märchenhafter Weltuntergang unter einer gnadenlosen Sonne und bei strahlend schönem Wetter. Eine biblische Vision, ganz zu schweigen vom stummen Weinen der im Chaos verlorengegangenen Kinder oder vom zurückgelassenen Leichenwagen am Wegrand, dessen Insassin, eine uralte Frau, allein eine ganze Strassenkreuzung verstopfte.

Wie Goya sagt: *»Yo lo vi«,* ich habe es gesehen, mit eigenen Augen gesehen …

Ich verliere mich in den Daten. Es ist nicht möglich, dass sich so viele Dinge, so viele Ereignisse, soviel Unglück, soviel Feigheit – Panik, verlorene Schlachten, Tote, in einem brennenden Krankenhaus zurückgelassene Greise, umherirrende Waisen, in die Freiheit entlassene Geisteskranke, vor Schmerzen brüllende Kühe auf den Wiesen, weil niemand sie melken kam, rinnendes Benzin vor einer Garage, deren Besitzer geflüchtet war, ohne in der Eile den Zapfhahn abzudrehen oder weil der verklemmte Bedienungsknopf der Tanksäule streikte –, nein, so viele Ereignisse haben sich unmöglich innerhalb von so kurzer Zeit ereignen können! Die reinste Hysterie. Die Sonne war angehalten worden. (Der Wetterdienst hatte einen vierzig Tage dauernden Antizyklon angesagt!) Es ist nicht möglich! Und darum geriet alles aus den Fugen, und selbst die Getriebe drehten sich im Leerlauf bis zur totalen Panne, dem toten Punkt.

Nein, am 10. Mai war der Mensch nicht mehr auf der Höhe der Ereignisse. Gott. Und darüber der Himmel wie ein Arsch mit leuchtenden Backen, und die Sonne ein entzündeter Anus. Was konnte anderes herauskommen als Scheisse? Und der Mensch schrie vor Angst. Doch Jesus hat gesagt:

»Begreift ihr nicht, dass alles, was durch den Mund (in den Menschen) hineinkommt, in den Magen gelangt und dann wieder ausgeschieden wird?

Was aber aus dem Mund herauskommt, das kommt aus dem Herzen, und das macht den Menschen unrein.« (Matthäus 15, 17–18)

Es ist nicht möglich, dass die Lektion vergebens war!

»Begreift ihr nicht?« fragt Jesus. *»Denn aus dem Herzen kommen böse Gedanken …«* Und Baudelaire erklärt: *»Und was ist nicht alles Gebet? – Scheissen ist ein Gebet, wenigstens behaupten dies die Demokraten, wenn sie scheissen.« (Mein entblösstes Herz)*[7]

Und in diesem Sinne konnte ein Paul Reynaud, Schutzpatron der Schleimer, im Juni 1940 beim Verlassen von Sacré-Cœur de Montmartre, wohin er sich offiziell mit seiner jämmerlichen Regierung begeben hatte, skrupellos, aber mit zwei Rotzkerzen an der Nase, erklären: *»Ich glaube an das Wunder!«*

21

Die dem britischen GHQ zugeteilten Kriegskorrespondenten betraten am Abend des 10. Mai belgischen Boden. Einige drangen bis Leuven vor, um ein weiteres Mal die berühmte Bibliothek brennen zu sehen. Mit dem Zug von Paris kommend, stiess ich in der Nacht vom 11. zum 12. in Brüssel zu ihnen. Am 13. waren wir bereits in Lille. Am 14. wurden wir von Arras nach Amiens verlegt, doch in der Nacht erreichte uns der Befehl, das Gepäck anzuzünden. Niemand wusste, wo das GHQ war. Absolute Geheimhaltung. Und unser Team, das seine Zensoren mit dem Motorrad hinter ihm her schickte, wurde aufgelöst, die »angelsächsischen« Journalisten wurden nach Le Touquet-Paris-Plage beordert (wo sie sich wieder einschifften), die Franzosen (André Maurois von *Candide,* J. H. Lefebvre von *Le Jour,* P. Ichac von *L'Illustration,* R. Lacoste von der *Agence Havas,* P. de Lacretelle von *Le Petit Parisien,* B. Franklin von *L'Intransigeant* und ich, Berichterstatter für *Paris-Soir* und für ein halbes Dutzend Provinzzeitungen, darunter *La Petite Gironde, Le Petit Marseillais, La République orléanaise, Le Mémorial de Saint-Etienne, La Dépêche de Brest, La Dépêche algérienne, La Vigie marocaine* oder *Le Phare* usw.[8]), ich erinnere mich nicht mehr, wurden mit dem Zug nach Paris evakuiert. Am 15. eilte ich dort zur britischen Botschaft, um eine neue Zuteilung zu bekommen, und der Luftattaché fragte mich, ob ich zur Luftwaffe möchte, er benötige aber drei Tage, um die Bestätigung aus London und vom *War Office* Passierschein und Marschbefehl zu bekommen.

Ich nutzte diese drei Tage, um Raymone und ihre alte Mama zu Verwandten nach Südfrankreich zu bringen. Um die verstopften Landstrassen zu umgehen, war ich in halsbrecherischem Tempo über kleine Nebenstrassen gefahren, denn die Panik breitete sich bereits bis zu den Ufern des Mittelmeers aus, und das allgemeine Chaos wurde durch die überschwappenden Flüchtlingswellen an der italienischen Grenze nur noch verschlimmert, und jetzt fuhr ich im gleichen halsbrecherischen Tempo mit meinem Privatwagen in die Gegenrichtung und über noch schmalere Strassen, um den Tiden der Schlacht und dem verzweifelten Exodus auf den Strassen auszuweichen, weil ich mich beim Generalstab der RAF in Reims melden musste. Ich hatte absichtlich die Strecke über Granges-les-Vieilles-Eglises im Süden der Aisne genommen. Es war am Abend des 18. Mai. Ich wollte vor Einbruch der Nacht in Reims sein.

22

Granges-les-Vieilles-Eglises … *»Et c'est un grand progrès que là où les femmes priaient, les vaches ruminent …«* Seltsamer Fortschritt. Armes Frankreich! Ich klammerte mich ans Lenkrad. Nicht die Hopser des Wagens und die Schlaglöcher auf der Strasse hätten mich beinahe vom Sitz geschleudert, sondern die Sprünge meiner Erinnerung und die vor meinem inneren Auge entstehenden Schlachtszenen und die apokalyptischen Bilder des Exodus, und wenn ich bei einem entsetzlichen Detail verweilte, wäre ich beinahe im Strassengraben gelandet. Ich fuhr, meiner Reflexe sicher und der Technik vertrauend, in halsbrecherischem Tempo, erschöpft, zerrissen, hundemüde, und wiederholte pausenlos Remy de Gourmonts idiotischen Satz, dachte in einem absoluten Vergessen meiner selbst an Gott, beschwor die katholischen Heiligen herauf, die dieses schöne Land geschaffen haben, das ich eben in beiden Richtungen von einer Grenze zur anderen durchquert hatte und in dem nach jeder Raddrehung ein Dorf den Namen eines Heiligen trägt und dessen ... leise bimmelnde ... Legende murmelt. Ich schlief beinahe mit offenen Augen am Steuer ein. Ich war tot vor Erschöpfung ... Glocken ... Würde Reims nochmals niederbrennen? Die Fassade der Kathedrale bröckelt immer noch ab, und die geborstenen Quadersteine sind seit dem letzten Krieg noch nicht geflickt, Apostel, Heilige, Frankreichs Könige blättern ab ... Glocken in der Abenddämmerung ... Granges-les-Vieilles-Eglises ... Ich fuhr in halsbrecherischem Tempo.

Granges-les-Vieilles-Eglises ist nicht eigentlich ein Dorf. Es ist eine jener vielen Gemeinden, die sich längs einer schnurgeraden Strasse hinziehen, und alle hundert Meter, einmal links, einmal rechts, ein abweisendes Gehöft oder eine verfallene Umzäunung, das Ganze hinter einer Reihe schwerbehängter Telefonmasten versteckt. Schiere Hässlichkeit und Einfallslosigkeit. Es dunkelt. Unsichtbare Kühe muhen, als bewohnten sie die verlassenen Häuser. Niemand weit und breit. Ich gebe Gas. Und plötzlich trete ich heftig auf die Bremse. Mein Wagen kommt kreischend ins Schleudern. Ich fahre in rasantem Tempo im Rückwärtsgang. Mir ist, ich hätte plötzlich im Vorbeifahren aus dem Augenwinkel etwas gesehen ... Das ist unmöglich ... Nein, er ist es nicht ...

Doch, er ist es.

Rémy.

Ich springe aus dem Wagen: »Was machst denn du hier, mein Junge?«

Sie sitzen alle drei da, Rémy und seine Staffel, um das einzige Tischchen vor einem kleinen Café, und trinken eine Flasche billigen Sekt. Rémy stellt mir seine Kameraden vor. Alle drei zusammen bringen es nicht auf fünfundsiebzig Jahre. Mit meinem einen Arm drücke ich alle drei an die Brust, seinen jungen Bordmechaniker, seinen Bordfunker und meinen Sohn, den Jagdpiloten.

Was sie hier machen? Sie leisten sich eine gute Flasche, um ihren ersten Sieg zu feiern. Am Abend vorher hat Rémy eine *Dornier 17* abgeschossen.

»Aber wissen Sie, M'siö, es wird keine offizielle Bestätigung geben«, erklärte der Bordmechaniker. »Er ist zu weit weg runtergekommen. Stimmt's, Rémy?«

»Stimmt. Ich habe ihn genau ins Visier genommen. Hab ihn in die Enge getrieben. Er muss in Holland abgestürzt sein. Ich frage mich, wie ich es geschafft habe, zurückzufliegen, ich hatte keinen Treibstoff mehr. Der Hauptmann kann den Abschuss offenbar nicht offiziell bestätigen.«

»Macht nichts«, sagte der Bordschütze, »da wir schon dabei sind, ihn zu begiessen, auf dein Wohl, Alter.«

»Auf dein Wohl!«

»Auf unser Wohl!«

»Möchtest du nicht auch ein Glas?«

»Warum nicht? Aber was macht ihr in diesem Kaff, Rémy? Ist das euer Quartier?«

»Nein, ich bin auf einer Sondermission des GQG. Morgen bei Tagesanbruch gehen wir auf Patrouille, um den Vorstoss der deutschen Panzer in Richtung Abbeville auszukundschaften. Und du, Blaise, was machst du hier?«

»Ich bin zur englischen Luftwaffe unterwegs.«

»Super, M'siö!« rief der Mechaniker aus, ein echter Pariser Junge.

»Nicht doch. Ich bin kein Pilot. Ich bin Journalist. Kriegskorrespondent.«

»Es läuft schlecht, was?« fragte der Funker, ein Bretone.

»Sehr schlecht. Und was beobachtet ihr von dort oben aus?«

»Nicht gerade viel«, antwortete Rémy. »Sie wechseln die Stellung. Ohne Geleitschutz. Die Infanterie folgt in dreihundert Kilometern Entfernung. Dazwischen ist eine Lükke. Aber die *Flak* ist überall. Dicke Luft.«

»Entschuldigt mich, Jungs«, sagte ich nach einer Weile, »ich muss weiter. Hab's eilig. Ich möchte vor der Dunkelheit in Reims sein.«

Und ich umarme nochmals alle drei. Ich drückte Rémy den ganzen Inhalt meiner Brieftasche in die Hand. »Hier, für den Champagner«, flüsterte ich ihm ins Ohr. »Trinkt anständigen und nicht dieses grässliche Gesöff ...«

Und ich liess den Motor an und fuhr los.

Brave Jungs!

Ich war noch keine dreihundert Meter gefahren – und stoppte und legte den Rückwärtsgang ein.

Beim kleinen Café angelangt, rief ich Rémy herbei: »Lach bitte nicht«, sagte ich zu ihm, »ich bin dabei, für dich das Leben des heiligen Joseph von Copertino zusammenzustellen. Erinnerst du dich? Ich habe viel geforscht und gelesen und bereits eine ziemliche Dokumentation zusammengetragen. Viel Glück!«

»Auf Wiedersehen!« rief Rémy mir nach. Ich brauste bereits davon.

Es war am Abend des 18. Am nächsten Tag, am 19., sollten Rémy und sein Bordfunker im Morgengrauen auf ihrer Mission in niedriger Höhe hinter den deutschen Linien abstürzen. Sie wurden als Gefangene nach »Bochien« gebracht. Nähere Einzelheiten erfuhr ich erst achtzehn Monate später, als die zwei Jungs dank viel List und Schlagfertigkeit es schafften, das *Stalag XVII* in Kaisersteinbruch, in der Nähe der ungarischen Grenze, zu verlassen, und alle beide mich in Aix-en-Provence besuchten.

»Und euer netter Bordmechaniker?« fragte ich.

»Man weiss nichts Genaues. Er wurde offenbar als vermisst gemeldet.«

23

Von Reims dislozierte das HQ der AASF der RAF, dem ich zugeteilt worden war, nach Troyes, wo wir vom 31. Mai bis zum 3. Juni blieben; von Troyes nach Blois, wo wir vom 3. bis zum 13. Juni blieben; von Blois gingen wir nach Nantes, wo alles, was vom Bodenpersonal der englischen Luftwaffe in Frankreich geblieben war, verschwand, um sich in der Nacht des 15. Juni in Brest einzuschiffen. Am 16. mittags, einem Sonntag, sah ich die letzte englische Maschine von der Geheimbasis im Schloss der Grafen du Chaffault starten. Hunderte Rolls-Royce-Motoren in ihren Ursprungskisten sowie Karkassen und Zellen und Werkstätten und

Barackenlager gingen in Flammen auf. Alles war mit Benzin übergossen worden. Alles knisterte.

Ich war der einzige Zeuge.

Den ganzen Morgen hatte ich nach England zurückkehrende Staffeln am Himmel vorbeifliegen sehen. Und als ich der letzten am Himmel verschwindenden Maschine nachblickte, gestand ich mir ein, dass wir geschlagen waren. Noch vor fünf Minuten hatte ich nicht an Bord gehen wollen. Ich glaubte noch an eine mögliche Wende.

»Frankreich? Nicht doch! Verdun ...«

Mein Abschied vom *wingcommander* Smoke war bewegend gewesen.

»*God bless you, Sir.* Sie haben Glück, Sie können in England weiterkämpfen. Frankreich ... ich habe nicht den Mut wegzugehen ... Frankreich gerade jetzt zu verlassen, da sich das Drama in Frankreich abspielen wird, ich spüre es, und da jeder Franzose wird Stellung beziehen müssen ...«

In Richtung Süden. Auf der Nationalstrasse war der Exodus in vollem Gange. Also fuhr ich wie gewohnt über kleine Nebenstrassen, wo keine lebende Seele anzutreffen war, abgesehen von den Elstern, die unglückbringenden Vögel flatterten in Schwärmen von Hecke zu Hecke, setzten sich auf die Weinstöcke, flatterten kreischend auf (ich hatte noch nie so viele gesehen!), und ihr unheimlicher Flug und schwarzweisses Gefieder erinnerten mich an das schlechte Gewissen Gilles de Rais', des Verdammten. Machecoul lag hinter mir. Ich fuhr langsam. In Richtung Bordeaux. Ich durchquerte die schönen Weinberge um Cognac ... Tränen in den Augen.

Am folgenden Tag, einem Montag, war die Hysterie in Bordeaux total. Überall verzerrte Gesichter. Das Tout-Paris.

Man diskutierte. Man zankte. Ratlosigkeit machte sich breit. Pétain hatte um den Waffenstillstand ersucht. Das Radio hatte es gemeldet. Es war der 17. Juni. Mittags um Viertel nach zwölf ...

Ich könnte dieses Kapitel mit Kiplings berühmter Formel abschliessen: *»Doch dies ist eine andere Geschichte ...«* Doch dies ist verdammt keine andere Geschichte!

Auch wenn die Abenteuer meiner infernalischen Rundreise mit den Engländern durch Frankreich nicht zu dieser Erzählung gehören, auch wenn ich nichts von den herzzerreissenden Szenen und den komischen Episoden und den Missverständnissen berichte, da man mich überall wegen meiner Uniform und meines abgeflachten Helms (Kleider machen Leute!) für einen Engländer hielt, und auch wenn ich die hinter jeder Wegbiegung auf mich einstürmenden Schreckensbilder übergehe, ganz zu schweigen von der surrealen Poesie Christi, der eine Seite der Apokalypse kommentiert oder sie in Frankreich filmt, stehen jene täglichen Abenteuer dennoch im Zusammenhang mit der Fortsetzung und dem Ende meines Berichts, ebenso wie die Folgen des Waffenstillstands in dieser unsäglichen Katastrophe, die über die Franzosen hereingebrochen war, die eine unmittelbare Auswirkung auf mein persönliches Schicksal haben und mein Leben wie auch das vieler anderer Menschen völlig durcheinanderbringen und meine Verhaltensweise in den folgenden Jahren bestimmen sollten.

So kam es, dass ich am Abend des folgenden Tages in Marseille verhaftet wurde, weil ich der letzte uniformierte Engländer in Marseille war!

Der Zwischenfall war komisch, und der Verwaltungsoffizier war ein gutmütiger Bursche.

Als ich ihm meinen Fall erklärte, meinte der joviale Südfranzose: »Worauf warten Sie denn, um die Uniform zu wechseln?«

Bereits am Tag vorher hatte mir in Bordeaux ein höherer Offizier geraten, dem ich auf der Terrasse eines Cafés begegnet war, wo er es sich als Stammgast gemütlich gemacht hatte: »Cendrars, ich würde Ihnen empfehlen, Zivilkleidung zu tragen. Legen Sie diese Maskerade lieber ab. Die Engländer haben uns in Belgien verraten. Sie wollten nicht kämpfen ... Man wird Sie scheel ansehen ...«

Worauf ich dem Schuft entrüstet antwortete: »Was wissen Sie schon, Herr Oberst? Wo waren Sie am 10. Mai? Und was habt ihr seither gemacht, Sie und alle Ihre ebenso feigen, mit Orden behängten Kumpane? Halten Sie den Mund! Ich hasse Sie ...«

Die Stellungen waren bezogen – und blieben es bis zur Befreiung.

24

In meinem Brief an Edouard Peisson, den ich meinem Buch *L'Homme foudroyé*[9] vorangestellt habe, habe ich erzählt, wie und warum ich am 21. August 1943 wieder angefangen habe zu schreiben; doch wenn ich es mir überlege, muss ich mir heute eingestehen, dass ich andere Gründe verschwieg, die mich veranlassten, wieder zur Feder zu greifen und nach so langen und so schmerzlichen Jahren des Schweigens meine schriftstellerische Tätigkeit wiederaufzunehmen.

Die Schlacht um Stalingrad war verloren, Rom würde fallen; und seit dem 14. Juli 1940, seit ich zurückgezogen in der vollkommensten Einsamkeit in Aix-en-Provence lebte, und je verworrener die Ereignisse wurden und je hinterhältiger die von der Polizei verfügten repressiven Massnahmen, hatte ich in meiner Klause nichts anderes getan, als Unterlagen zu verbrennen und reinen Tisch zu schaffen, so dass ich mir 1943, als ein Mitglied der Gestapo direkt nebenan einzog, auf dem gleichen Treppenpodest, in meiner kleinen möblierten Wohnung sagte, dass dies im Falle einer Hausuntersuchung auffallen würde: ein Schriftsteller ohne Manuskripte, ohne Aufzeichnungen, ohne Unterlagen, ohne Adressenverzeichnis, ohne ein einziges Buch ... mein sauberer Tisch würde mehr als verdächtig sein.

Also begann ich die Bibliothek Méjanes aufzusuchen, um die Spitzel hinters Licht zu führen. Die Boches hatten bei ihrem Einzug in Paris mein letztes Buch *Chez l'armée anglaise* beschlagnahmt und auf den Index gesetzt, ein Buch, das bei Corrêa hätte erscheinen sollen und wofür ich, *of course,* nicht wie vereinbart am 10. Mai 1940 die Presseunterlagen hatte verschicken können; während der Besetzung schauten die Boches pünktlich jeden Dienstag und Freitag in der Avenue Montaigne, meinem Pariser Domizil, vorbei, um zu sehen, ob ich nicht zurückgekehrt sei, und die gute Madame Lampen, die Hotelbesitzerin, schickte mir jedesmal eine *interzone*-Postkarte folgenden Inhalts: *»Tante Amélie ist wieder dagewesen, sie wollte Sie zum Mittagessen einladen«,* und ich hatte ohne vorherige Absprache gleich das erste Mal verstanden; und anlässlich des allerersten Besuchs in meinem Domizil, einer regelrechten Hausdurchsuchung, mussten die Boches mit leeren Händen abziehen, denn ich hatte nicht das kleinste Fetzchen Papier zurückgelassen, da hatte der Polizeichef wiederum Madame Lampen erklärt: »Monsieur Cendrars? Sie wissen nicht, wo er sich aufhält? Er gilt immer noch als ein Feind Nr. 1 Deutschlands«; 1943 setzten mich die Boches auf die *Liste Otto,* und ich vermute wahrscheinlich zu Recht, dass ich von einem guten literarischen Freund angezeigt wurde, und – der Gipfel! – ich wurde als jüdischer Schriftsteller verboten. In Aix besuchten mich die »Milizionäre« 1944 zweimal in der Rue Clemenceau, doch ich befand mich jedesmal rein zufällig auf dem Land bei meinem kleinen Patensohn, ich war gewarnt worden.

Die Bibliothek Méjanes sollte sich als gutes Versteck erweisen, obwohl sie sich mitten in der Gefahrenzone befand, denn sie war in einem Flügel des Rathauses untergebracht, in dem es von Polizisten aller Schattierungen und jeglichen Schlages, und alle mehr oder weniger deutschfreundlich, nur so wimmelte, doch keiner war neugierig genug nachzusehen, was im ersten Stockwerk vor sich ging.

In Anbetracht der Umstände legte ich also einen neuen Aktendeckel an, machte mir Lesenotizen und Anmerkungen aus den *Acta Sanctorum, Band September V,* in dem ich die fliegerischen Taten des heiligen Joseph von Copertino sammelte.

Mein lieber kleiner heiliger Joseph!

Ich hatte ihn vergessen.

In den langen Jahren verzweifelter Hoffnung hatte ich seinen Namen ein einziges Mal in irgendeiner Zeitung entdeckt, ich weiss nicht mehr, welche, und ich weiss auch nicht mehr, wann es gewesen war; ich bin nachlässig; ich hatte es mir nicht notiert; ich hatte schliesslich jegliche Hoffnung aufgegeben, hatte also nicht geglaubt, dass ich diese Arbeit je wiederaufnehmen würde; im übrigen hatte ich auch meinen ersten ihn betreffenden Aktendeckel verbrannt; und es hatte mich wie ein Schlag getroffen, seinen Namen in einer Tageszeitung gedruckt zu sehen, und ich schnitt den Artikel aus und pinnte ihn in meiner Küche an die Wand, zwischen den Landkarten, auf denen ich ungeduldig die Bewegungen der Schlachten und der Fronten verfolgte.

Hier also die Abschrift jenes vergilbten, mit Fliegendreck übersäten Zeitungsausschnitts:

25

Ein italienischer Mönch, der sich siebzigmal in die Luft erhob, wird zum Schutzpatron der amerikanischen Piloten

New York, 28. Oktober (1943?) – Wie die französischen Journalisten, die kürzlich den heiligen Hieronymus zu ihrem Schutzheiligen ernannten, stellten sich nun auch die amerikanischen Piloten unter den Schutz eines Heiligen. Die katholischen Piloten, natürlich.

Da ihnen nicht bekannt war, dass in Europa die Flieger bereits eine heilige Patronin haben, Notre-Dame-de-Lorette nämlich, suchten die amerikanischen Piloten in der Hagiographie, welcher heiligen Gestalt sie ihren Berufsstand weihen könnten.

Zuerst fanden sie keine, die in irgendeinem Zusammenhang mit der Luftfahrt stehen könnte.

Doch Miss Gretcher Green, eine Verehrerin der Piloten, entdeckte bei der aufmerksamen Lektüre der Heiligenleben einen Franziskanermönch namens Joseph von Copertino, der 1782[10] *heiliggesprochen wurde. Laut der Legende soll sich Joseph von Copertino im Laufe seines frommen Lebens siebzigmal in die Luft erhoben haben, insbesondere um die Baumkronen der Olivenbäume zu erreichen, von wo aus er Demut, Glaube und Barmherzigkeit predigte.*

Die staunenden Gläubigen sahen ihn sogar über den Altar seiner Kirche fliegen.

Aufgrund dieser Wunder wurde er heiliggesprochen; Miss Green beschloss also, zum Gedenken an diese Wunder aus dem heiligen Joseph den Schutzheiligen der Flieger zu machen.

Es wurden bereits Medaillen mit dem Bild des fliegenden heiligen Joseph von Copertino geprägt, mit folgender Inschrift als Motto: »Ihr habt gesehen, wie ich euch auf Adlerflügeln getragen habe.«

Bleibt dem heiligen Joseph von Copertino nur noch, bei den Piloten so viel Beliebtheit zu erlangen wie der heilige Christophorus bei den Autofahrern oder die heilige Barbara bei den Schützen.

Ich weiss nicht, wer diese Miss Gretcher Green, Verehrerin der Piloten, sein könnte. Olivier Leroy erwähnt in seinem Buch verschiedentlich ein amerikanisches Werk: Laing (Francis S.), *St. Joseph of Copertino* (St. Louis, 1918), was zumindest beweist, dass Miss Green nichts erfunden hat, nicht einmal in Amerika! Was die im Zeitungsbeitrag – von dem ich leider nicht weiss, wo und wann er erschienen ist – erwähnte Medaille angeht, so habe ich mir trotz intensiver Recherchen und Befragungen amerikanischer Piloten weder ein Exemplar beschaffen können, noch bin ich jemandem begegnet, der sie auf sich trug; doch ich weiss, dass es sie gibt.

26

Die Bibliothèque Méjanes. In dieser Bibliothek also, die die schönste Sammlung Erotika der Welt besitzt, darunter das Original von *La Guirlande de Julie,* das der alte Aude (1941 gestorben), jener reizende, geistreiche, gesprächige Freund, Konservator der Bibliothek, der alle Bücher gelesen hatte und der alles wusste (wunderbar!), mir oft gezeigt und schelmisch kommentiert hatte, das war nach dem vorigen Krieg gewesen, als ich das erste Mal mit den Roosevelts, mit den Destroopers nach Aix gekommen war, einer ganzen Bande lebenshungriger junger Männer, denn wir waren als Sieger aus dem Krieg hervorgegangen, und im *Grand Hôtel des Thermes Sextius* hörte man nur uns, und wir tauchten morgens und abends in das Schwimmbecken und oft nachts sogar, obwohl keiner von uns das berühmte Heilwasser nötig gehabt hätte, im Gegenteil!, dessen Eigenschaften die Römer mit einer lapidaren Formel gepriesen haben, die heute noch einen Werbeslogan abgeben könnte:

Venustas mulieri
Priapus viro.

Der alte Aude, der die Jugend liebte, gesellte sich oft zu unseren Qualm- und Trinkgelagen, die nicht melancholisch machten. In dieser Bibliothek las ich wie einst 1907 in der Kaiserlichen Bibliothek in Sankt Petersburg, in der begütertsten Zeit meines Lebens, und 1911 in New York in der Central Library in der 42. Strasse, als ich unvorstellbaren Hunger litt, Mignes *Patrologie* und die *Acta Sanctorum* der Bollandisten, und ich verliess abends die Bibliothek mit einem grossen Folianten unter dem Arm, durchquerte unauffällig den Hof des Rathauses, als trüge ich einen Schutzschild vor mir her, um damit bei mir zu Hause meinen Verteidigungswall zu verstärken, der aus zweitausend Kilogramm Brennholz bestand. Ich hatte die Scheite in meinem Flur zu einem Zickzackdurchlass gestapelt und Nischen ausgespart und darin meinen Revolver griffbereit versteckt, und im Falle einer Verhaftung hätte ich das Haus in die Luft gejagt, weil ich vorsorglich ein ganz neuartiges Sprengstoffpaket in meinem Nachttisch bereitgelegt hatte ... denn ich kann mich nicht mit dem Gedanken abfinden, jemals gefangengenommen zu werden ... aber meine beiden Söhne waren in Gefangenschaft geraten! ... und dennoch hatte ich ... wie 1914 ... meine Dosis Zyankali zur Hand!

Und hier beginnt eine andere Geschichte, wie Kipling sagt, die Geschichte von *Hund Adolf,* die ich in der Titelei des vorliegenden Bandes noch nicht ankündige, denn ich weiss nicht, wann ich diese wahre Geschichte erzählen werde. Wenn ein Mann aus Deutschland zurückgekehrt sein wird, vielleicht. Worum es geht? Um Freiheit, um Geheimnis und Schweigen, oder ganz einfach um Klaustrophobie und Anämie?

... Un Français doit vivre pour elle,
Pour elle un Français doit mourir.

Selbst die alte vierundachtzigjährige Pariserin, die ich damals bei mir beherbergte, hatte nie die geringste Ahnung davon, und eine Engländerin und eine Amerikanerin (ein Paar!), die hin und wieder bei mir übernachteten, ohne zu wissen, bei wem sie waren, stellten fest: »Eine alte Dame, die auf uns aufpasst! Ein genialer Einfall, Monsieur. Kein Romanautor hätte das erfinden können ...«

Der heilige Joseph von Copertino …

Ja, die Heiligen, die Enfants terribles der Kirche! Um das Leben nicht zu verdammen und zu verfluchen, das einzig Wirkliche, die Heiligen, die Kinder, die Blumen und die Vögel, Narren, spontane Gaben, die uns, niemand weiss, woher, zuteil werden, Unschuldige und ein Geschenk der Jahreszeiten. Ohne sie wäre das Leben unerträglich. Ich las also … und am Tag der Befreiung hisste ich eine chinesische Flagge an meinem Fenster, die einzige, die in Aix flatterte. Arme Chinesen, die seit zehn Jahren im Krieg sind und an die keiner denkt und für deren Befreiung dieser Krieg geführt wurde! Und sie stecken heute noch im gleichen Elend …

Hier also meine Lektüreexzerpte aus der Bibliothèque Méjanes; doch weil ich mich nicht gern mit fremden Federn schmücke und, da ich kein Wassertrinker bin, mich auch nicht gern aufblase wie der Frosch in der Fabel, füge ich gleich hinzu, dass ich lediglich kurze Auszüge der Bollandisten zitiere und unter den Texten auswähle, die Olivier Leroy in seinem bereits zitierten Werk über die *Levitation* übernommen und teilweise übersetzt hat – Übersetzungen, die ich lediglich überprüft und bei denen ich mich darauf beschränkt habe, da und dort ein Komma einzufügen, eine Ziffer oder ein Datum, aber ohne je an der Etymologie zu rühren, denn der Text dieses Sachkenners ist unverfälscht, intelligent übertragen und geschnitten. Ein echter Film![11]

»Allein nicht geringer war die Verwunderung der Religiosen und des Volkes von Copertino, als man ihn einst bei einer Procession am Feste des heil. Franciscus mit dem Chormantel angethan auf die vom Boden fünfzehn Spannen erhöhte Kanzel sich aufschwingen und dort mit ausgebreiteten Armen und gebogenen Knien lange Zeit auf der äussersten Spitze derselben in wunderbarer Verzükkung schweben sah.« (*Acta Sanctorum, September V,* S. 1021B / u) [Pastrovicchi / Sintzel, S. 22]

»Ebenso erstaunlich war die Verzückung, welche er in der Nacht des grünen Donnerstags bekam, als er mit den anderen Religiosen vor dem hl. Grabe, das über dem Hochaltar errichtet und mit vielen Lampen beleuchtet war, betete, dann plötzlich erhob er sich im geraden Fluge zu dem Gefässe, in welchem sein göttlicher Schatz verschlossen stand, ohne eine der zahlreichen Verzierungen zu berühren, und erst als ihn nach einiger Zeit der Vorsteher rief, kehrte er an seinen Platz zurück. Aehnliche Flüge unternahm er bisweilen auf dem Altar des hl. Franciscus oder der hl. Jungfrau Maria von Grotella.« (*A. S., ibid.,* S. 1021 B / x) [Pastrovicchi / Sintzel, S. 22]

»Noch weit wunderbarer und anmuthiger war sein Liebeseifer, als er auf einem Hügel zwischen Copertino und dem Kloster von Grotella einen Calvarienberg errichten wollte, zu welchem Zwecke bereits zwei Kreuze aufgestellt waren; denn da sah er, dass zehn Personen mit vereinter Bemühung das dritte sehr grosse Kreuz nicht an seinen bestimmten Ort hinbringen konnten, da es sehr schwer und vier und fünfzig Spannen hoch war, flog er voll des inneren

Feuers von der Klosterpforte wohl achtzig Schritte weit zu diesem Kreuze hin, hob es ganz allein leicht, wie einen Strohhalm auf und stellte es in die hiefür bereitete Grube. Diese Kreuze waren der Gegenstand seiner besonderen Andacht.« (*A. S., ibid.*, S. 1021B / z, C / aa) [Pastrovicchi / Sintzel, S. 23]

»Auch flog er vier Schritte weit in der Luft vom Feuer des heil. Geistes ergriffen, und sprach mit ihm von seiner Herabkunft über die Apostel, als er einen Religiosen mit einer brennen Kerze in der Hand vorüberziehen sah.« (*A. S., ibid.*, S. 1021C / bb) [Pastrovicchi / Sintzel, S. 23]

»Ebenso flog er auf einen Oelbaum, als er einen Priester sagen hörte: ›Bruder Joseph! wie schön hat doch Gott den Himmel gemacht!‹ und blieb daselbst eine halbe Stunde lang in kniender Stellung, wobei es wundersam zu sehen war, dass der Ast, der ihn trug, sich so leichte bewegte, als sässe ein kleines Vögelein auf demselben.« (*A. S., ibid.*, S. 1021C / cc) [Pastrovicchi / Sintzel, S. 23] *»Als er wieder zu sich kam«, fügt Bernino hinzu, »konnte er nicht mehr hinabsteigen, und man musste ihm eine Leiter bringen.«* (O. Leroy, zit. Bernino S. 295)

»[…] auf der Reise von Fossombrone nach Osimo, wohin Papst Alexander VII. ihn zurücksandte […], langte er endlich an den Mauern von Osimo an, allein musste er in einem Meierhofe den Abend erwarten, der zu seinem Eintritte in die Stadt bestimmt war. Als er unterdessen in eine Laube getreten war, in der Gegend sich umsah, zeigte ihm ein Pater von weitem die Kuppel des berühmten Tempels der ›Santa Casa von Loretto‹, worauf Joseph sogleich hinblickte und plötzlich ausrief, ›Siehst du nicht die En-

gel, welche vom Himmel zu diesem heiligen Hause auf- und niedersteigen?‹ Und sobald er diese Worte gesprochen hatte, stiess er seinen gewöhnlichen Schrei aus, und flog verzückt von jener Laube auf einen Mandelbaum zu, obwohl die Entfernung sechs Ruthen und die Höhe zwölf Spannen betrug.« (*A. S., ibid.*, S. 1040D / E) [Pastrovicchi / Sintzel, S. 80, 82, 83]

»Auch die zweite geschah in dem nämlichen Abend des Sonntags, da man das Evangelium vom guten Hirten liest; denn als Joseph zufällig daselbst ein Lämmlein erblickte, und davon wie gewöhnlich Veranlassung nahm, von den geschaffenen Dingen zu Betrachtung der übernatürlichen und himmlischen aufzusteigen, sprach er ganz freudig: ›Seht das Lämmlein!‹ {...}. Endlich warf er das Lämmlein in die Höhe und flog ihm über die höchsten Bäume in die Lüfte nach, wo er kniend und mit ausgebreiteten Armen mehr als zwei Stunden in Verzückung verweilte {...}.« (*A. S., ibid.*, S. 1038E / x) [Pastrovicchi / Sintzel, S. 78]

Und Berninos Version: *»Es war der Tag des Evangeliums* Ego sum Pastor bonus, *nach dem Abendessen begab sich Joseph mit den Brüdern in den nämlichen Garten, daselbst er ein Lämmlein erblickte, und indem er es nehmen wollte, hob es ein Mönch schnell auf und legte es ihm in die Arme. Nachdem er dem Thiere geschmeichelt hatte, ergriff er es an den Füssen, warf es über die Schultern und den Hals, und in solcher Stellung und Betrachtung des guten Hirten begann er durch den Garten zu laufen, indem er zu dem eben anwesenden Guardian voller Freude sagte: ›P. Guardian! sieh hier den guten Hirten, welcher das verlorne Schaf zurückbringt.‹ Endlich warf er das Lämmlein in die Höhe und flog ihm über die höchsten Bäume in die Lüfte nach, wo er knieend und mit ausgebreiteten Armen mehr als zwei Stunden in Verzückung* *verweilte, zum grössten Erstaunen der Religiosen, welche Augenzeugen dieses Vorfalls waren.«* (*A. S., ibid.*, S. 138E / x, 138F) (Bernino, Kap. XIV, S. 212) [Pastrovicchi / Sintzel, S. 78]

»Noch mehr Erstaunen erregte Joseph bei den Umstehenden, als er nicht in der Kirche der heil. Clara zu Copertino der Einkleidung einiger gottgeweihten Jungfrauen beiwohnte; denn sobald der Chor die Antiphone ›Komm o Braut Christi‹ anstimmte, erblickte man ihn aus dem Winkel, in dem er bisher gekniet war, eiligst auf den Klosterbeichtvater, einen reformirten Minoriten, zulaufen, denselben bei der Hand fassen und mit übernatürlicher Kraft von der Erde erheben und in den Lüften hastig herumziehen; indem ihn Joseph, den heiligen Joseph aber Gott bewegte.« (*A. S., ibid.*, S. 1021C / dd, 121D) [Pastrovicchi / Sintzel, S. 23]

»Indem wir, um nicht zu weitläufig zu werden, die übrigen Verzückungen übergehen, wollen wir zum Schlusse nur noch eine anführen, welche eine der wundersamsten ist, und sich mit einem wahnsinnigen Edelmann zutrug. Es wurde derselbe nämlich auf einem Sessel festgebunden dem heiligen Joseph vorgestellt, damit er Gott um dessen Genesung anflehte. Der Mann Gottes liess ihn losbinden und in seinem Oratorium mit Gewalt auf seine Knie setzen; alsdann berührte er sein Haupt mit der Hand, und sprach: ›Cavalier Balthasar! fürchte dich nicht; befiehl dich Gott und seiner heiligen Mutter!‹ Mit diesen Worten ergriff er ihn bei den Haaren, und nachdem er seinen gewöhnlichen Schrei: Oh! ausgestossen hatte, erhob er sich in die Luft, wobei er jenen mit sich an den Haaren emporzog, ihn so eine Zeit lang zum höchsten Staunen der Umstehenden hielt, welche alsdann mit dem Wiedergenesenen Edelmann Gott lobten und dankten, dass er durch seinen Diener so

grosse Wunder gewirkt habe.« (*A. S., ibid.*, S. 1022C / tt, 122D) [Pastrovicchi / Sintzel, S. 27]

»Zu Nardo, wo er sich eine Zeitlang aufhielt, sah man ihn in der Kirche des heil. Franciscus in Ekstase, und zum grossen Schrecken aller Umstehenden erhoben; sodann in einem Hause, wo er eben einen Kranken heilen wollte, blieb er, unbeweglich wie eine Bildsäule, beim Anblick eines Ecce Homo *Bildes; endlich in einem anderen Hause, wo er eben ein Lied singen hörte, erhob er sich mit seinem gewöhnlichen Geschrei kniend auf den Rand eines Tisches.«* (*A. S., ibid.*, S. 1021E / ff, gg, hh) [Pastrovicchi / Sintzel, S. 24]

»Eines Tages befand er sich in der Zelle des P. Caravaggio, seines Beichtvaters, der eben schwer krank und bereits von den Ärzten aufgegeben war, und wurde dort, während jener die heil. Oelung empfing, verzückt über das Bett des Kranken erhoben.« (*A. S., ibid.*, S. 1021E / ff, hh) [Pastrovicchi / Sintzel, S. 48]

»Als er später auf der Reise nach Neapel durch die Stadt Monopoli kam, und von seinen Mitbrüdern in ihre Klosterkirche geführt wurde, um eine neue und schöne Statue des heil. Antonius von Padua zu sehen, erhob er sich bei dem Anblick derselben von der Erde, flog in eine Weite von fünfzehn Spannen zu dem Bilde des Heiligen auf dessen Altar hin, und kehrte dann gleichfalls im Fluge auf seinen vorigen Platz zurück.« (*A. S., ibid.*, S. 1021E / ii, 1021F) [Pastrovicchi / Sintzel, S. 24]

»Denn als er [in Neapel] *auf den Befehl des Inquisitors in der geheimen Capelle des heil. Gregorius von Armenien bei den Nonnen von St. Ligorio die heilige Messe lesen musste, erhob er sich*

plötzlich aus einem Winkel der Kapelle, wo er betete, mit einem starken Schrei zum Fluge, und schwebte auf den Altar zu, wo er mit kreuzweise ausgespannten Armen über den Blumen und Kerzen hingebeugt, stehen blieb, so dass die Nonnen laut ausriefen: Er verbrennt, er verbrennt! Allein mit einem neuen Schrei kehrte er unversehrt mitten in die Kirche zurück, drehte sich pfeilschnell im Kreise herum, und sang: ›O seligste Jungfrau, o seligste Jungfrau.‹« (*A. S., ibid.*, S. 1021F) [Pastrovicchi / Sintzel, S. 24 / 25]

28

»Ein Heiligenbild, ein geistliches Lied, ein Grashalm, ein Kirschblatt, deren Zartheit er bewunderte, alles war ihm Vorwand zur Verzückung. Die Prozessakten haben fünfzehn Levitationen beim Anblick von Bildern der heiligen Jungfrau festgehalten, und die Höhe, in die er sich in einem dieser Fälle erhob, erreichte mehr als zehn Meter [...]. Seine Ekstasen beim Lesen der heiligen Messe waren täglich und oft von Levitation begleitet.« (Leroy, S. 132) [zit. Bernino, Kap. XIX, S. 267–268; Kap. XXII, S. 313]

Josephs Levitationen fanden mehrmals vor bedeutenden Zeugen statt, vor Papst Urban VIII., dem Grossadmiral von Kastilien, dem päpstlichen Gesandten und seiner Gemahlin, die vor ehrfürchtigem Schrecken ohnmächtig wurde, Maria von Savoyen, Tochter von Karl Emanuel und Katharina von Österreich, die sich eigens in der Nähe von Assisi niederliess, um sich mit dem Heiligen über geistige Fragen zu unterhalten, und die ihn im Zustand der Levitation sah. Man kann sich natürlich fragen, ob die Klosteroberen die Flüge des Ekstatikers nicht auch zu Propaganda- und

Bekehrungszwecken nutzten. Der Fall des Herzogs Johann Friedrich zu Braunschweig ist das beweiskräftigste Beispiel dafür:

»Als dieser Herzog 1649 in seinem fünfundzwanzigsten Lebensjahre die vornehmsten europäischen Höfe besuchte, führte ihn die Neugierde von Rom nach Assisi, um den in Deutschland durch seinen Ruf bereits bekannten Joseph zu sehen. Er begab sich demnach in das Kloster und wurde in dem für die Fürsten bestimmten Theil des Gotteshauses aufgenommen. Da äusserte er den Wunsch, Pater Joseph zu sprechen, um sobald wie möglich wieder abzureisen. Am folgenden Morgen wurde er mit seinen zwei Begleitern, von denen der Eine Katholisch, der Andere Häretisch war, an den Eingang der Kirche geführt. Der Selige brachte gerade das Messopfer dar. Obgleich derselbe von dieser ganzen Sache nichts gehört, so lag ihm dennoch das Bewusstseyn nahe, als er die consecrierte Hostie brechen wollte, fand er sie so hart, dass er sie mit aller Kraftanstrengung nicht theilen konnte und sie auf die Paten niederlegte. Da blickte er das Allerheiligste mit starren Augen an, brach zuerst in einen lauten Schrei aus, flog dann unter grossem Geräusche mit gebeugten Knien fünf Schritte in der Luft zurück, kehrte mit demselben Schreie wieder zum Altare vor und brach dann mit harter Mühe die heilige Hostie. Als er hierauf, dem Begehren des Fürsten zufolge, von dem Superior um die Ursache seines Schreis befragt wurde, erwiderte er: Die du heute Morgen in meine Messe geschickt hast, sind harten Herzens, weil sie nicht Alles glauben, was die Mutter, die heilige Kirche lehrt, darum hat sich heute frühe das Lamm Gottes in meinem Händen gehärtet. Durch diese Thatsache und Antwort betroffen, drang jetzt der Fürst nicht mehr auf seine Abreise, sondern verlangte nach dem Mittagsmahle mit dem Diener Gottes sich zu unterhalten, was denn auch wirklich bis zur

Zeit der Complet geschah. Indessen von der Gnade Gottes immer mehr berührt, wollte er des anderen Tages noch einmal derselben Messe beiwohnen. Während in derselben die heilige Hostie emporgehoben wurde, sahen alle Anwesenden ein schwarzes Kreuz, in demselben Augenblicke, wo der Selige unter dem nämlichen Schrei mit der Hostie und mit aufgehobenen Händen eine Spanne über dem obersten Altartritte in die Lüfte gehoben wurde und etwa eine Achtelstunde in dieser Stellung blieb. Bei dem Anblicke dieses grossen Wunders brach der Fürst in heftige Thränen aus; Einer seiner Begleiter dagegen, der Ketzer nämlich, war darob sehr empört und sprach in seiner Entrüstung: Verwünscht sei die Stunde, da ich in dieses Land kam, in meinem Vaterland war ich viel ruhiger, und jetzt werde ich von den Furien der Gewissenszweifel geängstigt. Nachdem der Fürst sich mit dem seligen Joseph bis zum Mittag unterredet hatte, versprach er ein Katholik zu werden und schrieb sich eigenhändig in das Buch der Gürtelbruderschaft des hl. Franciscus ein. Bevor er aber öffentlich seine Irrthümer abschwor, reiste er in seine Staaten zurück, um seine Angelegenheiten zu ordnen, und als er im folgenden Jahre wiederkam, legte er zu Assisi seinem Versprechen gemäss vor dem allerheiligsten Sakramente knieend in Gegenwart der beiden Kardinäle Facchinetti und Rapaccioli in manibus B. Josephi *das katholische Glaubensbekenntnis ab.«* (Leroy, S. 135 / 136, zit. Laing, S. 44; *A. S., ibid.*, S. 124A / p, 1024ABCD) {Pastrovicchi / Sintzel, S. 30–32 bzw. Räß, Bd. VI, S. 450 / 451}

»Der lutherische Graf, H.-J. Blume, Professor der Theologie zu Helmstädt, trat 1653 in Regensburg zur katholischen Kirche über.« (Leroy, S. 136, zit. Laing {bzw. Räß})

29

Und nun bin ich bei Joseph von Copertinos aufsehenerregendstem Flug angelangt:

»So sahen ihn auch Einige über ihre Köpfe (retrorsum volantem) *hinwegschweben, als er ihnen einen Reliquienkasten reinigen half und einen Habit des heiligen Vaters Franciskus zusammenlegte.«* [Pastrovicchi / Sintzel, S. 26]

Dieser in den Annalen der Luftfahrt einmalige Weltrekord ist von so grosser Bedeutung, dass ich, um dieser Grosstat besser zu gedenken, deren Zeugnis in der lateinischen Fassung zitiere: *»Non absimilis fuit eorum stupor, qui ipsum sublimi volatu super capita sua* RETRORSUM VOLANTEM *conspexerunt,* [in variis locis] *quando ad lipsanothecam expoliendam, vestemque sancti patriarchae Francisci reponendam, operam suam conferebat.«* (*A. S., ibid.,* S. 1022B / pp, 1022C)

Dieser erste akrobatische Flug fand ANNO DOMINI MDCXLV statt.

30

Die von Papst Clemens XIII. am 16. Juli 1767 veröffentlichte Bulle für die Heiligsprechung von Joseph von Copertino erwähnt die Levitationen und die ekstatischen Flüge des heiligen Kunstfliegers:

»[...] Hoc ille nempe quamdiu vixit, non tam verbis quam re ipsa pulcherrime docuit, quum terram veluti dedignatus, frequentes ac prope quotidianas extases patiens, SUBLIMIS IN AERA FERRETUR AC MODO EXULTABUNDUS CELLERIMO IMPETU CIRCUMVOLANS, CHO-

REAS VELUTI DUCERET, MODO ALIOS QUOQUE SECUM SUBLIME RAPERET {...}«

31

Am 18. September, dem Fest des Heiligen, erwähnt hingegen das *Breviarium Romanum* seine Flüge, Überflüge, Schwebezustände, Verzückungen, Geistesflüge, jubelnden Ekstasen nur nebenbei:

»Die XVIII septemb. – In festo S. Josephi a Cupertino, Confess. Lectio V.: Eluxit praecipue ardentissima ejus charitas in extasibus ad Deum suavissimis, stupendisque raptibus, quibus frequenter afficiebatur.«

II
DAS WUNDER DES JAHRES 1000

»Die DUNKLE *Mitternacht ist der Glaube;*
die DÄMMERUNG *ist Gott.«*
Johannes vom Kreuz

32

Laut einer sozusagen weltweiten, über die Jahrhunderte ununterbrochenen Überlieferung soll bei gewissen Menschen der Körper, unter bestimmten Voraussetzungen, imstande sein, sich in die Luft zu erheben und sich dort sogar ohne sichtbare Stütze, ohne nachprüfbare Einwirkung einer physischen Kraft frei im Raum zu bewegen.

Dieses Phänomen nennt man *die Levitation.* Dieses Wort ist englischen Ursprungs und spiritistisch und ist laut dem *Oxford Dictionary* erst 1875 aufgekommen.[12] Auch wenn dieser Begriff relativ jüngeren Datums und eine spiritistische Erfindung ist, die Erscheinung selbst ist keineswegs neu. Es ist der Geistesflug, das Gebet, die Ekstase – *raptus, oratio, extasus* – der Bollandisten, und ihre Nachfolger, die Theologen und Hagiographen, sprechen von Luftakrobatik der Heiligen und bezeichnen diese Erscheinungen, je nach Virtuosität und Vollkommenheitsgrad, als *Elevation, Suspension, Elan, ekstatisches Schweben, physische Verzückung, göttlichen Liebesbrand.*

Die Levitation der Heiligen wird allerdings in den Handbüchern der mystischen Theologie nur am Rande erwähnt, die von Amtes wegen gesammelten Beispiele gelten für authentisch; doch in den in Rom anhängigen Seligsprechungsverfahren werden die Fälle von Levitation in allen Einzelheiten geprüft und analysiert, und die damit in Zusammenhang stehenden Erscheinungen werden in neun von zehn Fällen als Zeichen von Magie, als Schwindel oder Lüge zurückgewiesen, und das ist der Grund, warum die Kirche nur in seltenen Fällen auf die Wendigkeit der begnadeten Körper eintreten kann und sie nur gezwungenermassen und unter Berufung auf die offenkundige Glaubwürdigkeit der Zeugenaussagen und des Leumunds der Zeugen öffentlich erwähnt und nur in geheimnisvollen, vagen Termini und oft nur andeutungsweise, immer mit äusserster Vorsicht und Zurückhaltung wegen der Sinnestäuschungen, der Magie, der Tricks und der Hexereien des Teufels und der Faxen der Hexer, der Grimassen der Schwachsinnigen, der spektakulären Auftritte von Hysterikern, der Schwindel sogenannter Medien und Somnambulen, der möglichen Verwechslung von Ekstatikern und Besessenen, so dass man nach Ermittlungen, Zeugenaussagen, Prozessen und den hinterhältigen, skeptischen, zweifelnden, im Laufe der Jahrhunderte immer wieder vorgebrachten Einwänden Dritter, nach Vergleichen, Kritiken, begründeten Ordnungsrufen, unter Berücksichtigung der berühmten *animadversiones* des Glaubenspromotors, des *Advocatus Diaboli,* von den ungefähr vierzehntausend Heiligen, deren Biographien in den ersten zehn Monaten der Bollandisten aufgeführt werden, so dass man rund sechzig findet, deren *moralische Indizien* auf bestätigte, verzeichnete und berücksichtigte Levitationen gründen, was also einem Verhältnis von 0,4% entspricht.

Die Liste der levitierenden Heiligen in Olivier Leroys Werk ist die längste je veröffentlichte, obwohl sie kaum mehr als zweihundert Namen enthält, davon 93 Frauen und 112 Männer.

Was beweist, dass das Phänomen selten, ja höchst selten ist und von der Kirche nur widerwillig eingestanden wird, entgegen der landläufigen Meinung, die glaubt, dass die Kirche das Wunder billigt, während die Kirche dem Phänomen mit Misstrauen begegnet und ihr die von der Gnade Berührten suspekt sind. Und wenn nach deren Tod die Akten der ehrwürdigen Diener Gottes strengen Ermittlungen unterworfen und ihr Leben, ihr Betragen, ihre Demut, ihr Glaube, ihr Verhalten, ihre Worte bis zu ihren Vorlieben *(Gebete und orthodoxe Praktiken – Fasten, Beichte, Kommunion – entsprechen einer Anrufung des Bösen, wenn sie dem Zweck dienen, übernatürliche Macht zu erlangen*[13]*)* anhand der katholischen Dogmen, der Überlieferung und der Praxis kritisch überprüft werden – alle Ekstatiker und ganz besonders die Levitierenden und Stigmatisierten wurden zu Lebzeiten genau belauscht, beobachtet, verspottet, gezüchtigt, beneidet, bestraft, auf den Index gesetzt, gebüsst, geächtet, eingekerkert, grausamen Prüfungen unterworfen, überwacht, gebrandmarkt, von ihren Mitbrüdern gequält, der Heuchelei, der Täuschung bezichtigt und von ihrer Umgebung verachtet, von ihren Oberen des Betrugs und der Magie verdächtigt, der Inquisition ausgeliefert, deren Tribunal sie mit Acht und Bann belegte, sie massregelte, sie verurteilte, sie verbannte wie Johannes vom Kreuz, der im hintersten Winkel eines Klosters in Toledo in einem Schrank vergessen wurde, ihnen mit Exkommunikation und Tod drohte – und sie das

Schicksal der zahllosen Hexer in Europa erlitten, die durch die Sachwalter des Heiligen Offiziums verurteilt, eingekerkert, hingerichtet, auf die Scheiterhaufen gebracht wurden, und ihre Zahl ist so gross und die archivierten Dokumente so überzeugend in ihrem Pathos, ihrem Grauen oder in ihrer Nüchternheit in der Aufzählung der Fakten und der durch die Folter erzwungenen Geständnisse, dass man wohl oder übel zugeben muss, dass es sich im einen oder anderen Fall weder um Leichtgläubigkeit noch um Aberglauben, weder um Duldsamkeit noch um Propaganda, noch um Inszenierung handelt, sondern dass der Mensch von einem wunderbaren, einem unerklärlichen Sehnen nach Schwerelosigkeit beseelt ist im völligen Gegensatz zu den physischen Fähigkeiten, mit denen die Natur diesen »ungefiederten Zweibeiner« ausgestattet hat,[14] und dass die Kirche sich in den Heiligsprechungs- und Hexenprozessen bemühte, einschlägige, klar umschriebene und beschriebene Richtlinien aufzustellen, Grundlagen schuf und eine Technik entwickelte aufgrund der Kenntnis der Phänomene und des geistigen Lebens, der Verhaltensweise und des Masses, und was die Levitation angeht, so verfügt heute tatsächlich nur die katholische Hagiographie über eine alte, fortgesetzte, vielfältige schriftliche Überlieferung, die sich auf überprüfte und präzise Dokumente stützt, was ihr erlaubt, subtil zwischen dem göttlichen Wunder und dem dämonischen Trug oder der Demenz zu unterscheiden – zwischen dem Charisma der Heiligen und der unheimlichen oder burlesken oder hysterischen Parodie der Besessenen, zwischen den Kontemplativen und den Betrügern, zwischen selbstlosen oder selbstsüchtigen Handlungen, zwischen den inneren Phänomenen des mystischen Lebens und den berauschten Entrückungen der Psychopathen oder den reisserischen Ekstasen der Spiritisten, zwischen der moralischen Wahrheit und der verstiegenen Lüge, zwischen der reinen Demut, der passiven Erwartung oder der Flucht einer inbrünstigen asketischen Seele, den physiologischen und psychologischen Fälschungen der reisserischen Magnetiseure und der Magnetisierten und der Histrionen und Scharlatane, zwischen der Selbstverleugnung und der Eitelkeit, zwischen dem Gebet, diesem Einssein mit Gott, und der Telekinese, dem Triumph Satans, zwischen den Heiligen und den Verdammten; ganz zu schweigen von den Rauschgiftsüchtigen und den modernen Irren, ob frei umherlaufend oder eingeliefert, die Haschisch oder Betäubungsmittel in hohen Dosen schlucken und deren Körper, deren Muskeln, Nerven nur noch im Zeitraffer oder in Zeitlupe dahinvegetieren, deren Seele, deren Geist, deren Bewusstsein zerstört, deren Intelligenz zerrüttet ist, eingebildete Versuchskaninchen, willige Patienten, die sie geworden sind unter den Händen geldgieriger Psychiater und Vivisektoren, denen sie ausgeliefert sind, weil sie jegliche Persönlichkeit aufgegeben haben, um die Apotheose der Wissenschaft zu ermöglichen, und die Wissenschaft hält sie als Sklaven oder macht sie zu ihrem Spielzeug, steigert schrittweise die toxischen Dosen oder variiert sie, Datura, Äther, Lachgas, oder unterzieht sie Elektroschocks; ebenfalls ganz zu schweigen von der positiven Macht der poetischen Metaphern, der legendären Schwärmerei für die Folklore, das Volkstümliche, seine Kantilenen und seine Märchen und Wunder und Seligkeiten, für die ikarischen Mythen der heidnischen Antike, die invertierte Religion der Weisen

Babylons, die verdorbenen oder verschwommenen Traditionen der Prähistorie Indiens oder Chinas, die Tricks der Fakire (den *rope-trick* vor den Augen mit Kodaks bewaffneter Touristen!) und die Praktiken der Export-Yogis im Radio (das *Pranayama* – die Rückkehr zur fötalen intrauterinen Atmung, einer Gymnastik, in der sich heute so mancher bis zur äussersten Dehnung des Brustkastens übt, und dann weiss er nicht, wie weiter, weil man durch dieses automatische Training den Frieden des Geistes erlangen sollte, die Vorbereitungsstufe der geistigen Erleuchtung, weil diese Sektierer aber alle Hektiker sind, Rastlose, Protestierende, Amerikanisierte und keine Weisen und ihnen nur das Abzeichen in ihrem Knopfloch heilig ist, das ihres Debattierclubs, ihrer Vegetariervereinigung, ihres Wassertrinkervereins, ihrer Spiritismusschule, deren Gurus sie oft sind, die in ihren Versammlungen ein endloses Gewäsch anstimmen, als müssten diese Witzbolde auf der Stelle ihre überschüssige Kraft abbauen, die sie, nackt auf dem Fussboden vor ihrem Radioapparat hockend, bei ihren Morgenübungen angehäuft haben!); ganz zu schweigen vom okkulten Leben der letzten modernen Wilden.

33

Der heilige Dunstan, Erzbischof von Canterbury, der in der religiösen und politischen Geschichte Englands eine so grosse Rolle gespielt hat, levitierte an Christi Himmelfahrt, am 17. Mai 988, drei Tage vor seinem Tod. Laut einem seiner Biographen soll man ihn bis zum Gewölbe der Kathedrale schweben gesehen haben. Das Wunder des Jahres 1000, wie ich es nenne, denn der zweite Levitierende war der heilige Stephan, König von Ungarn, der am 15. August 1038 starb. Sein Biograph schreibt, dass man ihn eines Nachts in seinem Zelt betend über der Erde schweben sah. Der König befand sich damals mit seiner Armee, deren Oberbefehl er kürzlich übernommen hatte, auf dem Feldzug gegen Konrad II., Kaiser von Deutschland.[15] [zit. *A. S.,* September I]

Vor dem Jahre 1000, ohne bis zum Alten Testament zurückzugehen (den klassischen Beispielen: Enoch, der lebend von der Erde entführt wurde; Elija, der an der Seite von Elisäus unterwegs war und dem ein Feuerwagen mit feurigen Pferden erschien, der ihn in einem Wirbelsturm zum Himmel trug; Habakuk, den der Herr am Schopf packte und an den Haaren forttrug und ihn mit Gewalt nach Babylon an den Rand von Daniels Löwengrube versetzte, wie die Schrift berichtet) und auch ohne auf das Neue Testament einzugehen (Diakon Philippus zum Beispiel, den Evangelisten, der auf dem Weg von Gasa nach Aschdod vom Geist des Herrn entführt wurde beim Anblick des Eunuchen der Königin Kandake, die er eben getauft hatte; auf das klassische Beispiel: die Levitation, die das irdische Leben Jesu Christi beschloss, als er seine Apostel in die Nähe von Bethanien brachte, und als er sie segnete, wurde er zum Himmel emporgehoben und entschwand ihren Blicken; die Ekstase des Apostels und seine Verkündung, dass am Tag der Wiederkunft die Auserwählten in die Luft emporgehoben würden, dem Herrn entgegen), berichtet die Überlieferung der christlichen Urkirche nur von ein paar wenigen Fällen von Levitation; die provenzalische Überlieferung: Die heilige Maria Magdalena in ihrer Höhle von Sainte-Baume, dreissig Jahre lang sieben Geistesflüge täglich, ihr Leib betäubt von den Kasteiungen und der Geist von den Gebeten entkräftet, steigt in einem himmlischen Coenurus bis zum Saint-Pilon hinauf, nicht etwa, um jemanden zu verblüffen in ihrer luftigen Wüste, die sie schwebend erforscht, denn sie schämt sich vor der Zurschaustellung und sogar vor den Engeln, die ihr entgegenfliegen, nicht etwa, um die Unerfahrene zu stützen, sondern um die Schamhafte vor den Blicken zu schützen. Laut der historischen Überlieferung: der heilige Ammon, um 350 gestorben, der auf wundersame Weise einen Nebenfluss des Nils überflog; der heilige Antonius der Grosse, 251–356, der um das Jahr 340 in Nitrien in geistiger Verzückung in die Luft gehoben wurde; Maria von Ägypten, um 354–431, die vom Mönch Zosimus angetroffen wurde, wie sie, in ihre lebenslange Busse versunken, eine Elle über der Erde schwebte, nur mit ihrem ungezähmten Haar bekleidet, schwarz wie ein vertrockneter Ziegenlederschlauch, die Haut ganz rissig, und der Zosimus seinen Mantel überwarf, die Glasmalereien in der Kathedrale von Bourges stellen diese Begegnung dar wie in einem Film; der heilige Schenute, um 350 bis um 466, die originellste Gestalt des ägyptischen Mönchstums, der zusammen mit seinen Brüdern regelrechte Luftangriffe gegen die heidnischen Tempel flog, Expeditionen, die ihn vor Gericht brachten, man schleppte ihn vor den Statthalter von Antinoe, wo er zu beten anfing, sich vom Boden hob, hoch in der Luft über dem Gerichtshof schwebte, von wo aus er lange für seine Sache plädierte, dann stieg er im Jubel der Menge langsam herab, und die Menschen umdrängten ihn, um von ihm gesegnet zu werden;[16] usw. [zit. Amélineau]

Doch seit dem Jahr 1000 sind die Levitationen Heiliger und Seliger lückenlos bis zum heutigen Tag überliefert, zuerst von den alten Chronisten, dann in den *Acta Sanctorum* der Bollandisten und den offiziellen Hagiographien, schliesslich, was die modernen Zeiten angeht, von den zeitgenössischen, in den Angelegenheiten der Kirche bewanderten Historikern und Biographen.

Hier also eine vielfältige Auswahl aus der von Olivier Leroy zusammengestellten und in seinem Werk *La Lévitation* veröffentlichten Liste, einer Liste, die die Namen von zweihundertfünf ekstatischen heiligen Frauen und Männern umfasst, denen man das Charisma der Levitation zuschreibt, einer Liste, die von tausend Jahren katholischer Erfahrung berichtet.[17]

34

Vom Jahr 1000 bis zum 13. Jahrhundert

Die Biographie eines Nachfolgers des heiligen Stephan, des heiligen Ladislaus (1040–1095), *Königs von Ungarn, berichtet von einem ähnlichen Vorkommnis, aber mit genaueren Details. Eines Abends, als Ladislaus noch im Kloster von Warasdin betete, betrat ein Diener, der vor der Tür auf ihn gewartet hatte und dem die Zeit lang erschienen war, die Kapelle. Dort sah er seinen Meister, betend über dem Boden schwebend.* [*A. S.*, Juni VII]

Der heilige Bernhard (1090–1153), *Abt des Klosters Clairvaux, Kirchenlehrer, soll, laut Görres, predigend levitiert haben.* [zit. Görres, Bd. II]

Der heilige Dominikus (1170–1221), *Gründer des Predigerordens, wurde bei seiner Durchreise in Castres, als er Gast im Bene-*

diktinerkloster dieser Stadt war, von einem Mönch dieses Klosters überrascht, wie er, eine Elle über dem Fussboden schwebend, vor der Kapelle betete; da er vergessen hatte, zu Tisch zu gehen, warteten der Prior und die anderen Brüder im Refektorium vergeblich auf ihn. Bereits früher wurden ihm Levitationen zugeschrieben, und zwar eine an dem Tag, als er auf wunderbare Weise einen Neffen von Kardinal Orsini zum Leben erweckte, der einen Reitunfall gehabt hatte, und eine weitere in der Kirche S. Sisto in Rom, wo er beim Lesen der Messe bei der hl. Wandlung eine Elle hoch vom Boden erhoben wurde. [*A. S.*, August I]

Eines Tages erhob sich die heilige Christina die Wunderbare (Mirabilis) (um 1150 bis um 1224), laut ihrem Biographen Thomas von Cantimpré, der acht Jahre nach ihrem Tode über sie schrieb und der viele Augenzeugen in Saint-Trond im Fürstbistum Lüttich befragt hatte, wo Christina geboren worden war, *Christina, die für tot galt, während ihres eigenen Begräbnisses bis zum Kirchengewölbe, wo sie schwebend verharrte. Von jenem Tag an war das Leben Christinas eine lange Folge von Qualen, die sie von seiten ihrer Angehörigen zu erdulden hatte, die sie für eine Besessene hielten. Sie mied die Gesellschaft der Menschen, flüchtete sich an einsame Orte, auf Bäume, auf Kirchturmspitzen. Sie hängte sich mit der Leichtigkeit eines Vogels an die dünnsten Zweige. Manchmal fand man sie, Psalmen singend, im Gleichgewicht an der Spitze eines Pfahls schwebend.* [*A. S.*, Juli V]

Man erzählt vom heiligen Franz von Assisi (1181 od. 1182–1226), *dass sich gegen Ende seines Lebens in der Einsamkeit auf dem Monte Alverna, wohin er sich zurückgezogen hatte, seine mystischen Verzückungen häuften. Bruder Leo, sein Lieblingsschüler, hatte den Auftrag, ihm zweimal innerhalb von vierundzwan-*

zig Stunden Brot und Wasser in die Grotte am Berghang zu bringen. Nun kam es vor, dass Bruder Leo den Heiligen in Ekstase vor der Grotte vorfand, und zwar so hoch über der Erde schwebend, dass er gerade noch seine Füsse erreichte. Manchmal fand er ihn in der Baumkrone einer der grossen Buchen; andere Male wiederum war er so hoch oben, dass er fast dem Blicke entschwand. In seinen Verzückungen erschien er manchmal wie in einen leuchtenden Glorienschein getaucht. [*Actus,* Kap. IX]

Die selige Jutta von Sangerhausen (um 1200–1260) *lebte als Einsiedlerin in der Nähe von Kulm (Preussen). Ihre Ekstasen traten zweimal täglich auf und waren von Levitationen begleitet, die von den Nachbarn bezeugt wurden.* »… instar Moysis vultu coruscante …«, *berichten die* Acta. *Ihr Gesicht leuchtete.* [*A. S.,* Mai VII]

Die heilige Elisabeth von Ungarn (1207–1231), *Landgräfin von Thüringen, war die Tochter des Königs Andreas II. von Ungarn, der sie mit Ludwig, dem Sohn des Landgrafen Hermann I. von Thüringen und Hessen, verheiratete. Nach dem Tode ihres Gatten trat Elisabeth dem Dritten Orden des heiligen Franziskus bei. Sie wurde vier Jahre nach ihrem Tod von Papst Gregor IX. heiliggesprochen. Man berichtet von einer bestätigten Levitation, ähnlich wie die des heiligen Dominikus in Castres. Eine Schwester wollte sie im Chor holen und fand sie zu Füssen eines Bildes der Heiligen Jungfrau, einen Fuss über dem Boden schwebend.* [*A. S.,* Mai II]

Die selige Gherardesca von Pisa (um 1212–1269) *gehörte dem Orden der Kamaldulenser an. Eines Tages, am Fest des heiligen Johannes, sah eine Frau aus Pisa, wie sie sich in der Kirche San Giacomo di Podio zehn Ellen in die Luft erhob. Sie erschrak über alle Massen; doch der liebliche Gesang der Ekstatikerin beruhigte sie.* [*A. S.,* Mai VII]

Der heilige Edmund Rich von Abingdon (um 1180–1240), *damals Erzbischof von Canterbury, wurde von seinem Freund und Berater, dem heiligen Richard von Chichester, in seiner Kapelle im Levitationszustand gesehen.* [zit. Butler]

Die heilige Luitgard von Tongern (1182–1246) *trat mit zwanzig in ein Zisterzienserinnenkloster ein und wurde 1205 Priorin. Eines Pfingstsonntags, als die heilige Luitgard mit den anderen Nonnen das* Veni Creator Spiritus *sang, sah man, wie sie sich zwei Ellen vom Boden erhob.* [*A. S.*, Juni IV]

Der selige Ägidius von Vaozela (1190–1265), *Sohn des Gouverneurs von Coimbra (Portugal), ging zum Medizinstudium nach Paris und beschäftigte sich mit Magie. Dann änderte er sein Leben, trat in den Dominikanerorden ein und gründete ein Kloster in Santarém. André de Resende, sein Biograph, berichtet von einer Levitation, deren Umstände äusserst sonderbar sind: Auf der Durchreise in Lerena (zwischen Coimbra und Scalabis) bezog Ägidius Unterkunft bei einer Dame namens Pichena. Er zog sich in sein Zimmer zurück, das er mit einem Dominikaner aus Scalabis teilte, setzte sich auf den Bettrand und versank in Meditation. Nach einer Weile stellte sein Gefährte fest, dass er in Ekstase über seinem Bett schwebte. Erstaunt rief Bruder Andreas die Hausherrin und die anderen Bewohner des Hauses herbei, um ihnen das sonderbare Schauspiel zu zeigen. Er versuchte, den Ekstatiker von der Stelle zu bewegen, aber dieser rührte sich keinen Fingerbreit. Die Nachricht dieses Ereignisses verbreitete sich wie ein Lauffeuer in der Nachbarschaft, und die Menschen eilten von allen Seiten herbei. Die Menge war so begierig, Ägidius in diesem Zustand zu sehen, dass einige sogar auf das Dach kletterten und es stellenweise beschädigten* (... tectum ipsum effractum ...), *um einen Blick ins Zimmer zu werfen. Als Ägidius erfuhr, was geschehen war, verliess er gegen Mitternacht das Haus.* [*A. S.*, Mai III]

Die heilige Margarita von Ungarn (1242–1270) *trat im Alter von zwölf Jahren in ein Dominikanerinnenkloster auf einer Donauinsel bei Buda ein, die seither den Namen* Margit-sziget *trägt. Garini, ihr Biograph, berichtet, man habe sie mehrmals in mystischer Verzückung gesehen. Diese Levitationen fanden vor allem anlässlich liturgischer Feiern statt. Ihr Körper hob sich über eine Elle in die Luft.* [*A. S.*, Januar III]

Die heilige Douceline (1214–1274), *eine provenzalische Begine, war die Schwester des berühmten Hugues von Digne, der Franziskanerprovinzial der Provence war. Sie hatte häufige Ekstasen, während deren sie oft in der Luft schwebte.* »Eines Tages wurde sie in der Kirche von göttlicher Verzückung erfasst«, liest man in einer von Robert Grout[18] veröffentlichten provenzalischen Chronik aus dem 14. Jahrhundert, »und ein adeliger Ritter namens Jacques Vivaud, Seigneur des Schlosses Cuges, war mit seinem Sohn anwesend. Es war am Abend eines kirchlichen Feiertages, und eben wurde die Predigt gehalten. Dieser Ritter hörte aus dem Mund seiner Gemahlin, einer Edelfrau namens Madame Sancie, die sich der Wohltätigkeit widmete, die heilige Mutter verharre seit dem Morgen in Ekstase und sie selbst habe sie in eine Kapelle der Brüder begleitet, wo dieselbe an jenem Tag kommuniziert habe. Als er also dies erfuhr, suchte er sie ehrfürchtig auf. Und er erblickte sie in der Luft schwebend, emporgehoben durch die wundersame Anziehungskraft, die sie zu Gott hinzog, schwebend, ohne sich an irgend etwas festzuhalten, ohne etwas zu berühren, so hoch über der Erde, dass besagter Ritter und sein Sohn in grosser Ehrfurcht niederknieten und die

Kapuze abstreiften und voller Andacht ihre Fusssohle küssten. [...] Ein anderer Marseiller Bürger, Raimon du Puy, sah sie in dem gleichen Zustand. Sie war in der Kirche der Brüder vor dem Altar in Ekstase, an dem sie die heilige Kommunion empfangen hatte, von der Erde abgehoben und in der Stellung, in der Jacques Vivaud sie gesehen hatte. Nun also kniete dieser Bürger nieder, und er mass mit der Hand den Abstand, der sie vom Boden trennte, und er sah, dass sie eine gute Elle hoch schwebte. Tiefgläubig legte er seinen schmerzenden Kopf unter ihre verehrten Füsse und küsste sie demütig. [...] Ein andermal geschah es am Ostertag, da sie auf der Chorempore in mystische Verzückung verfiel, in die Luft gehoben und von der Kraft ihrer wunderbaren Ekstase in der Schwebe gehalten wurde, so dass eine Dame mit der Hand den Abstand zwischen dem Boden und ihren Füssen mass, und sie stellte fest, dass die Heilige eine gute Handbreit hoch schwebte und sich auf nichts stützte.« *Man sah sie auch an Mariä Himmelfahrt über der Erde den ganzen Chor entlangschweben, als folge sie einer imaginären Prozession. Manchmal hob sich die Ekstatikerin in die Luft, ohne den Boden unter den Füssen zu verlieren, den sie nur mit der grossen Zehe berührte. Oder man sah sie abheben, den einen Fuss eine Spanne entfernt, den anderen mit der Spitze der grossen Zehe auf der Erde aufgestützt; und sie verharrte in dieser Stellung vom Moment der Kommunion an bis zur Komplet.* [zit. Grout, Garay, Jeay]

Den heiligen Thomas von Aquin (1224/25–1274), *den Enzyklopädisten der Kirche, den Autor der* Summa theologiae, *erwartet man nicht auf der Liste der levitierenden Heiligen. Doch sein Biograph Guglielmo di Tocco, der sein Zeitgenosse und sein Vertrauter war, berichtet, dass man ihn wiederholt über der Erde schwebend in Ekstase gesehen habe. Das erste Mal im Dominikanerkloster in Salerno: Der Heilige kniete betend vor dem Hauptaltar nach der Matutin, da sahen Bruder Giacomo und ein anderer Bruder ihn zwei Ellen in der Luft erhoben. Später, in einem Kloster in Neapel, wurde er von Bruder Domenico in der gleichen Stellung überrascht. Dieser hatte bemerkt, dass Thomas vor der Matutin in die Kirche hinunterging, also folgte er ihm zweimal. Er sah ihn in Ekstase in der Kapelle des heiligen Nikolaus: Sein Körper schwebte ungefähr zwei Ellen über dem Boden.* [*A. S.*, März I]

Die heilige Agnes von Böhmen (um 1207–1282), *Tochter von Ottokar I., König von Böhmen, weigerte sich, Kaiser Friedrich II. zu heiraten, trat den Klarissen bei und wurde Äbtissin eines Franziskanerklosters in Prag, das sie mit der Unterstützung ihres königlichen Bruders gebaut hatte. Ihr Biograph berichtet, sie sei während ihrer Kontemplation über dem Boden geschwebt. Als sie an Christi Himmelfahrt mit den Schwestern Benigna und Prisca im Klostergarten spazierte, entschwand sie deren Blicken* (… rapta ex medio illarum …) *und erschien erst eine Stunde später wieder. Befragt nach diesem mysteriösen Verschwinden, verweigerte sie die Antwort* (… nihilque de absentia requisita, praeter decorum et blandum risum significavit …). *Sie lächelte.* [*A. S.*, März I]

Der selige Ambrosius Sansedoni von Siena (1220–1287) *hatte zwei Levitationen, als er vor Priestern und Laien predigte* (… bis in aera elevatum se vidisse …). *Das sei kein Wunder, sagte er. Ihn in diesem Zustand vor ihnen erscheinen zu lassen sei eine von Gott den Zuhörern gewährte Gnade, eine Anerkennung für seine Andacht.* [*A. S.*, März III]

Der heilige Franco Lippi aus Grotti in der Nähe von Siena (gest. 1291) *verbrachte seine Jugend mit schlimmsten Ausschwei-*

fungen, bekehrte sich dann plötzlich und führte ein strenges Bussleben. Nach langen Pilgerfahrten trat er dem Karmeliterorden bei. Görres zitiert folgende dem Speculum Carmelitanum *entnommene Anekdote: »[...] als eine Erscheinung der h. Jungfrau in seiner Zelle ihn mit solchem Glanze übergoss, dass Alles mit Leitern, Eimern und allem Brandgeräthe herzuströmte. Als man die Zelle erbrochen, sah man Wände, Steine und alles Geräthe im Feuer stehend! aber kein Rauch, keine Funken, keine Flamme. Als Alle bestürzt und verblüfft da standen, Einer den Andern ansehend, hört die Vision auf [...], und wie sie nun näher treten, sehen sie den Francus in der Luft schwebend, die Augen wohl offen, aber fest an den Himmel geheftet, den Mund gleichfalls etwas geöffnet, wie bei einem Sprechenden, die Hände gefaltet, und seiner Sinne nicht mächtig.«* [zit. Görres, Bd. II]

Die heilige Margareta von Cortona (1247–1297), *Franziskanerterziarin, tat dreiundzwanzig Jahre lang durch grausame Kasteiungen Busse für ihre ausschweifende Jugend. Pater Chérancé* [19], *ihr Biograph, schildert ihre erste Ekstase, die von Levitation begleitet war: Margareta pflegte im Hause von Donna Diabella eine junge Mutter, Verwandte dieser Dame. In einem freien Moment zog sie sich in eine Ecke des Raumes zurück, um über ihre Sünden zu trauern. Als sie mit der grössten Inbrunst betete, stieg plötzlich der Geist Gottes auf sie herab, zog sie an sich und entführte sie in die Luft. Der Körper der Heiligen schwebte mehrere Ellen über der Erde. Zwei Augenzeugen, Donna Mechtilda (das war der Name der Wöchnerin) und ein Tagelöhner, mit dem die fromme Terziarin oft das Almosenbrot teilte, bezeugten die Echtheit dieses Vorfalls.* [zit. *Acta canonizationis* in De Chérance]

14. und 15. Jahrhundert

Der heilige Petrus Armengol (1238–1304) *aus der Familie der Grafen von Urgell, Verbündete der Könige von Kastilien, trat 1258 nach einem ausschweifenden Vorleben – er war sogar Anführer einer Räuberbande gewesen – dem Mercedarierorden bei. Nach Jahren harter Busse im Kloster ging er nach Algerien, kaufte von den Mauren versklavte Kinder frei und gab sich sogar selbst als Geisel hin. Er wurde als Christ verfolgt und zum Tode durch den Strang verurteilt, wurde aber in letzter Minute auf wunderbare Weise von seinem Bruder gerettet. Zeugen beteuern, ihn gesehen zu haben, wie er im Gebet von der Erde abhob.* [*A. S.*, September I]

Die heilige Agnes von Montepulciano (1268–1317) *trat dem II. Dominikanerinnenorden bei und wurde ins Kloster Proceno (Herzogtum Urbino) geschickt, dessen Vorsteherin sie im Alter von fünfzehn Jahren wurde. Ihre Mitschwestern sahen sie oft im Zustand der Levitation* (… sine aliquo corporali sustentaculo in aera elevari …). *Eines Tages erhob sie sich bis zu einem in ziemlicher Höhe angebrachten Kruzifix, stieg dann wieder schwebend hinunter.* [*A. S.*, April II]

Vom seligen Roberto da Salle (1273–1341), *einem religiösen Zölestiner, wird ebenfalls eine Levitation erwähnt. Er hatte sich über eine Elle in die Luft erhoben, als er durch den überraschten Ausruf eines Mitbruders* – Fili, male fecisti! – *aus seiner Ekstase gerissen wurde.* [*A. S.*, Juli IV]

Caterina Colombini (gest. 1387), *Cousine des seligen Johannes Colombini, Gründer der Kongregation der Jesuaten, hat keine Biographie in den* Acta; *doch man kann in der Biographie des letzteren lesen, sie habe sich in der Heiligen Nacht ungefähr zwei Zoll über die Steinplatten der Kirche erhoben und habe, von einem Lichtschein umhüllt, zwei Stunden frei geschwebt.* [*A. S.*, Juli VII]

Die heilige Katharina von Siena (1347–1380) *war schon als Kind Ekstatikerin. Sie war erst sechs Jahre alt, als sie eine von Levitation begleitete mystische Verzückung hatte. J. Jørgensen schildert diese erste Ekstase.*[20] »Es war in einer Grotte vor den Toren Sienas, wohin sie sich begeben hatte, um dort ein Einsiedlerleben zu führen. Sie hatte ein Brot mitgenommen und wollte einsam dort leben. Als sie zu beten anfing, hatte sie das Gefühl, in einer von strahlendem Licht erfüllten Luft zu schweben. Ihr war, als erhebe sie sich langsam über der Erde, schwebe höher und immer höher; schliesslich stiess sie an der Decke an, und sie erwachte. Sie stellte fest, dass sie offenbar lange in der Grotte geblieben war, denn die Sonne stand schon tief am Horizont, die Grillen zirpten in den Feigenbäumen, und auf dem Hügel in der Basilika San Domenico läuteten die Glocken zur Vesper.« *Später hatte die berühmte Dominikanerin Levitationen vor Zeugen. Caffarini seinerseits bestätigt, dass man sie wiederholt mehrere Meter über dem Boden schweben sah.* [Leroy, zit. Jørgensen nach der *Legenda maior* des Raimund von Capua, geistlicher Lehrer und Freund der Heiligen, und nach der *Legenda minor* von Bruder Tommaso Nacci Caffarini; *A. S.*, April III]

Das Leben der heiligen Coletta von Corbie (1381–1447), *Reformatorin des Klarissenordens, weist Wunder im Überfluss auf, Levitationen jedoch werden kaum und nur äusserst knapp erwähnt, was um so weniger verständlich ist, als man den körperlichen Verzückungen der Heiligen erstaunliche Bedeutung beimisst. Andere Nonnen, liest man tatsächlich in den* Acta, *sahen sie wie-*

derholt in der Luft schweben und in solcher Höhe aufsteigen, dass sie den Blicken entschwand (... ab earum oculis evanescens ...). [*A. S.*, März I]

Der selige Petrus Jeremias von Palermo (1394–1452) *gehörte dem Orden der Dominikaner an. Er setzte sich besonders für die Reformierung der Dominikanerklöster in Sizilien ein. Sein Leben wurde von einem seiner Mitbrüder im Kloster Santa Zita aufgezeichnet. Man liest in dieser Biographie, dass er sich während seines Gebets oft in die Luft erhob. Sein Körper begann dann jeweils zu strahlen. Eines Tages sah sein Superior dieses Leuchten durch die Türritzen seiner Zelle und glaubte, es brenne. Er drückte die Tür ein und fand lediglich den Heiligen in Ekstase vor.* [*A. S.*, März I]

Der heilige Petrus Regalati (1390–1456) *strahlte ein helles Licht aus, wenn er in Ekstase war. Er erhob sich auch von der Erde und schwebte manchmal mehrere Stunden frei in der Luft.* [*A. S.*, März III]

Eine Levitation, die Murillo zu einem berühmten, im Louvre ausgestellten Bild inspiriert hat: Die Engelsküche. *Links der heilige Diego (Didakus) von Alcalá (gest. 1463), in Ekstase über dem Fussboden schwebend. Er hält die Hände gefaltet und den Blick zum Himmel gerichtet. Sein Körper ist in einen Lichtschein gehüllt. Rechts Engel, die die Obliegenheiten des Ekstatikers übernommen haben und sich verschiedenen Küchenarbeiten widmen.* [zit. Guérin bzw. Les Petits Bollandistes]

Die Biographen von Hieronymus Savonarola (1452–1498) *schreiben dem berühmten Dominikaner eine gewisse Anzahl Wunder zu, zu denen die Levitation gehört. »Sogar in seinem Kerker«, schreibt F. T. Perrens*[21]*, »wirkte er Wunder. Wiederholt fand ihn sein Kerkermeister von den Handschellen und Fusseisen befreit; oft* *stand die Tür offen, ohne dass er die Gelegenheit zur Flucht wahrgenommen hätte; schliesslich sah man ihn in der Luft schwebend und von einem Glorienschein umgeben. Soviel Wunderbares rührte das Herz des Kerkermeisters, der sich bekehrte und ein mustergültiger Christ wurde. Die Biographen bestätigen einhellig diese Vorgänge.«* [zit. Perrens, Bd. XI, XIII]

36

16. Jahrhundert

Der Bernhardiner und spätere Franziskaner Ladislaus von Gielniów (1440–1505) *predigte am Karfreitag des Jahres 1505 in der Kathedrale von Warschau. Als er zur Schilderung der Auspeitschung kam, verfiel er in Ekstase und verharrte in einem verzückten Geistesflug, eine ganze Weile schwebend über der Kanzel zum höchsten Erstaunen der tiefbewegten Gläubigen* (... Tunc jam ardentis ignis divini amoris in camino cordis sui succensi, flamma vehemens, contineri intus non valens; tamquam e fornace, septuplum plusquam ante ardente, subito in tantum erupit ad extra; ut ipsum visibiliter, coram illa tota congregata multitudine, omnibus clara spectantibus, viris & mulieribus, senibus & juvenibus, peccatoribus & justis, devotis & indevotis, in altum tolleret; ita ut [apparet pendulus in aere] cunctis videntibus, & prae novitatae rei aliis inauditae stupendibus, aliis alte exclamantibus Jesus, Jesus, Jesus! aliis in terram cadentibus, aliis prae stupore, timore, & rei novitate a sensibus quasi alienatis; supra suggestum elevatus in aere pendulus appareret. Stabat sublimis inter coelum & terram, nullo humani auxilii adminiculo subnixus, per extasim sursum sublatus (aere ipso, loco solidi corporis, ad ejus sustentantum corpus ministerium praebente) quasi in caelum vellet abire clare visus. Mansit sic justo temporis spatio, nec fari amplius potuit in languore positus, totusque in Deo immersus …) *Dann stieg er langsam, erschöpft hinunter und legte sich ins Bett* (Igitur lento motu ab aere descendens, sensit se vehementi debilitati effectum, languore correptus … Lecto decumbit.) *und starb einen Monat später, am 4. Mai.* [*A. S.*, Mai I]

Für die körperlichen Verzückungen des heiligen Franz von Paula (1416–1507) *soll es zahlreiche Zeugen geben. Als der kalabrische Thaumaturg auf Befehl von Papst Sixtus IV. an den französischen Hof reiste, wurde er in Neapel von König Ferdinand I. beherbergt. Dieser soll ihn heimlich beobachtet und ihn in dessen Zimmer in Ekstase gesehen haben, den Körper von hellem Licht umgeben und in der Luft schwebend. Man sah ihn im gleichen Zustand in Plessis-lès-Tours, wo er sich manchmal in der Kirche fünf oder sechs Ellen in die Luft erhob. Als Augenzeuge dieser Vorkommnisse wird Anne de Beaujeu, die Tochter Ludwigs XI., genannt.* [zit. Martin, Bd. II]

Pater Simplicien de Saint-Martin, der eine Histoire de la vie de Notre Père saint Augustin, des saints, bienheureux et hommes illustres de l'ordre des Augustins (1640) *geschrieben hat, berichtet, dass Christina von Aquila* (1480–1543), *eine Augustinerin, einst am Fest des Allerheiligen Sakraments eine Elevation von fünf Fuss über der Erde hatte. Ein andermal schwebte sie während ihrer ganzen vierundzwanzig Stunden dauernden Ekstase in der Luft.* [zit. Imbert-Gourbeyre, Bd. I]

Vom heiligen Franz Xaver (1506–1552), *dem Apostel Japans und Indiens, erzählt Pater Bouhours*[22], *er habe sich manchmal mitten in einem Gespräch zurückgezogen, um sich der Betrachtung hinzugeben. Wenn man ihn dann suchen ging, fand man ihn ent-*

weder vor dem Allerheiligsten oder an einem einsamen Ort, erschöpft in einer tiefen Kontemplation versunken, oft in der Luft schwebend, das Gesicht von einem Strahlenkranz umgeben. Mehrere Augenzeugen bestätigen diese Vorkommnisse. Einige sagen, dass sie zu Beginn den Heiligen reglos kniend sahen, dass sie danach feststellten, dass er sich nach und nach von der Erde hob und sie ihm dann vor heiligem Entsetzen nicht ins Gesicht blicken konnten, weil es derart strahlte. Andere wiederum versichern, dass er, wenn er mit ihnen über Gottes Wirken sprach, sich plötzlich von ihnen entfernte und sein Körper von selbst in die Höhe stieg. Diese mystischen Verzückungen kamen manchmal über ihn, wenn er die Messe las, gleich nach der heiligen Wandlung. Auf diese Weise in der Luft schweben sah man ihn vornehmlich in Malakka und in Meliapor. Auch mehrmals in Goa, als er dem Volk die heilige Kommunion austeilte; und was ganz aussergewöhnlich ist, da es seine Gewohnheit war, die Kommunion kniend auszuteilen, dass er in dieser Stellung über der Erde zu schweben schien. Diese Überlieferungen wurden offiziell festgehalten. (Die III Decembris lectio IV) [zit. Bouhours, Bd. II]

Vom heiligen Thomas von Villanova (1486–1555) *ist nur eine einzige Levitation bekannt. An einem Auffahrtstag, halten die Heiligsprechungsakten fest, las Thomas, damals Erzbischof von Valencia, die Antiphon* Et videntibus illis elevatus est, *als er in mystische Verzückung verfiel und sich von der Erde erhob. Er verharrte auf diese Weise zwölf Stunden reglos im Raum schwebend, dem Blick der Dienerschaft des erzbischöflichen Palais und verschiedener Einwohner Valencias preisgegeben* (... ab hora quinta matutina ad quintam vespertinam ...). *Thomas von Villanova war ungefähr zu dem Zeitpunkt in den Augustinerorden eingetreten, als Luther austrat. Der Heilige hatte das Erzbistum Valen-*

cia aus Gehorsam gegenüber Karl V. angenommen, der ihn hoch schätzte. [A. S., September V]

Als Ignatius von Loyola (1491–1556) *in Barcelona sein spätes Studium aufnahm (er war dreiunddreissig), quartierte er sich bei einer Dame Inés Pasqual ein, deren Sohn Juan einiges über das Leben des Heiligen festgehalten hat. Er beobachtete ihn heimlich beim Beten. Manchmal soll sich das Zimmer, in dem Ignatius in Ekstase verharrte, mit Helligkeit gefüllt haben, während der Heilige mit ausgebreiteten Armen vier oder fünf Spannen über dem Fussboden schwebte.* [A. S., Juli VII]

Der heilige Petrus von Alcántara (1499–1562), *Gründer des Minoritenordens der strengsten Observanz, war ein Zeitgenosse der heiligen Teresa von Ávila, die sein* Tratado de la oración y meditación *als ein Meisterwerk der mystischen Literatur bezeichnete. Der Kontemplative verharrte während seiner Ekstasen im Geistesflug auf Höhe des Chortafelwerks. Oft sah man ihn im Klostergarten über den höchsten Ästen schweben. Eine seiner Levitationen soll drei Stunden gedauert haben. Manchmal wurde er von der ungestümen Erregung der mystischen Verzückung in die Lüfte entführt. Diese Levitationen wurden zuweilen von hellem Strahlen begleitet.* [A. S., Oktober VIII]

Der heilige Salvator von Horta (1520–1567) *war franziskanischer Laienbruder. Sein Ruf eines Thaumaturgen brachte ihm Verfolgungen. Sein Biograph Dimas Serpi berichtet, er habe in folgender Situation levitiert: Eines Tages, als Bruder Salvator in Maella (Katalonien) meditierte, wurde er von Antonio Vughet, einem Ortsbewohner, zum Mittagsbrot eingeladen. Als Salvator einen Granatapfel aufschnitt, erschien ihm der Anblick der unter der Schale sauber aufgereihten purpurroten Kerne als ein so wunderbares Symbol der göttlichen Ordnung, dass er, mit ausgebreiteten Ar-*

men über dem Fussboden schwebend, in Ekstase verfiel. Sein Gastgeber stand schnell vom Tisch auf und rief seine Nachbarn herbei, dieses seltsame Schauspiel zu betrachten. (... O Deus, inquit, si tam pulchro ordine cunctas hujus tuae creature particulas disposuisti, quam ordinata erit caelestis tui palatij species, ubi Angeli spiritusque beati magis ardebunt faciem contemplantes tuam, quam grana haec pulcherrima serie distincta rubent.) [*A. S.*, März II]

Der heilige Ludwig Bertrán (1526–1581), *spanischer Dominikaner, kehrte 1569, nachdem er in der Karibik das Evangelium verkündet hatte, nach Spanien zurück, angewidert von der Barbarei der Abenteurer, die sich auf Südamerika gestürzt hatten. Es blieben ihm noch zwölf Jahre zu leben. Er verwandte sie auf die Leitung der Klöster und auf die Seelsorge. Sein Leben wurde von Bartholomäus Avignoni vom Predigerorden aufgezeichnet, seinem Postulator. Man vernimmt aus dessen Biographie, dass sich Ludwig Bertrán während seiner Ekstasen wiederholt in die Luft erhob. Er schildert auch eine seiner Levitationen: Eines Tages kehrte der Heilige mit einem Diener aus Moncada zurück (ein paar Kilometer von Valencia entfernt). Als er unterwegs an einem reifen Weizenfeld vorbeikam, bat er seinen Gefährten, am Strassenrand auf ihn zu warten, und entfernte sich ins Weizenfeld. Ein Bewohner von Moncada, Baptista Ferreri, fragte den Diener, auf wen er am Strassenrand warte; neugierig geworden über dessen Antwort, stieg er auf einen kleinen Hügel, um die Gegend auszuspähen. Von dort aus erblickte er Ludwig Bertrán in mystischer Verzückung über den Ähren schwebend. Araber* [sic, im lat. Text: *Indi*] *waren in Tubará Zeugen des gleichen Schauspiels gewesen. Sie sahen den in der Luft betenden Heiligen ...* illum supra spicas segetis in aera sublatum vidit. [*A. S.*, Oktober V]

Mit der heiligen Teresa von Ávila (1515–1582) *haben wir zum ersten Mal ein persönliches Zeugnis über das Phänomen der Levitation. Über den Unterschied zwischen der Vereinigung und der Verzückung schreibt die Heilige*[23]*:* »... Bei diesen Verzückungen kommt es einem vor, als beseele die Seele den Leib nicht mehr, und so hat man ganz stark das Gefühl, als mangle ihm die natürliche Körperwärme; er wird immer kälter, wenn auch auf äusserst wohltuende und beseligende Weise. Hier gibt es kein Mittel, um sich zur Wehr zu setzen, während es bei der Gotteinung ein Mittel gibt, da wir noch auf unserer Erde weilen: Wenn auch mit Mühe und Gewalt, so kann man sich doch fast immer zur Wehr setzen. Hier aber gibt es meistens keinerlei Mittel, sondern oftmals kommt eine so plötzliche und gewaltige Aufwallung, ohne dass der Gedanke daran oder sonst eine Hilfe vorausgegangen wäre, dass ihr seht oder spürt, wie diese Wolke oder dieser mächtige Adler aufsteigt und euch auf seinen Schwingen davonträgt.

Damit meine ich, dass man es erkennt und ihr euch fortgetragen erlebt, ohne dass ihr wisst, wohin. Mag es auch mit Beseligung verbunden sein, so führt doch die Schwäche unserer Natur dazu, dass man sich anfangs fürchtet, und es bedarf – viel mehr noch als bei dem bereits Erwähnten – einer entschlossenen und mutigen Seele, um alles zu riskieren, komme, was mag, und sich den Händen Gottes zu überlassen und willig hinzugehen, wohin man uns trägt, denn man trägt euch fort, auch wenn es euch nicht passt, und das mit solcher Wucht, dass ich mich sehr oft zur Wehr setzen möchte und alle meine Kräfte aufbiete, besonders manchmal, wenn es öffentlich geschieht, und oft genug auch im verborgenen, weil ich fürchte, getäuscht zu werden. Manchmal vermochte ich etwas, aber mit enormem Kräfteverschleiss: Wie jemand, der mit einem starken Riesen ringt, so erschöpft war ich hinterher. Andere Male war es unmöglich, sondern es wurde mir die Seele fortgetragen und fast immer auch der Kopf hinterher, ohne dass ich ihn zurückhalten konnte, ja gelegentlich der ganze Leib, den es sogar vom Boden erhob.

Das war aber nur selten der Fall, denn als es einmal geschah, während wir miteinander im Chor waren und ich gerade kommunizierte, bereits niedergekniet, verursachte es mir grössten Schmerz, weil es mir wie etwas ganz Aussergewöhnliches vorkam, das nachher grosses Aufsehen erregen müsste. So befahl ich den Schwestern (da ich das Amt der Priorin innehabe), sie sollten darüber schweigen. Andere Male aber hielt ich mich gleich am Boden fest, während sie herbeieilten, um mir den Leib festzuhalten, sobald ich zu merken begann, dass der Herr dasselbe zu tun im Begriff war (einmal geschah das sogar bei einer Predigt, in Anwesenheit vornehmer Damen, weil es das Patronatsfest war); und trotzdem bemerkte man es noch. Ich flehte den Herrn oft an, mir doch keine Gnadengaben mehr schenken zu wollen, die nach aussen hin sichtbar waren; ich war es nämlich müde, immer so sehr aufzupassen, und dass Seine Majestät mir diese Gnade doch erweisen könne, ohne dass man es mitbekäme. Es sieht so aus, als habe es ihm in seiner Güte gefallen, mich zu erhören, denn bislang habe ich es nicht mehr gehabt; freilich ist das noch nicht lange her. Es ist so, dass ich den Eindruck habe, als würden mich so gewaltige Kräfte unter den Füssen emporheben, sobald ich mich zur Wehr setzen wollte, dass ich nicht weiss, womit ich das vergleichen soll; es geschah dies nämlich mit viel mehr Wucht als die anderen geistlichen Vorgänge, und so war ich in Stücke zerrissen. Denn es ist ein gewaltiges Ringen und nützt am Ende doch kaum etwas, falls der Herr es will, denn gegen seine Gewalt kommt keine Gewalt an. [...] Ich gestehe sogar, dass es mich in grossen Schrecken versetzte, [...] als ich erlebte, dass sich mein Leib von der Erde erhob, denn auch wenn ihn der Geist mit sich fortträgt und das mit grosser Zärtlichkeit geschieht, wenn man sich nicht widersetzt, verliert man doch nicht das Bewusstsein. Zumindest war ich so weit bei mir, dass ich erkennen konnte, dass ich fortgetragen wurde.«

Bischof Yepes, der die heilige Teresa persönlich kannte, verdanken wir einige ergänzende Details über die Verzückung, die sie bei der Kommunion erfasste: Don Alvaro de Mendoza, Bischof von Ávila, teilte den Schwestern durch die Öffnung in der Wand (comulgatorio) *die Kommunion aus, als die Heilige, von Ekstase ergriffen, von der Erde erhoben wurde und die Hostie nicht empfangen konnte, weil sie über der Laibung schwebte. Eines Tages, als sie soeben die Hostie empfangen hatte, spürte die Heilige, wie sie in die Höhe gerissen wurde, und sie klammerte sich an das Gitter und flehte zu Gott, ihr diese offenkundige Gunst zu ersparen. Ein andermal klammerte sie sich an die Matte auf den Steinplatten des Chors und zog sie in ihrem Aufstieg mit in die Höhe.*

Die ersten offiziellen Zeugenaussagen über diese Vorfälle begannen 1595, dreizehn Jahre nach dem Tod der Heiligen, dreissig Jahre nach der Niederschrift ihrer Biographie. Es gab noch Augenzeugen. Die Levitationen der heiligen Teresa werden in den Acta authentica canonizationis *erwähnt, und es wird darauf hingewiesen, dass diese Vorgänge Gegenstand zahlreicher Zeugenaussagen waren* (... Saepissime enim in oratione positam extra se raptam fuisse constat; et quod aliquando adeo vehementibus spiritus elevationibus rapiebatur ut corpus etiam ipsius a terra in altum levaretur: ut deponunt in remissoriali Abulensi vigesimus testis super 15; et in 2 part. Salmantini quadragesimus septimus testis super decimo, et quadragesimus nonus super tertio, et centesimus et centesimus secundus testis super eodem; et in 1 part. Toleti primus testis, confessarius, super 2; et in 2 part. primus testis super 74, et vigesimus testis super 2, et trigesimus super 70; et in 3 p. primus testis et secundus super 2, et alii plures. Inter quos in specie de raptibus et elevationibus corporis a terra deponunt de visu in remissoriali Abulensi quadragesimus nonus testis super 15 ...). *Und es wird hinzugefügt, dass die Verzückungen oft von Lumineszenz begleitet waren.* [zit. Ávila; zit. Yepes; zit. Thurston; *A. S.*, Oktober VII]

Die heilige Katharina de' Ricci (1522–1590) *ist eine berühmte Stigmatisierte. Sie wurde im Alter von fünfundzwanzig Jahren Priorin des Dominikanerinnenklosters von Prato (in der Nähe von Florenz). Der heilige Filippo Neri schätzte sie hoch, und sie führte mit ihm eine spirituelle Korrespondenz. Sie wurde von Benedikt XIV. heiliggesprochen, der ein Kompendium ihres Lebens veröffentlichen liess. Darin wird erwähnt, dass der Körper Katharinas oft im Raum schwebte, wenn sie in Ekstase war, und dass dieses Phänomen von zahlreichen Zeugen beobachtet wurde.* [zit. Imbert-Gourbeyre, Bd. 2]

Auf die Levitation des heiligen Johannes vom Kreuz (1542–1591), *des berühmten mystischen Kirchenlehrers (und Dichters), die er gleichzeitig mit der heiligen Teresa hatte, kommen wir am Schluss dieser Ausführungen über die Levitation zurück. Ich glaube nicht, dass von ihm andere als diese Doppellevitation überliefert sind.*

In der Lebensgeschichte von Filippo Neri (1515–1595), *die von Hieronymus Barnabäus anhand der Prozessakten geschrieben wurde, wird erwähnt, dass der Heilige öfter Levitationen hatte, meistens während er die Messe las. Er erhob sich jeweils drei bis vier Ellen (fünf bis sechs Meter) in die Luft. Ein junges Mädchen, das ihn in diesem Zustand sah, hielt ihn für einen Besessenen. Unter den Zeugen dieser Vorgänge wird Kardinal Paolo Sfondrati zitiert. Dieser berichtete Papst Paul V., er habe den im Gebet versunkenen Filippo gesehen, wie er fast die Decke berührte* (... ad ipsam cubiculi ...). *Ein andermal, als dieser für die Heilung eines Kranken betete, sahen ihn mehrere Zeugen in helles Licht gehüllt bis zur Decke schweben* (... ad lacunar ...). *Gregorio Ozes sah ihn eines Tages schwebend und strahlend in der Basilika des Vatikans vor dem Grab der Apostel beten. Pater Antonio Galloni, einer der Lieblingsschüler Filippos, hat uns die Empfindungen übermittelt, die dieser während seiner Levitationen spürte: Es war ihm, als werde er von jemandem gepackt und mit Gewalt in die Luft gehoben.* (Retulit ille postea, videri sibi se ab aliquo apprehendi, atque alte a terra per vim mirabiliter sustolli.) *Filippo war peinlich berührt, wenn diese Dinge ihm in der Öffentlichkeit widerfuhren; daher bemühte er sich, wenn er eine Kirche mit einem Begleiter betrat, seine Gebete möglichst abzukürzen, um nicht das Schauspiel seiner Ekstase zu bieten.* [*A. S.*, Mai VI]

37

17. Jahrhundert

Margarita Agullona (1536–1600) *ist als Ekstatikerin und als Stigmatisierte bekannt. Man liest beim franziskanischen Martyrologen Arthur du Monstier unter dem Datum des 9. Dezembers, dass an einem der acht Sonntage nach Christi Himmelfahrt, als man in der Franziskanerkirche in Valencia das Fest der Dornenkrone feierte, Schwester Margarita während der Vesper beim Anblick eines Bildes des Dornengekrönten in Ekstase fiel und sich von der Erde erhob. Ihr frei im Raum schwebender Körper schwankte leicht im Luftzug, der von der Kirchentür her wehte. Ausser den Franziskanerinnen waren viele Einwohner von Valencia Zeugen dieses Vorfalls.* [zit. Imbert-Gourbeyre]

Im Palmier séraphique, *einer Biographiensammlung des Franziskanerordens, wird berichtet, dass Alfonso Rubius aus Valencia, ein Laienbruder, 1601 gestorben, in seinen Ekstasen manchmal so hoch in die Luft entschwebte, dass die anderen Brüder unter seinen Füssen hindurchgehen konnten, ohne sie zu berühren.* [Bd. VI]

Die Karmelitin Maria Magdalena (1566–1607) *aus der Adelsfamilie Pazzi ist als Stigmatisierte bekannt. Ihr Leben wurde von ihrem Beichtvater Virgile Cepari niedergeschrieben, einem wegen seiner Vorsicht als geistiger Lehrer geschätzten und berühmten Hagiographen. Man erfährt aus dieser Biographie, dass sich die Heilige am 3. Mai 1592, am Tag der Kreuzauffindung, fünfzehn Ellen (etwa achtzehn Meter) hoch bis zu einem Kruzifix erhob, um es abzuhängen* (... Crucifixum sumpsit, clavisque extractis ...). *Als sie die Treppen hinauf- und hinunterging, schien sie die Stufen kaum zu streifen, derart flink und behende war sie.* [*A. S.*, Mai VI]

Das Leben der seligen Passitea Crogi (1564–1615), *besser bekannt als Passidea di Siena, wurde von ihrem Landsmann Pater Venturi beschrieben. Maria von Medici liess diese Biographie anhand des Manuskripts übersetzen*[24]. *Darin wird berichtet, dass Passidea schon in sehr jungen Jahren Ekstatikerin war:* »Von da an, als das Kind keine Windeln mehr trug und man ihm ein Kleidchen anlegte«, *berichtet ihr Beichtvater,* »begannen die Engel ihr zu erscheinen und mit ihr zu sprechen. Zudem hoben die glückseligen Geister sie in die Luft und liessen sie die unbeschreibliche Heiterkeit der Seele spüren.« *L. Maracci, ein anderer Biograph, erwähnt ebenfalls ähnliche Vorgänge:* »Je nach der Intensität der Ekstase schwebte sie mehr oder weniger hoch in der Luft. Schwester Felicita sagte aus, sie habe sie in einer Höhe von drei Faden gesehen. Schwester Maria Francesca in mehr als vier Faden und dass sie in hellem Licht erstrahlte. Dieser Zustand dauerte zwei oder drei Stunden. Einmal in Santa Fiora bei der Herzogin Sforza hatte Passitea vor ihr und vielen anderen Anwesenden eine mystische Verzückung, die sie auf Menschenhöhe über dem Fussboden schweben liess. Die Herzogin liess von allen Zeugen eine Bestätigung dieser Vorgänge unterschreiben.« *Manchmal ging sie von einer Stelle zur anderen, ohne dass ihre Füsse sich sichtbar bewegten: Sie schien über den Boden zu schweben.* [zit. Venturi in Imbert-Gourbeyre; zit. Maracci in Thurston]

Der Jesuit Bernardino Realino (1530–1616) *starb in Lecce (südlich von Brindisi). In den 1621 in Neapel durchgeführten Erhebungen im Hinblick auf seine Seligsprechung sagte Tobia da Ponte unter Eid aus, er habe den Pater in levitierendem Zustand gesehen. Tobia da Ponte hatte sich 1608 nach Lecce begeben, um*

Pater Bernardino einige spirituelle Fragen zu stellen. Eines Samstags nach Ostern, im April, als er im Flur vor dessen Zimmer wartete, bemerkte er plötzlich, dass die Tür nur angelehnt war und man durch die Ritze Licht im Zimmer sah. Neugierig, was es mit diesem Licht auf sich habe, ging er zur Tür und stiess sie einen Spaltbreit auf. Da sah er den knienden Pater Bernardino, das Gesicht zum Himmel gewandt, mit geschlossenen Augen etwa einen Meter über dem Fussboden schweben (in aria sollevato da quattro buoni palmi sopra). *Nachdem er eine Weile dieses Schauspiel mit einer Mischung aus Staunen, Ehrfurcht und Bangigkeit betrachten hatte, zog sich Signor Tobia schleunigst zurück. In seiner Zeugenaussage ist folgendes festgehalten*[25]*:* »Aufgefordert, sich sehr genau zu überlegen, ob das alles, was er geschildert hatte, nicht eher Halluzination oder Einbildung sei und ob die mystische Verzückung, die er beobachtet habe, keine Sonnenspiegelung, ein Trugbild oder das Resultat einer sonstigen Naturerscheinung, antwortete der Zeuge: ›Die Sache war so deutlich, so eindeutig und wirklich, dass es mir nicht nur vorkommt, als sähe ich sie nochmals, sondern dass ich so sicher bin, wie ich sicher bin, dass ich in diesem Moment spreche oder die Dinge um mich herum sehe. Ich sah das durch den Türspalt dringende Licht nicht nur einmal, sondern zwei-, drei- und viermal, bevor es mir überhaupt auffiel. Dann begann ich mich zu fragen, warum denn überhaupt Feuer in diesem Raum brenne, denn das aus dem Zimmer dringende Leuchten konnte nur von einem grossen Feuer herrühren, wie wenn der Schmied das Eisen auf dem Amboss zum Glühen bringt. Ich stiess also die Tür weiter auf und sah Pater Bernardino über dem Fussboden schweben, und zwar ebenso deutlich, wie ich in diesem Moment Eure erlauchte Herrlichkeit sehe.‹ Der Zeuge wird dann nochmals gewarnt, er solle die Vorfälle nicht aus einer falsch verstandenen Verehrung übertreiben oder sie in irgendeiner Weise in seiner Beschreibung verfälschen, die Heiligen hätten es nicht nötig, dass ihre Sache durch solches Vorgehen unterstützt werde, im Gegenteil, dass dies ihnen widerwärtig sei. Dann fragte man ihn, ob es nicht angebracht wäre, diese oder jene Stelle in seiner Aussage zu korrigieren. Seine Antwort lautete: ›Was ich erklärt habe, ist die Wahrheit, die ganze reine, einfache Wahrheit, und ist weder erdichtet noch übertrieben.‹« [zit. Thurston]

Man findet im Leben eines seiner Zeitgenossen, des Jesuiten Francisco Suárez (1548–1617), *Autor klassischer theologischer Werke, eine Abhandlung über die Levitation, die sich auf ausführliche Dokumente stützt. Es handelt sich um eine Aussage von Bruder Hieronymus da Silva, Pförtner im Jesuitenkollegium zu Coimbra, niedergeschrieben auf Befehl von Pater Morales, dem Beichtvater von Suárez und besagtem Pater. Dieses Dokument wurde in einem versiegelten Umschlag aufbewahrt mit der Aufschrift »Betrifft Beichtangelegenheiten. Darf vor dem Tode von Pater Francisco Suárez nicht geöffnet werden«. Und hier der Inhalt*[26]*:*

»Ich, Bruder Hieronymus da Silva, Ordensbruder der Gesellschaft Jesu, bezeuge, dass ich dieses Dokument auf Geheiss meines Beichtvaters Antonio de Morales des Blinden geschrieben habe und dass besagter Bruder mir befohlen hat, es niemandem zu zeigen und niemandem zu lesen zu geben, sondern es in einem versiegelten Umschlag zu verwahren und diesen Umschlag unter keinen Umständen zu öffnen, es sei denn nach dem Tode unseres Bruders Pater Francisco Suárez. So habe ich es getan, weil Besagter mich darum gebeten hat, war er doch überzeugt, dass die Heiligkeit von Bruder Suárez, dessen Schriften soviel Licht in die Kirche Gottes gebracht haben, nicht verborgen werden darf, und er hat hinzugefügt, dass Gott mich von dieser Welt nehmen könnte durch eine Verschlimmerung der Krankheiten, an denen ich leide. Also liess er mich aus diesen Gründen dieses Dokument in der eingangs erwähnten Form schreiben und alles Nachfolgende unter Eid bezeugen, damit man meiner Aussage mehr Glauben schenkt.

Erstens: Als ich Pförtner am Klostertor im Kollegium von Coimbra war und Don Pedro von Aragón, damals Rektor der Universität von Salamanca, Gast unseres Kollegiums war, ging ich in seinem Namen Bruder Francisco Suárez rufen. Doch als ich in seine Gemächer kam, sah ich, dass der Bruder einen Riegel vorgelegt hatte, und da ich annahm, er ruhe sich aus, und befürchtete, unser Gast könnte ungeduldig werden, wenn er zu lange warten müsse, entfernte ich den Riegel und betrat den Raum, rief seinen Namen und scharrte ein paarmal laut vernehmlich mit den Füssen, ohne dass mir geantwortet wurde. Die Läden im Vorzimmer waren geschlossen; ich ging also ins Zimmer nebenan; ich scharrte wieder mit den Füssen, und da es heller war im Zimmer, weil die Fensterläden nicht ganz zugezogen waren, sah ich ganz deutlich, dass Bruder Suárez mit erhobenen Händen barhäuptig vor seinem Kruzifix kniete. Da er sich bei meinem Eintreten nicht rührte, trat ich zu ihm hin und zupfte dreimal am Ärmel seiner Soutane, doch er schien es nicht zu bemerken und gab mir auch keine Antwort, worauf ich ratlos eine halbe Viertelstunde neben ihm verharrte.

Dann ging ich Bruder Aguilar suchen, seinen Gefährten, und da ich ihn nirgends fand, wartete ich also, bis Bruder Francisco sein Gebet beendet hatte. Es dauerte eine halbe oder dreiviertel Stunde, bis er meine Anwesenheit wahrnahm; und ich führte meinen Auftrag aus, sagte ihm aber nicht, dass ich seine Gemächer betreten hatte.

An einem anderen Tag zu gleicher Stunde – es muss um zwei Uhr nachmittags gewesen sein – hiess mich Don Pedro von Aragón, dem Bruder Francisco zu bestellen, er möge ihn nach Santa Cruz begleiten, um dort das Kloster zu besuchen. Und da Bruder Francisco mir eingeschärft hatte, ihn zu rufen, wenn Exzellenz es wünschte, eilte ich alsgleich zu ihm. Ich fand den Riegel wieder vorgelegt wie üblich zu dieser Tageszeit. Ich entfernte ihn und betrat die Gemächer. Das erste Zimmer lag im Dunkeln. Ich rief. Er gab keine Antwort. Und da der Vorhang der Studierstube zugezogen war, sah ich im Spalt zwischen dem Vorhang und dem Türrahmen ein Leuchten, das vom Kruzifix ausging und das einen blendete: Es war, wie wenn die Sonne sich gleissend in den Fensterscheiben spiegelt und flammende Strahlen erzeugt. So strahlte also das heilige Kruzifix, und als ich hinschaute, war ich davon geblendet; und die davon ausgehende Helle war so stark, dass ich nicht im Raum bleiben konnte, ohne vom vielen Licht geblendet zu sein. Dieses vom Kruzifix ausstrahlende Licht war auf das Gesicht und die Brust von Bruder Suárez gerichtet. Und in diesem hellen Licht sah ich ihn, barhäuptig mit gefalteten Händen, fünf Spannen über dem Fussboden vor dem Kruzifix schweben, auf Höhe des Tisches, auf dem das Kruzifix stand. Und als ich dies sah, zog ich mich zurück; doch bevor ich den Raum verliess, lehnte ich mich überwältigt an den Türrahmen, wo ich ungefähr die Zeit von drei *Credos* verharrte. Dann ging ich hinaus, mein Haar war gesträubt wie Borsten, und ich musste mich betäubt an der Tür zum Vorzimmer festhalten. Nach einer guten Viertelstunde hörte ich ein Geräusch, und Bruder Francisco kam, um den Riegel zu entfernen, und bemerkte meine Anwesenheit. Ich sagte ihm also, der hohe Herr erwarte ihn. Er fragte mich, warum ich ihm nichts gesagt hätte. Ich antwortete, ich hätte das Arbeitszimmer betreten und ihn gerufen, er habe mir aber nicht geantwortet. Als er hörte, dass ich seine Studierstube betreten hatte, nahm er mich beim Arm und zog mich in das zweite Zimmer; dann faltete er die Hände und bat mich mit Tränen in den Augen, nichts zu sagen von dem, was ich gesehen hatte, zumindest solange er lebe. Ich ersuchte ihn um die Erlaubnis, meinem Beichtvater davon zu berichten. Er war gleich einverstanden, war doch mein Beichtvater auch seiner. Mein Beichtvater riet mir, diesen Bericht in der vorhin erwähnten Form zu schreiben; und ich unterzeichnete mit meinem Namen, weil alles, was er enthält, die Wahrheit ist. Und wenn es Gott gefallen soll, dass ich vor Bruder Francisco Suárez sterbe, wird man meinem Zeugnis Glauben schenken, als sei man Augenzeuge gewesen; doch sollte es unserem Herrn gefallen, Bruder Francisco Suárez vor mir zu sich zu rufen, kann ich das Ganze unter Eid bezeugen, vorausgesetzt, dass dies notwendig sein sollte. – (unterzeichnet) Hieronymus da Silva.« [zit. Scoraille]

Die selige Ursula Benincasa (1547–1618), *Gründerin der Theatinerinnen, war ab dem zehnten Altersjahr eine Stigmatisierte. Sie hatte wiederholt mystische Verzückungen, und zwar in einer Kirche in Gegenwart zahlreicher Gläubiger. Wegen dieser Erscheinungen wurde sie verdächtigt, eine Besessene zu sein, und man exorzierte sie. Sie hatte während einer Exorzierungssitzung beim Kardinal von San Severino eine Levitation.*[27] [zit. Imbert-Gourbeyre]

Die selige Marie von der Menschwerdung (1566–1618), *besser bekannt als Barbe Acarie, führte in Frankreich den Karmeliterorden der heiligen Teresa ein, unterstützte die Gründung des Ursulinenordens und die Reform der Benediktinerabteien. Die ihr von Abbé Bremond in seiner* Histoire littéraire[28] *gewidmeten Seiten haben dieser aussergewöhnlichen Mystikerin neue Beliebtheit gebracht. André Du Val, Theologieprofessor an der Sorbonne, der lange Jahre der geistliche Lehrer Maries war, veröffentlichte drei Jahre nach ihrem Tod ihre Biographie. Darin wird eine Levitation erwähnt, die bei der Mutter von Kardinal Bérulle stattgefunden haben soll*[29]*:* »Pater Petrus de Bérulle, Generalober der französischen Oratorianer, sah sie einmal in einer so intensiven Verzückung, durch die ihr Körper zwei oder drei Fuss vom Boden erhoben wurde, und sie schwebte so lange in der Luft, was sie sehr schwächte.« *Ein späterer Biograph präzisiert, dass diese Verzückung drei Stunden gedauert hatte. Die Mutter von Schatzkanzler Séguier hatte dies von Kardinal de Bérulle persönlich erfahren.* [zit. Du Val u. Boucher]

Dominicus Urrusolo, genannt Dominicus a Jesu Maria (1559–1630), *geboren in Calatayud (Aragón), trat sehr jung den Unbeschuhten Karmeliten bei und wurde deren Ordensgeneral. Er soll die Niederlage der unbesiegbaren Armada vorhergesagt und sich deshalb eine gewisse Unbeliebtheit zugezogen haben. Seine Vita wurde fünfundzwanzig Jahre nach seinem Tod von J. Caramuel y Lobkowitz geschrieben. Darin wird berichtet, dass Dominicus 1593 an den auf Christi Himmelfahrt folgenden Tagen Levitatio-*

nen gehabt habe und er so hoch aufstieg, dass die anderen Brüder ihm kaum bis zu den Fusssohlen reichten. Um öffentliches Aufsehen zu vermeiden, warf er sich jeweils auf die Erde. Es wird erzählt, dass, als er einmal in Valencia vor dem Allerheiligsten in mystischer Verzückung schwebte, ihn ein Anwesender bei den Füssen packte, worauf auch dieser in die Luft gezogen wurde und vor Schrecken losliess und hart auf der Erde aufschlug (... un certo suo Emolo si trovò presente per essersi nascosto avanti, non so, se con intenzione d'insidiarlo, quando lo vide elevato in aria, con gran temerità corse, e gli prese i piedi, e vedendosi anche lui alzar da terra si pentì della sua audacia, e lasciati i piedi, cadde a terra; e pagò la pena del suo ardire ...). *Es wird zudem berichtet, dass er in Madrid vor Philipp II., der Königin und den Höflingen eine Ekstase hatte, während deren er von der Erde abhob, und als der König ihn anhauchte, bewegte sich sein Körper hin und her wie eine Feder.* [zit. Lobkowitz]

Nachdem er Hirte gewesen war, trat der heilige Johannes Massias (1585–1645) *als Laienbruder in den Dominikanerorden in Lima ein, wo er das Amt des Pförtners versah. Er ging jeweils nachts in die Klosterkirche beten. Er hatte Ekstasen, die von Levitationen begleitet waren. Eines Abends erlitt ein Novize einen grossen Schrecken, als er in der Dunkelheit an die Füsse des heiligen Johannes stiess, dessen Körper frei im Raum schwebte.* [Leroy, zit. Thurston]

Die heilige Mariana de Paredes y Flores (1618–1645), *fromme Tochter Ecuadors, die »Lilie von Quito« genannt, wurde 1853 seliggesprochen* [und 1950 heiliggesprochen]. *Aus ihrer Legende geht hervor, dass viele Menschen sie in mystischer Verzückung sahen, wie sie, von einem hellem Glanz umgeben, über der Erde schwebte.* [Breviarum, 26. Mai]

Marguerite vom Heiligen Sakrament, Karmelitin aus Beaune (1619–1648), *soll laut P. Amelote, der 1651 ihre Vita veröffentlichte, zahlreiche Levitationen gehabt haben. Am Abend vor der Profess (am 21. November 1631) hatte sie eine echte Levitation:* »Um sich auf ihr Gelübde vorzubereiten, das sie am Tag der Darstellung Mariä ablegen sollte, zog sich Schwester Marguerite am Abend vorher in eine Einsiedelei zurück, die der göttlichen Mutter geweiht war, wo sie, während sie im Gebet versunken war, in einem Geistesflug bis zur Höhe des Altars schwebte.« *An einem anderen Tag wurde Schwester Marguerite über ihr Bett erhoben,* »schwebte zwischen dem Lager und dem Betthimmel«, *ohne dass sie der unsichtbaren Kraft widerstehen konnte. Man findet in einer späteren Biographie zwei weitere Vorfälle: Eines Tages, als Marguerite Trauben für einen Kranken pflücken ging, sahen ihre Mitschwestern, wie sie sich von der Erde erhob, um hoch hängende Trauben zu erreichen. Was nicht heisst, dass diese besonders hoch hingen, denn Marguerite Parigot hatte im Alter von zwölf Jahren aufgehört zu wachsen. Am Karfreitag des Jahres vor ihrem Tode schliesslich verharrte sie mehrere Stunden im Gebet versunken vor einem Kruzifix, als sie aufrecht, mit ausgebreiteten Armen, den Kopf nach links geneigt, levitierte. In dieser Stellung verharrte sie eine Stunde vor den Augen ihrer Mitschwestern.* [zit. Amelote u. Deberre]

Juana Rodríguez von Jesús-María (1584–1650) *trat nach fünfundvierzig Jahren Ehe in das Klarissinnenkloster in Burgos ein. Sie war damals sechzig. Sie war Ekstatikerin und Stigmatisierte. Jahrelang mimte sie jede Woche in ihren Ekstasen die Leiden Christi. Sie legte sich auf ein grosses Holzkreuz, und die anderen Schwestern sagten aus, sie hätten sie mit diesem Kreuz in der Luft schweben sehen. Eines Tages, als sie, wegen ihrer grossen Hinfällig-*

keit von Alfons und Francisco Ruiz gestützt, im Garten spazierte, hörte sie eine geistliche Melodie. Jäh wurde sie von einer ungestümen Kraft bis zum Augustinerkloster getragen, das ungefähr acht Steinwürfe entfernt war, aus dem eben eine Prozession trat. Ihre zwei Begleiter, die sie nicht losgelassen hatte, konnten sich nicht erklären, wie sie mit ihr dorthin getragen worden waren. [zit. Imbert-Gourbeyre u. Görres]

Der spanische Jesuit Petrus Claver (um 1580–1654) *ist als »Apostel der Negersklaven Boliviens« bekannt. Er verbrachte vierundvierzig Jahre in Bolivien. Er soll dort mystische Verzückungen gehabt haben, in denen er helles Licht ausstrahlte. Sein Diener berichtet, er habe ihn einmal gesehen, wie er, ein Kruzifix in der Hand haltend, in der Luft schwebend in Kontemplation versunken war. Auf dem Sterbebett soll der Heilige noch eine Levitation gehabt haben. Als er wieder zu sich kam, war er so schwach, dass der ihn pflegende Mönch ihn ins Bett zurückbringen musste.* [zit. Fleuriau]

Joseph Desa, bekannt unter dem Namen heiliger Joseph von Copertino (1603–1663), *nimmt in der Geschichte der Levitation einen bedeutenden Platz ein. Die Levitationen setzten kurz nach seiner Ordination (am 28. März 1628) ein; sie wiederholten sich bis zu seinem Tod (am 18. September 1663). Während dieser Momente wurde der Heilige jeweils von seinen Oberen aus dem Chor, aus dem Refektorium, von den Prozessionen ausgeschlossen, weil seine ungewöhnlichen Geistesflüge grosses Aufsehen erregten und manchmal eher komisch als erbaulich waren. Eine der letzten Levitationen des heiligen Joseph, eine der seltsamsten, der am bildhaftesten geschilderten, obwohl eine der am wenigsten zitierten, ist die, die er im Laufe einer Operation gehabt hatte. Nachstehend die Aussage des Wundarztes Francesco de Pierpaoli, der Zeuge des*

Vorfalls war: »Zum Zeitpunkt von Bruder Josephs letzter Krankheit musste ich entsprechend den Anweisungen des Arztes Giacinto Carosi eine Stelle an seinem rechten Bein kauterisieren. Bruder Joseph sass auf einem Stuhl, das rechte Bein ruhte auf meinem Knie. Ich setzte bereits das Eisen für die Operation an; ich stellte fest, dass Bruder Joseph in süsser Verzückung verharrte und unempfindlich gegen den Schmerz war; die Arme ausgebreitet, die offenen Augen gen Himmel gerichtet; der Mund halb geöffnet; der Atem schien vollständig ausgesetzt zu haben. Ich stellte fest, dass er ungefähr eine Spanne über besagtem Stuhl schwebte, in der gleichen Haltung übrigens wie vor der Ekstase. Ich versuchte, das Bein zu mir hinunterzuziehen, doch es ging nicht; es blieb ausgestreckt. Eine Mücke hatte sich auf seinen Augapfel gesetzt; je mehr ich versuchte, sie zu verjagen, desto hartnäckiger kehrte sie an die gleiche Stelle zurück; schliesslich liess ich davon ab, sie zu vertreiben. Um Bruder Joseph besser beobachten zu können, kniete ich nieder. Der obgenannte Arzt prüfte den Vorfall ebenfalls. Wir stellten beide eindeutig fest, dass Pater Joseph seiner Sinne beraubt war und dass er zudem wirklich in der Luft schwebte, wie ich gesagt habe. Dies dauerte seit einer Viertelstunde an, als Pater Silvestro Evangelista, der im Kloster zu Osimo wohnt, hereinkam. Nachdem er die Erscheinung festgestellt hatte, befahl er Joseph, im Namen des heiligen Gehorsams zu sich zu kommen, und rief ihn bei seinem Namen. Joseph lächelte und kehrte wieder zu sich zurück.« *Laut Bernino*[30] *fand die letzte Levitation genau einen Tag vor seinem Tode statt, während der heilige Joseph am Tag Mariä Himmelfahrt die Messe las.* [zit. Bernino, *A. S.*, Fol. 1027C / n Fol. 585]

María de Jesús de Ágreda (1602–1665), *Ordensfrau der Franziskaner-Observanten und Priorin des Klosters der unbefleckten Empfängnis zu Ágreda, ist vor allem durch ihre Visionen über das Leben der Gottesmutter bekannt. Der schon 1672 eingeleitete Seligsprechungsprozess wurde 1773 auf Geheiss von Clemens XIV. wegen der allzu phantastischen Form dieser Erscheinungen abgebrochen und ist nicht wieder aufgenommen worden. Nachstehend, was Pater J. Jiménez Samaniego, ihr Biograph, der sie persönlich gekannt hatte, über ihre Ekstasen und Levitationen berichtet:* »Die mystischen Verzückungen dieser Dienerin Gottes waren folgendermassen: der Körper war seiner Sinne bar, als wäre er tot, und unempfindlich gegen jegliche grobe Behandlung; er schwebte etwas über der Erde und war so leicht, als habe er jede natürliche Schwere verloren, so dass man ihn sogar aus einer gewissen Entfernung mit einem Atemzug bewegen konnte wie eine Daunenfeder. Sie verharrte manchmal bis zu zwei Stunden und manchmal bis zu drei Stunden in dieser Stellung. Diese Verzückungen traten ein, wenn man ihr geistliche Texte vorlas oder ihr von der Grösse und der Schönheit Gottes und anderen göttlichen Geheimnissen erzählte oder wenn sie den kirchlichen Gesang hörte; meistens aber geschah dies, gleich nachdem sie die heil. Kommunion empfangen hatte.« *Die Schwestern pflegten in erzieherischer Absicht, María dem Blick der Gläubigen preiszugeben. Als sie das erfuhr, schloss sie sich nunmehr für diese Gnadenbezeugungen in ihre Zelle ein; doch man löste ein Brett in der Wand ihrer Zelle und trug sie vor das Chorgitter. Wenn man sie dorthin trug, wog sie nicht mehr als eine Feder.* [zit. Samaniego]

Görres beschreibt den ekstatischen Flug von Bernardo da Corleone (1605–1667) *in der Nähe von Palermo, der fünfunddreissig*

Jahre als Laienbruder bei den Kapuzinern verbracht hatte: »Als Bruder Bernard von Corleone einst am Fronleichnamstage, mit den anderen Brüdern, vor der Procession im Chor der Hauptkirche kniete, und die Augen zum Hochaltar erhebend, das zur Verehrung ausgesetzte Sacrament gewahrte, wurde seine Seele mit solcher Inbrunst dagegen entzündet, dass sie zugleich mit dem Leibe sich erhob, und angesichts aller Menschen durch die Luft hinfliegend, vor dem Gegenstand ihrer Verehrung in der Luft schwebend blieb. Alles drängte sich voll Erstaunen ihm nach zu dem Altare, um das Wunder in der Nähe zu sehen, ihm die Füsse zu küssen, oder auch nur sein Gewand anzurühren, so dass er durch das Gedränge von seiner Verzückung wieder zu sich kam, und sanft und gemach zu Boden sank.« [zit. Görres]

Die Levitationen von Schwester Maria Villani (1584–1670), *Gründerin des Dominikanerinnenklosters Santa Maria del Divino Amore in Neapel, wurden von ihr selbst beschrieben. In einem Brief an ihren geistlichen Führer schreibt sie:* »Einst in meiner Zelle erlebte ich eine ganz neue spirituelle Verzückung. Ich wurde mit solcher Kraft in die Höhe gezogen, dass ich über der Erde schwebte, so wie ein Stück Eisen vom Magnet angezogen wird, mit ungewöhnlicher Sanftheit jedoch. Zuerst spürte ich grosse Angst, danach verharrte ich mit grosser innerer Erfüllung und Freude. Obwohl ich meinen Körper verlassen hatte, wusste ich, dass ich über dem Boden schwebte, und in dieser Stellung verharrte ich eine beträchtliche Zeit. Bis zum vorigen Weihnachtsfest (1618) ist mir dies fünfmal widerfahren.« *Schwester Villani vertraute ihrem Beichtvater an, sie habe vom Himmel erwirkt, dass niemand von diesen Gnadenbezeugungen erfahre.* [zit. Thurston]

Eine andere Dominikanerin, die Laienschwester Maria-Teresa vom Kreuz, konnte nicht von der Liebe Gottes sprechen oder bestimmte heilige Namen erwähnen hören, ohne in einen ekstatischen Geistesflug zu verfallen: Wo immer sie sich befand, im Chor, im Kreuzgang, in ihrer Zelle, ja sogar im Refektorium, legte ihr Körper die natürliche Schwere ab, sie hob sich in die Lüfte, ohne das abzulegen, was sie eben in den Händen trug. Manchmal schwebte sie ihrer Sinne bar auf diese Weise fünf oder sechs Stunden in der Luft. Diese Erscheinungen führten dazu, dass Teresa in ein anderes Kloster versetzt wurde, wo sie als Hexe beschimpft und schliesslich in die Welt zurückgeschickt wurde. Das Kloster in Lüttich, in dem sie ihr Noviziat abgelegt hatte, nahm sie schliesslich wieder auf, wo sie 1673 starb. [zit. Thurston]

Die Ekstasen des heiligen Francisco de San Nicolás (1608–1678) *waren so häufig, wenn er die Messe las, dass ihn sein Messdiener an der Kasel zupfen und ihn sogar in die Ferse stechen musste, damit die Messe nicht endlos dauerte. Diese Ekstasen waren oft von Levitationen begleitet. Er hatte eine Levitation, während er die Messe in der Kapelle des Escorial las. Einmal wurde er bis zum Kirchengewölbe erhoben.* [zit. Guérin]

Ein anderer Franziskaner, Blasius von Caltanisetta (gest. 1684), *zeigte während seiner Levitationen seltsame Symptome, die von Imbert-Gourbeyre*[31] *beschrieben wurden:* »Sein Herz schlug in seiner Brust, als sei es mit siedendem Wasser gefüllt. Sein Brustkasten weitete sich deutlich. Er zitterte von Kopf bis Fuss wie in einem Fieberanfall und stiess Schreie aus, wenn er sich in die Luft erhob, und dies vor zahlreichen Anwesenden, die sahen, wie seine Brust anschwoll und ein Geräusch ausstiess wie das von zwei gegeneinandergeriebenen Steinen.« [zit. Imbert-Gourbeyre]

18. Jahrhundert

Der heilige Joseph Oriol (1650–1702), *berichtet Abbé Daras in seinem Werk über die Heiligen und Seligen des 18. Jahrhunderts, erhob sich während seiner Ekstasen häufig in die Luft:* »Wie oft hat man ihn doch in der Kirche Santa Maria del Pi (in Barcelona) in der Luft über der Erde knien sehen. Stundenlang verharrte er in dieser Stellung zwischen Himmel und Erde schwebend.« *Als er eines Tages nach der Beichte vor dem Altar betete, verfiel er in mystische Verzückung und erhob sich ungefähr einen halben Fuss. 1698, als er auf einem katalanischen Boot von Marseille nach Barcelona reiste, hatte er auf Deck des Schiffes eine Ekstase. Sein Körper erhob sich rasch in die Luft, zum grossen Erstaunen der Matrosen, die ihm angestrengt nachblickten und sogar in die Takelage kletterten, um ihm zu folgen. Rafael de Baladas de Blanes, der Besitzer des Bootes, war über diesen Vorfall so ergriffen, dass er nicht darüber sprechen konnte, ohne in Tränen auszubrechen.*[32] [zit. Masden]

Carlo Lavagna aus Potenza (Basilikata) trat im Alter von fünfzehn Jahren dem Orden der Franziskaner-Observanten bei, wo er den Namen Bruder Bonaventura annahm (1651–1711). *Er wollte Laienbruder bleiben, aber seine Oberen erhoben ihn ins Priesteramt.* »Als er seine erste Messe las«, *schreibt Abbé Daras,* »brach er in Tränen aus; sein Körper erhob sich in die Luft, um Gott näher zu sein. Wenn er vom Leiden Unseres Herrn sprach, von Seiner Liebe zu den Menschen, war es, als würden Flammen aus seinen Augen sprühen, seine Füsse berührten die Erde nicht mehr und erhoben sich mit ihm.« *Eines Tages (1711), als Don Francesco d'Amato ihm einen Apfel schenkte und zu ihm sagte, der Duft der Frucht erinnere ihn an Gottes unsagbare Lieblichkeit,* »konnte er seine Verzückung nicht unterdrücken«, *erzählt der Autor,* »er erblasste, war seiner Sinne nicht mehr mächtig, sein Körper erhob sich etwa zehn Fussbreit über der Erde und schwebte eine ganze Weile in der Luft.« [zit. Daras]

Wenn er jeweils predigte und die Messe las, hob sich der Dominikanerpriester Franziskus von Posadas (1644–1713) *von der Erde. Wenn er zu sprechen anhob, liess seine Stimme seine riesige Zuhörerschaft erzittern; dann entflammte die Liebe Gottes seine Seele und strahlte aus seinem Körper, sein Gesicht leuchtete, seine Füsse hoben sich, und man stellte mehrmals fest, dass er die Erde nicht mehr berührte. Eines Tages, als er die Messe las und die Hostie emporhob, folgte sein Körper seiner Seele, die sich zu Gott erhob, und verharrte schwebend in der Luft. Als er wieder hinabstieg, sahen viele Gläubige, dass er in helles Licht gehüllt war. Franziskus war sich dessen nicht gewahr, was bei seinen Levitationen geschah:* »Ich weiss nicht«, *sagte er zu seinem Beichtvater,* »ich weiss nicht, ob die Erde unter meinen Füssen nachgibt, aber ich verstehe nicht, was mir geschieht.« *Ähnliche Vorfälle werden in einer kurz nach dem Tod des Heiligen veröffentlichten Biographie erwähnt.* [zit. Daras u. Thurston]

Giovanni Battista aus Mastena, Franziskaner, kehrte nach einem Aufenthalt im Heiligen Land in sein Kloster nach Como zurück, wo er 1713 starb. »Am 17. November 1700«, berichtet Imbert-Gourbeyre[33]*, »als er in Kontemplation versunken den Fussboden kehrte, sah man ihn plötzlich etwa eine Spanne hoch mit dem Besen in der Hand über der Erde schweben. Ein andermal sah ihn sein Beichtvater vier Spannen hoch in die Luft steigen und dort in der gleichen Stellung verharren. Ein andermal wiederum* *fand man ihn in seiner Zelle auf Mannshöhe über dem Fussboden schweben.«* [zit. Imbert-Gourbeyre]

Pacificus von San Severino (1653–1721) *trat 1670 dem Orden der Observanten bei. Nachdem er die Priesterweihe empfangen hatte (1678), war er in der Volksmission tätig. Doch schwere körperliche Gebrechen hinderten ihn an der Ausübung seines Amtes. Er zog sich ins Kloster von Forano zurück. Im Laufe der Nachforschungen für seine Seligsprechung berichteten Bewohner von San Severino, Pacificus bei der Heiligen Wandlung in Ekstase, mit ausgebreiteten Armen mehrere Handbreit über den Altarstufen schwebend, gesehen zu haben. Pater Felix Pascal, sein Postulator für die Seligsprechung, berichtet folgendes:* »Im Dezember 1714 las Pacificus in der Kapelle vom Heiligen Kreuz in San Severino die Messe, als nach der Wandlung sein Körper zu strahlen anfing und sich eine Handbreit über die Altarstufe erhob. Dort verharrte er etwa fünf Stunden in Ekstase. Die Ministranten gingen den Prior holen, der dem Ekstatiker befahl, wieder zu sich zu kommen und die Messe fertig zu lesen.« [zit. Daras]

Orsola Giuliani (1660–1727), *die bei der Ablegung des Gelübdes bei den Kapuzinerinnen in Città di Castello den Namen Veronika annahm, war Gegenstand äusserst seltsamer Erscheinungen, sie wurde deshalb schwersten Prüfungen seitens der Kirchenoberen unterworfen, die sie des Betrugs bezichtigten. Man entliess sie ihres Amtes einer Novizenmeisterin, man behandelte sie als Hexe und drohte ihr mit dem Scheiterhaufen. Schwester Veronikas Ekstasen waren fast dauernd, und man sah sie oft im Klostergarten über den Baumwipfeln schweben.* [zit. Imbert-Gourbeyre]

Als der heilige Thomas von Cori (1655–1729) *in der Kirche von Civitella das Abendmahl austeilte, fiel er in Ekstase und erhob sich bis zum Kirchengewölbe, und zwar so schnell, dass die Gläubigen fürchteten, er würde sich den Schädel brechen. Nachdem er eine Weile im Raum geschwebt hatte, stieg er wieder sanft auf die Erde hinunter, das Ziborium immer noch in der einen, die Hostie in der anderen Hand haltend. Am Tag vor seinem Tod – am 10. Januar 1729 – erhob er sich waagerecht über seinem Bett. Der ihn pflegende Pater erklärte, ihn in etwa zwei Fuss Höhe und von hellem Schein umgeben schweben gesehen zu haben. Dies wird von seinem Postulator F. Luca aus Rom in der Biographie berichtet, die er 1786 anhand der Prozessakten veröffentlichte. Der heilige Thomas von Cori gehörte dem Orden der Observanten an.* [zit. Daras]

Der heilige Johann Joseph vom Kreuz Calosirto (1654–1734) *wurde eines Tages bis zum Kirchengewölbe erhoben. Andere Male entfernte er sich nur ein paar Handbreit von der Erde, andere Male wiederum fünf bis sechs Fuss. 1728 sah man ihn in Neapel in Ekstase einer Prozession folgen, und zwar schwebend in der Luft schreitend. Er legte auf diese Weite etwa zwei Meilen zurück. Er hatte auch während der heiligen Messe Levitationen. Johann Joseph war im Alter von sechzehn Jahren dem Franziskanerorden der Reformbewegung von Petrus von Alcántara beigetreten. Er starb in Neapel.* [zit. Thurston]

Der selige Angelo d'Acri (1669–1739), *Kapuzinermissionar, verkündete 1722 in Aprigliano in der Diözese Cosenza das Evangelium. Gegen Ende der Predigt geriet er, ein Kruzifix in der Hand, in mystische Verzückung. Sein Körper wurde ungefähr einen Fuss über die Estrade erhoben und verharrte eine ziemliche Weile in dieser Haltung. Man stellte fest, dass das Kruzifix dieser Levitation folgte, obwohl der Prediger es losgelassen hatte. Das gleiche Phänomen wiederholte sich 1725, als Angelo in Monteleone predigte. Diesmal erhob er sich mehr als fünf Fuss über die Kanzel und schwebte lange im Raum. Am letzten Tag der Mission durchquerte er in Fiumefreddo während des eucharistischen Hochgebets eine Entfernung von zehn Schritten in Richtung des Altars, ohne den Boden zu berühren. Der gleiche Vorgang wurde in Belmonte beobachtet.* {zit. Daras}

Der heilige Gerhard Majella (1726–1755), *Laienbruder bei den Redemptoristen, verfiel eines Tages in Ekstase, als er einen blinden Bettler ein geistliches Lied auf der Flöte spielen hörte:*

Il tuo gusto, e non il mio,
Voglio solo in te, mio Dio.

In seiner Verzückung wurde er von der Erde gehoben. Dies spielte sich in Caposele ab in Gegenwart der Armen, die zu einer Almosenverteilung gekommen waren, und des Arztes Santorelli. Der Blinde hiess Filippo da Falcone. Ein andermal bewegte er sich durch die Luft, als schreite er.[34] »Gerardo kehrte mit zwei jungen Burschen, die zu den Klosterdienern gehörten, aus Deliceto zurück. Unterwegs kamen sie an einer Kapelle am Strassenrand vorbei, die der Heiligen Jungfrau gewidmet ist. Gerardo nutzte die Gelegenheit, um das Gespräch auf die gnadenreiche Güte Marias zu bringen. Plötzlich blieb er stehen, nahm einen Bleistift, schrieb hastig ein paar Wörter auf ein Blatt Papier, warf es dann in die Luft, als möchte er eine Botschaft zum Himmel schicken. In dem gleichen Moment sahen seine zwei Begleiter, wie er sich von der Erde erhob und mit der Leichtigkeit eines Vogels davonflog bis zu der Stelle, die ›*il Francese*‹ genannt wurde und etwa fünfhundert Meter entfernt war. Dort berührte er die Erde und kehrte ruhig nach Hause zurück. Die zwei Zeugen dieses seltsamen Vorfalls, die um 1804 starben, erzählten es allen, die es hören wollten, ohne von ihrem Bericht abzuweichen, was ihre staunenden Augen gesehen hatten.« *Ein anderer ekstatischer Flug unter ähnlichen Umständen wurde im Seligsprechungsprozess von einer Dame Maddalena Flumeri zu Protokoll gegeben, deren Tante Rosaria Bertucci Augenzeugin gewesen war:* »Als diese sich eines Tages in die Kirche *La Consolazione* zur Beichte begab, begegnete sie Bruder Gerardo auf dem Weg von Deliceto. Dieser, der sie gut kannte, bat sie, seinen Mantel bis zur Kirche zu tragen, ging ihr voraus und betrat eine Kapelle am Wegrand. Als er wieder herauskam, sah Rosaria Bertucci, wie er sich in die Luft erhob und so mit ausgebreiteten Armen die Entfernung von etwa einem Kilometer zwischen der Kapelle und der Kirche schwebend zurücklegte.« *Man sah ihn auch am Karfreitag, dem 20. April 1753, sich hoch in die Luft erheben, als nach der traditionellen Prozession in Corato ein Bild in die Benediktinerkirche zurückgetragen wurde, das die Kreuzigung Christi darstellte. Gerardo starb im Alter von 29 Jahren. 1904 wurde er von Pius X. heiliggesprochen.* [zit. Dunoyer u. Tannoja]

Paolo Francesco Danei, Gründer des Passionistenordens, bekannt als Paulus vom Kreuz (1694–1775), *kehrte eines Wintertages von seiner Klause auf dem Monte Argentario zurück. Er war so erschöpft, dass er glaubte zusammenzubrechen; er legte sich auf die Erde und betete. Da spürte er, wie er in die Luft gehoben und in die Nähe seines Klosters getragen wurde. In Latera (Diözese Montefiascone) sah man in der Sakristei, wo er Geistliche ermahnte, wie er sich in die Luft erhob. Auf der Insel Elba begann er auf der Estrade, wo er predigend hin und her ging, über den Köpfen der Anwesenden im Leeren zu schreiten und auf die gleiche Weise zurückzukehren. In den letzten Jahren seines Lebens, im Laufe eines geistlichen Gesprächs, das er in Rom in der Sakristei der*

Basilika der Märtyrer Johannes und Paulus führte, sah man sein Gesicht entflammen, und sein Körper begann zu zittern. Angesichts dieser Anzeichen einer mystischen Verzückung stemmte sich Paulus gegen die Lehne seines Sessels und klammerte sich an die Armlehnen. »Trotz seiner Anstrengung«, *berichtet ein Zeuge,* »erhob er sich samt dem Sessel in die Luft, dessen Beine knapp über meinem Kopf schwebten, ich würde also sagen, dass er sich sieben oder acht Spannen erhoben hatte. Er verharrte lange in Ekstase. Als er zu sich kam, stellte ich ein leichtes Erschauern seines Oberkörpers fest, dann kehrte er langsam mit dem Sessel, in dem er immer noch sass, auf die Erde zurück.« *Die Levitationen des heiligen Paulus vom Kreuz werden in seinem Stundengebet im Breviarium erwähnt* (Die XXVIII aprilis, lectio VI). [zit. Daras]

Vom heiligen Benedikt-Joseph Labre (1748–1783), *dem bettelnden Pilger, werden keine eigentlichen Levitationen erwähnt. Es ist trotzdem interessant zu verzeichnen, dass diejenigen, die Zeuge seiner Ekstasen waren, erklären, dass sein Körper, obwohl er den Boden berührte, nicht dem Gesetz der Schwerkraft unterlag in Anbetracht der ungewöhnlichen Stellung, in denen der Heilige jeweils lange verharrte.* [zit. Desnoyers]

Der heilige Alfons Maria di Liguori (1696–1787), *Gründer des Ordens der Redemptoristen, hatte im Laufe seiner Predigten wiederholt Levitationen vor Zeugen. Die berühmteste fand im Dezember 1745 in Foggia statt, im Laufe einer Predigt, die der heilige Alfons kurz vor Weihnachten in der Kathedrale hielt. Mit einemmal schien die Madonna der Sieben Schleier, Icona Vetere genannt, die in Foggia seit dem 11. Jahrhundert verehrt wird, immer mehr zu leuchten und einen Strahl auf das Gesicht des Predigers zu werfen. Alfons murmelte verzückt:* »O gütige Mutter … ich gehöre Dir … nur Dir!« *Doch gleich darauf verfiel er in heilige Verzückung, und das anwesende Volk sah ihn, die Augen auf die Gottesmutter gerichtet, die Arme nach ihr ausgestreckt, wie er sich mehrere Spannen über die Estrade erhob, als würde er davonfliegen. Die zweitausend Menschen in der Kathedrale waren zuerst stumm vor Staunen, stiessen dann einen begeisterten Schrei aus, der bald ausserhalb der Kathedrale erschallte:* »Ein Wunder! Ein Wunder!« *Dieser bald überall aufgenommene Ruf zog Scharen von Neugierigen an, so dass die Nonnen des benachbarten Klosters dell'Annunziata glaubten, ein Aufstand sei ausgebrochen.*

Ein ähnlicher Vorfall – gäbe es keine Zeugen, könnte man vermuten, es handle sich um eine andere Version des gleichen Ereignisses – trug sich im Oktober 1756 in Amalfi zu. Der heilige Alfons hatte während der Predigt wiederum eine Levitation. »Am Tag der Predigt über die Heilige Jungfrau«, *berichtet Casanova,* »rief Alfons seine Zuhörer auf, sich in all ihren geistlichen und zeitlichen Bedürfnissen an die Gottesmutter zu wenden; dann, plötzlich, wie unter einer göttlichen Eingebung, rief er aus: ›*Ihr vertraut nicht genügend auf eure Mutter! Ihr könnt nicht von Herzen zu ihr beten! Also werde ich für euch beten!*‹ Und seine entflammte Seele atmete zu Herzen gehendes Flehen, als plötzlich vom Bild Marias rechts der Kanzel ein Lichtstrahl das Gesicht des Predigers traf. Und wir sahen ihn mit inbrünstig glühendem Gesicht, die Augen starr, in mystischer Ekstase, wie er sich zwei Handbreit über der Kanzel erhob wie ein Seraph, der zu den Himmeln auffliegt. Diese Verzückung dauerte über fünf Minuten, während inmitten einer unbeschreiblichen Ergriffenheit sich das Schluchzen der Gläubigen mit den von allen Seiten erschallenden Rufen vermischte: ›Ein Wunder! Ein Wunder!«« *Vier Augenzeugen sagten im Heiligsprechungsprozess über diesen Vorgang aus: die Domherren Casanova, di Luca, di Stefano und Pater Criscuolo. Letzterer schrieb dieses Wunder dem ungewöhnlichen Einfluss der Mission auf die Sitten der Bevölkerung von Amalfi zu:* »Ich wohne jeden Abend der Volksmission in Amalfi bei, einer Mission, die mir immer am Herzen liegen wird, weil sie der unmittelbare Grund für meinen Eintritt ins Kollegium war. Ich weiss also aus persönlicher Kenntnis, was vorgefallen ist. Nun, ich erinnere mich vor allem an die vollständige Verwandlung der zwei Stadtviertel, in denen es von Prostituierten wimmelte. Dank einem Akt der Gnade liessen sich alle diese dem Laster preisgegebenen Geschöpfe bekehren, endgültig bekehren, als ihnen das Wort Gottes gepredigt wurde.«

Andere Levitationen erregten weniger öffentliches Aufsehen: »Zu Beginn des Jahres 1762«, *berichtet Pater Verdesca,* »ging ich eines Morgens zu unserem Vater, um wie gewohnt mit ihm das Offizium zu beten. Als ich seine Zelle betrat, sah ich ihn zwei, drei Handbreit über seinem Stuhl in halb sitzender, halb kniender Haltung schweben. Er hatte die Arme ausgestreckt, die offenen Augen zum Himmel gerichtet, das Gesicht in Licht getaucht und strahlend. Ich betrat leise die Zelle und kniete zwischen dem Sessel und dem Bett nieder, so dass ich nur den Kopf zu wenden brauchte, um sein Gesicht zu betrachten. Die Verzückung dauerte fast eine Viertelstunde, mir kam es jedoch vor wie ein kurzer Moment. Während ich mit tränenerfüllten Augen das sich mir bietende himmlische Bild betrachtete, stiess der Diener Gottes einen tiefen Seufzer aus und rief: ›Mein Gott, mein Gott!‹ In diesem Moment kam er wieder zu sich und fand sich wie sonst auf seinem Stuhl. Ich brach in Schluchzen aus, worauf er meine Anwesenheit bemerkte und in Verlegenheit geriet. Sich mir zuwendend, sagte er mit sanftem Vorwurf zu mir: ›Unglückseliger, Ihr wart also hier! Vor allem, erzählt niemandem, was Ihr gesehen habt.‹ Und wir begannen gemeinsam das Offizium zu beten; doch er war wie betäubt unter der Einwirkung dieser Verzückung.«

Pater Tannoja hatte ebenfalls Gelegenheit, eine Levitation des heiligen Alfons zu beobachten, und er gibt eine detaillierte Beschreibung davon: »Im Oktober 1784 befand ich mich in Pagani und ging die heilige Messe lesen, während Alfons sich vor dem Altar des Allerheiligsten Sakraments befand; ich hörte ihn mit den Füssen scharren, als sei er auf den Fliesen ausgeglitten; dieses Geräusch wiederholte sich nach einer kurzen Weile; und da ich ahnte, dass in ihm etwas Übernatürliches vor sich ging, schielte ich zu ihm hinüber und sah, wie er sich wiederholt über seinem Chorstuhl in die Luft erhob, obschon er sich sonst nur mit grosser Mühe und mit Hilfe seines Dieners und des ihn betreuenden Bruders bewegen konnte, sei es, um sich in die Kirche zu begeben, sei es, um von einem Stuhl aufzustehen. Nachdem ich meine Messe gelesen hatte und auf der Empore über dem Chor zur Danksagung niederkniete, bemerkte ich wiederholt das gleiche Abheben; um mich besser zu vergewissern, worum es sich dabei handelte, stellte ich mich mehrere Tage nacheinander an die gleiche Stelle, um ihn genau beobachten zu können, und ich sah, wie sich die gleichen Geistesflüge mit der Behendigkeit und Leichtigkeit einer Daunenfeder wiederholten.«

Der heilige Alfons hatte bis zu seinem Lebensende Levitationen: im Rollstuhl, in dem man ihn spazierenführte, als er gelähmt war, und sogar auf seinem Sterbebett. Kardinal Villecourt schildert diese Vorkommnisse wie folgt: »Eines Tages, als man ihn in seinem Rollstuhl durch den Flur schob, bemerkte man, dass er wie im Delirium Selbstgespräche über seine Obliegenheiten führte, denen er nicht nachkam. Pater Volpicelli, der ihn von diesen schmerzlichen Gedanken abbringen wollte, sagte zu ihm, dass er in Anbetracht seines Alters und seines körperlichen Zustandes zu nichts mehr verpflichtet sei und dass ein einziger Akt der Liebe all diese Obliegenheiten aufwog. ›Ja‹, sagte Alfons, wie aus einem Schlaf erwachend, ›durch einen Akt der Liebe‹. Pater Volpicelli wiederholte: ›Ein einziger Akt der Liebe wiegt alle diese Obliegenheiten auf.‹ Alfons hörte schlecht, Pater Volpicelli beugte sich zu ihm nieder und sagte lauter: ›Mein Gott, ich liebe dich!‹ Und alsgleich verfiel Alfons in Ekstase und erhob sich über eine Handbreit in die Luft und schlug mit dem Kopf an Pater Volpicellis Kinn, der sich zu ihm niedergebeugt hatte. Ein andermal bat Alfons wiederum Pater Volpicelli um einen Akt der Gottesliebe, aber dieser war vorsichtig genug, sich nicht über ihn zu beugen und sich vor einem Schlag zu schützen, und er tat gut daran, denn der greise Heilige levitierte auf die gleiche Weise.«

Als der Heilige auf dem Totenbett lag, reiste Giuseppe di Mauro, der königliche Architekt, von Neapel nach Pagani, um nach den Arbeiten zu sehen, die in der Kirche der Redemptoristen im Gange waren. Der heilige Bischof fragte ihn, ob die Theater gut besucht seien und ob sein Neffe sie besuche: »Ehrwürden«, *sagte der Architekt,* »dies ist heute nun mal üblich auf der Welt.« *Alfons schwieg einen Moment und fragte dann eindringlich:* »Und werden die Kapellen besucht?« – »Ja«, *antwortete der Archi-*

tekt, »und Ihr könnt Euch nicht vorstellen, wieviel Gutes geschieht und mit welcher Inbrunst das einfache Volk sie aufsucht. Man sieht Kutscher, die echte Heilige sind.« *Hochwürden lag damals wie ein Sterbenskranker in seinem Bett. Als er hörte, Kutscher seien Heilige, rief er aus:* »Heilige Kutscher in Neapel! Gloria Patri!« *Und mit diesen Worten erhob er sich höher als eine Handbreit über dem Bett und wiederholte dreimal:* »Heilige Kutscher in Neapel! Gloria Patri!« *Seine Ergriffenheit war so gross, dass er die ganze Nacht schlaflos verbrachte, einmal seinen Diener, einmal den Pater rief und zu ihnen sagte:* »Heilige Kutscher in Neapel!«[35]

Das ihm geweihte Offizium, Die 2 Aug., S. Alph. de Ligorio, lectio V, *erwähnt die Levitationen nicht. An die Vorfälle in Foggia und Amalfi wird wie folgt erinnert:* »... a Virginis imagine in eum immisso miro splendore totus facie coruscare, et in exstasim rapi coram universo populo non semel visus est.« [zit. Villecourt u. Berthe]

Die heilige Maria Franziska von den fünf Wunden Christi (1715–1791) *trat im Alter von sechzehn Jahren dem 3. Orden der Franziskaner in der Reformkongregation des Petrus von Alcántara bei. Sie soll schon als Kind grosse Frömmigkeit gezeigt haben. Ab dem Alter von vier Jahren wurde sie wiederholt in mystischen Verzückungen gesehen. Als ihre Eltern an Weihnachten eine Krippe aufstellten, konnte man sie nicht davon losreissen. Wenn ihre Familie sich zum Schlafen zurückgezogen hatte, verharrte sie lange Stunden im Gebet. Eines Nachts wurde sie von ihrer Schwester überrascht, wie sie zwei Fuss über dem Fussboden schwebte. Das ist der einzige von Abbé Daras zitierte Fall von Levitation. Es wird lediglich hinzugefügt, dass sie eines Tages, als sie langsam spazierte, weil sie schwach und krank war, plötzlich ungewöhnlich behende wurde und so schnell über die Felder lief, dass es aussah, als ob sie flöge. In ihrem Officium (6. Okt.) ist nicht von häufigen, aber von wiederholten Erscheinungen die Rede:* »Coelestibus rebus intenta, frequenter in exstasim est rapta et quandoque a terra sublata.« [zit. Daras]

39

19. JAHRHUNDERT

Die überlieferten Levitationen von Mystikern brechen, je mehr wir uns der Gegenwart nähern, nicht etwa ab und sind auch nicht seltener. Nachfolgend ein paar Fakten, die Olivier Leroy über das 19. Jahrhundert zusammengetragen hat.

Claude Dhière (1757–1820), *Vorsteher des Priesterseminars von Grenoble, soll während seiner Ekstasen Levitationen gehabt haben.* »Pater Dhière«, *berichtet sein Biograph*[36], »wurde durch die ihn verzehrende Glut der Göttlichen Liebe oft vom Gebet zur Ekstase hingerissen. Seine Studenten stellten jeweils fest, dass er seiner Sinne nicht mehr mächtig war, sahen, wie er langsam die Arme ausbreitete, als sei er an einem Kreuz befestigt, und wie er von der Erde abhob. Die in diesen Momenten der Verzückung geflüsterten Worte waren meist Stellen aus der Heiligen Schrift oder Zeichen göttlicher Liebe. Wenn seine Seele aus diesen frommen Ekstasen wieder zu sich kam, demütigte er sich und bat die ihn Umgebenden um Verzeihung und nannte diese inbrünstigen Verzückungen *ein Vergessen.* Seine Ekstasen während der heiligen Messe ereigneten sich fast immer beim *memento* der Lebenden und der Toten, und die Schüler, die jeweils ministrierten, beteuern, dass seine Füsse die Erde nicht mehr berührten, wenn er jeweils in göttliche Verzückung fiel.« [zit. Franclieu]

Anna Katharina Emmerick, eine berühmte Visionärin und Stigmatikerin (1774–1824), *hatte keine eigentlichen Levitationen, schreibt sich aber selbst ungewöhnliche Vorfälle zu, die hier erwähnt werden müssen:* »In meinen Verrichtungen als Küsterin wurde ich oft plötzlich hingerissen und kletterte und stieg und stand in der Kirche auf hohen Stellen, an Fenstern, Bildwerk und Vorsprüngen; und wo es menschlicherweise unmöglich schien, da reinigte und zierte ich alles. Ich fühlte mich emporgehoben und gehalten und hatte kein Arg darüber; denn ich war von Kindheit gewöhnt, die Hilfe meines Engels zu erfahren.« [zit. Schmöger]

André-Hubert Fournet (1752–1834) *wurde 1926 seliggesprochen* [und 1953 heiliggesprochen]. *Die folgenden Einzelheiten wurden der ausführlichen Biographie von Jules Saubat entnommen, die dieser den 1853 vom Bischof von Poitiers für die Seligsprechung geforderten Prozessakten entnommen hat:* »Die ersten Levitationen von A.-H. Fournet ereigneten sich 1820 während seines Aufenthaltes in Issy im Mutterhaus der Kongregation der Kreuztöchter vom heiligen Andreas, die er kurz zuvor gegründet hatte. Er war damals achtundsechzig Jahre alt. Während der Diener Gottes die heilige Eucharistie feierte, sah ihn Schwester Marie-Alexandrine an acht aufeinanderfolgenden Tagen bei der Elevation der heiligen Hostie über der Erde schweben und reglos in dieser Stellung verharren. Tief bewegt und befürchtend, sie könnte sich irren, benachrichtigte sie die anderen Schwestern, die nun ebenfalls den Priester beobachteten. Sie hatten die grosse Freude, sich vom

Wunder zu überzeugen, das sich acht Tage lang bei jeder heiligen Messe des geistlichen Vaters wiederholte.

Ein gewisser Lafleur-Peignon aus Paisay, der als Jugendlicher dem seligen Fournet bei der heiligen Messe diente, berichtete, dass dieser ihm auf dem Altar manchmal wie ein davonfliegender Vogel erschien und dass dann seine Füsse den Boden nicht berührten.«

Schwestern des Klosters La Puye (Vienne) sahen ihn im Gebet versunken in der Kirche. Er kniete, ohne die Erde zu berühren. Die Schwester, die über diesen Vorgang beim Seligsprechungsprozess aussagte, hatte diese Vorkommnisse von Schwester Monique erfahren, die Augenzeugin gewesen war. Sie sagte folgendes aus: »Unsere liebe Schwester Monique hat mir gesagt, dass sie, als sie sich mit fünf oder sechs Mitschwestern in der Kirche von La Puye befand, den Diener Gottes kniend, mit ausgebreiteten Armen unter den Glocken gesehen habe.«

Ein andermal sah man ihn levitieren, während er im Kreuzgang derselben Kirche predigte. Eine der Kreuztöchter, Schwester Ludvine, berichtet wie folgt über den Vorfall: »Ich war in der Kirche von La Puye Zeugin eines Vorfalls. Der Diener Gottes ging dort in Gegenwart unserer Gemeinde den Kreuzweg und predigte bei jeder Leidensstation. Ich folgte mit einer Kerze in der Hand; eine andere Schwester begleitete mich. Bei der zehnten Leidensstation und als Hochwürden zu predigen anfing, sah ich ihn über der Erde schweben. Da ich neben ihm stand, sah ich das Licht zwischen seinen Füssen und den Kirchenfliesen ganz deutlich. Die Elevation betrug nicht ganz einen Fuss, war aber höher als ein halber Fuss. Den Diener Gottes so über dem Boden schweben zu sehen erfüllte mich mit Staunen, und ich rief ergriffen aus:

›Oh! Seht den ehrwürdigen Vater in der Luft!‹ Die Schwestern bedeuteten mir, zu schweigen und die Feier nicht zu stören. Ich erinnere mich nicht mehr an die Namen der Schwestern, die mit mir Zeugen dieser Geistesfluges waren. Im übrigen konnte ich diesen aussergewöhnlichen Vorfall in Ruhe beobachten, der während der ganzen Predigt vor der zehnten Leidensstation andauerte.«

Über eine weitere Levitation während einer Predigt von A.-H. Fournet besitzt man mehrere und genauere Aussagen. Wiederum handelt es sich um Schwestern aus La Puye, die bezeugen: »Am Fest von Johannes dem Täufer, an dem in La Puye auch die erste heilige Kommunion gefeiert wird, predigte der Diener Gottes vor einem Kreuz, das am alten Weg nach Paisay stand, wohin die Prozession der Gemeindemitglieder und der Erstkommunikanten führte. Die Kinder riefen plötzlich und sagten zur Vinzentinerin, die sie begleitete: *›Schwester, schaut doch, Ehrwürden ist in der Luft!‹* Die Schwester hiess sie schweigen und sagte: *›Ich seh's wohl, aber sagt nichts.‹* Und sie machte mich flüsternd darauf aufmerksam, weil ich den Blick gesenkt hielt und Ehrwürden zuhörte, der mit äusserster Beseeltheit und Andacht sprach. Und da sah ich, dass er eineinhalb Fuss über der Erde erhoben war und ganz langsam zu Boden schwebte.«

Eine weitere Schwester gibt ebenfalls eine Version dieses Vorfalls: »Die Prozession zog wie gewöhnlich zu einem Kreuz, das am Ende der Klostermauer am Weg nach Paisay errichtet war. Man stellte sich rund um das Kreuz auf, die Erstkommunikanten und die Männer in der vordersten Reihe, dahinter die Schwestern, zuhinterst die Frauen; wir anderen, die kleinen Klosterschülerinnen, waren hinter den

Schwestern aufgereiht. Pater André predigte am Fusse des Kreuzes. Dieses Kreuz steckte in einem Stein, der wiederum auf einem kleinen Erdhügel ruhte. Der ehrwürdige Vater sprach von der himmlischen Glückseligkeit; wir verstanden seine Worte ganz deutlich. Ich erinnere mich nicht, ob ich ihn zu Anfang seiner Ansprache sah; ich achtete nicht darauf. Doch weil ich von kleinem Wuchs war und wegen der Erwachsenen, die vor mir standen, konnte ich ihn ja gar nicht sehen. Ich war damals ungefähr zwölf. Da hörte ich eine Frau neben mir ausrufen, der ehrwürdige Vater steige zum Himmel auf. Ich wurde also neugierig und schaute auf. Und sah den ehrwürdigen Vater ganz deutlich über den vor mir stehenden Menschen schweben; ich sah ihn bis zu den Knien, sah dann den Saum seines Chorhemdes. Ich hätte ihn unmöglich so sehen können, wäre er nicht über der Erde erhoben gewesen. Also begann ich unschuldig zum Himmel zu blicken, als müsste jemand herabsteigen, um Pater André zu entführen.«

Und hier die Aussage der Schwester vom heiligen Vinzenz von Paul: »Der Diener Gottes langte mit der Prozession am Fusse des Kreuzes an und warf sich, wie immer *›O crux Ave‹* singend, vor dem Kreuz nieder; dann stimmte er das Kirchenlied *›Vivat Jesus! Vivat crucis!‹* an. Danach erhob er sich und stieg auf eine kleine Stufe, die um den Kreuzsockel lief, und begann mit Inbrunst und flammenden Worten zu predigen. Ich führte die Erstkommunikanten an und stellte sie in einer Reihe auf. Ich hörte mit gesenktem Blick der Unterweisung des Dieners zu, als eines der Kinder neben mir ausrief: *›Oh! Schwester, der ehrwürdige Vater erhebt sich in die Luft!‹* Da blickte ich auf und sah tatsächlich den ehrwürdigen Vater, der den Boden nicht mehr berührte und der ungefähr einen Fuss über den Steinstufen schwebte. Ich sah den ehrwürdigen Vater ganz deutlich in dieser Stellung. Ich war vier oder fünf Schritte vom ihm entfernt, und zwischen ihm und mir war niemand, und nichts stand mir also im Wege, so dass ich ihn in Ruhe betrachten konnte. Ich machte eine Mitschwester in der Nähe darauf aufmerksam: ›*Schaut doch, Ehrwürden schwebt in der Luft!*‹ Diese Schwester war eine Schwester vom heiligen Martin, die ihrerseits zu ihm aufblickte. Doch in dem Moment begann der Diener Gottes bereits niederzuschweben. Von dem Moment an, als das Kind mich darauf aufmerksam machte, bis ich ihn unmerklich herabsteigen sah, vergingen etwa zehn bis zwölf Minuten. Der Diener Gottes war den um mich gescharten Erstkommunikanten zugewandt. Die Gläubigen von La Puye konnten ihn nicht sehen, weil sie hinter dem Kreuz standen.« [zit. Seubat]

Der heilige Giuseppe Benedetto Cottolengo (1786–1842) *lebte als Seelsorger in Turin, widmete sich in besonderem Masse den Armen und gründete zu diesem Zweck verschiedene karitative Vereinigungen. Er wurde 1917 von Benedikt XV. seliggesprochen* [und 1934 von Pius XI. heiliggesprochen]. *In den Prozessakten werden ihm zahlreiche Levitationen zugeschrieben. Nachstehend einige Augenzeugenberichte:* »Eines Abends des Jahres 1836 kehrte Giuseppe bei Einbruch der Nacht in das von ihm gegründete ›Kleine Haus der göttlichen Vorsehung‹ zurück. Unterwegs wurde er überfallen und entkam den Missetätern nur durch das Eingreifen von Wachmännern. Die Schwester Pförtnerin (die aussagende Zeugin) sah Giuseppe blass und mitgenommen nach Hause kommen und war erstaunt, als er um eine Tasse Kaffee bat. Nachdem er getrunken hatte, ging Giuseppe auf sein Zimmer. Die Schwester Pförtnerin war aber beunruhigt, sie wusste ja nicht, was vorgefallen war, und wunderte sich, dass sie Pater Giuseppe nicht hörte, dessen Zimmer sich direkt über der Pförtnerloge befand. Sie fürchtete, der heilige Mann könnte unpässlich sein, und ging hinauf. Nachdem sie mehrmals vergeblich an die Tür geklopft hatte, entschloss sie sich hineinzugehen. Und da sah sie Giuseppe Benedetto in Ekstase vor einem Bild der Heiligen Jungfrau beten. Er hatte die Arme ausgebreitet, das Gesicht strahlend, und seine Füsse schwebten über der Erde.«

Dieselbe Schwester hatte mehrmals Gelegenheit, eine ähnliche Szene zu beobachten. Eines Tages insbesondere, als sie hinaufgegangen war, Giuseppe zu holen, weil Besucher in der Pförtnerloge nach ihm gefragt hatten. Nachdem sie vergeblich angeklopft hatte, öffnete sie die Tür und fand den Ekstatiker levitierend vor, wie er ein Bild der Heiligen Jungfrau über der Zimmertür anstarrte, was der Schwester erlaubte, ihrerseits Pater Giuseppe in aller Ruhe zu beobachten: »rapito in estasi, fuor dei sensi, sollevato da terra, colla faccia accesa, aria ridente, occhi scintillanti e rivolti al cielo.« *Er schwebte kniend, und die Zeugin stellte fest, dass seine Soutane den Fussboden nicht mehr berührte.* »Seine Ekstasen«, *sagt die Schwester,* »fielen mit bestimmten liturgischen Festen zusammen oder traten auf, wenn der heilige Mann gedemütigt worden war.« [zit. *Positio super virtutibus*]

Die heilige Maria Magdalena Postel (1756–1846), *Gründerin des Ordens der Schwestern der christlichen Schulen von der Barmherzigkeit, wurde 1925 heiliggesprochen. Mgr. A.-M. Legoux widmete ihr, als sie noch eine ehrwürdige Dienerin Gottes war, eine umfangreiche Biographie, die sich auf die Akten ver-*

schiedener kanonischer Prozesse stützt, deren Sitzungen der Autor in seiner Eigenschaft als Richter beigewohnt hatte: »Ihre Schülerinnen überraschten sie eines Tages in Ekstase vor dem Tabernakel ihres Oratoriums. Sie schwebte kniend mit ausgebreiteten Armen. Ihr Gesicht strahlte himmlisches Licht aus, und ihre Augen schienen die unendliche Schönheit zu erblicken. Von verständlicher Neugierde getrieben, wollten sie sich erneut an diesem entzückenden Schauspiel erfreuen. Man stand nachts auf, man stieg auf Fussspitzen hinunter und näherte sich geräuschlos dem Oratorium, man spähte durch die Türritzen oder durch das Schlüsselloch. Die Heilige kniete schwebend in der Luft, die Augen zum Himmel gewandt und ganz verwandelt. Sie wurde in diesem Zustand auch von zwei Mitschwestern gesehen, Schwester Xavier und Schwester Aimable, frei im Raum schwebend ohne jegliche Stütze, kniend, die Hände gefaltet und inbrünstige Worte flüsternd: ›*Ich leide, mein Herr und Gott, doch alles für Dich, mein Herr … Noch stärker!*‹«

Nach der heiligen Messe verweilte Maria Magdalena Postel in der Kapelle und verharrte in Anbetung. Wenn die Schwester, die ihr in der Sakristei half, vom Frühstück zurückkam, fand sie sie oft kniend in der Luft, das Gesicht von himmlischem Licht erstrahlend.

Im Zusammenhang mit dieser Heiligen wird auch von einer mystischen Verzückung berichtet, die zu den Levitationen gehört: »Eines Nachmittags hatte sie sich zu einer nahen Pfarrei namens Gatteville begeben, die, wie Barfleur, am Meer lag. Sie wollte ihren Beichtvater aufsuchen, der sich in jenen Tagen dort zurückgezogen hatte.[37] *Auf dem Hinweg herrschte Ebbe, also hatte sie den kürzesten Weg den Strand entlang genommen. Als sie wieder zurück-*

wollte, war es fast Nacht, und die Flut stieg. Sie würde also einen langen, einsamen und unsicheren Weg nehmen müssen, da hörte sie eine Stimme, die ihr laut und vernehmlich sagte: ›Fürchte nichts!‹ *Gott lieh ihr die Flügel des Windes. Und in einem Augenblick wurde sie mehrere Kilometer auf die gegenüberliegende Seite der Bucht getragen: Sie war zurück in Barfleur.«*

Fünfundvierzig Jahre später wollte Hochwürden Delamare, ihr kirchlicher Vorgesetzter, der vom Wunder wusste, dieses aus dem Mund der ehrwürdigen Mutter bestätigt haben, deren Leben nicht mehr lange dauern würde. Eine schwierige Angelegenheit: Wie eine Demut besiegen, die die ihr zuteil gewordenen Gunstbezeigungen sorgfältiger verbarg als ein Geizhals sein Geld?

Die wortkarge Schwester Maria schilderte den Vorfall in Anwesenheit von Hochwürden Delamare und dem Kaplan, Hochwürden Lerenard, der die Oberin befragte, sie ermahnte und ihr präzise Fragen stellte.

»Gesegnet sei unser Herrgott! Er weiss alles.«

Das war die einzige Antwort.

Um ein etwas vollständigeres Geständnis zu erwirken, versuchte es Hochwürden Lerenard nochmals: »Hat die Vorsehung vielleicht einen Mann geschickt, der Euch mit seinem Boot oder auf einem Pferd zurückgebracht hat?«

»Es brauchte weder Mann noch Boot, noch Pferd«, *antwortete etwas lebhafter die ehrwürdige Mutter.* »Wenn Gott etwas will, geschieht es gleich nach seinem Willen. Nachdem ich die Stimme gehört hatte, wurde ich in weniger als einem Augenblick über die Bucht getragen.« [zit. Legoux]

A. de Rochas zitiert in seinem Werk über die Levitation[38] *den Pfarrer von Ars, den heiligen Jean-Marie Baptiste Vianney* (1786–1859), *als levitierenden Heiligen und verweist für die*

Darstellung der Vorgänge auf die gekürzte Biographie von Abbé A. Monnin. Dieser berichtet im zitierten Werk: »Eines Nachts wurde der Pfarrer von Ars aus dem Schlaf geschreckt, und er spürte, wie er in die Luft gehoben wurde. ›Ich entfernte mich nach und nach von meinem Bett‹, *sagte er.* [zit. Rochas, Monnin u. Trochu]

Maria Domenica Barbagli (1812–1859), *eine italienische Ekstatikerin, soll sehr häufig Levitationen gehabt haben. Dr. Antoine Imbert-Gourbeyre hat über sie eine Zeugenaussage aus erster Hand protokolliert. Eine seiner Patientinnen, die er damals in Royat behandelte, erzählte ihm, dass sie einst einer mystischen Verzückung dieser Ekstatikerin beigewohnt habe:* »Ich habe 1855 die Ekstatikerin aus Monte San Savino in der Toskana, in der Nähe von Siena Longa, gesehen; man nannte sie Menichina, in Abwandlung ihres Namens Domenica. Sie genoss in ihrer Heimat einen grossen Ruf der Heiligkeit. Es war ein Freitag, als ich sie in Ekstase sah. Sie kniete, zwei Fuss über ihrem Bett, mit ausgebreiteten Armen schwebend in der Luft. Die Ekstase dauerte eine Stunde. Ich legte meine Hand unter ihre Knie; ich konnte sie in die Höhe heben; sie wog nicht mehr als eine Feder; ich blies sie an, und ihr Körper bewegte sich leicht in der Luft wie ein Blatt in einem Windhauch. Man hatte mir von diesen Erscheinungen erzählt, und ich konnte mich also selbst davon überzeugen. Am folgenden Tag hatte sie im Laufe der heiligen Messe drei Ekstasen, darunter eine schwebende. Tausende Menschen waren Zeugen dieser Form von Ekstase.« *Pater G. E. Bini, ein weiterer Biograph, der ihre Levitationen und ihre Schwerelosigkeit erwähnt, präzisiert:* »... per lievissimo soffio ondeggiava quasi sottilissima piuma ...« [zit. Imbert-Gourbeyre]

Marie de Jésus, besser bekannt unter dem Namen Mère du Bourg (1788–1862), *Gründerin des Ordens der Sühneschwestern Mariens, war die Tante von Mgr. d'Hulst. Dieser erzählte Pater Bulliot, dass seine Tante sich vor den Augen aller Schwestern ihrer Klostergemeinschaft wiederholt von der Erde erhoben habe, vor allem, wenn man in ihrer Anwesenheit von der Liebe Gottes gesprochen habe. Pater Bulliot machte der Gesellschaft für psychische Wissenschaften davon Mitteilung (Sitzung vom 3. Februar 1897). Beide Biographen der Mère du Bourg ergänzen diese Vorfälle durch weitere Einzelheiten.* »Es geschah meistens am Ende der Ekstase«, *schreibt letzterer,* »dass Mme du Bourg sich plötzlich in die Luft erhob. Sie versuchte, Widerstand zu leisten, doch sie wurde von einer übermenschlichen Kraft mitgerissen. Und sie überliess sich ohnmächtig der übernatürlichen Anziehung.«

Dr. Antoine Imbert-Gourbeyre kannte die heilige Frau persönlich. Mehrere Familienangehörige hatten sie im Gebet abheben sehen. Er berichtet über diese Levitationen: »Die Ekstase endete meistens damit, dass sich Mme du Bourg plötzlich ›*O Barmherzigkeit! O heilige Liebe!*‹ rufend in die Luft erhob. Dann versuchte sie, sich gegen die göttliche Anziehung zu wehren. Nachdem sie vergeblich versucht hatte, sich an ihren Stuhl oder an ihr Betpult zu klammern, kreuzte sie die Arme über der Brust oder breitete sie dem Himmel zugewandt aus und überliess sich der Kraft, die sie emporzog. Sie verweilte immer in genau der gleichen Stellung, kniend, sitzend oder stehend, so wie die aufsteigende Ekstase sie überrascht hatte.«

Laut demselben Autor wiederholten sich diese Levitationen regelmässig: »Beim täglichen gemeinsamen Abendgebet fiel

Mutter Marie beim Rezitieren des Gnadenbeweises Gottes regelmässig in Verzückung. Sie erhob sich auf Höhe der Stuhllehne, fiel dann brüsk auf ihr Betpult zurück. Einmal war der Fall so heftig, dass die Kniebank zerbrach.«

Dieser Vorfall wird auch von Schwester Maria vom Kreuz erwähnt, die am 7. April 1856 Zeugin davon war und die sie am folgenden Tag besuchte: »Sie fragte erstaunt, warum sie ständig nach ihren Knien gefragt werde, sie fühle doch überhaupt keine Schmerzen. Ich warf ein, das Betpult sehe das wahrscheinlich anders. Worauf Mutter Maria mir erklärte, ihr Herz habe sich geteilt und sei aufgestiegen, es sei eine schmerzhafte, läuternde Liebe gewesen. Kurze Zeit später ging sie ruhig in die Kapelle hinunter, um nach ihrem Betpult zu sehen. Als sie sich bückte, um sich den Schaden anzusehen, flüsterte sie: ›O schwaches, elendes Geschöpf! Sieh, was du angerichtet hast.‹«[39]

Am 24. Oktober 1854, nach Beendigung einer geistlichen Übung, fiel Mme Marie du Bourg in eine zwei Stunden dauernde Ekstase, während deren sie zweimal von der Erde gehoben wurde.

Man erzählt, dass Mère du Bourg an dem Tag, als sie von Papst Gregors XVI. Tod (1846) erfuhr, zum Gebet niederkniete und in ekstatische Gotteshuldigung entrückte. [zit. Rochas, Du Bourg, Imbert-Gourbeyre u. Bersange]

Wenn der heilige Michael Garicoits (1797–1863), *Gründer der Kongregation der Priester des Heiligen Herzens Jesu von Bétharram, die Messe las, geschah es immer wieder, dass er nach der heiligen Wandlung zwei oder drei lange Spannen hoch levitierte. Manchmal hob er sich nur auf Zehenspitzen. Mehrere Kreuztöchter, Geistliche aus Bétharram, Seminaristen und Gläubige waren Zeugen dieser Levitationen.* [zit. Bourdenne]

Von Maria von Mörl (1812–1868), *der berühmten Stigmatisierten aus Kaltern im Südtirol, wird nicht berichtet, ob sie sich in ihren sozusagen täglichen Ekstasen in die Luft erhob, doch es heisst, sie habe oft lediglich mit den Zehenspitzen ihre Bettdecke gestreift. M.-E. de Moy, Professor an der Juristischen Fakultät München, schildert in einem Brief an Herrn Boré die Stellung der Ekstatikerin, wie er sie persönlich gesehen hat:* »Die Hände gefaltet, den Kopf in den Nacken geworfen, die offenen Augen zum Himmel gerichtet, den Körper vornübergeneigt, schien sie von Engeln getragen zu werden, die sie unsichtbar stützten, denn die Neigung ihres Körpers verstiess gegen die Gesetze des Gleichgewichts, und ihre Knien hinterliessen fast keinen Abdruck auf der Bettdecke.« [zit. Boré]

Schwester Maria von der Kreuzigung Jesu Baouardy (1846–1878), *arabische Karmelitin, entschwebte sehr hoch himmelwärts, doch während ihrer Levitationen hatte sie immer irgendwelchen Halt. In ihren Ekstasen schwebte sie über den Baumkronen im Garten der Unbeschuhten Karmelitinnen in Pau, doch sie zog sich an den Zweigen hoch und schwebte nie frei im Raum. Ihr letzter Biograph, Ehrwürden Buzy aus dem Karmeliterkloster in Bethlehem, erwähnt diese Vorgänge und präzisiert sie in einem Brief an Olivier Leroy wie folgt:* »Schwester Maria zog sich an den Astspitzen bis in die Krone hoch. Sie raffte mit der einen Hand ihr Skapulier, hielt sich mit der anderen an einem Zweig fest, und im Nu glitt sie das Astwerk entlang bis zum Wipfel. Zeugen weisen besonders auf die Tatsache hin, dass sie jeweils blitzartig hinaufstieg. Sie ging sogar an den Zweigspitzen von einer Linde zur anderen. Einmal oben, hielt sie sich an Zweigen fest, die üblicherweise zu schwach gewesen wären, jemanden ihres Körpergewichts zu tragen.«

Nachstehend ein paar Zeugenaussagen anlässlich des Seligsprechungsprozesses: »Schwester E. hat erklärt, dass sie sich einmal mit der Dienerin Gottes im Garten aufgehalten hätte und selbige zu ihr gesagt habe: ›*Schau weg!*‹ Sie schaut kurz weg … und schon sass Schwester Maria im Wipfel einer hohen Linde, auf einem dünnen Zweig schaukelnd wie ein Vogel und die Liebe Gottes preisend.«

Ein weiterer Zeuge sagte aus: »Ich habe sie einmal in Ekstase im Wipfel einer Linde gesehen, zuäusserst auf dem höchsten Ast, der sie normalerweise nicht hätte tragen können. Ihr Antlitz strahlte! Ich sah, wie sie mit viel Anmut und Bescheidenheit wie ein Vogel von Ast zu Ast hinabstieg. Ich stellte fest, dass die Äste der Linde sehr dünn waren und eigentlich unter der Last der Dienerin Gottes, die ziemlich schwer war, hätten brechen müssen. Als ich sie hinabsteigen sah, war sie in Ekstase.«

»Wenn sie vom Baum stieg«, *berichtet ein anderer Zeuge,* »ging sie, leicht wie ein Vogel, von Astspitze zu Astspitze, und ihr Gewand folgte, wie wenn man eine Treppe hinabsteigt.«

Nur einmal hatte sie Schwierigkeiten: Die Priorin hatte ihr befohlen hinabzusteigen, wie sie es oft tat. Schwester Maria schien einen Moment zu zögern. Dann stieg sie hinunter, aber nur mühsam. Sie schrieb diese physische Schwäche dem kurzen Zögern zu, bevor sie der Oberin gehorcht hatte: »Hätt ich schnell gehorcht«, *erklärte sie,* »wär der Baum *pitit comme ça* geworden!« *Und die Tochter Gottes legte die Hand flach auf die Erde.* [zit. Buzy]

Im Juli 1898 erlitt die BOURGOGNE *auf einer Atlantiküberquerung vor Neufundland Schiffbruch. Mit dieser Katastrophe verbindet sich eine Szene, die eigentlich in dieses Buch gehört, schreibt Olivier Leroy. Der Held ist Joseph Baumann (gest. 1898), Bruder des Schriftstellers Emile Baumann*[40]*, dessen Schilderung ich wörtlich wiedergebe.*

»Über die letzten Momente im Leben meines Bruders habe ich kürzlich einen Augenzeugenbericht erhalten, als sei er mir vom Himmel übermittelt worden. Ich werde mich davor hüten, diesen seltsamen und wundersamen Vorfall als übernatürlich wahr zu bezeichnen. Dennoch ist es ein Beweis für den ekstatischen Zustand, in dem er vom dunklen Meer zur Sonne der Ewigkeit überging. In dem Moment, als die BOURGOGNE zu sinken begann, blickte eine protestantische Dame, eine der wenigen geretteten Frauen, aus einem der sich entfernenden Rettungsboote zum sinkenden Schiff zurück. Sie sah die drei Dominikaner inmitten der Schiffbrüchigen; der älteste, der Prior, reichte ihnen seinen Rosenkranz und sein Kruzifix; der jüngste – es handelte sich um meinen Bruder – richtete den verklärten Blick zum Himmel, und es schien ihr, als schwebe er über dem Deck und ein Feuerkranz umgebe seinen Kopf.«

Ich habe diese Episode von Ehrwürden Hugon erfahren, Professor am Päpstlichen Collegium Angelicum in Rom, einem nüchternen Theologen, der übernatürlichen Erscheinungen kritisch gegenübersteht. Die protestantische Dame hatte das Gesehene in einem Krankenhaus in New York einer Ordensfrau der Oblatinnen des heiligen Franz von Sales in Troyes anvertraut, Mutter Henri-Joseph, einer nüchternen Person, die niemals ein Wunder erfinden würde. Sie teilte das Gehörte Pater Hugon schriftlich mit. Dieser bat sie, das Ganze für sich zu behalten, und bewahrte sogar in seinem Kloster Stillschweigen darüber. Er wollte verhindern, dass man einen vorschnellen Heiligenkranz um das Haupt eines zu früh verschie-

denen jungen Geistlichen wand. Jüngst sei in seiner Anwesenheit das Gespräch auf Pater Joseph gekommen. Er erinnerte sich wieder an den Vorfall; er hielt es für angebracht, mich von der Geschichte in Kenntnis zu setzen und die genauen Quellen zu nennen. Die Schiffbrüchige hat bestimmt GESEHEN. *Da sie die einzige der Überlebenden ist, die gesehen hat, können wir nicht beurteilen, ob ihre Erregung das Phänomen schuf oder ob Gott, um sie zu erleuchten, ihr den vorweggenommenen Glanz eines Auserwählten zeigte.«* [E. Baumann, *Mon frère le Dominicain*]

40

20. JAHRHUNDERT

Gemma Galgani aus Lucca (1878–1903), *die im Ruf der Heiligkeit stand, soll ein paar Levitationen gehabt haben.* [Leroy, zit. Thurston]

Mit Maria von der Passion (1839–1904), *Stifterin der Genossenschaft der Franziskanerinnen-Missionarinnen Mariens, verlassen wir die Levitation, um uns ekstatischer Akrobatik zuzuwenden. Schwester Marie Prassede aus der gleichen Kongregation berichtet in einem Brief vom 3. Juni 1913, sie sei einmal damit betraut worden, Maria von der Passion wieder zu ihrem Bett zu begleiten, die zur Kommunion in die Kapelle hinuntergegangen war, doch zu schwach war, um allein in ihre Zelle zurückzukehren:* »Kaum hatten wir den Chor verlassen, sah ich, wie die Dienerin Gottes, obschon sehr krank, im Nu die Treppe hinaufeilte, als würde sie fliegen. Und obwohl ich noch rüstig bin, vermochte ich ihr kaum zu folgen. Sie schien die Erde nicht zu berühren und wahrhaftig die Treppe zu ihrem Zimmer hinaufzufliegen.« [zit. Fontana]

Marie-Julie Jahenny aus La Fraudais, eine bretonische Ekstatikerin, die heute noch lebt [1850–1941], *soll laut Imbert-Gourbeyre über zwei Jahre lang häufig ekstatische Levitationen gehabt haben. Und er fügt hinzu:* »Ich habe durch kompetente Zeugen bei ihr eine ekstatische Leichtigkeit bestätigen lassen.« *Ich habe meinerseits versucht, mir diese Aussagen bestätigen zu lassen, doch der gegenwärtige Pfarrer von Blain, dem die Pfarrei La Fraudais untersteht, hat mir nichts persönlich bestätigen können.* [zit. Imbert-Gourbeyre]

Mit diesem Fall endet die 1928 von Olivier Leroy zusammengestellte Liste der levitierenden ekstatischen Heiligen; in seinem Buch erwähnt er überdies zahlreiche Fälle von halber Levitation, von schlafwandlerischer Akrobatik, und er zählt auch die berühmtesten Medien des 19. und 20. Jahrhunderts auf – Daniel Dunglas Home, W. Stainton Moses, Eusapia Paladino, Ruggieri, French, Maria Vollhart, Willy Sch... (dessen Bruder, Rudi Schneider, seit dem 11. November 1930 das Versuchskaninchenmedium des Instituts für Metapsychik in Paris ist), den Brasilianer Carlos Mirabelli –, und er untersucht und analysiert die Phänomene anhand synoptischer Tabellen und unterscheidet objektiv die Flüge der Heiligen und ähnliche Phänomene bei Hysterikern und Schwindlern anhand von klinischen Studien oder spontanen Beobachtungen, von pathologischen Beschreibungen, Laborexperimenten, Protokollen der pseudowissenschaftlichen Spiritismus-, Metapsychik-Akademien und anderen ähnlichen Phänomenen, Tricks und Hilfsmitteln, Manipulationen, magnetischen Bestreichungen, Inszenierungen, infra- oder ultraroten Strahlen, schwarzer Phosphoreszenz, indirekter Beleuchtung, Vexierspiegeln, Schleiern, optischen Täuschungen, Fotografien, Transparenzen, Ektoplasmen, Doppelgängern, Seelen Verstorbener, Beschwörungen, Tischerücken, Poltergeistern, Skriptoren, Propheten, Telekinesen, Bilokalisationen und von anderen Nachäffungen und Glanzleistungen auf den Programmen der Manager und Impresarios, die auf Tournee die fünf Kontinente bereisen, die nichts anderes sind als Ausgeburten der Hölle und Vermummungen des Teufels; doch deswegen hört das wunderreiche Leben der katholischen Mystiker nicht etwa mit dem Jahrhundert und dem Fortschritt des Jahrhunderts auf und ebensowenig die Tätigkeit der Protonotare des Papstes, Heiligkeit und christliche Demut bestehen fort, und der Advocatus Diaboli wettert immer noch, und seine *animadversiones* verstummen nicht, und sie ziehen vom Leder und diskutieren und registrieren und billigen und verfluchen oder weisen ab oder sprechen die Ekstatiker, die Levitierenden und die Stigmatisierten selig oder sprechen sie mit erfrischender Vorsicht heilig und führen mit konstanter und kluger Langsamkeit die heilige Tradition weiter, denn weder die Zeit noch die Propaganda zählen für die in den Wehen liegende, Ewigkeit und Wahrheit gebärende universelle Kirche.

Ich weiss nicht, wie viele Fälle gegenwärtig in Rom hängig sind, und auch nicht, wie viele Prozesse dort seit Anfang des 20. Jahrhunderts gewonnen oder verloren wurden, weil die römische Kurie keine Statistiken veröffentlicht, obwohl sich die Vatikanstadt seit Anfang des Jahrhunderts modernisiert hat dank Bahnhof, Tunnel, Rundfunkstation, Antennen, Radiosender, unabhängiger Tageszeitung, Stromversorgung, weisser Flugzeugflotte (die Schlüssel Petri in ihrem

Hoheitszeichen), Sonderbriefmarken für Philatelisten und, erst kürzlich, astronomischem Observatorium und biochemischem Laboratorium, Teleskopen und Mikroskopen und auch Filmstudios im Dienste der täglichen Propaganda, ja einem amerikanischen Kardinal *up to date,* was logisch ist[41]; doch der Beweis dafür, dass das mystische Leben noch nicht gestorben ist, ist, dass trotz des Tohuwabohus zweier Weltkriege und ihrer wirtschaftlichen, sozialen, intellektuellen Folgen, trotz moralischer und nationaler Wirrungen, rassistischer Bedrohungen, Errungenschaften des Proletariats, revolutionären Gesülzes, *Jazz Hot,* Swing, *Bebop*-Stil, Elend, Freikörperkultur, sexueller Abartigkeiten, totaler Industrialisierung des Planeten, allgemeiner Hungersnot, Transhumanz, Einpferchung, Verhöhnung der Menschen, Geheimwaffen, molekularer Atomisierung, eines schönen Morgens ekstatische Unbekannte in einsamen, vergessenen Klöstern Berühmtheit in den Zeitungen erlangen, ihre Namen machen Schlagzeilen in den Tageszeitungen, verblüffen und faszinieren die Presseprominenz, Künstler, Maler, Literaten, Politiker, Militärs, Erfinder, Ingenieure, Börsenmakler, Bankiers, Industrielle, Mondäne, Snobs, Boxer, Tänzer, Piloten, Spekulanten, Werbekoryphäen, ihre Maschinen und ihre Höchstleistungen, ihre Meisterschaften und ihre Rekorde, und sie laufen ihnen den Rang ab und stellen sie in den Schatten, nehmen an Glanz und Tiefe zu und nähern sich einander an zur Bestürzung der Volksmassen, die diese Fremden, diese würdevollen Brüder nicht verstehen, aber sie folgen ihnen schliesslich und beten sie auf den Knien an, die betenden Heiligen des 20. Jahrhunderts, die kleine heilige Therese vom Kinde Jesus aus Lisieux (Normandie), von der wenig bekannt ist und die vielleicht nie ein echtes Wunder getan hat, ausser dass sie im Traum der Stigmatisierten von Konnersreuth (Bayern) erschienen ist und sie auf gut Glück auf ihrem schmerzensreichen Weg begleitet hat; und sie, die noch lebende Tochter einfacher bayerischer Bauern, die in ihrem Dorf Wunder wirkt, die jeden Freitag von Hunderten von Menschen und jeden Karfreitag von Tausenden von Schaulustigen besucht wird, Gläubigen und Ungläubigen, Fremden, Juden, Feinden, Landsleuten, von schlechtem Gewissen gequälten Spitzeln, Kranken, die von ihr die Heilung ihrer Wunden und ihrer Geschwulste erwarten, und die sich selbst seit Jahren nur von einem Löffelchen Zuckerwasser ernährt, ans Bett gefesselt von den Sünden der Welt, die viel schmerzhafter sind als ihr Elend und ihre beklagenswerten Unfälle, eine Magd, seit dreissig Jahren Opfer von Untersuchungskommissionen, Experten, Gelehrten, Psychiatern, materialistischen Experimentierern, Doktoren der Theologie, Mitgliedern der Deutschen Kommunistischen Partei, der Hitlerjugend, des Regensburger Klerus, deren seit Jahren dauerndes spirituelles, ideologisches, wissenschaftliches Martyrium noch lange nicht vorbei ist, so dass man sich voller Mitgefühl fragt, wie das alles für sie noch enden wird, über deren Fall die Kirche sich noch nicht geäussert hat, sie, die dank der gottlosen Tagespresse über Nacht weltweiten Ruhm erlangt hat, weil die Zeitungen, ohne ihr Wissen und ohne Zustimmung des Vatikans, der ein Grauen vor solchen Praktiken hat und sich immerhin noch nicht soweit modernisiert hat, ihr Foto auf einer ganzen Seite und in Grossaufnahme veröffentlichten, wie sie Bluttränen weinte, Therese Neumann, in Frankreich durch *Paris-Soir* berühmt geworden, die Zeitung, die 1936, mitten in der Euphorie der *»front populaire«,* dieses Foto entschädigungslos veröffentlichte, was auch bei der sogenannten Nachrichtenpresse nicht üblich ist; und dann ein Dritter, ein bescheidener kleiner Messmer aus Santiago de Chile, den ich den »heiligen Unbekannten« getauft habe, der zwar nicht levitierte, jedoch kurzerhand, als sei es die einfachste Sache der Welt, einen vom Gerüst am Turm der Kathedrale gestürzten Maurer levitieren liess, dessen Sturz aus der Entfernung goniometrisch dirigierte, ihn bremste, ihn mit einem Handzeichen stoppte, ihn dämpfte, mit seiner gesunden Hand den unglückseligen Arbeiter auffing, die andere, die kranke, widerspenstige Hand in den Hosengürtel gesteckt, und der, auch er schmächtig und geistig schwach, ein Trottel, ein Mestize, Sohn einer Italienerin und eines Indianers, ein Heiler war und unter den einfachen Leuten in seiner Umgebung wirkte, die ihn anflehten, vor allem die unfruchtbaren Frauen, die sich ein Kind wünschten, und er hauchte sie zum heiligen Entsetzen seines Pfarrers an, des Dekans der Kathedrale, der ihm ratlos und höchst verunsichert befahl, ohne seine Zustimmung keine Wunder mehr zu tun, um keine *Schwierigkeiten mit Rom zu bekommen,* dessen Bild ich mir erlaubt habe in groben Zügen zu skizzieren in einer ersten hagiographischen Eintragung in meinen *Histoires vraies*[42]; und schliesslich der Jüngste, dessen Ruf bis zu mir gelangt ist, auch er ein Unbekannter, Pater Pio, der Ekstatiker, der zuhinterst in einem Kloster im Süden Apuliens »wundersame Wunder« [sic] tut und von dem ich zum erstenmal von einem Filmproduzenten gehört habe, der heute morgen, am 5. Mai 1948, mit dem

Flugzeug von Rom bei mir in Saint-Segond, Villefranche, angekommen ist.

Und das 20. Jahrhundert ist erst bei Halbzeit!

Wen kümmert schon das Resultat der italienischen Wahlen, das gerade die Tageszeitungen füllt, die Ritenkommission hat noch viel Arbeit vor sich, und die Zeitungen werden wiederum auf der ersten Seite von ihnen berichten, von den Asketen mit den hohlen Wangen und von den schwerelosen Ekstatikern, die heute noch keiner kennt, Opfer der Heiligkeit, in die sie sich versenken, und die das Büsserhemd tragen und sich kasteien, und die vielleicht, ahnungslos, dem Untergang der Welt entgehen, der Vernichtung durch den Bombenhagel, der Giftgaswolke, der atomaren Denuklearisierung und der Einwirkung spontaner Strahlungen, der sofortigen totalen Einäscherung, und ihr in Strahlen gehüllter Körper über den immatrikulierten Raketen und Robotern schwebend, über dem ganzen patentierten Teufelswerk der Menschen, von Liebe vernichtet, vom Heiligen Geist mitgerissen, dem Namenlosen, GOTT, mit dem sie sich, jubilierend und alles vergessend, betend identifizieren.

In principio erat Verbum!
flüsterte der heilige Joseph von Copertino, im Gebet fliegend, strauchelnd, sich niederwerfend, anbetend, erfüllt, verwirrt, kindlich, mit einem tiefen Seufzer der Erleichterung seinen Schrei ausstossend:

Amen!
und verzückt in Ekstase entfliegend.

III
DIE LIEBESGLUT, ZUM SEHNSUCHTSBRAND ENTFACHT

Y al cabo de un gran rato se ha encumbrado
Sobre un árbol do abrió sus brazos bellos,
Y muerto se ha quedado, asido de ellos,
El pecho del amor muy lastimado.[43]
San Juan de la Cruz

41

Und der Mönch stand nachts auf, um zu beten.

42

Der Welt tot, nur einen Tröster Hiobs oder einen Turmbauer zu Babel, um dir den Weg zu zeigen, was gibt es Enttäuschenderes, Halluzinierenderes, Beunruhigenderes, Überwältigenderes, als wenn Gott die Seele durch den steilen Pfad der dunklen Nacht der Sinne führt und das geistige Leben vertrocknet und vor Durst nach tiefer Kenntnis und Ungeduld stirbt und schmachtet, im Gebet zweifelnd, das Unaussprechliche auf der Zunge brennend und gelähmt und lebendig verbrannt vom Unaussprechbaren, die Andacht in die Irre geleitet durch die eigene Ausstrahlung, von ihr immerwährend fiebrig erregt und mit überstiegenen Schimären, Trugbildern, Visionen, Illusionen erschlagen, der Leib weigert sich zu folgen, bäumt sich, begehrt auf, schwitzt, schäumt, um sich schliesslich zu ergeben und sich erschöpft gehenzulassen, der Welt tot, verloren, schwindelerregend verloren, eingegraben im eigenen Dung, auf dem Opfertisch zur Schau gestellt, verborgene oder kreuzförmige Hostie an den Wegscheiden, Staub, der die ausgetretenen, abgenutzten, abgewetzten, zersprungenen Steinfliesen zementiert, ein Portalvorbau, und alles birst und stürzt bei der Auferstehung von Knochen und Fleisch zusammen.

43

Und so tritt der Asket als Bettler, als Blinder, als Krüppel, als Siecher, als Liebesnarr vor den Heiligen Geist, und sein Feuer eines Narren Gottes reisst ihn mit, und seine Hartnäckigkeit eines in den Katakomben, in den Krypten umgehenden Vagabunden treibt ihn an, und seine Rastlosigkeit eines schwachen, im Geiste kranken Menschen führt ihn, schwankend, durch den Schutt und die Trümmer, auf Wegen und Pfaden und Tausenden schwindelerregenden einsamen Umwegen, die unaufhörlich zurückführen, von den Gräben der Verzweiflung zur Kontemplation, von den wiederholten Stürzen des heiligen Säufers zur Nähe, zur Besitznahme Gottes, der seinerseits den Schamlosen besitzt und sich dem leichtfertigen, aber in seiner Umarmung kühnen Pilger hingibt, die ganze Glorie, die Tag und Nacht vom Himmel auf die Erde fällt und ihn verschlingt und tiefer unter seiner vor Liebe glühenden Wärme begräbt als der durch das Stundenglas in die stumme Kehle der Zeit rinnende Sand oder die brandende Meerestiefe, denn diese Glorie ist der Kuss des Ewigen: die Trinität, *Vita Nova,* das neue Leben.

44

Das Neugeborene braucht weder das Tierkreiszeichen noch die Weissagung, das Kind der Liebe, das unter den Gelehrten verlorene Kind, der Erlöser: Seine Mutter ist sein Stern und sein Planet.

45

Deine Lippen. Brandmal, Stigmata, untilgbare Tätowierung. Du sprichst stumm. Dein Mund: eine Narbe. Ich schmelze in diesem geohrfeigten, geschlagenen, zum Schweigen verurteilten Mund. Dein Lächeln. AMEN! … Dein Blick. AMEN! … Du bist der Allmächtige, und du vergibst. *Denn sie wissen nicht, was sie tun.* Und schon wendest du dich ab. Du denkst an anderes, auf der anderen Seite der Welt, in der anderen Welt, in der Neuen Welt. Das Kreuz entschwebt. Lass mich dir folgen, o Geliebter! Man würfelt. Deine Krone … Die Nägel … Dein nahtloses Kleid … Das entehrende Schild … Dein Schweisstuch … Der Himmel.

46

Das Herz des am Strassenrand zusammengesunkenen Heiligen beult wie eine Bettlertasche, enthält aber nur die Gabe der Tränen, der Barmherzigkeit, der Demut, der Liebe, und die nächtlichen Hunde, die ihn mit gesträubtem Fell knurrend und zähnebleckend umringen, ekelt es vor diesem vergessenen Bettler, der seltsam riecht und, der Welt tot, seinen Stab verloren hat.

47

Die Haut des gekreuzigten Aussätzigen an der Wegscheide ist wie die Milchstrasse, die über der reifen Frucht das Bewusstsein verliert. Die Wunden wie Sterne in der anbrechenden Helligkeit. Es ist bald Tag in den zerbrochenen Krügen und den funkelnden Scheiben zwischen dem Gesträuch und den Dornen am Fusse des Kalvarienberges. Man stolpert. Ein Schritt, ein Schritt vorwärts.

48

Der Kreuzweg. Die Mauer. Noch ein Schritt. Eine Glocke läutet in der Klosterkapelle. Ein Schlag. Noch ein Schritt, der letzte. Eine Tür wird aufgestossen. Die Tür knarrt. Die Glocke läutet. Das Herz ist ihr Klöppel. Der Schädel ist vom Läuten erfüllt. Der Kopf lauscht der Brust. Du lässt dich ausser Atem fallen. Die Tür schlägt zu. Du bist eingeschlossen. Die einsame Glocke. Die Seele ist eine Fliege, die nicht weiss, worauf sich setzen, und sich überall hinsetzt, geisttötend, überflüssig. Sie sucht die Leiche.

49

Eine Kerze brennt. Die Flamme verlöscht. Ein Schatten huscht zum Altar. Ein Gewand flattert mit den Flügeln. Die Arme angelegt! Es ist der Wind des Gebets. Die Anziehung. Mit offenem Mund. Der Flug. Knie hin! Zieh die Kapuze in die Stirn. Die nackten Füsse in den Sandalen. Deine Hände spielen nervös mit dem Strick. Falte die Hände! Andere Hände lesen die Messe. Blosse Hände. Zerbrechliche blosse Finger, die sich wie Strahlen ausstrecken. Der Ring. Ein Stich. Die Hostie, und der Sturz in die Eucharistie, mit durchbohrtem Herzen. Ein Wespenflug. Eine Wachsträne. Ein glühender Tropfen. Das Siegel auf den Lippen. Der stechende Schmerz.

50

Der Tod. Das Leben. Deglutination.

51

Sustentation.

52

Von Liebe kann man nicht gesättigt sein.

53

Göttlicher Liebesbrand, goldener Zweig, erblühter Reis, Jakobs Leiter.

54

Die Seligen.

55

Der Geist entflammt sich in der Zelle. Die Tonsur an der Decke. Ein Schlag. Schwindelerregend. Ein Schlag. Das Erschauern der Morgenfrühe. Ein Schlag. Die Glocke bimmelt. Ein Schlag … noch ein Schlag … Der weisse Mönch geisselt sich. Ein Schlag. Ein Schlag. Ein Schlag. Matutin. Verharre kniend!

56

Das Gewissen wird durch den Gehorsam erwürgt wie durch einen Strang, und der Wille ist ein Gehängter.

57

Eine steife Kutte. Schwebende nackte Füsse, helleuchtend in den Sandalen. Ein Heiligenschein an der Decke. Er segelt mit gefalteten oder mit ausgebreiteten Armen, der Ekstatiker, er reckt den Hals. Kniend. In der Luft. Auf der Seite liegend. Dargeboten. Die Augen verdreht. Das Herz entblösst.

58

Wenn Joseph von Copertino, noch zitternd und leichenblass, aus seinen Ekstasen erwachte, murmelte er: *»Der Gehorsam ist ein Messer, das den Willen des Menschen tödtet und ihn Gott opfert. O heiliger Gehorsam! Bei diesem Wort nimmt Gott nämlich der verzückten Seele den Vorhang weg.«* Es stimmt, Joseph hatte eine eigenwillige Art zu sprechen. Die Heiligen sind wie die Kinder, sie spielen mit dem Feuer, lieben die Gefahr und lachen gern. Sie schämen sich nicht. Sie verirren sich gern. Sie haben Vertrauen. Sie sind ihrer selbst nicht mächtig. IHR Vater wird sie immer wiederfinden, wo auch immer sie sich am Himmel niederlassen. Und der Himmel hinterlässt überall Lachen, wie nach dem Regen und nach Tränen.

59

Der Tag bricht an, und die ersten Strahlen der Sonne, die in die Zelle dringt wie ein munterer Handwerksmann in seine Werkstatt, fahren prüfend über das entrollte Büsserhemd.

60

Jeder Handwerksstand hat sein bevorzugtes Werkzeug. An jedem spitzen Stift perlen Blutstropfen, und in der Krempel haben sich Flocken, die weiche Wolle des Lamms, verflochten.

61

Guten Tag! Wilder Rosenbusch, mein Gefährte in der Einsamkeit, der heut nacht vor meiner Tür erblüht ist.

62

Der Morgen duftet vom Feuer der geschnittenen Reben und vom Armvoll dürrer Dornen.

63

Abraham schichtet das Holz auf.

64

Isaak wird gefesselt.

65

Das Opferlamm wird ausgesucht.

66

Der Krummdolch des Hirten.

67

Das Brandopfer.

68

Die Ekstase.

69

Die Flamme des Holocaust knistert und steigt zum Himmel. Das Opfer ist vollbracht. Alle Sünden der Welt lösen sich in Rauch auf. Abel und Kain. Nochmals. Genug. Die Herden ringsum blöken. Adam schnitzt seine Hirtenflöte. Keine Schäferin Eva. Eine Taube gurrt in der Schlucht, das Plätschern eines Baches im Unterholz …

70

Der Baum.

71

Die verbotene Frucht.

72

Heute morgen leuchtet die Schöpfung wie eine nach der Ernte vergessene Frucht, wie eine Orange im dichten Laub des Baumes – man sieht nur noch sie! –, ein Kuss auf die Wange eines Unschuldigen, auf die Brust einer Jungfrau, unter das Gewand eines Engels, der aus reiner Freude errötet, in deinen wallenden weissen Bart, o Vater, der du bist im Himmel, und entziehe dich mir nicht, Frucht in meinem Mund, Köstlichkeit, ein endloser Kuss, den ich schlucke, o Segen, o Wohlgeruch, o Licht, o unversiegbare Inbrunst des Gebets, AMEN!

73

Ich lasse mich hinreissen von diesem Taumel, der aus meinem Munde aufsteigt und mich zu DIR erhebt und weiter trägt als DEINE Stimme und in DEIN Ohr strömt und sich darin verirrt, um dort sein Nest zu bauen, aus Lehm wie eine Schwalbe, aus zarten Dunen und langen Spinnefäden, aus Marienhaar wie ein Rotkehlchen, aus zerzupftem Stroh wie ein Sperling. Ich piepse, ich schnattere, ich zwitschere. Und weder die Feldvögel noch die Nachtigall im Obstgarten sind übermütiger, noch die Amsel im Blumengarten, noch die Lerche, die sich in den Lüften heiser trillert, und auch der winzige Zaunkönig nicht, der in einer fingerhutförmigen Salbeiblüte tschilpt, noch der riesige Strauss, der sein Ei in der Wüste Afrikas vergisst, noch der in Australien tanzende Paradiesvogel, der in der Lichtung im *bush* oder im Dickicht Kiesel kreisförmig auslegt und Silex, funkelnder als sein glänzendes Gefieder, noch der Einsiedlerkiwi, der einem Ameisenhaufen gleicht, einem wandernden Schober, einem in den überfluteten Reisfeldern watenden Bauern, noch die diebische Elster, noch der Königsadler, noch die lächerlichen, die rührenden Pinguine, die Nonnen gleichen und die wie Esel in den Eiswüsten der Pole trompeten, noch die Stare in den Akazien, noch die Schnepfen in den Ebereschen, noch die Kuckucke, Echovögel, denen ein imaginärer Vogel antwortet, auch er ein Kuckuck, der seine Eier in das Nest seines Nachbarn legt, noch der Sekretär, diese schillernde Pracht auf dem Kaktus, der den Reisenden in die Irre und ihn von den Quellen wegführt, von den Süsswasserquellen, von den Wasserstellen, noch der wachsame

Reiher auf dem Rücken des Elefanten, der auf dem Sägezähne-Rückgrat des satten Krokodils posiert und ihm die Augenwinkel, die Tränendrüsen putzt und in den Zähnen seines monströsen Lächelns stochert, noch der Ibis, noch der rosarote Flamingo, noch die Stelzvögel, noch der vertraute Storch, der Albatros im Sturm, der grimmige Serpentarius, der mit den Krallen droht, noch der Wiedehopf, der Pelikan, der Schwan, die Pfauen, die in den Mosaikbeeten im Schwimmbecken des Schahs von Persien das Rad schlagen, noch die zweiundsiebzigtausend Arten indischer Tauben, noch die stotternden, grässlich blutenden abgemurksten Enten in den chinesischen Bordellen, noch die Gänsegeier, noch die aufgereihten Aasgeier auf den stinkenden Balkonen und den Türmen des Schweigens der Feueranbeter, der Parsen, die alle Bankiers sind in Bombay, noch die Kondore der Anden, die sich wie ein Strom schwarzer Noten, lauter Sechzehntel-, lauter Vierundsechzigstelnoten, *presto, prestissimo,* zwischen den parallelen Querlinien der Kordilleren aneinanderreihen, deren schneebedeckte Vulkane die weissen Stellen der Arpeggios sind oder die Begleitakkorde, der bezifferte Bass, die Fermate, noch der aufblitzende, dem blossem Auge fast unsichtbare, aber summende Kolibri, der *hummingbird* auf englisch, der *chupa-flores,* der *beija-flores,* das heisst der *Blumenküsser,* wie man diesen Schmarotzer in Lateinamerika getauft hat, dieses Leichtgewicht, und es gibt Tausende Arten davon, deren kleinste, die *Pygmornis ruber,* nicht viel grösser, aber zehnmal schneller ist als unsere Wiesenhummel, der kräftige Vogel wiegt bloss zwei Gramm, sein Flimmerflug ist ein Strich, ein Glimmerstrahl, ein Funke, leuchtende Glut, ein in der Sonne tanzendes Sonnenstaubkorn, eine Sternschnuppe, eine Diamantträne, ein Aufblitzen, noch die empfindsame, sich in den Stoppelfeldern duckende Wachtel, noch das verschreckte Feldhuhn, noch die schnatternden Wildgänse, noch die lautlosen Nachtraubvögel und ihr leiser Flügelschlag, die Raubvögel, die im Sturzflug hinunterstossen und mit rauschendem Flügelflattern wieder aufsteigen, noch das Schnarren des kollernden Auerhahns, der seinen Warnruf ausstösst, noch der Zwergeisvogel, noch die rotschnäblige Schneekrähe, die Kathedralenkrähen, die auf die Statuen drecken und die Kirchenfenster verkleckern, noch die in den Ruinen geisternden Käuze und die Eulen mit ihrem unheimlichen hämischen Lachen und dem menschlichen, unglaublich zärtlichen Federzirkumflex um die Augen und ihrem fragezeichenförmigen mittelalterlichen Profil unter ihrer Kapuzenmütze, und weder die schwatzhaften, unendlich schwatzhaften Sittiche, an denen die Impressionisten ihre Pinsel abwischten, noch der Tukan, diese drollige Vogelscheuche Amazoniens, noch die tropischen Federfächer, die Reiher, noch der Spottvogel der *pampa* oder des Hinterlands Argentiniens, noch die kreischenden Eiderenten in den einsamen Fjorden Norwegens, noch die Milliarden zankender Meeresvögel auf ihren Guanoinseln vor den Küsten Chiles, noch die Schneehühner Schottlands, die sich im Nebel auf den Gewehrlauf setzen, noch die empört schimpfenden, an einem zugespitzten Stekken aufgespiessten Puter der Prärie, die man lebend röstet, noch die Fasane und ihre Hühner, die in die Netze laufen, die Ortolane, die man mit einem Rosshaarknoten oder einem Tropfen Vogelleim fängt, die rundlichen Feigenschnepfen hingegen mit Lockpfeife oder Schnappfalle, noch die verstaunte Waldschnepfe, die sich nie vor der Falle in acht nimmt, noch KRA, *»Morgen! Morgen!«* auf armenisch, der krächzende Rabe von Sankt Expedit, dem Legionär, einem Haudegen, der ein kleines Eisenkreuz wie einen Totschläger schwenkte, auf das das Wort HODIE geritzt ist, und besagter alter menschenfeindlicher Rabe, der sich weigerte, Elija, der sich mit den Seinen angelegt hatte, am Bach Kerit zu ernähren, kehrt *heute* pfeilgeschwind aus grauen Vorzeiten zurück, um seinen Schutzpatron zu begleiten, wenn man diesen in hoffnungslosen oder höchst dringlichen Fällen anruft, hat doch der Vogel es *heute* sehr eilig, die verlorene Zeit nachzuholen – *hodie mecum eris in paradiso* –, noch der Hahn Petri, des Apostels mit all seinen Verleugnungen, der Wetterhahn in den Dörfern, das Totem der Gallier, und den man in Frankreich seit Heinrich IV. *au vin* als *poule au pot* zubereitet, ist Paris doch eine Messe wert, noch das erste Pärchen, der Täuberich und die Taube der Arche, das Männchen ist Noah, dem alten Säufer, nie abhanden gekommen, das Weibchen aber, o Wunder, kam mit dem Taufwasser herab, offenbarte sich mit dem Heiligen Geist, dem Feuervogel, noch die Psalmen, noch die geistlichen Gesänge, noch die volkstümlichen Litaneien, noch die Rundgesänge, noch die Sequenzen, diese endlosen, kunstvollen christlichen Reime, noch die Antiphonen, noch die Euphonie, das Horn, die Tuba, der Serpent, dieser ungefiederte Vogel, Schlange mit geschnitzter Stürze, geschwungenem Schallrohr, Schalltrichter, gebogenem, schnabelförmigem oder langem oder geradem oder strohhalmdünnem Mundstück, Elfenbeinflöte, Ebenholzklarinette, Sackpfeife aus einer durchbohrten Kalebasse oder einer eingerollten Baumrinde, Hirtenflöte aus einem Haselzweig oder jungem Holunderholz, brennender Dornbusch, Bukett aus Pfeifen mit drei, fünf, sieben Ventilen, angefacht vom Lederblasbalg, bretonischer Dudelsack mit flatternden bunten Bändern geschmückt, vogelförmige Blasinstrumente, sämtliches Vogelgezwitscher umfassende Orgeln, Sphärenmusik, *»Weihnacht! Weihnacht!«,* die Sinfonietta der fröhlichen Engel und der Hirten, der monotone Singsang der treidelnden Schiffer, die lautmalerischen Rufe der in der reissenden Strömung im Takt rudernden Eingeborenen, die nostalgischen schlüpfrigen Lieder der in See stechenden Seeleute auf den alten Karavellen, die auf Entdeckung in den Indischen Ozean segeln, die klatschende, knallende Peitsche an Bord der römischen Triremen oder der königlichen Galeere im Mittelmeer, die Trinklieder der Piraten und der Sklavenschiffe in den Häfen der Antillen, das Ehrengeleit, die Geschenke, die götzendienerische Huldigung der Weisen aus dem Morgenland, die Flugzeuge, die heute, 1948, im Jahr 1367 der Hedschra oder dem Jahr 5708 der alttestamentarischen Zeit, Bethlehem überfliegen und einen Hagel Leuchtspurgeschosse oder eine Reihe Brandbomben abwerfen, die stummen, wie schlaflose Löwen vor den Toren des himmlischen Jerusalems wachenden Erzengel, deren glänzend polierte Lider surrende Propeller sind, der Augapfel, der Uranblitz, das *Hohelied* und seine Seufzer und sein Schmachten, nein, es gibt niemand Unbekümmerteren als mich, den singenden Narren, den Zerstreutesten überhaupt, der sich in seinem Gebet erhebt oder auch nicht, das mich mitreisst, meinem fortwährenden Gebet, meiner leidenschaftlichen Anbetung, meinen stammelnden Worten, deinem hergebeteten WORT, diesem Rosenkranz, dieser endlosen Kaskade, dieser Folge von Bildern, Gedanken, Ursachen, Wirkungen, Identifikationen, dieser Kette, diesem Geschmeide, das DU mir um den Hals gelegt hast, um mich zu befreien, und an dem DU baumelst wie ein Karfunkelstein, der mich aus nächster Nähe erschlägt und mich magnetisch anzieht, deine Arme, deine Hände, deine Finger, deine unerträglichen Liebkosungen, dein Atem, der meine Zungenspitze kitzelt, dein ATEM, der sie in deiner GEGENWART bewegt, zum Schwingen bringt, und es ist keine Beichte, weil du bereits alles weisst, o UNAUSSPRECHLICHER, und ich weiss nicht mehr, was ich sage, DEIN Mund versiegelt meine Lippen wie eine glühende Kohle, ich kann nicht sprechen, Explosion, Ejakulation, *Vita Nova,* das neue Leben: halleluja!

74

Die Kraft des Gebets besteht darin, die Dinge der Schöpfung aufzuzählen und sie in heiligem Überschwang bei ihrem Namen zu nennen. Es ist eine Danksagung.

75

Weder handelt es sich darum, die Lippen zu bewegen, noch darum, mit der Zunge zu schnalzen oder leere Phrasen zu dreschen.

76

Nur Gott spricht.

77

Daher fällt der Heilige in Ekstase in die Abgründe, schwebt in den Höhen, wird levitiert, kreist in einem Taumel, schiesst empor, ist seiner Sinne nicht mehr mächtig. Stösst höchstens einen Schrei aus oder einen letzten Seufzer. Er lässt sich treiben und versinkt wie eine Sonde in der Tiefe von Gottes Wort. Er schwebt …

78

Der Welt tot.

79

Das geistige Gebet ist Gottes Vogelbauer.

80

Sag, mein schöner Vogler, mein Falkenier: Gibt es eine grössere Vielfalt an Seelen als an Vögeln, an Vielzahl in der Einheit lebender, oder in den Tiefen des Meeres an Fischen, den Vögeln der Abgründe, die beständig murmelnd die Lippen bewegen, jedoch stumm sind, weil ihr Mund taktil ist und ihr Körper eine aufsteigende und hinuntersteigende und kreisende Doppelspindel und das versiegelte Symbol

Jesu Christi, sag es mir, mein schöner Fischer, der du im Grimmdarm Seelen fischst, der du untrüglich die Nieren und das Herz erforschest, wo hat es mehr Gestirne am Himmel und Doppelsterne im All, um deine Herrlichkeit zu preisen?

81

Deine Herrlichkeit ist der Atem, der Himmel und Erde erfüllt, und der Ozean ist deine Schwarze Lunge.

82

Der Tag ist schwer von opaken Schatten. Die Nacht ist transparent wie die heilige Phiole, und ich treibe zwischen den Blutkörperchen Deines brodelnden Blutes, Kommunion, Resurrektion, Leben, Herz, das sich verzehrt, blutende Stirn, Glorienschein an der Decke, loses Gewand, nackte Füsse in strahlenden Sandalen, kniend, niedergeworfen. Ich verliere mich in den Höhen.

83

Ein Lanzenstoss, und der Leib entleert sich, wird abgenommen.

84

Zerschlagener Leib und überströmt.

85

Ein Schlag. Ein Schlag. Ein Schlag. Noch ein Schlag, der letzte, und das Angelus läutet. Der Arm ist erschöpft. Die Glocke läutet vor Schwäche, die gesprungene Glocke, die Glocke und ihr müder Klöppel. Die Glocke. Die Totenglokke. Ein Schritt rückwärts. Vor Schrecken. Es ist der Ruf. Es ist der Totengräber. Zurück! Zurück! Die Glocke ist verstummt. Stille. Und die Fliege kehrt zurück und findet die am Boden liegende Leiche.

86

Jeder Handwerksstand hat sein bevorzugtes Werkzeug. Die Hand tastet, die schmerzende Hand. Der Finger tastet. Es ist Thomas. Wo sind die Wollflocken des Lamms? Er hält nur einen schmutzigen Kamm in der Hand, der nach erstarrtem Wollfett stinkt. Soll dies das Werkzeug Gottes sein? Er zweifelt. Will lachen! Der Körper kommt keuchend zu sich, und es graut ihm plötzlich vor dem Angesprochenwerden per du, und die Freude, die er empfunden hat, verwirrt ihn.

87

Auch der Heilige hat seine Migränen, und es ekelt ihn vor Erschöpfung. Entzugserscheinungen. Widerwille. Schwächen. Zweifel. Fieber. Angstschweiss. Er misstraut dem Trugbild, dem Traum, dem Schlafwandel, den Kunststücken wie denen der Süchtigen und der Epileptiker, den Anfällen der

Fallsüchtigen und der Neuropathen. Eine mystische Gnade ist ein willkürliches Geschenk, und er fürchtet, sie könnte öffentlich, vor den Augen Profaner, über ihn kommen. Er verweigert sich. Er schämt sich seines Triumphs, dessen er sich unwürdig fühlt. Alle seine Gefühle und seine Entsagungsgelübde sind verletzt. Geisselungen, Kasteiungen, Mazerationen, harte Abstinenzen, dem Leben tot sein, das beinhaltet die verschiedensten Formen äusseren und inneren Lebens, theurgische Eigenschaften der Askese, die sich nicht kontrollieren lassen. Die Askese ist eine geheime Übung, die ihre Virtuosen hat. Alle Eigenschaften des Menschen sind auf die heldenhafte Verwirklichung moralischer und geistiger Ziele gerichtet, Vollkommenheit, mystische Vereinigung. Die Ekstase, eine Sache Gottes.

88

Die Levitation gehört zur Ekstase. Im Gegensatz zu vielen Ekstatikern der Geschichte, Gelehrte, Theologen, Dichter, Missionare, mystische Eroberer und die tapfersten Baumeister und Arbeiter der Kirche, ihre Advokaten, ihre Soldaten, zeichnete sich der aufgrund des Spektakulären und der Häufigkeit des Phänomens Berühmteste unter ihnen, derjenige, von dem man mit Fug und Recht behaupten kann, er habe sein halbes Leben in Ekstase *in den Lüften* verbracht, der heilige Joseph von Copertino, durch eine ungewöhnliche geistige und handwerkliche Ungeschicklichkeit aus. Seine Vorliebe für asketische Raffinessen ist ohnegleichen und wurde von den Aussagen zeitgenössischer Zeugen bestätigt, so wie auch sein ausserordentlicher Gehorsam, seine

Gottesliebe, seine täglichen Verzückungen, seine Ekstasen, seine Erleuchtungszustände, seine körperlichen Flüge, sein erstaunliches Geschrei und sein Ruf »amen!«, seine Freude, sein fröhliches Gemüt, sein Humor, sein Gestammel, die Worte des ihm zugeschriebenen Gebets und seine denkwürdige Tat, dieser in den Annalen der Levitation und der Luftfahrt einmalige Rekord, sein Rückwärtsflug! Folgendes kann man über seine asketischen Übungen in den *Acta Sanctorum,* September V, Seiten 1017F und 1018A nachlesen. Ich gebe den lateinischen Text wieder, um nicht der Übertreibung oder des Geschwätzes und der Unverfrorenheit beschuldigt zu werden:

89

Seite 1017F, {marginalia f, g} Verum quo majus erat internum gaudium ex communicatione cum Deo, eo durius corpus suum tractabat, ut spiritui subjectum contineret. In hunc finem post adeptum sacerdotium quinquennio numquam pane usus est, nec decennio vinum bibit, solis herbis contentus aut siccatis fructibus, fabisve intolerabilis amaritudinis pulvere conditis, uti experti fuerunt quidam Religiosi, qui illum piper esse crediderant. Herba vero, qua feriis sextis vesci solebat, adeo erat insipidia & nauseosa, ut, cum quidam Religiosus eam extrema lingua libasset, totum sibi stomachum commoveri senserit, nec sine nausea per triduum ullo cibo vesci potuerit. Continuis jejuniis addictus [...] observabat cum tanto rigore, ut, exceptis feriis quintis & Dominicis diebus, eas sæpe sine cibo traduxerit; alitus interim cibo Eucharistico, quo in dies singulos se reficiebat; ideoque antequam hunc sumpsisset, pallidus ac debilissimus apparebat, sed eo sumpto, rubicundus & robustus.

90

Seite 1018A, {marginalium h} {...} carnes jam amplius ferre nequiret, quas tamen ex superioris imperio semel comedit, sed mox etiam rejecit. Hinc quoque faucibus ejus interdum arcte constrictis, [flagellis, ciliciis, & catenis ferreis emacerat.} qualemcumque cibum ægre potuit transmittere. Ad tam insolitos effectus concurrebat præterea somnus brevissimus, (quem capiebat in lecto, qui non quietis, sed doloris poterat appellari) & dura carnificina, quam in corpus suum per flagella, acubus, aciculis & stellulis chalybejis intexta, exercebat, cum tam copiosa sanguinis effusione, ut muri in cella, aliisque prædictis locis, in quæ soluerat secedere, eo tincti, imo incrustati etiam aliquot post annis apparuerint. Ad hasce flagellationes, & ad catenam atque cilicium, quibus jam a multo tempore cruciabatur, grandem laminam ferream additi, quæ, cum cilicium & catenam magis magisque stringeret, in ejusdem carnem tam horribili modo penetravit, ut ipse aliquando a superiore jussus sese exuere, non nisi unum vulnus appareret. Quam ob rem superior ipsum eo redactum conspicatus, ut exiguum ipsi vitæ superesset, jussit horrida ista pœnitentiæ instrumenta a suo corpore amovere.

Beim Mystiker *die Ekstase,* beim Medium *die Trance.* Das eine wie das andere Phänomen kann gemeinsame organische Symptome beinhalten: Alienation der Sinne, Abkühlung der Extremitäten, Verlangsamung der Atmung, oft Starre, totale Betäubung, todesähnliche Zustände.

Herzstillstand und Herzjagen verraten bei den ekstatischen Mystikern die Ergriffenheit der Seele und die Verzückung (s. Blasius von Caltanissetta); oft von Orgasmen begleitete Krämpfe und Turgeszenz lassen bei den Medien auf eine schwere moralische Störung schliessen (s. Willy Schneider).

Der Mystiker verfällt spontan in Ekstase und oft ohne Vorzeichen, während das Medium von einem Dritten hypnotisiert werden muss oder sich selbst in Trance versetzt, zu einer im voraus festgelegten Zeit und durch besondere, oft sexuelle Praktiken, durch Manuelisation oder sonstige Betastungen.

Der Gesundheitszustand des Betreffenden hat in den beiden Fällen nicht den gleichen Einfluss. Beim Medium lähmen üblicherweise ein labiler Gesundheitszustand und selbst ein leichtes Unwohlsein die anormalen Kräfte, die kurzzeitig auf Magnetismus oder Autosuggestion zurückzuführen sind; bei den Mystikern jedoch ist ein schlechter körperlicher Zustand überhaupt kein Hindernis bei ihrer Anbetung. Im Gegenteil, alle levitierenden Heiligen zeichnen sich durch eine besonders strenge Askese aus, wobei zu der aktiven Selbstkasteiung auch noch ungenügende Ernährung und Schlafmangel hinzukommen.

Die Leichtigkeit gewisser Ekstatiker, vor allem bei den Stigmatikern und den Levitierenden, ist bewiesen, während Medien alle Anzeichen von Schwere aufweisen.

Ebenso lässt sich das Lumineszenzphänomen unmöglich vergleichen, weil das der Medien noch unbewiesen ist, und gerade auf diesem Gebiet sind die meisten Scharlatanerien, Tricks, Inszenierungen und genialen Schwindel aufgedeckt worden. Die Medien arbeiten nur in der Dunkelheit, in einem kleinen Kreis von Anhängern und in einer speziellen Umgebung, in einem besonders geschmackvoll eingerichteten Raum, mit abstrakten Bildern vielleicht, oder in einem orientalischen Dekor, während sich die Ekstatiker des Phänomens der Lumineszenz nicht bewusst sind und dieses gleichermassen am Tag, nachts, bei künstlicher Beleuchtung oder bei Sonnenschein beobachtet wurde, in der Abgeschiedenheit der Zelle, im geheimen oder in der Öffentlichkeit, in den hohen Gewölben der Kirchenschiffe und Kathedralen oder im Freien, in den Gärten und auf den Feldern, vor ein paar wenigen Zeugen oder in Anwesenheit von Tausenden und Abertausenden herbeigeströmter gläubiger oder ungläubiger Menschen.

Die Abkühlung der Atmosphäre, die mit einem eisigen Atem verglichen wird – *Satans Kuss,* worüber sich so viele Hexen beklagten, die Gelegenheit hatten, sich im Laufe der Jahrhunderte mit dem Teufel zu vereinigen, und die einhellig bestätigen, dass zwar sein Szepter gegabelt ist und steif, er aber eisig ist, und dass sein Kuss sie die ersten Stufen zum Grab hinabführte, ein heiliger Schreck, der sie von hinten und von vorn packte und sie erstarren liess –, *dieser eisige Luftzug,* der man weiss nicht woher kommt und der die sogenannten metaphysischen Experimente begleitet, wurde bei den äusseren Zeichen des mystischen Lebens nie beobachtet. Ganz im Gegenteil, eine grosse Zahl Ekstatiker, und wiederum vor allem die stigmatisierten und levitierenden, weisen Zeichen eines *göttlichen Sehnsuchtsbrandes* auf, der nicht immer nur Zeichen von verdrängtem Feuer oder Leidenschaft ist, sondern sich positiv durch eine Erwärmung der Raumtemperatur feststellen lässt, die mit dem Thermometer gemessen werden kann.

Doch Ekstatiker und Medien unterscheiden sich vor allem moralisch voneinander, ja es lässt sich feststellen, dass sie einander diametral entgegengesetzt sind.

Das moralische Leben des Heiligen ist gänzlich von einem Vollkommenheitsideal geprägt; das moralische Leben des Mediums ist willenlos und farblos. Während der Heilige immer ein tiefgläubiger Mensch ist und aus seiner einen und einzigen Liebe Kraft schöpft, leidet das Medium meistens an geistigem Zerfall und gibt sich Ausschweifungen hin. Der Heilige unterzieht sich einer unbeugsamen Askese, bei ihm verzeichnet man ein heldenhaftes Bemühen, das darauf verwendet wird, dem natürlichen Menschen abzuschwören und ihn durch den Willen Gottes zu ersetzen; keine Spur von Askese beim Zauberlehrling, der meistens eitel ist, lügnerisch, feige, genussfreudig, ein Schwindler, Aufschneider, schnell bereit, bei einem Misserfolg auszuweichen und sich mit dubiosen Erfolgen zu schmücken. Der Heilige hat einen heftigen Widerwillen gegen jedes spektakuläre äussere Zeichen seiner Heiligkeit; der Zauberer verzehrt sich vor Ehrgeiz und dem eifersüchtigen Wunsch, seine übernatürlichen Kräfte zu beweisen.

Der Mystiker betrachtet seine Gaben als das Zeichen von *göttlichem Willen,* als Charismen, Gnaden, deren er unwürdig ist und deren Auswirkungen auf seine Demut er fürchtet; das Medium glaubt, seinen Erfolg dem Einfluss der von ihm *beschworenen Geister* zu verdanken oder von solchen, die er in seinem Namen von anderen Helfershelfern oder Managern des Teufels beschwören lässt mit dem habgierigen Hintergedanken, sie meistern zu können und nach Belieben über sie zu verfügen. Der eine ist der Welt tot, der andere stellt sich der Welt zur Schau. Und nur in dem Masse, wie sowohl der eine als auch der andere in seinem Verhalten die okkulten Kräfte und die übernatürliche Gegebenheit berücksichtigt, in dem Masse, wie sowohl der eine als auch der andere sich des Wesens bewusst ist, das er verkörpert, durch die Achtung, die er vor IHM hat, durch die Andacht, die er IHM entgegenbringt, durch die von ihnen erregte öffentliche Aufmerksamkeit, durch ihre geheimsten Gefühle, durch ihre Gebete oder ihre Machenschaften, haben der Asket und der Zauberer eine ethische Gemeinsamkeit: sind sie einander ähnlich. Der Heilige. Der Nachäffer.[44]

92

Joseph von Copertino selbst hat sich nie zum Thema seiner aussergewöhnlichen Ekstasen geäussert, ja wir wissen nicht einmal, ob er sich seiner Levitationen bewusst war, deren Einzelheiten wir nur aus dem Mund glaubwürdiger Zeugen kennen. Da er sich aber einmal öffentlich dafür entschuldigte, als handle es sich um eine physische Schwäche, kann man davon ausgehen, dass er immerhin eine Vorstellung davon hatte. Die Entführung von Balthasar Rossi ist eindeutig eine überlegte Handlung: *»Cavalier Balthasar! fürchte dich nicht!«* ruft er fröhlich aus und ergreift ihn bei den Haaren. Er sah also voraus, was geschehen würde, und er hatte also seine früheren Flüge, Rollen, Turns, Trudel, Schrauben in Erinnerung behalten, denn er empfiehlt seinem Passagier, er solle sich gut im Sattel halten, was bedeutet, dass er ihn tanzen lassen würde wie ein Reiter sein Pferd, warum sollte er ihn sonst als *cavalier* bezeichnen? Es handelt sich immerhin nicht bloss um eine Höflichkeitsfloskel! Doch da der fliegende Heilige sich nie darüber geäussert hat, wissen wir nicht, welches seine persönlichen Empfindungen waren, wenn er über den Baumwipfeln schwebte und wirbelte und auf einem Kruzifix landete, in Ekstase vor dem Tabernakel schwebte oder ungestüm davonflog, so wie wir auch nichts über seine Vorbereitungstechnik wissen, wobei man allerdings aufgrund der Episode mit dem wahnsinnigen Edelmann annehmen und daraus schliessen kann, dass es Vorbereitungen gab, Übungen, Ungeduld, Warten auf den Startbefehl: *»Keil entfernen! … Start! …«,* dass er gewappnet war und sogar dass der heilige Joseph in diesem einen Fall wusste, wie den Steuerhebel bedienen, wie den Steuerknüppel handhaben, wie den Motor anlassen, wie die Seitenruderpedale betätigen, den Blick auf das ziemlich verwirrende Instrumentenbrett gerichtet … was alles keineswegs einfach ist.

93

En el principio moraba
El Verbo ...
verkündet der heilige Johannes vom Kreuz, der subtilste, der präziseste Meister der Askese und der grösste mystische Dichter spanischer Sprache und vielleicht der Christenheit, Doctor Angelicus, geistlicher Vikar des Karmeliterordens, von dem die heilige Teresa von Ávila nach ihrer ersten Begegnung schrieb:[45] *»Einige Zeit später kam ein ziemlich junger Pater, der in Salamanca den Studien oblag, mit einem anderen Gefährten hier an. Er hiess Pater Johannes vom Kreuz. Sein Gefährte erzählte mir wunderbare Dinge über sein Leben. Ich pries dafür den Herrn, und als ich mit ihm sprach, gefiel er mir sehr gut.«* Und Jahre später erklärte sie: *»Er war der Vater meiner Seele«,* und spielte damit auf die geistlichen Gespräche an, die sie bei ihren Begegnungen und in einem langen Briefwechsel mit ihrem Beichtvater führte, der sich über fünfzehn Jahre erstreckt, bei fast täglichen Besuchen erzählte sie ihm durch das Sprechgitter ihres Klosters von ihren Reformplänen, von ihren Enttäuschungen, ihren Wünschen, ihren Hoffnungen, suchte bei ihm Rat in tausend praktischen Dingen, gestand ihm ihre Skrupel, liess ihn an ihren Ängsten teilhaben, vertraute ihm die ihr widerfahrenen Gnaden an, öffnete ihm ihre glühende Seele, ihr mannhaftes Herz und hatte vor ihm kein Geheimnis.

Als er im *Cantico* den schmerzlosen Flug des geläuterten Geistes zu schildern versucht, dessen ganzes Wirken in Gott aufgeht, zögert dieser grosse Meister des Wortes nicht, diesen Geistesflug als Liebesglut zu bezeichnen: *el arrobamiento de amor.*

In *Llama* ist es der mystische Gelehrte, der *el arrobamiento de amor* zu definieren und den Vorgang genauer zu umschreiben versucht, in dem die vor Freude überfliessende und von der Kontemplation liebestrunkene Seele den Körper von der Last der Sünde befreit und ihn drängt, sich in die Luft zu erheben, und der heilige Johannes vom Kreuz schildert das Prodrom so: *Und so geniesst die Seele hier von allen Schätzen Gottes: Starkmut geht auf sie über, Weisheit und Liebe, Holdheit und Güte und vieles mehr. Weil Gott all dieses ist, geniesst es die Seele mit allen Vermögen und im Kern ihres Wesens. Etwas von dem Heilsgut der Seele strömt zuweilen auf den Leib über, als Salbung des Heiligen Geistes. Dann geniesst das ganze sinnenhafte Wesen und alle Glieder und Knochen bis ins Mark, und nicht mit der gewöhnlichen Schlaffheit; dies ist eine starke Empfindung verklärender Wonne, spürbar bis in die letzten Gelenke von Händen und Füssen.*

Doch der grosse Kontemplative, der Dichter der *Dunklen Nacht,* auch er will nichts von seinen persönlichen Erlebnissen während seiner Anbetung verraten, die ihn vom Stabreim bis zum Liebesgestammel mitreisst angesichts des Wortes, das in den Himmeln wie im Wesen der Dinge ausgesprochen wird, und wieder auf der Erde, von seiner Ekstase zurück, zurückgeholt in die Wirklichkeit und in die Welt, schreibt Johannes vom Kreuz verhalten, seinem Demutsgelübde treu, doch mit souveräner Klarsicht, feinsinniger Psychologe, der er ist, vorsichtiger Arzt des geistigen Lebens, und seine Worte abwägend: *An dieser Stelle liessen sich die Unterschiede behandeln, die zwischen gewaltsamer*

Hingerissenheit, Ekstasen und anderen Verzückungen und zarteren Geistesflügen bestehen, von denen die Spiritualen nicht selten überkommen werden. Allein hier beabsichtige ich lediglich, diese Kanzone kurz zu erklären, wie ich es im Vorwort versprach. So mögen jene Darlegungen Befähigteren überlassen bleiben. Zudem hat die selige Teresa von Jesus, unsere Mutter, bewundernswerte Schriften über diese Erscheinungen des Geistes hinterlassen, die bald, wie ich zu Gott hoffe, im Druck erscheinen werden.

94

Und hier die Erläuterungen der heiligen Teresa von Ávila, der starken Frau, die vor keiner Kühnheit zurückschreckte und die den dunklen Weg am weitesten gegangen ist und dort Burgen, Stationen, Kreuze errichtete, ruhelos, von Gott verfolgt, mit gequälter Seele sich hingebend, die Glieder zerschlagen, doch die Hand ruhig, um den Federkiel halten zu können, und die unter den vielen abendländischen Meistern der Askese offenbar die einzige ist, die die menschliche Vernunft nicht verloren und furchtlos weibliche Geständnisse abgelegt hat, die vieles verraten über die Schwächen und die Barmherzigkeit ihres Herzens, was nicht erstaunt von seiten dieser unternehmungsfreudigen Frau, deren Energie es geschafft hat, die schwindelerregenden Türme der ewigen Anbetung und die Brunnen des Schweigens des Karmelgebets zu bauen, die realistische Gründung einer edlen, für die Welt und für Spanien grossen Frau, deren schönstes Juwel. Da ihre Erläuterungen einzigartig und wesentlich sind, zögere ich nicht, sie ein zweites Mal dem

Leser vorzulegen, damit er sich eine wahre Vorstellung vom Phänomen der Levitation machen kann und besser damit vertraut ist und fundiert weiss, worum es geht:

Bei diesen Verzückungen kommt es einem vor, als beseele die Seele den Leib nicht mehr, und so hat man ganz stark das Gefühl, als mangle ihm die natürliche Körperwärme; er wird immer kälter, wenn auch auf äusserst wohltuende und beseligende Weise. Hier gibt es kein Mittel, um sich zur Wehr zu setzen, während es bei der Gotteinung ein Mittel gibt, da wir noch auf unserer Erde weilen: Wenn auch mit Mühe und Gewalt, so kann man sich doch fast immer zur Wehr setzen. Hier aber gibt es meistens keinerlei Mittel, sondern oftmals kommt eine so plötzliche und gewaltige Aufwallung, ohne dass der Gedanke daran oder sonst eine Hilfe vorausgegangen wäre, dass ihr seht oder spürt, wie diese Wolke oder dieser mächtige Adler aufsteigt und euch auf seinen Schwingen davonträgt.

Damit meine ich, dass man es erkennt und ihr euch fortgetragen erlebt, ohne dass ihr wisst, wohin. Mag es auch mit Beseligung verbunden sein, so führt doch die Schwäche unserer Natur dazu, dass man sich anfangs fürchtet, und es bedarf – viel mehr noch als bei dem bereits Erwähnten – einer entschlossenen und mutigen Seele, um alles zu riskieren, komme, was mag, und sich den Händen Gottes zu überlassen und willig einzugehen, wohin man uns trägt, denn man trägt euch fort, auch wenn es euch nicht passt, und das mit solcher Wucht, dass ich mich sehr oft zur Wehr setzen möchte und alle meine Kräfte aufbiete, besonders manchmal, wenn es öffentlich geschieht, und oft genug auch im verborgenen, weil ich fürchtete, getäuscht zu werden. Manchmal vermochte ich etwas, aber mit enormem Kräfteverschleiss: Wie jemand, der mit einem starken Riesen ringt, so erschöpft war ich hinterher. Andere Male war es unmöglich, es wurde mir die Seele fortgetragen und fast im-

mer auch der Kopf hinterher, ohne dass ich ihn zurückhalten konnte, ja gelegentlich der ganze Leib, den es sogar vom Boden erhob.

Das war aber nur selten der Fall, denn als es einmal geschah, während wir miteinander im Chor waren und ich gerade kommunizierte, bereits niedergekniet, verursachte es mir grössten Schmerz, weil es mir wie etwas ganz Aussergewöhnliches vorkam, das nachher grosses Aufsehen erregen müsste. So befahl ich den Schwestern (es ist nämlich jetzt, da ich das Amt der Priorin innehabe), sie sollten darüber schweigen. Andere Male warf ich mich auf den Boden, während sie herbeieilten, um mich festzuhalten, sobald ich zu merken begann, dass der Herr dasselbe zu tun im Begriff war (einmal geschah es sogar bei einer Predigt, in Anwesenheit vornehmer Damen, weil es das Patronatsfest war); und trotzdem bemerkte man es noch. Ich flehte den Herrn oft an, mir doch keine Gnadengaben mehr schenken zu wollen, die nach aussen hin sichtbar waren; ich war es nämlich müde, immer so sehr aufzupassen, und dass Seine Majestät mir diese Gnade doch erweisen könne, ohne dass man es mitbekäme. Es sieht so aus, als habe es ihm in seiner Güte gefallen, mich zu erhören, denn bislang habe ich es nicht mehr gehabt, freilich ist das noch nicht lange her. Es ist so, dass ich den Eindruck hatte, als würden mich so gewaltige Kräfte unter den Füssen emporheben, sobald ich mich zur Wehr setzen wollte, dass ich nicht weiss, womit ich das vergleichen soll; es geschah dies nämlich mit viel mehr Wucht als die anderen geistlichen Vorgänge, und so war ich in Stücke gerissen. Denn es ist ein gewaltiges Ringen und nützt am Ende doch kaum etwas, falls der Herr es will, denn gegen seine Gewalt kommt keine Gewalt an. [...] *Ich gestehe sogar, dass es mich in grossen Schrecken versetzte,* [...] *als ich erlebte, dass mein Leib von der Erde abhob, denn auch wenn ihn der Geist mit sich fortträgt und das mit grosser Zärtlichkeit geschieht, wenn man sich nicht widersetzt, verliert man doch nicht das Bewusstsein. Zumindest war ich so weit bei mir, dass ich erkennen konnte, dass ich fortgetragen wurde.*[46]*... Oft wurde mein Körper so leicht, dass er keinerlei Schwere mehr hatte: Manchmal war es dermassen, dass ich meine Füsse fast nicht mehr die Erde berühren spürte.*[47]

95

Die berühmte Doppelekstase oder Levitation zu zweit im Karmel der Inkarnation in Ávila, die alle Biographen des Johannes vom Kreuz und der heiligen Teresa erwähnen, ist das ungewöhnlichste bekannte Beispiel geistiger Liebesekstase, und weil doppelt, das heisst, weil gleichzeitig zwei Menschen mitgerissen wurden, in Verzückung schwebend und in tiefste gegenseitige Kontemplation versunken beidseits des trennenden Sprechgitters, und weder der sich an seinen Stuhl klammernde heilige Johannes vom Kreuz auf der einen noch die auf der anderen Seite schwebende heilige Teresa von Ávila sich des Wunders bewusst waren, dessen Gegenstand sie waren, und sie beide keinen Schwindel verspürten, so innig waren sie durch das Mysterium der Heiligen Dreifaltigkeit verbunden, über die sie sich eben unterhalten hatten, und sie glaubten ganz einfach wie gewohnt ihr Gespräch fortzusetzen, wurde dieses Phänomen von ihren Zeitgenossen als derart aussergewöhnlich betrachtet, dass sie das Wunder nicht lange geheimhalten konnten und – gerade auch in Anbetracht der zwei Beteiligten und ihrer tugendhaften Verdienste – folgende Inschrift unter das Bild setzten, das die Szene im Parlatorium des Klosters darstellt:

Siendo priora deste convento de la Encarnación
nuestra Santa Madre,
y vicario de dicho convento
S. Juan de la Cruz,
estando en este locutorio hablando en el misterio
de la Santissima Trinidad,
se arrobaron entrambos, y el Santo subio elevando
tras si la silla,
COMO SE VE EN LA PINTURA[48]

96

Die *Acta sanctorum*[49] erwähnen diese aufsehenerregende Begegnung zweier in die reinste Kontemplation versunkener Seelen, deren Inbrust sie gleichzeitig levitieren lässt, folgendermassen: *Cum quadam die in locutorio monasterii Incarnationis altissimos ac pro more suo fervidissimos de Sanctissimæ Trinitatis mysterio sermones miscere cœpissent, et Joannem sublime loquentem Teresia in genua provoluta per cancellos auscultaret; adeo utriusque animus divino igne incaluit, ut primum quidem Joannes una cum sede in qua requiesce {...} ut erat flexis, rapti fuerint sursum versus. Testem hujus rei habemus Beatricem a Jesu (filiam Francisci Alvarez, patruelis S. Teresiæ), tunc ad Incarnationis monacham, sed postea ad Excalceatas cum aliis pluribus transgressam: quæ ipso ecstaseos tempore locutorium ingressa fuerat ad nuntium aliquod Sanctæ ferendum, atque ex ea postmodum tam miri spectaculi causam et occasionem didicerat. Idem non semel contigisse censendum est, dum est, tum ex fide historicorum, tum maxime ex eo quod ferunt S. Matrem dictirare solitam, caute de Deo colloquendum esse cum P. Joanne a Cruce; quippe qui non solum raperetur ipse, verum efficeret ut alii quoque raptus paterentur.*

Dieses Kirchenlatein klingt wie Orgelstimmen.

97

Leroy fasst zusammen[50]: *Eine der berühmtesten Levitationen der heiligen Teresa war diejenige, als sie sich im Sprechzimmer mit dem heiligen Johannes vom Kreuz über das Geheimnis der allerheiligsten Dreifaltigkeit unterhielt. Da der Heilige mit so begeisterten Worten über dieses grosse und wunderbare Geheimnis sprach, fiel Teresa auf die Knie nieder, um mit tiefer Andacht diese Worte anzuhören. Entflammt vom Feuer der göttlichen Liebe, fielen beide in Verzückung, und während Johannes auf dem Stuhle sitzend in die Höhe gehoben wurde, schwebte Teresa innerhalb des Gitters kniend in der Luft. So traf die beiden Heiligen eine Nonne des Klosters, Beatrix von Jesu mit Namen, die eine Botschaft an die Heilige zu überbringen hatte, und ward so Zeuge dieses Wunders.*

98

In seinem schönen Buch über den heiligen Johannes vom Kreuz[51] rückt der Ehrwürdige Vater Bruno den Vorfall in die klösterliche Umgebung und lässt in seinem Bericht eine kleine vertraute Note mitschwingen: *Eines Tages, es war das Fest der Heiligen Dreifaltigkeit, befand sich Bruder Johannes vom Kreuz im Parlatorium – einem kleinen Parlatorium, zweieinhalb Meter hoch, fünf Fuss lang und fünf Fuss breit, mit rotem Ziegelboden, mit grauen Wänden und dicken braunen Balken an der Decke. Er sass auf einem Stuhl, und die ehrwürdige Mutter sass auf der anderen Seite des Gitters auf einer Bank. Er sprach über das Geheimnis, »sein bevorzugtes Geheimnis«, und seine Seele versank in diesem Flammenozean. Der Liebesbrand riss den Körper mit, und da Bruder Johannes vom Kreuz sich an den Stuhl klammerte, riss dieser den Stuhl mit. Er berührte die Decke. Teresa von Jesus wurde von der gleichen ungestümen Liebesverzückung erfasst. Als Doña Beatriz de Cepeda y Ocampo, die spätere Beatrix von Jesu, die Tür öffnete, um ihrer Anverwandten eine Mitteilung zu überbringen, sah diese die wahrhaft elianische Verzückung.* »Man kann mit Bruder Johannes nicht über das Kreuz sprechen, ohne dass er gleich in Ekstase fällt und die anderen mitnimmt«, *wird Teresa ihn reizend entschuldigen.*

99

Seht ihr sie, die beiden, in ihrem engen Parlatorium, durch ein Gitter voneinander getrennt, mit der Zunge lechzend, einander gegenüber an Ort und Stelle flatternd wie ein Kolibripaar oder wie die Vögel, die der Dichter besungen hat: … *die nur einen Flügel haben und zu Paaren fliegen* … in Ekstase, der Welt tot; seht ihr sie wie die *beija-flores,* die *Blumenküsser,* in Ekstase vor einem Jasminvorhang an Ort und Stelle schwirren, so heftig schlagend mit den Flügeln, dass diese einen Funkenschein um sie bilden, die beiden, unsere zwei Kolibris im vertrauten Zwiegespräch, jeder in Ekstase vor den Lippen des anderen wie vor einer halbgeöffneten Blütenkrone – und zwischen ihnen strömt jede kleine weisse Blüte wie ein Liliputstern im zitternden Jasminvorhang seinen Duft aus, beide erglühend und schmelzend im Gnadenzustand der Kontemplation, der Jubilation, der Impulsion, der Hingabe, der Freude und der reinen Liebe, die sich ungestüm hingibt und verzehrt wird: *Liebesglut, zum göttlichen Sehnsuchtsbrand entfacht?*

100

Es ist die Anwesenheit Gottes.

101

Mittag.

102

Es ist Zeit.

103

Auf der Zitadelle geht der Kanonenschuss des Meridians los, den der Funke der senkrecht stehenden Sonne mit einer Lupe gezündet hat.

104

Daher das Geschrei des heiligen Joseph von Copertino, wenn er entflog.

Auf die Frage von Kardinal de Lauria antwortete Bruder Joseph: *Wie das Pulver, welches aus dem Feuerschlund herausfährt, einen heftigen Knall verursacht; und sein Herz sei zu der Vereinigung mit Gott weit fähiger, als je das Pulver fähig ist, durch den kleinsten Funken sich zu entzünden …* AMEN!

105

Er stiess einen Schrei aus und entflog.

Er flatterte vor dem Altar, nicht wie ein Vogel vor einem Spiegel, der den Kopf an seinem Spiegelbild anschlägt, sondern er war in Ekstase vor dem Angesicht Gottes.

… EMISSIO SUSPIRIO CUM MAGNO EJULATU …

moduliert die Orgel der *Acta sanctorum* der Bollandisten, September V, Seite 1021A, herausgegeben *apud Bernardum Albertum Vander Plasschi,* ANTVERPIÆ, MDCCLV, *in f°.*

Postskriptum für Geschäftsleute

Ich, der ich mir geschworen habe, nie mehr meine Zeit mit dem Film zu verschwenden, würde alles aufgeben, sollte je ein Produzent Lust haben, diesen einmaligen Film zu drehen, würde Einsamkeit, Ruhe und Schreiben aufgeben, um diese einmalige Geschichte des heiligen Joseph von Copertino zu drehen zum Andenken an meinen Sohn Rémy, den Piloten, und in Erinnerung an seine Zufallsbekanntschaft, die arbeitslose Brotausträgerin, während des Krieges hilflos im grossen Paris.

Anmerkungen
(für den unbekannten Leser)

[1] Bernino, D: *Vie de saint Joseph de Cupertino, de l'ordre des frères mineurs,* Paris, Poussielgue, 1856 (Übersetzung von: *Vita del ven. Padre Giuseppe de Copertino dei* [sic] *Minori Conventuali, descritta da D. B. … usw.,* Rom 1722) [s. Bibliographie]

[2] Italienische Masseinheit mit schwankendem Wert. *»5 Ruten entsprechen ca. 25 Metern«,* wird im lateinischen Text Angelo Pastrovicchis erklärt, der von Papst Benedikt XIV. beauftragt worden war, die Biographie des grössten Ekstatikers der Geschichte zu schreiben. Siehe O. Leroy, S. 125 [Anm. d. Üb.: In der dt. Übersetzung von Pastrovicchis Biographie mit *fünf Klafter,* ca. 25 m, übersetzt.]

[3] Biographische Anmerkung in Leroy, S. 123–124

[4] Gestorben am 12. Oktober 1946 in San Francisco

[5] Werbetraktat *Pour le succès dans les Examens,* herausgegeben vom Orden der Minderen Kapuzinerbrüder, 26, rue Boissonnade, Paris, 14. Arr.

[6] *Zambo,* schwarzer und indianischer Mestize

[7] Editions de la Sirène, 1919 [Baudelaire, *Les Fleurs du Mal,* s. Bibliographie]

[8] Siehe Blaise Cendrars: *Chez l'armée anglaise,* Kriegsreportagen mit Fotos, Corrêa, éditeur, Paris, 1940 [Anm. d. Üb.: Dieser Text wurde offenbar von den Deutschen konfisziert; es liegen weder ein franz. Original noch eine deutsche Übersetzung vor.]

[9] Editions Denoël, 1946

[10] Erratum: 1767. Siehe S. 89, § 30

[11] Leroy, Kap. VI, S. 123–139

[12] Leroy, S. 6

[13] *Summa, 2.2. q. 96,* a 1, Leroy, S. 345

[14] Leroy, S. 198 [Anm. d. Üb.: Platos Definition des Menschen]

[15] Zit. Leroy, S. 61

[16] Zit. Leroy, S. 55

[17] Diese Auswahl beruht auf ausgewählten Stellen aus der Monographie von Olivier Leroy. Wie bei § 27 des vorliegenden Textes, der die bekanntesten Höhenflüge des heiligen Joseph von Copertino schildert, gebe ich die Übersetzung der von Leroy veröffentlichten Zitate der Bollandisten kursiv wieder, wenn auch nicht in extenso, so doch textgetreu und seiner Chronologie folgend, die wahrscheinlich nicht immer leicht zu erstellen war. Ich wiederhole meine anerkennende Würdigung der gewissenhaften, meisterlichen Arbeit des Autors, die das kontroverse Thema erschöpfend unter allen Aspekten und Formen behandelt, legendären, hypothetischen, betrügerischen und tatsächlichen. (Für die Textauszüge aus den *Acta sanctorum* siehe Leroy, die ich nachgeprüft habe und die in ihrer Zusammenfassung keine nennenswerten Fehler enthalten; für die anderen Fälle die von Leroy zusammengestellte Bibliographie konsultieren.)

[18] Bloud und Gay [sic], 1927 (zit. Leroy) [s. Bibliographie]

[19] Zit. Leroy

[20] Zit. Leroy

[21] Zit. Leroy

[22] Zit. Leroy

[23] Heilige Teresa von Ávila: *Vie par elle-même,* übersetzt von Bouix, Kap. XX. Vgl. *Œuvres,* Band III, Kap. V (zit. Leroy)

[24] Zit. Leroy

[25] Zit. Leroy aus Thurston

[26] Zit. Leroy aus Scoraille

[27] Zit. Leroy aus Imbert-Gourbeyre

[28] Zit. Leroy

[29] Zit. Leroy

[30] Zit. Leroy

[31] *La Stigmatisation,* Band II, S. 247, zit. Leroy

[32] Der persische Dichter Dschelaluddin Rumi (gest. 1273) erzählt in seinem Hauptwerk *Mathnawi* von einer Levitation auf See. Ein *Scheich,* der verdächtigt wurde, Perlen gestohlen zu haben, lieferte den aufsehenerregenden Beweis seiner Unschuld durch eine würdevolle Levitation auf See, über dem Deck eines Schiffes (zit. Leroy, S. 22, aus Wilson)

[33] Zit. Leroy

[34] Zit. Leroy aus Tannoja

[35] Anekdoten zit. Leroy, nach Berthe

[36] Zit. Leroy aus Franclieu

[37] Das war während der Revolution (Anm. Leroy)

[38] *Recueil de documents relatifs à la lévitation du corps humain* (Paris, Leymarie, 1897)

[39] Dieses Möbelstück wurde im ursprünglichen Zustand im Mutterhaus der Kongregation in La Souterraine (Creuse) aufbewahrt (Anmerkung Leroy)

[40] Emile Baumann, *Mon frère le Dominicain,* S. 391/392 (Grasset, 1928). Wenn man bedenkt, dass Emile Baumann auf die gleiche Liste *»Otto«*

gesetzt wurde wie ich und dass wir beide – der Gipfel! – von den Deutschen als *»Juden französischer Sprache«* verboten wurden! Vielleicht aber auch eine Machenschaft aus reiner Dummheit und aufgrund einer Denunziation. B. C.

[41] Die USA besassen alles. Alles ausser einer Heiligen. Dem ist jetzt abgeholfen worden. Pius XII. hat kürzlich als erste Nordamerikanerin Mutter Francesca Saverio Cabrini (1850–1917) vom Orden des Heiligsten Herzens Jesu, dessen Gründerin sie war, heiliggesprochen. Zu diesem Anlass hat das Wochenmagazin *Cavalcade* vom 15. August 1946 Fotos der *Yankeeheiligen* veröffentlicht, deren Körper sich wie jener der heiligen Catherine Labouré konserviert hat, ohne einbalsamiert worden zu sein, und was Anlass für die erste historische Wallfahrt in den Vereinigten Staaten war. Die Zeitschrift zitiert im übrigen die zwölf Voraussetzungen für die Heiligsprechung und erläutert das für jede Heiligsprechung erforderliche Verfahren.

[42] Grasset, 1937

[43] Übersetzung:
Après une longue attente, à la cime d'un arbre
Il monte et, ses beaux bras ouverts,
Mort, il demeure, par eux suspendus,
le cœur tout blessé par l'amour.
{Und er erhöht sich, da dies währt und währt,
auf einem Baum, die schönen Arme dehnend;
an ihnen festgeheftet stirbt er sehnend,
das Herz von seiner Liebe Wucht beschwert.}
S. Juan de la Cruz:
Canción VIII: *Un pastorcico solo está penado*

[44] Man findet bei Leroy alle Einzelheiten und historischen Beispiele, die diese These der Antinomie der Ekstatiker und der Medien veranschaulichen, und parallel dazu die Begleitsymptome der registrierten Neuropathen und der klassischen klinischen Studien.
Diese Untersuchung ist noch lange nicht abgeschlossen, nicht weil es an Tests mangelt, sondern weil die objektivsten Fachleute Probleme damit haben, 1000 Jahre katholische Erfahrung als *Tatsachen* anzuerkennen. Selbst die am ausführlichsten dokumentierte historische Dialektik will

man nicht mitberücksichtigen! Die ersten, die darüber gelacht haben, sind die Enzyklopädisten, und seither hat der vom Affen abstammende Mensch in den Fakultäten und Laboratorien zahllose Bastarde hervorgebracht. Ich glaube, Voltaire würde heute als erster lachen – ausgerechnet er, der sich ganz besonders über den heiligen Joseph von Copertino lustig gemacht hat – über diese Degeneration der ... Sorbonnisten und anderer offiziellen Szientisten überall auf der Welt, hat doch heute der kluge Schullehrer »diesen Dummkopf von einem Pfarrer« ersetzt und die Grundfibel des obligatorischen Schulunterrichts »diesen schwachsinnigen Katechismus«, obwohl sich doch beide bestens bewährt hatten. Ich jedenfalls lache über die Protestanten und Anglikaner, die diese moderne geistige Armseligkeit aus dem 19. Jahrhundert verbreitet haben, die wir wiederum spiritistischen und metapsychischen Sekten verdanken, die ihre Anhänger sozusagen aus einer teuflischen Nährlösung rekrutieren. Das ist der Fortschritt.

[45] Die heilige Teresa de Cepeda y Ahumada war zweiundfünfzig, Juan de Yepes fünfundzwanzig. Sie gründete ihr zweites reformiertes Karmelitinnenkloster; er war ein armer kleiner Mönch auf Urlaub. Es war in Medina del Campo, Ende August 1567.

[46] Heilige Teresa: *Vie par elle-même,* übers. von Bouix, Kap. XX, S. 190–193. Vgl. *Œuvres,* Band III, *Sixièmes demeures,* Kap. V, S. 400 [s. Bibliographie]

[47] Yepes: *Vida, Virtutes y Milagros,* Band I, Kap. XV (zit. Leroy, S. 99, aus Thurston)

[48] Von Leroy, S. 100, zitierte Inschrift

[49] Oktober VII, S. 239B

[50] S. 100

[51] Fr. Bruno de J. M.: *Saint Jean de la Croix,* S. 133 (Librairie Plon, 1929)

DIE PARZELLIERUNG DES HIMMELS

Para a mais linda Paulista do mundo

RHAPSODIE DER NACHT
(Der Eiffelturm des Himmels)

Es ist wahr: Wir lieben das Leben, nicht, weil wir ans Leben, sondern weil wir ans Lieben gewöhnt sind.
Nietzsche

I
RIVE GAUCHE – LINKES UFER

Der Flug der Kolibris! Vom Patio und rund um die Veranda der Fazenda do Morro Azul hatte ich Gelegenheit, ihn zu beobachten – und seither habe ich, von Buffon bis zum neuesten[1], sämtliche Bücher gelesen, die von diesen Grasmücken, vom *hummingbird,* vom *beija-flores* handeln –, in jenem Vogelparadies, wo der Smaragdkolibri, der Granatkolibri, der Topasrubinkolibri mit dem geschuppten glitzernden Gefieder, der Blaubartkolibri, der Goldbauchkolibri, die Regenbogen-Waldnymphe und das winzige gefiederte Juwel, das die Eingeborenen »Kleiner Stern« getauft und die Naturforscher nüchterner, aber ebenso bildhaft, Sonnenstrahlkolibri mit dem goldenen Schopf benannt haben, bis hin zum Säbelschnabelkolibri, dem prächtigsten und seltensten mit seinem geraden oder nach unten oder, eine äusserst kuriose Form, nach oben gebogenen Schnabel, nicht fehlten, denn weil Doktor Oswaldo Padroso, der Besitzer dieser alten, übernutzten Pflanzung, eine Art Eremit, ein laizistischer Heiliger, ein Freidenker mit einer empfindsamen Seele und, wie sein Vorbild Auguste Comte, ein von der Liebe berührter Positivist, weil Doktor Padroso auf seinem ganzen Grundbesitz die Jagd verboten hatte, war das Tal des *Morro Azul,* das Tal des Blauen Berges, ein Vogelreservat.

Der Morro Azul!

Es wird schnell Nacht in den Tropen, und ich hatte mich auf der Gratstrasse von Campinas nach Glaréola verspätet, ganz versunken in den Anblick der Kuppen der blauen Berge gegenüber, durch die der Rio Tietê sich sein Bett bahnt und in seinen Mäandern die letzten Lichtpfützen im Dickicht der Bananenstauden, der Bambusbüsche und der letzten Riesenbäume einsammelte, die letzten Überreste des Urwaldes, des mit Schmarotzerpflanzen überwucherten Waldkorridors, die noch vor nicht allzu langer Zeit, einem knappen Jahrhundert, das Anlegen an seinen Ufern verunmöglichten.

Die Landschaft war überwältigend und verwüstet, brandgerodete Strasse, Bahngleise, dunkle Schneisen, verkohlte Baumstümpfe – man war dabei, die Gegend mit elektrischem Strom zu versorgen –, und ich fragte mich, wo sich in dieser klüftigen Berglandschaft rechts des Tietê die Fazenda verbarg, wohin ich unterwegs war und wo man mich erwartete, wo ich vor Einbruch der Dunkelheit Zwischenstation machen wollte und wo ein Freund aus São Paulo meine Ankunft gemeldet und für meinen gastfreundlichen Empfang gesorgt hatte.

»Nehmen Sie sich Zeit, Blaise«, hatte dieser Freund mir geraten, »es war nicht einfach, Oswaldo Padroso zu bewegen, Sie eine Nacht zu beherbergen. Er ist ein ehemaliger Angestellter unserer Firma, wir haben ihm günstig zu dieser alten Fazenda verholfen und ihm das fehlende Kapital vorgeschossen, er kann uns also nichts abschlagen. Aber er ist ungesellig und ein Brummbart, und ich bin überzeugt, er hätte Sie nicht empfangen, wenn ich nicht darauf bestanden und ihm nicht versichert hätte, dass Sie der grösste zeitgenössische Dichter sind und aus Frankreich kommen. Ärgern Sie sich also nicht, lieber Freund, wenn Doktor Oswaldo Ihnen mit seinen Elegien auf die Nerven geht; der

Ort hingegen ist Ihrer würdig, Sie werden sehen, und die Fazenda lohnt den Umweg. Es ist die Fazenda des Kaisers, sie ist ganz aus Marmor, es gibt nichts ihresgleichen in ganz Brasilien ...«

»Die Fazenda des Kaisers? Das wusste ich gar nicht, dass Don Pedro so weit ins Hinterland gereist ist. Ich glaubte, dass er den Hof in Rio und Petrópolis nie verlassen hatte ...«

»Sie haben recht, Don Pedro ist viel gereist, aber nicht in unserem Land, das auch ein bisschen sein Land war, wie Frankreich für Napoleon. Er hatte immer vor, nach São Paulo zu kommen und die Kaffeepflanzungen im Landesinnern zu besuchen, aber er ist nie gekommen. Von Gobineau beeinflusst, der damals ausserordentlicher Gesandter in Rio war und der den Kaiser mit in den Kaukasus schleppte, die Wiege der weissen Rasse, sein Steckenpferd, hatte Don Pedro nur Verachtung für die Paulisten übrig, für diese glühenden Patrioten, die die Wälder rodeten und mit ihren Negern den Kaffee pflanzten, dem das heutige Brasilien seinen Reichtum verdankt, was die Unbeliebtheit des Kaisers in São Paulo erklärt, weil die Paulisten sehr empfindlich sind und gern rebellisch. Man braucht keinen anderen Grund für seinen schnellen Sturz zu suchen. Es ist heute noch genauso, und seit wir in einer Republik leben, hat mancher Präsident in der Hauptstadt Rio es zu spüren bekommen. Die Paulisten sind Partikularisten und Chauvinisten und sehr stolz auf ihre Rodungen und stolz darauf, das riesige Brasilien unterwandert zu haben und immer an der Spitze des Fortschritts zu stehen und diesen auch noch zu finanzieren. Doch während man auf den angekündigten und immer wieder aufgeschobenen Besuch des Kaisers wartete, hatten sich die sehr reichen, aber leichtgläubigen Plantagenbesitzer in der Provinz ruiniert durch den übereilten Bau von Fazendas, um Don Pedro würdig beherbergen zu können, und dieser Wettstreit zog einen solchen Aufwand an baulichen Extravaganzen und Eitelkeiten nach sich und Schulden und Hypotheken, von denen sich die Fazenderos in der Region um Glaréola nie erholten und ihre Plantagen auch nicht, und als dann die Zeit der Monokultur und des einträglichen Intensivanbaus von Kaffee anbrach, breiteten sich die grossen, modern bewirtschafteten Pflanzungen noch weiter ins Landesinnere und um Ribeirão Preto herum aus, und die einst blühende Umgebung von Glaréola fiel in den Rang eines bankrotten Gemeindebezirks zurück. Unter diesen romantischen Umständen also ist die ganz aus rosarotem Marmor gebaute Fazenda des Kaisers auf dem Morro Azul zum letzten Zeugen jener Epoche der grossen Erwartungen geworden. Doktor Oswaldo kann Ihnen die Einzelheiten dieser herben Enttäuschung erzählen, wenn es Sie interessiert. Er soll sie in Versen festgehalten haben, in einer Art Epos, denn wissen Sie, bei uns sind die Dichter schwülstig und hinken hinter den Ereignissen her.«

»Er ist also ein Dichter, Ihr Doktor Padroso?«

»Man behauptet es. Womit könnte er sich sonst beschäftigen in seiner Einsamkeit? Doch machen Sie sich keine Gedanken, Cendrars, er ist nämlich verliebt. In wen? Wenn Sie zurück sind, werde ich es Ihnen verraten, sollte Doktor Oswaldo es Ihnen nicht schon erzählt haben. Es ist eine lange Geschichte, ein offenes Geheimnis übrigens, denn sie dauert seit zwanzig Jahren, und in der Stadt machen sich alle über ihn lustig. Ja, er soll Gedichte in der Art von Edmond Rostand geschrieben haben, die unterderhand zirkulieren, zum Glück, denn sie sind schlecht. Doch was wollen Sie, wir sind ständig verliebt, und wenn ein Brasilianer verliebt ist, schreibt er Gedichte. Dichten ist unser nationales Laster. In Brasilien gibt es offenbar ebenso viele Dichter wie männliche Bewohner, und seit geraumer Zeit fangen auch noch unsere Frauen an zu dichten. Da kann man noch auf einiges gefasst sein. Das alles, um Ihnen die Überproduktion und das Dilettantische der brasilianischen Dichtung zu erklären, ob offizielle oder nichtoffizielle, akademische oder glorifizierende oder triviale, sie ist immer redundant und hohl. Beurteilen Sie uns nicht danach. Es gibt wunderbare Volkslieder. Ich schäme mich, es einzugestehen, aber bei uns verstehen es nur die Neger, die Liebe zu besingen, sie sind echte Dichter, wenn auch Analphabeten.«

»Dessen braucht man sich nicht zu schämen, Caio. Hat nicht bereits Gobineau den Neger mit der Gabe der Dichtung gekrönt? Genau, jener gleiche französische Diplomat, der einen so unheilvollen Einfluss auf das Schicksal eures Kaisers gehabt hat. Doch, sagen Sie, ist Doktor Oswaldo Padroso auch Arzt?«

»Er? Arzt? Nie im Leben! Er ist allerhöchstens Bakkalaureus, wie ich übrigens auch. Sie vergessen, dass man in Brasilien immerzu übertreibt, auch was Titel betrifft, und seien sie noch so unbedeutend. Man nennt ihn Doktor, weil er irgendwann mal auf der Universität war, so wie man den ungebildetsten Fazendero, der mit Kaffee ein Vermögen gemacht, *coronel* nennt und wie man auch die Rentner *coronel* nennt und im Volksmund auch die Zuhälter, die *caftens,* die übrigens in Rio fast alle Deserteure der Kriegsmarine sind. Das rührt vom Klima her. Schauen Sie sich doch die Natur rund um uns herum an, ihre üppig wuchernde Fülle. Machen Sie die Augen auf! Doch lassen Sie sich nicht täuschen. Bei uns ist alles übertrieben. Verlieben Sie sich ja nicht in eine Brasilianerin, Blaise, das ist das letzte, was ich Ihnen wünsche. Was für ein Theater! Sie können sich nicht vorstellen ...«

Der Spötter! Er initiierte mich, und ich mochte ihn. Bösartig, scharfzüngig, eitel, bissig intrigant, eifersüchtig, in Paris wäre mir ein Snob wie er schnell auf die Nerven gegangen, in São Paulo jedoch, wo es keinerlei Zerstreuung gibt und wo der Bekanntenkreis ausserhalb des Automobilclubs sehr eng ist, amüsierte mich dieser lästernde Bankierssohn, der mit seinem Ungestüm und seinen Indiskretionen den gutinformierten Kosmopoliten spielte, und dank der oft sehr frivolen und immer an den Haaren herbeigezogenen Anekdoten, die Caio de Azevedo mir erzählte, habe ich über die Geschichte des Landes und die Sitten der Gesellschaft mehr erfahren als aus vielen dicken Wälzern von eminenten Historikern oder Wirtschaftskoryphäen. Seine Informationen wie auch seine Respektlosigkeit waren ohnegleichen, und keine einzige seiner Skandalgeschichten war bloss leeres Geschwätz, denn sein trockener Humor war perfide, er schlug mir Dinge vor, setzte mich auf die richtige Spur, auf die verbotene Spur, mit dem schadenfreudigen Hintergedanken zu sehen, wie ich mich in die Nesseln setzte, Ungeschicklichkeiten beging, mich auf halsbrecherische Abenteuer einliess, mich kompromittierte, mich verfing, mich verirrte.

In Brasilien, wo es von Schlangen nur so wimmelt, begegnet man diesem Typ Mensch häufig. Es ist das boshafte indianische Blut, schädlich wie das Kokain. Und ich schätzte mich glücklich über den Umgang mit Caio, und ich mochte ihn nicht mehr missen, denn dieser verunsichernde Charmeur war mir nützlich in diesem Land, wo tatsächlich alles in wuchernder Fülle gedieh, wie er sagte, sowohl die Gefühle als auch die feindliche Natur, wo die Freundschaft unkeusch und unheimlich ist wie die Orchideen, diese wunderbaren, aber unglückbringenden giftigen Schmarotzerpflanzen, die, im Gegensatz zu den Nordamerikanerinnen, keine Brasilianerin an ihren Busen steckt und deren Nektar selbst die hirnlosen Kolibris meiden, obwohl die Naturforscher die oft übermässige Länge des Kolibrischnabels und dessen absurde Krümmung damit erklären, dass die Grasmücken darauf angewiesen sind, ihre Nahrung aus dem Innersten der bizarr geschweiften Kronen dieser diabolischen Blüten zu schöpfen und darin zu wühlen, als sei dieser irrationale Schnabel ein Schneidewerkzeug, ein Pfriem, ein Skalpell, ein Stichel, eine Pinzette, während der Kolibri sich aber seiner protraktilen Zunge bedient, um den Nektar zu sammeln, um in den tiefsten Blütenkelchen zu schnüffeln, einer ausklinkbaren, schnalzenden, schneppernden, saugenden Zunge, die wie eine Peitsche ist, eine Schleuder, eine Sonde, eine Angelschnur, ein langer ringelnder Wurm, ein Detektor, ein Pollenstaubsauger, ein Kitzler, effizient und wollüstig, das effizienteste Vergewaltigungswerkzeug überhaupt, man braucht bloss zu sehen, wie die Mimose und der Fingerhut ausser sich geraten, wie die halbgeschlossenen Zitrusblüten aufblühen, während der Schnabel ein empirisches Weberwerkzeug ist, das vor allem dem Nestbau dient und nur ausnahmsweise mit gezähnten Scharten ausgestattet ist wie bei gewissen besonders fleischfressenden Arten, die sich aber auch ihrer mit Scharnieren und Federn ausgestatteten Zunge bedienen wie eines Fliegenfängers oder eines klebrigen Lassos, um im Flug Eintagsfliegen oder Spinnen zu jagen, nach denen sie begierig sind und die diese Schmarotzer im Vorbeiflug schnappen, ohne die Netze zu zerreissen; aber alle Gattungen meiden mit sicherem Instinkt die Orchideen, und zwar eher mit Insektenreflexen denn mit Vogelreflexen, egal wie deren Köder an Gestalt, an Farbe oder Duft beschaffen sein mag, vermutlich weil diese monokotylen Phanerogamen Giftbomben sind.

Ein betörendes Land ganz aus simultanen Kontrasten und gefährlich, wie aus den einhelligen Beteuerungen der Brasilianer hervorgeht, dieser fieberhaften Schwätzer, hinter deren Redseligkeit sich tiefe Melancholie verbirgt, der man in diesem feuchtheissen Klima ausgeliefert ist, weil der Mensch sich verloren fühlt in diesem unermesslichen Land und unermesslich machtlos und überflüssig angesichts der Unermesslichkeit seiner Aufgabe, trotz des Stimulans seiner grossartigsten, aber trügerischen Erfolge, und weil er sich dessen bewusst ist, fällt er von Generation zu Generation in krankhafte Nonchalance, in mutlose Ermattung, wie einst der unerschrockene Pionier, der sich erschöpft in seine Hängematte legte und in der Wildnis dahinvegetierte, resigniert, mit leerem Kopf, eine Leere, die der reiche Brasilianer von heute oft mit Worten füllt, bevor er einnickt und Siesta macht in seinem *roof-garden* und in den Clubs seiner Metropolen, und er lässt sich im Wohlbehagen treiben, berauscht sich an guten Vorsätzen, gibt sich sporadisch und energielos der Melancholie hin, beschwört riesige Projekte herauf, so wie man übermässigen Gebrauch von einem Aphrodisiakum oder einem Aufputschmittel macht.

Kreolische Mentalität oder schwerer portugiesischer Atavismus? Bereits die kannibalischen Tupi zeichneten sich durch ihre tiefverwurzelte Melancholie aus, ihre Totengesänge, ihre makabren Tänze, die Tränen, die sie bei jeder Gelegenheit, selbst bei einer glücklichen Begegnung, reichlich vergossen! Und was soll man von ihren Frauen halten, mit denen die paulistischen *bandeirantes* Nachkommen zeugten? Tätowierte Indianerinnen, oft prächtige Frauen, jedoch melancholisch und ständig in Tränen aufgelöst. Die Brasilianerinnen von heute sind neurotisch. Sie sind leidenschaftlich. In den Tropen ist die Liebe eine Geisteskrankheit. Nirgendwo sonst habe ich so viele kleine Holzkreuze gesehen wie entlang der durch die Einöden des Landesinnern führenden Pisten. Da waren nicht Räuber und Banditen oder *salteadores* am Werk, sondern Eifersüchtige. Und der erbarmungslose Eifersüchtige, der ehrbare Rächer, »der Rächer seiner Ehre«, der auf seine Tat stolze Lusitanier taucht häufig in den Wäldern unter. Manchmal trifft man auf sein Skelett. Der Selbstmord geht im Urwald um, in dem, nebst anderen Schrecken, das wuchernde Leben, Totems, Tiere, Schlangen, Pflanzen, Ungeziefer, Fäulnis, Phosphoreszenzen Tag und Nacht ein Alptraum sind.

Doch, überlegte ich mir, sind die höchstentwickelten Vertreter der modernen Zivilisation Westeuropas nicht ein würdiges Pendant zu dieser Mischlingsmentalität der kreolischen Milliardäre aus Übersee? Optimismus-Pessimismus,

Laisser-aller und Laisser-faire, Überdruss durch das Übermass an Komfort, an Luxus, an Hygiene, Servilität und nicht zuletzt der fehlende Glaube an den Erfolg, so wie die dank dem Fortschritt seit Beginn des 19. Jahrhunderts, seit die Zivilisation der Alten Welt sich ausschliesslich auf die Entdeckung und die wissenschaftliche Eroberung der Materie eingelassen hat, immer häufigeren Vernichtungskriege vermuten lassen; so wie zu Beginn des 16. Jahrhunderts der *conquistador* bei der Entdeckung, der Eroberung, der Ausbeutung der märchenhaften Reichtümer der Neuen Welt träumen unsere materialistischen Wissenschaftler und unsere Kapitäne nur von der Ausbeutung des Universums, arbeiten unsere schlappschwänzigen, profillosen Industriekapitäne und unser denkendes, geschlechtsloses Proletariat einträchtig an der Zertrümmerung der kosmischen Geheimnisse, jedoch kaltblütig, ohne persönliche Risiken, ohne sentimentale Abenteuer einzugehen, alle verbündet im Hinblick auf ein im voraus berechnetes und in den Statistiken vorgesehenes und in Rekordzeit verwirklichbares finanzielles Resultat, auf den geschlossenen Kreislauf einer gelenkten Wirtschaft, einen Fünfjahresplan zum Beispiel, auf einen gigantischen Trust, ein staatliches Privileg, so wie man sich im 17. und im 18. Jahrhundert an der Kolonie, an den grossen Ostindischen oder Westindischen Kompanien und an denen der Hudson Bay oder an den in Minas Gerais gewährten Konzessionen mühelos und in relativ kurzer Zeit bereicherte, dank einer bereits damals praktizierten gelenkten Wirtschaft, der Monokultur in kleinem Massstab, Zukker, Koschenille, Tabak, Jagd auf Schätze, Jagd auf Edelmetalle und … der Jagd auf Menschen für den logischen

Einsatz der Handlangerarbeit von schwarzen Sklaven, die dem unerbittlichen Maschinenzeitalter und der Fliessbandarbeit voranging.

Die katastrophalen, die schwindelerregenden Resultate dieses ersten Triumphs der angewandten Vernunft zur Lenkung des Lebens des reglementierten Menschen sind bekannt; dieser erste Versuch einer Wirtschaftsordnung schuf alle Unruhen und brachte die Revolution zum Explodieren; und unsere Unruhen, mit denen wir im voraus rechnen, werden eine echte planetare Katastrophe sein, weil, auf der Stufe des Universums angewandt, unsere klägliche Vernunft nicht standhalten wird, wie unser letzter Krieg, unsere Ideologien beweisen, unsere derzeitige, von gleichermassen materialistischen Fanatikern zweigeteilte Welt, die sich aber über die Anwendung einer wissenschaftlichen Formel streitet, die geeignet wäre, nicht das Glück, wie die beiden gegnerischen Parteien beteuern, sondern den prompten Niedergang des Menschengeschlechts zu gewährleisten.

Als sei durch das Glück der Menschen nie etwas Grosses und Dauerhaftes geschaffen worden, seit die Erde sich dreht! Selbst Dante ist gescheitert und hat nichts Gutes geschrieben mit seinem langweiligen *Paradies.* Adam wurde daraus vertrieben, ich meine aus dem »irdischen Garten«, denn die Welt ist nie ein Paradies gewesen. Ohne die christliche Barmherzigkeit ist der Mensch dem Menschen ein gefährlicher Wolf. Pontius Pilatus wusch sich die Hände in Unschuld. »Nach uns die Sintflut«, soll die Pompadour zum Allerchristlichsten König gesagt haben. Eine Haltung, ein Ausspruch, der fortan das paradoxe Verhalten unserer weissen Frauen veranschaulicht, von denen die raffiniertesten sich bereits wie die Wilden aufputzen, nackte Haut, Federn, Pelze oder Tierfelle, verfälschte Pigmentierung, schwerer Schmuck, ausrasierter Nacken, männliche Magerkeit unter dem Vorwand, auf die »Linie« zu achten, ein ästhetischer Anspruch, der nichts anderes ist als die unterschwellige Ablehnung der Mutterschaft (einige greifen sogar zur Brustablation!), aggressive Polyandrie, Cocktails, Tabak, Dancing, alle diese Nachtschwärmerinnen, die Anspruch darauf erheben, »ihr Leben leben zu dürfen«, als hätte die Natur sie alle gleich und unabhängig gemacht! Das ist Degeneration. Überlegte ich mir …

»Wie alle unsere Zeitgenossen, die ungemein stolz darauf sind, mit der Zeit zu gehen, pflegen wir uns wie Schwindsüchtige und hüten uns vor dem kleinsten Luftzug, Sie und ich, wie Schwindsüchtige, obwohl wir gesund sind, sportlich sogar wie die Jungs von nebenan. Was werden wir morgen anfangen mit diesem Überschuss an Gesundheit, und wie sollen wir dieses brachliegende Kapital nutzen?« hatte mich Caio einmal gefragt, der zudem Jesuitenschüler gewesen war und sich, auch wenn er sie finanzierte, nicht gern in den Fussballstadions zeigte.

Und er fügte mit einem provozierenden Zynismus hinzu, der seine seelischen Verdrängungen verriet: »Ehrlich, ich frage mich, wozu unsere gute Gesundheit nützlich sein könnte, was meinen Sie?«

Ich dachte darüber nach. Es gibt historische Vorbilder. Der lasterhafte und blasierte Ludwig XV. ist ein beredtes Beispiel. Doch es gibt auch zoologische Vorbilder.

Ich überlegte mir: Der Gigantismus ist an der Tagesordnung, und es ist der Gigantismus, der die Gattung der Ichthyosaurier und der Plesiosaurier rapide dem Tode und dem Aussterben weihte, deren monströses Skelett man im Lias und in den brüchigen roten Sandsteinfelsen des Jura findet; der Gigantismus, die grossartigste Periode des tierischen Lebens auf Erden, sagt man, als diese Kolosse mit einer unwahrscheinlichen Kraft umhertollten, massive Bestien ohne eine Spur von Intelligenz, nimmt man an, der Gigantismus vor hundertzwanzig Millionen Jahren, hat man errechnet, der Gigantismus war damals nur ein externes, ein morphologisches Phänomen; doch der Gigantismus, der heute wieder um sich greift und unerwartet ins Bewusstsein tritt, ist psychologischer Art, eine innere Monstrosität, ein Psychismus, eine Psychose, der phänomenale, der phänomenalste Grössenwahnsinn des Menschen, ein Phänomen des Hirns, ein Phänomen des Ehrgeizes, des Wissens, der Hochspezialisierung, der Masslosigkeit: wie Tentakel sich nach allen Seiten ausbreitende Städte, Wolkenkratzer, polyphone Werbeorchestrierungen, konkurrierende Trusts, Industriekomplexe, Finanzholdings, anonyme Vernetzungen, die in alle Richtungen mehrfach die Erde umrunden, in der Luft, auf der Erde, unter der Erde, auf dem Wasser, unter dem Wasser, in der Stratosphäre, auf den Wellen, die den Ehrgeiz haben, das ganze Universum aufzufangen, Propaganda zum ausschliesslichen Einsatz der Massen, Diktatur des Proletariats, Imperialismus, Monopole und diese Manie des *homo sapiens* im Labor, den in der Fabrik gefangengehaltenen *homo faber* schuften zu lassen, der sich vornimmt, die Zellstruktur des Atoms zur Explosion zu bringen und Münzen zu schlagen aus der »vitalischen« und bis heute wohltuenden, da unbekannten Energie des kosmischen Strahls, dieser neuen

Geissel der Währung GOLD, die aus den Retorten, aus den Reagenzgläsern, den Spektographen, den Elektroskopen, den Konvertern zur Umwandlung von Energie in Materie und den staatlichen Zyklotronen schiessen wird. Und bereits kündigt man die Mesonen[2] an, industrielle kosmische Strahlen, ein vom Berkeley-Zyklotron erzeugtes Nebenprodukt.

Überlegte ich mir.

Das GOLD.

Wie in der jüngeren historischen Vergangenheit das Opus Magnum der Alchimisten im Solde der durch die Kriege bankrotten Kaiser und Könige, das KÜNSTLICHE GOLD, STEIN DER WEISEN genannt, um ein frommes Werk vorzutäuschen, und dazu bestimmt, das künftige Glück des Menschengeschlechts zu gewährleisten, *die Rückkehr zum GOLDENEN ZEITALTER,* so verkünden unsere modernen Wissenschaftler, Techniker und Fachleute im Dienste der ebenfalls bankrotten Staaten und kapitalistischen oder kommunistischen Systeme, deren Staatskasse durch die Kriege geleert wurde, unisono, sie würden im Namen der grossen demokratischen Prinzipien am ausschliesslichen Glück der menschlichen Gattung arbeiten, am berühmten *GOLDENEN ZEITALTER,* das die Wirtschaftspolitik, unter dem Vorwand der gerechten Verteilung der Reichtümer dieser Erde und im Namen der Gleichheit und Brüderlichkeit der Menschen, unverhohlen der *Zukunft* zuordnet und das gerade der wissenschaftliche Fortschritt in eine immer ungewissere Zukunft hinausrückt.

Die Freiheit, das Glück des Menschengeschlechts? Aber es geht doch ums Geld und um nichts anderes, Geld, um DEN KRIEG zu finanzieren, und um nichts anderes, und ihn zu fördern, und das Menschengeschlecht kann mangels Brot ruhig verrecken, Sklave der Maschinen und unter der Fuchtel der Politiker und der Funktionäre, die nicht mehr die Peitsche schwingen wie die Aufseher von einst, um die Menschen anzutreiben, dafür lässt man Roboter aufmarschieren, die zwischen ihren automatischen Kiefern die Widerspenstigen und die Individuen zermalmen und deren ebenfalls automatischer Anus kein Blut pisst und keine Exkremente ausscheidet, sondern serienweise saubere, polierte, glänzende, funkelnde, hypnotische, genau kalibrierte Goldscheiben von einheitlichem Gewicht auswirft: die Einheit.

Metallische Hostie der Wirtschaftspolitik!

Das GOLD.

Die Einheit.

Die Union.

DIE WIRTSCHAFTSUNION = DIE POLITISCHE UNION.

Die USA = die UdSSR.

Giganten, geographische Kolosse, gewiss, aber ebenso fragil wie die Monade KAPITAL = ARBEIT oder ARBEIT = KAPITAL.

Ohne die Konzepte und das Gleichgewicht zwischen der Wahrheit und der Lüge zu verfälschen, kann man heute den Kapitalismus nicht verdammen, ohne den Kommunismus zu verdammen oder sich für das eine oder für das andere Prinzip zu entscheiden, weil diese beiden Falschmünzer das genau gleiche Falschgeld in Umlauf bringen.

DER MENSCH = GOTT.

Und darauf wird gesetzt.

Kopf oder Zahl?

Und es ist Krieg, der letzte Weltkrieg.

Ein Louisdor oder ein Rubel aus *Sojussoloto,* was ist der Unterschied, sagt? *Leuchtturm der Weltrevolution* oder *Freiheitsstatue?* Leuchtturm hin oder her, man will uns sowohl auf der Vorder- als auch auf der Rückseite ein X für ein U vormachen. Egal was für eine Prägung und was für eine Büste darauf ist, die Maske des einbalsamierten Lenin oder der aus seiner Asche wiederauferstehende Phönix oder der Adler, Roosevelts *New Deal,* egal welches Emblem, der Rote Stern der Sowjets oder die achtundvierzig wie Lämpchen aufgereihten Sterne der amerikanischen Flagge, das Symbol, die Inschrift, das Monogramm, der Denkspruch, die Devise, der Slogan, das eingravierte Siegel und die Jahreszahl: Alles ist Lüge (damit keinerlei historische Anfechtung möglich ist, ein Beispiel, weil da die Lüge so eindeutig und noch in allen Köpfen gegenwärtig ist: *»A.E.I.O.U.«,* was nicht Arthur Rimbauds farbige Vokale sind:

A schwarz, E weiss, I rot, U grün, O blau ...,

sondern die magischen Buchstaben, die das monströse Privilegium des erzherzoglichen Hauses Österreich über alle westlichen Königreiche setzten: *Austria Erit in Orbe Ultima!,* die ehrgeizige Devise Kaiser Friedrichs III., Vorfahre von Karl V., der im Wettstreit mit Franz I. und Heinrich VIII. jenes erste Weltreich schuf, in dem *die Sonne nicht untergeht,* eine Weltherrschaft, die von kurzer Dauer war – und was bleibt davon seit fünfundzwanzig Jahren, nachdem eine Million Kronen weniger wert sind als ein Sou Poincaré?), die funkelnde Goldmünze, selbst wenn sie die Sonne Montezumas I., genannt Huehue *(der Ältere),* trägt oder die Montezumas II., genannt Xocoyotzin *(der Jüngere),* sie ist ein totes Gestirn, absolut wertlos, eine Scheibe im leeren Raum.

Das GOLD ist ein Köder.

Und dennoch hat der Mensch seit grauen Vorzeiten nie Besseres gewusst, als sich von diesem Trugbild in Bann schlagen zu lassen!

In Ermangelung riesiger Gerippe wie die der Ichthyosaurier und der Plesiosaurier im roten Lias findet man im Staub aller Gräber Goldmünzen, als seien alle verstorbenen Generationen, so ruhmreich, alt und mächtig sie sein mochten, diesem Hirnbazillus erlegen, DEM GOLD, und der irrigen Vorstellung des echten Werts und der heilbringenden Eigenschaft dieses konventionellen Bildes: das Herz des Anus, sein Rund!

Ja! Sie wird ihm in der Praxis ganz schön nützlich gewesen sein, die menschliche Intelligenz, die den monströsen Sauriern des Jura so grausam fehlte, azephale Kolosse, sagt man, die sie nicht zu nutzen verstanden, diese Intelligenz, auf die der Mensch so unermesslich stolz ist!

Ein Gift. Eine Masslosigkeit. Eine Unersättlichkeit. Ein böser Traum, der seine saturnischen Ringe entrollt.

Und wenn der hypergebildete Mensch von heute, der bereits alles blindlings niedergeschrien hat, jetzt plötzlich glaubt, das All wissenschaftlich kaputtmachen zu müssen, bedeutet dies, dass er das Ende seiner langen Hypnose nahen spürt, bedeutet dies, dass er die Endkrise nahen spürt. Der Mensch ist ein bösartiges Tier, das ist die schlichte Wahrheit, der seinem Gewissen nicht ins Auge schauen will und den seine Intelligenz dazu treibt, die Wahrheit endlos zu verschleiern. Sollte er je seine Sehkraft wiedererlangen, wird sein Erwachen zu einem kollektiven Selbstmord führen. Es muss so sein. Es ist logisch. Heute haben wir bereits den

Bankrott, *ô Modernité!* Die menschliche Gattung ist erledigt. Überlegte ich mir …

Man braucht nur zu sehen, wie Laien ehrfürchtig ein Laboratorium auf Zehenspitzen betreten, mit einem Erschauern, das die am lautesten schreienden gewerkschaftlich organisierten Rädelsführer und die anreisserischsten Funktionäre in keiner Basilika mehr empfinden, nicht einmal mehr im Petersdom in Rom. In einem Labor wirken sie vor Respekt und Seligkeit nur noch lächerlich. Demnächst wird man stillgelegte Fabrikhallen besichtigen, zukünftige Museen der Barbarei und des Aberglaubens, so wie man heute zweckentfremdete Kathedralen oder den Kreml der Zaren besucht.

An die Wohltaten der Wissenschaft und an die Menschlichkeit der Physiker zu glauben ist heutzutage, in dieser neuen Zwischenkriegszeit, eine allgemein verbreitete, ebenso stupide wie bornierte Mode für Intellektuelle, genau wie Ende des 18. Jahrhunderts die der Enzyklopädisten, jener ersten Hansdampfe und Gottlosen, verdammte Einfaltspinsel, die den Kult der Vernunft einführten, den unbegrenzten Fortschritt anbeteten, die grenzenlosen Menschenrechte predigten und an die Unschuld und an die Tugend des »guten Wilden« glaubten; während Voltaire den König von Preussen hofierte, Diderot die Semiramis des Nordens knutschte, brachte Jean-Jacques in den Gebüschen von *Les Charmettes,* hinter dem Rücken von Claude Anet, dem Gärtner-Geliebten, der ihm die Ohren langgezogen hätte, aber unter Madame de Warens' Fenster, Onan ein Opfer dar, unsere drei berühmten Männer, die nur eins im Kopf hatten, komfortable Renten zu beziehen oder sich ihren Platz am Tisch und im Bett zu sichern, und denen die Menschheit schnurzegal war – typische Haltung der Literaten, die sich nicht im geringsten ihres militanten öffentlichen Auftretens und ebensowenig ihrer innersten Widersprüche schämen, denn sie beschäftigen sich schliesslich mit Literatur! Was ihr »Engagement« legitimiert, das heisst den Konformismus der vorangegangenen Schriftstellergeneration und den Anschluss ihrer Feder an die eine oder an die andere der zwei herrschenden Ideologien. Ein Haufen Possenreisser! Was macht ihr aus der Freiheit? Aber der eigene Vorteil geht vor[3], was? Und weil ich dies alles kommen sah, ging ich vielleicht deswegen weg und reiste ab 1924[4] kreuz und quer durch Brasilien. Zum Glück haben sich ein paar junge Menschen in Frankreich nicht darauf eingelassen! Und haben sie nicht gerade dadurch *das Wesentliche gerettet,* fragt Paul Andréota in seinem bewegenden kleinen Buch *Hors-Jeu,* einem Roman[5], gerade weil sie gegen Mitte des 20. Jahrhunderts nichts machen und nichts sein wollten und an nichts mehr glaubten? Mein Herz ist bei ihnen, denn ihre Gewissensnot ist tragisch. Warum tragisch? Der gute alte Rabelais hätte darüber gelacht. Aber nervöse Menschen lachen nicht, und diese jungen Männer und jungen Frauen sind grosse nervöse Kinder. (Ich habe während der Besetzung einen Tag mit ihnen in Marseille verbracht, damals, als die Deutschen mit Dynamit den Alten Hafen zerstörten …) Und vielleicht gerade deswegen suchte ich Kraft in der Einsamkeit, im Hinblick auf den Widerstand und die Loslösung von den Dingen gemäss den Regeln des Johannes vom Kreuz:

Um zu erlangen, alles zu geniessen,
suche in nichts Genuss.

Um zu erlangen, alles zu besitzen,
suche in nichts etwas zu besitzen.

Um zu erlangen, alles zu sein,
suche in nichts etwas zu sein.

Um zu erlangen, alles zu wissen,
suche in nichts etwas zu wissen.

Ich überlegte.

»Und wenden Sie sich ruhig an mich, Blaise, wenn Sie von Ihrem Ausflug ins Landesinnere zurück sind und ein Regierungsmitglied treffen möchten. Ich kenne jedermann in Rio. Unsere Bank steht zu Ihrer Verfügung. Fühlen Sie sich wie zu Hause. Zählen Sie auf mich«, hatte Caio de Azevedo gesagt, als er sich von mir verabschiedete und mich in einem brüderlichen *abraço* und mit freundschaftlich schallendem Schulterklopfen an sich drückte, mich leicht ironisch beglückwünschte, weil ich an die Tradition der uneigennützigen Reisenden anknüpfen wollte – Alexander von Humboldt, von Spix und von Martius, Saint-Hilaire, Debret, Lund –, die aus Neugierde nach Brasilien gekommen waren, aus Liebe zum Land oder um ein Buch zu schreiben, und nicht als Geschäftsleute oder Gauner wie alle anderen Europäer und Yankees und Ende des 19. Jahrhunderts die armen Einwanderer und die intellektuellen Tagediebe und die Arbeitslosen aus allen Bevölkerungsschichten.

»Danke, Caio, ich werde bei Gelegenheit bestimmt darauf zurückkommen«, hatte ich schlagfertig geantwortet. »Nach meiner Rückkehr bitte ich Sie vielleicht um die Konzession für eine Gold- oder Diamantengrube. Wer weiss! Und Ihre Bank wird dann auf die übliche Kommission Anspruch haben und Sie auf eine Gewinnbeteiligung. Ich werde Sie ganz sicher nicht vergessen.«

»Haben Sie nicht vor, ein Buch zu schreiben, Cendrars?«

»Nein!«

»Sie wissen doch, ich übernehme es für unsere Zeitung. Die Bank ...«

Doch ich hatte bereits den Anlasser betätigt, und hupend ging's los, denn ich zog das Abenteuer vor. Ich war auf der Hut und von einer wachen Empfänglichkeit, in Bewegung und auf der Lauer. Mein Kopf lief ruhig wie mein Motor, mein ungläubiger nihilistischer Geist trieb mich an.

Ich hatte im Krieg bereits einen Arm verloren.

Ich war hemmungslos undiszipliniert.

Die Wildnis, der brasilianische *sertão,* Busch und Einöde, ich war in meinem Element.

Keine Frauen. Spirituosen, ein reichlich gefüllter Kühlschrank an Bord, im Hinblick auf eine mögliche angenehme, und im Hinblick auf eine mögliche unangenehme Begegnung mein Colt in seinem hölzernen Halfterschaft, der einem im Handumdrehen erlaubt, ihn zu schultern wie einen Karabiner. Die Campingausrüstung gut verstaut. Meine Federnhängematte. Zigaretten. Bücher. Ein Grammophon, unbespielte Schallplatten für Aufzeichnungen. Ein Sortiment Filme, kleine und grosse.

Ich fuhr auf der noch neuen, menschenleeren Strasse aus gestampfter roter Erde, *a terra roxa,* der fruchtbaren roten Erde des Kaffees, ins Violett spielende Kuppen vor dem glühenden Himmel, und schon hatte ich durch die Rückstrahlung unter dem Kinn und an der Brust und unter den Achseln einen Sonnenbrand erwischt, weil ich den ganzen Nachmittag knipsend, mit aufgeknöpftem Hemd auf der Gratstrasse des Cachoeiro do Cachorro gebummelt war, einer kahlen *serra,* einem kühn zwischen Himmel und Erde angelegten Glacis à la Vauban, das aus einer Trümmerwelt ansteigt, die es bis auf halbe Höhe zuschüttet, der Kamm poliert und nackt wie der aus seinem Futteral lugende Penis eines Porphyrhundes, der Wulst ganz schlaff und besudelt und verschrumpelt wie verschüttete geschmolzene Butter, eine Ejakulation, die dieser Bergkette den Namen gegeben hat, und kaum eine kurze Wegstrecke von der Grossstadt São Paulo entfernt, hatte ich bereits Lust, mich in der Weite der *campos* zu verlieren, denn die zerstörte Landschaft hinter den Stacheldrahtzäunen und der beissende Geruch von brutzelndem Stier faszinierten mich. Ich wäre am liebsten weiter und weiter bis an die Grenzen der zivilisierten Welt vorgedrungen.

Wie romantisch!

Ja, wie romantisch, doch auch was für eine Zeitverschwendung, auf dem Morro Azul Station machen zu müssen und mir, ich ahnte es, vor tödlicher Langeweile bis zum Überdruss das Gejammer des alten Knackers, dieses in seiner Fazenda am Ende der Welt vergessenen Doktors Oswaldo Padroso, anhören zu müssen.

Wie lästig!

Mein Gott, wie schwer ist es doch, sich von allen Zwängen zu befreien und sich ein für allemal von allem loszureissen.

Warum hatte ich mich einverstanden erklärt und versprochen hinzufahren? Und jetzt erwartete man mich in der Fazenda des Kaisers …

Ich dachte an die Angebetete des Alten. Um wen handelte es sich? Um eine Negerin? Oder um eine Hure? Oder um einen Giftzahn vom Typus zänkischer, kreischender Putzdrache, den sich ein Junggeselle auflädt, oder, im Gegenteil, vom Typus strenge Haushälterin, die die Schlüssel in der Hand hält, die den Alten tüchtig schröpft und ihn teuer bezahlen lässt, weil er sie nicht geheiratet hat und weil er sie nicht vorzeigt, wenn Gäste da sind? Herrje, diese ewigen Studenten! Sokrates, der wohl oder übel seine Xanthippe aushielt, oder Schopenhauer seine zänkische Schneiderin, Sokrates mit antiker Heiterkeit bis zum Ende, Schopenhauer bis zu dem Tag, da unser moderner Philosoph seine Frau aus dem Fenster des Erdgeschosses schmiss und sie sich absichtlich die Knochen brach und er dazu verurteilt wurde, ihr eine Rente auf Lebenszeit zu bezahlen, was unseren Pessimisten in seiner Frauenverachtung nur noch bestärkte …

Und Caio, der Bankier, mit seinem Mädchen für alles, das er einmal als veilchenblauen Erzbischof oder als Kardinallegaten verkleidete, ein andermal als androgynen Pagen, ein andermal wiederum als Matrosen, *Jeanne die Verrückte,* war sie seine Mätresse oder sein Alptraum? Denn auch Caio de Azevedo schrieb Gedichte …

Es wurde schnell dunkel.

II
RIVE DROITE – RECHTES UFER

Diese Gedanken gingen mir an jenem Abend durch den Kopf, während ich in meinem *Alfa Romeo* den Berghang entlang bis zuhinterst durch das bereits im Schatten liegende Tal fuhr, der Motor brummte gedämpft, der hochempfindliche Vergaser nieste beim Durchqueren der Orangenpflanzungen, eines riesigen, endlos glänzenden Obstgartens mit seinen im letzten Aufleuchten der untergehenden Sonne gefirnissten Früchten, als in der Tiefe, in der dichten Wolke der vom Fluss aufsteigenden Mücken und zwischen den kakaogelben Rauchfahnen über den Ritzen der Dächer – es war Abendessenszeit –, mit einem Mal sämtliche Lichter von Glaréola gleichzeitig angingen, eine Stromorgie, ein Fest.

Es war das erste Mal, dass die alte ländliche Stadt elektrischen Strom bekam.

»*A luz! A luz!*« riefen die Menschen, als ich hupend in die Hauptstrasse einbog, von den Reitern überholt, die in gestrecktem Galopp aus den Gässchen sprengten und vor Freude ihre Revolver in die Luft abschossen, während ganz in weisses Baumwollzeug gekleidete Neger und braungebrannte, blossfüssige Knirpse mir applaudierten, denn ich hatte meine Scheinwerfer aufgedreht, und die jungen Mädchen an den Fenstern des ersten Stockwerks oder neugierig in der Tür der kleinen Häuser, die sich den phantastischen Einzug der Fee Elektrizität nicht entgehen lassen wollten, lächelten mir zu oder lachten und machten grosse Augen, denn ein kleiner *Ford* oder ein einfacher *Chevrolet* war immer noch eine Seltenheit in der Gegend, und die Einwohner von Glaréola hatten noch nie ein Auto wie meines gesehen, ein Kabrio *Grand Tourisme,* hinten und vorn spitz zulaufend, mit zurückgeschlagenem Verdeck, mit einem blauen Lämpchen am Armaturenbrett, mit roten Standlichtern und einem *Stop!*-Zeichen und einem beleuchteten französischen Nummernschild, mit Fernlichtern mit abwechselnd weiss oder orange leuchtenden Lichtbündeln – vor denen die Pferde scheuten und die Maultiere ausschlugen –, einem beweglichen Scheinwerfer, den ich kreisen und als blendenden Kegel weit vorn horizontal über die Strasse oder senkrecht über den Himmel oder schräg in die Fenster links und rechts streichen liess – und es regnete Mücken und schneite Nachtfalter, oder die widerlichen Fledermäuse überschlugen sich, oder das Gelächter schwoll an und entlockte den erwartungsvollen heiratsfähigen Mädchen staunende Zurufe, als sei ich der gute Geist des Festes –, und, ehrlich, man umringte mich, denn ich hatte auch meinen Musikrundfunkempfänger eingeschaltet – die von Paris übermittelte wöchentliche Kammermusiksendung von 20 Uhr mit dem Poulet-Quartett –, und ich wusste nicht, wie weiterkommen, wie durch die Menge fahren und die Brücke am Ausgang der Stadt erreichen, eine alte Holzbrücke über dem Rio Tietê, die mir als Wegzeichen diente, damit ich eine halbe Meile weiter, am rechten Ufer, das erste Teilstück des erodierten steinigen Weges nicht verfehlte, der steil den Bergrücken hochführte, um sich dann das entlegene Tal des Morro Azul hinaufzuwinden.

»Sie können sich nicht verfahren«, hatte Caio mir erklärt und präzisiert, dass es sich um den alten Maultierpfad handelte, der zu den Fazendas auf dem Plateau führte, früher, vor dem Bau der *Paulista* und den regelmässigen Zugverbindungen, und er hatte spöttisch hinzugefügt: »Es ist eine wilde Gegend. Ist bloss noch ein ausgetrocknetes Wildbachbett voller grosser runder Steine und nicht etwa eine anständig trassierte Piste, doch ich mache mir keine Sorgen um Sie mit Ihrem Boliden! Trotzdem rate ich Ihnen, nicht in der Dunkelheit zu fahren wegen der äusserst gefährlichen Haarnadelkurven über dem Abgrund. Dort überfiel man früher die Kaffeetransporte. Es wurde viel gemordet in jenem Engpass. Viel Glück!«

Da erstrahlte plötzlich die Rampe des ersten Kinos von Glaréola in hellem Licht, und die ganze Stadt strömte vor ein realistisches farbiges Plakat, das *Les Mystères de New York* mit Pearl White ankündigte. Die Strasse war wie leergefegt, also konnte ich aufs Gas treten, mit knallendem Auspufftopf aus der Stadt fahren, mit hoher Geschwindigkeit die alte schwankende Brücke überqueren und am rechten Ufer nach siebenhundert Metern in einen steilen, vom Regen ausgewaschenen Hohlweg einbiegen, der von tausendjährigen Baumstümpfen und grossen, halbverkohlten Urwaldriesen gesäumt war, ich fuhr in Schlangenlinien, nahm Spitzkehren, hielt mich immer rechts, fuhr aufwärts, fuhr in schlingernd halsbrecherischem Tempo aufwärts, wurde in die Luft gehoben, auf zwei Rädern die Kurven so eng wie möglich nehmend wie bei einer Verfolgungsjagd im Film, wurde in den alten Wagenspuren und Schlaglöchern emporgerissen, kurvte in einem Höllentempo bergan, und mein Fahrzeug erfüllte den Berg mit knallendem Motorengedröhn, das von den steilen Felswänden widerhallte, hinterliess eine Rizinusölspur, deren Geruch mich ebensosehr berauschte wie das Melisma seiner sechs Zylinder, die weitherum meinen spiraligen Aufstieg ankündeten, und ich gab noch mehr und noch mehr Gas, wich in der Dunkelheit auf der schlecht trassierten Piste knapp den abgegangenen Felsbrocken aus, den herumliegenden Strünken, entwurzelten Stämmen, gefällten Riesen, Trichtern, Gestrüpp, Unterholz, Geröll, wurde in den engen Kurven hinausgetragen, von meinem Sitz geschleudert, die Reifen, die Stossdämper, die Federn quietschten, die Bremsen kreischten, die Räder hüpften auf und ab, es war, als versuchte ich, die am Nachmittag auf dem gegenüberliegenden Berg verlorene Zeit einzuholen, doch je höher ich mich auf diesen Berg hievte, desto weniger hatte ich Lust, oben anzukommen, denn die Zeit zählte nicht mehr in dieser wilden nächtlichen Einsamkeit – auf halber Strecke wurde der Wald dichter, und unter den Riesenbäumen und den unwirklichen, von meinen Scheinwerfern durchschnittenen Wipfeln liess sich die finstere, vollkommene, warme, undurchdringliche Nacht vom scharfen Licht der Scheinwerfer nur noch durchdringen wie ein Pelz, den man streichelt und dessen Fell man befühlt, um Dichte und Flausch zu ertasten, und ich vergrub mein glühendes Gesicht darin, schloss die Augen –, denn nachts zählt die Zeit nicht mehr, wenn man sich vom Geist der Musik tragen lässt, das Poulet-Quartett spielte leise und so virtuos, seiner Reflexe und seines Instruments sicher wie ich …

Das letzte Wegstück, eine steile aufgeschüttete Rampe, gerade und gespannt wie das an einen Kirchturmspitz geknüpfte Seil eines Seiltänzers auf einer Kirchweih oder einem Jahrmarkt, auf dem ein Mann in schwankendem Gleichgewicht schreitet, kaum gehalten von seiner Balancierstange – der Seiltänzer! ein Traum, den ich in meiner Kindheit oft geträumt habe, und zuoberst auf dem Kirchturm angekommen, schwang ich mich im Handstand auf die Kreuzarme, machte an der Stelle des vergoldeten Gockels eine Pirouette, und die Erde war verschwunden, die Erde, der Kirchturm, die Dächer, der Platz, der Jahrmarkt, in der Tiefe war nur noch Leere, und mir war nicht schwindlig, und ich schwebte kopfüber, die Füsse in der Luft, sanft im Raum wie der Mond! –, das letzte, sehr steile Wegstück mündete im Himmel, in einem Balkon, auf einer schwebenden Esplanade, einer kahlen Felstafel über dem Tal des Tietê, und die sprühenden und funkelnden Lichter von Glaréola schwammen in tausend Metern Tiefe in den Windungen des Flusses, der Horizont gegenüber, am anderen Ufer, verstellt von den Umrissen der Serra des Hundes mit ihrem Wasserfall, die sich scharf wie der Buckel eines gestrandeten Wals abzeichnete und eine schwarze Wand am sternenübersäten Himmel bildete, und in der Tiefe die von elektrischen Lichtern und Sternen wimmelnde Ansammlung, und wenn man sich davon abwandte und versuchte, sich zu orientieren, fand man sich zuhinterst in einer in Mondlicht getauchten Arena, in einem vertraulichen Gespräch mit gestrengen Bergen im Vordergrund, umgeben von einem Massiv aus Wäldern und stufenförmig angelegten Pflanzungen, die man mehr oder weniger nah oder fern wähnte und wohin wohl die düsteren, die schwarzen Schluchten führten, Waldströme wie erstarrte Lavaströme, die die gestuften Reliefs zementierten, das ganze kreidige, kohlige Massiv im diffusen Mondlicht, eingeteilt und aufgeteilt wie die Einsamkeit der Kamaldulenser auf einer alten italienischen Radierung oder wie der Berg der Tausend Buddhas auf einem alten chinesischen Holzschnitt, einer gemeisselten, klüftigen barocken Szenographie, durch die sich in Mondlicht getauchte Wege, Pisten, Pfade in alle Richtungen schlängelten und in der Ferne verloren, und durch eine breite Einbuchtung und wie durch ein genau eingepasstes Fenster entdeckte man eine andere Himmelsebene, übersät mit Sternen, die aber trübe und staubig waren und wie auf eine zerknitterte, faltige, überdimensionierte, ausgeleierte, verbeulte, ausgebleichte, abgewetzte Leinwand gemalt, und ich sah zwischen den Krakelüren und dem vor lauter Aufrollen und Entrollen fadenscheinig gewordenen Grundgewebe wie dem eines Panoramas im Schaufenster eines Reisebüros kleine blinkende Lichter funkeln, doch es waren nicht die kleinen bunten Lämpchen einer Werbeleuchtschrift und auch nicht die in jener Nacht, so weit das Auge reichte, aufblinkenden Myriaden Leuchtkäfer, sondern die Lichter eines zuhinterst am nördlichen Horizont vorbeifahrenden Zuges, der sich die unsichtbaren, aneinandergereihten Bergkämme entlangbewegte, sie aber durch sein Kriechen, durch sein Fliessen blinkend in der Ferne nachzeichnete und dessen keuchende Lokomotive ich zu sehen glaubte – ich hatte auf der Mondesplanade brüsk gestoppt, hatte meinen Motor abgestellt und spontan meine Scheinwerfer ausgeschaltet, das Poulet-Quartett aber spielte leise weiter –, ich glaubte, das Hecheln der Lokomotive zu hören, die, Funkengarben sprühend, zuhinterst am Horizont zwischen den Hügeln keuchte …

Es war der »nocturno 17«, und nicht eine *Nocturne* von Chopin, die das Poulet-Quartett mir vielleicht durch den Äther gesendet hätte, das eben das *Andante mit fünf Variationen in G-Dur* von Mozart spielte, es war der Nachtexpress, *o nocturno,* wie man die Nachtzüge in Brasilien nennt, der wöchentliche »nocturno 17«, der einzige Luxuszug, der auf dieser Strecke verkehrt und in die Einöden des Hinterlandes vordringt und bis zur Endstation fährt, nacheinander den Rio Tietê, den Rio Turvo, den Rio Grande überquert, die seit dem 16. Jahrhundert von den paulistischen *bandeirantes* benützten Verkehrswege ins Landesinnere, träge durch die unmenschlichen Urwälder fliessende Rios, geheimnisvolle von Ost nach West fliessende Flüsse, die alle von der Serra do Mar, der Serra de Paranapiacaba, der Serra da Mantiqueira, die am Rande des Ozeans liegen, in das Nord-Süd-Becken des Rio Paraná und des Rio de la Plata münden, wo sich diese gewaltigen, im Innern des unbekannten Kontinents dränierten Wassermassen in den Atlantik ergiessen, lange Umwege, denen die *descobridores* notgedrungen folgten, endlose Wasserläufe, die einander gegenseitig zeugten, einander verlängerten, die Überreste einer ganzen Vegetation mit sich führten, die sie von den sich ständig verändernden Ufern weggeschwemmt hatten, die die Pioniere Brasiliens mitrissen, eine staunende, verschreckte, fiebrige, elende, erschöpfte Mannschaft, die sich lange Monate zu Tode gepaddelt, zu Tode geplagt hatte, die in den Schnellen gekentert war, um am Ende der Regenzeit die Piroge (ein gigantischer ausgehöhlter Baumstamm, der bis zu vierzig Mann fassen konnte) über die Schwellen der überfliessenden, ineinanderfliessenden Flussbecken zu schleppen, die in den verpesteten

Sümpfen oder in den *paranas* ertrank, in den Windungen des Stromes, den tückischen schimmernden Inseln im düsteren Wald, wo das schwere Boot schliesslich auf Grund sank, wenn man sich durch die Entladung des Orkans überraschen liess, der immer von unwahrscheinlicher Heftigkeit ist, der in der schönsten Jahreszeit die umliegenden Wälder zerstört, Tag um Tag waren die Pioniere allen Hinterhältigkeiten eines infernalischen Klimas und den kannibalischen Indianern ausgeliefert, einer auf der Welt einmaligen Hydro- und Orographie, und wie eine Handvoll unerfahrener, verirrter Männer (und oft starben sie vor Entkräftung, wenn sie zurückkehren wollten, um den Reis oder Mais zu ernten, den sie auf dem Hinweg an den trügerischen Ufern dieser alle Hoffnungen vernichtenden, nirgendwohin führenden Wasserstrassen gepflanzt hatten) dieses riesige gegensätzliche Land in Unkenntnis seiner Gegebenheiten einen konnten, bleibt ein unergründliches Rätsel, alte Wege der portugiesischen Zivilisation, heute von der ins Landesinnere vordringenden Eisenbahn abgelöst, vom kosmopolitischen Luxuszug, der sie kreuzt und sie mit einem Sprung überquert, den *»nocturno 17«* auf den Bergkuppen, den ich nun aus den Augen verlor und der mit Volldampf in Richtung Uberaba vorbeiraste, Uberaba, Hauptstadt der Abenteurer, der Gold- und Diamantensucher, der *caboclos,* der Maultierzüchter, und der *vaqueiros,* Besitzer riesiger wilder Herden, Uberaba, ein kleiner Bahnhof, wo die syrischen Hausierer aussteigen, die mit ihrem Kram (Kölnischwasser von *Coty* und japanische Konserven!) ihr Glück versuchen in den verstreuten Campos der Garimpeiros im Hinterland von Minas Gerais, in der kahlen Hochebene von Goiáz, Mato

Grosso, und die reichen indischen Händler, die Zebu-Stiere verkaufen kommen, um die heimische Rasse der *caraculs* zu veredeln, Uberaba, Endstation, Uberaba am Ende der Welt (weniger als fünfhundert Kilometer Luftlinie von São Paulo entfernt, eine Distanz, die der Express in einer schlimmen Nacht zurücklegt und in einem endlosen Morgen, der oft bis übermorgen abends dauert, bei der Abfahrt noch mit einer normalen Spurweite, werden die Gleise im Laufe der Fahrt immer schmäler, man steigt dreimal um, um schliesslich die Reise in einem Decauville zu beenden, dessen Schlusswagen, der Speisewagen, so lang geworden ist, so lang und schmal, dass man hintereinander im Tandem sitzt und der Steward die Platten und Flaschen, einen billigen importierten Bordeaux, wie ein Schlangenmensch durch den Gang jonglieren muss), Uberaba, an den Quellen des Rio Tejuco gelegen, wo man an die traditionelle Strecke der *bandeirantes* von einst anknüpfen und sich auf einer Piroge einschiffen kann wie einst sie, um den Rio Paranaíba aufwärts bis nach Santa Rita im Herzen des *sertão* zu fahren, seinem legendären Zentrum, wohin sich die klassischen Peonen, die eingeborenen Jäger, die schweigsamen Waldläufer bis hin zu den *cangaceiros,* diesen ungewöhnlichen Strassenräubern, einmal im Jahr begeben, um auf dem Pferd der heiligen Messe beizuwohnen, zu beichten, ohne abzusteigen, *o nocturno 17,* der einzige Zug, den ich hätte nehmen müssen, hätte ich ernsthaft die Absicht gehabt, endgültig im Urland unterzutauchen, weil die von mir eingeweihte Autostrasse nicht weiter als bis Ribeirão Preto führte, was kaum der halbe Weg war bis zur Endstation der *Mogyana* am Rio Pardo, dem Zentrum des intensiven Kaffeeanbaus, mitten im Herzen der modernen Zivilisation also, trotz der geographischen Entfernung, seines exotischen Charmes, seines echten Pittoresken, seiner Randlage, der sozusagen ständigen Abwesenheit der unwahrscheinlich reichen Plantagenbesitzer, da die Familienbesitze zunehmend in Aktiengesellschaften umgewandelt wurden, ihre Vermögen somit von den Börsenkursen und vom allgemeinen Gang der Zeit abhingen und sich wie überall sonst, wo ein lebensnotwendiges Produkt monopolisiert ist, ihr Niedergang bereits abzeichnet, und zwar als echte Folge der Überproduktion, der Monokultur, der rationellen Produktionsmethoden, der Mechanisierung, des Fortschritts, der Kredite und der Banken, der steigenden Nachfrage, der fallenden Preise, der Werbekosten …

Planen ist eins, die Pläne umsetzen etwas anderes.

Nicht etwa, weil man die Landkarten nicht studiert hätte, alle schlecht, alle unvollständig, alle von groben Fehlern wimmelnd trotz der weissen Flecken und der punktierten Linien, die Ungewissheit und Zweifel bedeuten, ausser derjenigen, die er mir mitgegeben hatte, die von Visconde de Taunay, der kein Forscher war, aber ein Bücherwurm, der in Brasilien und in Portugal Tonnen von Archivmaterial durchforschte, um die Wege der *bandeirantes* festzulegen, die jahrhundertelang durch diese gottverlassenen Gegenden gezogen waren und deren Spuren Visconde de Taunay Tag für Tag festhielt. Diese Einöden liessen mir keine Ruhe.

(… 1927, als ich endlich aus dem *»nocturno 17«* stieg, befand sich das Land im Revolutionszustand, und Uberaba war von den Männern eines gewissen Doktor Armand Schmitt besetzt, eines Deutschen, eines ehemaligen Frontsoldaten von Verdun, der nach Brasilien ausgewandert war und sich in diesen instabilen Regionen zum Diktator ernannt hatte, der die amorphe Bevölkerung verfolgte und die apathischen Einwohner der kleinen Provinzstadt tyrannisierte, die Präsidentenwahlen standen bevor, und Doktor Schmitt machte den Soldaten der Bundesregierung ziemlich zu schaffen mit seinen Banden aus angeworbenen Hirten, Jägern, Goldschürfern, Waldläufern, alle mehr oder weniger Gesetzlose, die Schmitt bewaffnet und nach deutscher Art trainiert, *gedrillt!* [dt. im Orig.] hatte – und gegen Ende 1936, als ich mit dem Schiff von Cádiz via Buenos Aires in Santa Rita do Paranaíba an Land ging, hatten die Aufständischen, lauter Hinterwäldler und Provinzler, soeben in Santa Rita do Paranaíba – wie die Proletarier Spaniens *el Frente Popular – o Fronte Verde* ausgerufen, die Grüne Volksfront, und sie plünderten alles, was ihnen in der legendären Hauptstadt des Landesinnern in die Hände fiel, das Vieh, den *matadouro,* die Lager ungegerbter Häute, die Räucheröfen, die Roste zum Fleischtrocknen, die Röstspiesse, die Hafenschuppen, die ärmlichen Lehmhäuser mit der blau bemalten Tür, die einfache Kirche und ihre prächtigen Palmen, die armseligen Läden der Syrer, die nebenbei auch Pfandleiher sind, das Casino der Goldsucher, den Musikpavillon, den Tanzsaal, und Schwärme schwarzer *urubus,* räudiger Aasgeier, stürzten sich auf die rauchenden Trümmer. Eine schöne Bescherung! Und was für ein Elend! Denn dieses Nachäffen Europas ergab überhaupt keinen Sinn in der Unermesslichkeit des *sertão,* wo der träge aus den Urwäldern und den zerklüfteten Bergen fliessende Fluss zwischen den ungerodeten *campos* anschwoll, unter einem durchscheinenden Himmel dahinfloss, wo in der Hitze die Ufer abbröckelten, Kaimane auf den getrockneten Schlammbänken gähnten, die schnatternden Wasservögel am linken und am rechten Ufer einen noch unsinnigeren Krakeel als die Schreihälse veranstalteten, die im roten Staub der einzigen Strasse von Santa Rita Spruchbänder und Fahnen schwenkten! Der lärmende Überschwang der Vögel war Ausdruck ihrer Lebensfreude, den »Grünen«, diesem naiven, malerischen *Lumpenproletariat* [dt. im Orig.], hingegen schien nicht zum Lachen zumute zu sein, trotz des *tiroteio,* der Schiesserei und des Hufegetrampels. Und zwei, drei Tage später war wieder Ruhe eingekehrt. Ich meine damit den Sieg der Tropen, die in diesem Klima immer triumphieren, und nicht etwa die Gendarmen und auch nicht die Politik. Es herrschte in der Tat brütende Hitze, und die Männer stellten um des Friedens willen das Feuer ein, und die Kundgebung löste sich schliesslich auf ... Worauf in der ganzen Gegend die Menschen, schweigsamer denn je, wieder verstohlen lächelten, sabbernd ihren Pfriem kauten, an ihrem Mate schlürften, die Stiefel auf einen Strunk gelegt, den Blick auf die Glut gerichtet, am Abend, im Camp ... Was für eine Geschichte, die man sich eines Tages bei einem Etappenhalt erzählen kann ...! Denn solche Dinge erzählt man sich am Lagerfeuer, und jeder brüstet sich ... und bevor man mit der Geschichte herausrückt, hat man lange darüber gebrütet ... So entstehen die Legenden und die Lieder, und so kommt man zu Ansehen ... Wird man zu einem Helden ... Es ist mir immerhin gelungen, ein oder zwei Tonaufnahmen zu machen.)

III
ZWISCHEN BERGEN – ZWISCHEN WELTEN

In jener Nacht, mein Motor war abgestellt, meine Scheinwerfer gelöscht, das Poulet-Quartett war verstummt (es war also erst 21 Uhr), ich, eine Zigarette nach der anderen rauchend, fügte jedesmal, wenn ich mein Feuerzeug schlug oder den Rauch inhalierte, das Flämmchen oder die Asche meines einsamen glühenden Stummels dem Leuchten von Milliarden Glühwürmchen hinzu, die sich wie eine Milchstrasse in der Lichtung ausbreiteten, den blinkenden Lichtern vor und hinter mir in der verwirrenden nächtlichen Landschaft, den aufleuchtenden und verlöschenden Irrlichtern der Sterne in den Tiefen des Himmels, den mich anstarrenden Fixsternen, und ich musste den Kopf in den Nacken legen, je mehr die Niederungen des Himmels sich durch den schnellen Untergang des Mondes in seinem ersten Viertel verdunkelten und die hohen, unendlichen Regionen, die *»blauen Unermesslichkeiten«* des Dichters sich mit kleinen kalten Sonnen bevölkerten, mit Doppelsternen, mit Sternschnuppen, mit Schweifen, mit Schleppen, mit vertrauten Planeten, den dreieckigen Grenzsteinen des Alls, um die herum der Wettlauf der im Äther die Kurven schneidenden Kometenwagen eine Wolke aus Diamantenstaub aufwirbelt, Splitter, Naben und Felgen, aus der Umlaufbahn geschleuderte Pupillen, fliegende Augen, zuckende Lider, schielende Eklipsen, verschobene Ellipsen, ein nicht fassbares, im Zenit wirbelndes Knistern, das die vertrautesten Sternbilder trübt und sich wie eisiger Mehldunst auf die innersten Tiefen des Himmels legt, dessen faltiges Relief man staunend entdeckt, und das sich, durchscheinend erhellt, schwach leuchtend hinter den klassischen Sternbildern abzeichnet und das einem wie die durchbrochenen Blattadern eines aufglimmenden dürren Laubblatts erscheint, das von einem brennenden Dornbusch oder von einem Johannisfeuer auf einen faulenden, phosphoreszierenden Humusteppich gefallen ist, das Innere: die Tiefe, die tiefsten Tiefen des Himmels.

Ich versuchte gar nicht erst, mich in diesem Labyrinth fahler Lichter zurechtzufinden, die sich in der Finsternis verzehren.

All die toten Sonnen, die postumen Strahlen, die Millionen Lichtjahre brauchen, um bis zu uns zu dringen, die Asteroiden, all diese Fragmente zertrümmerter alter Welten, Explosionen, Krebsgeschwüre und zerfressene alte Monde, Schorfe, Juckreiz, Rötungen, Schmetterlingsflechten, verzehrende Lepra, Jauche, und dieser letzte Tropfen Licht, der reinste, der am Zenit des Himmels perlt und der sickert und der fallen wird … ist keine Träne, ist kein Tautropfen, sondern ein Eitertropfen. Das Universum ist in voller Verwesung begriffen wie ein Friedhof, es wimmelt von stofflicher Umwandlung und duftet. Die Sterne sind Salbende und zittern vor Fieber, jeder ihrer das Hirn des Menschen besamenden Strahlen trägt einen Keim der Zerstörung in sich. Die graue Substanz hat ihre Sonnenflecken, die sie rundum zernagen. Ein Zeichen von Desintegration. Der Gedanke ist ein Pesthauch.

Ich hatte die Rücklehne meines Vordersitzes zu einem Liegesitz zurückgeklappt, und in meinem sarkophagförmigen Wagen auf dem Rücken liegend wie ein balsamierter

Pharao in seiner Grabkammer, den Himmelsspiegel über mir, wartete ich nicht auf die im voraus berechnete Wiederkehr meines Geburtssterns – die Stille war so tief, dass ich die sich drehenden Spindeln hätte hören können, und wenn ich genau in die Tiefe der Nacht horchte, das Summen des automatischen Getriebes, das eingestellt war wie das Uhrwerk im *Planetarium* in Jena, das ich am Tag seiner Einweihung besucht und eingehend studiert hatte, nachdem ich am Tag zuvor Goethes Hirn gesehen hatte, das in seinem Haus in Weimar in einem Glas aufbewahrt wurde, o träumerisches, romantisches Deutschland Jakob Böhmes, das seine gelehrten Professoren durch fragwürdige mathematische *Surrealisationen* wachhalten, die jedoch regelmässig versagen, Gott sei Dank, denn, im Ernst und ohne von diesen universitären Fausts zu verlangen, dass sie das einwandfrei konservierte Hirn Goethes demonstrativ zum Denken bringen, das bloss ein totes Hirn in seinem Glas ist wie das in Brennalkohol oder Weingeist schwimmende eines Kalbs, und weil die Windungen und Lappen nicht den Schlüssel zum Genie des Mannes liefern, und selbst wenn man elektrische Drähte in Quecksilberröhrchen darin zirkulieren liesse und durch Induktion ein ganzes Morsealphabet auslöste, würde dies niemals das lebende Genie des Dichters und ebensowenig seinen spontanen Schöpfergeist reproduzieren, die Kuppel des *Planetariums* muss von Zeit zu Zeit immer wieder aufgezogen werden, und es ist immerhin nicht das Perpetuum mobile des Himmels, die Quadratur des Kreises ist nicht der Logos, dieser Schöpfergeist und die wissenschaftliche Zurschaustellung sind ein Bluff, denn das Universum ist kein Puzzle und das Leben kein Kreuzworträtsel für Hobbywissenschaftler, und das ist seit Luther der Fehler der Deutschen und des *Herrenvolks* [dt. im Orig.] und seiner modernen pragmatischen Nachahmer, der Russen und Amerikaner, denn Gott sei Dank gibt es den Heiligen Geist der *Apokalypse, Asien!* –, ich betrachtete den Abgrund, einen Trichter, einen schwarzen Schlund, aus dem gemäss einem Volksglauben indischer und vielleicht inkaischer Herkunft, der stark unter den *caboclos* des Landesinnern verbreitet ist, die alle Mischlinge sind, der Wind entweicht, der die Tornados bläst, die Taifune, und der die Urwälder entwurzelt und sie regelmässig verwüstet und sie hinwegfegt wie eine Flutwelle, und die am Himmel vorbeirasenden Sturmwolken ergiessen sich auf die Erde; dieser Schlund ist kein Himmelskörper, sondern ein Loch am Zenit des Himmels, ein Trichter, eine umgekehrte Pyramide, die Öffnung eines ausgekippten Schachts, die Projektion eines schwarzen Kegels, es ist der Abgrund, den das Volk in Brasilien den *Kohlensack* nennt, das Höllentor gewissermassen, die Höhle des Weltenfressers.

In diesen Breiten beherrscht das Kreuz des Südens die Hemisphäre. Genau unter diesem symbolischen Sternbild liegt der *Kohlensack,* etwas links der theoretischen Schnittstelle der zwei sich kreuzenden Schenkel. Und je länger man ihn betrachtet, desto tiefer erscheint er. Der Abgrund ist derart hypnotisch und von einem derart tiefen Schwarz, dass er in den Hintergrund tritt und alle im Vordergrund kurz aufleuchtenden, in Spaltung begriffenen Sterne plastisch hervortreten lässt, und je länger man es betrachtet, dieses Loch, desto mehr gräbt es sich in die Tiefe und desto tiefer zieht es dich in sein unergründliches Innerstes. Er ist wie

Seidensamt und gleitet und wird grösser und dehnt sich und weitet sich und breitet sich immer mehr aus wie eine Teerlache hinter dem Himmel und verdichtet sich, so dass mit der Zeit alle Sterne am Himmel nur noch verschwommene Funzelchen sind, bis sie mit diesem intensiven Schwarz verschmelzen, das sie aufsaugt wie ein Filterpapier, ein Filz, die poröse Wand eines fabeltierförmigen Tonkrugs oder einer Kalebasse mit eingebrannten schwarzen Verzierungen, und schliesslich verschwinden sie, einer nach dem anderen, und wie durch langsame Osmose verschwinden sie schliesslich einer nach dem anderen vor dem geistigen Auge.

Das ist der Abgrund, der Abgrund des Himmels, dieses Schwarz, dieses schwindelerregende Schwarz, dieses vollkommene Schwarz, dieses Deglutinationsschwarz, dieser Fleck, dieser feuchte Schimmel, dieses animalische Schwarz, Blut, Kehle, Lunge, Drüse, schleimige Gebärmutter, gummiges Gehirn, weicher Tumor, Polyp. Imbibition. Ein lebender Schwamm. Der Himmel: eine Schiefertafel. Keine einzige mit vereister Kreide geschriebene algebraische Formel bleibt übrig, weder schwebende Spuren noch das kleinste Funkeln. Alles ist aufgesogen!

Ich habe diesen Schwamm gesehen, mit eigenen Augen gesehen.

Er ist ein Rätsel.

IV
DER KOHLENSACK

Den *Kohlensack* findet man auf keiner Himmelskarte. Ich habe in Brasilien viele Leute gefragt. Die Menschen aus dem Landesinnern orteten ihn genau und zeigten mit ausgestrecktem Arm und dem Zeigefinger darauf, liessen mich seiner Spur folgen, seinen Falten, seinen dunklen Strudeln, deuteten, sich eifrig bekreuzigend, seine Schwärze, so wie die Wahrsagerinnen Tintenkleckse deuten, erzählten mir von ihrem ländlichen Aberglauben. »Es ist der Teufel in den Zuckerrohrfeldern«, sagten sie, »er hat's auf das Vieh abgesehen; die Kaffee-Ernte ist schon wieder im Eimer; dieses Jahr ist der Wurm im Mais, der Maniok wird schwarz werden, die Bananen faulen an der Staude, es wird Überschwemmungen geben ...« Die braven Leute machten sich Gedanken um ihre Feldarbeit, um Pflanzungen, hatten keine anderen Sorgen im Kopf als die von Menschen, die immer nur über die Scholle gebückt sind, den Hintern den Sternen zugewandt, und die nur von ihrer Arbeit aufschauen, um misstrauisch den Himmel in Augenschein zu nehmen, und sich nur deswegen mit schmerzenden Gliedern aufrichten, die Hände in die Hüften gestützt.

Die Küstenbewohner, die Städter und die Menschen in der Hauptstadt hatten alle vom *Kohlensack* reden hören, orteten ihn unsicher am Himmel und diskutierten endlos über das Vorhandensein eines Phänomens, wie es bei uns die braven Bürger tun, die ein Wochenende am Meer verbracht haben und dann über den grünen Strahl diskutieren, den sie nur von Jules Verne her kennen (und auch nur vom Hörensagen!) und den sie gesehen oder nicht gesehen zu haben behaupten, jener dieses und dieser jenes beteuernd und jeder auf seiner Meinung über die Möglichkeit oder die Unmöglichkeit beharrend, er sei unter bestimmten meteorologischen oder geographischen Voraussetzungen zu sehen, in Nizza behaupten die Wintergäste oder die Sommergäste, sie würden bei Sonnenuntergang vom Casino aus oder von ihrem Hotelzimmer an der Promenade des Anglais die Umrisse von Korsika über dem Meer sehen, und sie wetten Apérorunden, Champagnerflaschen, ein exzellentes Abendessen dafür oder dagegen, während das, was sie sehen, wenn sie überhaupt etwas sehen, nicht die Insel ist, sondern, bei optimal klaren Lichtverhältnissen und nur von einem erhöhten Aussichtspunkt aus, von Peïra-Cava aus zum Beispiel, und nur ausnahmsweise am frühen Morgen und besonders im Februar, der in die Luft projizierte Schatten Korsikas über dem Meer, genau wie Dan Yack vom antarktischen Packeis aus den von der Sonne an die Himmelsfläche projizierten Erdschatten sah, wenn das strahlende Gestirn langsam hinter dem nördlichen Horizont aufstieg, noch nicht sichtbar, jedoch das Ende der langen Polarnacht ankündigend, ein grossartiges Schauspiel, das die exzentrischen Engländer mit einer theoretischen Lektion in Himmelsmechanik verglichen, bei der man eine brennende Kerze hinter einem papierenen Körper bewegt, um die Komplexität der Umlaufbewegung der Gestirne zu zeigen, und Dan Yack, Spielverderber, der er war, um sich nicht von der Begeisterung seiner mit ihm überwinternden Gefährten anstecken zu lassen, trocken feststellte: *»Man sieht nur die sich regenden Schatten und nie die Sonne!«*[6]

Die Nacht, die Schatten in der Dunkelheit, die animischen Tiere, die sich regenden Wesen, die Camera obscura der Vorstellungskraft … nur mit den Kindern kann man über diese geheimnisvollen Dinge sprechen, denn nur die Kinder wissen davon, sie lauern in ihrem Bett auf die Schatten, folgen ihnen mit geschlossenen Augen, nehmen sie ernst, und daher hören dir alle Kinder Brasiliens, mit wachem Blick, stumm zu, aber mit einem staunenden Funken im Blick – was? ein Erwachsener, der sich für diese Dinge interessiert? –, wenn man sie über den *Kohlensack* ausfragt, der für sie nicht das Tor zur Hölle, sondern der Ausgang der Welt ist, der Schlund des Wunderbaren, die Märchenwelt ihrer weissen, braunen oder schwarzen Amme: *Es war einmal ein Menschenfresser …*

Was die reine Wahrheit ist. Das Universum ist ein Ungeheuer. Das Leben ein Menschenfresser. Und die Ammen haben recht, den Kindern angst zu machen. Ich denke an meine ägyptische Amme, die mir die Tierkreiszeichen beibrachte und dabei den Tod als Gott verehrte.[7] Wer nicht vergessen hat, der verstehe!

Der Stern dort oben,
Das Feuer hier unten,
Die Kohle im Herd,
Die Seele im Blick.
Wolke, Rauch und Tod!

heisst es in einem Negergedicht.[8]

V
DIE WELT IST MEINE VORSTELLUNG[9]

Hinter der Milchstrasse haust ein Aal, eine Art Himmelsschlange. Er nährt sich von den in schlammigen Tiefen wimmelnden Sonnen. Sein Auge leuchtet wie das vierblättrige Kleeblatt auf den Auen der Unendlichkeit, und an seiner Schwanzspitze läuten eruptierende Welten wie helle Glöckchen die Zeit. Wenn er sich häutet, fällt aus jeder Schuppe ein Komet. Und der Kot dieses Wesens ist das Licht. Gefangen ringelt er sich um den Stamm einer Porifera und nagt an ihrer Wurzel, hinter der er fast unsichtbar ist. Jede einzelne Pore der Porifera keucht und ächzt, als laste ein Jahrhundert Menschen auf ihr. Es ist die Spongia der Finsternis, der Federtang der Sprachen, die Orgelkoralle des Ursprungs. Der Schwamm schmiegt sich der Urform an wie ein Gehirn der Schädelhöhle. Es ist das primitivste und rudimentärste Exemplar einer Gattung von Lebewesen, die sich zurückentwickeln und die – namenlos und geächtet – an den Antipoden der Einheit leben.

… Die Nacht. Die Schatten in der Dunkelheit. Die animischen Tiere. Die sich regenden Wesen. Die Camera obscura der Vorstellungskraft …

VI
DIE NACHT

1917, als ich für Monsieur Doucet, den Couturier an der Rue de la Paix, *L'Eubage* schrieb, hatte ich den *Kohlensack* noch nie gesehen, noch nie mit eigenen Augen gesehen, ja ich hatte sogar noch nie von diesem Rätsel am Sternenhimmel Brasiliens reden hören, einem Bilderrätsel, das immer verwirrender und schwärzer wird, je tiefer man in das Landesinnere vordringt. Dafür war ich knapp den *Kohleneimern* entgangen, wie die Frontsoldaten die behäbigen Geschosse getauft hatten, dicke fliegende Torpedos mit einem heulenden Kupferstiel, die von den *Minenwerfern* [dt. im Orig.] über uns ausgegossen wurden und die mit einem Höllenkrach über unseren Schützengräben explodierten wie ein Eisenbahnzug aus verrussten explosiven Muldenkippwagen. Viele detonierten nicht, sie machten vor allem einen fürchterlichen Krach, richteten aber keinen Schaden an. Man riskierte eher, verschüttet zu werden und zu ersticken, denn der Rotz und die Luftverdrängung dieser Faucher waren tonnenschwer, wenn sie verpufften, ihr Atem war heiss, ihr Geifer virulent, ihre von gelbem Chlorrauch vergiftete Ladung vermochte einen krapprot behosten Landser oder einen horizontblau uniformierten Grenadier im Handumdrehen zu bleichen. Der Tod wollte von mir nichts wissen. Ich kehrte von der Front zurück. Ich wurde ausgemustert. Mit einem Arm weniger. Es herrschte Bettenmangel. Man hatte mich aus dem *hosto* geschmissen, und ich irrte bereits seit einem Jahr wie ein armer Teufel auf der Suche nach

Geld durch die Strassen von Paris. Es war eine Demütigung. Meine amputierte Hand schmerzte, und ich trank zuviel. Um nicht den Verstand zu verlieren, verspürte der Mann das Bedürfnis, Landluft zu schnuppern, und der Dichter das Bedürfnis, sich in die Einsamkeit zurückzuziehen.

Von diesem schicksalshaften Jahr werde ich in ein andermal, in einem anderen Buch erzählen. Doch genau in jenem Moment und als ich verzweifelte, schickte mir Monsieur Doucet seinen Kammerdiener. Jemand hatte ihm gesagt (ich habe nie herausgefunden, wer es war, und das stimmt mich heute noch nachdenklich, denn mir graut vor dem Briefeschreiben!), ich hätte eine besondere epistolarische Begabung, und er bat mich, ihm jeden Monat einen Brief für seine Autographensammlung zu schicken, und liess mir bestellen, er würde mir dafür hundert Franc monatlich bezahlen, er entschuldige sich, weil er nicht persönlich habe kommen können, um sich mein Geschriebenes anzusehen, so wie man zu einem Maler geht, um sich ein an der Wand hängendes Bild auszusuchen.

Stimmt, es wäre unschicklich gewesen, jemanden mein Geschriebenes durchwühlen zu lassen, doch andererseits, Monsieur Doucet war kein Freund, also gab es keinen Grund, ihm Briefe zu schreiben – worüber denn? –, ich hatte nicht einmal die Ehre, ihn zu kennen. Was ich ihm in meiner Antwort mitteilte, wobei ich hinzufügte, mein Schreiben sei für ihn bereits ein gutes Geschäft, weil er bereits einen ersten Brief – und zwar umsonst! – für seine Sammlung bekomme. Ich teilte ihm überdies mit, dass ich seinen Vorschlag annähme unter der Bedingung, ein Buch für ihn zu schreiben und ihm monatlich ein Kapitel zu schicken.

Noch keine Stunde war vergangen, und Monsieur Doucets Kammerdiener erschien wieder und überreichte mir ein Kuvert mit einem funkelnagelneuen Hundertfrancschein und einer Visitenkarte mit einer äusserst liebenswürdigen Bestätigung unserer Vereinbarung. Ich antwortete mit ein paar Dankeszeilen, unterliess allerdings nicht, Monsieur Doucet darauf hinzuweisen, dass er ein ausgezeichnetes Geschäft mache, da er am gleichen Tag einen zweiten Brief von mir bekomme und wiederum sozusagen umsonst! Vergass aber nicht, unsere Abmachung zu präzisieren, und erklärte ihm, er verstehe bestimmt, dass ich für hundert Franc monatlich nicht in der Lage sei, jeden Monat für ihn mehr als soundso viele Seiten zu schreiben zu soundso vielen Zeilen je Seite und soundso vielen Wörtern je Zeile (ich habe die Anzahl Zeilen und Wörter vergessen, die ich ihm nannte, aber es waren nicht sehr viele!), und dass folglich das kleine Buch, das ich für ihn schreiben würde, ziemlich schmal sein werde, was aber die Qualität nicht beeinträchtige, da es sich um die Beschreibung einer Reise in das Hinterland des Himmels, zu den Antipoden der Einheit, handle. (Den Titel *L'Eubage* habe ich erst viel später gefunden, als ich eines Nachts im *Petit Larousse* blätterte und mein Blick auf dieses Wort fiel.) In einem *Postskriptum* ersuchte ich um Zahlung im voraus, das heisst hundert Franc an jedem Ersten des Monats, und dass ich die paar Seiten meines Manuskripts jeweils am 30. oder 31. des Monats abschicken würde. Ein zweites *Postskriptum* hielt fest, da das Jahr nur zwölf Monate und unsere Vereinbarung nur ein Jahr Gültigkeit habe, würde ich mich verpflichten, das kleine Buch innert Jahresfrist zu schreiben, und ich würde die Vereinbarung in gar keinem Fall verlängern oder erneuern, ungeachtet des Resultats, des Drängens des Mäzens, des Appetits des Autographensammlers, dessen Dossiers lawinenartig anschwollen, ohne Rücksicht auf die Lücken in seinem Katalog oder die Unzulänglichkeiten meines Textes. Ein drittes *Postskriptum* hielt fest, dass ich der einzige Inhaber der Rechte bleibe und der einzige, der das Datum und die Zweckmässigkeit der Veröffentlichung meines kleinen Meisterwerks bestimme. (Ich habe tatsächlich die Bezeichnung »kleines Meisterwerk« verwendet, obschon ich nicht die geringste Ahnung hatte, womit ich diese für einen unbekannten Amateur auf Bestellung zu schreibenden Seiten füllen würde!)

Der Sammler war offenbar begeistert, mich überredet zu haben, denn weit davon entfernt, über meine Kompromisslosigkeit und den mürrischen Ton meiner Briefe verärgert zu sein, schickte der liebenswürdige Herr an jenem Tag seinen Kammerdiener ein drittes Mal zu mir mit dem Auftrag, mir zweihundert Franc bar auszuhändigen, das Honorar für die zwei vorangegangenen Briefe, wiederum in funkelnagelneuen Scheinen, die der Kammerdiener aus einem zusammengesteckten Bündel zupfte und die er mir etwas zögernd hinhielt, tief beeindruckt vom Durcheinander in meiner Mansarde, und hinzufügte, ich bräuchte keine Quittung zu unterschreiben.

Also lud ich den jungen Mann ein – ein kleiner rundlicher Blondling, ohne Stirn, ohne Schläfen, mit feuchten Händen, Plattfüssen, ein Kropfiger aus dem Departement Isère, ein Blick genügte, um festzustellen, dass er dienstuntauglich war –, mit mir ein Glas in der Kneipe nebenan zu trinken, schloss die Tür ab, hinterliess der Concierge meine Adresse, und kaum war das Glas ausgetrunken, stürzte ich zum Bahnhof und nahm den Zug. Um Mitternacht war ich in einer verlassenen Scheune am Schreiben für Monsieur Doucet, im Licht einer Kerze, die im Hals einer leeren Literflasche steckte, das Hinterteil auf einem Heuballen, als Tisch diente mir ein Torflügel, und wenn ich zwischendurch gedankenverloren den Kopf hob, um an meiner Zigarette zu ziehen, und die Ohren spitzte, um dem störenden Kanonendonner in der Ferne zu lauschen, der die schlafende Beauce erschütterte, und in meiner Einsamkeit die Zeit skandierte, erblickte ich durch die gähnende Öffnung den sternenübersäten nächtlichen Himmel. Ich befand mich in La Pierre bei Courcelles, in der Nähe von Méréville, im Loiret. Es war die Kanone an der Somme. Die Offensive zur Befreiung Verduns hatte begonnen. Die Kameraden schlugen los. Ich ging wie ein altes Schlachtross zur Schwelle und trat sogar ein paar Schritte ins Freie, um in die Nacht zu horchen.

Im Morgengrauen war das erste Kapitel von *L'Eubage* geschrieben, und dank Monsieur Doucet konnte ich bis Ende des Monats durch die Felder schweifen, mich ins Gras legen, rauchen, träumen … und als das Jahr abgelaufen und mein »kleines Meisterwerk« fertiggeschrieben war und der Sammler trotz seines Drängens nichts mehr von mir bekam, wurden Monsieur Doucet und ich gute Freunde, er war ein galanter alter Herr, den ich mit meinen Geschichten unterhielt und der mich amüsierte, der alte Flaneur, der sich nichts vormachen liess, denn er kannte seine Pappenheimer, einer, der geistreiche Anekdoten zu erzählen verstand und sie spöttisch kommentierte, er mochte es, sich bei Tisch mit eleganten Damen zu umgeben, die er gekleidet hatte, und mit Bühnensternchen, denen er bei Gelegenheit gern kleine Couture- oder Toilettengefälligkeiten erwies. Dieser gesellige alte Beau war nicht blasiert, pflegte wie alle echten Pariser romantische Gefühle, in seinem Fall waren es ein Dompfaff in einem geheimen Entresol, den er schikanierte und neckte, den er ärgerte, zum Flattern und Singen brachte, und die Kunstreiterin, eine alte Mätresse, die er in vorgerücktem Alter geheiratet hatte und zu der wir, ein paar Vertraute, hinuntergingen, um den seltenen Vogel in seinem goldenen Käfig sich aufplustern zu sehen. Sie war eine alte Dame, der von ihrer ganzen Berühmtheit und von ihrer vor kurzem noch auffallenden Schönheit nur ein sieben Meter fünfzig langes Perlencollier geblieben war. (Einmal zeigte mir Monsieur Doucet sogar seine berühmten zeitgenössischen Autographen, was eine ganz besondere Auszeichnung war. »Ich bin sehr stolz auf dieses kleine Werk«, sagte er zu mir, als er mir das schmale Manuskript von *L'Eubage* zeigte, das er in einem kostbaren Schuber aufbewahrte. »Cendrars, Sie sind der einzige meiner Autoren, der es verstanden hat, rechtzeitig aufzuhören, das heisst, bevor meine letzte Stunde kommt, damit ich meine Sammlung noch ein bisschen geniessen und mir das Vergnügen gönnen kann, sie entsprechend kostbar zu kleiden. Wie soll ich Ihnen danken? Schauen Sie sich die anderen an, sie hören nicht auf, sie bedrängen mich, sie liegen mir seit Jahren im Nacken. Sie haben recht, aus dem Schneeball wird eine Lawine ...« Und er zeigte auf Schachteln und Schachteln in den Schränken seiner Bibliothek, die bis obenauf vollgestopft waren. »Die werden nie aufhören zu schreiben ...«, seufzte der alte Herr und schlug dieses oder jenes Dossier dieses oder jenes bereits berühmten

Autors oder eines jungen, vielversprechenden Dichters auf und zerknitterte mit seiner ungeschickten, zitternden, vom Rheuma knotigen, aber manikürierten Hand die Blätter. Es befanden sich viele Briefe meiner Zeitgenossen darunter und sehr wenig Werke, oder dann Dubletten und Aufgewärmtes, ausgeschmückte oder von Korrekturen wimmelnde Manuskripte, damit sie nach Sammlerstück aussahen. Eine Welt! Die verbotenen Exemplare der *Fleurs du Mal* und Baudelaires Tagebücher, Verlaines Schulhefte, Pierre Louÿs' Hefte, ein unveröffentlichtes Manuskript von Rimbaud, eines von Proust, dann die üblichen *Rara,* von Mittelsmännern dank Schummeleien im Hotel Drouot zusammengerafft, ein Los Ladenhüter in Folio auf Inkunabelnpapier und handkoloriert, ganz zu schweigen von den modernen Meistern, die als Hersteller von Einzelstücken und von Varianten für Bibliophile berühmt sind ... und die ganze Schar Dadaisten, die weder einarmig noch einbeinig waren und auf deren Buckel ihr Manager sich eine Mitgift zusammensparte, hatte er es doch endlich geschafft, den alten Herrn – der seinen Dompfaff verloren hatte – einzusperren und seine Senilität auszunutzen, und da der kultivierte Grandseigneur sich nun mit dem Esprit nouveau schmückte, o Eitelkeit der Eitelkeiten, triumphierte der Couturier ein letztes Mal, bevor er starb: im Gespräch sein, die Avantgarde der Mode sein an der höchsten Pariser Spitze.)

Diese Prolegomena, um zu erklären, was mich veranlasste, *L'Eubage* zu schreiben, um die Stimmung heraufzubeschwören, in die ich mich damals versenkt hatte, um den Ton, die Bilder, das Drehbuch dieses kurzen Textes zu erklären. Die Natur, der Himmel, die Pflanzen, die unterirdischen Wasserläufe, meine Beschäftigungen tagsüber, die Sprache der Menschen um mich herum, die völlige Anspruchslosigkeit des Lebens, das ich in jener Klause am Rande der modernen Welt führte, der zusammengebrochenen Gegend der Kressebauern mit ihrer vielfältigen und sehr typischen halbwilden Fauna und Flora und die in völligem Widerspruch zur Kultur und zum monotonen Aussehen der »umgebenden« Beauce steht, des Landes der Weizenfelder, jener endlosen Ebene, all das, was ich ein erstes und ein zweites Mal in *L'Homme foudroyé* erwähnt habe[10], um meine Geistesverfassung von damals zu veranschaulichen, als ich 1917 Paris und die Poesie verliess, ohne dass mir der Geist danach stand, wieder zurückzukehren, all das liefert vielleicht den Schlüssel zum Vokabular und zur Quelle der poetischen Bilder in *L'Eubage,* erklärt aber nicht die Wahl des Themas.

Doch habe ich gewählt?

Unermüdlicher Leser von Wörterbüchern, der ich bin, suchte ich meine Wörter. Das Thema ist in den Wörtern enthalten, oder es ist das Thema, das – wie ein Glasstäbchen, das man in eine übersättigte Säure steckt und darin rührt – die Wörter kristallisiert. Und das Thema war in meiner Reichweite.

VII
DIE SCHATTEN IN DER DUNKELHEIT

Nachts an der Front, wenn ich nicht auf Patrouille war, erfüllte das Universum meine luxuriöse Schiessscharte, eine ausgeschnittene Scharte in einer Panzerplatte, ein Guckloch, ein Spion, durch den man einen Blick auf die Welt gegenüber werfen oder einen Schuss auf die feindliche Welt abgeben oder eine Granate über Bord werfen konnte wie ein Junge, der mit dem Fuss einen grossen Stein in einen Abgrund stösst und dessen Fall ins Leere vom Aufschlag zum Widerhall bis zum letzten Aufprall verfolgt, um gespannt die Tiefe zu schätzen, was gar nicht so paradox war, wie es den Anschein machen könnte, für einen Beschaulichen, der nichts über sich wusste, einen jungen Mann, der eben zwei, drei Winter dem Studium der Kantschen Terminologie gewidmet hatte, die wie keine andere den Begriff des Subjektiven und des Objektiven definiert, einen Schwärmer, dessen metaphysische Liebe sich um Schopenhauers Pessimismus kristallisiert hatte und der neugierig das Leben studiert und den Menschen und die Menschen entdeckt hatte (1914 war ich siebenundzwanzig) und der auf sie schoss und sich im Scherz exponierte, aus Spass am Risiko, aus einem in ihm schlummernden Atavismus heraus und sich damit rechtfertigend, dass er Soldat war, um zu sehen, wie weit das führen konnte, wohin das Spiel ihn führte, ob dieses Alibi moralisch standhielt, der gefährlich Spass daran hatte, sich zu entwürdigen, weil ich mich besonders verachtete und mit sadistischer Freude das mit Füssen getretene menschliche Los verachtete, das ich getreten, unter Trommelfeuer genommen, erstickt, ausgeblutet, auf dem blutrünstigen, machtgierigen Altar der Vaterländer als Feueropfer dargebracht hatte, mit der Flagge zugedeckte, wertlose verhökerte Ware, sinnlos geopfert, in der Grube entsorgt, weil die Schützengräben aufgetankt wurden. Was für eine Verschwendung! Ich hatte recht und schämte mich dafür.

Der Schmerz zu leben, das namenlose Leiden, multipliziert mit ebenso vielen Zahlen, aus denen sich die Wehrstammnummern von Millionen und Abermillionen Frontsoldaten zusammensetzten, Generationen von lebenden Toten an der Grenze des *no man's land* – lässt sich eine absurdere und logischere synthetische Tabelle des menschlichen Lebens auf Erden, dieser riesigen Absurdität, vorstellen? Eine bessere Veranschaulichung der Nichtigkeit des geistigen Lebens des Menschen, einen eindeutigeren Beweis der Ohnmacht, der Nutzlosigkeit seines intellektuellen Bemühens? Es war unsäglich, und ich finde keine Worte dafür, nur den Refrain der Legion, der einen die Brustwehre der Vernunft überwinden lässt.

Alter Knurrhahn,
Lass die Hose runter:
Na schau, 'ne Bockwurst, 'ne Bockwurst,
'ne Bockwurst
für die Elsässer, für die Schweizer, für die Lothringer!
Für die Boches reicht's nicht,
Für die Boches reicht's nicht,
Weil sie im Arsch viereckig sind!
Für die Boches reicht's nicht,

für die Boches reicht's nicht!
Im Arsch viereckig sind's![11]

Doch was hat sich seither alles verändert! Denn inzwischen lief die ganze Welt hinter den Clairons und den Tambouren der Fremdenlegion her im *no man's land,* dem Land, das niemandem gehört, dieser düsteren, dieser einzigen Wirklichkeit, dieser totalen Dunkelheit, die ich mit dem Blick ausloten, mit dem Finger berühren konnte und auf die ich durch meine Scharte das Gewehr abfeuern konnte, das »Viereck im Arsch« des berühmten historischen Refrains, die in die dicke Panzerplatte eingelassene Leere, Guckloch, Spion, enge Spalte, durch die mein Geist sich hinauswagte, um sekundenschnell das Alter der Erde zu erfassen, wenn eine feindliche oder befreundete Rakete die opake Nacht zerriss, und die mit der Blitzartigkeit eines Reissverschlusses gleich vernarbte, das Alter der Erde, ihre tiefen Falten, ihr Gesicht, ihre Schmarren, ein verwüsteter Waldzipfel, hingepinselt wie die Kulisse eines Kasperletheaters, ein Stück Strasse, das sich in den Spanischen Reitern verlor, ein Wegweiser, eine Furche, eine Hecke, ein in Trümmern liegendes Dorf, ein eingetretenes Scheunentor, ein zerschossenes Stück Landschaft, endlose Stacheldrahtwälle, eine Leiche im Vordergrund, in einem Verhau erdrosselt, jede Einzelheit im *flashlight,* hell beleuchtet im Magnesiumlicht und gespeichert.

Man war davon betäubt. Wozu dieser Fototrickfilm! Von wem ausgelöst und zentriert? Und zu welchem Zweck und für wen? Soviel Helligkeit und Schärfe und so viele realistische Bilder! Ich war wie gebannt. Ich konnte mich nicht von meiner Scharte lösen. Ich stand stundenlang davor. Ich übernahm die Wache der Kameraden, die sich darüber freuten, weil sie sich aufs Ohr legen konnten, die sich über mich lustig machten und mich, den Dichter, verspotteten. Hatten sie mich entlarvt, die braven Kerle?

Ein Dichter, das Gewehr im Anschlag an einer Schiessscharte, einer, der nicht schrieb und der seine Worte suchte, um zu definieren, was er da von der anderen Seite auf seine Schiessscharte zuströmen und sich in ihr einbeschreiben sah, in das Guckloch einbeschreiben wie in einen kleinen Spiegel oder auf einer tragbaren Projektionswand. Es benahm mir den Atem. Ein Auge als Zeuge? Eine anklagende Bewusstwerdung? Ein Automat? Man ist nicht gleichgültig! Wie die Schatten in der Dunkelheit benennen? Die Männer waren einhelliger Meinung: Nichts ist so schwarz wie die Schwärze der Nacht an der Front. Sie waren fassungslos. Sie verirrten sich feindselig darin. Man hörte sie wettern, fluchen, das Leben verdammen, dieses verfickte Hurenstück verfluchen, über etwas stolpern, unter Essgeschirrgeschepper eine Schaufel aufheben, sich totstellen, die Unseren wie auch die gegenüber, und erst dann stiegen die taghell beleuchtenden Raketen auf, und die Maschinengewehre nahmen die Nacht unter Feuer, und die Dunkelheit formierte sich von allen Seiten neu und fiel über einen her wie eine Herde Dickhäuter. Doch es trat keine Stille ein. Die Stille ist nicht menschlich.

Ich fand meine Worte nicht. Ich habe nie verstanden, wie Guillaume Apollinaire so schöne Gedichte über die Nacht an der Front hat schreiben können, und auch nicht Aragon, im Mai, im Juni 1940, den der Krieg ebenfalls inspiriert hat. Der Frühling damals und auch das ungewöhnlich schöne Wetter (ein vierzig Tage dauernder Antizyklon war vom meteorologischen Dienst angekündigt worden, und dieser Dreckskerl von einem Hitler hatte die Gelegenheit zu nutzen gewusst!) sind keine Entschuldigung, denn Aragon ist kein Naivling. Nein, wirklich, erriet der Dichter nicht, was folgen würde? Doch *Der Flieder und die Rosen* ist gar romantisch.

Die einen am meisten verfolgenden Metaphern eines Lautréamont, dieses Dämons der Nacht, waren mir keine grosse Hilfe, um die Schatten in der Dunkelheit einzuordnen, die mein Geist fotografierte und die mein Hirn fixierte, entwickelte, automatisch mit rasender Geschwindigkeit speicherte, und meine schwerfällige Zunge rief das Schöpferwort nicht an, um sie zu benennen, diese fliehenden Formen, die sich verfingen, die sich umschlangen, die einander strudelnd versenkten, die mit einem gewaltigen Röcheln verendeten; doch ich rezitierte für mich die Formeln *über die vierfache Wurzel des Satzes vom zureichenden Grunde,* diesen Prüfstein jedes denkenden Geistes, Schlüsselbund, der alle Schlösser des Begriffsvermögens öffnet und die Hypothesen doppelt verschliesst, diese kurze, kaffeebittere Abhandlung Arthur Schopenhauers, des letzten Metaphysikers, des scharfsinnigsten Philosophen der Moderne, des ersten und vielleicht einzigen Europäers seit Descartes, sind doch die Fotografie und die Kinematographie Abstraktionen ausserhalb von Zeit und Raum, wie alles, was schwarzweiss ist, wie die Druckkunst, die Schrift.

Wenn ich mich vor dem Krieg von 1914 bereits mit dem Film befasst und Dokumentarfilme für die Firma Pathé gedreht hatte, Spulen, die Teil einer Serie mit dem Titel

La Nature chez elle waren, so ging es mir nicht eigentlich darum, meinen Lebensunterhalt zu verdienen, armer Tropf, der ich war!, sondern vielmehr darum, die mir gebotene Gelegenheit zu nutzen, in die paradiesischsten Winkel der Welt reisen zu können, um einen Sinnspruch zu erläutern, den ich in das Goldene Buch eines Teehauses in Kyoto schrieb:

Allein schon die Tatsache zu leben ist ein wahres Glück …
und den ich mit meinem Namen unterzeichnete.

Ich Ärmster, das war erst ein paar Jahre zuvor gewesen, um 1911, und schon setzte ich mich an einer Schiessscharte der Gefahr aus, eine Kugel in den Kopf zu bekommen, war im Begriff, mir den Schädel stopfen und ausklopfen lassen, auf das blitzartige oder kurz verzögerte Schicksal eines schnellen Todes harrend oder einer heiklen Trepanation wie bei Apollinaire, wie bei René Dalize, dem der Kopf von einer Granate weggeschossen wurde, wie bei diesem Dummkopf von einem Bikoff[12], der sich als Baum getarnt hatte, wie bei meinem Kameraden Hernando de Bengoechea aus der Fremdenlegion, von dem ich aus *Les Nouvelles littéraires* vom 26. August 1948, dreiunddreissig Jahre später, zu meiner Schande erfahre, dass er Dichter war, wo ich doch hätte darauf kommen müssen, weil auch er in den kreidigen Festungen nördlich von Arras an seiner Schiessscharte klebte, wo er am 9. Mai oder 11. Juni 1915, verflixt, ich erinnere mich nicht genau, ums Leben kam! Und ich frage mich, ob durch eine Kugel zwischen die Augen oder von einer Illumination getroffen, wie Rimbaud sagte!

Das ununterbrochen von Norden, von Bapaume kommende Kanonengrollen war wie das Atmen des Ozeans in der Nacht, seine steigende Flut und seine fallende Ebbe, *crescendo, decrescendo,* weckten die Vorstellung von einem kosmischen Ballett, unsichtbar zwar, sich jedoch wie tönende Sternbilder dem Trommelfell einprägend. Man war ganz betäubt davon. Da musste ich an jenes Hühnerherz denken, das seit vielen Jahren im siebenunddreissigsten Stockwerk des Rockefeller Instituts für medizinische Förderung in New York in einer Glasschale schlug, und so wie man die Sekunden zwischen dem Abschuss und der Explosion beim Einschlag zählt, zählte ich die Pulsschläge dieses geschälten Herzens, dieses von Dr. Carrel »entblössten Herzens«, der es täglich mit einem künstlichen Serum begoss, um das Organ am Leben zu erhalten (das Herz soll kürzlich stillgestanden sein – oder muss man »gestorben« sagen? –, weil während eines Weekends Dr. Carrels Laborgehilfe, der ihn während seiner Abwesenheit vertrat, eines Montagmorgens vergass, es zu giessen, wie die amerikanischen Zeitungen berichteten, die vergassen zu sagen, dass dieses Herz über dreissig Jahre in seinem Suppenteller geschlagen hatte, sechsmal länger also, als es üblicherweise als Innerei in der Brust eines lebenden Hahns oder einer Bruthenne geschlagen hätte! Doch was für ein Geschlecht hatte dieses Herz? Eine gute Belohnung für den, der es mir zu sagen weiss!).

Und noch viele andere, in ihrer Koinzidenz völlig abstruse Dinge kamen durch meine Scharte: die Bombennächte in London und Paris, und so wie man auf alten Seekarten den Boreas aus dem pausbackigen Mund eines gravierten pustenden Engelkopfes wehen sieht, der von einer Ecke aus den Sturm bläst, überfiel mich plötzlich ein Sturm zerfetzter Töne und schwindelerregender Melismen aus der Luft, und fünf, sechs, sieben riesige Schattenraketen kamen auf mich zu, es waren die Zeppeline, diese Mastodonten, die mit gelöschten Scheinwerfern auf meine Schiessscharte zusteuerten und, kaum erblickt, schon verschwunden, im Tiefflug rechtwinklig über mir vorbeiflogen (und seither verstehe ich die Parabel, die eher ein Kamel als einen Reichen durch ein Nadelöhr gehen lässt – der Fachausdruck »Öhr« oder gemeinhin »Nadelloch« ist kein Übersetzungsfehler, wie die kritisch-historische Exegese von Mgr. Duschesne, Rektor der *Ecole française* in Rom, hat glauben machen wollen, sondern im wörtlichen Sinne das logische Glied eines poetischen Bildes, seine geheime Bedeutung!). In den Wintermonaten und zu Orions Stunde, sah ich die Riesenhand vor meiner Scharte, aufgehängt wie das Schild eines Handschuhmachers in der Avenue de l'Opéra (ich erinnere mich genau, es war über dem Geschäft von *Gant Perrin,* wo man im Regen eine rote Hand in einem Neondreieck wie die Hand Gottes in der Pariser Nacht leuchten sah), was mich heute, wenn meine Hand allzusehr schmerzt, zur Feststellung veranlasst, dass meine amputierte Hand zum Himmel in das Sternbild Orion aufgestiegen ist, was ebenso kindisch ist, wie wenn ich sagen würde, sie habe sich bei *Perrin* einen Handschuh anpassen lassen. *Hélas!* einem Kriegsversehrten ist dieses Glück versagt. Was die Eleganz angeht, bewilligt ihm der Staat grosszügig eine mit Flockseide behandschuhte Holzhand, die offiziell als *Paradehand* bezeichnet wird und deren Preis tariflich mit hundertfünfundzwanzig Franc festgelegt ist, die von der Übergangsbeihilfe des Frontsoldaten in Abzug gebracht werden, es sei denn, dieser verzichte auf die Hand und unterzeichne eine entsprechende formelle

Erklärung! Es ist keine *main de gloire,* sie ist zu nichts gut!); und so weiter und so fort.

Meine Scharte erinnerte mich an das Guckloch, das mein Freund Robert Delaunay, der Maler des Eiffelturms, in die Holzläden gebohrt hatte, die er vor seinen Fenstern und der Glasfront hatte anbringen lassen, um sein Künstleratelier (ein gutbürgerliches Wohnzimmer) tagsüber in eine Dunkelkammer zu verwandeln, weil bestimmte Probleme der modernen Malerei ihn umtrieben und vor allem der »simultane Kontrast«, wie er seine neue Maltechnik nannte, um eine Entsprechung zum »Eisenbeton« zu schaffen, einem Terminus, der ihn beeindruckt hatte und den die ästhetisierenden Architekten des Esprit nouveau zunehmend benützten.

Delaunay war ein sturer Mensch, und so arbeitete er:[13]

»Er schloss sich in eine Dunkelkammer ein und nagelte die Fensterläden zu. Wenn er seine Leinwand vorbereitet und seine Farben zerstossen hatte, bohrte er mit einem Drehbohrer ein kleines Loch in den Laden. Ein Sonnenstrahl drang in die Dunkelkammer, und er begann ihn zu malen, ihn zu untersuchen, ihn zu zerlegen, seine formalen und farblichen Bestandteile zu analysieren. Er betrieb Spektralanalyse, ohne es zu wissen. Er arbeitete monatelang auf diese Weise, studierte das reine Sonnenlicht, was ihm ungeahnte künstlerische Impulse gab. Dann vergrösserte er das Loch im Laden ein bisschen, und er begann die Farbspiele auf transparentem, zerbrechlichem glasähnlichem Material zu malen. Widerscheine, Glimmer; seine kleinen Leinwände wirkten wie synthetische Juwelen, und Delaunay mischte den zerstossenen Farben Edelsteine bei, vor allem feingemahlenen Lapislazuli, wie Fra Angelico es getan hatte. Schliesslich war die in den Fensterladen gebohrte Öffnung so gross, dass Delaunay die Flügel ganz öffnete und das volle Tageslicht ins Zimmer hereinliess. Die bereits etwas grossformatigeren Leinwände stellten geschlossene Fenster mit Vorhängen aus weissem Mousselin dar, in denen sich das Licht spiegelt. Schliesslich zog er die Vorhänge auf und öffnete das Fenster: Man sieht ein leuchtendes gähnendes Loch und, hart und solide, das Dach des Hauses gegenüber im Gegenlicht, eine massive, eckige, schiefe Urform ... Delaunay ist immer mehr von dem gefesselt, was sich dort, draussen, abspielt, und er findet in dem über Paris brandenden Lichtozean die winzigen Farbspiele wieder, die er in einem Sonnenstrahl studiert hat. Für den Maler stellen sich die gleichen Probleme, in einem anderen Verhältnis jedoch und in einem Riesenmassstab. Also malt er seine fünf, sechs Meter grossen Leinwände, *Die Stadt, Die Drei Grazien über Paris,* oder versucht, den Akademismus und all das neue, eben entdeckte Malerische miteinander in Einklang zu bringen: den kleinen Spitzturm von Notre-Dame mit der Seine, die bis zur Pariser Banlieue fliesst. Charenton und Alfortville. Er findet endlich ein neues Sujet, das ihm erlaubt, all seine Entdeckungen und Techniken anzuwenden: die Grossstadt. Viele neue Probleme stellen sich ihm, Analogien, poetische Entsprechungen, geistige und physische Kontraste, Fragen der Perspektive, des Materials, abstrakte Fragen, Unanimismus und Synthese. Und Paris durchdringt ihn in seiner ganzen Wesensart. Jetzt, da er Monate damit verbringt, Paris von der Höhe seiner Kirchtürme aus zu betrachten, jetzt wenden sich seine Augen immer mehr dem Eiffelturm und seiner aussergewöhnlichen Form zu …«

Ich habe in *Aujourd'hui* das Drama von Robert Delaunays Kampf mit dem Eiffelturm erzählt, Delaunay, dessen Dichter ich war (denn jeder der zeitgenössischen Maler hatte vor dem Krieg von 1914 seinen Dichter: Picasso hatte Max Jacob; Braque, Pierre Reverdy; Juan Gris, Ricciotto Canudo; Léger, Chagall, Roger de La Fresnaye, hatte Modigliani, meine Wenigkeit und die ganze Pariser Schule, die Kubisten und Orphisten, Guillaume Apollinaire; es waren weder die Kunsthändler noch die Kunstkritiker, noch die Sammler, sondern die modernen Dichter, die diese Maler berühmt gemacht haben, das wird allzuoft und allzugern vergessen, auch von all den heute zu Millionären gewordenen Malern, die bei uns in der Schuld stehen, bei uns armen Poeten!), mein Freund Delaunay also, ein kräftiger Bursche, der bei der Kriegserklärung aus Frankreich flüchtete, was ich billige, denn ich verstehe die Angst vor der Schiesserei, der aber, nach dem Friedensschluss, aus Spanien nach Paris zurückkehrte und mir ein offiziell von der französischen Botschaft in Madrid auf seinen Namen ausgestelltes Dokument unter die Nase hielt, in dem seine Geisteskrankheit bestätigt wurde und das er mir stolz vorzeigte, weil er darauf Wert legte zu beweisen, dass alles rechtens gewesen war, eine Unverschämtheit!, wo ich doch nichts von ihm verlangt hatte; eine Geste, die gegenüber mir, seinem Freund, unentschuldbar war, und dieser seltsame moralische Mut, der ihn zu dieser Fehlhandlung getrieben hatte, war für mich unverständlich, so dass ich in der Folge weder dem Maler noch seiner Malerei je wieder begegnet bin.

Soviel moralischer Mut für nichts und ebensoviel vergeudeter physischer Mut von uns anderen!

Zu jener Zeit vertrat ich eine Theorie, die die Jungs aus meinem Trupp für eine etwas böse Übertreibung hielten. Ich behauptete nämlich, ein Feigling hinter der Front sei mir lieber als ein Feigling an der Front, der Rotwein und Tabak aus den Verpflegungsvorräten klaut und es scheinheilig geniesst, Frontsoldat zu sein, während es in Paris äusserst riskant war, zwei-, dreimal täglich an der Loge seiner Concierge vorbeizugehen, und es gehörte viel Mut dazu für den Feigling im Hinterland, der nach Hause kam, um in seinem Bett mit der Frau eines Freundes zu schlafen, der in der Feuerlinie den Hanswurst spielte, und ich fügte überdies noch hinzu, das mir ein Deserteur viel lieber sei als ein Feigling im Hinterland, weil der Deserteur im Ausland gewissermassen als Held gelte, als einer, der nein! gesagt hatte, was männlich ist und einer edlen Seele würdig und von Charakter zeugt; in Anbetracht dessen, versteht sich, dass der Frontsoldat der meistverspottete Franzose war, weil er natürlich wusste, dass er bloss ein Trottel war! Meine Kameraden lachten über diesen Widerspruch wie Erstkommunikanten, die sich verarscht vorkommen.

Doch unter den Deserteuren gab es welche, die viel Energie aufwandten, um ihre Haut zu retten, und es nicht immer geschafft haben. Der Dichter Arthur Cravan zum Beispiel, der mit Delaunay und mir im *Bal Bullier* ein Trio bildete, wenn wir in verschiedenfarbenen Seidensocken Tango tanzten, Robert in einem zweifarbigen Smoking, die eine Hälfte rot, die andere grün, Arthur in einem schwarzen Hemd mit durchbrochenem Plastron, durch den man die blutigen Tätowierungen und die obszönen Inschriften auf seiner Haut sah, mit flatternden Hemdzipfeln, die mit frischer Farbe bekleckst waren (bevor er zum Ball ging, setzte sich Cravan regelmässig auf Delaunays Palette, was Robert aufheulen liess wegen des teuren Lapislazuli, was uns mehr als einmal den Abend verdarb!), und ich hatte Chicago-Krawatten umgebunden, die ätzender waren als die *tomato-sauce* und die *pickles* aus Amerika und schreiender als das Gefieder eines Papageis; diese ganze Buntscheckigkeit orphistischer Harlekine, um Aufsehen zu erregen, aber auch um Marinettis Futuristen auszustechen, deren permanenter Abgesandter in Paris, Gino Severini, jeden Abend die Details unserer Aufmachung nach Mailand telegraphierte, und diese Nachrichten strahlten bis nach Sankt Petersburg aus und beeinflussten den Rayonismus von Larionow und Gontscharowa, des Bühnenmaler- und Kostümbildnerpaars von Diaghilevs Ballets Russes, das war bekannt und wurde sogar von den Futuristen in Moskau nachgeahmt, das berühmte chromgelbe Hemd Majakowskis war nämlich das letzte Modeecho unserer wilden Pariser Nächte; der Dichter Arthur Cravan also, der ein riesiges Talent besass, das er letztlich ebenso schlecht nutzte wie seine gewaltige Körperkraft, denn Arthur war ein Champion, ein Athlet, ein Boxer, aber ein Schlappschwanz wie viele halbprofessionelle Sportler, die vom intensiven Training völlig zerschlagen sind, Sklaven ihres schönen Körpers, den sie bei jeder Gelegenheit vorführen, Opfer ihrer Muskelpakete, mit denen sie prahlen, ihrer Bizepse, die sie verführerisch spielen lassen und die ihnen Ruhm, Geld, Frauen, Komfort, Luxus einbringen und sie schliesslich, als Krönung, zu Schlappschwänzen werden lassen, noch bevor sie dreissig sind.

Am 2. August 1914, am Tag der Kriegserklärung, verkündete der Dichter Arthur Cravan, der »Neffe von Oscar Wilde«, »Dichter und Boxer«, »der Dichter mit den kürzesten Haaren der Welt«, wie er sich gern selbst nannte in seiner Zeitschrift *Maintenant* und auf dem Plakat des Theaters *Les Noctambules,* wo er ein paar Wochen zuvor einen Vortrag gehalten und mit viel Getöse verkündet hatte, er werde sich öffentlich umbringen und die traditionelle Karaffe Wasser durch eine Flasche Absinth ersetzen und seinen Vortrag, eigens für Damen oder verwandte Seelen, nur mit einem Cachesexe bekleidet halten und seine Eier auf den Tisch legen (er tat nichts von alledem, trank verlegen die Wasserkaraffe aus, ohne es zu merken, denn er brabbelte, als er spöttisch über Victor Hugo herzog, und getraute sich nicht, den auf dem Tisch liegenden – nicht einmal mit Platzpatronen geladenen! – Revolver mit der leeren Trommel zu schwenken, und hielt einen sterbenslangweiligen Vortrag von einer derartigen Trivialität, die ihm eigentlich einen Überraschungserfolg hätte einbringen müssen, zumindest von seiten des Publikums aus Snobs und Ästheten, die er von Van Dongen hatte zusammentrommeln lassen und die die Darbietung eines Irren erwartet hatten, denn seine Freunde, die die feigen Rückzieher des muskulösen Faulsacks schon lange kannten, waren erst gar nicht erschienen, waren sie doch sicher, ihn lebend wiederzusehen und schlapp wie immer, und der arme Arthur verhaspelte sich und verhaspelte sich, fühlte sich unbehaglich, eingeschüchtert trotz seines Grossmauls, seiner Extravaganz …, am Tag der Kriegserklärung also stürzte sich Arthur Cravan in den Ozean, überquerte vor lauter Panik mit unermüdlichen Schwimmstössen die breite Mündung des Bidasoa, dessen Wasser zwar niedrig, aber voller Treibsand war, und flitzte von Hendaye-Plage, wo er sich aufgehalten hatte, nach Fuenterrabía, wo er Robert Delaunay traf, das andere Grossmaul, der am Abend vorher in Béhobie die internationale Brücke überquert hatte, bevor die Grenze geschlossen wurde, und der mit Sack und Pack, das heisst mit Palette, Pinseln, Farbtuben, Leinwandrollen, Bildern und Kind und Kegel, Madame, Baby, dem litauischen Kindermädchen und Madame Delaunay Mutter, auf den nächsten Zug nach Lissabon wartete, ein regelrechter Umzug also!

Arthur schloss sich augenblicklich der Delaunay-Karawane an; in Lissabon fühlte sich Cravan jedoch nicht sicher in seiner Eigenschaft als englischer Staatsangehöriger, und als Portugal, Alliierter Englands, seinerseits den Krieg erklärte und ins Feld zog, reiste Arthur auf der Stelle nach Spanien, wo er sich eine Zeitlang in Madrid aufhielt, auch hier mit Robert, der ihm schleunigst nachgereist war. Sonia kochte für die ganze Schar und schlug sich mit Schwiegermama schlecht und recht durch, denn die zwei Frauen hatten einen Laden oder ein Modeatelier eröffnet.

Auf Kosten der zwei Frauen zu leben störte ihn nicht besonders, Cravan jedoch fühlte sich in Europa nicht sicher. Er wollte nach Amerika, wo er Verwandte und Bekannte hatte, aber er war abgebrannt, und das Geld, das er aus Grossbritannien und Irland erwartete, traf nicht ein, sein Bruder Lloyd war in England eingezogen worden, seine Schwägerin Alice stellte sich taub, Verwandte, Freunde,

Bekannte antworteten nicht, und Arthur wusste weder aus noch ein, weil er selbst die Schwiegermutter Delaunay (eine scharfzüngige Pariserin) gegen sich aufgebracht hatte vor lauter Anpumpereien, Betrügereien, Schwindeleien, Empapaoutereien[14], er liess seinen ganzen Charme spielen, um Telegramme, verzweifelte Hilferufe in alle Richtungen zu schicken. Also verschwand er eines Tages nach Barcelona zu Jack Johnson, dem berühmten Boxer, Weltmeister, einem prächtigen Schwarzen und Bonvivant, den Arthur in Boxerkreisen und beim Training kennengelernt und den er einmal durch Paris und Berlin begleitet hatte, mit dem er durch die Bumscafés im 18. Arrondissement und am Alexanderplatz gezogen war, auf Johnsons Kosten in den Nachtlokalen in Montmartre und am Kurfürstendamm zechend, Champagner trinkend, Zigarren rauchend in galanter und zahlreicher und dekadenter Gesellschaft Drogensüchtiger und Homosexueller, das alles nur aus Spass, versteht sich!

In Barcelona erregten Jack Johnsons Auftritte am Hafen und im Barrio Chino einiges Aufsehen. Zu jenem Zeitpunkt war der schwarze Champion wegen Zuhältergeschichten mehr oder weniger disqualifiziert und war bereits mit allen Polizeibehörden Europas aneinandergeraten. Er hatte die Nase voll. Er träumte davon, *in the States* zurückzukehren und seine Boxerkarriere wiederaufzunehmen, aber er konnte sich nicht entscheiden, denn er hatte eine Liaison mit einer deutschen Baronin, die ihm bis in die verrufensten Bars nachlief, wohin er sich vor ihr flüchtete; im übrigen fühlte er sich nicht in Form, und seine Aktien sanken wie die von Cravan. Ich weiss nicht, wer auf den Gedanken kam, doch die zwei Spezis wurden schnell einig. Sie planten einen sensationellen Boxkampf, ein als die »Rückkehr des Weltmeisters in den Ring« angekündigtes Match, bei dem der berühmte Schwarze J. J. seinen Titel gegen den Herausforderer Arthur Cravan, »Oscar Wildes Neffen, den Dichter und Boxer, den Dichter mit den kürzesten Haaren der Welt usw. usf.« verteidigen würde. Die spanischen Promoter dieser Begegnung liessen sich nicht lumpen. Die Werbung lief auf vollen Touren wie für eine *corrida,* Plakate in den Strassen Barcelonas, Artikel in den Zeitungen Kataloniens, und die Neugierde, die Erregung des Publikums erreichte den Höhepunkt, man riss sich um die Eintrittskarten, die Preise stiegen – und es endete kläglich. Big Jack verlor seinen Titel nicht, verlor jedoch, was ihm an Ehre geblieben war, und er betrat den Ring nie wieder. Was Cravan angeht …

Der schöne Arthur ging geduckt, mit den behandschuhten Fäusten vor dem Gesicht in Doppeldeckung …

Ich habe die Einzelheiten von einem Augenzeugen jener beispiellosen Begegnung erfahren, die in die Annalen der edlen Boxkunst eingegangen ist. Auf beide war ein Preisgeld ausgesetzt worden, wie das üblich ist im Boxsport. Das des Siegers war höher, das des Verlierers niedriger. Die Höhe ist nicht von Bedeutung. Am Tag vor dem Match liess sich Cravan von den Promotern einen Vorschuss geben, fünftausend Peseten vielleicht, und war eine Kabine auf einem Dampfer reservieren gegangen, der am Abend des folgenden Tages nach New York in See stechen würde. Er hatte seinem Spezi nichts davon gesagt, und da er dem Gegner nicht gewachsen war und höchstens drei Runden durchgehalten hätte, hatte er den Neger beschworen, ihn nicht k.o. zu schlagen und nicht allzu kräftig zuzulangen!

Nachträglich sollte Jack Johnson Gelegenheit haben, öffentlich seine Verachtung für diesen Feigling von einem Weissen auszudrücken, Oscar Wildes Neffen usw. usf., der ihm Unglück gebracht hatte.

Es hiess, der Neger habe in New York den Boxer-Dichter in allen Bars der Bronx gesucht, in denen damals der Sparringnachwuchs verkehrte, um ihn ordentlich zu versohlen, doch der Dichter mit den kürzesten Haaren der Welt hatte sie in New York wachsen lassen, um ja nicht wie ein Diensttauglicher auszusehen, nichts an seiner Person durfte an ihn erinnern, und der schwere, muskulöse Neffe des Dandys Oscar Wilde verkehrte jetzt nicht mehr in Sportlerkreisen, sondern mit Schisshasen jeglicher Couleur, die der über Europa tobende Sturm ebenfalls nach New York verschlagen hatte, und der fesche Arthur machte Furore in den Salons der Stieglitz, der Kunstfotografen, und anderer Kunsthändler und proklamierte seinen eigenen Krieg, dada, DADA, war der Wortführer des schlechten Gewissens, schleuderte seine harmlosen donnernden Zornesblitze, die weder Verletzte noch Tote forderten, aber sein kunterbuntes Publikum begeisterten, das sich aus europäischen Deserteuren, Internationalisten, Pazifisten, Neutralen und hundertprozentigen Amerikanern, verbissenen Isolationisten, zusammensetzte, und führte ein Höllenspektakel auf. Man war im Jahr 1915. *Kunst hat keine Heimat!*

Die Begegnung in Barcelona fand an einem Sonntag Nachmittag statt, ich weiss nicht in welcher leerstehenden Arena. Nach der Vorstellung und der Ankündigung duckte sich der fesche Arthur beim *»Go!«* des Schiedsrichters und führte seine zwei behandschuhten Fäuste vors Gesicht, er zog den Magen ein, beugte sich vornüber, um sein Herz mit den aneinandergelegten Ellbogen zu schützen, und wartete mit eingezogenem Kopf auf den schicksalshaften Schlag und verharrte in dieser Stellung, ohne auch nur eine Geste anzudeuten, nicht einmal eine Finte, um zu tun, als ob, er begnügte sich *sichtlich zitternd* damit, an Ort und Stelle zu trippeln, der Neger tänzelte um den stolzen Jüngling wie eine fette schwarze Ratte um einen Edamerkäse, liess sich dreimal nacheinander zur Ordnung rufen, weil Big Jack den Boxer-Dichter dreimal in den Hintern trat, um Oscar Wildes Neffen aus der Reserve zu locken, und der Neger boxte ihn in die Rippen, verpasste ihm lachend ein paar Dubletten, feuerte ihn an, beschimpfte ihn, und plötzlich, ein Wutausbruch!, streckte Jack Johnson ihn mit einem Punch ans linke Ohr zu Boden, mit einem Hieb, der eines Schlächters oder eines Berufskillers würdig war, weil er endgültig die Nase voll hatte! Cravan lag stocksteif im Ring. Der Schiedsrichter zählte die Sekunden. Der Gong verkündete das Ende des Kampfes. Und Jack Johnson wurde zum Sieger durch *knockout* ausgerufen. Das Ganze hatte keine Minute gedauert. Da begann der Neger das katalanische Publikum zu beschimpfen, das den Ring stürmte, das Eintrittsgeld zurückverlangte, die Arena verwüstete, die Schranken in Brand steckte. Die Polizei griff ein und räumte die Arena, und weil das Handgemenge um sich griff, mussten die *carabineros* gerufen werden, um den Weltmeister ins Kommissariat abzuführen, und den Managern blieb nichts anderes übrig: Sie mussten zahlen!

Big Jack schäumte vor Zorn; er verbrachte die Nacht im *calabozo,* brüllte nach Arthur, schwor, er werde ihn umbringen, und der diensthabende Wachtmeister musste ihm wiederholt die Zwangsjacke androhen.

Derweil die spanischen Promoter in der ganzen Stadt den verschwundenen Cravan suchten, tupfte sich der flotte Arthur in seiner Kabine an Bord des Schiffes, das bereits gen Amerika dampfte, sein hochrotes Ohr, das aber nicht wegen der Blamage rot war, sondern von der eingesteckten Watsche. Und so wie ich ihn kenne, kümmerte es ihn nicht das geringste, und er sagte sich wohl: »Das Gesicht wahren mag für die Chinesen taugen! Was mich angeht, Hauptsache, meine Visage ist unversehrt!« Und über das Waschbecken gebeugt und sorgfältig Kompressen auflegend, lächelte er wahrscheinlich seinem flotten Spiegelbild zu. Er dachte an seine Frau, eine Burgunderin, die er in Paris zurückgelassen hatte; vielleicht kannte er diejenige schon, die er in New York heiraten würde, denn Arthur Cravan ist als Bigamist gestorben.

Arthur Cravans Leben in New York zu erzählen käme einem geschichtlichen Überblick über die Gründung des Dadaismus gleich, also werde ich an dieser Stelle darauf verzichten; so wie bis heute auch der Scharlatan des L'art pour l'art, Francis Picabia, darauf verzichtet hat, der Cravan in New York täglich sah und, von seinem Beispiel angeregt, den sagenhaften Mut hatte, in *391,* einer Kunstzeitschrift, die *Mona Lisa* von Leonardo da Vinci, der nichts dafürkonnte, mit einem Kaiser-Wilhelm-Schnurrbart zu versehen; und ebenso hat bis heute der erfinderische Marcel Duchamp darauf verzichtet (und was machte dieser boshafte Pariser in New York, ausser die Liebe, dieses Schachspiel, zu lehren!), der Cravan in New York täglich sah und der unter seinem

Einfluss den sagenhaften Mut hatte, die in einem Warenhaus zum Verkauf angebotenen Nachttöpfe mit folgender Garantie zu versehen: *Je déclare que cet ustensile de ménage est une authentique œuvre d'art! {Ich erkläre, dass dieses Haushaltsgerät ein echtes Kunstwerk ist!},* und ein Faksimile seiner Unterschrift, für Eingeweihte *Rrose Sélavy,* daruntersetzte; und ebenso hat bis heute der Grossmufti aus Zürich darauf verzichtet, der zwar Cravan nicht kannte und in seiner Verwirrung 1917 dankbar aus den Händen Picabias die Investitur entgegennahm, die USA befanden sich inzwischen ebenfalls im Krieg, und Picabia, obschon Kubaner, hatte sich in die Schweiz geflüchtet, angeblich um eine Gürtelrose zu behandeln und eine Entschlackungskur zu machen, stürzte sich aber in eine entfesselte Propaganda, seine Koffer voller DADA, Kriegspläne, Manifeste, Bomben, Werke über Cravans Blamage, eine neue Religion, zu der Grossmufti Tristan Tzara eifrig seine Anhänger vom *Cabaret Voltaire* bekehrte, die dann die Epigonen des Tänzers aus dem *Bal Bullier* und des Wortstammlers des *Noctambules*-Theaters empfingen wie die Apostel den Heiligen Geist. (Zur Erinnerung: Die Mitglieder des *Cabaret Voltaire* in Zürich waren grösstenteils Deutsche, die Frankreich allzu innig zugetan waren, um es mit den Waffen in der Hand zu bekämpfen, und fast alle anderen waren Juden aus Osteuropa, die vor dem Tragen irgendwelcher Uniform geflohen waren. Zur weiteren Erinnerung: Damals war die Schweiz das Gelobte Land der Spione und der Ästheten, der Pazifisten und der Zimmerwaldner. Bolo, Dada, Romain Rolland, Lenin, ein sagenhafter Cocktail zur Beschleunigung des Sprachengewirrs, eine seltsame Edelweiss-Kokarde am zu einem Gendarmenhut gefalteten *Bonnet Rouge,* den sich die Wendehals-Köpfe aufsetzten.) »Dada! Dada!« brüllten die Neophyten in Zürich, veranstalteten ein Höllenspektakel, nahmen Paris aufs Korn, denn sie brauchten einen eigenen Krieg. *Die Kunst hat keine Heimat!* Cravan hingegen war verschwunden.

Arthur Cravans Kriegsgeschichte endet nicht bei der Erfindung von Dada, ganz im Gegenteil, erst jetzt beginnt sein wahres Deserteur-Schicksal, und alles wird sich überstürzen.

Bei Kriegseintritt der USA war sein Bammel, man könnte ihn erwischen und aufs Schlachtfeld schicken, so gross, dass dieser Dichter, der keine kaputte Visage haben wollte, ohne lange zu überlegen nach Kanada verschwand, über die nächste Grenze, die er in einer Nacht erreichen konnte, und erst als er diese Grenze überschritten hatte, musste Arthur Cravan feststellen, dass er in die Höhle des Löwen geraten war, denn Kanada war ein englisches Dominion und befand sich ebenfalls im Krieg, und Arthur Cravan war ein Wehrdienstverweigerer aus Gewissensgründen, gewiss, aber englischer Staatsbürger, ein Engländer, der nichts von diesem imperialistischen Krieg wissen wollte, verdammt! *Quos vult perdere Jupiter, dementat prius.*

Das Grossmaul flüchtete auf eine Farm, und Cravan hielt sich eine Zeitlang möglichst still, wusste nicht, was und wie weiter und wie sich aus der Klemme ziehen. Ich weiss nicht, wie der muskulöse Bursche auf den Gedanken kam, sich als Frau zu verkleiden; wahrscheinlich als er an die Homosexuellen zurückdachte, mit denen er verkehrt und die er in den Nachtlokalen am Kurfürstendamm und im *Petite Chaumière* in Montmartre zusammen tanzen gesehen hatte, als er auf Jack Johnsons Kosten in Berlin und in Paris die Nächte durchsumpfte; an solche Dinge erinnert man sich in der Einsamkeit, wenn man, einen Schlager pfeifend, an seiner Vergangenheit kaut.

Ich weiss nicht, wie er sich auf dieser gottverlassenen Farm in den Wäldern Frauenkleider beschaffte; die Kanadier sind nicht besonders aufgeweckt, und wahrscheinlich haben die Farmer weiter nichts Schlimmes gesehen an diesem grossen Witzbold, der es durchaus verstand, sich beliebt zu machen, und der ihnen tagsüber bestimmt da und dort zur Hand ging und ihnen am Feierabend lustige Geschichten erzählte; Zerstreuungen sind selten auf dem Land, der kanadische Winter ist lang, und der durchreisende Fremde, der Geschichten und Witze erzählt wie ein Hausierer, ist in der kalten Jahreszeit willkommen. Stimmt, viele dieser kleinen Gehöfte sind verbotene Schnapsbrennereien, in denen sich Cravan gegen gutes Geld bei den Gangstern, die sie in der Hand haben, und den Schmugglern, die ihnen auf der Pelle liegen, mit guten Tips eindecken konnte. Wahrscheinlich hatte man ihm eine gute Adresse in New York gegeben. Oder vielleicht schaffte es Arthur ganz schlicht, die Tochter des Farmers, seines Gastgebers, zu verführen oder eine Magd vielleicht, denn er war ein stattliches Mannsbild, ein Lügner und ein geschickter Fummler.

Ich weiss nicht, wie er es anstellte, um nach Montréal zu gelangen, ohne Verdacht zu erwecken, Québec zu erreichen, ohne sich unterwegs erwischen zu lassen, sich einzuschiffen und schliesslich, immer noch als Frau verkleidet, auf Neufundland zu landen; was ich jedoch weiss, ist, dass er dort völlig abgebrannt an Land ging und sich schleunigst genötigt sah (es reichte ihm gerade noch, sich hinter einem Zaun umzuziehen), eine Arbeit zu suchen, was beweist, dass seine Flucht als Transvestit ihn einen hübschen Batzen kostete, denn Arthur hatte New York mit vollen Taschen verlassen. Er hatte reihum seine Freunde und Bekannten aufgesucht; er war mit dem Schmuck seiner jungen amerikanischen Frau verschwunden. Ich habe gute Gründe anzunehmen, dass er sich falsche Personalausweise besorgt hatte, denn er liess sich in Bonavista auf Neufundland auf einem dänischen Kabeljauschiff heuern, das »zum Fang« ausfuhr, und Arthur musste hart schuften, das ist sicher. Verflixter Cravan!

Dieser Kabeljaufang war die dreckigste Zeit in Arthur Cravans Leben. Der Seemannsberuf ist kein Spass, und das Leben eines Neufundländers besteht nur aus Elend. Cravan schindete sich ab. Zum erstenmal in seinem Leben musste Oscar Wildes Neffe zupacken, und der Dichter-Boxer legte nicht nur Wert auf ein glattes Gesicht, er verabscheute auch rauhe Hände. Ich erinnere mich an einen Brief, den er aus Neufundland an seine Pariser Frau schrieb, in dem er seine Verbitterung schilderte, seine Verzweiflung, sie anflehte, das Unmögliche möglich zu machen, alle seine Sachen ins Pfandleihhaus zu bringen und ihm postwendend das Geld telegraphisch zu überweisen. In Anbetracht des Tons, der Übertreibung einer unter solchen Umständen, vor Heimweh und Überdruss geschriebenen sentimentalen Erpressung bin ich bereit anzuerkennen, dass das Leben »auf Fang« bestimmt nicht lustig war und dass Cravan sehr litt! Die Burgunderin überwies das Geld zu »gefl. Händen des dänischen Konsulats«, wie Arthur sie in seinem Brief geheissen, den er mit einem falschen Namen unterzeichnet hatte.

Die Anweisung wurde jedoch nie weitergeleitet, sie wurde via Kopenhagen nach Paris retourniert mit dem Vermerk: *Adressat an Bord des mexikanischen Schoners* SANTISSIMA MADRE DE DIO *eingeschifft.* Ich erinnere mich nicht mehr, was für einen falschen Namen Cravan auf Neufundland angenommen hatte, in Mexiko jedenfalls benützte er mehrere, bis er den Mut hatte, die Briefe an seine Pariser Frau wieder mit seinem richtigen Namen zu unterschreiben. Er fürchtete, ausgewiesen zu werden. Er glaubte, der Weltkrieg richte sich einzig und allein gegen ihn. Verflixter Cravan!

Ein erster Brief traf aus Mexiko ein, dann ein zweiter. Dann folgte langes Schweigen. Dann, nach ein paar Monaten, trafen nacheinander drei Briefbündel ein. Cravan reiste durch den Süden des Landes und schürfte Silber. Dann erneut ein paar Monate Schweigen und ein letzter Brief aus Mexiko-Stadt. Er teilte mit, er habe eine Boxschule eröffnet, er habe grossen Erfolg, er halte Vorträge, sein Ruf sei auf dem Höhepunkt, »Oscar Wildes Neffe«, »Dichter und Boxer«, »der Dichter mit den kürzesten Haaren« und so weiter und so fort, der gleiche Bluff wie in Paris, wie in Barcelona, wie in New York, er jubelte, seine Geschäfte florierten, und er erkundigte sich, was man in Paris von seinen Erfolgen hielt. Dann nichts mehr. Nochmals vergingen fünf, sechs Monate, als sich plötzlich in Montparnasse das Gerücht verbreitete, weder wusste man, woher es kam, noch liess es sich nachprüfen, Cravan sei in einem Dancing durch einen Dolchstoss ins Herz ermordet worden. Verflixtes Theater!

Das alles, um seine Haut vor dem Krieg zu retten und sie vor dem Ende des Krieges zu verlieren, kurz vor dem Frieden und noch dazu in Mexiko!

Das alles ändert am riesigen Talent des Dichters nichts, und es sieht ganz so aus, als seien sein Aufenthalt in Mexiko, die Reise durch den Süden des Landes, das Silberschürfen für ihn sein Gang nach Damaskus gewesen, wäre er nicht aus der Einsamkeit zurückgekehrt. Er schrieb damals aussergewöhnliche Briefe voller ergreifender, zu Herzen gehender, doch verhaltener Poesie an seine Pariser Frau, Hymnen an die Nacht, so tief und sanft wie die von Novalis, einzigartige Illuminationen, ebenso verzweifelt und bitter wie die von Rimbaud. Er hatte sein Klima gefunden. Doch diese Erneuerung, diese Katalyse seines Talents im Kontakt mit dem Leben der Einheimischen und mit der gewaltigen Wildnis war nicht von langer Dauer; kaum war er wieder in der Hauptstadt zurück, nahmen das gekünstelte Grossstadtleben und dessen von der Modernität geprägte Atmosphäre wieder von ihm Besitz, und seine innere Rastlosigkeit konnte der Eitelkeit, dem Erfolg, dem Geld, den Frauen, der Berühmtheit, dem bequemen Skandal von Dada, seinem lasterhaften, kongenitalen kindischen Verhalten nicht widerstehen, denn man ist nicht ungestraft Oscar Wildes Neffe! Ich bin sicher, dass die Briefe, die Arthur Cravan seiner Frau in Paris schrieb, eines Tages veröffentlicht werden, es sind etwa sechzig, und dass man sie mit drei, vier vielversprechenden Gedichten seiner Anfänge ergänzen wird, Gedichten, für die ich eine liebevolle Schwäche bewahrt habe, wie die eines älteren Bruders gegenüber dem jüngeren[15].

A Dada! à Dada! Narren! Was für ein Theater!

»Viereckig im Arsch«, meine luxuriöse Scharte öffnete sich aufs *no man's land* und hätte wie das Objektiv eines Aufnahmegeräts ebensogut mit einem Katzenauge versehen sein können, das nicht einfach ein Kamerazubehör ist, sondern auch vor allem ein Trick mit garantierter psychologischer Wirkung wie andere Tricks und professionelle Kniffe der Filmtechnik, die Überblendung zum Beispiel, das *travelling* oder die Panoramaaufnahme, die Grossaufnahme oder *close-up,* die Zerrspiegel, die Verwendung von Gazen, von Schleiern, von Samthintergründen, der Zeitraffer oder die Zeitlupe, das gedämpfte Licht oder das harte Licht, die Maske, der simultane Schnitt, der Rhythmus der Sequenzen, die Phrasierung der Bilder, ihre Kadenz, das Hervorheben, die übermenschliche Schönheit eines von Wind und Wetter gegerbten Gesichtes, rissig wie Porzellan im Schmelztiegel der Überspannung oder von innen heraus transparent beleuchtet und strahlend wie der Gralskelch und, seit der Film vertont wird, wie der abgestufte oder explosive Einsatz der Stille.

In einem Kinosaal jedoch wende ich mich oft von der Leinwand ab, um mit den Augen den über den Köpfen der Zuschauer flirrenden Schattenstrahlen zu folgen, die im gebündelten Lichtkegel tanzen, den der Projektionsapparat auf die Silberleinwand wirft; schwarze Strahlen, von der Drehbewegung der Kurbel mitgerissene Schlagschatten der Verschlussklappe, *tempo,* das allein die Netzhaut belichtet und die Bilder plastisch hervortreten lässt, sie belebt und bewegt und aneinanderreiht; schwarze Strahlen, aber auch die Achsen in Schraubbewegung, die die Darsteller tragen und um die sie kreisen, die sich vom Krater des Lampenhauses bis zur Leinwand dehnen; eine fabelhafte Spirale, die ich vergeblich versucht habe durch einen Längsschnitt einzufangen und nicht durch einen senkrechten wie die allgemein verwendete Projektionswand; ergreifende Spirale aus lebenden Wesen – weltweite Berühmtheiten und Stars mit Sex-Appeal! –, die sich in meiner Vorstellung nicht aufrecht verfolgen wie auf der Leinwand, sondern liegend, ausgestreckt, sich schlingend, in einem Schattenkegel kriechend, der endlos versucht sich neu zusammenzusetzen – und wenn man den Film rückwärts laufen lässt, müssten die in die Länge gezogenen, verwickelten, wie Papierschlangen sich ringelnden Schatten wieder als dunkles, kompaktes Ganzes in die Linse zurückkehren, Vipernknäuel, schwarze Kugel, Spund ... Doch dies ist nicht der Fall. Dieses abstrakte Schwarz, das sich sucht, bleibt ... Projektion des einstürzenden Himmels, alles bloss geistiger Orientierungsverlust.

Es war mein Geist, der meine Schiessscharte verschloss. Mein an ein Objektiv geschraubter Geist. Fokalisation. Nahaufnahme. *Long-shoot.* Eine Frage von Graden, von Verzahnungen, von Blickwinkeln, von Einstellungen, von verschlüsselter Vagheit.

Nachts an der Front ist alles verzerrt. Das Universum hatte sich in das mit einem Verschluss versehene Öhr einbeschrieben: mich!

Mein Geist, mein Herz als patentiertes Zubehör *ad hoc*?

Alles ist geistiger Orientierungsverlust in der Kontemplation. Wo ist das Fassungsvermögen? Ich fand meine Worte nicht, die Glanzlichter, ich armer Dichter mit einem Helm, mit einer Feldmütze, barhäuptig, mit einer Beule auf der Stirn, einem Kolbenhieb.

VIII
DIE ANIMISCHEN TIERE

Ich weiss nicht mehr, wo ich diese alte Geschichte gelesen habe, in welchem alten Schmöker, den ich an einer Wegbiegung, nach der mittäglichen Siesta, in einem Nachtquartier, nach einer Nacht am Lagerfeuer liegengelassen habe, die Geschichte eines Pilgers, der im 4. Jahrhundert, um das Jahr 350, vom Kloster der Lauren, der Höhleneremiten in Bethlehem, wo er initiiert worden war, nach Ägypten reiste, um dort Schüler des heiligen Antonius des Grossen und seiner Anachoreten zu werden, und der sich in der Wüste Sur oder in der Wüste Zin verirrte und einem Nomadenstamm in die Hände fiel, der ihn in die Wüste Pharan verschleppte, wo er zehn Jahre gefangengehalten wurde.

Die nomadisierenden Räuber waren Heiden, die das Feuer anbeteten und jeden Abend beim Aufstellen ihrer Zelte Petroleum- oder Kerosinlaternen anzündeten, die in Dolden an einem riesigen, mit Armen oder Rahen versehenen Mast aufgehängt waren, und die sich drehende Kugel dieser die ganze Nacht brennenden, nach der Grössenordnung der Sternbilder und dem Fluktuieren der Jahreszeiten und der Fixierung der Stunden angeordneten Lampen ahmte die Bewegung der Gestirne nach und deren Gravitation, deren Inklination, die unterschiedliche Intensität ihres Leuchtens und deren Farbnuancen, und mir schwindelt beim Gedanken an das Jahrmarktschauspiel, das dieser betakelte Mast in der weiten Wüste, mitten in der Nacht des Orients, geboten haben muss mit seinen zwei Wachablösungen der flink in den Wanten herumkletternden, an den Tauen hangelnden Beleuchterakrobaten, die die Drehfeuer unterhielten, aus denen jene Nomaden die Omina lasen, um ihren morgigen Weg durch die Dünen und ihre schnell verwehte Piste von Wegelagerern und Räubern festzulegen.

In einem anderen Frontabschnitt waren wir nur durch eine Brustwehr aus drei, vier Leichenschichten von den Männern gegenüber getrennt, die ebenso schlecht ausgerüstet waren wie wir, und man verbrachte die Nacht auf dem Bauch liegend zwischen diesen pestilenzialischen Reihen, belauerte die von gegenüber, hörte sie in ihrer Sprache dieses gleiche Hurenleben verfluchen, hörte die heiseren, kehligen Flüche, hörte sie in ihren schweren genagelten Stiefeln stampfen wie angepflockte Pferde, und hin und wieder liess sich der eine oder andere niederknallen, weil die Lebenden nicht stillhalten konnten zwischen den Toten; ich jedoch verbrachte die Nacht reglos auf dem Rücken liegend, betrachtete die kalten Märzensterne wie ein vergessener Todkranker in einem Alkoven, der mit dem Blick den Fliegen an der Decke folgt, die pausenlos kreisen wie kleine schwarze Sterne, die einander pausenlos kreuzen und zusammenstossen im leeren Raum, umherschwirren, sich wie an einem unsichtbaren Faden hängend fallen lassen und schaukeln, summen, sich auf die Nase, die Hände, die Stirnfläche setzen, über die Schläfen des Sterbenden rasen, sich um die Mundwinkel klumpen, monströs, dreckig, hartnäckig, ihm in die Augen kacken, Fliegendreckschlieren auf den ledernen Lidern zurücklassen, ihn kitzeln, ihn stechen, ihn auffressen, bis der Moribunde sich auf die Seite kehrt und seinen letzten Seufzer zwischen den Laken ausstösst, und da jubeln die Fliegen und saugen den wunderbaren Duft des sich zum unendlichen Geist emporschwingenden Geistes.

Siehe, selbst der Mond glänzt nicht hell, die Sterne sind nicht rein in seinen Augen (Hiob 25,5). Und der Geist ging in mich über, und ich konnte den Blick nicht von Himmel abwenden, denn in diesem Aasgraben gab's weder Schutz noch sonstige Deckung: *Sieh doch, selbst seinen Heiligen traut er nicht, und der Himmel ist nicht rein vor ihm* (Hiob 15,15).

Also versenkte ich mich in die Betrachtung des Himmels, entzifferte die Sternbilder, setzte sie je nach der Nachtzeit in ihren Konfigurationen, eines nach dem anderen wieder zusammen und rief mir ihre Namen ins Gedächtnis zurück, und ich staunte über die Armut ihrer Bezeichnungen, als hätten seit je nur Rinderhirten und später Schullehrer mit vagen rhetorischen Erinnerungen ihnen Namen gegeben und nie Helden und Genies (sie hätten sie ja auch umbenennen können, wie man es einst bei den Lokomotiven getan hat und bei den Taxis, und ihnen nur eine Seriennummer geben, weil ihr Geist so plump war, die Erinnerung so kurz und ihnen der Glaube fehlte, so wie die in Geographie beschlagenen Zeitgenossen Marco Polos nicht an seine Reisen glauben konnten, trotz der von diesem berühmten Veneziander in seinem Genueser Gefängnis grosszügig beschriebenen Routen, um Seiden, Tuch, Damaste, Gaze, Stickereien, Musseline, Brokate, Satins, Teppiche zu beschaffen, kostbare Edelsteine in allen Farben, Saphire, Rubine, Smaragde, Topase, Amethyste, Berylle, Türkise, Diamanten, Perlen, und sämtliche Gewürze, Zimt, Muskatnuss, Ingwer, Nelken, weisser Pfeffer, schwarzer Pfeffer, Pimente, und Parfüme und Salben, vom Jasmin und Zibet und Kajal bis zum

Weihrauch, zum Moschus, zum Kampfer, zum Palmöl, zum Sandelholz, zur Seegurke oder Holothuria, einem fürstlichen Aphrodisiakum; trotz des unverzüglichen Ansturms europäischer Kaufleute auf diese neuen Strassen Asiens, die es eilig hatten, sich zu bereichern, hielten die Kartographen von damals an der klassischen, von Ptolemäus geerbten Überlieferung fest, an den Darstellungen der scheibenförmigen, von Wasser umgebenen Erde, schematisch die Völker um Jerusalem ansiedelnd, dem Mittelpunkt menschlichen Verweilens, und diese gelehrten Besserwisser waren die letzten, lange nach der Kirche, die sich natürlich beeilten, diesen praktischen, ihr zur Verfügung gestellten Handelsführer zu konsultieren – *Il Milione* oder *Das Buch der Wunder* war nicht einfach ein Reisebericht, sondern ein dickes Handelsverzeichnis voller guter Adressen –, um den Götzenanbetern das Evangelium predigen und längs der Pisten Seelen pflücken zu gehen und diese auf ihre Atlanten des 14., 15. und 16. Jahrhunderts zu übertragen (die erste chorographische Karte Asiens von Giacomo Gastaldi datiert erst von 1561) –, die notgedrungen, widerwillig und erst mit viel, viel Verspätung die Nachrichten der überbevölkerten Städte und der zahllosen Völker Marco Polos zur Kenntnis nahmen), und ich fragte mich, warum keines von den vielen nicht zufällig den Namen einer Bark trug oder einer auf Entdeckung segelnden Mannschaft, war doch das Meer der einzige Spiegel der Gestirne, und waren doch die Sterne der einzige Führer der Seeleute, der Eroberer der Welt?

Ich nehme mir vor, gleichmütig die ernste und kalte Strophe, die ihr hören werdet, mit lauter Stimme vorzutragen …

Ich grüsse dich, alter Ozean! …

... O strenge Mathematik, ich habe dich nicht vergessen ...[16]

(Lautréamont)

Ein Zeugnis von unglaublicher Armseligkeit: Der Wal, Der Delphin, Der Sextant in der nördlichen Hemisphäre; Der Wal, Der australe Fisch, Das Boot in der südlichen Hemisphäre; dann Der Fisch und Der Wassermann des Tierkreiszeichens; das ist alles, was im Himmelskalender Bezug auf den Ozean und auf die Seefahrt hat; die anderen Namen sind bloss Trödelkram, mythologische Schäbigkeit veralteter klassischer Dichtung, Berenikes Haar, Der Kentaur, Kassiopeia, Perseus, Herkules, Regulus, Antinoos, Andromeda, Der Phönix, Die Hydra usw. usf., lauter hochtrabende Terminologie, um die Mittelmässigkeit des Vulgärdialekts der primitiven Hirten etwas zu verbrämen, die allen anderen Sternen prosaische Namen gegeben hatten: Der Hund, Der Bär, Die Ziege, Der Löwe, Der Adler, Der Widder, Der Stier, Die Taube, Der Hase, Der Grosse Hund, Der Kleine Bär usw. usf., lauter, seit grauen Vorzeiten verwendete, Klischees. Selbst das Abrakadabra der Astrologen oder die Zauberbücher der Alchemisten verraten viel mehr über die Himmelsgegenden und die Rätsel des Universums, die sich die modernen Astronomen und Physiker mit ihren Karten, ihren Tabellen, ihren Projektionen und ihren Fotografien eines sideralen Gewimmels noch nicht zu numerieren, zu klassifizieren, zu katalogisieren, zu rationalisieren getraut haben im Hinblick auf einen praktischen Stundenkreis, die statt dessen abergläubisch an diesem idyllischen Hühnerhof-, Schafstall-, Bauernhof- und Jagdvokabular festhalten und an dieser falschen Schülerpoesie, obschon wir an der Schwelle des grossartigsten Abenteuers der interplanetaren

Luftfahrt stehen und, im Ernst!, bereit sind, alle Gefahren dieser Reise auf uns zu nehmen.[17]

Selbst die chinesischen Mandarine, die tausend Jahre vor der christlichen Ära die Optik und den Kompass für die Steuerleute erfunden haben (was den Jesuitenpatern ermöglicht hat, bereits im 17. Jahrhundert in Peking ein erstes astronomisches Observatorium zu errichten), gaben den Sternen Tiernamen: Der Drache, Die Schlange, Der Krebs, Der Skorpion, Das Einhorn, Der Pfau, Der Kranich usw., und man muss bis nach Lemurien zurückgehen, um ein Logos am Himmel zu finden zu der Zeit, da der Mensch – ein neues, aus dem Zentrum der universellen Wellen hervorgegangenes Lebewesen, ein magisches Wesen – seine Energie auf den Sehnerv konzentrierte, der sich entrollte wie der Wedel der gigantischen Baumfarne und die Spitze der einzelligen Riesengräser, die sich um ihn herum schüttelten, und spürte, wie sein Auge und sein anderes Auge in dieser Verzweigung zu knospen begannen, und er sah sein Hirn unter der Einwirkung einer ersten Lichtträne und eines Tropfens des ersten Süsswasserschauers reifen, anschwellen wie eine schleimige, sich mit Blut füllende Drüse, um ein drittes Auge zu bilden, die Zirbeldrüse, ein nach innen gerichtetes Auge, trübe und blutig und weich, aber mit magnetischen Kurzschlüssen, und das sich in ihm resorbierte und dabei die Zunge löste und ihm dadurch die Gabe der POESIE verleihen würde. Und im ansteigenden Fieber begann der magische Mensch die Dinge bei ihrem Eigennamen zu nennen, sich mit ihnen zu identifizieren, die Tiere zu zähmen, seine Wahl zu treffen, so wie man Reime oder Assonanzen sucht, in der eintönigen Opazität der Karbonformationen das Wassermoos auszuwählen, das das Korn tragen sollte – Reis, Hirse, Weizen –, begann, sein Essen zuzubereiten und seine Pharmakopöe anzulegen entsprechend dem Wesen und den verborgenen Eigenschaften der Dinge und ihrer Entsprechungen, denn er hatte einen sehr feinen Spürsinn und sieben Knöchelchen im Ohr, die ihm die Fähigkeit der Weissagung verliehen, den Orientierungssinn, weil seine Ohren schwenkbar und mit Klappen ausgestattet waren, er begann Feuer zu machen, die Geschlechter voneinander zu unterscheiden, durch das Logos Geheimnisse zu zeugen; Gott, die vier Himmelsrichtungen, die Geister, die Ellipse und die Mathematik der Gestirne, die das Fest der ewigen Wiederkehr feiern, der Ozean und die Erde, das Oben und das Unten, so wie man das Davor und das Dahinter träumt, die Linke und die Rechte, er begann sich von einer vertrauten Schlange einen Biss zufügen zu lassen, gegen deren Gift er sich hatte immunisieren lassen, um die erhöhte Temperatur des Gehirnfiebers zu halten, und sich eine Maske aus psychischen Blitzen aufzusetzen, weil das Leben zu einer durch das ICH formulierten Phrase wurde, ein rätselhaftes ICH, das sich verzehrt und sich fortpflanzt beim Erscheinen dieser Begleiterscheinung, des GROSSEN URAHNS und seiner Phasen, Sternschnuppe im Unbewussten des Instinkts, und das Sperma schoss wie ein Blitz aus dem Bauch, das Logos: *O mon amour!,* der Schrei: *Au, Schatz! Du tust mir weh* (da *Schatz* eine Onomatopöie oder eine imitative Harmonie ist wie *au!* und *Mistkerl!* oder etwas Ähnliches bedeutet …).

Doch wer kennt heute die Kosmogonie der Lemurier und ihre Metaphysik der Geister? Und wer könnte ihre Tätowierungen entziffern, die hieratische, hierarchische Narben sind, das Zeichen ihrer operativen Magie, ihre grausame ERFINDUNG, eine ganz besondere Gunst, eine sakrale Chirurgie, die von der Inzision, von der Implantation, von der rituellen Trepanation bis zur spirituellen Kommunion reicht, dem Opfer, dem getrunkenen Blut und dem gegessenen Fleisch, dem beschnittenen Phallus, der ausgeschälten Vulva und häufig bis zu den abgeschnittenen, ausgerenkten, amputierten Daumen und grossen Zehen und oft auch Unterarmen und Oberschenkeln, die Stümpfe wie eine Fischgräte oder ein Keulenkopf zu einer Pfeife zugerichtet oder zu einem Vogelschnabel oder einem Widerhaken oder einer Nadelspitze geschnitzt bei einer bestimmten Elite oder Familie männlicher Zauberer, in Erinnerung an das dem Zentrum der Wellen entstiegene TOTEM, eine tanzende Spirale, auf den Lichtflächen summend wie Kreisel, sich auf seinen verkümmerten Flossen drehend, sich mit dem Schwanz peitschend, seinen mit knisternden Kiemen versehenen Kopf schüttelnd, vor Vergnügen brüllend – wildes Gelächter, Wahnsinn, Schaum, Bisse –, und das überall im Universum SEINE ausstrahlenden Abdrücke, seine buchstaben- und schuppenförmigen Trittsiegel hinterlassen hat, Runen am Meeresstrand, Perlmuttmuscheln, mit untilgbaren Feuerzeichen bekritzelte Schildkrötenpanzer, die bläulichen Rötungen, die sich ausbreitenden Spuren, Juckreiz, Verletzungen, Schrunden, Geschwülste, käsigen Schorf, die Schuppen einer angeborenen Syphilis, die Aura, die Sternennacht?

Seltsame Genealogie, der Gott der *Gesänge des Maldoror,* der, als er am Samstag ein Fussbad nahm, versehentlich mit den grossen Zehen und den spachtelförmigen Zehennägeln seine Geschöpfe erdrosselte und der beim Verlassen eines Bordells in einem von egal wem und egal wozu benützten Bett ein von seinem Kopf ausgefallenes Haar vergass, ist niemand anders als ein entfernter Urvetter des weitverzweigten Geschlechts (oder vielmehr wie in den uruguayischen Sippen, denn die wilden Pampaindianer, die patagonischen Riesen haben den spanischen Chronisten lange Furcht und Schrecken eingejagt und galten als Kannibalen), des Grossen Urahns, jenes Doppelgängers des aus den Wogen des Kosmos entstiegenen magischen Menschen, und das ausgefallene Haar rollte und entrollte sich wie eine Feder und machte im Zimmer einer abwesenden Prostituierten einen Höllenkrach, es gelang ihm aber nicht, die Tür zu zertrümmern, denn die Frau war auf die Toilette gegangen, wo sie sich die Vagina wusch; *der Krake mit dem seidenen Blick,* ist nur eine blasse städtische Karikatur (die Bewohner von Montevideo, woher der Lykanthrop, Isidore Ducasse, genannt Comte de Lautréamont, stammte, sind bekanntlich ungemein liebenswürdige lächelnde Spiessbürger geworden, die nichts lieber tun, als sich um einen rückenden Tisch zu setzen, um sich gegenseitig Angst einzujagen und sich zu amüsieren, denn sie langweilen sich, in der Stadt ist nie etwas los, und ihre kleine Republik an der Banda Oriental liegt abseits des Weltgeschehens!) der konzentrischen Tätowierung, die das alltägliche Gesicht des lemurischen Menschen schmückte und an den Initiationstagen alle seine Festmasken, DIE SPIRALE, Symbol des ungehinderten Falls allen Lebens im Zentrum der universellen Entfaltung.

DIE MAGIE: Diese aktive, ganz mit entgegengesetzten Elektrizitäten geladene Poesie wird heute von niemandem mehr praktiziert – es ist zu gefährlich –, und auch die trotzige Maske wird nicht mehr getragen, die den inneren Feind einschüchterte und ihn in Hypnose erstarren liess, DAS ERBGUT. Man schämt sich der Epilepsie, der Fallsucht. Nicht etwa weil der magische Mensch in Vergessenheit geraten ist, die kraftlose Psyche, die versiegte Vision seiner kreativen Ausstrahlungen, sondern weil heute das WIRKLICHE versiegelt ist. TABU. *Verboten!* [dt. im Orig.] Man rührt nicht daran, oder alles zerbirst! Das ist der Grund. Die Sprache ist das Spiegelbild des menschlichen Gewissens. Die Sprache reicht vom Konkreten bis zum Absurden, vom Mystischen bis zum Rationalen. In den Sprachen der Wilden wimmelt es von konkreten und begrifflichen Kategorien, die der zivilisierten Völker begnügen sich fast nur noch und in zunehmendem Masse mit abstrakten und allgemeinen Kategorien. Man redet nicht mehr von sich selbst: vom ICH. Das poetische ICH ist geächtet. Vor lauter spekulativer Analyse ist das Atom an die Oberfläche gestiegen wie ein Atoll. Ist das Heute. Eine Sprengkapsel. Ein Knopf. Man schliesst die Augen. Ein Liderzucken. Ein Knopfdruck. Unmittelbare Explosion. Die Stimme der Kanonen und der Bomben. Nichts bedeutet mehr etwas. Man flüchtet sich in den automatischen Roboterkrieg, um nicht den Schock der inneren Widersprüche zu erleiden. Man fürchtet sich feige vor dem Logos. Der Himmel stürzt auf uns herab! Wir überschlagen uns. Glossotomie. Der Atem wird viviseziert. Die STILLE tritt ein, dumpf und stumm. Schrecken. Bestürzung. Bewusstlosigkeit. Zuckungen. DER GEIST. Es ist die Fallsucht oder der *morbus comitialis*. Die Sitzung ist aufgehoben. Jemand schreit …

… Eine erste Granate schlägt neben mir ein, watet und wühlt und gräbt sich im Schlamm ein, explodiert aber nicht. Ich hatte mich leicht abgewandt, denn ich hatte das dringende Bedürfnis zu pissen …

… Wo war ich schon wieder? …

In meine Träumerei versunken, schaute ich ihrem Treiben zu, und plötzlich ahnte ich, dass sich vor mir eine Initiationszeremonie abspielte.

Aus der Ferne sah ich sie im Dämmerlicht einen riesigen Kreis bilden; aber da ich mich ihnen durch eine Überblendung genähert hatte, stellte ich fest, dass, was ich aus der Entfernung für eine Agglomeration oder eine grosse Streusiedlung auf Pfählen gehalten hatte, in Wirklichkeit eine *armada* aus Gruppen und Stämmen war, sie waren nicht in polynesische Pirogen gepfercht (das würde viel später im Laufe der Zeitalter kommen, und die kunstvoll von Hand geschnitzten polynesischen Pirogen mit der eroberungslustigen Bugfigur, wie man sie in der Sandwüste der Osterinsel sehen kann, stilisierte, maskierte, tätowierte, würdevolle, riesige, heitere Statuen mit einer dünnen Spirale um die Augen, bildeten die stolzesten Kriegsflotten und die kühnsten, die je die Meere befuhren, den Pazifischen Ozean von Neuseeland bis Honolulu freibeuterten und von der Malakka-Halbinsel bis Chile![18]), sondern sie trieben wie Schiffbrüchige inmitten von Zweigen, Blättern, Algen, halb obenauf schwimmenden Unterwasserwurzeln, Grasklumpen, Bündeln, Büscheln, einer dichten Schicht Schwämme und Tang, wie eine lange Reihe gestrandeter Flosse in den Untiefen einer nach der Flut aus den Sümpfen abfliessenden Lagune, die ein miasmischer, Unrat mitschwemmender Schlammstrom unmerklich ins offene Meer hinausschwemmte, ein langsamer, auseinandergerissener, auseinandergebrochener Konvoi, der sich aber langsam wieder zu einem Kreis schloss wie ein überflutetes Atoll. Die See war vollkommen glatt. Der Himmel war verhangen, die Atmosphäre trübe und neblig, das Wasser zinnern, die bleiernen Wolkenmassen waren mit Hitzeblitzen geladen. Alles war in diffuses Licht getaucht, dessen Strahlen zwischen die langen, abgezehrten Beine dieser merkwürdigen verhungerten, schweisstriefenden, gestikulierenden Schiffbrüchigen drang, die sich alle gleichzeitig niederwarfen wie unter Einwirkung magnetischer Wellen, die sich an ihrem Bauch brachen, und gleich darauf juckten sie in Trance, mit knackendem Rückgrat in die Senkrechte, die Arme vor Krämpfen steif, die Beine gegrätscht, und die Männer, die Frauen stiessen in abwechselnden Chören Rufe aus, von einem seeuntüchtigen oder in Seenot geratenen Floss zum anderen.

Aus der Nähe betrachtet, waren die Männer Tripoden, jeder eine Einheit mit seinem Parasit bildend, der ihn begleitete und ihm als Halt und Stütze diente, eine Art dicker Blutegel, der ihm auf einen gegluckten Befehl hin aus dem Hintern kroch, und der widerliche Ringelwurm antwortete ihm mit einem leisen schnurrenden Kullern und entrollte sich dabei bis in den Schlick, saugte sich am Grund fest, saugte sich voll, spannte sich zu einem Bogen, bildete so das Hilfsbein dieser schwankenden Wesen, der Menschen von damals, die nun, unruhig und schwankend, im Stehen zu sitzen schienen wie Känguruhfamilien auf ihrem Schwanz, unruhig und schwankend, bereit, bei der kleinsten Warnung ins Wasser zu springen. Einige wiesen noch

Spuren von äusseren Kiemen auf. Alle hatten ungewöhnlich bewegliche Ohren, die sie pausenlos in alle Richtungen kreisen liessen, sie aber vor allem aufs offene Meer richteten, als würden sie es nach einer drohenden Gefahr ablauschen, und ihre glupschenden nachtsichtigen Augen fixierten einen in Nebel gehüllten Punkt, ein Sprudeln inmitten des konzentrischen Wellengekräusels wie das Gluckern an einer Quellmündung. Ich glaubte, etwas Unversiegbares aus der Tiefe der unergründlichen Nacht hervorquellen zu sehen, eine Form zu erraten, doch das Verhalten der Frauen lenkte mich vom offenen Meer ab.

Die Frauen, alle hämorrhoidal, hatten die Beine wie gespreizt und waren noch schwankender als die Männer, denn an ihren Eileitern baumelten schwere Seeanemonen- oder Tintenfischrogen-Trauben wie frischer klebriger Laich, die sie juckten und die bluteten und deren sie sich pausenlos kratzend entledigten, und sie rissen sich Papeln und Hautfetzen und Blasen ab und warfen sie über Bord wie abgetriebene Föten, unförmige Klumpen, gallertige Bröckchen, die beim Aufschlagen auf dem Wasser schillerten und die im Kielwasser der überladenen schwimmenden Inseln gelblich platzten und einen Geruch nach Schwefelwasserstoff, nach faulen Eiern verströmten.

Die Stämme, die lemurischen Sippen waren alle dort versammelt, jeder Klan zusammengepfercht wie eine quakende Froschkolonie auf einem abdriftenden Riesenseerosenblatt, die ganze Gräserflottille wurde langsam von der kaum wahrnehmbaren Strömung ins offene Meer abgetrieben, die Flosse klammerten sich an die Spur, lösten sich voneinander, drifteten je nach der Stärke der gegensätzlichen elektrischen

Spannungen auseinander, die sie in zwei entgegengesetzte Richtungen anzogen, bis sie schliesslich einen vollkommenen Kreis zogen und eine Lagune auf dem offenen Meer bildeten, und inmitten dieser Lagune sass GOTT in seinem nukleoiden Traum, GOTT, der angelnde Gott, sein massiger Schatten füllte ein luftiges Gewirr aus phosphoreszierenden Orben und dem Pfeifen der aufblitzenden Angelleine, die er über seinem Kopf herumwirbeln liess, bevor er sie auswarf, wahrscheinlich war es der Gott Tangaroa der Marquesasinseln oder des Nukahiva-Archipels, der einzige Gott der lemurischen Mythologie, dessen Legende man in groben Zügen kennt, und vielleicht der einzige, dessen Namen man kennt, weil die entarteten Eingeborenen Polynesiens heute noch von ihm sprechen in ihren endlosen Palavern über die Besiedlung des Himmels und der Pazifikinseln, und sie erwähnen ihn, bis zur Unkenntlichkeit entstellt natürlich, wenn diese einstigen Wikinger der Südsee anfangen, einander ihre Alpträume zu erzählen, in denen es nur so wimmelt von fliegenden Hexern, von selbstmörderischen Hexen, von Vampiren, die sich bis zum Umfallen besaufen, von reichlich schwelgenden Aasfressern, oder wenn die Wirrsten dieser Eingeborenen ihre schwärzesten sexuellen Träume deuten. Ein einziges religiöses Delirium wie die Liebe, die sie, die Seele tot, Tag und Nacht auf Teufel komm raus praktizieren.

Und dies ist die einzige menschliche Version von Tangaroas Legende, sie ist jüngeren Ursprungs, es gibt andere, grausamere Varianten, alle vom Nagualismus verdüstert:

Beim Angeln zog nun also der Gott Tangaroa die Welt aus dem Meer.[19] Worauf er in gewaltiges Gelächter ausbrach und seine Leine nochmals in einem noch weiteren Bogen auswarf und nochmals die Welt aus dem Meer zog. Das war nun wirklich komisch! Das Spiel gefiel ihm, und er warf seine Leine noch weiter und noch weiter aus, denn er war kräftig, und seine Schnur war lang und fest, und er zog die Welt heraus, die Welt, die Welt und nochmals die Welt! Dann erhob er sich und lachte immer dröhnender und warf unter Aufbietung aller Kraft die Leine ein letztes Mal bis hinter den Horizont aus, und er begann einzuziehen und zu ziehen und zu ziehen, und er zog nochmals die Welt aus dem Meer! Und nochmals und nochmals, und er schmiss die gefischten Welten über die Schulter, weil er eine weitere Welt brauchte, und auch diese schmiss er über die Schulter. Als er erwachte, wurde es bereits Nacht, und er hatte den ganzen Tag nichts gefangen und stand mit leeren Händen da; doch siehe da, das Universum war nun mit Sternen am Himmel bevölkert und mit Inseln im Meer, mit Bergen und Kontinenten auf Erden und mit Kometen und Vulkanen überall, mit Gespenstern und Geistern, die er aus den Abgründen des TRAUMS gezogen hatte, jedes Ding mit einer Seele und mit einem Widerschein versehen und kleine Ansammlungen bildend, die Archipele und die Galaxien. Doch als Tangaroa in der Dunkelheit nach Hause kam, wandte ihm seine Frau Mond den Rücken zu und begann ihn auszuschimpfen, und seine Kinder, die Menschen nämlich, brachen in Weinen aus, weil sie vor Hunger starben. Daher erscheinen Mond und Sonne nicht mehr gemeinsam, und daher weinen die Menschen seither, die Menschen, die Menschen, wir alle, weinen und sterben vor Hunger.

… Ich sah den Himmel sich mit knisternden Welten bevölkern, sah die Welten aufflammen; ich sah Welten hinter Tangaroas Rücken fallen, sich zu Bergen türmen, bersten, sich spalten, explodieren, vereisen, eruptieren; ich sah DIE ERDE, die, kaum entstanden, bereits unter der Einwirkung ihrer inneren Hitze zu schmelzen und sich mit Moder und schweren Dämpfen zu überziehen begann; ich sah, wie ihre wieder und wieder gekochte Oberfläche sich mit Rissen überzog und sich im Laufe der Zeiten schälte, und sah sich ablösende Schuppen ohne Eile und wie Zwiebelschalen abfallen und so die Epochen ihres Zustands markieren, das Primär, das Sekundär, das Tertiär, das Quartär …, und jedesmal, wenn ein Globus durch die Luft sauste und knapp hinter Tangaroas steil abfallende Schulter fiel, sah ich, wie diese neue Welt eine Flottille unter sich begrub oder sie in den Wirbeln zum Kentern brachte, sah Geysire aus der aufgewühlten Brandung schiessen und die schlingernden Flosse der Schiffbrüchigen verbrühen und in einer Sturzsee ertränken, und aus der tosenden Brandung schoss eine Trombe, die als Sintflut über die Überlebenden niederging, ein ätzender Sprühregen, ein klebriger Wasserstaub, der sie entstellte und wie Vitriol ihre Haut zerfrass; und bei jeder neuen Flutwelle, die sie emporhob und hinabstürzte, durchnässte, überschwemmte, zurückdrängte, in den vom unermüdlich fischenden Tangaroa aufgepeitschten Wellen schüttelte, sah ich die Völker Lemuriens den Kopf heben, sah ihre vor Entsetzen starren Gesichter wie eine mit blassen Spiralen tätowierte Maske, und ich hörte die Menschen ihren Gott anherrschen, um seine ungezügelten Gesten zu lähmen und seinem Spiel, das die Taifune schuf, Einhalt zu gebieten, und ich spitzte die Ohren, um ihre Schreie zu hören. Es waren keine Notrufe, die auf Gottes Gelächter antworteten, sondern eine magische Beschwörung, ein Zauber, der ihn bezwingen sollte, denn all die Rufe, die gesondert von den im Schlamm schwimmenden Inseln aufstiegen, vereinigten sich nach einem deutlich skandierten Rhythmus, um die Silben eines schrecklich weit hallenden Namens zu bilden, und genau in dem Moment, als ich diesen Namen erfassen, verstehen, mich dessen bemächtigen wollte … eine zweite Granate …

… Eine zweite Granate schlug neben mir ein, watete und wühlte und grub sich im Schlamm ein, explodierte aber nicht.

… Und in dem Moment, als ich diesen Namen und die magische Beschwörung der Lemurier zu verstehen glaubte, schlug eine dritte Granate neben mir ein, diesmal folgte ein Aufbrüllen, ein Schreien … War es Französisch oder Deutsch? Jemand brüllte vor Schmerzen … und ich vermochte nicht festzustellen, woher es kam …

Jetzt hagelte es von allen Seiten Granaten, die knapp über dem Schlachtfeld explodierten, den ganzen Sektor mit Splitter und Explosionen überzogen, Erd- und Schlammgeysire auslösten, die Schützengräben füllten sich mit erstickendem, beissendem Rauch, und plötzlich hallte von überall her ein Scheppern wie von alten Kochtöpfen und leeren Blechdosen, die wie Schellenhalsbänder geschüttelt wurden … in der Ferne läutete eine einsame Glocke im Nebel … und eine markdurchdringende und dann andere gellende Stimmen schrien: »Das Gas! Das Gas!« Es war der Gasalarm, und hinter dem Leichenwall des Aasgrabens tauchten überall Schreckgespenster auf und rannten schreiend über das

Schlachtfeld, flüchteten in alle Richtungen und verschwanden in der immer dichteren, sich ausbreitenden, brechreizerregenden Wolke. Panik war ausgebrochen … Und als ich, aus meinem Traum aufgeschreckt, ebenfalls niesend, spuckend, würgend, hechelnd, mit ausgedörrter Kehle und brennenden Augen, zu laufen anfing, stolperte ich nach ein paar Schritten über eine Gruppe überrannter Fliehender in einer Ecke hinter Mauerresten, Trümmern, herumliegenden Ziegelsteinen … alles, was in der Katastrophe von einem Haus oder von einem Stall übriggeblieben war …

… Wo bin ich? … Vorn, hinten, links oder rechts, im Norden, im Süden? … Ich wusste nicht mehr, mit wem ich war … mit Franzosen oder Deutschen? … Menschen aus dem 20. Jahrhundert? … Ich weiss nicht … Alle trugen die gleiche Maske: einen Schweinsrüssel.

… Und da wurde mir schwindlig, ich musste mich übergeben und brach zusammen. Und ich hörte eine Stimme, die klar und verständlich sagte: »Das Senfgas. Ich buchte dich ein. Acht Tage Ausgehverbot, du Scheisskerl! Wo ist deine Gasmaske?« Jemand sprach französisch mit mir. Doch ich … ich … ich glitt ins Nichts, so wie ich mich einst, als ich noch ein Junge war, von der Spitze eines Klettermasts gleiten liess, wenn ich einen Preis ergattert hatte, und in meiner Bewusstlosigkeit glaubte ich, die letzte Lampe des schwindelerregenden Masts der Nomaden in der Wüste Pharan zu sehen, und ich hatte das Gefühl, im Labyrinth der Dünen verfolgt zu werden, weil ich sie gelöscht hatte, diese Lampe … Ein letzter Stern … Und ich wurde ohnmächtig … Glühender Sand in den Augen, der Mund voller Schlamm, Getrampel und Chlor, eine Chlornebelwolke.

IX
DIE SICH REGENDEN WESEN

Als Kind wartete ich, bis mein Vater den Rücken gekehrt hatte, um dann in seine Bibliothek zu schlüpfen, was mir ausdrücklich untersagt war.

Ich war noch ein Dreikäsehoch, als ich dieses Spiel begann, das viele Jahre dauern sollte, denn das Fürchten lernen ist ein Lieblingsspiel der Kinder. Ich schlüpfte in die Bibliothek meines Vaters, im Raum herrschte Stille, die Fensterläden waren immer geschlossen, und höchstens ein Parkettriemen knarrte, wenn ich im Dämmerlicht über einen Teppichknick stolperte, mich auf den hochflorigen Teppich fallen liess, mich auf den Rücken drehte und reglos der Stille lauschte, in einen bläulichen Schatten getaucht, der nach Bohnerwachs duftete und schal nach kaltem Zigarrenrauch und schwach nach abgestandenem Alkohol roch, der sich aus den entkorkten, mit klebrigem Staub überzogenen Flaschen verflüchtigte, die unter dem Schreibtisch meines Vaters und unter den Ledersesseln herumlagen, auf denen sich die Aktenordner türmten, die Vitrinen der Bibliothek vervielfältigten sich endlos im Spiegel über dem Kamin, in dem sich Goldverzierungen und Einbände und Titel und Autorennamen spiegelten, die ich im Gegenlicht in dieser Tiefe von Büchern erriet, die hinter einem Lüster mit Cabochon- und Bronzeverzierungen gefangengehalten wurden, dessen bauchige Kupferlampe im Vordergrund schwebte und kaum wahrnehmbar an ihren Ketten zitterte, wenn ein Vierradkarren oder ein Bollerwagen auf der Strasse zum Hafen vorbeirumpelte und das Haus erschütterte.

Konnte ich bereits lesen? Nein, vielleicht doch ... Wie auch immer, der Schlüssel lag auf den einzelnen Elementen der Bibliothek. Die Schlüssel funkelten im Halbschatten. Da mein Fall auf den dicken Teppich keine Reaktion auslöste und es im Haus weiterhin still blieb, kroch ich, ging ich auf allen vieren, stellte mich auf die Zehenspitzen, um nach dem Schlüssel zu langen, ich drehte ihn im Schloss und öffnete mit rasend klopfendem Herzen eine Vitrine, immer die gleiche, diejenige, deren unteres Glas gesprungen war und im Rahmen leicht zitterte, wenn ich äusserst behutsam den zierlichen Mahagoniflügel in seinen silbernen Angeln drehte, und dann liess ich mich auf das Hinterteil fallen und bestaunte mit angehaltenem Atem die Bücherreihen auf dem unteren Bord, dicke, drohende Bände in Folio, grösser als mein Kopf. Es war die *Géographie universelle* von Elisée Reclus. Schliesslich streckte ich den Arm aus und kippte mühsam einen Band heraus. Es war immer derselbe, Band IX, *L'Afrique Equatoriale,* der leichteste, der mich aber unwiderstehlich anzog, und wenn er auf mich herunterpurzelte, öffnete der Band sich immer auf derselben Seite mit einer Gravur, die einen riesigen hölzernen Götzen darstellte, der im Urwald am Fusse eines Riesenbaumes kauert, ein kubisches Götzenbild mit riesigen Augen und bleckenden Zähnen, vor dem ich schreckliche Angst hatte, und ich flüchtete taumelnd, erschauernd, zähneklappernd bis ans Ende des Flurs, doch dann schlich ich mich in die Bibliothek zurück, nahm meinen ganzen Mut zusammen, um den Band ins Regal zurückzustellen, die Vitrine abzuschliessen, die Tür zur Bibliothek meines Vaters geräuschlos hinter mir zuzuziehen, mich im Garten zu verstecken oder mich in meinem Zimmer einzuschliessen oder so zu tun, als würde ich auf dem Balkon spielen, das alles wie ein Schlafwandler oder ein Automat, still, starr vor Angst, und ich genoss den ganzen Tag meine Angst, und an diesen Tagen fand mich meine Mutter gar zu brav, mich, der für gewöhnlich ein Wildfang war.

»Geh spielen«, sagte meine plötzlich besorgte Mutter.

»Ich hab' schon gespielt, Mama.«

»Wann denn?« fragte sie.

»Heute morgen, Mama.«

»Das Kind ist wirklich seltsam«, sagte sie am Abend zu meinem Vater. »Man weiss nicht, wie mit ihm umgehen ...«

Mein Vater ging sich in seine Bibliothek einschliessen. Meine Mutter setzte sich ans Klavier. Man brachte mich im oberen Stock zu Bett. Ich lag lange mit offenen Augen in meinem Bett, und wenn ich sie schloss, drängte sich das schwarze Götzenbild zwischen meine Lider und mich. Und es blickte mich an. Mir lief es kalt über den Rücken, um so mehr als das Götzenbild aus dem Bauch zu atmen begann wie ich und ich schliesslich nicht mehr wusste, wer den Atem des anderen nachäffte und welcher von beiden als erster den Atem anhielt, um den anderen zu täuschen, und ihn fein, fein ausströmen liess. Mir war eiskalt. Ich presste mich zuhinterst im Zimmer an die Wand. Ich schrie im Schlaf. Ich schreckte hoch. Ich war nackt. Laken und Bettdecke lagen auf dem Fussboden. Ich war schweissüberströmt. Ich hob Laken und Bettdecke auf und wickelte mich darin ein.

Ich versank in tiefen Schlaf. Ich dehnte mich wie ein Gummiband, ich kauerte mich zusammen, ich schrumpfte wie ein Greis. Am Morgen suchte man mich in meinem Bett. Ich war in der Tiefe verschwunden. Ich war nicht grösser als eine tote Fliege. Ich träumte häufig von Fliegen, von Fliegen und Baumstämmen, von Baumstämmen, die mich, ein Alptraum, unter sich begruben. Ich flammte auf wie ein Streichholz. Doch bei der nächsten Gelegenheit und kaum hatte mein Vater mir den Rücken zugekehrt, schlich ich mich in seine Bibliothek und begann mein Spiel wieder von vorn, das Spiel, mir angst zu machen, und dies jahrelang.

Ich weiss nicht, wann ich zum erstenmal dieses heimliche Spiel gespielt habe, das Grauen in mir weckte und mich nächtelang verfolgte, aber ich erinnere mich, dass ich es lange, lange ganz allein gespielt habe und dass ich noch ein kleiner Knirps war. Es war in Alexandria. Niemand hegte einen Verdacht. Nicht einmal meine Kinderfrau.

Später habe ich es mit gleichaltrigen Kameraden gespielt, mit kleinen Jungen, nie mit den Mädchen. Ich schleppte sie in die Bibliothek meines Vaters. Ich hatte sie vor dem gewarnt, was sie erwartete. Die Vitrine wurde aufgeschlossen. Wir kippten das Buch heraus, das sich von selbst immer auf der gleichen Seite öffnete: der mit dem Negergötzen.

Wir flohen Hals über Kopf. Einer stiess gegen Mamas Klavier, den Flügel, der jetzt in der Bibliothek meines Vaters stand, zusammen mit anderen Möbeln, die das Zimmer verstellten. Doch wo auch immer wir im Laufe unserer zahlreichen Umzüge lebten, in den verschiedensten Wohnungen und in immer engeren Platzverhältnissen, in den verschiedensten Ländern, in denen die Lebensbedingungen zunehmend prekärer wurden, die Anordnung der Möbel, die Einrichtung der Bibliothek meines Vaters blieb unverändert immer die gleiche, die Reclus standen immer zuunterst in der Bibliothek, deren Volumen ständig zunahm.

Später dann begann ich zu lesen. In der Bibliothek meines Vaters gab es alles mögliche. Mein Vater hatte vor kurzem Balzacs gesammelte Werke erworben. Zu meinem zehnten Geburtstag schenkte er mir *Töchter der Flamme* von Gérard de Nerval. Es war mir jetzt erlaubt, in seiner Bibliothek zu lesen. So las ich also. Doch noch lange, wenn wir uns nach der Schule in der Bibliothek meines Vaters einschlossen, ich und meine Schulkameraden aus Neapel, aus Paris und London, griffen wir immer zuerst Reclus' Festungswall an, und es war immer der gleiche Band, Band IX, *L'Afrique Equatoriale,* der als erster auf den Fussboden plumpste und der sich immer von selbst auf der gleichen Seite, der mit dem GÖTZENBILD, öffnete.

Jetzt, da wir grösser waren und lesen konnten, wagten wir uns zwar auch an die anderen Bände, wir blätterten darin, kehrten aber immer wieder zu den Negern aus Äquatorialafrika zurück und zu jener Bildtafel in Band IX mit dem grossen Negergötzenbild.

Wir waren zwar wilde Fussballspieler und fühlten uns als kühne Abenteurer, weil wir die ersten Fahrräder ausprobierten, diese Gestalt liess uns aber trotzdem erschauern. Sie war rätselhaft. Sie hatte keinen Namen. Keinerlei Legende, Fussnote, Kommentar oder Erläuterung verwies auf ihren Ursprung oder auf ihre wirkliche Herkunft. Der Text des Kapitels, in dem die Abbildung eingeheftet war, enthielt nur allgemeine Betrachtungen über die Religion, die Praktiken der Neger, ihre Bräuche, ihre Sitten. Wir ergingen uns in Mutmassungen. Die Unerschrockensten unter uns wollten sie an Ort und Stelle suchen gehen, wenn sie gross waren. Ob vielleicht einer von uns diesen Jugendtraum, Entdecker zu werden, tatsächlich verwirklicht hat, weiss ich nicht. Von Palestrina bis zu General Leclerc, vom heiligen Vinzenz von Paul bis zu Braque, Brâncusi oder Picasso wurden zahllose Berufungen von einem Bild, einem Buch, einem Eindruck, einer Kindheitserinnerung geweckt und nicht unbedingt von einem exotischen Götzenbild irgendwo in einem fernen Kontinent, und in einer Reihe Foliobände vergraben, in den meisten Fällen jedoch genügt ein Heiligenbildchen, ein Beispiel von Opferbereitschaft oder Barmherzigkeit, das Sujet eines Kirchen- oder Kriegsgemäldes, eine Szene aus der Geschichte Roms, eine unterhaltende Lektüre wie *Reise um die Erde* von Jules Verne, eine einfache Anekdote, und wie viele gescheiterte Finanzleute haben sich vorgestellt, sie würden im Leben die Rothschilds spielen, nur weil sie eine Stecknadel aufhoben, als hätten sie die Stecknadeln eigens verstreut, als sie sich bei einer Bank vorstellten, bei Laffitte oder sonstwo, denn es wimmelt nur so von verkrachten Existenzen! Was mich angeht, so hat mich der Fetisch in Band IX von Reclus' *Géographie* eher gelähmt, nicht er war es, der mich zum Reisen drängte; doch als ich erst einmal unterwegs war, hat er mich das Warum meines Daseins gelehrt, mich stillzuhalten, kubisch und tausendjährig in der Einsamkeit zu gären, eine Hemmung, die dazu führt, dass ich mich überall fremd fühle, schon damals und ohne dass ich es wusste, heute, im Schosse meiner Familie, verstehe ich es.

Wie alle Gravuren war dieses von Reclus ausgewählte Bild dem Geschmack der Zeit angepasst worden. Es war kein Dokument. Das Götzenbild war in der Mitte plaziert. Bananenstauden, Palmen, Lianen rahmten es ein und deuteten eine Urwaldlichtung an. Der Riesenbaum, vor dem es kauerte und vor dessen Stamm es sich abzeichnete, ragte kerzengerade hoch in den Himmel wie der glatte Schaft eines Palisanders, doch zuoberst waren seine Zweige ineinander verschlungen und knotig, massig, verstümmelt, drehwüchsig, verzweigt wie die eines schwer mit Affenbrot beladenen Baobabs, und aus jeder Verdickung, aus jeder Beuge, aus jeder Achsel hingen Pflanzen, Schmarotzerblumen, Moose, Büschel bis auf halbe Höhe herunter. Seine Luftwurzeln waren die eines Mangrovenbaums, zwischen denen Krokodilrachen in einem schwarzen oder sumpfigen Tümpel gähnten. Der Himmel war vom Laubwerk ganz verdeckt, es gab also keine Vögel, aber Schmetterlinge in der Luft oder auf den Blütenkelchen und Eidechsen und Kröten auf der Erde. Eine Klapperschlange rollte sich zwischen den eckigen Füssen des monströsen Fetischs zusammen, der von Kakteensäulen und Opuntien eingesperrt war wie in einem Käfig. Die botanische und zoologische Phantasie des Graveurs vermochte uns nicht von der geheimnisvollen Aura abzulenken. Unsere krankhafte Neugierde liess sich von den romantischen Schnörkeln der tropischen Natur nicht täuschen. Das hölzerne Götzenbild hatte zwei Brüste. Wenn man genau hinsah, stellte man fest, dass es auch ein männliches Glied hatte, einen Stössel wie ein Glockenklöppel. Einer von uns brachte einmal ein Vergrösserungsglas mit, sein Vater war Experte für alte Gemälde, und das Spiel verkam schnell zu Gekicher und Gekitzel, zum unschuldigen Spiel meiner Kindheit, dem von mir erfundenen Spiel, dem Spiel, einander Angst einzujagen. Nachts wurden meine Ängste, meine Alpträume obszön. Da lud ich niemand mehr in die Bibliothek meines Vaters ein, und lange Zeit rührte ich den Band IX nicht mehr an.

Später dann, in Neuchâtel, ich war vierzehn, war fünfzehn und würde durch das Fenster flüchten, um bis nach China auszureissen ohne die Absicht, in das Haus meiner Eltern zurückzukehren, war doch der alte Herr auf den abwegigen Gedanken gekommen, mich für die berühmte Handelsschule jener Stadt anzumelden, und um dem Schulunterricht nicht folgen zu müssen, schloss ich mich so oft wie möglich in der Bibliothek meines Vaters ein, wenn ich nicht den Tag segelnd auf dem schönen Schweizer See verbrachte, und ich hatte die vierundzwanzig Bände der *Géographie universelle* wieder in die Hand genommen, um sie, diesmal, von der ersten bis zur letzten Seite zu lesen, und ich hatte Band IX wieder in die Hand genommen, der inzwischen ein abgegriffener, zerschlissener Band mit losem Rücken war, der sich immer noch von selbst auf der gleichen Seite öffnete, die berühmte Gravur des Götzenbildes allerdings hatte jemand herausgerissen (ich war's nicht gewesen!), und als ich schliesslich zuunterst auf einer Seite die Übersetzung eines Negermärchens entdeckte, das Elisée Reclus in einer Anmerkung als Kuriosität hinzugefügt hatte: *L'Histoire de l'éléphant et des rats blancs,* war es für mich eine Offenbarung der Welt der Neger und ihres Wunderbaren, so dass ich begann, bei sämtlichen Antiquaren in der kleinen Universitäts- und Frömmlerstadt alle Bücher über Afrika zu suchen und alle Bücher über Afrika zu lesen, die ich aufstöbern konnte und die Negergeschichten enthielten wie zum Beispiel: *Les Contes populaires des Bassoutos* und *Les Chants et les contes des Ba-Ronga,* gesammelt und übersetzt von Jacottet und von Junod, den protestantischen Missionaren; und von einem ebenso abenteuerlustigen und draufgängerischen Forscher wie dem Yankee-Journalisten, der unter dem Vorwand, Livingstone suchen zu gehen und eine aufsehenerregende Reportage zu machen, im Auftrag des Königs der Belgier den Kongo eroberte und der mitten im Gefecht Zeit fand, *My dark companions and their strange stories* zu schreiben, unwahrscheinliche Geschichten, die seine schwarzen Träger ihm abends am Buschfeuer erzählten und die dieser tatendurstige, eigensinnige, ja grausame und gefährliche Mann, der, wenn es darum ging, sich einen Weg durch die feindlichen Stämme zu erzwingen, im Vorbeigehen ganze Dörfer niedermetzeln liess, drängend, vorwärtsstürmend, ohne sich weder um die heftigen Proteste zu kümmern, die seine bewaffnete Intervention in Zentralafrika in allen Kanzlerämtern und Justizministerien des alten Europas auslöste, noch um die weltweiten Auswirkungen, die sein Vorgehen haben könnte, und um deren fatale Folgen für den Erhalt des Friedens in der Welt, Geschichten, die er die Menschenfreundlichkeit gehabt hatte anzuhören und zu transkribieren; und das Meisterwerk: *Totemism and Exogamy* von Frazer; und die zahlreichen Schriften von R. P. Trilles von der Kongregation vom Heiligen Geist, mit der Evangelisation der Schwarzen und ihrer Bekehrung betraut, der sich, widerstrebend und aus Scharfsinn und um den Animismus der Afrikaner und ihren Hokuspokus mit gleichen Waffen bekämpfen zu können, gezwungen sah, ihre Kosmogonie und ihre Metaphysik zu studieren, und der gelehrte Pater übersetzte schliesslich ihre Legenden und ihre Zaubergesänge, die er nach einem zehnjährigen Aufenthalt im Herzen des Schwarzen Kontinents in München bei den Anthropologen veröffentlichte, denn Hochwürden war tief beeindruckt von der Moral und der Bedeutung des Wortes bei den Pygmäen und bei den Fang, die einen wie die anderen Fetischanbeter und Kannibalen! Niemand ist tiefer in das Bewusstsein der Primitiven und in die schwarze Seele der Negervölker vorgedrungen als dieser Priester.[20]

Seither ist meine Liebe zur Negerliteratur in all ihren Ausdrucksformen nie erloschen (und ebensowenig ist bis heute dieser innere Kitzel erloschen, den ich beim Anblick einer Statuette oder einer Negermaske empfinde, stechende Erinnerung an das Götzenbild, das mich in meiner Kindheit mit Furcht erfüllte und nachts von mir Besitz ergriff), und obwohl ich weder Linguist bin noch mich sonstwie hätte spezialisieren wollen, erreichte meine Kenntnis einen Stand, der mich befähigte, 1919 meine *Anthologie Nègre*[21] zu verfassen in einem Zimmer, das kein einziges Möbelstück enthielt und wo ich nachts, bäuchlings auf dem Parkett und beim Licht einer Kerze, in weniger als einem Monat die engbeschriebenen dreihundertfünfzig Seiten dieses dikken Kompilationswerks schrieb, das mir alles in allem vierhundert Franc einbrachte. Doch was für ein Segen! Nachts, wenn ich erschöpft war (tagsüber recherchierte ich in der Nationalbibliothek), brauchte ich bloss die Kerze auszublasen und mich zwei-, dreimal in meinen Mantel zu wickeln und mich, möglichst vor Zugluft geschützt, längs der Wand in einer Ecke schlafen zu legen, wenn mein amputierter Arm mich schlafen liess, und wenn er mich nicht schlafen lassen wollte, wenn meine fehlende Hand mich allzusehr schmerzte, stand ich auf, um mit der anderen Hand zwei, drei dissonante Töne auf einem Klavier anzuschlagen, das in diesem leeren Zimmer abgestellt worden war, das einzige, was der alten Frau, bei der ich mich eingemietet hatte, vom einstigen Glanz geblieben war, einer Kriegswitwe von 1870! Arme Frau, ich war glücklich, ihr mit diesen vierhundert Franc eine Jahresmiete im voraus bezahlen zu können; doch auch armer Blaise, meine Akkorde waren dissonant, um die unbeschreiblichen Schmerzen auszudrücken, denn es gibt keine Worte für das, was meine Hand mich erdulden liess. Seither habe ich nie mehr ein Musikinstrument angerührt, was mich beschämt, denn Musizieren ist ein Akt der Heiligung. Aber mein Armstummel schmerzt immer noch. Und um nicht Tag und Nacht zu brüllen, erzähle ich mir immer Negergeschichten. Und ich träume nicht mehr nachts. Ich bin der Träume Herr geworden.

Und so kommt es, dass ich mit sechzig wie ein echter Nachtwächter[22] einen Rückstand von fünfzehn Jahren Schlaf habe, die letzten fünf davon waren die Jahre des Zweiten Weltkriegs und der Besetzung, während deren ich, ich kann es getrost so sagen, immer nur ein Auge aufs Mal geschlossen habe, *of course,* ich Ärmster!, und seither kommen meine Schreibnächte hinzu ... Daher die unermessliche Müdigkeit, die mich überkommt und mich von der Schädeldecke bis zu den Fussspitzen und den Fersenwölbungen durchdringt und mich oft nächtelang vor meiner Schreibmaschine lähmt, seit ich wieder angefangen habe, regelmässig zu schreiben, was offenbar nichts Schlimmes ist laut der Praktik der Yogis, die lehren, dass der Schlafmangel, die Müdigkeit und die Reglosigkeit einen das Trübe und Entfernte im Unterbewussten klar und nah erkennen lassen.

Ein sonderbarer Yogi! ... Der Schleier zerreisst ... Sternennacht ... Das Schicksal ... Die Menschen ... Meine Figuren ... Ich selbst, ein Schriftsteller ... Was soll das alles ... Und ich fange wieder an zu schreiben, um die verlorene Zeit aufzuholen, das fliehende Leben einzuholen, die Menschen, die zum Rhythmus des Tanzes der Götter der Schöpfung und der Zerstörung tanzen, und meistens sind es nur ein Gott und nur eine Göttin, Kali und Schiwa, das grosse Luder und das heilige Lingam, die eine Einheit bilden, die ein koitierendes Paar bilden ... Unmöglich, das habe nicht ich geschrieben ... diese Sätze, die sich ich weiss nicht wo bilden ... diese spontanen Wörter ... diese oft unverständlichen Wörter ... diese Formulierungen ... diese überlagerten Bilder ... dieses unwirkliche, dieses parabolische Licht, das alles wieder lebendig werden lässt, das Lexikon, das Herbarium, die Toten, deine Vergangenheit und alle Wesen, die man geliebt oder gehasst und schon lange aus den Augen verloren hat, ganz zu schweigen von denjenigen, auf die man schon immer wartet und die heute, die morgen kommen werden, selbst wenn sie schon tot sind, ob sie sich das Leben genommen haben oder ob man sie getötet hat oder ob sie im Kerker oder im Bauch ihrer Mutter verkümmern, und die man bewundert und für die sich Sätze der Zuneigung abzeichnen, andere Wörter, andere Worte, ein ganzes Linienmuster wird sichtbar wie ein gespanntes Netz, um die Hochseilakrobaten und die Kunstflieger aufzufangen, die, möchte ich sagen, aus der hellbeleuchteten Kuppel stürzen? oder springen? nein, sondern von viel höher, aus dem dunklen Schnürboden des Zirkus, ein Knäuel aus Seiltänzerinnen und Trapezkünstlern, Männer, Frauen, Kinder aus allen Nationen, sogar ein breit grinsender Clown, der in hohem Bogen durch die Luft fliegt und jedesmal, wenn er den Boden berührt, wie ein Luftballon schrumpft und unter tosendem Applaus linkisch wieder in die Luft steigt, in den Seilmaschen verfangen, Gott weiss wie, und dass man ihm nach der Aufführung schweren Herzens applaudiert, ein makabres Wurfspiel, ein Pappfigurenschiessen, Totschlagen legendärer Wesen, der ganze Olymp in Slips, Athleten, Turner, Trapezkünstler und Trapezkünstlerinnen in enganliegenden Trikots, Chansonnièren, Sirenen der Nacht, Libellen, schwarzgeflügelte, nachtblaugeflügelte Fledermäuse, rotbehandschuhte Riesenspinnen, Primaballerinen, die Männer nostalgisch, oft ehemalige Bagnosträflinge, eitle Gockel, pomadig und schnauzbärtig wie Komitadschi oder bartlos wie Don Juans, die Frauen funkelnd vor Strass, mit Goldflitter, mit Silberpailletten übersät, mit gestickten mythologischen Symbolen, mit Federbüschen, mit Kautschukfedern gekrönt und geschmückt, mit lackglänzenden Taftblumen, eine Spitzenhalbmaske vor dem Gesicht oder mit einem aufreizenden Lächeln in der zerfliessenden Schminke, die Kinder werfen Handküsse ins Publikum, schöne, atemlose, schwitzende, nach Menagerie und Pferdeäpfel riechende Körper, wunderbarer Fischfang, jedoch tragisch abgebrochen und vergänglich, denn es ist Feierabend, die Vorstellung ist zu Ende, die Leute gehen, und die geächteten Unsterblichen legen ihre Flitterkostüme ab und ziehen im Dunkeln ihre ärmlichen Alltagsklamotten an, denn man hat das Licht ausgeschaltet, draussen regnet es, man knöpft den schmuddeligen Regenmantel zu, und morgen wird man das Kostüm wieder anlegen und das gleiche trostlose Spiel spielen müssen, steht doch das klägliche Auskommen auf dem Spiel, um die Familie durchbringen zu können, die Kinder zu ernähren, geht es doch darum, das lethargische Publikum aus seiner Gleichgültigkeit zu reissen und, wenn das überhaupt je möglich ist, die Zuschauer zu fesseln, man wird das Unmögliche versuchen, wird versuchen, es zu schaffen, und Abend für Abend ein immer gewagteres, immer gefährlicheres Spiel mit dem Tod zu spielen: *The looping the loop,* die *Höllenspirale,* den dreifachen, den fünffachen Salto auf dem Drahtseil, den *Todessprung* ohne Netz, und man wird dieses traurige Los sogar mit Maschinen verknüpfen wie ich, mit Motorrädern, mit Autos, mit Flugzeugen, denn auf der Tastatur einer Schreibmaschine klimpern bedeutet nicht das Leben heiligen, ganz im Gegenteil.

Schreiben ... in die Tiefe des Stollens steigen wie ein Bergmann mit einer vergitterten Grubenlampe an der Stirn, einer Funzel, deren trügerisches Licht alles verfälscht, deren Flämmchen eine permanente Explosionsgefahr ist, deren im Kohlenstaub flackerndes Licht die Augen verdirbt und zerfrisst, und wenn man den Bergmann aus der Nacht ans Tageslicht fördert, schmerzt ihn das strahlende Licht draussen, und der Blinde reibt sich die blutgeäderten und von der Finsternis in der Tiefe entzündeten Augen, und er stammelt und sabbert und berichtet verstört von Gespenstern, die ihm zwischen den Anthrazitblöcken erschienen sind, er wird jedoch nie vom fossilen Abdruck einer Frauenhand oder eines Männerfusses in den Kohlenflözen erzählen, beirrende Spuren, verwirrender als die Schritte im blendenden Guanosand auf Robinson Crusoes Insel, und der Knappe, der Lehrhauer, er ist von dieser unerwarteten Enthüllung verstörter als ein unter Schock stehender Überlebender eines Schlagwetters, und er denkt und denkt ständig darüber nach am Sonntag, während er zwischen den Sonnenblumen in seinem Gärtchen stumm seine Pfeife raucht[23] ...

Herrscher der Nacht! Armer Blaise, wisse, dass überall, wo ein Totem steht, dass überall, wo ein Fetisch kauert, dass überall der Unbekannte Gott regiert, vom piktographierten Baumstamm der Labradorindianer zu den *paraderos,* den Müllbergen, von den *shell mounts* Feuerlands zu den unter ihren Bestiarien eingestürzten Pyramiden der Inka und der Ägypter, zu den vergessenen Grossen Fetischen im Mondlicht in den Lichtungen der Tropenwälder Afrikas, Amerikas, Asiens, Insulindes bis hin zu den Fetischen in den ausgestorbenen Sälen des *British Museum,* zu den magischen Schafsknöchelchen, die man in den Provenzalischen Alpen befragt und im tiefsten Süden Kaliforniens, dem rückständigsten und ärmsten Land der Welt, denn dort wohnen noch die Indianer im Overall und besuchen Onkel Sams Schule und fahren alte Fords und leben wie der Mensch im Zeitalter des polierten Steins und haben dessen Mentalität in den sonst so progressistischen baskischen Provinzen, in der ungarischen Puszta mit den bodenständigen, aber unwahrscheinlich abergläubischen Bauern, in den mongolischen Steppen, wo überdies in jeder Karawane, die an einem Tumulus vorbeizieht, jeder seinen Stein darauf wirft, dem Haufen seinen Stein hinzufügt, in der Tundra im äussersten Norden Sibiriens, wo die unglückbringenden Würfel die Dimension von Mammutrippen haben und an der Küste des Eismeeres die Dimension von Walen oder von Backenzähnen des See-Elefanten und die oft verzierten, gravierten, kunstvoll gearbeiteten Kuben aus fossilem Elfenbein sind, auf jeder Fläche eine rudimentäre lineare Zeichnung wie die der Felsbilder in den Höhlen des prähistorischen Menschen in den spanischen Pyrenäen oder im Kalktuff des Périgord-Noir, in den *cuevas de Altamira* oder in den Grotten von Les Eyzies-de-Tayac oder auf den bauchigen Töpferwaren aus weissem Lehm in den Hochebenen des Vorderhimalajas, die aus der Zeit vor der Erfindung des Feuers stammen und an der Sonne getrocknet wurden und noch die Spuren von Schnüren aufweisen, an denen sie im Wind aufgehängt wurden, und des geschickten Fingers, der sie vor Millionen Jahren modelliert hatte, ganz zu schweigen von den unterirdischen Teufeln Tibets, den phonolithischen Statuen auf der Osterinsel, den hypnotisierenden und verhexenden Kriegsmasken der Polynesier – überall, wo das ABBILD sich offenbart, schläft nachts der Mensch nicht, weil er sich vor der Identität des Ich und des Sich, vor dem beunruhigenden Atavismus fürchtet und weil er, so wie man vom Himmelsbild Vorhersagen ableitet und Horoskope erstellt anhand der Stellung der Gestirne in der Geburtsstunde, die Brandspuren und die eingebrannten Zeichen entziffert, die Tätowierungen, um das Alter und den Ursprung des Grossen Urahns zu erfahren, und nicht zögert, sich im Namen eines Tabus zu verstümmeln oder sich mit Federn und Schuppen und einem Schnabel und einem Schwanz zu schmücken, um sich als Bestie zu tarnen, und glaubt, auf diese Weise und durch den rasenden Tanz und im besinnungslosen Rausch seinem menschlichen Los einer elenden, in der Grenzenlosigkeit des Universums verschwenderisch verstreuten Saat zu entgehen.

Taumel! Die Ewigkeit ist bloss ein kurzer Moment im Raum, und das Unendliche packt dich bei den Haaren und vernichtet dich in Sekundenschnelle. Die Zeit zählt nicht. O sinnloser Schmerz und unabdingbares Leiden der Evolution der Lebewesen! Auf jeder Stufe der schöpferischen Evolution steht ein Gott, der seine Geschöpfe je länger, desto eifersüchtiger hütet. Der Grausamste steht nicht unbedingt zuoberst auf der Leiter. In Indien gibt es, inmitten Millionen anderer, einen, der nichts Böses tut. Er begnügt sich damit zu verdauen. Sein Bauch ist derart aufgebläht, dass er den Hosenbund zu sprengen droht, und vor lauter Schnüffeln und Speiseopferwittern hat sich sein Kopf zu einem Rüssel verlängert, und er wühlt damit in den Brandopfern. Niemand weiss, ob er der Gott des Lebens oder der des Todes ist. Jedenfalls besitzt er kein Hirn mehr, weil es ihm aus den Nasenlöchern geflossen ist. Aus seinem schrägen, wie eine Penisöffnung geschlitzten Auge tropft heisses schäumendes Fett. *Ich denke nicht, also bin ich. Ich bin Der, der ist!* Es ist eine Alptraumvision. Er ist nur Fleisch, ohne einen Knochen! Ich frage mich, wer hat das träumen können? *Hélas,* Menschen, und nicht etwa Engerlinge. Du oder ich. Das hängt davon ab, wer dir im Traum erschienen ist. Schlafen, was für ein Grauen!

Die Religion, dieses *Opium für das Volk,* laut dem Slogan des modernen revolutionären Proletariats, war, vor dem Sprachengewirr und der Verstreuung der Rassen, der Nagualismus, eine Form von individuellem Totemismus[24]. Nach einer Offenbarung im Traum oder in einem ekstatischen Zustand, hervorgerufen durch Entbehrungen, Hunger, ein langes erzwungenes Fasten oder eine eingenommene Droge, den Saft zerkauter Pflanzen oder ein fermentiertes Getränk, oder, im Gegenteil, nach einer Zeit des Überflusses oder dem Ende einer erfolgreichen Jagdzeit, eines Krieges, eines Massakers, eines Gemetzels, durch ein Übermass an frischem Fleisch, an Gelagen, an Sex und Tanz, hat der Mensch das Gefühl, in enger Verbundenheit mit einem Geist, einem Wesen oder einem Gegenstand zu leben. Man beschwört die Schatten, und man praktiziert die Geisterbeschwörung des *shaman* oder Griots und der *medicine men* oder der Hexerschule, und man konsultiert »seine Gifte«. Jeder hat seinen ganz besonderen Geist, den Busch, den Sumpf, die Prärie, die Einöde, den Wal, den Panther, den Adler, die Antilope, die Schlange, eine bestimmte Mondphase, einen Stern, das Wasser, den Pelikan, einen Fisch, ein Muscheltier, das Krokodil, den Wolf, eine singende Blume, ein Wüstengras, einen bestimmten Stein, den Baum, den Vogel, den Floh, die Dorne. Das Totem, mit dem man sich identifiziert, ist der Ursprung dessen, was das Wesen zeugt, so wie heute aus den Maschinen, in denen sich nicht nur das Genie des modernen Menschen, sondern auch alle Glücksträume des Menschengeschlechts und dessen geistiges Streben nach zukünftigem Heil vergegenständlichen, und das ist der Grund, warum zum Beispiel längs der asphaltierten Autobahnen die Zapfsäulen an die Fetische der Wilden erinnern, die gleichen stilisierten Formen, die gleichen grellen Farben, die gleichen Verzierungen, Glas, Spiegel, Kupfer, Nickel, Glühbirnen oder Perlen, die gleichen Farbspritzer, Blut oder Schmieröl, die gleiche Politur, und die elektrischen Slogans des modernen Menschen ersetzen die heilige Tätowierung des primitiven Menschen, die Logos der Benzingesellschaften, die Marken der konkurrierenden Trusts, die Amulette der Initiierten, ein die gleiche Ästhetik erzeugendes geistiges Bedürfnis, um das gleiche Grauen auszudrücken, GOTT, Gottvater, GOTT, und daher sind es die Zapfsäulen am Strassenrand und an den Ausfahrten der Städte, ganz zu schweigen von den Hochöfen, den Fabrikschloten und dem ganzen industriellen Krempel, den Rohrgerüsten, den Stahlträgern, den Räderwerken, den Kabelsträngen, den Funkengarben, dem schwarzen Rauch, den Dampffontänen, dem Feuerleuchten, den elektrischen Entladungen, die aus dem Tun des modernen Menschen ein tragisches Schauspiel machen und die in Gruppen gehen, einen Kreis bilden, und jede trägt ein kleines Schild wie eine Negermaske, die nachts zum Leben erwacht und in Staunen versetzt.[25] Die Götzenbilder lachen selten, die zähneknirschenden Maschinen jedoch nie. Sie sind das Grauen. Sie sind viel grausamer und rachsüchtiger als Jehova, der Rächergott der Juden. Man braucht sich nur unser Kriegswerkzeug anzusehen, es vernichtet unterschiedslos alle, bis zur letzten und allerletzten Generation. Total.

Gott hat den Menschen nach seinem Ebenbild geschaffen. Er hat gesagt: *Du sollst neben mir keine anderen Götter haben. Du sollst dir kein Gottesbild machen und keine Darstellung.* Doch der Mensch hat Angst, und jeder hat sich ein Gottesbild gemacht, um unter seiner schützenden Obhut zu leben, und selbst Jesus, der Menschensohn, hat in seinem

Gebet ungezwungen gesagt: *Vater unser im Himmel, geheiligt werde Dein Name ...,* was auf eine Einmischung des Menschen in die Majestät Gottes schliessen lässt. Und Jesus hat hinzugefügt: *Dein Reich komme, Dein Wille geschehe, wie im Himmel so auf Erden ...,* was Zweifel an der Allmacht Gottes aufkommen lässt. Und er sagt weiter: *Und führe uns nicht in Versuchung, sondern erlöse uns von dem Bösen ...,* was einer Anklage auf Komplizenschaft gleichkommt.

Nun, man soll den EIGENEN VATER nicht verurteilen, sonst bemächtigen sich alle Komplexe und Verdrängungen der Psychoanalyse deiner, die lauter Totems sind, die grauenerregenden Fetische, die zu Fratzen verzerrten Masken der Juden, der Anglikaner, der Protestanten und der modernen Sektierer, allesamt Ikonoklasten, und verschlingen dich und treiben dich in den Wahnsinn. Das ist die Rache des Alten. In China verurteilt man seinen eigenen Vater, den Ahn, nicht. *(Das Kind ist der Vater des Menschen. – Laozi)*

In China, der jahrtausendealten Heimat der gelehrten Mandarine und Intellektuellen, begegnet man unterwegs in der Landschaft auf Schritt und Tritt Totems, die die Querstrassen säumen wie kaiserliche Alleen, es sind stilisierte Stelen in Form eines Monogramms oder von Silben, uralte Schriftzeichen, die niemand mehr versteht und die zu entziffern sich niemand bemüht, der Verkehr geht daran vorbei, die Menschen gehen hindurch, ohne aufzuschauen, denn dieses sich vor dem Himmel abzeichnende steinerne oder hölzerne Ideogramm stellt einen Torbogen dar. Es ist ein Symbol. Diese Tore führen nirgendwohin und münden alle in den FRIEDEN, den chinesischen Frieden, das heisst den Frieden der Friedhöfe, denn, in der Tat, die mit Grabhügeln oder mit Gräbern übersäte Landschaft, auf die sich diese Tore öffnen, die sie einrahmen wie absurde Fenster, die auf die Leere hinausgehen, ist nur lauter Weite und Trostlosigkeit, ein Schlammsee von der Abenddämmerung bis zur Morgendämmerung, Morast der Überschwemmungen, die von der Sintflut her stammen und andauern, unergründlicher Morast, in dem sich der Nachthimmel und seine Gestirne spiegeln, darunter der Drache mit dem Vollmond im aufgesperrten Rachen, hell leuchtend wie ein Lampion an einem Bambusstab und durchscheinend und glänzend wie ein Glasbehältnis, in dem monströse Goldfische schwimmen, deren Schwanz- und Flossenschlagen Kalligramme ins Wasser zeichen und deren unermüdlich saugender Rachen keine Tintenwolke ausstösst wie der Krake, der nur eine Öffnung hat, die ihm als Anus und als Mund dient, sondern ein Universum aus Flimmertierchen, deren grösste Maden und Mückenlarven sind und die ebenso fein sind wie die fliehenden Silben einer mnemonischen Stenographie, wellende, flimmernde, verwackelte, nervöse, vergängliche, gekritzelte, graue, milchige, zu einer aufgeschwemmten flockigen Masse geronnene Linien, trübe und dick wie ein Fliesspapier, Plankton eines riesigen, ausufernden Opiumtraums.

Nebel und Rauchspiralen.

Die Pille knistert auf der Lampe.

Es ist Nacht.

Chinas widerlich süssliche Nacht.

Ein blauschwarzer und gelatinöser und runzeliger Film.

Das lepröse Gesicht einer alten Bettlerin.

Nur die Kulis schlafen draussen, nicht unter freiem Himmel, sondern unter dem gemusterten Wachstuchverdeck ihrer Rikscha, deren aufgestellte Deichselstangen gen Himmel gerichtet sind wie zwei beschwörende Finger.

Chinesische Tusche.

Weitschweifigkeit.

Es schneit.

X
DIE CAMERA OBSCURA DER VORSTELLUNGSKRAFT

Am Bahnhof, in Qiqihar oder in Harbin oder in Tschita oder in Krasnojarsk oder in Irkutsk, am Bahnhof, wenn wir auf den Zug warteten, der oft bis über acht Tage Verspätung hatte, so dass man nicht genau wusste, in welchen man einstieg, in den fahrplanmässigen oder den verspäteten der vorangegangenen Woche, am Bahnhof erklang durch den wie die Tür eines Bordells abgedichteten Himmel das Geräusch der geschüttelten Knöchelchen, der Würfel, des Mah-Jonggs, des Ouija-Bretts, gefolgt vom kurzen Schlag eines hölzernen Lineals auf der lackierten Theke, vom hastigen Klappern des Rechenbretts oder Abakus, des russischen Stschotys, das die Abrechnung erstellte, und das Rieseln von der Waagschale der Geldwechsler, wenn man dem Gewinner Taels ausschüttet, Käsch, Piaster, Mariatheresientaler, Silberdollars oder rauhe Mengen klimpernde Rubel. In den wimmelnden Gässchen des Chinesenviertels hingen überall senkrecht kalligraphierte Plakate und Ladenschilder. Von irgendwoher hallte das Gekreische der in einem Bordell abgemurksten Enten. Es stinkt nach Küche und Aas, und über allem liegt der Geruch von Ungeziefer und menschlichen Exkrementen.

Am Bahnhof, wenn wir es uns in unserem Abteil der Transsibirischen bequem machten, mein Chef Rogowin und ich, und wir sowohl den mit den chinesischen Schriftzeichen gestempelten Himmel hinter uns zurückliessen, wenn wir aus Zentralasien zurückfuhren, als auch die Trugbilder des von Nordlichtern geblähten, vom Meteoritenhagel, von einem Kometenschweif, von den Haloerscheinungen, von einer verglimmenden Eklipse ausgefransten Polarhimmels und von den Büschelentladungen des Elmsfeuers, die sogar an den Kufen unserer Pferdeschlitten knisterten, wenn wir aus dem hohen Norden zurückkehrten, einmal von der Mündung der Lena, ein andermal von der des Jenissei, wo wir, das erste Mal, eine Ladung Steinsalzscheiben gegen ebenso viele Scheiben reines Silber getauscht hatten und, das zweite Mal, gegen fossiles Elfenbein, Narwalzähne, genannt Einhorn oder Alicorn, und gegen Mammutstosszähne, im ganzen sechsunddreissig Pferdeschlitten – und es war so kalt in der eis- und sternenglitzernden Nacht des hohen Nordens, dass die Pferdeäpfel unter dem Schweif explodierten wie ein Schuss und dann hartgefroren auf dem Boden landeten –, wenn wir es uns in der Transsibirischen bequem machten, um uns zum grossen Chef zu begeben, das heisst zum geheimnisvollen Chef Rogowins, einem gewissen Leuba, dem reichsten Juwelier von Sankt Petersburg, und nach unserer Ankunft, nachdem wir unsere Koffer ausgepackt, unsere Ballen aufgeschnürt, unsere Schachtelkoffer mit doppeltem Boden ausgekippt, unsere bis obenauf mit Schmuck gefüllten Musterkoffer geöffnet, unsere mit Edelsteinen gefüllten Gürtel abgelegt hatten und Rogowin seine Wundertüte geleert hatte und nachdem wir den Ertrag unserer Einkäufe, Tauschgeschäfte und Gegengeschäfte errechnet hatten, führte mich Leuba (während Rogowin sich davonstahl, um freudig wie ein Provinzler in der Stadt zu tafeln und die Frauen der Hauptstadt im Séparée zu verführen und die ganze Nacht die Zigeuner aufspielen zu lassen, bevor er für eine Woche zu seiner Familie nach Warschau reiste und seiner Frau ein weiteres Kind machte) in den Tresorraum seiner Geschäfte, der an der Ecke Goroschowaja und Sadowaja lag, einen ehemaligen Ausstellungsraum, der zu einem Tresor umgebaut worden war und in dem für Millionen und Abermillionen Rubel Edelsteine aufbewahrt wurden, die schönste Diamanten- und Perlensammlung des Zarenrusslands, wo ich eine Woche, zwei Wochen, einen ganzen Monat eingeschlossen blieb, um unser Mitgebrachtes zu sortieren, die Edelsteine nach der Grösse zu sortieren, sie zu wägen, sie auszulesen, sie nach ihrem Karatgewicht, ihrem Durchmesser, ihrer Grösse, ihrem Glanz, ihrer Reinheit, die Perlen nach ihrem Schmelz, ihrer Rundung, ihrem Orient, ihrer Vollkommenheit zu schätzen, sie zusammenzustellen, die »Schtropps« auszusortieren, die je nach ihren Unreinheiten, ihrem Rauch, den Rissen, Trübungen, Fehlern, Flecken geschliffen werden würden, sie zu Paaren zusammenzustellen, die dann als Ohrringe verarbeitet wurden, sie der Grösse nach für die Anfertigung von Brillantenkolliers oder Perlenketten zu sortieren, farbige Steine auszuwählen, die zu Broschen, zu Kreuzen, zu Knöpfen, zu Siegeln, zu Nadeln, zu Hufen, zu Herzen, zu Fächern, zu Anhängern, zu Schleifen, zu Knoten, zu Blumen, zu Federn, zu Aigretten, zu Tränen gefasst wurden oder die eines strengen, klassischen Diadems würdig waren oder geeignet, einen Kredenzkelch zu schmücken oder einen Serviettenring oder ein erotisches Zigarettenetui, mich über die Klarheit eines Solitärs begeisternd, der in ein Etui gebettet werden musste, die Barockperlen, die rosa Perlen oder die schwarzen Perlen auszusondern und die seltenen Gemmen, einen reinen blauweissen Diamanten aus Golconda oder einen nachtkerzengelben Karfunkelstein, einen Rubin in der Grösse eines Taubeneis oder einen handbreiten facettierten Smaragd, der in den Vitrinen ausgestellt werden würde, die minderwertigen Edelsteine einzupacken, die nach Amsterdam und Antwerpen geschickt und dort durch einen entsprechenden Schliff und eine zusätzliche sorgfältige Polierung aufgewertet wurden, eine kranke Perle, die geschält werden musste, sorgfältig in ganz weiches Seidenpapier eingewickelt, das man mit einem ineinandergeschobenen Falz wie die kleinen Apothekersachets faltet, die für die Uhrmacher in Genf und La Chaux-de-Fonds bestimmten unsortierten Saphire, Rubine, Türkise und die Grenaille der Rosendiamanten und Brillanten, die en gros an die Hersteller von billigem Doubléschmuck in Pforzheim verkauft werden, geschäftig, gewissenhaft, pedantisch genau, viel Geld verdienend, mit achtzehn bereits über ein Bankkonto verfügend, jedoch nicht im geringsten ahnend, dass eines Tages diese Lehrjahre ... (und die Reisen mit meinem Chef Rogowin nach China, nach Persien, in die Mongolei, in den hohen Norden, nach Tiflis, an die Messe von Nischni oder in die Mandschurei; und meine Praktika in Sankt Petersburg beim Chef meines Chefs, dem grossen Leuba, der mir vertraute, mich aber trotzdem unter Verschluss hielt bis zu dem Tag, als er mir die Schlüssel seines Tresors anvertraute; und unsere hektischen Aufenthalte in London und in Paris, wo wir uns mit Neuheiten eindeckten und unser klassisches Sortiment ergänzten, bevor wir wieder die Transsibirische bestiegen, mein Chef Rogowin und ich, mit Zwischenhalt in Berlin bei der Hinfahrt, um unsere Portefeuilles bei Mendelssohn zu hinterlegen, damals die einzige Bank auf der Welt, die chinesische Orderpapiere eskomptierte, das heisst Wechsel auf drei-sechs-neun, das heisst auf drei Jahre, sechs Jahre, neun Jahre, Warenwechsel für unsere Kreditverkäufe, und, auf der Rückreise, unser Auftragsbuch mit Bestellungen von Ramschware *Made in Germany,* Schmuck und Blechwaren aus Pforzheim, Wecker und Schwarzwälder Kuckucksuhren, *Westminster*-Regulatoren mit verstellbarem Pendel und Standuhren mit Bekrönung und Gegengewicht aus Frankfurt an der Oder, Butzenscheiben, Tabakspfeifen aus Schwaben, Pfeifen aus künstlichem Bernstein, Pfeifen aus falschem Meerschaum, Porzellanpfeifen, emaillierte Eisenpfeifen, die ersten Phonographen und so weiter und so fort, Ladungen, die auf die Eisschmelze in Sibirien warteten oder auf den Rückgang der Überschwemmungen in China, um uns nachgeschickt zu werden, zu unseren Händen an unsere Depositäre längs der Transsibirischen oder in die Karawansereien, an unsere Geschäftspartner in Zentralasien, und wofür Mendelssohn uns neue Blankokredite einräumte) ... nein, ich wäre nie auf den Gedanken gekommen, dass diese Lehrjahre mir als Lehrjahre in Poesie angerechnet würden! ... und dass eines Tages, ja, dass ich eines Tages in den Dichterstand erhoben werden sollte! ... und ich mich dann ernsthaft ans Schreiben machen würde! ... Doch das ist das Leben, und die Frauen werden mich verstehen, denn sie wissen, dass ein Käfig, und selbst ein goldener Käfig und selbst wenn es aussieht, als hätte man darin sein Nest gebaut oder seine Familie, dass ein Käfig und selbst ein Märchenkäfig auf die Länge nicht bewohnbar und nicht mehr erträglich ist, wenn die Liebe an die Tür klopft oder um das Haus streicht und der Oger, der dich in der Gewalt hat, dich anknabbern oder dir sogar seine Tochter geben will, um dich beim Schlafittchen zu pakken. Wozu, frage ich euch. Das alte Thema der Volksmärchen und der Volkslieder. (Leuba wollte mich adoptieren, Rogowin bot mir seine einzige Tochter zur Frau an, bereits mein Vater hatte mich zurückhalten wollen. Ich konsultierte »meine« Gifte, ich liess mich von meinen »Dämonen« treiben, ich richtete mein Leben nach Kopf oder Zahl, ich schüttelte »die« Knöchelchen, und eines Tages schmiss ich alles hin, um zu fliehen, weil ich glaubte, mich für die Freiheit zu entscheiden. Was meine ersten Schritte im Leben angeht, so habe ich vor allem schwadroniert. Heute bin ich Schriftsteller, unglaublich! Aber es ist so.)

In meinem Panzerraum eingesperrt, las ich, las ich viel, nächtelang und auch am Tag, um mich abzulenken, wenn ich es müde war, die Steine in meinem tragbaren Projektor funkeln zu lassen, die Scheinwerfer der Seitenbeleuchtung oder des Bühnenbodens rund um den grossen länglichen Tisch spielen zu lassen, auf dem ich die Steine sortierte, den Inhalt des mit violettem Plüsch bezogenen Tabletts unserer Musterkoffer auf ein grünes Samtviereck kippte, tagelang, wochenlang, oft länger als ein Monat, auf einem hohen Hocker sitzend, ein kurioses Blechwerkzeug schüttelnd, so wie man einen Shaker schüttelt, ein Werkzeug, so gross wie eine bauchige Kaffeekanne und wie eine solche unterteilt durch mehr oder weniger grobmaschige Filter, durch deren Löcher die Edelsteine flossen und sich je nach Grösse in den verschiedenen zerlegbaren Fächern klassierten, die kleinsten fielen auf den Grund, ich leerte sie dann kunterbunt in eine

Tüte, die grösseren blieben oben, an der Oberfläche. Und wenn eines der von 000 bis 21 numerierten Fächer voll war, leerte ich es in eine Horn- oder Schildpattschale, von denen ich einen ganzen, ebenfalls von 000 bis 21 numerierten Satz zur Verfügung hatte, und wenn alle diese Tässchen und Untertässchen voll waren, leerte ich sie, eines nach dem anderen, auf das Samtviereck und sortierte die Steine nach Gattung, reihte sie auf dem grossen Tisch nach Kategorien, Grösse, Farbe auf, und wenn der Tisch, dessen Blatt mehrere Meter mass, ganz mit Edelsteinen bedeckt war, die im elektrischen Licht funkelten, zog ich eine Diamantwaage aus meiner Werkzeugtasche und wog die Steine einen nach dem anderen, die Dezigrammgewichte, winzige Messingspäne, trugen an der einen geknickten Ecke den Eichstempel *2 dg* und waren nicht dicker als eine Scheibe Cashewnuss, und ich holte die Kornzange aus meinem Etui und legte sie damit sorgfältig in die zerbrechlichen Waagschalen aus kalzinierten Knochen, und wenn alle Steine einer nach dem anderen gewogen und nach Gewicht in verschiedene, mit Kerben versehene Tabletts gelegt worden waren, wobei jede Kerbe ein Karat bezeichnete, nahm ich sie einen nach dem anderen zwischen die Spitzen meiner Lupenpinzette, die ich dann vors Auge hielt (bei mir war's das rechte; bei anderen ist es das linke), beleuchtete sie einmal mit direkter, einmal mit indirekter Beleuchtung, drehte den Stein in alle Richtungen, prüfte ihn ganz genau, um den kleinsten Fehler zu entdecken, entfernte die Lupe, um von blossem Auge den Glanz, die Reinheit zu prüfen, und drehte ihn mehrere Male unter einer blendenden Glühbirne, um seine Transparenz zu prüfen, sein Feuer, sein Farbspiel, die gepunkteten Schlagschatten der Lichtfacetten, seine Irisierung, sein Schillern, bevor ich ihn schätzte und in entsprechend beschriftete Schatullen einschloss und in die Kästen räumte.

Die Zeit verging. Tage, Wochen, ein ganzer Monat. Es nahm kein Ende. Ich war Gefangener. Ich las viel, um mich abzulenken, und wenn ich genug davon hatte, mich mit meinen Steinen zu beschäftigen und meine Klassierungen und Schätzungen nochmals zu überprüfen und zu kalibrieren, las ich die Klassiker in einer englischen Ausgabe; doch es konnte auch vorkommen, dass ich, wiederum um mich abzulenken, eine Himmelskarte auf dem grossen Tisch entrollte und jede Konstellation mit Edelsteinen bedeckte, die ich aus der Reserve holte, die grösseren Sterne mit den schönsten Diamanten markierend, die Figuren mit den funkelndsten farbigen Steinen ergänzend und die Lücken zwischen den Bildern mit einem schimmernden Perlenstrom aus Leubas Sammlung füllend, sämtliche verfügbaren Lampen anzündend, die Deckenlampe, die Handlampen, meine Taschenlampe, den verstellbaren Projektor, den ich darauf richtete und kreisen liess wie ein Löschgerät oder vielmehr wie eine Spritzdüse, denn je nachdem, auf welchen ich zielte und ihn mit Strömen kalten Lichts überschwemmte, trat jeder Stein reihum in den Mittelpunkt, so wie jede Pflanze im Zyklus der Jahreszeiten erblüht, wie jedes Mädchen, eines nach dem anderen, in einen Reigen tritt, vortritt, sich vorstellt, kurz zurücktritt, sich in den Vordergrund drängt, singt, in den Reigen zurücktritt und sich an seinem Platz versteckt und mit seinen Gefährtinnen verschmilzt:

... küsst die Schönste ...

Sie waren alle schön! Und ich rezitierte für mich die unsterbliche und mir unvergessliche Seite Marbodes über die Symbolik der Edelsteine, die ich kürzlich in Remy de Gourmonts *Mystischem Latein* entdeckt hatte, eine Gemme, eine Kompilation, eine Übersetzung, eine Anthologie, ein Buch, das mich in meinem Innersten aufgewühlt und mich im Grunde getauft oder zumindest zur Poesie bekehrt, mich initiiert, mich katechisiert hat.

Als eines schönen Tages der grosse, der misstrauische Leuba (der in diesem Kapitel nur als ein Schatten auftritt, dessen Ganzporträt ich aber in einer nächsten Geschichte zeichnen werde, deren Hauptperson er sein wird, so wie ich gelegentlich das lebenswahre Porträt von Doktor Oswaldo Padroso skizzieren werde, dem Helden des Romans der Fazenda do Morro Azul), als eines schönen Tages der grosse, der misstrauische Leuba mir die Schlüssel seines Tresors anvertraute und ich zum erstenmal wieder ausgehen durfte, ging ich gleich besagtes *Mystisches Latein* kaufen (und steckte auf Drängen der liebenswürdigen Verkäuferin auch Dostojewskis *Der Idiot* in die Tasche; das zweite Mal ging ich in die Kaiserliche Bibliothek, um in einer Sammlung auf altkirchenslawisch geschriebener Sagen über die Stadt Pskow und die Eroberungen Antars zu blättern, diesem russischen Zyklus, der orientalischen Entsprechung der Artussage (man vergisst gern, dass Russland zum Orient gehört); das dritte Mal, um abends ins Mariinski-Theater zu gehen mit … Man spielte *Die Zauberflöte* von Mozart, und immer wenn ich glücklich bin, singt seither die grosse Arie *Ich bin die Königin der Nacht* ergreifend in meiner Erinnerung, es war vor 1907, denn Lenotschka, die anmutige Gymnasiastin, wurde vor jenem Jahr in Wyborg gehängt, dem Jahr, da ich mich mit meinem Chef Rogowin[26] zerstritt. Es war die Verkäuferin in der Buchhandlung, die mich mit meiner sanften, begeisterten revolutionären Gymnasiastin bekannt gemacht hatte, zu deren Gedenken ich jedes Jahr einen Band von Mignes *Patrologie* kaufe (die Römer, die Griechen sind zu schwierig für mich!), so wie ich jedes Jahr *Der Idiot* lese, um die schöne russische Sprache nicht zu vergessen (die ich immer noch radebreche), und es war R. R., der Bibliothekar, jener alte Mann, der eine herzliche Zuneigung zu mir gefasst hatte, weshalb der gelehrte Linguist die Lektüre eines schlechten Juwelierlehrlings leitete und diesen zum Schreiben ermunterte und dem ich kühn mein erstes Manuskript anvertraute und der ohne mein Wissen die Geduld und Hochherzigkeit hatte, es auf seine Kosten zu veröffentlichen, und der, bevor er starb, seine letzten Ersparnisse darauf verwandte, mir eine riesige Überraschung zu bereiten und mich zu ermuntern: *Die Legende von Nowgorod, von R. R. ins Russische übersetztes Prosagedicht, in einer Auflage von 14 Exemplaren, weiss auf schwarzem Papier gedruckt, 144 Seiten im Folioformat, Portefeuille. Typographie Sozonow, Moskau 1909,* eine Ausgabe, von der ich kein einziges Exemplar besitze, ebensowenig habe ich eine Kopie meines Manuskripts (es handelte sich – eine Reminiszenz meiner Lektüre der Heldengeschichte der slawischen Eroberer – um die Geschichte des Jahrmarkts von Nischni Nowgorod, um eine Art drolliges Heldenepos), weil ich meine Bücher in alle Himmelsrichtungen verstreut habe, und die letzten, die ich zusammengetragen hatte, und meine sämtlichen anderen Dokumente sind im Juni 1940 bei der Plünderung meines Landhauses in Le Tremblaysur-Mauldre (Seine-et-Oise) verschwunden, ein heute nach drei Kriegen in Russland und einer Revolution in Moskau unauffindbares Werk. (Alle diese Protagonisten und meine Abenteuer und meine Begegnungen in Sankt Petersburg mit Dostojewskis *Der Idiot,* der Tschechow-Zirkel, Alexander Blok, der Opiumsüchtige, meine kurze, aber aktive Beteiligung an der Revolution aus Liebe zu Lenotschka und auch die Gründung des ersten Fussballklubs in der Hauptstadt bis hin zur Einführung und zur Propaganda dieses Sports in Russland werden darin vorkommen und die Atmosphäre um die Hauptperson in meinem Buch über Leuba schaffen; an dieser Stelle möchte ich nur über die Eigenschaften der Edelsteine sprechen.)

Die Revolution. Die Zeit verging. Man hätte eine Fliege fliegen hören können, wenn ich mich in meinem Panzerraum dem faszinierenden Spiel der Edelsteine hingab; doch weil die Zeit verging, trieb ich bereits seit drei Jahren Handel in Rogowins Schlepptau und setzte jeweils in Abständen, zwischen zwei Reisen, meine Ausbildung in Sankt Petersburg fort, und immer öfter hallten Schüsse, hörte man Maschinengewehrgeknatter, explodierten Bomben, begleitet vom dumpfen Füssegetrampel der Menge, die anschwillt oder in Panik auseinanderstiebt und vor den *nagaikas* flieht, und die heiseren Rufe der ihre Wildpferde antreibenden Kosaken drangen sogar durch die heruntergelassenen Eisenrolläden meines Panzerraums, und es kam der Tag, an dem ich mir bei jeder Kundgebung sagte, vielleicht sei es *die Schönste,* die inmitten der unter meinen vergitterten Fenstern vorbeiziehenden, sozialistisch-revolutionäre Lieder singenden Menge die rote Fahne schwenkte.

Es herrschten unruhige Zeiten. Schon vor geraumer Zeit hatte Rogowin mir einen vernickelten Browning zugesteckt, den ich als Bestandteil meines Werkzeugs eines künftigen berühmten Juweliers betrachtete; doch an dem Morgen, als Leuba mir schliesslich die Schlüssel anvertraute, war dies keine spontane Geste und auch nicht uneigennützig gewesen. Als er mir seinen Schlüsselbund übergab, händigte er mir gleichzeitig einen grosskalibrigen Revolver aus, denn Leuba stand Todesängste aus, nicht um sein Leben natürlich, sondern im Hinblick auf das mögliche Los seiner Schätze. Eine derart wertvolle Kollektion! Er war buchstäblich krank vor Sorge. Er war ein seltsamer Kauz, und schon längst hatte er ein kompliziertes Alarmklingelsystem an den Türen und Fenstern seiner Geschäfte angebracht, dessen Bedienung er allein kannte, insbesondere die Bedienung eines geheimen elektrischen Verbindungsmechanismus an den Ausgängen des Panzerraumes, in dem ich eingeschlossen war. An dem Tag, als er mir die Schlüssel übergab, verriet er mir gleichzeitig sein Geheimnis, und es war kein Kinderspiel, die Räumlichkeiten zu verlassen oder zu betreten, ich musste achtundzwanzig elektrische Kontakte ausschalten und nacheinander in der Dunkelheit vor oder hinter mir wieder einschalten, und dies in einer ganz genauen Reihenfolge, um nicht im ganzen Haus Alarm auszulösen, im unteren Stockwerk, beim Pförtner, im Hof, beim Nachtwächter, draussen, an der Strassenecke, wo die *gorodowyje* permanent stationiert waren, bis zur entfernten Quartierpolizeiwache, und da der grosse Leuba bei der Eisenbahn angefangen hatte, bevor er als Juwelier ein Vermögen machte, und er ein Spezialist war, ein Ingenieur, Absolvent der Technischen Hochschule, hatte er die Dinge nach Belieben kompliziert, die Drähte eigenhändig verlegt, die Kontakte in den unwahrscheinlichsten Winkeln und unter den unmöglichsten Gegenständen versteckt, eine Kette roter und blauer Kontrollämpchen, die eine Sekunde lang aufblinkten, eine Eselsleiter durch den Stromkreis, hellstrahlende Glühbirnen, die einen plötzlich blendeten, um einen zu erschrecken und aus dem Konzept zu bringen und zu verwirren, und die ebenso schnell wieder verloschen, worauf man wieder von völliger Dunkelheit umgeben war, zwischen zwei Türen gefangen und völlig orientierungslos. Jetzt, da die »Enteignungen« häufiger wurden und sozusagen an der Tagesordnung waren, hatte Leuba mich geheissen, seine Sammlungen und seine seltensten Steine in die Tresore der *Crédit Lyonnais* am Newski-Prospekt zu schaffen, einer ausländischen Bank, was seiner Ansicht nach eine zusätzliche Sicherheitsgarantie war.

»Im Falle einer Revolution in Russland wird man nicht an diese französische Bank rühren. Das russische Volk schuldet ihr Milliarden. Im übrigen singen die Revolutionäre die *Marseillaise.* Das ist eine Garantie«, sagte er. »Sie werden sich nicht trauen.«

Ich weiss nicht, wie der grosse Leuba sich die Revolution vorstellte. Doch als er mir den grossen Revolver aushändigte, schärfte er mir gleichzeitig ein, ich müsse von nun an jeden Morgen zur Bank gehen und die Schatullen holen, die man im Laufe des Tages vielleicht benötige, und sie abends wieder in den Tresor zurückbringen. Ich ging also immer bewaffnet aus dem Haus, und ich musste über Leuba lachen, denn ich mochte ihm noch so oft beteuern, dass die Sowjets der Arbeiterdeputierten keine Verbrecher seien, dass sie sich bloss die Staatskasse aneignen würden, dass sie noch nie eine Bijouterie angegriffen oder überfallen hätten, dass die Ziele der Revolution andere seien und viel Höheres anstrebten, dass, wie auch immer, das Los der Kapitalisten im voraus besiegelt sei, Banken miteingeschlossen, und dass die *Crédit Lyonnais* keinerlei Sicherheitsgewähr bot, keine Unze zusätzliche Sicherheitsgewähr, dass man sich aber vielleicht an ihn, Leuba, wenden würde, an seine Kompetenz und seine Professionalität, um, gegebenenfalls, ein Inventar des Kronschatzes aufzunehmen, weil er dafür besonders qualifiziert sei, um in seiner Eigenschaft als Experte, als Techniker, als Fachmann die Revolution zu unterstützen, er schimpfte mich bloss einen Einfaltspinsel, und es gelang mir nicht, ihn zur Vernunft zu bringen, und er wollte auch nicht mehr ins Ausland reisen wegen seiner Kunden, der Grossherzöge, und drei oder vier anderer seiner verrückten Freunde, Nicolas Linden, Jelisejew, Chlokowsky, die wie er eine Leidenschaft für Edelsteine und schönen Schmuck hatten, und ich hatte Mitleid mit dem Alten, der sich jeden Tag das Hirn zermarterte, um eine neue geeignete Tarnung für die Schmuckschatullen zu erfinden, die ich zur Bank tragen musste (ich aber wickelte sie ganz einfach in alte Zeitungen und verschnürte das Ganze), und der mich bis zur Tür begleitete und fragte, ob ich meinen Revolver mithätte, ob er geladen sei, und der mir mit seinen Ermahnungen, ja vorsichtig zu sein, auf die Nerven ging, bis die schäbige Kutsche oder der Pferdeschlitten mit mir und meinen notdürftig verschnürten Paketen durch den meterhoch aufspritzenden Strassenschlamm davonstob.

Hü, die Peitsche, Kutscher, zur Bank! Der Inhalt war Millionen wert. *»Birigis!«* feuerte der *iswostschik* sein Pferd an. Ich war glücklich, an der frischen Luft zu sein. Ich atmete. Wenn ich aus der *Crédit Lyonnais* trat, schlenderte ich über den Newski-Prospekt. Allein schon beim Gedanken, die verdammten Schalter und die verfluchten Alarmklingeln aus- und einschalten zu müssen, die eine Unachtsamkeit, ein Vergessen, eine falsche Bewegung auslösen konnte, hatte ich keine Lust mehr, ins Geschäft zurückzukehren. Im Sommer sind die weissen Nächte lang in Sankt Petersburg, und man geht sich auf die Newa-Inseln amüsieren; im Winter pulsiert das Nachtleben auf den Eisbahnen, in den Kaffeehäusern, bei *Filippow,* in den Nachtlokalen, wo man tanzt, in den Kneipen, in den Spielhöllen, im *Bären,* bei *Palkin.* Die Konzerte, die Theater, die ersten Kinos. Ich konnte mich nicht entschliessen. Ich bummelte. Ich ging etwas trinken. Ich trödelte. Ich ging in die Bibliothek, um mit R. R. zu plaudern, der bis Mitternacht Dienst hatte. Oft begleitete ich meinen Freund nach Hause, er wohnte in der Nähe des Liteini-Prospekts, und ich ging mit ihm in seine kleine, mit Büchern und alten Ikonen vollgestopfte Wohnung, und es war wunderbar, wir tranken Tee, wir rauchten, wir plauderten die ganze Nacht. R. R. forderte mich auf zu erzählen, lächelte in seinen Bart, blickte mich liebevoll an. Ich brachte ihn zum Lachen. Er sorgte sich um mich. In diesen besonderen Nächten ging ich nicht nach Hause. Armer Teufel, mit dem grossen Leuba ging's bergab, ehrlich! Das Leben wurde unerträglich … Und eines Tages spielte ich ihm aus Übermut einen bösen Streich, von dem er eine Gelbsucht bekam, an der er beinahe auf der Stelle gestorben wäre. Das hatte ich nicht gewollt. Ich wollte mich einfach rausschmeissen lassen. Nichts ging mehr. Meine sanfte Gymnasiastin war zum Tode verurteilt worden …

Bereits ein Jahr zuvor hatte ich mir einen ähnlichen Streich erlaubt. Es war in der Schweiz, die ich, von London und Paris kommend, ohne Zwischenhalt durchquerte, kurz nach Lausanne, auf der geraden Strecke, wo der Simplon-Express versucht, eine Zeitlang mit grosser Geschwindigkeit den Genfersee entlangzufahren. Ich stand im Korridor vor einer emaillierten Tafel mit den Anweisungen für die erlaubte Betätigung der Notbremse, und ich war beim Absatz angelangt, der eine Busse von hundert Franken im Falle fahrlässigen Gebrauchs der Notbremse vorsah, als meine Hand ganz von selbst nach dem rotlackierten Hebel griff und ihn kräftig nach unten zog. Ich war neugierig zu sehen, was passieren würde. Ich hielt den Hundertfrankenschein in der Hand bereit. Ich hatte eine Katastrophe erwartet, aber ich schwöre, dass ich auch so auf meine Rechnung gekommen bin! Der Zug bremste tatsächlich, blieb mit einem heftigen Ruck stehen, nachdem er, gellend pfeifend und Dampf ablassend, auf all seinen Rädern ein paar hundert Meter weitergeschlittert war. Es gab einen heftigen Rückstoss, und die Fahrgäste stürzten aus den Abteilen, um zu sehen, was los war. Die Türen knallten auf. Man rannte auf dem Schotter hin und her. Fragen schwirrten durch die Luft. Die Fahrgäste in meinem Wagen kamen verängstigt aus den Abteilen, rieben sich die Stirn, weil ihr eigener Koffer ihnen auf den Kopf gefallen war, schauten sich neugierig im Korridor um, flüsterten, musterten mich, offenbar waren alle überzeugt, dass ich der Urheber dieses Streichs, dieses Verstosses war, und alle schienen zu wissen, dass ich mir einen Scherz erlaubt hatte. Und plötzlich stürzte, gefolgt von einer Bande Empörter, die sich zeternd hinter ihm im Korridor drängten – »Er war's! Er war's! Wir haben ihn gesehen!« –, der Zugführer auf mich zu mit seiner schönen roten Tasche auf dem Bauch, einem Tintenstift und seinem Protokollbuch in der Hand, der Schweiss floss unter seiner mit einer silbernen Tresse geschmückten Mütze hervor, rot im Gesicht, die Augen starr vor Aufregung, herrschte er mich atemlos an: »Sind Sie es gewesen, junger Mann? ... Warum? ... Was fällt Ihnen ein? ... Sind Sie wahnsinnig? ...«

Die anderen hätten mich übel zugerichtet, wäre der Zugführer nicht so beleibt gewesen und hätte er nicht den Korridor versperrt, denn ich schüttelte mich vor Lachen und brachte vor Lachen kein Wort hervor. Ich zeigte mit dem Finger auf das Reglement. Ich streckte ihm die hundert Franken hin. Ich liess mich auf meinen Sitz fallen. Ich sank auf meinem Platz zusammen, ich konnte nicht mehr. Ich krümmte mich vor Lachen. Ich lachte Tränen. Und hinter dem Zugführer, der sehr wohl begriff, dass seine Autorität auf dem Spiel stand, aber nicht begriff, warum ich ohne auch nur ein erklärendes Wort bereit war, die Busse zu bezahlen, was er als einen Angriff auf seine Würde betrachtete, standen die wütend drauflosschimpfenden Fahrgäste, und ich amüsierte mich unsäglich über all die zornigen und empörten braven Spiesser mit ihren verzerrten Gesichtern und ihren gehässigen Blicken, die vor Wut kochten beim Gedanken, ich könnte mich über sie lustig machen. Sie kamen mir vor wie lauter Gestalten Bruegels des Älteren. Sie waren ausser sich. Jeder fühlte sich persönlich gekränkt. Die Frauen zeterten am lautesten. Was für eine Genugtuung, nicht mehr zu diesen Leuten zu gehören! Ein Bremser hatte inzwischen dem Lokführer Meldung erstattet. Der Zug hatte sich vorsichtig wieder in Bewegung gesetzt. Der Zugführer kassierte den Betrag. Um noch eins draufzugeben, verlangte ich dreist eine Quittung. Bis Domodossola war es ein einziges Vorbeiziehen von Passagieren, die den »Verrückten« sehen wollten, der für diesen dummen Streich verantwortlich war, und ihre Kommentare waren alles andere als freundlich. Ich bin überzeugt, dass am nächsten Morgen die braven Schweizer Zeitungen ausführlich über den Vorfall berichteten und erbarmungslos über die Eltern eines unerzogenen Bengels herzogen, eines Rotzlöffels, der ... und der ... und der ... Doch ich hatte keine Gelegenheit, diese Zeitungen zu lesen. Am Abend des nächsten Tages war ich bereits in Opatija, wo ich Rogowin treffen sollte, der sich hin und wieder Ferien an der dalmatischen Riviera gönnte, was Leuba »eine *high-life*-Kur« nannte, und sich dort mit mir verabredet hatte, um dann Gott weiss wohin weiterzureisen.

Eines Nachts nun also, als ich nach zwei Uhr morgens in die Goroschowaja Uliza zurückkehrte, irrte ich mich absichtlich bei der Bedienung der Alarmanlage und wartete mucksmäuschenstill im Treppenhaus. Was für ein schönes Halali! Doch die Russen sind verständnisvolle Menschen. Der *dwornik,* der Nachtpförtner, die Bullen vom Wachposten nebenan, die blitzschnell mit gezücktem Revolver zur Stelle waren, zeigten sich menschlicher als die Bahnreisenden in der Schweiz, sie hielten das Ganze für einen dummen Streich, für das Versehen eines jungen betrunkenen Angestellten, der spätnachts auf den Fussspitzen ins Haus schlich, um keinen Lärm zu machen und durch seine Ungeschicklichkeit nicht das ganze Haus zu wecken. Die Alarmklingeln schrillten noch, als der Polizeikommissar bereits im dritten Stock den grossen Leuba aus dem Bett holte, um ein gutes Wort für mich einzulegen. Es stimmt zwar, dass ich zahlreiche Trinkgelder verteilt und dem Polizeioffizier einen ordentlichen Geldschein in die Hand gedrückt hatte, was in der Schweiz verpönt ist. Nur Leuba nahm den Vorfall, der ihn mit einer tüchtigen Gelbsucht ganze sechs Wochen ans Bett fesselte, ernst. Als er sich erholt hatte, waren Rogowin und ich bereits wieder unterwegs auf einer kleinen Reise, die uns nach Taschkent führen sollte, der Stadt der Seide und der Chebula oder Myrobalanen, die eine Art Melonen, Wassermelonen oder sonstige geniessbare Cucurbitaceen sind, aber nach Apotheke, nach Jod, nach Kampfer schmecken. Die Angelegenheit zog keine weitere Folgen nach sich, und nach unserer Rückkehr wurde nicht mehr darüber gesprochen. Doch wie auch immer, es war das Ende. Noch eine Reise nach Persien, und ich würde mich mit Rogowin zerstreiten[27]...

Nichts ging mehr. Ich las die Klassiker in einer englischen Ausgabe. Es war während meiner letzten Ausbildungszeit, die ich in Sankt Petersburg absolvieren musste. Ich war im Panzerraum eingeschlossen. Niemand ging aus. Anfang der Woche war der Generalstreik ausgerufen worden. Es gab keinen elektrischen Strom. Man wusste nicht, was los war. Die Zeitungen erschienen nicht mehr. Ich langweilte mich. Nicht das kleinste Geräusch drang durch die eisernen Rolläden. Die Stadt war wie ausgestorben. Keine einzige Kutsche in den Strassen. Ab und zu liess mich ein

Pfiff aufhorchen, ein harscher Befehl tagsüber und, nachts, eine vorbeigaloppierende Patrouille, ein einzelner Schuss, Wortwechsel unter meinen Fenstern, ein Angstschrei. Noch ein armer Teufel, der sich hatte erwischen lassen, den man ins Krankenhaus brachte oder auf die Wache oder an der Ecke der Sadowaja verprügelte.

Um mir die Zeit zu vertreiben, ging ich an jenem Tag die brechend vollen Tresore öffnen, denn der grosse Leuba war von Panik erfasst, er wusste weder ein noch aus und hatte mich am Vorabend der Ereignisse geheissen, die in der *Crédit Lyonnais* hinterlegten Schatullen zu holen. Noch nie hatte ich so viele wertvolle Steine zur Verfügung gehabt, um den Himmel als Mosaik zu zeichen.

Es war an jenem Tag und gerade wegen der Stromsperre, da sich mir die Kraft der Steine offenbarte, von der Marbode spricht, und ihres sanften fernen Funkelns in der Grenzenlosigkeit und der Unendlichkeit, in der Leere des Universums verlorener Sterne, da ich Kerzen angezündet hatte wie am Zarenhof, und weil in diesem sanften, warmen, intimen, unaufdringlichen Licht, das fleischlich war wie die Ausdünstung und der vertraute Geruch einer atmenden menschlichen Haut, der Hals, die dargebotenen Schultern, der sinnliche Nacken, das verwirrende Décolleté einer schönen Frau, und ihr duftendes Haar erst!, denn im Kerzenlicht sind die Gemmen nicht mehr aufdringlich, und das Funkeln der Juwelen ist keine diabolische Eitelkeit, kein satanischer Hochmut mehr, die Juwelen strahlen in einem warmen, geheimnisvollen Glanz, und die geschliffenen Gemmen blenden nicht, die pulsieren und lebendig sind, feucht und zärtlich, die in Ohnmacht sinken vor Ergriffenheit, scheinen jäh aus einem langen magischen Schlaf aufzuwachen, um die Herrlichkeit der Schöpfung zu feiern wie die im Gebet erstarrten Heiligen, die nicht wissen, dass sie von einem Glorienschein, von leuchtendem Strahlen umgeben sind und dass ihr glänzendes gerötetes Gesicht, das ihre geistige Andacht verrät, der Widerschein der HERRLICHKEIT im Jenseits ist, die sie demütig schauen, passive Handlung, vereistes Feuer, lebendiger Tod, blinkende Botschaft einer Sonne, die uns mit einer solchen Verspätung und aus einer solch unermesslichen Tiefe erreicht, dass der kalte, aus einer unendlich fernen versteinerten Vergangenheit dringende Strahl eine Verkündung ist, ein Versprechen, die Zukunft, eine kontingente Zukunft, die wahrscheinlich oder unwahrscheinlich sein kann.

Die Ausgabe eines Hochglanz-Kunstmagazins war mir in die Hände gekommen, *Wroubel* oder *Das Goldene Vlies,* ich erinnere mich nicht mehr, in dem Fouquets Miniaturen aus dem Musée Condé in Chantilly farbig abgebildet waren, und seit einiger Zeit bereits dienten mir die Buchmalereien aus dem *Stundenbuch* des Estienne Chevalier, Schatzmeister Frankreichs unter Karl VII. und Ludwig XI., als Vorlage, nicht fürs Zeichnen, ich habe nie zeichnen können, und die Miniaturen Jean Fouquets, der ein meisterlicher Porträtist war, sind zu realistisch und viel zu subtil und markant, als dass sie in einem Mosaik imitiert werden könnten, sondern für die Anwendung der Farben, ihre Aufteilung, ihre Verteilung, das Rot, das Gelb, das Grün, das Blau und die Weissabstufungen, die bei Jean Fouquet von einer durchdringenden und fast unnachahmlichen Sensibilität sind, die entsprechend ausgewählten Steine jedoch, die ich für die schematische Nachbildung seiner berühmten Miniaturen verwendete, erlaubten mir und vor allem durch Gegensatz, ihren Glanz zu erreichen und sogar geistig zu übertreffen in meinen Mosaiken im verkleinerten Massstab, in der Grösse meines Sortiertisches, denn die Perlen, die Rubine, die Saphire, die Smaragde, die Topase, die Amethyste, die Berylle, die Diamanten singen in simultanem Kontrast sozusagen im Chor, und die schattierten Stellen und die atonischen Gliederungen und die ausgesparten Abschattierungen und Guillochen im vergoldeten Renaissancerahmen um Jean Fouquets Miniaturen füllte ich mit Jaspis auf, mit Chrysopras, mit Granat, mit Aquamarin, mit Markasit, mit Koralle, mit Porphyr, mit Mondstein, eingerahmt von Lapislazuli oder mugeligen Karfunkelsteinen. An jenem Tag komponierte ich mit meinen Steinen die aussergewöhnlichste und grossartigste der Kompositionen Fouquets neu, und ich zündete alle Kerzen an. Es war sein Meisterwerk: *Die Dreifaltigkeit in ihrer Glorie,* die Apotheose GOTTES, bis heute die wunderbarste Galaxie, eine Heimkehr.[28]

Ich war in der Betrachtung versunken. Die Kerzen brannten langsam ab, die Steine funkelten, verloren und fern wie die Vibrationen des Festgeläutes, das man durch die Gefängnismauern hört und das sie beim *Te Deum* erschüttert. Ich verharrte in der tiefsten Unwirklichkeit, und noch nie war ich so glücklich gewesen und gleichzeitig so niedergeschlagen wie an jenem Tag, nicht einmal vierzig Jahre später, 1944, am Tag der Befreiung Frankreichs, an jenem berühmten Septembersonntag, als ich in Aix-en-Provence im Radio dem in Notre-Dame gefeierten *Te Deum* lauschte und in meiner ungeheizten Küche, in die ich mich, erdrückt von der Last der Welt, freiwillig vier Jahre lang zurückgezogen hatte, die vor Freiheit trunkenen Glocken von Paris läuten hörte ...

Wenn ich so aufwühlende Momente erlebe, stelle ich mir oft die folgende Szene vor: Ich stecke einen Revolverlauf in den Mund und bringe mich um.

Als an jenem Tag die abgebrannten Kerzen verloschen, die Juwelen ihren Glanz verloren, der Schatten sich im Tresorraum ausbreitete, sah ich deutlich, wie ich mir, auf dem Sortiertisch ausgestreckt, den Lauf von Leubas Colt in den Mund stecken und in der Dunkelheit abdrücken würde ...

Mein ganzes Leben hat mich der Gedanke an den Suizid verfolgt, und zwar eher in glücklichen Stunden, in Stunden der Freude, des Überschwangs, als in Zeiten der Niedergeschlagenheit oder der Erschöpfung. Was Ausdruck von einem Übermass an Leben ist. Ich fürchte mich nicht vor dem Sterben, ich bin bereit. Der Gedanke an den Tod ist mir vertraut. Vielleicht habe ich mich seit meiner frühsten Kindheit damit angefreundet, als ich an der schwarzen Brust meiner Amme saugte, die Ägypterin war, eine arme, tapfere Fellachin, schicksalsergeben und abergläubisch, wie dieses alte Volk der Erde der Toten seit den grossen Pharaonen es ist, die heute noch, eingemauert in ihren pyramidenförmigen Grabräumen, von ihrer Vorbestimmung träumen und die sich an einem Lord Carnarvon rächen, der sie stören gekommen ist. Meine fixe Idee, die keine Obsession ist, ist vielleicht atavistisch, da meinem Vater der Selbstmord misslungen ist, als er mit fünfundachtzig von einer Brücke springen wollte, nicht aus Verzweiflung, sondern, wie er mir schrieb, um mir seinen traurigen Entschluss mitzuteilen,

»weil ich langsam etwas schwerhörig auf dem rechten Ohr werde. Die Natur ist ungerecht, mein Junge. Der Mensch müsste sterben, wie eine tausendjährige Eiche im Wald vor Alter stirbt, mit einem Schlag und zu Staub zerfallen ...«

An jenem Tag wählte ich zwischen Rogowins vernickeltem Browning und Leubas schwerem Colt, und es war das lange schwarze Rohr, das ich mir in den Mund steckte, weil es ein grösseres Kaliber hatte. Sicher ist sicher. Ich hatte die Geste öfter vor einem Spiegel geprobt. Ich wollte mir nicht nur ein Auge ausschiessen.

Heute liegt eine aus einem kleinen Notizbuch ausgerissene Seite vor mir. Ich frage mich, wie dieses zufällig zwischen meinen Unterlagen gefundene Stück Papier soviel Chaos, ja Unheil und Katastrophen überlebt hat – Reisen, Umzüge, Fluchten, Papierverluste, Bücherverluste, Pfändungen, Überfluss und Armut, Kriege und Revolutionen und andere Abenteuer und Trubel und sonstige Durcheinander, die den grössten Teil meines bewegten Lebens ausmachen. Ich erinnere mich an das Büchlein, aus dem diese Seite gerissen wurde. Es war ein kleines, in Juchtenleder gebundenes Buch mit Goldschnitt. Ich trug darin Lektürenotizen ein und auch chemische Formeln für die Herstellung von Bomben. Viele Seiten waren vergilbt und von der aus den Reagenzgläsern spritzenden Säure zerfressen. Es ging bei der Durchsuchung meiner Villa in Terijoki (Finnland[29]) verloren an jenem Sonntagmorgen, als man Lenotschka verhaften kam. Ich erinnere mich nicht mehr, wann und warum ich diese Seite ausgerissen habe. Hier ist sie, ohne weiteren Kommentar. Es ist alles, was mir aus einer verteufelten Zeit geblieben ist.

Hostem cum fugeret, se Fannius ipse peremit.
Hic, rogo, non furor est, ne moriare, mori?
M. Val. Martialis Epigrammata
Lib. 2, Epig. LXXX
(Clarendon Press)

Himself he slew, when he the foe would fly.
What madness this, for fear of death to die!
(G. Bell and Sons, 1877)

To escape death Phannius killed himself,
Tell me, what madness is that to have no thought or memory of death?

XI
REALITÄT

Der *Kohlensack* am Himmel ist auf mich gerichtet wie ein Revolver in Grossaufnahme auf dem Einband eines Kriminalromans.

Mein Auge kann in die Tiefe seiner Seele vordringen und, in umgekehrter Richtung, im Innern der Leere dieses glänzend polierten Feuerschlundes die Bahn des aus nächster Nähe auf mich zielenden Auges, eines harten Auges, eines starren Auges, eines stählernen Auges zurückverfolgen, eines Auges, das mich ganz bestimmt nicht sieht und in dem mein Auge sich spiegelt: blau auf blau, die sich in Schwarz verwandeln.

Ich reisse mich aus dieser Hypnose und halte dem Lauf den Nacken hin.

Ich komme wieder zu mir, als hätte man mir einen Schlüsselbund ans Genick gehalten.

Ich zucke zusammen, und der Schuss kracht.

Doch war ich wirklich »weg«?

Alles spielte sich innerhalb einer Viertelsekunde ab, in einem Augenblick.

Als der Schuss krachte, war ich bereits aufgestanden.

Im übrigen war's kein richtiger Schuss gewesen. Hinter mir, im Tal unten, hallt das Echo einer Detonation, und wie aus einem Schlummer gerissen und den Kopf noch von Traum und Phantasterei benommen, wende ich mich abrupt um und sehe zu meinen Füssen Raketen zischend am Nachthimmel aufsteigen, gelbrote Palmen, Schlangen,

Feuerräder, pfeifende goldene, platinsilberne, sich in Funken auflösende, zuhinterst im Tal donnernd niedergehende Blitze, sehe die prasselnden, blendend aufleuchtenden Fragmente am Endes ihrer schillernden, schlängelnden, ringelnden, ineinander verwickelnden, sich verrenkenden, räkelnden, mit dunklen Fetzen durchzogenen Feuerschweife niedergehen, die die sumpfigen Ufer des Rio Tietê verpesten und besamen und sich kurz im Wasser widerspiegeln und dann verglimmen. Es handelt sich nicht um eine Vision, diese Feuersterne entleeren sich buchstäblich und häuten sich, paaren sich, umschlingen sich.

Es ist Punkt Mitternacht. Das Kino ist aus. Das traditionelle Feuerwerk. Die Böller. Die Sonnen. Die Feuerräder. Die Schwärmer. Das Schlussbukett. Das Schauspiel ist vorbei. Ich höre das Geschmetter einer Blechmusik. Ich sehe den Umzug in den Strassen Glareolas vor mir. Und plötzlich schaltet das Werk den Strom ab. Eine Sparmassnahme. Es ist eine Minute nach Mitternacht. Das Fest ist aus. Die Fee Elektrizität entschwebt. Das Tal ist wieder in seine ursprüngliche Dunkelheit, in die Miasmen des Tietê gehüllt, umhüllt von den finsteren, mit einmal sehr nahen Hügelkuppen und, durch eine dunkle Überblendung im Vordergrund, von den Baumkronen der Wälder.

Am Himmel steht kein Mond mehr. In der blauen Unendlichkeit sind auch die Gestirne sich häutende und entleerende Reptilien, und ist der Kopf der Schlange denn nicht mit Edelsteinen gefüllt und daher das Himmelslicht?

Ich steige wieder ein. Setze das Auto in Gang. Ich fahre langsam weiter auf der Suche nach der Fazenda do Morro Azul.

Die Hitze ist unmenschlich, und der Weg, den ich auf gut Glück einschlage, besteht aus lauter Schlaglöchern.

Ich bin eins mit meiner stöhnenden Maschine.

Ich schlittere über eine rutschige, mit Strünken gesäumte, von Gräben aufgerissene Piste. Ich klettere aufwärts, fahre steil abwärts, fahre wieder aufwärts, fahre im Zickzack, ich schlängle, ich schaukle. Das Hochplateau ist kahl, schwarz schraffiert, von Radspuren durchsägt, mit Gabelungen wie mit lauter Rissen übersät. Ich breche im Geröll aus. Die Räder drehen auf der lockeren Erde durch. Ich jucke über eine Steinschicht, über ein Hindernis, über eine tiefe Rinne unter der getrockneten Schlammschicht, die nachgibt und einsackt. Einmal dreht das eine, einmal das andere Rad leer in einem mit Sedimentstaub aufgefüllten Graben.

Der Motor erhitzt sich bei diesen Tourenzahlen.

Nichts rührt sich, kein Zeichen von Leben in dieser Einöde, und als ich anhalte, um mich zu orientieren: kein Röcheln, kein Seufzer, nicht einmal der klagende Ruf eines Nachtvogels oder das Knabbern eines Insekts, keine Spur auf dem Weg, kein Kriechtier, kein davontrabendes Gürteltier, kein in die Böschung flüchtender Frosch, kein Nachtfalter, nur Milliarden lautloser Glühwürmchen, die sich um mich herum schütteln und im Lichtstrahl meiner Scheinwerfer fallen, fallen wie die Blätter eines blühenden Mandelbaumes in der Brise, aber es weht keine Frühlingsbrise und weit und breit kein Mandelbaum, nur abweisende Kakteen, Mimosengewächse, Stachelgräser, ein zurückgestrahlter warmer Atem, und die Glühwürmchen verlöschen klumpenweise im Strahl meiner Scheinwerfer, fallen wie die Spitzen verkohlter, verschmorter Streichhölzer herunter, brutzeln, saften, schwitzen, Schmierölkonfitüre, die die Waben meines Kühlers kalfatert und die intensiv riecht und einen undefinierbaren Geruch nach Rattengift ausströmt, nach Bleiazetat, Phosphor, Knoblauch (morgen werde ich den ganzen Tag brauchen, um all die winzigen Zyanidkiesel und Flügelspäne mit einer Nagelfeile, mit einer langen Haarnadel, mit einer Zahnbürste, mit Ammoniak von *Scrubb's,* mit Schmirgelpapier zu entfernen und meine Kühlerhaube mit einem Spezialprodukt namens *Miror* und einem Fensterleder glänzend zu polieren).

Ich zünde eine Zigarette an. Ich muss mal, trete unter einem Ficus aus. Mir fallen die Schlangen ein, und als ich meinen Motor wieder anlasse, komme ich mir beim Anblick der verwüsteten Landschaft vor wie ein Parasit auf dem Körper eines Pellagrakranken. Von überall münden steil abfallende Karrenspuren, Hohlwege, Schlammströme, Geröllhalden, *picadas* in die wieder überwucherten Lichtungen und die schlecht markierten Rodungen. Ich bin aufgeschmissen. Es riecht nach saurem Schweiss.

Ich fahre langsam weiter.

Jetzt sind die Sterne grösser und heller. Der *Kohlensack* am Himmel, auch er hat sich entleert. Er ist nur noch ein umgestülpter leerer Balg. Das chthonische Wesen hat sich gehäutet und ist berstend verschwunden, um sich am Firmament fallen zu lassen. Die Höhle des Weltenfressers ist leer. Es ist Frühling auf Erden. Ein volkstümlicher, meteorologischer, ackerbauender Gott. Die *caboclos* erwarten ihn, den Hexer, den Äskulap, den Seher, den Geisterbeschwörer, den Kolporteur, der jedes Jahr das Landesinnere bereist und seine bebilderten Almanache in den Siedlungen feilbietet und seine Mittelchen gegen Liebeskummer, den Geschichtenerzähler, den Spassvogel, den Ehevermittler, den Verführer, den Gliedereinrenker, den Mann mit dem bösen Blick, den Waldläufer, den Dämon der Einsamkeit, den Alten Heiden oder den *surucucu,* den grossen Buschmeister.

Ich spüre, wie sich die Federn des Universums spannen …

Wie fern man nach ein paar Radumdrehungen von all dem sein kann, was man gekannt und geliebt.

Eine wilde Flucht.

Kilometer und Kilometer fahre ich zwischen Stacheldrahtzäunen, hinter denen die Plantagen kampieren wie babylonische Armeen. Und plötzlich, in einer Wegbiegung, mitten in der Kurve, gelange ich in das Tal der Fazenda des Blauen Bergs.

Der Morro Azul!

Ich wollte nur die Nacht dort verbringen, ich bin über einen Monat geblieben. Und dann bin ich nicht mehr weiter ins Landesinnere gefahren, kaum zweihundertfünfundzwanzig Kilometer von São Paulo entfernt, kehrte ich um und fuhr zurück. In jenem Jahr brach die positivistische Revolution von General Isidoro aus.[30] Erst das nächste und das folgende und noch ein Jahr und noch ein Jahr später bin ich weiter ins Landesinnere vorgedrungen. Zwischen jeder Reise fuhr ich nach Paris zurück, um zu schreiben, zu arbeiten, ein lukratives Geschäft auf den Weg zu bringen, die nächste Expedition vorzubereiten. Ich habe bei Doktor Oswaldo Padroso eine Lehrzeit absolviert wie bei Leuba in Sankt Petersburg, habe meinen Beruf eines Romanschriftstellers gelernt, denn nach der Rückkehr von dieser ersten Reise in die

Provinz São Paulo habe ich bei Grasset *L'Or* veröffentlicht, ein Buch, das mich seit mehr als zehn Jahren beschäftigt hatte, ein schon fast aufgegebenes Manuskript, an dem ich in Abständen arbeitete, eine wunderbare Geschichte, die ich plötzlich zu überarbeiten und zu straffen begann, um eine wahre Geschichte daraus zu machen, eine Erzählung, die ich ganz im Indikativ Präsens neu schrieb, jenem der fünf Modi des Verbs, der einen Zustand, ein Leben oder eine Handlung auf positive, absolute Art und Weise ausdrückt, was gewisse unter den sehr wenigen Schriftstellern aus meinem Freundeskreis als ein Novum betrachteten, eine Schlichtheit jedoch, die den meisten Literaten und Literaturkritikern missfiel, die sich mit diesem schmalen Buch befassen mussten, einem Buch, an das mein Verleger nicht geglaubt hatte und das auf unerklärliche Weise in der ganzen Welt bekannt wurde und von dem mir heute zwei Dutzend verschiedene Auflagen in einem guten Dutzend verschiedener Sprachen bekannt sind und das sich an alle Gesellschaftsschichten wendet, denn dieser Roman wurde 1927 in Fortsetzungen in der *Humanité*[31] abgedruckt, und in Amerika wurde für die Blinden eine Brailleausgabe herausgegeben, und in Holland wurde es Schullektüre (*»Rimbaud à l'école de La Fontaine«,* schrieb Jacques Bainville in *L'Action française* über den Autor), es ist ein linear geschriebenes Buch, genau das Gegenteil des polymeren oder polymorphen, aber gleichermassen universellen Stils, den ich jetzt verwende, um das Porträt eines Somnambulen zu zeichnen.

XII
EIN TRAUMWANDLER

Senhor Oswaldo Padroso war ein Mensch voller Milde, voller Liebenswürdigkeit, Schüchternheit, Sanftheit – und voller Entsetzen angesichts seines Redeflusses, wenn er, wie viele Sonderlinge, denen das nicht jeden Tag widerfährt, plötzlich anfing draufloszuerzählen und nicht mehr in der Lage war, seine ihn überkommende Redseligkeit in Schach zu halten, und er schliesslich, ein paar Silben glucksend, erschöpft und abwesend lächelnd verstummte, und dann richtete er seine schönen, tiefen Augen auf dich wie jemand, der sich dessen, was er gesagt hat, nicht mehr ganz sicher ist, und der sich von seinem Feuer hat hinreissen lassen.

Er war ein komischer Kauz, klein, rundlich, pausbäkkig, welk, mit schlaffen Händen, einer langen Rohrpfeife zwischen den steifen Fingern, mageren Beinen, seine Hose jedenfalls war von Falten und Knittern gebauscht, den ganzen Tag schwarz gekleidet, die Füsse in altmodischen Lackschuhen und bunten Seidensocken, Manschetten an den Gelenken, mit einem fein goldgesäumten Jabot über der steifen Hemdbrust, einer schwarzen Kordel anstelle einer Krawatte, einem Vatermörder, der in seinen Hals und seine immer glattrasierten Hängebacken einschnitt, tagsüber im samtenen Hausmantel und abends im Frack mit einem emaillierten Orden im Knopfloch (Insignie seiner Treue gegenüber Auguste Comtes Positivismus, das Zeichen, dass er ein Anhänger seiner humanitären Religion, ein Mitglied seiner laizistischen Schule war!), sein schütteres Haar pomadig, der dünne Schnauzbart hängend. Ich hatte mir einen *fazendeiro* anders vorgestellt!

Im übrigen kümmerte sich Doktor Oswaldo Padroso nicht besonders um seine Fazenda do Morro Azul, die er verkommen liess, die Sträucher, hundertjährige Bourbonrosen, waren von Kletterpflanzen überwuchert, es wimmelte jedoch von Vögeln auf der Plantage, die dort Zuflucht suchten, denn Gewehrschüsse waren auf Doktor Padrosos Grundbesitz verboten, und er legte wohl aus Prinzip und Sentimentalität Wert auf dieses Schiessverbot, denn nur ein Gewehrschuss vermochte ihn aus seinem Müssiggang zu schrecken, in dem er, in seinem Arbeitszimmer eingeschlossen, zu schwelgen schien, den lieben langen Tag in seinem Schaukelstuhl schaukelnd und hinter den Jalousien seine Pfeife rauchend, und er trat dann auf seine Veranda hinaus, hielt die Hand über die Augen, suchte den Horizont ab, rief Chavin herbei, den Verwalter, sein Faktotum, ein *mamaluco,* ein Mestize, Sprössling eines weissen Vaters und einer Indianerin, der sich immer in der Nähe aufhielt und der dann im gestreckten Galopp davonstob, um den Schuldigen zu suchen unter den rund hundert gebeugten alten Negern, die auf dem zehntausend Hektar umfassenden Gut lebten oder vielmehr vegetierten wie die Plantage selbst, am Ende ihrer Kräfte, erschöpft, ausgedient, jedoch keine Not leidend und glücklich versorgt unter der trägen Verwaltung von Doktor Oswaldo Padroso, der griesgrämig den Dingen ihren Lauf liess und ohne anderen Ehrgeiz als den, darauf zu bestehen, dass man ihn in Ruhe liess, und der nichts so sehr fürchtete wie Besuche, Störungen, Geschäfte, sich mit einer kleinen Kaffee-Ernte begnügend, die aber von weltweit einzigartiger Qualität war, die in Santos teuer bezahlt, im voraus reserviert, mit Gold aufgewogen wurde, was ihm eine zu reichliche Rente garantierte in Anbetracht seiner Lebensweise, seines Grauens vor Veränderungen und Neuerungen.

Nichtsdestotrotz, wenn ich richtig verstanden habe, war Doktor Oswaldo Padroso in der Region Glareola ein Problemfall für die Bank, von der Caio mir versichert hatte, sie halte mehr oder weniger alle Hypotheken der bankrotten Pflanzer des Gemeindebezirks, doch die Verwaltung der Fazenda do Morro Azul musste eine leichte Aufgabe gewesen sein, wenn ich richtig erraten habe, denn der Doktor ging selten aus, und wenn, dann nur, um in der Stadt zu telefonieren, und er setzte sich jeweils mit seiner langen Rohrpfeife, einem Panamahut auf dem Kopf, den Hals in seinem Vatermörder eingeschraubt, im schwarzen Jackett in ein hochrädriges, altmodisches, wie der Wagen einer Halbweltdame mit Haifischleder gepolstertes, lackiertes, glänzendes, blitzsauberes *Renault*-Coupé, in dessen Karosserie sich die weite tropische Landschaft anachronistisch spiegelte, wenn er vorbeifuhr, zuerst die Kaiserpalmenallee, dann die daran anschliessenden Bananenhecken und dann die sich, so weit das Auge reichte, aneinanderreihenden Kaffeesträucher, die einen Bogen bildeten, ineinander verschmolzen, sich ineinander verhedderten, beim kleinsten Ruck hochfuhren wie im Film die Speichen eines anfahrenden Autos, das stoppt, sich ein paarmal im Rückwärtsgang dreht und undeutlich auf der Leinwand vorwärtsrollt, dann bremst, blockt, unsicher anfährt, und das altersschwache Gefährt verschwand, von der Hitze umwabert, in einer roten Staubwolke, einen anderen Weg nehmend als den, auf dem ich gekommen war, eine Strasse, die an der anderen Bergflanke direkt nach Glareola hinunter und nicht über den Pass des Morro Azul führte, und Doktor Oswaldo zeigte sich sehr empört, als er eines Tages von mir erfuhr, Caio persönlich habe mir den alten Saumpfad und nicht die Autostrasse empfohlen, die seine Bank erst kürzlich hatte bauen lassen, um die Region besser zu erschliessen, in der die Bank heute so viele Interessen habe, sagte der Doktor, sie verändere die jahrhundertealte Wirtschaft des Bezirks tiefgreifend, baue Brücken, Wehre, Schleusen, Bewässerungskanäle, Elektrizitätswerke, reisse die alten Kaffeeplantagen aus, rode alles, was vom Urwald übriggeblieben war, um Orangengärten anzulegen, deren Absatz auf den australischen Märkten sie sich gesichert hatte, sie vertreibe die alten Pflanzer, um italienischen Einwanderern Platz zu machen, die sie kolonienweise auf nagelneuen Siedlungen verteile und denen sie auf Kredit vorfabrizierte Reihenhäuschen verkaufe, die sie serienweise nach dem Muster von Schweizer Chalets erstellen liess, was absurd war in diesem Klima, aber sie sahen schmuck aus, mit Wasseranschluss, mit Gasanschluss, mit Stromanschluss, mit Telefonanschluss (alles Neuerungen, die Doktor Padroso in seiner Fazenda um keinen Preis hätte sehen wollen!), in jeder Siedlung wurde eine Schule eröffnet, ein Sozialdienst, eine Genossenschaft, aber auch eine Autowerkstatt, ein Kino, ein Dancing, die Bank verkaufte ebenfalls *Ford*-Autos auf Kredit, so dass jeder neu Zugezogene bis zum Hals verschuldet war, noch ehe er sich niedergelassen, seine Parzelle umgegraben, seine Bäume gepflanzt, seinen Obstgarten umzäunt hatte, und die Zugezogenen in ihrer neuen Umgebung und mit ihrem modernen Zubehör lebten in viel ärmeren Verhältnissen und noch viel elender als einst die Negersklaven auf den Pflanzungen, weil die Verträge, die Verpflichtungen, die Schulden, ihre freiwillig daruntergesetzte Unterschrift, die Ratenkäufe von teuren und kaum amortisierbaren Ackergeräten, der falsche Komfort, das Überflüssige, die Risiken und die Enttäuschungen aller Art, die niemand sonst einging in einem Land, in dem sie sich nicht akklimatisiert hatten, sicherer an den Boden ketteten als die Eisen an den Füssen der Sklaven im *zensala,* dem Geviert hinter dem Herrschaftshaus, wo man die Schwarzen über Nacht einsperrte …

Ich liess Doktor Oswaldo Padroso reden. Wie alt mochte er sein? Er war ein paar Jahre jünger als ich und wirkte zehn Jahre älter als ich. Ein solcher Tagträumer auf einem Thron, wohin würde das führen?

»Caio ist ein Schlitzohr«, sagte der Doktor. »Sich Ihnen gegenüber so respektlos zu benehmen! Einem Mann wie Ihnen! Einem Dichter! Der junge Mann hat aber auch vor gar nichts Respekt. Wissen Sie, dass Sie auf dem Pass oben hätten umkommen können, einer berüchtigten Stelle in der Gegend, Monsieur Cendrars? Und Sie ermuntert zu haben, nachts diese Piste zu nehmen, die nirgendwohin führt und irgendwo im Hinterland verläuft … ein Verbrecher!«

»Aber vielleicht wollte mir Caio Gelegenheit geben, die vielen von der Bank vorangetriebenen Bauarbeiten zu bewundern und mir den Fortschritt Brasiliens vor Augen zu führen, Senhor Padroso?«

»Hören Sie mir damit auf! Seit der Zeit, da man auf die Zukunft Brasiliens hofft, war's ein einziger Bankrott! Was die berühmten Baustellen der Bank angeht, von denen man mir bis zum Überdruss erzählt, so machen die vorläufig das Land unbewohnbar, denn Gott weiss, wo man das Gesindel anwirbt, das man uns schickt, lauter Gaunerpack. Selbst die Vögel am Himmel halten es nicht mehr aus mit all diesen Hammerbrechern, Betonmischern, Sägewerken, Lokomotiven, Strassenwalzen, Sprengungen, die alles verwüsten, und all den knatternden Explosionsmotoren an jeder Strassenbiegung und bis in den tiefsten Wald! Zum Glück bin ich hier, und zum Glück sind die zehntausend Hektar des Morro Azul eine Rettung für die Vögel. In meine Ländereien dringt niemand ein, und die Jagd ist untersagt. Dahergelaufenes Gesindel hat hier nichts zu suchen …«

Und Doktor Oswaldo erzählte mir von den Vögeln, und er konnte stundenlang von ihnen erzählen, über den dichten Schwarm nektarsammelnder Kolibris in der Bananenhecke staunend, sie als streitsüchtig, zänkisch, futterneidisch bezeichnend, weil jeder sein Revier eifersüchtig gegen jeglichen eindringenden Nachbarn verteidigte, gehässig, cholerisch, angriffig, immer auf der Hut, draufgängerisch, dreist, und die ganze Bande wie die Insekten absolut gleichgültig gegenüber menschlicher Anwesenheit, summend, surrend, flatternd, kabbelnd, mit über hundert Kilometern Geschwindigkeit in alle Richtungen flitzend wie ein einziger Juwelenflug … ich liess ihn reden, reden … überglücklich, ein solches Original entdeckt zu haben, und ich lächelte beim Gedanken an den guten oder schlechten Streich, den Caio mir zu spielen geglaubt hatte.

Bereits in der Nacht meiner Ankunft, als er mich zum Palast des Kaisers begleitete, wo er mir ein Bett hatte herrichten lassen, hatte Doktor Oswaldo Padroso mir überschwenglich erklärt, was mir fast peinlich war angesichts von soviel Höflichkeit und Ehrerbietung, an die ich von Frankreich her überhaupt nicht gewöhnt war, wo, ganz im Gegenteil, ein Kriegsveteran eher scheel angesehen wurde: »Caio hat es Ihnen bestimmt erzählt, dieser kleine Palast wurde von meinem Vorgänger für den Empfang von Don Pedro erbaut, der seinen Besuch angekündigt hatte; Don Pedro ist aber nie gekommen, also wurde sein Palast nie bewohnt, es ist mir daher eine grosse Ehre, Sie hier willkommen zu heissen, ja, Sie sind es in meinen Augen doppelt würdig, primo, weil sie ein Dichter sind, und secundo, weil sie Franzose sind. Ich bin ein grosser Bewunderer Frankreichs, müssen Sie wissen, Monsieur Cendrars, und noch kein Franzose hat den Morro Azul je besucht, Sie sind der erste. Wie soll ich Ihnen danken? Dieser Palast steht Ihnen zur vollen Verfügung. Fühlen Sie sich wie zu Hause. Verfügen Sie darüber. Doch Caio, dieser Geheimniskrämer, dieser Intrigant, hat mir nicht gesagt, dass Sie ein Kriegsheld sind. Monsieur Cendrars, die Ehre ist zu gross für mich! Ich bin überwältigt! Es nimmt mir den Atem. Mir schwindelt. Gestatten Sie, ich muss frische Luft schöpfen. Die Ergriffenheit ... mir kommen die Tränen. Verzeihen Sie. Ich verschwinde. Ich erwarte Sie in meinem bescheidenen Haus eines einsamen Mannes. Ich erwarte Sie auf der Veranda, und beeilen Sie sich, ich habe Ihnen soviel zu erzählen. Oh! Verzeihung ... Ihre Anwesenheit verwirrt mich. Ich weiss nicht mehr, was ich tue, was ich sage ... Es ist alles so unerwartet! Ein Franzose bei mir ... Ein Held von Verdun ... Ein für alle Ewigkeit denkwürdiger Tag ...«

»Doktor Oswaldo ist heute nervös, und ich muss zugeben, mit gutem Grund. Auch ich bin ein grosser Bewunderer Frankreichs. Ich habe meine kleine Tochter Joffrinette taufen lassen, meine Frau wollte sie Bataille-sur-la-Marne nennen, ich habe aber den Namen des grossen Generals, des Retters von Paris, vorgezogen, denn der Name prägt, und meine kleine Tochter ist eine Heilige«, erklärte mir Bueno, Doktor Oswaldos Verwalter, ein hünenhafter, pausbäckiger Neger, der geblieben war, um meine Koffer auszupacken, und als ich mich für meine späte nächtliche Ankunft entschuldigte und für die Umstände, denn es war bereits nach zwei Uhr in der Früh, antwortete mir Bueno: »Keine Sorge, Monsieur, Doktor Oswaldo setzt sich nie vor zwei Uhr morgens zu Tisch, Monsieur ist nur wenig verspätet, es ist bestens, Leontine und ich sind es gewohnt, Doktor Oswaldo ist Sublunare ...«

»Sublunare ...?«

»Ja, wie sagt man schon wieder? Er steht nachts auf, um herumzugehen. Er geht hin und her.«

»Ein Somnambule, Bueno, ein Traumwandler?«

»Nun ja, vielleicht, wenn Monsieur es sagt. Sagen wir ein Traumwandler. Doch meiner Ansicht nach ist Doktor Oswaldo Sublunare, denn meiner Ansicht nach ist es der Mond, der ihn umtreibt ...«

Auf einer Marmorkonsole stand eine Petroleumlampe mit einer Alabasterkugel.

Ich befand mich also im Haus des Kaisers. Tatsächlich, vom Fussboden bis zur Decke lauter Rosenmarmor. Der Raum wirkte eher wie ein römisches Atrium, ja wie ein antikes Grab und weniger wie Gabriels grosser Saal im Petit Trianon. Der riesige Raum im Erdgeschoss, in dem ich mich befand und wo Bueno eben meine Sachen auf Marmorbänken auslegte, einer Art in die Wand eingelassener kurulischer Stühle, war ein grosser Kubus. An der Fassade war ein kleinerer Kubus angebaut, das Vestibül, durch das wir den Palast betreten hatten, und ein weiterer kleiner Kubus an der gegenüberliegenden Fassade bildete das Gegenstück, es war das Badezimmer mit einem Badebecken, doch das Ganze war schlecht gegliedert und unharmonisch. Ziemlich hässlich, kahl, wuchtig, plump, solide, und obwohl für die Ewigkeit gebaut, wirkte es irgendwie unfertig. Zusammengefügte Blöcke, Fussbodenplatten, Säulen, alles im voraus behauen, unausgewogen, numeriert und unbeholfen aufgestellt, ohne jegliche Anmut. Schwerfällig, erdrückend, die Wände zu massiv, die Fenster, je fünf an der Nordfassade und an der Südfassade, zu klein, und zwei gemauerte Trompe-l'œil-Fenster gegen Osten und Westen, die auf der einen Seite die Eingangstür, auf der anderen Seite die Badezimmertür einrahmten. Das alles schmucklos und von einer tödlich langweiligen Symmetrie. Es war prächtig und gleichzeitig plump. Man spürte gleich, dass hier nie jemand gewohnt hatte. Der viele polierte Marmor musste ein Vermögen gekostet haben. Er war ebenso erlesen wie Marmor aus Carrara.

In der Mitte des grossen Raums, auf einem Podest zwischen vier quadratischen Säulen und durch eine Marmorbalustrade abgetrennt, ein niedriges Bett, ebenfalls aus Rosenmarmor, aber mit einem Moskitonetz darüber, ein sich wie ein Brautkleid bauschender Musselin, an einem aus drei Marmorteilen gefügten Galgen aufgehängt.

Über diesem Prunklager, auf dem man ebensowenig Lust hatte, mit einer Frau zu schlafen, wie sterbenskrank auf das

Resultat der Konsultation zu warten, auf das Urteil illustrer Professoren, die telegraphisch herbeigerufen worden und mit einem Sonderflugzeug angekommen waren – was für ein Bild: Ich stellte mir einen an Raucherkrebs erkrankten Monarchen vor, der sich angsterfüllt in diesem verstaubten Riesenbett wälzt und Lust auf eine letzte Havanna hat, der keinen Laut aus seiner ektomierten Kehle herausbringt, der niemanden rufen kann, weil die Klingel ausser Reichweite ist (im übrigen sah ich an den glatten Marmorwänden nirgends eine Klingel hängen!) –, über diesem kaiserlichen Lager, in dem ich niemals würde schlafen können, ich spürte es genau, über diesem tragisch, tödlich langweiligen Lager war anstelle eines Velums eine grobgewebte Binsenmatte an langen Seilen zwischen die vier Säulen gespannt; diese Matte, durch deren Maschen ich die Sterne am Himmel aufblinken sah und um die herum ich die blauen Fransen der brasilianischen Nacht hereinschauen sah, war so breit, dass die Mitte durchhing und beulte, als hätte ein Tier darin Unterschlupf gefunden, eine Katze mit ihrem Wurf vielleicht, und während ich mich auszog, mich mit *Razvite* trocken rasierte, mich ein bisschen frisch machte, bevor ich zu Doktor Oswaldo Padroso hinüberging und mich zu Tisch setzte (anstatt mich über diese Zimmerdecke aus freiem Himmel zu wundern, war ich neugierig, die von Caio ganz nebenbei erwähnte Dulzinea des Morro Azul kennenzulernen!), hob ich zwischendurch den Kopf und spitzte die Ohren, denn mir war, als knirsche die Matte, als knacke sie leise, als würde jemand an den Binsen knabbern, und durch das kaum wahrnehmbare Schwanken lösten sich kleine Halme, flatterten durch die Luft, fielen auf das Moskitonetz über dem

Bett und vermischten sich mit aufwirbelnden Staub- und Moderwolken. Ich hatte das deutliche Gefühl, dass man mich beobachtete, jede meiner Bewegungen verfolgte, dass man sich rührte, dass dort oben, dort drin etwas war, kein Pflasterstein, nein, etwas Lebendiges, stellte ich mir vor, ein Wesen, ein ungewöhnliches Wesen, wenn keine Katzen, dann vielleicht ein Mäusenest, Ratten und ihr Radau in der Dunkelheit, wenn die Lampe ausgeblasen war. Nein, hier würde ich niemals schlafen, keine einzige Nacht.

»Bueno«, rief ich, »komm, zeig mir, wie die Hähne im Badebecken funktionieren, scheint ziemlich kompliziert zu sein, ich möchte kurz planschen, bevor ich mich anziehe, und mich für eure Herrin schönmachen, bevor ich zum Essen hinübergehe.«

(Ich wollte durch ein bisschen besondere Toilette verführen, wie das jede Frau von einem Franzosen im Ausland erwartet, durch Konversation, Geplauder, Pariser Klatsch, Modenachrichten, ein bisschen Dreistigkeit oder Witze, ja selbst in den Augen dieser alten Mätresse oder verrückten Haushälterin des Doktors glänzen, über die Caio sich lustig gemacht und gesagt hatte, es handle sich da seit zwanzig Jahren um ein offenes Geheimnis!)

»Grosser Gott!« rief Bueno entsetzt aus. »Benützen Sie es ja nicht! Es wimmelt von Giftspinnen ...«

Seine Durchtriebenheit war etwas gar zu offensichtlich, ich kannte die traditionelle Trägheit der Neger, liess es aber dabei bewenden angesichts der späten Stunde, aus Rücksicht auf Leontine, seine Frau, die bestimmt ungeduldig an ihrem Herd stand, auf die anbrennenden Speisen, auf Senhor Padroso, der sich auf der Veranda langweilte, und da

Bueno offenbar in keiner Weise auf die Fragen nach seiner Herrin eingehen mochte, sagte ich zu ihm: »Nimm dieses Fläschchen, nein, nicht dieses, das andere, das mit dem Lavendelwasser, und massiere mich damit ...«

»Monsieur glaubt mir offenbar nicht«, sagte Bueno, während er mich gewissenhaft massierte. »Doch Monsieur braucht nur selber nachzusehen! Darunter befindet sich eine ganze Maschinerie und ein wahnsinnig kompliziertes Leitungssystem. Ich habe versucht zu kapieren, wie das alles funktioniert, es ist zum Verrücktwerden, wenn man die Hähne aufdreht, kommt von unten kein Wasser herauf, weder warmes noch kaltes, aus den Hähnen kommen nur lauter zornige Spinnen, dicke schwarze, haarige, bissige, von der stinkenden Sorte, giftige, eine Satansbrut. Einmal habe ich mich mit Revolverschüssen wehren müssen, sie waren handgross, und ich war von oben bis unten voll, sogar in den Haaren und in den Hosen. Es wimmelte nur so. Ich bin knapp davongekommen und war sechs Monate krank, hatte hässliche Wunden an den Hüften und auf dem Bauch. Monsieur braucht nur meine Frau zu fragen, Leontine war übel vor Ekel, und sie legte mir Salbenverbände auf, machte mir Umschläge, gab mir eine bittere Brühe aus Kräutern und Wurzeln zu trinken, in die sie von den gleichen giftigen Spinnen warf, aber geröstete, zu scharfem Pulver zerstampfte, anstelle von rotem Pfeffer, und sie betete und sprach die notwendigen Beschwörungen wie Chavin, der *capita,* sie geheissen hatte, denn diese kreolische Brühe ist eine indianische Medizin, und der *capita,* der auf der Plantage geboren wurde, kennt von seiner Mutter her alle Geheimnisse der Natur, und hätte meine Frau mir nicht beigestanden, hätte ich nie den Mut gehabt, diese Schweinerei zu trinken, auch nicht ein einziges kleines Mal und auch nicht aus Neugierde oder um zu wissen, wie das Zeug schmeckt. Ein Hexengebräu, aber Leontine ist eine tapfere Seele. Sie hat es geschafft. Sie ist es, die mich geheilt hat! Ohne seine Frau ist ein Mann nichts! Wenn Monsieur es wirklich versuchen will, bitte sehr! Doch Monsieur merke sich, dass bis zum heutigen Tag noch niemand es geschafft hat, in diesem verhexten Wasserbecken ein Bad zu nehmen ...«

»Bestimmt werde ich es versuchen, Bueno, und zwar spätestens morgen vormittag! Komm, reich mir meinen weissen Anzug.«

»Dann eben viel Glück! Und Monsieur braucht nicht etwa auf mich zu zählen, ich komme ihm bestimmt nicht zu Hilfe, ich habe viel zuviel Angst ... Fragen Sie Chavin, den *capita,* der die Schlüssel zum Kellergeschoss hat ...«

Und der hünenhafte Neger bekreuzigte sich, berührte sein Amulett, das er um den Hals trug, einen Satz *balagandã* aus dreizehn Glücksbringern: die bahianische Hand mit den zwei ausgestreckten Fingern gegen den bösen Blick oder die Jettatura; Momus, der erotische Doppelbucklige, gegen die Nestelknüpfer; der Glückswürfel; das Winkeldreieck des heiligen Joseph für ein gutes Gelingen der Arbeit; der Haushund, Symbol der Treue; die Kalebasse gegen den Durst; das Brötchen in seinem Körbchen gegen den Hunger, das aber auch eine sexuelle Bedeutung hat, die Sättigung des uterinen Hungers; der Wanderstab oder der Zauberstab; die Piroge, um nicht in Seenot zu geraten; die Narrenschellen; das Eichhörnchen oder das Bilboquet, Symbol der Phantasie; der Fischkopf oder die Weisheit; die

Hasenpfote, das magischste von den dreizehn; und Bueno reichte mir meinen weissen Anzug, half mir, ihn anzulegen, band meine Schnürsenkel.

»Danke, Bueno. Gehen wir hinüber, ich bin soweit. Doch zuerst antworte mir ehrlich: Was für ein Biest versteckt sich über unserem Kopf?«

»Oh, hat Monsieur erraten?«

»Ja, irgend etwas belauert uns, bewegt sich dort oben. Ich vermute, es ist ein ...«

»Pst! *O bicho*[32] belauscht uns. Sprechen Sie ja nicht seinen Namen aus, Monsieur. Gehen wir!«

Und Bueno packte die Lampe und verliess schleunigst den Raum.

Ich folgte ihm.

Draussen wartete der Neger zuoberst auf der breiten Marmortreppe, die von der Terrasse des Kaiserpalastes zum Hauptgebäude der Fazenda hinunterführte.

»Ich gehe voraus«, sagte er. »Passen Sie auf, es sind hundertundein Stufen.«

Und er ging voraus, mir mit dem ausgestreckten Arm leuchtend, hielt nach zehn Stufen an, um mir hastig zählend zu erklären: »Eins, zwei, drei, vier, fünf, sechs, sieben, acht, neun, zehn ...! Oh, Monsieur ist fast so listig wie er.«

»Ja was ist denn, Bueno?«

»... elf, zwölf, dreizehn, vierzehn, fünfzehn, sechzehn, siebzehn, achtzehn, neunzehn, zwanzig ...! Und Monsieur hat nicht dergleichen getan!«

(So war man wohl die Jakobsleiter hinuntergestiegen und hatte auf bestimmten schicksalshaften Sprossen angehalten: bei *den goldenen Zahlen* bereits beim Hinaufsteigen, vor allem aber beim Hinuntersteigen, *um sich daran zu erinnern,* so wie man Knoten in das Taschentuch macht, wie die dikkeren Perlen, bei denen man beim Rosenkranz eine Pause einlegt, beruhen die *quipos,* die Rechenschnüre der Inka, auf dem Prinzip der Arithmologie, wie auch die Rindenknoten in Benin oder im Kongo, wie die wulstigen Narben der Senegalesen, von deren Typus Bueno war, eine doppelte halbmondförmige Schnittwunde an der Wange.)

»... einunddreissig, zweiunddreissig, dreiunddreissig! Gott sei Dank! Auf der dreiunddreissigsten Stufe sind wir ausser Gefahr!«

»Was soll das, Bueno?«

»Es ist eine Liane.«

»Eine Liane, Bueno?«

»Pst! Besser, man spricht ihren wirklichen Namen nicht aus. Ich gehe bis zur fünfzigsten ...«

Auf der fünfzigsten Stufe erwartete mich Bueno lächelnd mit der hochgehaltenen Lampe. »Hier sind wir ausser Gefahr und vor jeder Indiskretion sicher«, erklärte er blinzelnd. »Man spricht ihren Namen lieber nicht aus, aber ich kann ihn Monsieur unter dem Siegel des Geheimnisses verraten und ihn ins Ohr flüstern: Es ist die Klapperschlange!«

»Eine Klapperschlange, Bueno?«

»Pst! Nein, nein, nein! Monsieur weiss nichts. Niemand hat etwas gesagt. Bueno ist ein Dummkopf! Monsieur hat recht. Bueno hat nicht gesprochen! Doch Monsieur hat so gut gespielt, dass ich habe lachen müssen, und Monsieur wird es ohnehin erfahren: Es ist nämlich keine Schlange, sondern ein Schlangenweib: die Herrin des Morro Azul ... Oh, weh mir, ich Ärmster! Ich habe geredet ...«

Und Bueno lief hastig die nächsten fünfzig Stufen hinunter.

Er wartete mit weit aufgerissenen Augen auf der zweituntersten und hatte die Lampe ausgeblasen und war in der Dunkelheit noch dunkler.

Ich trat nahe an ihn heran: »Bueno«, flüsterte ich ihm zu, »ist es unsere Gute Frau vom Morro Azul? Wolltest du mir von der Senhora erzählen?«

»Monsieur kennt sie also? Gott sei Dank, es gibt sie! Hier hat sie noch niemand je gesehen, nicht einmal der Fotograf, als er mit einem Sonderzug gekommen ist, um sie zu fotografieren. Doch kommen Sie, man erwartet uns. Ich glaube, Sie heisst Mâa-Eiffel … Doch pst!«

Wir gingen die letzten Stufen hinunter.

»Einhundert, einhunderteins!« zählte Bueno laut.

Wir gingen stumm auf die Veranda zu.

»Nun, Doktor Oswaldo ist nicht hier. Er spaziert wieder einmal wie eine arme Seele umher. Monsieur wird ihn vor dem Haus antreffen, wie er unter den Palmen auf und ab geht, oder dann am Ende der Allee auf einer Bank. Ich eile Leontine sagen, dass aufgetragen werden kann …«

Senhor Padroso träumte tatsächlich auf der Bank unter einem prächtigen Riesenbambus, der am Ende der Allee eine leise raschelnde Nische bildete. Es war ein kleines, paradiesisches und äusserst romantisches Refugium mit den sternförmigen Kronenbüscheln der Kaiserpalmen darüber, die sich, in der tropischen Nacht schwebend, in über dreissig Metern Höhe wiegten. Es fehlte nur noch ein dekorativer Mond oder ein Scheinwerfer, um dieses pflanzliche Kabinett in eine märchenhafte Bühnenkulisse zu verwandeln.

Kaum hatte er mich erblickt, kam Doktor Padroso mir entgegen, umarmte mich gerührt, klopfte mir nach brasilianischer Sitte kräftig auf den Rücken: »Endlich, lieber Freund«, begrüsste er mich. »Kommen Sie, schnell. Setzen wir uns zu Tisch. Buenos Frau muss sich fragen, wo wir stecken, und Sie haben bestimmt Hunger …«

Ein offenes Geheimnis, hatte Caio gesagt.

Bei Tisch waren wir nur zu zweit, und Doktor Padroso sprach nur von IHR.

Es war unwahrscheinlich rührend.

Diese Leidenschaft!

Wieder die Geschichte einer grossen Liebe, einer Liebe auf den ersten Blick, die ich meiner ersten Chronik *La Femme aimée*[33] hinzufügen konnte.

Die ganze Welt kannte diese Frau, doch der Zufall wollte es, dass ich Zeuge ihres Sterbens gewesen war in meiner Eigenschaft als Assistent eines amerikanischen Regisseurs, dessen Namen ich vergessen habe und der sie in ihrem letzten Film auftreten liess, in der Rolle einer Kartenleserin im *Chat Noir* in Montmartre, einem absolut idiotischen Film, dessen Titel ich ebenfalls vergessen habe. Dieser verrohte Amerikaner, der kein Wort Französisch verstand und der wie ein Tauber ins Megaphon brüllte, hatte mich zu Hilfe geholt, um einen Vorsprung auf den Sensenmann zu haben, als ihm klarwurde, dass die grosse Künstlerin erschöpft war, und er befürchtete, sein Star, die grosse Sarah, die das eigentliche Aushängeschild des Films war und die ihn ein Vermögen kostete, könnte vor der letzten Kurbeldrehung sterben. Er wollte etwas für sein Geld haben. Immer dieses schmutzige Geld! Auch die berühmte Tragödin brauchte

Geld, und sie war tatsächlich erschöpft. Sie war am Ende ihrer Kräfte, sie war krank und kam aus ihrem Schlafzimmer in den Salon ihres eleganten Hauses in der Avenue de Villiers hinunter, das wir in ein Filmstudio verwandelt hatten, die Stromaggregate knatterten auf dem Gehsteig, durch sämtliche Fenster waren Kabel gelegt, ein ganzes Heer von Requisiteuren, Statisten, Kameramännern belagerte das Haus, ging ein, ging aus, brüllte, schrie, besetzte sämtliche Zimmer, in denen Zimmerleute und Tapezierer hämmerten, Unmengen Nägel einschlugen und ausrissen, die Möbel herumschoben, die Teppiche verwüsteten, die Vorhänge herunterrissen, die Nippes, die Statuen, die Bilder wegtrugen, mit ihren dreckigen Pfoten die intimsten Erinnerungen eines der leidenschaftlichsten Leben überhaupt anfassten und die goldenen Kronen, die Trophäen einer einmaligen Künstlerlaufbahn, eines weltweiten Triumphs, eines in den Annalen des Theaters nie dagewesenen Ruhms, verstellten je nach den Anforderungen der Innenaufnahmen alles mit Dekorationen, die Maler übertünchten Zimmerdecken und Türen mit dem bei Fotografen so beliebten eintönigen Grau, die erschöpfte grosse Künstlerin, die alte Frau mit ihrem amputierten Bein überdies, die gehetzte, bis zu den Ohren verschuldete Ärmste kam zitternd vor Fieber aus ihrem Zimmer in den Salon hinunter, schminkte sich, in Pelze gewickelt, vor dem Kamin, in dem ein riesiges Feuer brannte, hielt sich bereit, liess mit ihren neunundsiebzig Jahren immer noch ihre Reize spielen, stand beim unbarmherzigen Kommando des Megaphons auf und setzte sich den gierigen Lichtern der blendenden Scheinwerfer, den unerträglichen Strahlen der auf sie gerichteten Streuscheiben und Spiegel im grellen Licht der Reflektoren aus, fügte sich den Anforderungen der Kamera, wiederholte die Szene so oft wie nötig, um das Bild zu bestimmen, die Scheinwerfer einzustellen, liess die Regieanweisungen über sich ergehen, bis schliesslich gefilmt wurde, »Achtung, Aufnahme!«, und alles begann wieder von vorn, sie gehorchte, ohne zu mucken, sie, die ungeduldigste, die kapriziöseste, die eigensinnigste Frau der Welt, sie, die eigenständigste Künstlerin, die originellste, die unabhängigste Interpretin, die jemals die Bühnen eroberte, deren ganze Karriere ein einziger Skandal gewesen war, berühmt für ihre Launen sowohl im Privatleben als auch auf der Bühne, sie, die als Debütantin unbekümmert einmal, zweimal die Tür der Comédie-Française hinter sich zugeschlagen hatte, um frei zu sein und Theater zu spielen und zu leben, wie es ihr passte, und zu einer Tournee aufzubrechen, die in den Vereinigten Staaten Furore machen würde, sie gehorchte, ohne zu mucken, dem Brüllen des Megaphons, auf das der autoritäre Amerikaner offenbar nicht verzichten konnte (und das war um so beleidigender und erbarmungsloser, als zu jener Zeit, 1923, der Film stumm war und die Tragödin eine goldene Stimme hatte, eine tragende Stimme, eine zu Tränen rührende Stimme, die überall auf der Welt frenetischen Applaus auslöste und nicht aufgezeichnet werden konnte, bevor sie für immer erlosch!), und wenn die Frau mit den Nerven am Ende war und drohte ohnmächtig zu werden, stürzte ein junger Arzt herbei, der von diesem Lumpenpack eigens dafür engagiert worden war, und verpasste ihr eine Spritze.

Ich kann bezeugen, dass Sarah Bernhardt mitten in der Arbeit gestorben ist, gehetzt, unter Drogen, gedopt, angetrieben, gepeitscht wie ein Stutenfohlen, das sich deutlich vom Spitzenfeld absetzt, das das Rennen eindeutig gewinnen wird, und noch ein Galopp und noch einer, und dessen Herz am Zielpfosten birst und das stürzt und verendet … Am Ende des Rennens blieben nur noch ein Dutzend Szenen zu drehen.

Das alles ist nicht menschlich. Es ist eine Wahnsinnsgeschichte …

Doch bereits ein paar Jahre früher, am Tag nach der Premiere von Shakespeares *Romeo und Julia,* hatte mich eines Morgens Jean Cocteau angerufen: »Schade, dass du mich nicht ins Theater begleitet hast, Blaise. Es war ein Triumph! Sarah war grossartig. Man glaubte, sie sei nach ihrer Beinamputation am Ende, jetzt hat sie ganz Paris bewiesen, dass sie nicht tot ist. *Sie ist ein Monstre sacré …*«

Ich hörte diesen Begriff zum erstenmal aus Jeans Mund, und es war wohl das erste Mal, dass Jean ihn verwendete.

Und auch dies war nicht menschlich.

Sarah Bernhardt hatte als Travestit die Rolle des Romeo gespielt, und bei der Balkonszene, diesem Dialog zwischen zwei von den Flügeln der Liebe getragenen und einander gegenseitig verführenden Kindern, war Sarah auf die seidene Strickleiter zugegangen, die von Julias Balkon hing, und hatte die Bühne ihres grossen Theaters nicht wie ein trunkener Liebhaber durchschritten, der den Fuss auf die erste Sprosse setzt und, ein verführter Verführer, in Ekstase behende hinaufklettert, sondern wie eine Schlange, eine kriechende Raupe, ruckweise ihren Rollstuhl vorwärtsschiebend, mit beiden Händen die bereiften Räder drehend, und als dann die Bernhardt, auf einen Stock gestützt, langsam aufgestanden war und ihr einziges mageres Greisinnenbein sichtlich unter dem enganliegenden Trikot und der pludernden Pagenhose zitterte, war diese manierierte Szene ein Triumph von Schreien, Hysterie, *Bis*-Rufen, nicht enden wollendem Applaus seitens des Tout-Paris, und Sarah wurde gefeiert von einem Publikum aus Snobs, Neureichen, siegreichen Generälen, Ministern und alliierten Diplomaten, die zur Unterzeichnung des Versailler Vertrags delegiert worden waren.

Ich hatte Jean Cocteau nicht ins Theater begleiten wollen, denn das Schauspiel wäre mir unerträglich gewesen. Es war kurz nach dem vorangegangenen Krieg. Ich hatte zu viele Soldaten, echte junge Menschen, die Zukunft Frankreichs, stumm auf ihren Gurtpritschen in den Lazaretten leiden sehen, die sich nicht trauten, vor ihre Verlobte zu treten, Kriegsversehrte, Kriegsblinde, Giftgasopfer, Tuberkulöse, Arm- oder Beinamputierte, Trepanierte, Wahnsinnige, und ich selbst hatte kaum das Lazarett verlassen …

Sarah?

Picasso?

Das Russische Ballett?

Der Esprit nouveau?

Ich würde wenig später Paris, dieses versnobte Paris, für immer verlassen.

Abhauen!

Doch die ganze Welt ist blasiert, sogar Russland, trotz der Säuberungen.

Und heute, kurz nach dem Zweiten Weltkrieg, die Fortsetzung dieses Komplexes, dieses Missverständnisses, dieses Snobismus: Heute ist es der Existentialismus, im Theater und in der Philosophie, Sartre und all die jungen Schreiberlinge, die in den Kellern von Saint-Germain-des-Prés mit den Hüften wackeln, die sich an die Spitze der äussersten Avantgarde der poetischen Exegese setzen und Karriere im Konformismus machen, die nur in Gruppen, in Banden, im Schlepptau eines Wortführers leben können, denn das Steak hat den Vorrang … »Es lebe die Freiheit!«

In dieser Öde, diesem Überdruss
Niemand, dem man die Hand reichen könnte …

sagt der grosse Dichter Nekrassow, der sich in der Tradition der russischen Dichter das Leben genommen hat oder an Schwindsucht gestorben ist, und Maxim, der verbitterte Vagabund (Maxim Gorki), fügt hinzu: »*… niemand, dem man die Fresse einschlagen könnte! …*«[34]

XIII
DER ROMAN DES MORRO AZUL

Senhor Padroso erzählte mir:

»Erinnern Sie sich an den Anfang von Alphonse Daudets *Sappho,* als der Student, eine Frau auf den Armen, vier Stufen auf einmal nehmend, die sechs Stockwerke seiner Pension hinaufeilt und seine schwere Bürde, die auf dem Ball der Opéra entführte maskierte Frau, auf sein Bett legt und sich auf sie wirft, keuchend, atemlos, mit rasendem, schmerzendem, klopfendem, vor Erregung berstendem Herzen, keuchend vor Hast, Ungeduld, jugendlichem Triumph, aber auch vor Ermattung und physischer Erschöpfung angesichts der Anstrengung, die vielen Stufen zu bewältigen, ohne Atem zu holen, ohne die Unbekannte loszulassen, die von Etage zu Etage schwerer wurde, ohne sie auf dem letzten Podest fallen zu lassen. In demselben aufgeregten Zustand befand ich mich, in der gleichen Verwirrung, in nervöser Angst, schwitzend, atemlos, das Herz klopfte mir bis zum Hals, als ich Sarah Bernhardt in ihrem Zimmer hinlegte, das heisst, als ich sie ganz behutsam in der Mitte ihres Zimmers auf die Füsse stellte, so zerbrechlich kam mir die Göttliche vor, und als ich, anstatt mich auf die berühmte Frau zu werfen wie besagter Jüngling auf seine Unbekannte, meine Kühnheit, die berühmte Tragödin umfangen zu haben, nicht fassen konnte, fiel ich auf die Knie, kroch ihr zu Füssen, um andächtig den Saum ihres Kleides zu küssen, während sich ein Klumpen Eis in mir bildete und mein Herz durchbohrte …

1909, als Sarah in São Paulo auftrat, war São Paulo nicht die grosse, lärmige, verstopfte Stadt, die Sie kennen, wo mit ohrenbetäubendem Lärm jede Stunde ein neues Haus entsteht in einer Staubwolke, die sich niemals legt und aus der das Hochhaus des *Automobil-Clubs* ragt, das stolz auf seine siebenundvierzig Stockwerke ist, São Paulo war ein friedliches Provinzstädtchen mit hundertfünfundzwanzigtausend Einwohnern anstatt der Million, die es heute stolz zählt, die Strassen waren noch nicht gepflastert, und auf der Fahrbahn trabten damals mehr Packesel und beladene Maultiere als heute Fussgänger auf den Bürgersteigen. Vor fünfzehn Jahren gab es noch keine Bürgersteige in São Paulo. Man trieb sich nicht in den Strassen herum. Jeder blieb zu Hause. Die Leute beobachteten einander von Fenster zu Fenster. Die Häuser waren alle ebenerdig. Sarah Bernhardt war in der *Rôtisserie française* untergebracht worden, dem einzigen Haus in der Stadt, das eine erste Etage besass, einen grossen Loggiasalon, einen Versammlungs- oder Bankettsaal, der mit dem Untergeschoss durch eine steile Treppe, eher eine Stiege, verbunden war, die glatter war als die Marmortreppe, die zum Palast des Kaisers führt, denn sie war ganz mit rotem brasilianischem Holz belegt, das auf Hochglanz gewichst und gebohnert war, es war die einzige so grosse Treppe, breit wie eine Avenue, mit hundertundein Stufen, ebenso viele wie die Treppe des Kaisers hier auf dem Morro Azul, in der Stadt jedoch hatte man noch nie eine solche Pracht gesehen! Ich frage mich, wie ich es geschafft habe, da hinaufzukommen, ohne dass mir schwindlig wurde. Ich hätte ja ausgleiten und der Göttlichen die Knochen brechen können. Woher kam meine Entschlossenheit? Mein

Mut, meine Kraft? Und diese Autorität! Ich war noch kaum zwanzig und hatte mich noch nie hervorgetan. Und was für eine Kühnheit! Ich war eher von schüchterner Wesensart. Im übrigen war ich Waise …

Nach der Vorstellung, die in der Aula der Rechtsfakultät stattgefunden hatte, São Paulo besass 1909 noch kein Theater, war die Begeisterung für die Göttliche derart, dass die Studenten ihre Kutsche ausschirrten und den berühmten französischen Gast in den Gasthof zurückbegleiteten, die Kutsche inmitten eines unbeschreiblichen Gedränges ziehend, schiebend, tragend, von überall strömte das Volk herbei, ja sogar Neger, das Fahrzeug drohte mehrmals zu kippen, die Blumenbuketts, die von allen Seiten geworfen wurden, füllten das Gefährt, und die erlauchte Schauspielerin warf Kusshände in die Menge, ein Studentenzug eskortierte sie mit brennenden Fackeln, und aus allen Seiten stiegen Raketen auf und knallten Petarden, die den donnernden Applaus und die Jubelrufe nicht zu übertönen vermochten. Es war ein einziger Begeisterungstaumel. Ich klammerte mich an den Kutschenschlag auf der rechten Seite und mein bester Freund an den auf der linken Seite, um die Göttliche vor dem Ansturm ihrer glühendsten Bewunderer zu schützen. Ich kannte die Leidenschaft meiner Landsleute und befürchtete, sie könnten sich zum Äussersten hinreissen lassen, also hatte ich mich mit einem Revolver bewaffnet und mein Freund ebenfalls. Söhne aus den reichen Familien hatten Wetten abgeschlossen, ein paar Plantagenbesitzer aus dem Hinterland hatten geschworen, die berühmte Künstlerin aus Paris zu entführen, nicht etwa um die Diva zu erpressen oder ihren Schmuck zu rauben, sondern um sie gewaltsam zu heiraten! Eine Vorstellung, die uns Wilden durchaus würdig war, denn in jedem Brasilianer schlummert der Tupi! Und so kam es, dass ich, kaum im Hotel angekommen, Sarah Bernhardt in die Arme nahm und zu laufen begann und ohne anzuhalten die grässliche, die prächtige Treppe der *Rôtisserie française* hinaufrannte, in meinem Schlepptau eine Schar Fackeln schwenkender Freunde, gefolgt von einer Horde höchst erregter junger Männer, die sich auf der Treppe prügelten und schamlos an die Zimmertür hämmerten, die ich ihnen vor der Nase zugeschlagen und verriegelt hatte, halbtot vor Scham …

›Stehen Sie auf, Monsieur‹, sagte die Göttliche zu mir.

Da stand sie vor mir, mitten im taghell erleuchteten Salon, der mit ihren hundert Koffern verstellt war, von denen die Zeitungen berichtet hatten, mit ihren fünfzig Hutschachteln, ihren Pelzen, ihren Sonnenschirmen, ihren überall verstreuten, köstlich weiblich duftenden Stiefelchen, ihr Kleid war zerrissen, ihr Haar zerzaust, ihre meergrünen Augen lächelten mir durch die Blumen in ihren Armen zu, zierlich, strahlend, fiebrig, glücklich über die Leidenschaft, die sie entfesselt hatte, derweil die Schläge an der Tür heftiger wurden und die Jubelrufe unter den Fenstern anschwollen, die Menge rief sie auf den Balkon, Tausende sich vervielfachende Stimmen skandierten ihren Namen, ›Sarah! Sarah!‹, ihr vor Freude geschwellter Mund, ihr Mund, der mir angst machte wie der eines Reptils, ihr Mund, der sich mir näherte, ihre Lippen bewegten sich, ihre Zunge … und ihre Arme breiteten sich aus, um mich zu umfangen, mich an ihre Brust zu ziehen, mich an ihr Herz zu drücken, mich zu umschlingen, ich spürte ihre Zunge in meinen Mund dringen, während ich, von Eiseskälte klamm, sie sagen hörte: ›Mein armer Kleiner!‹, und ich verkrampfte mich und hörte mich ihr gezwungen zuflüstern: ›Verzeihen Sie ihnen, Madame. Sie wissen nicht, was sie tun. Doch hören Sie das Herz aller jungen Menschen meines Vaterlandes vor Liebe für Sie schlagen und auch für Frankreich …‹

Ich hörte ihr Herz schlagen, heftig schlagen, meines war verstummt …

›Und jetzt gehen Sie, mein Kleiner‹, sagte die Göttliche zu mir.

Und ihr Kleid schürzend, riss sie ein Fetzchen Spitze von ihrem Dessous ab, drückte es mir in die Hand und drängte mich nervös zur Tür: ›Zur Erinnerung! Zur Erinnerung an die Frau …‹, fügte sie nur hinzu.

Ich war vor Aufregung wie gelähmt. Ich konnte keinen Schritt tun. Alles drehte sich. Ich setzte mich auf die oberste Treppenstufe, das Fetzchen Spitze zwischen den Fingern. Ich weiss nicht, was meine Gefährten von mir denken mochten. Plötzlich befand ich mich unten in der Bar. Um mich herum die Jeunesse dorée, die Champagnerkorken knallten. Mit einmal brach Gedränge aus. Dann eine allgemeine Prügelei. Schliesslich wurde die *Rôtisserie française* geräumt, und am nächsten Morgen berichteten die Zeitungen nur noch über diesen Skandal: Ich hatte mich mit meinem besten Freund duelliert, und da es einen Toten gegeben hatte, druckten die Zeitungen meine Liebesgedichte ab, die ich der Göttlichen gewidmet hatte! Ich war der Held des Tages, ich, der ich in meiner tiefsten Seele getroffen worden war und der seine Leidenschaft geheimhalten wollte … Und das alles wegen eines Fetzchens Spitze …

Ja, und was soll ich Ihnen noch erzählen? Seither habe ich Sarah Bernhardts *Mémoires* gelesen und wahrscheinlich auch sonst alles, was man bis zu ihrem Tod über sie geschrieben hat, denn ich habe ein Abonnement bei *Argus* abgeschlossen, um alle Zeitungsausschnitte zu bekommen, die sie betreffen. Meine Bewunderung für sie ist grenzenlos. Ich weiss, dass sie zahllose Liebesabenteuer gehabt hat, sowohl in Paris als auch am Theater, dass sie vor allem in den Vereinigten Staaten von einem Walfischdompteur verfolgt wurde, von einem Ranchbesitzer, der wahnsinnig in sie verliebt war und der ihr seine riesige Rinderherde schenken wollte, die er in einen gottverlassenen Bahnhof im Wilden Westen getrieben hatte, und die Cowboys blockierten die Lokomotive, ich weiss von einem texanischen *outlaw,* der mitten in der Nacht ihren Zug anhielt, um ihr Gepäck zu plündern, und Frauendessous und ein Dutzend Spitzenhöschen erbeutete, ich weiss von Gold- und Diamantensuchern, die ihr ihren bescheidenen Schatz schenken wollten, ganz zu schweigen von den gekrönten Häuptern Europas, von den Fürsten, den Grossherzögen, die ihr die schönsten Juwelen der Welt überreichen liessen, von den Lebemännern, aus denen ihre Entourage bestand, und dann die Dichter erst, Jean Lorrain und Edmond Rostand zum Beispiel, die ihr unsterbliche Meisterwerke widmeten. Heute erst wird mir klar, wie lächerlich meine jugendliche Ritterlichkeit war. Und wenn man sich vorstellt, dass ich mich für sie geschlagen habe und wie dieser einzige Kuss mein Leben verändert hat, denn gleich am nächsten Morgen nach meinem Duell suchte ich meinen Vormund auf, um ihm mitzuteilen, ich könne nicht mehr auf diese Weise weiterleben, ich sei von der Gnade berührt worden, ich würde mich in die Einsamkeit zurückziehen, und der alte Herr, der weitere Überspanntheiten meinerseits befürchtete und vor allem, dass ich Rechenschaft über mein von ihm verwaltetes Vermögen verlangte, um der Göttlichen nach Paris zu folgen, beeilte sich, sich mit Caios Vater zu beraten, so dass ich mich hier niederlassen konnte, in dieser alten Fazenda auf dem Morro Azul, der Fazenda des vergessenen Kaisers, und ich möchte Ihnen erzählen, was hier, fernab der Welt, aus meinem Leben auf dieser verwilderten Fazenda geworden ist und von meiner Entdeckung eines neuen Sternbilds, des *Eiffelturms des Himmels,* und ich möchte Sie bitten, denn ich setze grosses Vertrauen in Sie, Monsieur Cendrars, sich in Paris für mich einzusetzen, damit man meine Entdeckung zur Kenntnis nimmt (was eine grosse Ehre für mich wäre, bevor ich sterbe!), denn in meiner Vorstellung wäre die Bestimmung des Eiffelturms am Himmel unserer südlichen Hemisphäre eine höchste Hommage, die ich der Göttlichen und Frankreich erweisen kann … Ein Symbol … Ich habe unsäglich um sie gebangt während des Krieges. Sarah und der Turm sind zwei geistige Projektionen des heutigen Frankreichs, und sie sind in meinem Geist eng miteinander verbunden, wie Sie sehen werden und wie ich auch in meiner Mitteilung an die Akademie der Wissenschaften erklärt habe, denn es handelt sich keineswegs um eine Marotte … Doch das Institut antwortete mir nicht, trotz der beigelegten Dokumente, einer astronomischen Aufnahme, die keinerlei Zweifel an der Richtigkeit meiner Entdeckung lässt, und trotz der verschiedenen Nachfragen meinerseits seit der Schlacht an der Marne über unseren Aussenminister und unseren Botschafter in Paris. Vergessen wir also Sarah Bernhardt. Erwähnen Sie sie nicht mehr. Ich will nichts mehr wissen. Doch hören Sie weiter …

Fünfzehn Jahre! Wie nicht mehr über sie sprechen und wie Ihnen mein Leben hier erzählen, ohne ihren Namen zu erwähnen? Was mich von Sarah Bernhardt enttäuscht, ist, dass sie in ihren Memoiren eine auf ihrer Kanadatournee aufgenommene Fotografie hat veröffentlichen lassen, auf der sie ein Jagdkostüm trägt und von Fremden umgeben ist, die ebenfalls dem Jagdvergnügen frönen. Man sieht Sarah Bernhardt mit angelegtem Gewehr auf einen Vogel zielen. Sie hat bestimmt abgedrückt, und mein Herz blutet … Ich wohne seit fünfzehn Jahren hier. Ich leide jedesmal, wenn ich einen Schuss höre. Ein verstummter Gesang. Ein verliebter Triller. Federn in der Sonne. Ein Häufchen. Ein Klappzylinder in einer Blutlache. Der blutleere Kopf meines Freundes. Es war im Morgengrauen. Eine Sabiá sang auf einem Palmkohl. Unsere automatischen Revolver waren von allein losgegangen. Ungeschickt, wie ich war, hatte ich den Finger nicht gerührt … Ich kann nur nachts leben … Wie gross die Schuld an der erlittenen Qual auch sein mag, wenn man aus solchen Leidensabgründen auftaucht, neigt man zur Ungerechtigkeit … Es ist grauenhaft. Ich finde keine Worte. Ich möchte Ihnen schildern, wie die Seele jegliches Band löst, um sich in die Liebe zu retten … Unmöglich für jemanden nachzuvollziehen, der nicht die Garrotte um den Hals gehabt und gespürt hat, wie der Knoten sich löst, wie die Umklammerung sich lockert, die Fesseln sich kaum wahrnehmbar öffnen, die Eisen fallen. Es ist verblüffend.

Man kommt aus einer unendlichen Ferne wieder zu sich! Man erkennt sich nicht mehr und fragt sich bange, was man wohl selber zu dieser langsam fortschreitenden Befreiung beigetragen hat. So viele unfreiwillige Gesten, heimliche Anstrengungen, dunkle Regungen, Reflexe, die einem ermöglicht haben, zu atmen, sich zu wehren, einen Vorrat aus fremdem Atem in der Brust anzusammeln und plötzlich in einer übermenschlichen Anstrengung alle Muskeln aufs äusserste anzuspannen und das Zwangshemd zu sprengen und seine erstickenden Riemen. Man ist noch nicht frei, denn erst müssen noch Mauern überstiegen werden, und während die Seele bereits von der wiedererlangten Freiheit träumt, ist man immer noch an die Gummizelle gefesselt, denn man ist immer noch im schweren Hemd mit den tausend Gurten eingeschnürt, in dem man um sich schlägt und mehr oder weniger gefesselt an Ort und Stelle tritt, das unter den Armen zu eng ist und dessen man sich nur langsam befreit vor lauter ineinander verschlungenen Schnürriemen, Stricken, Bändern und groben Nesseln, nach denen man nur mühsam langen kann. Haken im Rücken, die man nicht greifen kann. Die Ärmelbündchen sind immer noch zu eng. Man rollt sich auf der Erde. Man zerrt mit den Zähnen. Man verausgabt sich. Man bäumt sich auf. Man versteift sich. Man hüpft. Man wetzt sich an den Türbeschlägen. Blutende Schwielen bilden sich. Man kratzt sich die Schultern an der Wand. Es juckt. Man bricht sich die Nägel. Man macht den Spagat bis zum Verrenken. Die Nähte geben nicht nach. Man wird zornig, und wenn man schliesslich in einem Wutanfall alles zerreisst, steckt der Wahnsinnige immer noch in einem Panzer aus herunterhängenden Lederteilen und Gurten, aus flatternden Drillichfetzen, die ihn verraten und ihn lächerlich machen, würde er versuchen zu fliehen. Also schickt er sich drein und wartet, bis sich die verwesenden Lumpen von selbst lösen; und wenn sie sich nicht lösen, wird er ungeduldig, und er beginnt sich wieder zu schütteln, sich zu verheddern, sich zu verhaspeln, sich zu verwickeln, bis er sich schliesslich selber erwürgt. Ein Aufbäumen genügt. Versteckter Selbstmord? ... Tod? ... Der Welt tot ... Die Zeit vergeht ... Fünfzehn Jahre ... Eine Kleinigkeit genügte, um mich in Abgründe zu stürzen. Oft nur ein Zeitungsausschnitt, eine Pressestimme ...

Bis zu ihrem Tod habe ich ihr täglich Briefe geschrieben, die ich nicht abschickte, und heute noch schreibe ich Liebesgedichte, in denen ich sie anbete und die ich der Göttlichen ebenfalls nie geschickt habe, leider habe ich einige davon von gewissen Leuten abschreiben lassen, vielleicht hat man Ihnen bereits dieses oder jenes gezeigt ... Nein? Das erstaunt mich, denn im *Automobil-Club* gibt es Leute, die sich darüber lustig machen, weil alle darin nur schlüpfrige Anspielungen sehen, die sie entsprechend deuten, hat diese Lästerzunge von einem Caio Ihnen tatsächlich nichts davon erzählt? Soviel Diskretion hätte ich ihm nie zugetraut ... Hat er Ihnen auch von meinem Eiffelturm nichts erzählt, über den ebenfalls alle spotten? ... Nein? ... Da hat er sich aber sehr verändert, mein Caio, was ist los mit ihm? ... Sie lächeln ... Dann haben Sie ihn wirklich beeindruckt, so wie Sie auch mich beeindrucken mit Ihrer Ruhe, Ihrer Güte und Ihrer Art, zuzuhören und alles zu verstehen. Was für eine Geduld! Ich bin ganz beschämt. Verzeihen Sie mir. Doch um Ihnen von meinem Eiffelturm zu erzählen, muss ich nochmals auf die Göttliche zurückkommen …

Sie müssen wohl glauben, dass ich unsinniges Zeug rede und mich immer in die gleiche schwierige Lage bringe. Mitnichten. Es war der zunehmende Schmerz. Der Krebs inmitten der Einsamkeit. Ohne meine Liebe zu Sarah und zu Frankreich hätte ich meine Entdeckung nie gemacht. Ich war besessen, und es war die Angst um die Göttliche, die mich seit Ausbruch des Krieges quälte, die mich die Augen zum Himmel heben liess, und an dem Tag, als die Deutschen in Paris einmarschierten, als mir die Lage hoffnungslos erschien, da habe ich am Himmel den Eiffelturm entdeckt, der mir den Glauben an das Schicksal Frankreichs zurückgab und mir den Sieg an der Marne verkündete und dass Paris gerettet war. Die Daten beweisen es. Was für ein Tag! Ich verbrachte ihn in Glareola und telefonierte mit sämtlichen Zeitungen des Landes, und alle Zeitungen Brasiliens veröffentlichten meine Voraussage. Es war der 7. September 1914. Frankreich ist unsterblich. Die Telegramme, die offiziell den grossen Sieg der Schlacht an der Marne meldeten, trafen nur nach und nach bis Ende des Monats ein, das erste zweifelnd und ungewiss, zehn Tage nach meiner Voraussage. Doch zu jenem Zeitpunkt hatte ich bereits einen Fotografen mit einem Sonderzug aus dem Observatorium in Rio kommen lassen und war im Begriff, den an Brasiliens Himmel erstrahlenden Eiffelturm fotografieren zu lassen und meinen Bericht an das *Institut de France* zu verfassen. Ich hatte es eilig, der Welt vom *Eiffelturm des Himmels* Mitteilung zu machen. Das

Institut hat es bis heute nicht für notwendig gehalten, mir zu antworten, glauben Sie mir, ich bin sehr stolz auf meine Entdeckung, Monsieur …

Ich schrieb also jeden Tag Briefe an die Göttliche, Briefe, die ich nicht abschickte und die heute meinen Aktenschrank füllen, und auch Gedichte, die sie ebenfalls nicht erhielt, die ich in einem amerikanischen Tresor einschloss, einem kleinen Rolladenschrank von einem Kubikmeter Inhalt mit einem Klingelschloss, einem Schrank, der fast überquillt und dessen Schlüssel ich immer bei mir trage, hier, schauen Sie, und ich frage mich, wie viele Gedichte das ausmachen mag, ein Kubikmeter Poesie, aufgerundet wahrscheinlich über hunderttausend, rechnen Sie nach, fünfzehn Jahre, jede Nacht bis zwei Uhr morgens geschriebene Gedichte, und den ganzen Tag über Briefe, und um zwei Uhr morgens gehe ich hinaus, um mir die Beine zu vertreten, gehe unter den Palmen auf und ab, von einem Ende der Allee bis zum anderen, und denke dabei an sie, dichte im Gehen und lasse mich schliesslich auf die Bank in der Bambuslaube fallen, bedrückt, zurückgelehnt, den Blick traumverloren auf das Blättergewölbe gerichtet, und ich beschwöre sie, und ich beginne von ihr zu träumen, und ich hebe den Blick zum Himmel und sehe sie wie im Theater, denn ich schlafe nicht, ich kann schon lange keinen Schlaf mehr finden, mein Diener behauptet, ich sei ein Schlafwandler, und bemitleidet mich wegen meiner Liebe und schimpft mich heimlich aus, und ich folge mit meinem Blick den Sternbildern, die sich regen, wandern und je nach Tages- und Jahreszeit den Platz wechseln, ich lehne mich nach links, ich lehne mich nach rechts, um sie zu sehen, denn meine Kaiserpalmen sind mächtig in die Höhe gewachsen, und ich habe sie in diesen fünfzehn Jahren wachsen und den Himmel versperren sehen, ich frage Sie, ist das etwa kein Grund, bedrückt zu sein? ... Die Tiefe der Nacht ... Ihr, die Dichter Frankreichs, ihr seid unerreichbar. Grund genug, entmutigt zu sein. Ich habe sämtliche Bücher von Victor Hugo und von Edmond Rostand gelesen. Ich werde nie etwas veröffentlichen. Keine Sorge, ich werde Sie nicht mit meiner Dichtung langweilen. Ich schäme mich. Doch, überlegen Sie mal, jahrelang vor dem Haus auf und ab gehen, würde man die Schritte zählen, hätte mich das geradewegs bis nach Paris geführt. Und das viele in fünfzehn Jahren verschwendete Papier erst! Ich hätte wohl besser daran getan, eine Papierbreifabrik zu bauen. Es ist entmutigend. Mein Leben ist vergeudet. Ich bin bloss ein Versager, wäre nicht diese Entdeckung, an der mir soviel liegt und über die sich alle lustig machen, die des *Eiffelturms des Himmels* ...

Frankreich. Paris. Der Eiffelturm. Sarah Bernhardt. Eine einzigartige Frau. Ein strahlendes Bauwerk. Eine Stadt, die Lichterstadt, die Hauptstadt der Welt. Ein Land, das Land der menschlichen Brüderlichkeit. Vergessen Sie nicht, dass ich kein Christ bin: ich bin Positivist. Und mein Lehrer Auguste Comte war ebenfalls Franzose. Ich weiss, dass man nur die dank Beobachtung und Erfahrung entdeckten Wahrheiten genau kennen kann. Ich glaube schon, dass nie jemand Gelegenheit gehabt hat, sein eigenes Leben unter derart bestmöglichen Voraussetzungen zu beobachten und zu erproben. Ich bin im riesigen wilden Brasilien eingesperrt wie in einem Reagenzglas. Und worin besteht mein Experiment? Darin, dass ich den Morro Azul nie verlassen habe. Ich habe meine Heimatprovinz nie verlassen. Ich kenne nicht einmal Rio. Ich war nie in Europa. Ich habe nie den Fuss nach Paris gesetzt. Ich habe nie unter den Fenstern der Göttlichen verharrt. Ich habe nie vor Erregung im Winterregen gezittert, bin nie ihrem Schatten hinter den erhellten Vorhängen ihres Ankleideraums gefolgt in der vergeblichen Hoffnung, ihre Umrisse zu erspähen. Ich bin nie im Théâtre Sarah-Bernhardt am Place du Châtelet gewesen. Ich habe mich nie unter die Menschenmenge am Ausgang gemischt und habe ihr nie am Künstlerausgang aufgelauert. Meine Idealvorstellung von all dem beruht auf der Nostalgie und den ungeschminkten Einzelheiten, die ich links und rechts aufgelesen habe, schwindelerregend wahr und irreal und surreal wie alles, was wir aus der Vorstellung oder der Lektüre oder der Abstraktion erfahren, aus der Ableitung, dem Studium, den Vergleichen, der Poesie einer in meinem Büro an die Wand gepinnten Karte Frankreichs, aus den Träumereien vor einem Stadtplan von Paris oder beim Blättern in einer Darstellung oder in einem Fotoalbum oder einem Album mit Ansichtskarten der Stadt oder von Dessous berühmter Schauspielerinnen, die ich mir von einer einschlägigen Agentur an den Grands Boulevards schicken lasse. Nichtsdestotrotz, durch meine Ahnungslosigkeit war meine Trauer unsagbar und meine Niedergeschlagenheit vollkommen bei der Nachricht von der Kriegserklärung von 1914, vom Einmarsch in Belgien, vom beängstigend schnellen Vormarsch der deutschen Heeresverbände und vom Einfall der Boches in Paris. Ich verlor die Hoffnung. Ich wollte mich freiwillig bei der Fremdenlegion melden, doch es verkehrten keine Schiffe mehr …

Stellen Sie sich vor, dass ich in der ersten Zeit meines Aufenthaltes hier im kleinen Palast nebenan wohnen wollte, um in einem der Göttlichen würdigen Rahmen zu leben, doch ich fürchtete mich vor den Spinnen, dem Ungeziefer, den Schlangen, ich ging nie mehr hinauf, ich war heute abend zum erstenmal wieder oben, als ich hinaufging, um für Sie das Bett des Kaisers herrichten zu lassen. Stellen Sie sich vor, dass das alte Kolonialhaus, in dem ich lebe, voller Gespenster ist, düsterer Negergeschichten, Klopfgeister und der tragischen Geschichte meines Vorgängers, Herrn Karl Vogt, eines strengen und grausamen Verwalters, der am Tag der Befreiung von seinen Sklaven ermordet wurde und dessen Geist im Haus herumspukt. Ich habe das *senzala* niederreissen lassen, um die Erinnerung an jene Zeiten und an jene Vorfälle zu tilgen. Ich lebe seit fünfzehn Jahren zwischen meinem Diener und dem Aufseher, der den alten Zeiten nachtrauert und der ein eingebildeter und rachsüchtiger Mann ist, treu zwar, aber knauserig. Bereits sein Vater war der rechte Arm des früheren Besitzers, und er war es, der die Sklaven mit dem glühenden Eisen zeichnete und ihnen die Peitsche gab. Als die Abschaffung der Sklaverei nicht mehr aufzuhalten war und nach dem Mord an Herrn Karl Vogt, 1887 war das gewesen, an ebenjenem Mann, der den Palast bauen liess, den der Kaiser nie besucht hat, verstreuten sich die Schwarzen in alle Winde. Einige gelangten bis nach Rio und Pernambuco, andere pilgerten nach Bahia, dem abergläubischen Rom der brasilianischen

Schwarzen; dann kehrten die älteren zurück, weil sie weder Anstellung noch Arbeit gefunden hatten, die ihnen eben erst aufgezwungene Freiheit bestand für sie darin, an einer Strassenecke vor Hunger sterben zu dürfen, ohne dass dies jemanden kümmerte. Als ich die Fazenda do Morro Azul in Besitz nahm, die etwa zwanzig Jahre lang sich selbst überlassen und verwildert gewesen war, waren bereits etwa fünfzig Neger auf die Pflanzung zurückgekehrt, wo sie einst soviel geschuftet und gelitten hatten; Chavin schikanierte sie und hatte sie unter der Fuchtel, aber sie zogen dies der neuen Freiheit vor; doch als sich herumsprach, was für eine Art Mensch ich war, einer, der sich mit seltsamen Dingen beschäftigt, und als sich das Gerücht verbreitete, der neue Besitzer sei mondsüchtig, kehrten auch andere Schwarze zurück, die ursprünglich nicht zur Fazenda gehört hatten. Heute sind es über hundert, alles alte Männer, die mich mit Verehrung und liebevoller Fürsorge umgeben, denn der Neger lebt in seinem Reich, er träumt, und ob schlafend oder wach, glaubt er zu sehen, was bereits geschehen ist oder was in ebendem Moment irgendwo auf der Welt geschieht oder demnächst geschehen wird. Man glaubt ihn fleissig an seiner Arbeit, man überwacht ihn, man beurteilt ihn nach seiner Leistung, in Wirklichkeit aber gehorcht er den Vorschriften einer unsichtbaren Welt, seiner Welt. Darin bin ich ihm ähnlich, und daher sind wir Brüder. Für sie bin ich ihr magischer Vater, und alle helfen mir, erraten meinen Schmerz, achten ihn, nehmen auf diese oder jene Weise, durch Worte oder Geheimzeremonien, an ihm teil. In Wirklichkeit, ich gestehe es Ihnen, befinden wir uns hier auf einer Fazenda von Irren, und das Leben geht nur dank lauter Nostalgie weiter! Kommen Sie, gehen wir hinaus, ich werde Ihnen den *Eiffelturm des Himmels* zeigen, den dieser Dummkopf von einem Bueno weder sehen noch erkennen konnte, nie, selbst auf dem Foto nicht, und den er Mâa-Eiffel nennt und dessen Kult er unter seinesgleichen verbreitet, als handle es sich um eine *Mâa-d'Aguas* oder um eine *Mâa-do-Ceo,* die Grosse Flussmutter oder die Grosse Himmelsmutter, um einen bösen Geist, um ein Gespenst, um eine Ahnin. Ich weiss es bestimmt aus den Berichten, die dieser Rohling von einem Chavin, mein Verwalter, mir erstattet, der mich beschwört, energisch einzuschreiten: ›Man weiss nie, was mit diesen Drecksnegern noch alles passieren kann, und auch nicht, was sie im Sinn haben. Sie müssten mit aller Strenge vorgehen‹, sagt er. ›Wer weiss, ob die Sie nicht verhext haben!‹ Verhext oder nicht, mein Leben ist ein einziges Versagen, und nun erscheint es mir ganz normal, dass meine Entdekkung zu einem Fiasko wird. Doch kommen Sie, gehen wir hinaus, ich werde Ihnen den Eiffelturm zeigen. Zu dieser Zeit leuchtet er in unvergleichlichem Glanz, mit seinen vielen brennenden Lichtern. Ja, und dann sagen Sie mir, ob der in Paris ebenso schön ist, ja?

Dort! Genau! Setzen Sie sich! Schauen Sie zum Himmel, es ist genauso, wie ich es Ihnen geschildert habe. In einer klaren Mondnacht glaubt man sich im Theater, und wie oft habe ich die Göttliche heraufbeschworen, ihre Verse für mich allein rezitierend, lange pathetische Tiraden, die leidenschaftlichsten Szenen ihres Repertoires, die ich auswendig kann – und ich gab ihr, vor Erregung zitternd, das Stichwort –, oder sie rezitierte mit ihrer Goldstimme meine Gedichte. Stellen Sie sich einmal vor, was es für einen brasilianischen Städter bedeutet, eine Nacht im Freien zu verbringen! Ich habe lange gebraucht, um mich daran zu gewöhnen ... wegen der Nachtfauna, der Insekten, Fledermäuse, Vampire, der zischenden Schlangen, die man durch den Bambus schleichen hört, wegen der Palmratten oder fliegenden Hunde oder Flugfüchse, die taumelnd vorbeifliegen und einem fast auf den Kopf fallen, und dann setzt sich ein riesiger aschgrauer Greifvogel anmutig auf den Giebel des Kaiserpalastes und schreit die ganze Nacht und dreht sich, dreht sich nochmals und schnäbelt, und wenn er sich schüttelt, sträuben sich seine Federn mit einem seltsamen Geräusch, als würde jemand einen Vorhang aufziehen. Sein bizarrer, unheimlicher Ruf ängstigt mich. Ich bin feige. Heute noch kann es vorkommen, dass ich es nicht mehr aushalte und in Panik nach Hause laufe, die Tür zuschlage und den Riegel vorschiebe und bis zur Morgendämmerung zittere, mein Pfeifenrohr klappert zwischen den aufeinandergebissenen Zähnen, die Kiefer sind vor Angst verkrampft, und ich schwelge in gespenstischen Visionen. Was absolut lächerlich ist in meinem Alter. Doch bei uns ist die Einsamkeit zu gross. Wie langsam die Morgendämmerung aufsteigt! Nur der Gesang der Vögel tröstet mich und hüllt mich ein. Ich habe Ihnen ja schon gestanden, dass ich nachts nicht mehr schlafen kann. Wie langsam die Morgendämmerung aufsteigt, wenn man hinter der Tür in Tränen auf sie wartet, um sich von seinen Ängsten zu befreien. Das alles mag kindisch erscheinen. Und ist es auch. Das zu wissen stählt die Seele nicht. Ganz im Gegenteil. Man mag darüber lachen, aber es ist absurd zu glauben, dass man davon je genesen, ja sich selbst heilen kann. Man ist verurteilt. Die Seele des Einsamen verurteilt sich selbst. Man kann nicht ein Gespenst lieben, ohne ins Krankhafte abzugleiten … ohne sein eigenes Gespenst zu sein, denn oft leide ich unter Persönlichkeitsspaltung …

Die Nacht vom 6. zum 7. September 1914 verbrachte ich also hier, auf dieser Bank, dachte fassungslos, verzweifelt an die traurigen Nachrichten aus Frankreich. An das Schicksal von Paris unter dem Granatenhagel, an seine von der feindlichen Soldateska gestürmten Ruinen, an Gallieni, der den Eiffelturm sprengt, die Göttliche gejagt und gefangengenommen und verschleppt von den Teutonen, die sie mit den Gewehrkolben durch die Trümmer treiben, gefesselt, hinkend, mit verbundenem Mund, damit sie mit ihrer goldenen, trompetenstarken Stimme nicht das Volk zum Aufstand aufwiegeln kann, diese Frau, in deren Augen nur Verachtung liegt, Sarah Bernhardt, das Symbol Frankreichs, *ô mon amour!* Ich weinte heisse Tränen. Ich richtete aus Gewohnheit den Blick suchend zum Himmel, denn würde die grösste historische Katastrophe in der Geschichte der Neuzeit sich nicht flammend dort widerspiegeln?, als ich, SIEG!, durch die rinnenden Tränen plötzlich ein Sternbild am Himmel entdeckte, das ich noch nie gesehen hatte in den ganzen fünfzehn Jahren, seit ich meine Nächte auf dieser Bank verbrachte, sehen Sie … dort, zwischen den Palmen … nein, dort …, zwischen der zweiten und der dritten Palme, dort, nicht dort, etwas weiter oben … schauen Sie, dort, über meiner Fingerspitze, im wehenden Gewirr der Palmfiedern ist eine Art Lücke, eine dreieckige Lukarne, ein

Fenster, das auf den weiten Himmel hinausgeht … dort, Sie können sie zählen, vier grosse Sterne, die die Pfeiler des Eiffelturms markieren, dann etwas weiter oben drei Sterne, die erste Plattform des Eiffelturms, dann nochmals zwei ziemlich weiter oben und etwas schwächer leuchtend, die zweite Plattform, und zuoberst, ziemlich weit entfernt, jener grosse, strahlende, deutlich blinkende Stern, der Scheinwerfer am Eiffelturm, die ganze Struktur leicht zu uns hin geneigt … Finden Sie nicht, dass dieses neue Sternbild das genaue Abbild des Turms ist? Unmöglich, sich zu irren … Ich weiss natürlich, dass diese zehn Sterne zu verschiedenen, bereits katalogisierten und längst bekannten Sternbildern gehören, die von den Palmkronen verdeckt werden, doch so, wie wir sie von hier aus sehen, gibt es keinerlei Zweifel, diese so schön angeordneten Sterne zeichnen die Umrisse des Pariser Turms nach. Der Fotograf des Observatoriums in Rio war der gleichen Ansicht, ich liess ihn eigens hierherkommen, und er ortete sie gleich und knipste sehr schöne, nur ganz leicht verwackelte astronomische Bilder. Sie erlauben mir doch, Ihnen ein Exemplar zu schenken, eine Erinnerung an Ihren Besuch in der Fazenda do Morro Azul? Doch sind Sie nicht auch der Ansicht, dass ich das Recht habe, diese Sterne aus anderen Konstellationen zu entlehnen, um daraus ein neues Sternbild zu machen, den *Eiffelturm des Himmels,* in Erinnerung an die tiefe Erschütterung, die diese Entdekkung in mir ausgelöst hat, und an die Erleuchtung, die mich den Sieg an der Marne hat voraussehen lassen, was mir ermöglichte, am nächsten Tag urbi et orbi zu verkünden, Frankreich sei gerettet? Der Fotograf des Observatoriums in Rio schien daran zu zweifeln und meinte, mein neues

Sternbild würde von den Astronomen niemals offiziell registriert werden. Das ist vielleicht der Grund, warum das *Institut de France* mir nicht antwortet! Doch der Himmel ist niemandes Eigentum, niemand hat einen ausschliesslichen Anspruch darauf, und alle die banalen Namen ohne tieferen Sinn, die die Astronomen eingetragen haben, um ihre immer noch sehr unvollständigen und fehlerhaften Karten zu füllen, bedeuten nichts, während der zum Himmel Brasiliens, der zum Himmel meiner Heimat aufgestiegene Eiffelturm etwas bedeutet, das würdig ist, in die Annalen der ganzen Menschheit einzugehen – in Anbetracht der Umstände meiner Entdeckung, des shakespearschen Dramas, des Seins oder Nichtseins, das sich in Frankreich abspielte, der kaum mehr erhofften Rettung der Lichterstadt, dies ohne auf der symbolischen Rolle zu bestehen, die ich Sarah Bernhardt zuschreibe, was ein persönlicher Fall von Doppelsichtigkeit im Zustand eindeutiger Trance ist. Kann ich auf Sie zählen, um einen letzten Vorstoss zugunsten der offiziellen Anerkennung meiner Entdeckung in Paris zu wagen? Danke, teurer Freund, von ganzem Herzen danke …«

XIV
BANZO!

Der Monat verging. Ich konnte es kaum erwarten abzureisen, denn ich spürte Verdrossenheit in mir aufsteigen. Ich konnte nicht mehr stillsitzen. Täglich kündigte ich meine Abreise für den nächsten Tag an, und am nächsten Tag verschob ich die Abreise auf später, um Doktor Oswaldo Padroso nicht zu enttäuschen, der durch sein Geständnis Mut bewiesen und mir unbegrenztes brüderliches Vertrauen bezeugt hatte. Doch es war genau dieses Geständnis, das unsere Beziehung vergiftete, wir gingen uns zwar nicht aus dem Weg, doch ausserhalb des *medianoche,* des nachmitternächtlichen Soupers, trafen wir uns sowenig wie möglich. Dem Doktor schien es peinlich zu sein, dass er mir soviel erzählt hatte, und ich meinerseits traute mich aus Diskretion nicht, ihn zu fragen, wie die Geschichte weitergegangen war, oder das Gespräch zurückzuverfolgen und ihn um Präzisierungen zu bitten oder nach kleinen Einzelheiten zu fragen und bis in seine Kindheit als Waise zurückzugehen, nach der Methode der Psychoanalyse bis zu seiner frühen Kindheit, und ihn zu einer Introspektion seiner vereitelten Träume anzuhalten. Wir trafen uns gegen zwei Uhr morgens bei Tisch, unterhielten uns über Belanglosigkeiten, er immer ein bisschen steif, aber mit einem gesunden Appetit, was schon lange nicht mehr der Fall gewesen sei, gestand er mir mit einem traurigen Lächeln, ich tüchtig trinkend, Witze erzählend, ihn unauffällig beobachtend und mich fragend, inwieweit der arme Mann, für den ich wärmste Sympathie empfand und dessen Geschichte mich über alle Masse berührt hatte, inwieweit er sich durch sein Geständnis von seiner Zwangsvorstellung und seinem lastenden Geheimnis befreit hatte.

Tagsüber war ich immer mit meinem Auto unterwegs, oder ich schlenderte durch die Plantage auf der Suche nach Chavin, mit dem ich mich angefreundet hatte und dessen Zynismus und dessen Zuckerrohrschnaps mich anfänglich aufmunterten, mich aber schliesslich wieder in meine trübselige Stimmung zurückfallen liessen, oder ich machte einen Ausflug in die Gegend und fuhr mit dem Auto bis nach Glareola, der alten kleinen Stadt, die sich zusehends modernisierte, und jedesmal fand gerade eine Einweihung statt – ein öffentliches Pissoir, ein öffentliches Waschhaus, ein kleiner öffentlicher Park, ein Ambulatorium, eine Gemeindevorkehrung gegen die Mückenplage –, was Vorwand für ein Volksfest war, und ich sass zu lange im Gasthaus *Pinhão,* dem ersten Dancing, und auf der Rückfahrt hielt ich bei allen Baustellen an, die die Gegend von Grund auf erneuerten, plauderte mit den Arbeitern, Italiener vor allem, aber es gab auch viele Deutsche und Polen, Opfer des Krieges in Europa, die nach ihrer Ankunft schnell Arbeit gefunden hatten, gewiss, dennoch waren die meisten enttäuscht und bereuten bitter, dass sie ausgewandert waren. »Überall das gleiche«, beschwerten sie sich mir gegenüber. »Immer sind wir es, die schuften müssen. Wir werden ausgebeutet.« Sie beklagten sich alle, weil sie von schwarzen Vorarbeitern herumkommandiert wurden! Der Doktor hingegen blieb wie gewohnt den ganzen Tag in seinem Arbeitszimmer eingeschlossen, dessen Tür er mir nur einmal öffnete, eines Nachmittags, um mir die Aufnahme des *Eif-*

felturms des Himmels zu übergeben, die zusammengerollt war wie ein Kanzleipergament und mit roten Stempeln versiegelt, und er zeigte mir bei dieser Gelegenheit das mit den an Sarah Bernhardt gerichteten Briefen vollgestopfte Möbelstück und den kleinen amerikanischen Tresor mit dem gewellten Eisenrolladen und der einfachen Alarmklingel, der einen Kubikmeter Poesie fasste, hunderttausend Verse also; im Gegensatz zu gewissen anderen Leuten hatte ich allerdings nicht die geringste Lust, sie abzuschreiben, und Senhor Oswaldo Padroso musste sich damit abfinden! Dafür blieb ich erstaunt vor einem Hinterglasbild stehen, das zwischen einer Karte Frankreichs und dem Stadtplan von Paris ein Fetzchen Spitze zeigte. »Ist es das?« fragte ich Doktor Oswaldo.

»Richtig«, antwortete er abgewandt, um seine Verwirrung zu verbergen.

Keuschheit ist viel erschöpfender als Ausschweifung und führt zu Neurasthenie.

Er hatte sich in seinen Rocking Chair fallen lassen und stopfte seine Pfeife. Ich setzte mich auf den Tischrand und stiess dabei ein paar Bankordner um. Ich steckte eine Zigarette an.

»Verzeihung«, sagte ich.

»Keine Ursache«, entgegnete er. »Macht nichts …«

»Ich reise morgen ab«, sagte ich.

»Reisen Sie noch nicht ab«, antwortete er, an seiner Pfeife ziehend. »Ich habe den Fotografen bestellt, ich möchte ein Porträt von Ihnen …«

Das Arbeitszimmer war staubig, hässlich eingerichtet, sehr geräumig, sehr hoch, mit drei grossen Fenstern, die auf die Veranda hinausgingen, deren Klappläden aber geschlossen waren. Ein Fliegenschwarm tanzte in einem schräg einfallenden Sonnenstrahl. Überall lagen Papierstösse herum, auf einem wackeligen Bücherregal waren sämtliche Jahrgänge der *Revue des Deux Mondes* gestapelt, von der ersten bis zur letzten Ausgabe, die noch mit dem Streifband versehen war. Ich entdeckte kein einziges Buch, nirgends. An den Wänden hingen eine vergrösserte Fotografie von Auguste Comte, eine von Victor Hugo und eine von Edmond Rostand, alle drei in Ebenholzrahmen. Die von Victor Hugo hing leicht schief.

»Reisen Sie noch nicht ab«, sagte der Doktor. »Ich möchte ein Porträt von Ihnen, um es neben den anderen aufzuhängen. Der Fotograf kommt diese Woche aus São Paulo, mit einem Sonderzug, ich habe ihn hierherbestellt ...«

Wir verharrten lange stumm, rauchten und wussten nichts zu sagen.

Ich hätte ihn schütteln mögen, aber wie ihn aufmuntern?

»Bis heute abend!« sagte ich schliesslich und griff nach der Türklinke.

»Bis heute abend, mein lieber Freund ...«

Beim späten Abendessen war's wie immer. Wir wussten nicht, worüber uns unterhalten. Das Gespräch verstummte. Er griff ... vor lauter Verlegenheit ... tüchtig zu. Ich trank ... ebenfalls aus Verlegenheit. Ich erzählte lachend Witze ... kein Echo. Also erkundigte ich mich nach der Entwicklung in der Gegend, nach den Menschen und den Dingen, nach seinen Nachbarn, dem Leben in den anderen Fazendas auf dem Morro ... worauf er einsilbig und verbittert antwortete. Schliesslich brachte ich das Gespräch auf die Vögel, sein Steckenpferd ... und bei diesem Thema sprudelte es nur so aus ihm heraus. Ich war sehr erleichtert und spürte, wie unsere Freundschaft wieder auflebte. Die Stimmung erwärmte sich. Er stopfte seine Pfeife, redete drauflos. Ich hörte ihm aufmerksam zu, staunte. Ich rauchte eine Zigarette. Ich leerte eine Karaffe. Die Zeit verging. Was er mir von den Vögeln erzählte, erinnert mich heute an Delamains Buch *Pourquoi les oiseaux chantent,* den schönsten Titel der Welt[35]. Schade, wirklich schade, dass Senhor Padroso nicht über die Vögel Brasiliens geschrieben hat, anstatt in seiner Einsamkeit hunderttausend Gedichtzeilen zusammenzuschustern. Doch als die Mahlzeit zu Ende war, besser gesagt, als sein Redefluss versiegt war, ging der Doktor vor dem Haus hin und her und liess sich schliesslich niedergeschlagen auf seine Bank fallen. Es war zum Verzweifeln. Ich begleitete ihn nicht. Ich verabschiedete mich, wusste ich doch genau, dass er über Sarah Bernhardt, die Frau seines Lebens, nichts mehr zu sagen hatte. Ich bereute, nicht am Tag nach seinem Geständnis abgereist zu sein. Ich schalt mich einen Dummkopf. Ich entfernte mich langsam. Nicht jeder ist Nachtwandler, höchstens Nachtschwärmer. Ich streckte mich in meinem Auto aus, wie in meiner ersten auf der Fazenda verbrachten Nacht. Ich schlief nicht. Ich wartete ungeduldig darauf, dass Senhor Padroso, die Tür hinter sich zuschlagend, den Schlüssel zweimal im Schloss drehend, die Riegel vorschiebend, ins Haus ging. Da schlich ich mich aus dem Auto, erklomm die Marmortreppe, setzte mich auf die Terrasse des Kaisers, lauschte dem Schrei des Nachtvogels über meinem Kopf, zuckte beim kleinsten sich nähernden Geräusch zusammen, fühlte mich unbehaglich, spürte Überdruss in mir aufsteigen, dachte an die Klapperschlange, an das Schlangenweib, den Blick auf die Sterne gerichtet, traumverloren in der weiten nächtlichen Landschaft, und in meinem Schlafanzug fröstelnd, wartete ich auf die Morgendämmerung.

In den Tropen hebt die Symphonie der Vögel eine Viertelstunde vor der Morgendämmerung an. Der Doktor stand vermutlich an seinem Fenster. Ich hätte hinuntergehen und spontan, offen mit ihm sprechen sollen. Doch ich brachte es nicht über mich. Seine ständig wiedergekäute alte Geschichte ging mir auf die Nerven, obwohl sein Fall mich wirklich interessierte und er meiner Sympathie, meiner Freundschaft, meiner brüderlichen Gefühle gewiss sein konnte. Doch ein Fall ist ein Fall. Ich war weder Priester noch Psychiater, was hätte ich also für ihn tun können, wenn nicht seine Stelle in der Fazenda einnehmen und ihn, an meiner Stelle, nach Paris schicken? Ich sah keine andere Lösung. Ich hatte ernsthaft darüber nachgedacht, doch Senhor Padroso hätte niemals eingewilligt. Es gibt Fälle, da keiner für den anderen etwas tun kann. Hilf dir selbst, so hilft dir Gott! Der einsame Mensch komme allein zu Rande. Jeder ist allein auf der Welt mit seinen Komplexen. Doch man kann sie meistern und überwinden. Ich denke nicht an die Politik, sondern an die Prismen der Kontemplation …

In der Morgendämmerung also, nach der hellen, hellsichtigen Symphonie der Vögel, schlich ich mich in das Kellergeschoss unter dem Badebecken, wie ich es am ersten Tag meines Aufenthaltes in der Fazenda getan hatte, in der Hoffnung, die Spinnen in den Leitungen zu verschrecken, wo ich statt dessen aber den dort versteckten Chavin ertappte, der einen kupfernen Destillierapparat auf dem Zentralheizungskessel überwachte und Zuckerrohrschnaps brannte, den er dann in Flaschen abzog. Das waren sie also, die Giftspinnen! Und wir zwei tüchtigen Säufer stiessen an.

Wie alle *caboclos* war dieser Bastard von einem Chavin ein wortkarger Mann. Man wusste nie, woran er dachte, ob er eine blutige Vendetta ausbrütete oder ein einträgliches obskures Geschäft plante. Er war mit allen Wassern gewaschen. Er war herrschsüchtig. Er wusste, dass er unentbehrlich war, aber er gab sich unterwürfig. Seine Hinterhältigkeit übertölpelte die Neger, und er genoss das. Sein pockennarbiges Gesicht mit den finster blickenden Augen und der gelben Hornhaut jagten Angst ein. Er hatte Menschenfresserzähne und einen gedrungenen Hals, sein Nakken bildete mit den Schultern eine einzige Muskelmasse. Er war mittelgross, fast ebenso breit wie lang, mit einem leichten Bauchansatz, schliesslich war er kein junger Mann mehr. Er mochte siebzig sein, hatte keine Frau, lebte allein, schwängerte aber sämtliche Negerinnen im Umkreis von zehn Meilen, kannte die Gegend wie seine Hosentasche, streifte nachts durch die Gegend, kehrte im Morgengrauen zurück, schlüpfte in Deckung, schlug die verborgensten Pfade und Pisten ein wie ein Jaguar, mied die Gewehrschüsse, die Fallen, die Messer, schlug sich, mit einem kurzen Stock bewaffnet, den er virtuos handhabte, zog sich immer geschickt aus allen gefährlichen Situationen, rege, flink, zu allem bereit, war herausfordernd, zynisch. Wenn ich auf seine Grosstaten eines Waldfauns anspielte, schwieg er, doch er war sichtlich stolz, selbstzufrieden, fühlte sich geschmeichelt und zwinkerte lüstern; aber wenn ich ihn nach den Lebensbedingungen der Neger fragte, hatte er zahlreiche Argumente parat:

»Ein Volk aus Staub. Prügelst du einen Neger, wird er nicht weiss, sondern grau. Er ist ein Feigling. Zwingst du ihn zu arbeiten, wird er dick. Er ist ein Faulpelz. Im übrigen ist er ein seltsames Tier. Ernährst du ihn, so pennt er. Vögelst du seine Frau, stellst du fest, dass er sie ordentlich gemästet hat. Kriegst nicht genug davon. Lauter Schweine und Säue. Gerade gut zum Verwursten. Ihr Gott ist der *Jacaré,* der Brillenkaiman: *Geh mir aus dem Weg, jetzt fress' ich dich, sonst werde ich gefressen!* Das ist ihre Moral. Ein Verdauungsalptraum. Und hat er einen vollen Ranzen, träumt die ganze Sippe von einem vollen Ranzen. Der Neger ist ein Hexer. Man muss höllisch aufpassen. Er liebt die Prügel, sie steigern offenbar seine magischen Kräfte, unglaublich, wieviel er einstecken kam, stumm, murmelt nicht einmal einen Fluch zwischen den Zähnen. Eine permanente Provokation. Wie auch seine Tänze. Eine Rasse, die nicht von dieser Welt ist …«

Trotz seiner Hinterlist eines durchtriebenen Schwarzbrenners war Chavins Denken auf die Vergangenheit gerichtet. Er war es, der mir als erster vom *»Schlague-Baum«* erzählte, aus dem man früher die Knüppel schnitzte, mit denen man die Neger prügelte, und er zeigte mir in einem abgelegenen Gehölz in der Pflanzung einen *gramari,* ein letztes Exemplar, von dem man früher die Ruten schnitt, er hatte ihn im Unterholz eifersüchtig bewahrt, überzeugt, die Zeit der Sklaverei werde bald wieder kommen.

»Das kann so nicht weitergehen. Reine Verschwendung. Die verkehrte Welt. Nicht zu fassen, dass Neger den Weissen Befehle erteilen und sie auf den neuen Baustellen um den Morro Azul zur Arbeit antreiben! Der Aufseher von einst wäre vor Kummer gestorben! Sie haben sie ja gesehen, diese schwarzen Vorarbeiter mit ihrem steifen Kragen, mit einem hübschen Schlips, ehrlich, mit pomadigem Haar und dem Notizblock und dem Tintenstift in der Hand, die auf der faulen Haut liegen, bloss die Abzüge und die Strafen notieren und wer zu spät zur Arbeit kommt, die Kranken, die Abwesenden, während die armen Teufel von Weissen sich abschuften und schwitzen in ihren zerrissenen Klamotten, halbnackt in der hiesigen Sonne, was halten Sie von diesem Schauspiel, was? All diese Arbeitskräfte, die heutzutage aus Europa kommen, werden es zu überhaupt nichts bringen mit ihren Maschinen, und können tun sie auch nichts. Die Neger werden ihre Frauen vögeln, aber sicher! Das ist kein Leben mehr. Der Respekt vor anständiger Arbeit fehlt. Nur der Stock lehrt sie Mores. Er hat sich bestens bewährt ...«

Der Stock oder die Peitsche. Als ich ihn eines Tages über die Folter ausfragte, der man auf den alten Plantagen die Sklaven unterwarf, weil ich glaubte, es handle sich um Gerüchte und Übertreibungen, und ich an diesem unmenschlichen System zweifelte und es meiner Ansicht nach den eingeschärften Interessen des Aufsehers zuwiderlief, der doch Wert auf seine Herde legen und sie hegen musste, wie man eine wertvolle Zuchtviehherde hegt, brach Chavin in Gelächter aus.

»Sicher, Herr Karl Vogt legte grossen Wert auf seine Schwarzen, schliesslich bezahlte er sie teuer und suchte sie entsprechend sorgfältig aus! Herr Karl Vogt war ein gerechter, aber strenger Aufseher, der sich auskannte und die Peitsche zu handhaben verstand. Er wurde von seinen Schwarzen genau deswegen vergöttert, weil er kräftige Fäuste hatte und unbeugsam war. Die Neger bekamen nicht genug davon, und die ältesten reden heute noch von den berühmten kollektiven Prügeln, die hier auf dem Morro Azul verabreicht wurden und die in die Annalen eingegangen sind wie die *batucadas,* die schönsten Sambanächte. Doch seither ... es gibt keine echten Männer mehr! Dass sie ihn in der Nacht ihrer Befreiung ermordet haben, ist weder ein Unfall noch Rache, sondern das Ende eines langen Zauberbanns und wie die letzte Silbe einer Beschwörungsformel, der letzte Akt ihres kollektiven Wahnsinns. Ein böser Traum. Mich erstaunt nur, dass sie ihn nicht gefressen haben. Sie fürchteten sich vor der Freiheit. Der Beweis dafür ist, dass viele von selbst auf die alte Plantage zurückgekehrt sind. Kommen Sie, ich zeig' Ihnen, wozu mein Vater imstande war, damit Sie sich selbst davon überzeugen können, dass ich nicht lüge, wenn ich behaupte, dass die Neger die Prügel lieben. Das Angebot richtet sich nach der Nachfrage, oder? Hätte der Neger die Züchtigung nicht verlangt, hätte man niemals die Peitschen, die Eisen, die Daumenschraube und alle anderen raffinierten Folterwerkzeuge erfunden, während die herkömmliche Hacke das Rodewerkzeug geblieben ist. Kommen Sie und sehen Sie selbst. Mir scheint, Sie machen sich merkwürdige Vorstellungen, junger Mann. Man schafft es nun einmal nicht, eine schöne Plantage fachmännisch anzulegen, die Kaffeesträucher in schnurgeraden Reihen und in regelmässigen Abständen zu pflanzen, ohne sich zu bücken, die Erde ist nun mal unten, und nur die Peitsche hat sich bewährt. Kommen Sie ...«

Und Chavin führte mich in einen abseits stehenden Schuppen, und nachdem er in einem Haufen altem Gerümpel gewühlt und gesucht hatte, legte er Geisseln, Riemenpeitschen, Nagelpeitschen vor mir aus, eine Eisenmaske, die man, mit einem Vorhängeschloss gesichert, lasterhaften Negern überstülpte, die rote Erde assen, den berühmten fruchtbaren brasilianischen Diabas, den sie mit einer bestimmten weissen Erde vermengten, Baryt wahrscheinlich, nach dem sie ganz gierig waren, Ketten, Eisen, Garrotten, ein ganzes Arsenal verschraubbarer Kopfmasken, Handschellen, Daumenschrauben, Fussringe, Daumenzwingen, gespickte Hasen, eine doppelte Zwangsjacke, einen spanischen Stiefel, eine chinesische Cangue.

»Nun, was sagen Sie dazu? Wenn Doktor Oswaldo wüsste, dass ich das ganze Zeugs aufbewahrt habe, würde er mich bestimmt vor die Tür setzen, ungeachtet aller guten Dienste, die ich ihm erwiesen haben mag, denn schliesslich bin ich es, der die Fazenda gerettet hat! Aber ich bin ganz sicher, dass die alten Zeiten zurückkehren werden. Man braucht sich nur den ganzen Pfusch vorzustellen, der um den Morro Azul entsteht. Das kann so nicht weitergehen. Ein Witz! Wissen Sie, ich vertraue es Ihnen unter dem Siegel der Verschwiegenheit an und weil wir zusammen ein Glas trinken gehen, nachher, unter dem Wasserbecken ... was die Brennlizenz angeht, nun, die habe ich von den Bankleuten bekommen, die mir auch die Einrichtung zum Schnapsbrennen geliefert und mir geraten haben, den Arbeitern auf den umliegenden Baustellen soviel *caninha* wie möglich zu verkaufen und mich nicht erwischen zu lassen. Wir haben gemeinsame Interessen. Was sagen Sie jetzt? Schlitzohren, was? Kommen Sie in zehn Jahren wieder vorbei, und schauen Sie sich das Resultat an. Glauben Sie mir, die neuen Zeiten sind bloss Augenwischerei ...«

Und Chavin zeigte mir, wie man die Schwarzen mit Stricken fesselte, knüpfte geschickt eine ganze Reihe Knoten, von denen jeder einen besonderen Namen und eine bestimmte Verwendung hatte wie bei der Marine, die komplizierteren, um notorische Ausreisser vom Nacken bis zu den Sohlen zu fesseln, und er erklärte mir, wie man die Hunde abrichtete, die man auf die Maronenneger ansetzte und die ihnen heimtückisch die Wade durchbissen oder sie erwürgten, Bordeauxdoggen, Jäger, Menschenfresser. Doch ich wollte nichts mehr hören und auch keinen einzigen Tropfen seines schmutzigen Fusels mehr trinken, und ich ging, verirrte mich zwischen den endlosen Reihen der Kaffeesträucher, die sich schachbrettförmig oder versetzt monoton endlos hinzogen. Der Stempel der Zivilisation.

Was für ein Überdruss.

Es war zum Wahnsinnigwerden, *banzo!,* wie man früher in Brasilien von den schwarzen Sklaven sagte, die sich in einem plötzlichen Anfall von Verzweiflung das Leben nahmen, was man auf das Heimweh nach ihrer afrikanischen Erde zurückführte und wovor die Pflanzer sich sehr fürchteten, denn das *banzo!* verbreitete sich wie eine grassierende Epidemie und vernichtete die Plantage, es gab vereinzelte Fälle von Tobsucht oder Tollwut, ansteckend wie heute in den Plantagen von Insulinde der *amok* unter den malaiischen Arbeitern, die im Kontakt mit den Weissen und ihren Moralvorstellungen, ihrer Disziplin und ihrer Arbeitsweise plötzlich von ihren Schutzgöttern des Dschungels abgeschnitten und gezwungen sind, für eine Handvoll Reis alle Tabus zu brechen, oder es gab auch Fälle von kollektivem Suizid, wie sie nirgends sonst auf dem Planeten der Menschen bekannt sind. Chavin hatte recht, die Neger sind nicht von dieser Welt.

Hört ihre Musik. Es ist die einheimische Stimme ihrer Ahnen. Ihr magisches Tamtam. Die Stimme Gottes in der Wüste. Das Herz Schwarzafrikas. Die letzten Pulsationen. Niemand achtet darauf. Der nordamerikanische Jazz verkündet das Ende der Welt und die brasilianischen *batutas* das Ende der Herrschaft des Menschen. Den kollektiven Suizid.

Banzo!

Die Synkope. Die Verzauberung.

XV
UND DARÜBER DER FREIE HIMMEL

Niemand hörte zu. Die Schallplatten wechselten einander ab, einmal Jazz, einmal Samba, der erschütterte Einsatz der Trompete oder das drohende Grollen der *batuta,* nostalgische Sequenzen drangen in Fetzen von der Bar des *sun deck* zum Achterdeck herüber, wo ich ausgestreckt, ein Frotteetuch über den Augen, am Swimmingpool ein Sonnenbad nahm. Die brasilianische Küste und ihre letzten eiförmigen Inselchen waren eben am Horizont verschwunden, und die ANDES, der prächtige Ozeandampfer der *Royal Mail,* nahm Kurs auf Cherbourg. Ich war endlich an Bord. Am nächsten Tag fuhren wir an Fernando de Noronha vorbei mit ihren Felspyramiden und Terrassen, den letzten Spuren von Atlantis. Das Meer war wie ein glattes, glänzendes Lamellenparkett, das sich im Unendlichen verlor, und die Passagiere waren wie besessen und tanzten die ganze Nacht.

Schwimmend, trinkend, rauchend, der Äquatorsonne den Rücken hinhaltend, erinnerten mich die Fetzen Negermusik, die bis zu mir aufs Achterdeck drangen, an Doktor Oswaldo Padroso, an seine Einsamkeit, an die geistige Vorstellung, die er jede Nacht unter den Kaiserpalmen des Morro Azul für sich gab, so wie einst Ludwig II. von Bayern, eingeschlossen in der vergitterten Loge seiner königlichen Residenz, der einzige Zuschauer in seinem Theater war, und der Somnambulismus von Senhor Padroso erinnerte mich auch an Marcel Proust und an seine Suche nach der verlorenen Zeit. Proust, der sich Hungers sterben liess, angewidert, weil er noch am Leben war, nachdem er den Schlusspunkt hinter sein Meisterwerk gesetzt hatte, der sich, mit anderen Worten, auf elegante Weise das Leben nahm, indem er sich nicht mehr ernährte … und ich fragte mich, ob Doktor Oswaldo wie der berühmte Dichter enden würde in der Illusion, die Zeit wiedergefunden zu haben … wo? … wann? … wie? … unbekannt … vergessen … verloren im riesigen Brasilien ohne Vergangenheit, ohne Zukunft, mit der rätselhaften Gegenwart … zwischen seinem Diener und seinem Aufseher … Bueno und seine Schlange … Bueno und sein Destillierkolben … und Isidoros Revolution, die mich noch einen guten Monat in São Paulo festhielt, hatte doch der alte positivistische General die Hauptstadt des brasilianischen Modernismus besetzt und in den Strassen aus Respekt vor den reinen Prinzipien Auguste Comtes gekämpft und dafür, dass man wieder zu ihnen zurückkehren sollte, um die Republik vor der Politikaille zu retten; seine Partisanen, vor allem Gauchos aus Rio Grande do Sul, jagten mitten in den Truppen der Legalisten mit Sprengstoff vollgestopfte Lokomotiven in die Luft und amüsierten sich wie grosse Kinder … und ich wollte das alles erleben und bis zum Schluss bleiben … die Revolution, ein Vorwand, der mir erlaubt hatte, mich vom Doktor zu verabschieden, der in Tränen aufgelöst war und mir einen Sack Kaffee ins Auto gepackt hatte, den berühmten Kaffee vom Morro Azul, den von Sarah Bernhardt bevorzugten Kaffee. »Ich werden Ihnen jedes Jahr einen Sack schicken, wie der Göttlichen!« hatte Padroso zu mir gesagt und mich ein letztes Mal gebeten, seinen Eiffelturm nicht zu vergessen …

Der Eiffelturm des Himmels. Ich betrachtete ihn jede Nacht wie auch den *Kohlensack,* bis das Schiff den Äquator überquert hatte und das Kreuz des Südens hinter uns, weit hinter uns ausser Sichtweite war und über mir der freie nächtliche Himmel wie ein Dach über einem auf dem Deck eines Schiffes liegenden Menschen …

Alles treibt am Himmel. Der Grossmast schaukelt, sein Topp zeichnet Kreise in den Himmel und zeigt mit dem Finger nacheinander auf alle Sterne. Man träumt.

Man ist nirgends.

Man sollte niemals ankommen müssen …

»Herr Karl Vogt war es, der den Palast des Kaisers bauen liess«, hatte Caio mir erklärt, als ich ihm vom Schlafzimmer unter freiem Himmel erzählte und von den Schrullen des Doktor Oswaldo und vom Schlangenweib, das sich in der über dem Bett des Kaisers gespannten Matte räkelte, einem *Bicho,* das ich von einer Leiter aus geknipst hatte und dessen Foto ich ihm zeigte, während die Kanonen der legalistischen Truppen seit zwanzig Tagen São Paulo beschossen und die von den Gauchos in die Luft gejagten Lokomotiven die Fensterscheiben der Bank erzittern liessen, wohin ich mich geflüchtet hatte, weil mein Hotelzimmer gegenüber dem Bahnhof de la Luz unter dem Kreuzfeuer der Maschinengewehre unbewohnbar geworden war. »Herr Karl Vogt war ein alter Dickschädel, der den Palast des Kaisers bauen liess. Er hat sich übrigens ruiniert. Zu jener Zeit gab es keine Steinmetze in Brasilien und schon gar nicht auf dem Land. Es waren auch keine Steinbrüche in Betrieb, obwohl die Bank die schönsten Marmorvorkommen der Welt besitzt in Itu, am Rio Sorocaba, kaum fünfzig Kilometer von São

Paulo entfernt. Herr Karl Vogt liess seinen Marmor aus Italien kommen, bereits behauene Blöcke, den ganzen Palast in numerierte Teile zerlegt, die man nach ihrem Eintreffen an Ort und Stelle zusammensetzte, und sie trafen mit vielen Monaten Verspätung auf Segelschiffen von Carrara in Santos ein, wurden dort auf Fuhrwerke verladen, vor die zwölf Paar Ochsen gespannt waren, und auf den Morro Azul transportiert, wenn sie überhaupt ankamen, auf dem schlechten Weg, den Sie ja kennen, die Bodenplatten kamen vor den Säulen an, die Tür- und Fensterrahmen oft vor den Wandelementen, die Balustraden vor den Treppenstufen, ein schönes Durcheinander also. Erstaunlich ist, dass Herr Karl Vogt es trotzdem geschafft hat, seinen Palast zu bauen. Die fehlende Zimmerdecke, die Sie erwähnt haben, ist ganz einfach auf den Schiffbruch eines Segelschiffes zurückzuführen, das mit Mann und Maus im Atlantik untergegangen ist, und nicht auf den masslosen Ehrgeiz des Laienarchitekten und auch nicht auf seine mangelnden Kenntnisse eines Amateurbaumeisters. Ich habe einen Bericht über diese Geschichte gelesen. Verladen wurde zwischen Viareggio und La Spezia, denn der Marmor aus der Gegend dort wird an Ort und Stelle behauen und bearbeitet, was die Transportkosten senkt, weil die Abfälle in den Brüchen bleiben. Wie alle sehr schwere Fracht beansprucht der Marmor die Schiffe sehr, also darf man sie nicht voll beladen. Die Blöcke hatten früher höchstens ein Volumen von 4,5 bis 6 Palmos, der Palmo entsprach 0,249 Metern. Zahlreiche Segelschiffe sind nie mehr gesichtet worden, nachdem sie mit einer vollen Marmorladung ausgelaufen waren. Die Schonerbrigg THERESE UND NELLY, die die im Schlafzimmer des Kaisers fehlende Dachkuppel transportierte, war in Viareggio in See gestochen. Sie lief den Hafen von Gibraltar an, doch nachdem sie wieder auf See war, hörte man nie mehr etwas von ihr. Was die Klapperschlange angeht, so ist es kindisch zu glauben, dass Doktor Oswaldo überhaupt über irgend etwas auf dem laufenden war. Es handelt sich um einen schmutzigen Negerscherz. Vergessen Sie's, Cendrars, Sie machen sich nur lächerlich.«

»Glauben Sie, Caio? Handelt es sich nicht vielmehr um Buenos Komplizenschaft, um mich vom Palast fernzuhalten, so wie seine Geschichte von den Giftspinnen?«

»Und warum?«

»Wegen Chavins Destillierapparat, was sonst!«

»Glauben Sie? Aber auch darüber regt sich doch überhaupt niemand auf. Vergessen Sie's ...«

Postskriptum in Erinnerung eines alten, weisen, lächelnden und skeptischen Franzosen. – Natürlich machte ich mich in Paris nur lächerlich, und niemand wollte meine Informationen über den *Eiffelturm des Himmels* veröffentlichen, ja nicht einmal den Abzug meiner astronomischen Aufnahme, deren Negativ schliesslich in den Archiven einer grossen Tageszeitung verlorenging, die es einfach nicht mehr findet. Was den ehrwürdigen alten Herrn angeht, Mitglied der Abteilung Astronomie der Akademie der Wissenschaften, ältestes Mitglied und Alterspräsident der Akademie der Wissenschaften und des Institut de France, 1902 gewählt und dreiundneunzig Jahre alt: Er war viel zu höflich, um mich auszulachen. Er hörte sich meine Ausführungen wohlwollend an und beendete die Diskussion wie folgt: »Was Sie mir von Ihrem brasilianischen Freund erzählen, ist rührend, doch gestatten Sie mir, es zu sagen, er ist ein Schwärmer. Unsere Archive sind voll von Berichten Verrückter. Wir erhalten täglich welche. Es wäre interessant, eine Statistik über den Einfluss des Frühlings auf die unsinnige Betriebsamkeit der pseudowissenschaftlichen Irren zu erstellen, die das Institut mit unwahrscheinlichen Projekten bombardieren, Quadratur des Kreises, Perpetuum mobile und was weiss ich ... Eine solche Kurve wäre interessant und würde erlauben festzustellen, dass diese fieberhafte Aktivität mit dem Anstieg der obskuren Naturkräfte zusammenfällt, die im Frühling alle Geschöpfe umtreiben ...«

Postskriptum für den Pessimisten, der ich bin. – Zwanzig Jahre später, am 21. August 1944, dem Tag der Befreiung von Aix-en-Provence durch die einrückenden amerikanischen Truppen, stürmte eine Gruppe internationaler Berufskollegen im Gefolge dieser Armee, alle in der Uniform der alliierten Kriegskorrespondenten, meine Küche, und sie überbrachten mir die grosse Nachricht von der Landung und vom sicheren Sieg. Ich entkorkte Flaschen. Unter Lachen und Jubel und Glückwünschen wurde angestossen. Sie zogen Zigaretten aus allen ihren Taschen. Ich hätte ihnen gern eine Million Fragen gestellt, aber sie waren es, die mich ausfragten, und die Füller rasten, und die Interviews und die Fotos jagten sich. Was für eine aufrichtige Herzlichkeit nach so vielen Jahren des Dahinmoderns, des Zweifelns, des Schweigens, der Niedergeschlagenheit in dieser gleichen Küche, die in einen Horchposten verwandelt worden war mit ihrem Radio und ihren mit roten und blauen Farbstiften bekritzelten Karten der Kriegsfront, angesichts deren es soviel Grund zur Verzweiflung gegeben hatte, den Kopf an die geflieste Wand jener Küche gelehnt, in der ich mich seit Juni 1940 freiwillig abgekapselt hatte! Ich wandte mich im Stimmengewirr an einen brasilianischen Kollegen und fragte ihn, ob er Senhor Oswaldo Padroso kenne, da er Korrespondent einer Zeitung aus São Paulo war, und ob er mir Nachrichten von ihm geben könne.

»Was ist aus ihm geworden?« fragte ich.

»Doktor Oswaldo vom Morro Azul? Wer kennt ihn nicht in São Paulo!« rief mein brasilianischer Kollege lachend aus. »Stellen Sie sich vor, er hat die Fazenda verlassen und wohnt jetzt in der Hauptstadt. Haben Sie das nicht gewusst? Stellen Sie sich vor, er hat geheiratet! Ja, er, der glühende Bewunderer Sarah Bernhardts, der das Gelübde abgelegt hatte, ihr treu zu bleiben, und die Mitglieder des *Automobil-Clubs* haben ihm in seiner Hochzeitsnacht ein schönes Charivari dargebracht! Doch was wollen Sie, nach der Niederlage Frankreichs im Juni 1940 und Pétains Waffenstillstand hatte Doktor Padroso sein Vertrauen verloren und glaubte an nichts mehr ...«

Ich beglückwünschte mich zu diesem prosaischen Ende, das für meinen Freund das Ende einer langen Hypnose bedeutete, eines Banns, seine Befreiung, doch ich konnte nicht umhin, dieses Ende als eine schmerzliche – für die Poesie demütigende – Abdankung zu empfinden.

So ist das Leben ...

Aix-en-Provence, 11. August 1946
Villefranche-sur-Mer, 1. September 1948
Saint-Segond, 9. März – 1. Mai 1949

Anmerkungen
(für den unbekannten Leser)

[1] J. Berlioz: *La Vie des colibris,* Gallimard, Paris 1944 [s. Bibliographie]

[2] April 1948: *Einem jungen brasilianischen Physiker ist es kürzlich gelungen, an der Universität Manchester und an der Universität von Kalifornien eine nukleare Bombardierung zu fotografieren, die ihren Ursprung weder auf der Erde noch auf der Sonne hat, noch in der Milchstrasse, noch in den Sternnebeln und, offenbar, auch an keinem Punkt des Universums, wo es Materie im kondensierten Zustand gibt: daher der Begriff kosmische Strahlen.* (Les Journaux)

[3] Zitieren wir zum Andenken an Jacques Decour diese drei Sätze aus *Philisterburg* (Gallimard, 1932), die heute noch aktuell sind: *Der einfache Angestellte, der wirklich verrät, will mir scheinen, ist der mit dem Parteiausweis in der Tasche. Die Ungerechtigkeiten des Parteigeistes, die von der Propaganda aufgezwungenen Fälschungen, die von der Doktrin erforderten Konzessionen, das alles ist nichts für den Schriftsteller. Seine Welt ist eine andere* [s. Bibliographie].

[4] Wie Valéry (der Konservator der Bibliotheken Karls X. und nicht der Autor des *Friedhofs am Meer*) richtig schreibt: *Es gibt unglückliche Zeiten, da Einsamkeit und Stille die Freiheit bedeuten* (zitiert von Guy Lafaud in einem Zeitungsbeitrag über die im Zuge der *Libération* entstandenen *Tyranneien*).

[5] Ed. Grasset, 1947.

[6] Blaise Cendrars, *Dan Yack,* Roman, S. 84, Editions de la Tour, 1946.

[7] Blaise Cendrars, *Bourlinguer,* S. 238, Editions Denoël, 1948 [s. Bibliographie].

[8] Blaise Cendrars, *Anthologie nègre,* S. 14, Editions Corrêa, 1946.

[9] Blaise Cendrars, *L'Eubage,* S. 17, Au Sans Pareil, 1926 [s. Bibliographie].

[10] Blaise Cendrars, *L'Homme foudroyé,* S. 173 u. S. 230, Editions Denoël, 1945 [s. Bibliographie].

[11] Dieser historische Refrain der Fremdenlegion, der die Absurdität des Krieges so gut illustriert, ist zugleich die schönste Illustration des Gesetzes der intellektuellen Konstanz hinsichtlich dieser Kraft, die die Historiker in den Wechselfällen der Entstehung Europas nicht genügend in Betracht ziehen: *die Beständigkeit der Sprache.*
Durch Kriege Grenzen zu verschieben, die den tiefverwurzelten Unterschieden der Bevölkerung entsprechen, von denen die Sprache, die Mentalität also, und deren Idiosynkrasie zeugt, ist noch niemand gut bekommen!

[12] Blaise Cendrars, *La Main coupée,* S. 76 und S. 21, Editions Denoël, 1946 [s. Bibliographie].

[13] Blaise Cendrars, *Aujourd'hui,* S. 141, Editions Grasset, 1931.

[14] *Papaoutemari* bedeutet auf polynesisch: *Blick einer Jungfrau.* Vgl. Emile Chautard, *La Vie étrange de l'argot,* S. 374, Denoël et Steele, Paris 1931.

[15] 1936, als es mir dreckig ging und ich mein Hotelzimmer in der Avenue Montaigne bezahlen musste, habe ich Matarasso, dem Autographenhändler in der Rue de Seine, alles verkauft, was ich von Arthur Cravan besass: Dokumente, Briefe, Aquarelle, die Rohfassung eines langen unvollendeten Gedichts und die vollständige und sehr seltene Sammlung seiner Zeitschrift *Maintenant,* in einer Ausgabe war das Original des berühmten Protokolls seines Duells mit Apollinare eingeheftet, mit seiner Unterschrift gefolgt von den zweiunddreissig Titeln, die der Dichter-Boxer sich zuschrieb, von »Oscar Wildes Neffe« bis zum »Taxifahrer und Einbrecher in Berlin« … ein Vierteljahrhundert vor Jean Genet. Das ist der Lauf der Welt.

[16] Siehe im »Anhang (für den unbekannten Leser)«, mit diesem Hinweis möchte ich ihm beweisen, dass ich ebensowenig wie Lautréamont die Mathematik aus den Augen verliere.

[17] Pasadena (Kalifornien), 15. Juni 1949 (AP): *Der erste Himmelsatlas wird in vier Jahren erscheinen zu einem Preis von 2000 Dollar (über 600 000 Franc).*

Dieses dem California Institute of Technology *und der* National Geographic Society *zu verdankende Werk wird sämtliche in der nördlichen Hemisphäre sichtbaren Sterne zeigen, drei Viertel des Himmels, also bis zu einer Entfernung von dreihundert Millionen Lichtjahren.*
Das wird dank dem 48-Zoll-Schmidt-Spiegelteleskop möglich sein, das, wie auch das berühmte 200-Zoll-Teleskop, auf dem Mount Palomar installiert ist. Das Schmidt-Teleskop ist mit dem Weitwinkelobjektiv der Fotografen vergleichbar. Es erlaubt, innerhalb von vier Jahren einen ausgedehnten Himmelsraum abzudecken, dessen Erforschung mit Hilfe des 200-Zoll-Teleskops tausend bis fünftausend Jahre erfordern würde. (Les Journaux)

[18] *Es ist erwiesen, dass viele Jahrhunderte vor unserer Zeit die Eingeborenen der Pazifikinseln in der Lage waren, die schönen Doppelpirogen zu bauen, die sie heute noch benützen und die zweimal so lang sind wie Kolumbus', da Gamas und Magellans Karavellen auf ihren berühmten Reisen. Man weiss auch, dass sie lange vor den Europäern die Windkraft für ihre grossen Boote zu nutzen wussten, die ebenso schnell waren wie unsere schlanken, zweimastigen Schonerbriggs und die wie Rennjachten hart im Wind kreuzten. {...} Die arabischen Dhauen auf dem Roten Meer, die Dahabijen auf dem Nil entsprechen heute noch genau denjenigen, die zur Zeit der letzten Pharaonen gebaut wurden. Die polynesischen Pirogen gleichen immer noch denen aus den ersten Jahrhunderten unserer Zeitrechnung und sogar von früher. {...} Ihr Bau mit den Mitteln, über die damals die Inselbewohner verfügten, erforderte grosse Geduld und bemerkenswerte technische Eigenschaften. So höhlten sie einen Teil des Bugs mit Hilfe des Feuers aus, stellten ihn dann mit kleinen Jadeäxten fertig, mit Messern und Steinmeisseln oder Mördermuscheln, erstellten darüber einen erhöhten Steg aus Brettern, die sie aus Baumstämmen zuschnitten und mit der Axt bearbeiteten. Die Planken wurden mit Kokosfasern aneinandergenäht, die Fugen wurden mit Gummiharz vom Brotfruchtbaum abgedichtet, einem Harz, der, mit Holzasche vermischt, einen ausgezeichneten Kitt ergibt. Seeigelstachel, Sägefischzahn wurden als Bohrer in die primitiven Bohrwinden gesteckt. {...} Die anmutige Besegelung aus geflochtenen Pandanusblättern wurde wie Vogelflügel an den Masten aus Riesenbambus angeordnet, an denen das Tauwerk aus Kokosseilen befestigt war, die nicht verrotten. {...} Wie die Hirten Asiens in biblischen Zeiten nutzten die Eingeborenen der Südsee ihre astronomischen Kenntnisse, die ihnen zweifellos ermöglichten, lange vor den Völkern Europas Seestrassen zu befahren. {...} Seit Cook und Bougainville hatte man Kenntnis von den primitiven, jedoch sehr genauen Karten, deren sich die kühnen seefahrenden Maori bedienten, um ihre Route zu anderen Inseln zu bestimmen. Die Zeichen auf diesen fein geflochte-*

nen Seekarten, Muscheln, Knochen, Perlmutt oder Stäbchen, markierten Winde, Strömungen, Klippen und Nothäfen. {…} Anhand eines rudimentären Sextanten – ein solcher war noch vor weniger als einem halben Jahrhundert in Nantes zu besichtigen, der von Walfängerkapitän Darmandaritz von einer Reise mitgebracht wurde – konnten sie annähernd die geographische Breite bestimmen. {…} Sie nahmen zudem in Tonerde aufbewahrte Blutegel mit auf die Reise, deren Verhalten scheinbar das Nahen starker Stürme ankündete. {…} Und auch Vögel in Käfigen, die, wenn erforderlich, freigelassen wurden und die Richtung der nächsten Küste vorgaben.
Während auf den europäischen Schiffen die Nahrung bis ins 19. Jahrhundert nur aus aus Pökelfleisch und Kichererbsen bestand, verstanden sie es bereits, Lebensmittel für lange Seereisen zu konservieren. Yamswurzeln und Taros, frisch oder als Mehl, getrocknete Maniok- oder Brotfruchtfladen, Kokosmilch und Kokosnussfleisch, getrockneter oder geräucherter Fisch erlaubten ihnen lange Seereisen. So wie die ersten Bewohner Perus gegen den Hunger Kolanüsse kauten, besassen sie eine Nuss, die Magenschmerzen stillt und gleichzeitig nährt. Im Fall von Wassermangel erlaubten ihnen bestimmte gekaute Kräuter, ein paar Tage lang ohne nachteilige Folgen Meerwasser zu trinken. So drangen sie auf ihren Seereisen in den ganzen pazifischen Raum vor. {…} (Louis Lacroix, *Les derniers baleiniers français,* S. 73/74, Editions aux Portes du Large, Nantes, 1947)

[19] Siehe Blaise Cendrars, *Le Panama ou les Aventures de mes sept oncles,* Editions de la Sirène, 1918; ein in *Poèsies complètes,* Editions Denoël, 1944, V, S. 89, wiederaufgenommener Text [s. Bibliographie].

[20] Viele dieser Schmöker waren übrigens in Neuchâtel erschienen: Cust, *Les Langues modernes de l'Afrique,* Neuchâtel 1884; Junod, *Nouveaux contes Rongas,* Neuchâtel 1898; Trilles, *Contes et légendes Fân,* Neuchâtel 1898, usw. Auf Anregung ihrer Pastoren behielten die Gläubigen in Neuchâtel gern einen Batzen von ihren sonntäglichen Ausgaben zurück für den Unterhalt der evangelischen Missionen bei den Wilden, und für den Druck von Propagandaschriften für die Heiden hatten sich Verleger spezialisiert, die nicht abgeneigt waren, diese Gattung pseudowissenschaftlicher Werke zu veröffentlichen!

[21] Editions de la Sirène, Paris 1921. Neue Ausgabe: Au Sans Pareil, Paris 1927. Letzte, überarbeitete und korrigierte Ausgabe: Corrêa, Paris 1947.

[22] Beim Durchlesen meines Textes sehe ich plötzlich den alten Kupferstich vor mir, das Porträt von Restif de la Bretonne als Nachtwächter mit seiner flatternden Pelerine, seinem eisenbeschlagenen Stock, seiner Blendlaterne, seiner tief in die Stirn gezogenen Eulenmütze mit den ausgebreiteten Krempenflügeln, seiner grossen Hottenkapuze. Ein Herumstreicher, würde man meinen, ein Kinderdieb, und seine beunruhigende Haltung erinnert eher an das fliehende Profil eines in die Freiheit entlassenen Irren als an einen neugierigen Schriftsteller, der sich in den verrufenen Gässchen Notizen macht. Doch war dieser Schlösserknacker auch Polizeispitzel, Schnüffler, und seine scharfe Gazettenschreiberfeder war zweischneidig. Ich frage mich, warum die Führung der *Surrealistischen Bewegung* dieses Porträt nie als Ansichtskarte hat drucken und in Millionenauflage verteilen lassen, es könnte das Porträt von Lautréamont sein! Seltsames 18. Jahrhundert, das mich immer wieder von neuem verblüfft …

[23] Einem jungen Mann, der bei Schriftstellern eine Umfrage durchführte und sie nach ihrem zweiten Beruf fragte, antwortete ich, Schreiben sei mein zweiter Beruf. Worauf er mich fragte, was mein erster Beruf sei. Und ich antwortete, mein erster Beruf sei Träumen, Nichtstun. Natürlich veröffentlichte jener literaturbegeisterte Journalist meine Antwort auf seine Umfrage nicht …

[24] Zit. in Blaise Cendrars: *Moravagine,* S. 283, Ed. Grasset, Paris 1926.

[25] *Hier gibt es keine Liga für Ruhe*
Wie in allen noch jungen Ländern
Manifestiert sich die Freude am Leben und am Geldverdienen in Hupkonzerten und Knattern kaputter Auspufftöpfe
Die Zapfstellen so nackt dastehen
Wie Negerfetische im Busch
Blaise Cendrars, *Poèsies complètes,* S. 235 u. S. 271, Editions Denoël, Paris 1947 [s. Bibliographie].

[26] Siehe *Bourlinguer,* S. 94, S. 230, S. 318 [s. Bibliographie].

[27] Siehe *Bourlinguer,* S. 94 [s. Bibliographie].

[28] 1936 besuchte ich in Los Angeles einen Juwelier, Lieferant der grossen Hollywoodstars. Man vereinbart einen Termin. Man kommt zur vereinbarten Zeit an. Man steigt aus dem Auto. Man wird vor der Tür eines Gebäudes, das von aussen eine kleine Privatvilla zu sein scheint, von einer Gruppe Privatdetektive empfangen. Fotozelle, chromogener Spion, die Tür öffnet sich von selbst. Man geht hinein. Die Tür schliesst sich tief aufseufzend mit einem kurzen Klicken hinter dir. Man befindet sich in einer kunstvoll vergitterten Halle mit einem schmiedeeisernen Gitter, die aber trotzdem ein Käfig ist. Ein imposanter schwarzer Portier an einem Mahagonipult bittet einen, sich in einem Register einzutragen, dann nimmt er einen salbungsvoll bei der Hand, um mit einem Tampon die Fingerbeeren mit nicht abwaschbarer Tinte einzufärben und die Fingerabdrücke abzunehmen und sie breit lächelnd einen nach dem andern ins gleiche Register zu übertragen, unter deiner Unterschrift. Ein Zeichen ertönt, ein Gong. Das Gitter gleitet lautlos auf. Man macht drei Schritte. Das Gitter schliesst sich klickend hinter dir und stösst den gleichen tiefen Seufzer aus. Man befindet sich zuunterst in einem senkrechten Trichter, und man hat Mühe, sich an die Quecksilberbeleuchtung und an die ozonisierte Luft zu gewöhnen. Die Detektive schieben einen vorwärts in Richtung einer sanft geschwungenen Treppe, deren aufwärts und abwärts führende Doppelspirale die langen, gerundeten Chromwände dieses beklemmenden Trichters entlangführt. Das ganze Haus ist innen vom Keller bis zum First gepanzert. Man erreicht den ersten Treppenabsatz. Die Quecksilberröhre verlischt, da gleiten Platten auseinander, Klappen öffnen sich, und auf jeder Etage leuchten kristallene Bullaugen auf wie ebenso viele Goldfischgläser in einem Aquarium, und in jedem ist hinter kugelsicherem und hammersicherem Glas ein Stein oder ein Juwel ausgestellt, die sanft in der indirekten Beleuchtung funkelnd oder im aufblitzenden Licht glitzern. Andere Klappen schliessen sich, andere Tafeln gleiten auf und enthüllen von Etage zu Etage weitere Nischen, helle Löcher wie in einem Taubenschlag, in dem goldene Eier legende Vögel brüten kommen, während man von Podest zu Podest hinauf- oder hinuntergeht längs der Voluten der vornehmen Treppe und der gerundeten Wand, von der aus einem Lautsprecher kommenden Stimme geleitet, die einem als Führer dient und die, während die Detektive einem auf dem Fuss folgen, einem befiehlt: »Schauen Sie zu Ihrer Rechten!«, »Schauen Sie zu Ihrer Linken!«, »Bleiben Sie nicht länger als drei Sekunden vor diesem einhundertdreiundzwanzigkarätigen Diamanten stehen, sonst werden Sie von seinem Glanz geblendet!«, das alles raffiniert ab-

gestuft, der Überraschungseffekt, die Beleuchtung, die Anordnung der Juwelen, ihr Aufblitzen, ihr automatisches Verschwinden, die Anpreisungen der unbekannten Stimme, die an- und ausgehende Beleuchtung, die Klappen, die klickenden Wände, das Geheimnis des Trichters mit den spiegelglatten Wänden, an denen man, selbst wenn man mit dem kleinen Finger darüberführe, nicht die kleinste Nute entdeckt, das ganze Haus ist mit Überwachungsgeräten gespickt, und alle Bewegungen bis hin zu jeder Geste der Besucher werden gefilmt und hinter den Kulissen von einer Maschinerie per Funk ausgewertet. Jedes Podest ist mit einer Nische ausgestattet, einer Kabine, einer Art Telefonzelle, von wo aus eine Kundin sich per Kabel mit einem unsichtbaren Verkäufer, einem Fachmann, in Verbindung setzen und mit ihm verhandeln kann, und wenn der mit der Betreuung der Maschine beauftragte Gott es für angebracht hält und ihren Wünschen stattgibt, drückt er auf einen Schalter, und die Kundin wird in die Luft gehoben und verschwindet durch eine Klappe im Dachgeschoss, wo die Verkaufsräume und die Ateliers untergebracht sind. Wenn man die letzten Stufen erklommen und das oberste Podest erreicht hat und man sich über die Treppenläufe beugt, bevor man wieder in die Tiefe des Trichters hinabsteigt, hat man das Gefühl, an Bord eines Bathyskaphen in die Abgründe zu gleiten, die mit Juwelen besetzten Bullaugen blinken auf und verlöschen wie Tiefseefische, und einem schwindelt, und man erstickt. Ich weiss nicht, wie ich auf die Strasse hinausgelangt bin. Die Privatdetektive umringten mich lachend. Der Besuch hatte genau siebzehn Minuten gedauert. *»Sie sehen Schmuck im Wert von fünfundzwanzig Millionen Dollar vor sich!«* hatte der Lautsprecher vor dem letzten Abtauchen mit Stentorstimme verkündet …

»Have a drink, boy!« sagte der Chefdetektiv und schob mich zu einer Bar ganz in der Nähe. *»You are knocked out, aren't you?«* Und er bot mir eine dicke Zigarre an.

Ich liess mich überreden, ich zahlte die Runde, die erste und dann noch zwei oder drei weitere. Mit anderen Worten, ich war *groggy.*

[29] Siehe *Bourlinguer,* S. 194 [s. Bibliographie].

[30] Blaise Cendrars, *Histoires vraies,* S. 207–215.

[31] *»Ein aufsehenerregendes Buch. Laut Serebrowski, dem für die Goldminen verantwortlichen Volkskommissar, soll die Lektüre von Blaise Cendrars'* Gold *Stalin dazu bewogen haben, den Ural zu industrialisieren.«*
(Le XXe Siècle, 14. März 1946)

»One day, in 1932, I was visiting Sergo Ordzhonikidze when Serebrovski, the chief of the Central Administration of Gold Mines, called at his office. In the course of their conversation, Ordzhonikidze thanked Serebrovski for the book he had given him and which he, in turn, had passed on to Stalin. When Serebrovski had gone, I asked Ordzhonikidze about the book. He told me it was by Blaise Cendrars, its title was Sutter's Gold. *Ordzhonikidze had given the book to Stalin, he said, because of the boss interest in the references to gold mining in the works of Jack London.«*
(V. A. Kravchenko, *Saturday Evening Post,* 30. November 1946)
Stützen sich diese zwei Informationen auf das Buch von J. D. Littlepage [s. Bibliographie], dem amerikanischen Spezialisten, der zehn Jahre lang an der Industrialisierung der Goldminen Sibiriens mitgewirkt hatte: *In Search of Soviet Gold,* New York, 1938 *(A la recherche des mines d'or de Sibérie,* Payot, 1939), in dem diese meinen Roman *Gold* betreffende Information Stalins enthalten ist? Bekanntlich ist Stalin ein grosser Leser von Romanen, so wie Churchill Bilder malt, um sich wahrscheinlich von den Staatsgeschäften zu erholen.
Die Übersetzung von *Gold* ins Russische wurde ohne mein Wissen von Victor Serge erstellt und, immer noch ohne mein Wissen, unter dem Titel *Soloto* vom sowjetischen Staatsverlag (?), Leningrad (?) 1929 (?), veröffentlicht.
Die erste amerikanische Übersetzung von *Gold* unter dem Titel *Sutter's Gold* ist bei Harper, New York, 1926 erschienen. Ein Film wurde 1936 in Hollywood von der Universal gedreht, und zur gleichen Zeit ein weiterer in Bayern, ohne Einwilligung, von Luis Trenker (der beschuldigt wird, Eva Brauns Tagebücher geschrieben zu haben, eine weltweit in der Presse abgedruckte Fälschung, *Samedi-Soir,* 23. Oktober 1948).
L'Or erschien bei Grasset, Paris, 1925.
Was mir auffällt, ist, dass das wichtigste Zentrum der einheimischen Goldförderung in den Territorien Jakutiens, das von Serebrowskis Supertrust *Sojus-Soloto* erschlossen wurde, Kolyma heisst, so dass sich für mich spontan ein Zusammenhang zwischen diesem Kolyma und General Suters [sic] Coloma ergibt, wo der schicksalhafte Pickelschlag des Zimmermanns Marshal den ersten kalifornischen Goldklumpen zutage brachte, der den »Goldrausch« von 1848 auslösen sollte. Man weiss, dass die Siedler, die russischen Niederlassungen längs der Westküste des Nordpazifiks zahlreich waren und bis nach Mexiko reichten und dass General Suter [sic] die schönsten Farmen an der Küste den Russen

abkaufte, noch vor der Ankunft der Amerikaner in Kalifornien. Laut meinen Informationen datieren die Entdeckung der Goldseife im Tal des Goldes, in der *Solotaja Dolina* in Jakutien, und der erste Abbau in Kolyma von 1863.
Auf dem Gold liegt ein Fluch.
Das Goldene Vlies. Der Pazifik ist das Binnenmeer der modernen Argonauten. Was für eine persönliche Politik mochte Jason verfolgen, der sich in seine Legende hüllt, deren Hintergrund eine ganze Mythologie und poetische Überlieferungen von Platon bis Atlantis schuf, von Christoph Kolumbus bis zur Neuen Welt, von Cortés bis zu Montezumas Palast (Thalassa! *»Das Meer! Das Meer!«* hat 1513 Vasco Núñez de Balboa wohl gejubelt, als er die Gewässer des Pazifiks entdeckte und sein schäumendes Pferd ins Meer trieb ...), von Morgan, dem Piraten, zur Plünderung Limas und zum Vergraben eines unermesslichen Schatzes auf den Kokosinseln (man findet die gleiche Sage des verfluchten Goldes in den Überlieferungen Indiens, des alten Chinas, der Bantu im Innern Schwarzafrikas), handelt es sich dabei wirklich nur um Politik und nicht eher um Blut, um Wollust und Abenteuer, kurz, um Leben, um Tod, um der Menschen Leidenschaft?
Die Politik und ihre treibenden Kräfte, die Namen der Helden, der Eroberer und der Opfer, die Kulturen, die Zivilisationen, alles stürzt ein, verschwindet, die Monumente versinken in der Erde, die Vaterländer und die Völker sind vergessen, die Poesie allein überdauert wie die aufblitzende und fast unbewusste Erinnerung eines Kindertraums: die Vergöttlichung der Menschheit, der WIRKLICHE Mensch.

[32] *O Bicho:* das Biest, das Ungeheuer, mit einer Nuance Respekt in Anbetracht der wildesten Aberglauben, die in Brasilien aus den Tieren *Geister* machen, gute oder schlechte, und denen man einen grossen Einfluss in Tausenden alltäglichen Lebenssituationen zuschreibt, zum Beispiel eine Hauptrolle in der *Os Bichos* genannten Lotterie, der beliebtesten, die verboten ist, die aber alle spielen, sowohl in den grossen Städten als auch auf dem Land, und sie setzen auf die *Bichos,* die dank »okkulten Kräften« die Zahlen der staatlichen Lotterie verdoppeln.

[33] Siehe *La Vie dangereuse,* S. 221–272 (Grasset, Paris 1938).

[34] Zit. in Victor Serge, *L'Affaire Toulaev* (Ed. du Seuil, Paris 1948) [s. Bibliographie].

Anhang
(für den unbekannten Leser)

Kurz bevor das vorliegende Werk in Druck gehen sollte, lese ich im *Figaro littéraire* vom 11. Dezember 1948 einen wunderbaren Artikel von Pierre Lépine mit der Überschrift: *Das Elektronenmikroskop lehrt uns Neues über das Universum.* Ich schicke meinem Verleger ein Telegramm, in dem ich ihn ersuche, doch bitte bei der Redaktion und von unserem Kollegen die Genehmigung für den Abdruck dieses wunderbaren Artikels einzuholen, der nicht nur höchst aktuell ist, sondern ebenso POESIE in extenso, um ihn meinem *Unbekannten Leser* vorzulegen. Ich möchte an dieser Stelle *Le Figaro* und Hrn. Pierre Lépine meinen aufrichtigen Dank für ihr freundliches und kollegiales Entgegenkommen aussprechen.
B. C.

Das Vorbeiziehen eines Kometen, den man zur Zeit deutlich am klaren Himmel der kalifornischen Nächte beobachten kann, lenkt die Menschen einen kurzen Moment von ihren vergänglichen Problemen ab und erinnert diejenigen unter uns, die noch der Betrachtung fähig sind, dass sie an diesen irdischen Ufern am Rand des Unendlichen stehen.
Unsere Kenntnis des Universums hat in den vergangenen fünfzig Jahren Riesenfortschritte gemacht. Dank den Entdeckungen der Astrophysik ist mit dem Einsatz neuer Instrumente zu rechnen wie dem des Teleskops auf dem Mount Palomar in Kalifornien, durch die angekündigte Fertigstellung des Elektronenmikroskops wird sich der Horizont nochmals erweitern.
Bis zu welchem infinitesimalen Grad werden diese neuen Forschungsinstrumente den Planeten verkleinern, auf dem unsere vergänglichen Tage verrinnen? Denn seit den Anfängen der Astronomie hat die relative Bedeutung der Erde laufend abgenommen in dem Massstab, als sich unsere Wahrnehmung des Universums vervollkommnete.
Für die ersten Astronomen war es ganz normal – wahrscheinlich die Sumerer vor ein paar tausend Jahren –, die Erde in den Mittelpunkt des Kosmos zu stellen, von konzentrischen Sphären umgeben, in denen sich der Mond, die Sonne, die Planeten unter einem Gewölbe bewegten, an dem die Fixsterne hingen.
Selbst Aristarchos von Samos, der 230 v. Chr. in Alexandrien starb, vermochte seine für die damalige Zeit ausserordentlich präzise Vorstellung eines heliozentrischen Systems durchzusetzen. Es brauchte achtzehn Jahrhunderte und Koper-

nikus' Werk De revolutionibus orbium celestis, *1543 erschienen, um die Galileische Reform in Gang zu bringen, die die Erde in den Rang eines minderen Trabanten zurückstufte.*

Unser Tagesgestirn selbst wurde durch den Fortschritt der Wissenschaften entthront, und wir müssen uns damit begnügen, in ihm einen gelben Zwergstern zu erkennen, der nur um weniges die fünfte Grösse übersteigt, eine winzige Randfigur unter den Milliarden Sternen also, die am Himmel die funkelnde Spirale der Milchstrasse entrollen.

Unsere Galaxis, um die Sprache der Astronomen zu verwenden, hat, im Querschnitt betrachtet, das Aussehen einer lentikularen Scheibe, die sich langsam um die eigene Achse dreht in einem Verhältnis von einer Drehung in zweihundert Millionen Jahren und deren Durchmesser etwa 78 000 Lichtjahre beträgt (mit Lichtjahr wird die Strecke bezeichnet, die das Licht im Vakuum in einem Jahr mit einer Geschwindigkeit von 300 000 Kilometern pro Sekunde zurücklegt, bzw. 8 500 Milliarden Kilometer). Die Sonne ordnet sich in etwa 30 000 Lichtjahren Entfernung vom galaktischen Zentrum gegen den schmaleren Rand der Spirale mit einer Masse von kaum einem Hundertfünfundsechzigmilliardstel in die Galaxis ein.

Doch befindet sich das galaktische System selbst, mit dessen Schicksal wir so eng verbunden sind, im Zentrum des Universums? Mitnichten. Wie eines dieser Spielzeuge aus Nürnberg, bei dem jedes Teil in einem jeweils grösseren Umschlag steckt, erweitert der Mensch jedesmal, wenn er glaubte, die Grenzen seines Universums zu berühren, die Grenzen des Rätsels nur noch mehr.

Es gibt andere Galaxien, andere galaktische Nebel ausserhalb unseres Milchstrassensystems. Viele von blossem Auge sichtbare Sterne entpuppen sich, durch das Fernrohr betrachtet, als spiralförmige Masse aus festen oder gasförmigen Strukturen. Doch vor allem dank der Fotografie ist es möglich, nach neuen aussergalaktischen Sternsystemen zu forschen. Jede Perfektionierung der Teleskope erhöht ihre Zahl – ihre Entfernung also. Das kleinste astrale Negativ enthüllt Dutzende. Ihre geschätzte Zahl übersteigt bei weitem die Million. Mit anderen Worten: Die Anzahl der Sterne wächst in einem unglaublichen Verhältnis, wenn man sich vor Augen hält, dass eines der nahesten Sternsysteme, die Konstellation Andromeda, 800 000 Lichtjahre von uns entfernt, deren Grösse mit einem Durchmesser von 65 000 Lichtjahren in etwa den bescheidenen Proportionen der Milchstrasse entspricht, ungefähr 200 Milliarden Sterne umfasst, das heisst also ebenso viele Sonnen.

Ist das alles? Bei weitem nicht. Die Prüfung des von diesen Sternsystemen ausgestrahlten Lichts durch das Spektroskop hat eine der verblüffendsten Entdeckungen der Astrophysik ermöglicht. Wenn man die Elemente der durch Spektral-

analyse erzeugten Strahlen untersucht, das Kalzium zum Beispiel, das auf dem Spektrogramm leicht nachweisbar ist, stellt man fest, dass diese Strahlen, deren Position im Sonnenlicht konstant ist, gegen den roten Rand des Spektrums verschoben sind, und dies um so mehr, als dass die Sternsysteme, die diese Strahlen aussenden, noch entfernter sind. Die Theorie erklärt das Phänomen mit einem Doppler-Effekt, der auf eine sehr schnelle Entfernung der Quelle zurückzuführen ist, eine Geschwindigkeit, die 5 500 Kilometer pro Sekunde bei Sternsystemen in einer Entfernung von 23 Millionen Lichtjahren erreicht und 23 000 Kilometer pro Sekunde beim Nebel im Sternbild Zwillinge in einer Entfernung von rund 133 Millionen Lichtjahren.

Daraus lässt sich ableiten, dass die Fluchtgeschwindigkeit oder Rezession die Entfernung erhöht, und man muss sich vorstellen, dass man jenseits dieser von unseren Teleskopen erreichten Grenzen (ca. 500 Millionen Lichtjahre) und derjenigen, die zukünftige Teleskope erreichen werden, weitere Milliarden Lichtjahre entfernte Sternsysteme entdecken wird, die sich so schnell von uns entfernen, dass deren Licht uns niemals erreichen wird.

Man könnte also davon ausgehen, dass der Himmelsraum eine gleichmässig zunehmende Grösse ist, was bedeutet, dass die beobachteten Phänomene keine wirkliche Bewegung im üblichen Sinne des Wortes voraussetzen, sondern eine Funktion von Raum und Zeit, eine Art Ausdehnung im Universum, die einem Beobachter in irgendeiner Galaxie den Eindruck vermittelt, dass alle Sternsysteme sich von ihm entfernen.

Was dazu führt, dass unsere Vorstellung des Universums sich mit verblüffender Geschwindigkeit entwickeln wird. Wenn um 1915 die Anwendung von Einsteins Relativität, einer genialen Theorie, dank der sich unsere physikalischen Begriffe ebenso tiefgreifend verändert haben wie durch die Entdeckung des Trägheitsprinzips durch Galilei und die Entdeckung der Gravitation durch Newton, was letztlich zur statischen Schaffung eines instabilen, jedoch endlichen Universums mit einem Durchmesser von rund 70 Milliarden Lichtjahren führte, so müssen wir uns heute mit Sir Arthur Eddington mit der Vorstellung eines unendlichen, in permanenter Expansion befindenden Universums auseinandersetzen, einer dynamischen Vorstellung, die nicht im Widerspruch zur statischen Konzeption steht, sondern sie eher vervollständigt, weil sie uns ausserhalb der Raumgrenzen katapultiert.

Der Gedanke an ein nichtstatisches Universum beinhaltet im übrigen verschiedene Interpretationen des Faktors Zeit, je nachdem, ob man von einer expandierenden Zeit ausgeht, wie der holländische Astronom Willem de Sitter fordert, oder ob es sich um ein oszillierendes Universum ohne Anfang und ohne Ende handelt. Um uns ein Bild zu machen, werden wir das Universum nicht mehr mit ein paar Pingpongbällen vergleichen, den Galaxien also, die sich innerhalb einer Sphäre bewegen, die grösser ist als die Erde, sondern vielmehr mit Bleikugeln, die in Garben durch eine Initialzündung ins Universum geschossen werden und auf unendlichen Bahnen auseinanderlaufen.

Dieses Bild nähert sich der 1927 von Abbé Lemaître in Belgien entwickelten Theorie, nach der das ganze Universum, vom unendlich Kleinen bis zum unendlich Grossen, von der Dispersion eines einzigen explodierenden Atoms herrührt, einer Theorie, die die Strukturanalogien in beiden Bereichen, die Einheit der Zusammensetzung der Materie und die Transmutationen von Elementen, verbindet.

Es ist in der Tat auffallend, und das ist eine der jüngsten und merkwürdigsten Erkenntnisse, dass die verschiedenen Methoden, die sowohl das Alter der Erde als auch das des Sonnensystems als auch das der Sterne und der Galaxien zu schätzen erlauben, die verschiedenen Stufen der Evolution des Universums also, Methoden, die auf den verschiedensten Erkenntnissen beruhen wie der des Verhältnisses der aus der Spaltung des Uran entstehenden Bleiisotope des Heliumgehalts der Sonne, des Verhältnisses Entfernung–Geschwindigkeit der Sternsysteme von einem gemeinsamen Ursprung ausgehend, des Verhältnisses Masse–Helligkeit der Sterne oder der Evolution der Doppelsterne, dass alle diese Methoden zu Zahlen einer sehr vergleichbaren Grösse von drei bis fünf Milliarden Jahren führen, jedenfalls unter zehn Milliarden.

Daraus wird abgeleitet, dass, im Gegensatz zu früheren Vorstellungen, das ganze Universum in etwa das gleiche Alter hat, dass es sich um erloschene Welten handelt oder um gasförmige Sternsysteme und dass seine Evolution erst am Anfang steht.

Offenbar ist es vor unseren Augen, durch die Kondensierung der sich im interstellaren Raum befindenden Energie in Materie, in permanenter Entstehung begriffen.

Die von der Astronomie als auch von der Atomforschung vertretene Theorie der Vorherrschaft des leeren Raums über die konkrete Materie läuft allerdings den hergebrachten Vorstellungen zuwider.

Die Galaxien, diese »Inseln im Universum«, sind im Raum etwa in einem Verhältnis von einer Galaxie auf drei Milliarden Milliarden Kubiklichtjahre verteilt, und der interstellare Raum ist hunderttausendmal vollkommener als das, was unsere besten Maschinen je erschaffen könnten. Nichtsdestotrotz, die kondensierte Materie stellt nur einen Bruchteil der den Raum bildenden ausgedehnten Materie dar.

Zum besseren Verständnis: Stellen wir uns vor, dass die Wasserstoffatome im sideralen Raum (Atome, von denen es über sechs Milliarden Milliarden braucht, um ein tausendstel Milligramm zu produzieren, und deren von einem Proton gebildeter Kern offensichtlich eine Rolle in der Entstehung der auf die Erde treffenden kosmischen Strahlen spielt) ein bis zwei Zentimeter voneinander entfernt sind. Trotzdem würde ein Kegel mit dem Durchmesser der Erde, der sich bis zur nahen Sonne (nur 150 Millionen Kilometer entfernt) erstreckt, an die 150 000 Tonnen enthalten.

Man geht heute davon aus, dass diese interstellare Materie dazu neigt, sich langsam in der Äquatorialebene der Galaxien zu sammeln, die wiederum aus Gas und Sternenstaub bestehen, um dort die dunkle Materie zu bilden, aus der künftige Sterne entstehen.

Heute weiss man, dass am anderen Ende der Kette die Supernovae, *Sterne, die vom Observatorium auf dem Mount Wilson besonders beobachtet wurden und deren Leuchtkraft plötzlich auf das Milliardenfache des Sonnenlichts ansteigen kann, einem flammenden, energiefreisetzenden Strahlen entsprechen, was sich auf die totale Masse des Gestirns auswirkt, so dass der übriggebliebene Kern in sich zusammensackt, er wird zum Weissen Zwerg, dessen Dichte die verblüffenden Zahlen millionenfach übersteigt, die wir den schwersten Metallen zuschreiben. So erlaubt uns die Astrophysik, auf sideraler Ebene alle Stufen des Zyklus Energie–Licht zu beobachten.*

Zu Beginn des 18. Jahrhunderts erörterten Fontenelle und Abbé Pluche vor den gebildeten Geistern die Pluralität der Welten: ein Zeitvertreib, der das Bridge oder das Radio aufwog. Heute ist die Astronomie die Krönung der Physikwissenschaften, von denen sie die kompliziertesten Techniken und die kühnsten mathematischen Theorien übernommen hat. Für unvorbereitete Geister wird es immer schwieriger, ihren Fortschritten zu folgen. Doch man kann denjenigen die Bewunderung nicht versagen, die in der klösterlichen Stille der Observatorien die jahrhundertealte und uneigennützige Aufgabe fortsetzen, durch die der Mensch sich bemüht, hinter das Geheimnis des Universums zu kommen.

PIERRE LÉPINE

Bibliographische Angaben
zu den im Text erwähnten bzw. vom Autor zitierten
und für die Übersetzung konsultierten Werken

Ackermann, August, *Mystik und ausserordentliche mystische Vorgänge* (Freiburg i.Ü. 1952)

Amélineau, Emile, *Les Moines égyptiens* (Paris 1889)

Amelote, Denis, *La Vie de sœur Marguerite du S. Sacrement, religieuse carmélite du monastère de Beaune …* (Paris 1654)

Andrade, Mário de, *L'Apprenti touriste* (Paris 1996)

Andrade, Oswald de, *Um homem sem profissão: sob as ordens de mamãe* (Rio de Janeiro 1971)
id., *Serafim Ponte Grande* (São Paulo 1933)

Andréota, Paul, *Hors-jeu* (Paris 1947); dt. *Lebenswandel mit Todesfolge,* übers. von E. Uebe (Reinbek 1973)

Angulo, Jaime de, *Indians in Overalls* (San Francisco 1950); dt. *Indianer im Overall,* übers. von M. Scanzoni (München 1983)

Apollinaire, Guillaume, *Alcools* (Paris 1913); dt. *Alcools,* übers. von F. Usinger, in G. A., *Dichtungen* (Wiesbaden 1953)

Aragon, Louis, *Aurélien* (Paris 1944); dt. *Aurélien,* übers. von K. Heinrich (Berlin 1952)
id., *Le Crève-cœur* (Paris 1941); dt. *Zu lieben, bis Vernunft verbrennt,* hrsg. von M. Dreifuss (Berlin 1968)
id., *Les Lilas et les roses. Der Flieder und die Rosen,* übers. von F. Kemp, in Herbert Kühn, *Von der Dichtung der französischen Résistance* (Leipzig 1950)

Baudelaire, Charles, *Les Fleurs du mal* (Paris 1857); dt. *Die Blumen des Bösen,* übers. von F. Kemp (Frankfurt a.M./Hamburg 1962)

Baumann, Emile, *Mon frère le Dominicain* (Paris 1927)

Benstock, Shari, *Women of the Left Bank, Paris 1900–1940* (London 1987)

Berlioz, Jacques, *La Vie des colibris* (Paris 1944)

Bernhardt, Sarah, *Ma double vie. Mémoires* (Paris 1923); dt. *Mein doppeltes Leben,* übers. von R. Halter (München 1983)

Bernino, Domenico, *Vita del cavalier Gio. Lorenzo Bernino, descritta da D. B. suo figlio* (Rom 1713)
id., *Vita di San Giuseppe da Copertino, sacerdote dell'ordine de Minori Conventuali* (1767) (s. Pastrovicchi)

Boré, Léon, *Les Stigmatisées du Tyrol* (Paris 1846)

Borràs, María Lluïsa, *Arthur Cravan: une stratégie du scandale* (Paris 1996)

Bouhours, Dominique, *La Vie de saint François Xavier* (Tours 1658)

Bourdenne, Basilide, *La Vie et l'œuvre du vénérable Michel Garicoïts* (Paris 1918)

Brazil, Vital, *A defesa contra o ophidismo* (São Paulo 1911)

Bruno de Jésus-Marie (Jacques Froissart), *Saint Jean de la Croix* (Paris 1920)

Buffon, comte de, Georges-Louis Leclerc, *Histoire naturelle des oiseaux,* 9 Bde. (Paris 1770–1783); dt. *Naturgeschichte der Vögel* (Brünn 1787)

Butler, Alban, *The Lives of the Fathers, Martyrs, and other principal Saints* … (London 1756–1759)

Caffarini, Tommaso, *Caterina von Siena. Erinnerungen eines Zeitzeugen. Die Legenda Minor,* hrsg. von Werner Schmid, übers. von C. Reimüller (Kleinhain 2001)

Canseco-Jerez, Alejandro, *Le Mécénat de Eugenia Huici de Errázuriz* (Paris 2000)

Caramuel y Lobkowitz, Juan, *Dominicus: hoc est venerabilis P. Dominici a Jesu-Maria* (Wien 1654)

Castro, José Maria Ferreira de, *A Selva. Forêt vierge,* übers. von B. Cendrars (Paris 1938)

Chapon, François, *Mystères et splendeurs de Jacques Doucet* (Paris 1984)

Cravan, Arthur, *J'étais cigare (Maintenant)* (Paris 1971)

Dante Alighieri, *La Vita Nuova di Dante Alighieri,* hrsg. von M. Barbi (Florenz 1932); dt. *Vita Nova = Das Neue Leben,* übers. u. komm. von A. Coseriu u. U. Kunkel (München 1988)

Daras, Edouard, *Vies des saints pour tous les jours de l'année* (Paris 1901/02)

Daudet, Alphonse, *Sapho, mœurs parisiennes* (Paris 1884)

Deberre, Emile, *Histoire de la vénérable Marguerite du Saint-Sacrement* (Paris 1907)

Decour, Jacques, *Philisterburg* (Paris 1932)

Delamain, Jacques, *Pourquoi les oiseaux chantent* (Paris 1928); dt. *Warum die Vögel singen,* übers. von K. Wolfskehl (Leipzig 1930)

Du Val, André, *La Vie admirable de sœur Marie de l'Incarnation …* (Paris 1621)

Escragnolle Taunay, Alfredo d' (Visconde de Taunay), *Diário do exército* (1870)

Eulalio, Alexandre, *A aventura brasileira de Blaise Cendrars* (São Paulo 2001)

Fargue, Léon-Paul, *Hernando de Bengoechea ou l'Ame d'un poète* (Paris 1948)

Frazer, James George, *Totemism and Exogamy* (London 1935)

Garay, Kathleen/Jeay, Madeleine, *The life of Saint Douceline, a Beguine of Provence* (Woodbridge, Suffolk 2001)

Garros, Roland, *Mémoires* (Paris 1966)

Germano di San Stanislao, *Biografia di Gemma Galgani, vergine lucchese* (Rom 1907); dt. *Leben der Jungfrau und Dienerin Gottes Gemma Galgani,* bearb. von L. Schlegel (Saarlouis 1920)

Görres, Johann Joseph von, *Die christliche Mystik* (Regensburg/Landshut 1836–1842)

Gourmont, Remy de, *Le Latin mystique. Les poètes de l'antiphonaire et la symbolique au moyen âge* (Paris 1892)
id., *Sixtine, roman de la vie cérébrale* (Paris 1890)

Guérin, Paul, *Le Palmier séraphique ou Vie des saints et des hommes et femmes illustres des ordres de Saint François,* Bd. XI (Bar-le-Duc 1872)
id., *Les petits Bollandistes. Vie des saints de l'Ancien et du Nouveau Testament* (Paris 1878)

Heilige Schrift (Die). Einheitsübersetzung (Stuttgart 1981)

Hofmann, Albert, *LSD – mein Sorgenkind* (Stuttgart 1979)

Hudson, William Henry, *Idle Days in Patagonia* (London 1893)
id., *The Naturalist in La Plata* (London 1892)

Iampolski, Mikhail, *The Memory of Tiresias. Intertextuality and Film* (Berkeley, Calif./London 1998)

Imbert-Gourbeyre, Antoine, *La Stigmatisation. L'extase divine et les miracles de Lourdes* (Paris 1894)

Jacottet, Edouard, *The Treasury of Ba-Suto Lore. Part 1: Folk-tales of the Basuto* (Morija/London 1908)

Jalalalu'd-din Rumi, *The Masnavi …,* übers. von C. E. Wilson (London 1910); dt. Dschelaluddin Rumi, *Das Mathnawi. Ausgewählte Geschichten,* übers. von A. Schimmel (Basel 1994)

Jammes, Francis, *Le Deuil des primevères* (Paris 1901); dt. *Die traurigen Schlüsselblumen,* übers. von R. Netzer (Freiburg i.Br./München 1952)

Jørgensen, Johannes, *Den hellige Katerina af Siena* (Kopenhagen 1915)

Juan de la Cruz, *Cántico espiritual;* dt. *Das Lied der Liebe,* übertr. von I. Behm (Einsiedeln 1963)
id., *Llama de amor viva;* dt. *Die lebendige Flamme,* übertr. von I. Behm (Einsiedeln 1964)
id., *Noche oscura;* dt. *Die dunkle Nacht …,* übertr. von I. Behm (Einsiedeln 1964)
id., *La subida del Monte Carmelo;* dt. *Empor den Karmelberg,* übertr. von O. Schneider (Einsiedeln 1964)

Junod, Henri Alexandre, *Les Chants et les contes des Ba-Ronga de la Baie de Delagoa* (Lausanne 1897)

Kiki de Montparnasse, *Souvenirs retrouvés* (Paris 2005)

Lacroix, Louis, *Les derniers baleiniers français* (Nantes 1947)

Laing, Francis S., *St. Joseph of Copertino* (St. Louis, Mo./London 1918)

Lautréamont, *Die Gesänge des Maldoror* (München 1976)

Legoux, Arsène, *La bienheureuse Marie-Madeleine Postel …* (Lille 1908)

Léopold de Chérancé, *Sainte Marguerite de Cortone* (Paris 1888)

Le Rouge, Gustave, *La Mandragore magique* (Paris 1967)

Leroy, Claude, *Cendrars et «Le Lotissement du ciel»* (Paris 1995)

Leroy, Olivier, *La Lévitation, contribution historique et critique à l'étude du merveilleux* (Paris 1928)

Levi, Darrell E., *The Prados of São Paulo, Brazil. An Elite Family and Social Change, 1840–1930* (Athens, Ga./London 1987)

Littlepage, John D., *In Search of Soviet Gold* (London 1939)

Marbod von Rennes, *Liber lapidum seu de Gemmis,* in Jacques-Paul Migne, PL 171, 1737–1770

Martin, Simon, *Vie des saints …* (Bar-le-Duc 1858–1860)

Migne, Jacques-Paul, *Patrologiae cursus completus. Series graeca* (= PG) (Paris 1857–1866)
id., *Patrologiae cursus completus. Series latina* (= PL) (Paris 1844–1855)

Mollgaard, Lou, *Kiki, reine de Montparnasse* (Paris 1988)

Monbeig, Pierre, *Pionniers et planteurs de São Paulo* (Paris 1952)

Monnin, Alfred, *Le Curé d'Ars. Vie de M. Jean-Baptiste-Marie Vianney* (Paris 1906)

Montépin, Xavier de, *La Porteuse de pain* (Paris 1973)

Nekrasov, Nikolaj A., *Gedichte und Poeme,* 2 Bde. (Berlin/Weimar 1965)

Nerval, Gérard de, *Les Filles du feu* (Paris 1854); *Die Töchter der Flamme. Erzählungen und Gedichte,* übers. von F. Kemp (München 1989)

Ortigão de Oliveira, Maria João Lello, *O paraíso invisível. Sarah Bernhardt e Ramalho Ortigão* (Lissabon 1993); dt. *Das unsichtbare Paradies. Sarah Bernhardt und Ramalho Ortigão. Eine Liebesgeschichte,* übers. von K. Brandt (Berlin 1997)

Pastrovicchi, Angelo, *Compendio della vita, virtù, e miracoli del B. Giuseppe da Copertino* (Rom 1753); dt. *Lebensgeschichte des heiligen Joseph von Copertino,* übers. von M. Sintzel (Augsburg 1843); engl. *St. Joseph of Copertino,* übers. von F. S. Laing (St. Louis, Mo./London 1918)

Perrens, François-Tommy, *Jérôme Savonarole, sa vie, ses prédications, ses écrits …* (Paris 1853); dt. *Hieronymus Savonarola,* übers. von J. F. Schröder (Braunschweig 1858)

Petrus von Alcántara, *Tratado de la oración y meditación* (1533); dt. *Das »goldene Büchlein« des heiligen Petrus von Alkantara über die Betrachtung und das innerliche Gebet,* übers. und hrsg. von Ph. Seeböck (Würzburg um 1900)

Polo, Marco, *Il Milione* (1298/99)

Prado, Caio, Júnior, *A cidade de São Paulo. Geografia e história* (São Paulo 1983)

Prado, Paulo, *Retrato do Brasil. Ensaio sobre a tristeza brasileira* (São Paulo 1928)

Prigent, Ronan, *Esthétique romanesque de Gustave Le Rouge* (Villeneuve-d'Ascq 1997)

Raimund von Capua, *Das Leben der heiligen Katharina von Siena (Legenda maior),* hrsg., eingel. u. übers. von A. Schenker (Düsseldorf 1965)

Räß, Andreas, *Die Convertiten seit der Reformation nach ihrem Leben und aus ihren Schriften dargestellt* (Freiburg i.Br. 1866–1880)

Ray, George Whitfield, *Through Five Republics on Horseback* (Toronto 1909)

Ribet, Jérôme, *La Mystique divine distinguée des contrefaçons diaboliques et des analogies humaines* (Paris 1879)

Rimbaud, Arthur, *Les Illuminations* (Paris 1886); dt. *Illuminationen,* in A. R., *Sämtliche Werke,* übers. von S. Löffler und D. Tauchmann (Leipzig 1976)

Rochas, Albert de, *La Lévitation* (Paris 1897)

Rouhier, Alexandre, *Le Peyotl (Echinocactus Williamsii Lem.), la plante qui fait les yeux émerveillés* (Paris 1927); dt. *Die Hellsehen hervorrufenden Pflanzen,* übers. von E. Stöber (Leipzig 1927)

Saint-Martin, Simplicien, *Histoire de la vie du glorieux Père S. Augustin …* (Toulouse 1641)

Salmon, André, *Souvenirs sans fin* (Paris 1955)

Saubat, Jules, *André-Hubert Fournet, fondateur de l'Institut des Filles de la Croix dites Sœurs de Saint-André …* (Tarbes 1924)

Schmöger, Karl E., *Das Leben der gottseligen Anna Katharina Emmerich* (Freiburg i.Br. 1873)

Schopenhauer, Arthur, *Ueber die vierfache Wurzel des Satzes vom zureichenden Grunde. Eine philosophische Abhandlung* (Rudolstadt 1813)

Scorraille, Raoul de, *François Suarez, de la Compagnie de Jésus …* (Paris 1912/13)

Scott-Elliot, W., *Das untergegangene Lemuria,* übers. von A. von Ulrich (Leipzig 1925)

Serge, Victor, *L'Affaire Toulaev* (Paris 1948); dt. *Die grosse Ernüchterung. Der Fall Tulajew,* übers. von N. O. Scarpi (Hamburg 1950)

Spix, Johann Baptist von/Martius, Carl Friedrich Philipp von, *Reise in Brasilien in den Jahren 1817–1820* (München 1823–1831)

Stanley, Henry M., *My dark companions and their strange stories* (London 1893)

Swedenborg, Emanuel, *Traité des représentations et des correspondances …* (Saint-Armand 1857); dt. *Himmlische Geheimnisse, welche in der Heiligen Schrift oder in dem Worte des Herrn enthalten, und nun enthüllt sind,* 9. Band (Basel/Ludwigsburg 1867)

Tannoja, Antonio Maria, *Vita del servo di Dio fratello Gerardo Majella …* (Neapel 1804)

Tapie, Marie-Hilaire, *Chevauchées à travers déserts et forêts vierges du Brésil inconnu …* (Paris 1928)

Teresa von Ávila, *Camino de perfección* (1566/67); dt. *Weg der Vollkommenheit,* hrsg. u. übers. von U. Dobhan u. E. Peeters (Freiburg i.Br. / Basel / Wien 2003)

id., *Libro de las fundaciones* (1573–1582); dt. *Das Buch der Klosterstiftungen,* hrsg. u. übers. von A. Alkofer (München 1935)
id., *Libro de la vida* (1585); dt. *Das Buch meines Lebens,* hrsg. u. übers. von U. Dobhan u. E. Peeters (Freiburg i.Br. / Basel / Wien 2001)

Thomas von Aquin, *Summa theologica* (1265–1273)

Thurston, Herbert, *The Physical Phenomena of Mysticism* (London 1952); dt. *Die körperlichen Begleiterscheinungen der Mystik,* übers. von C. Müller (Luzern 1956)

Trilles, Henri, *Contes et légendes fang du Gabon* (Paris 1905)

Trochu, Francis, *Saint Jean-Marie-Baptiste Vianney, curé d'Ars* (Paris 1926); dt. *Der Pfarrer von Ars. Johannes-Maria-Baptist Vianney 1786–1859,* übers. von J. Widlöcher (Stein a. Rh. 2001)

T'Serstevens, Albert, *L'Homme que fut Blaise Cendrars* (Paris 1972)

Verne, Jules, *La «Jangada». Huit cents lieues sur l'Amazone.* 2 Bde. (Paris 1881); dt. *Die Jangada. Achthundert Meilen auf dem Amazonenstrom* (Wien / Pest / Leipzig 1882)
id., *Le Rayon vert* (Paris 1882); dt. *Der Grüne Strahl* (Wien / Pest / Leipzig 1887)

Vie de sainte Douceline (La). Texte provençal du XIVe siècle, trad. et notes par R. Gout (Paris 1927) (s. Garay / Jeay)

Villecourt, Clément, *Vie et institut de saint Alphonse-Marie de Liguori …* (Paris 1863/64)

Villon, François, *Les Contredictz de Franc-Gontier* (1461)

Ximénez Samaniego, José, *Vie de la vénérable mère Marie de Jésus …* (Paris 1857)

Yepes, Diego de, *Vida, Virtutes y Milagros* (Madrid 1599)

Die Rhapsodie der Erinnerung

Mit dem vorliegenden Band *Rhapsodie der Nacht* kommt ein editorisches Unternehmen zum Abschluss, auf das deutschsprachige Leserinnen und Leser lange warten mussten. Erstmals liegen nun alle vier sogenannten »Erinnerungsbücher« oder »autobiographischen Romane« von Blaise Cendrars, die in den Jahren 1945 bis 1949 in Frankreich erschienen, in einer deutschen Übersetzung vor: rund 2000 Seiten Literatur, die ein wichtiger Bestandteil des ebenso umfang- wie facettenreichen Gesamtwerks dieses Schriftstellers sind und eine spezielle Entstehungsgeschichte haben.

Zwei Passionen, im doppelten Sinne von *Leidenschaft* und *Leidensgeschichte,* haben Cendrars' Leben und Schaffen wesentlich geprägt: das Reisen und der Krieg. Das Reisen öffnet; es eröffnet, auch wenn man als Reisender immer wieder auf sich selbst zurückgeworfen wird, neue Horizonte. Der Krieg dagegen schliesst ein, sosehr auch er jeden, der in ein Kriegsgeschehen verwickelt wird, zwangsläufig mit Neuem, mit Grenzerfahrungen konfrontiert. Beide Passionen, das Reisen und der Krieg, sind bestimmend für Cendrars' Literatur, sowohl in seiner Prosa wie auch im Gedicht, als dessen avantgardistischer Erneuerer er sich zunächst einmal einen Namen schuf.

Der Tatsache, dass dieser Autor schon seit seinem 16. Altersjahr die halbe Welt bereiste, verdanken wir so faszinierende moderne Epen des frühen 20. Jahrhunderts wie »Ostern in New York«[1] oder *Die Prosa von der Transsibirischen Eisenbahn und der Kleinen Jehanne von Frankreich,* aber auch die »Reiseblätter«, in denen Cendrars fortlaufend in Kurzform verdichtete, was ihn auf seinen Fahrten nach und durch Südamerika beschäftigte. Sind die »Reiseblätter« eine Art lyrisches Tagebuch, das erkennbar den Stationen seiner Brasilienreisen folgt, so hat Cendrars in vielen anderen Texten Dichtung und Wahrheit munter vermengt. So auch in der imaginären Reise durch seine eigene Familiengeschichte im langen Gedicht »Panama oder Die Abenteuer meiner sieben Onkel« von 1914, wo Cendrars erstmals zum Ausdruck bringt, dass ihn auch seine Lektüre immer wieder zu literarischen Reisen im Kopf animierte, die sich dann zu Büchern auswuchsen.

Zur Publikation kam »Panama« allerdings erst 1918, nach dem Ersten Weltkrieg, der – verbunden mit einer noch nie dagewesenen Materialschlacht – nach offiziellen Schätzungen zehn Millionen Todesopfer und zwanzig Millionen Verwundete forderte. Unter den Verletzten war auch Blaise Cendrars. Denn der aus der schweizerischen Uhrenstadt La Chaux-de-Fonds stammende Schriftsteller, der sich 1912 in Paris niedergelassen und dort seine ersten literarischen Erfolge gefeiert hatte, war angesichts der drohenden Katastrophe kein bloss besorgter Zuschauer geblieben. Wenige Tage bevor Deutschland Frankreich den Krieg erklärte und in Belgien einmarschierte, hatte Cendrars am 29. Juli 1914 zusammen mit dem italienischen Schriftsteller Ricciotto Canudo einen Appell an die in Frankreich lebenden Ausländer lanciert, ihre Wahlheimat zu verteidigen. Der Aufruf, der von vielen Pariser Zeitungen abgedruckt wurde, galt dem Mutterland der Parole *Liberté, Egalité, Fraternité.* Denn in Paris hatte eben der kulturelle Aufbruch in die Moderne begonnen, für den gerade auch Zuwanderer aus aller Herren Länder standen:

Die Stunde ist ernst.

Jeder, der die Menschenwürde achtet, ist in diesen Zeiten aufgerufen zu handeln. Keiner darf angesichts dieses grössten Brandes, den die Geschichte jemals erlebt hat, der Versuchung nachgeben und untätig bleiben.

Das geringste Zögern käme einem Verbrechen gleich. Verlieren wir keine Worte, handeln wir!

Ausländer, Freunde Frankreichs, für die dieses Land eine zweite Heimat geworden ist und die dieses Land schätzen und innig lieben, betrachten es als ihre vordringliche Pflicht, Frankreich ihre uneingeschränkte Unterstützung anzubieten.

Intellektuelle, Studenten, Arbeiter, mutige Männer jeglicher Herkunft, in einem andern Land geboren und jetzt hier ansässig – wir haben in Frankreich unser Brot gefunden, lasst uns unsere Kräfte zu einem unverbrüchlichen Bund im Dienste Frankreichs, der grössten Nation, vereinigen.[2]

Blaise Cendrars zieht kurz darauf als Freiwilliger in den Krieg. Am 28. September 1915 reisst ihm in der Champagne eine Granate einen Teil des rechten Arms weg, so dass er über dem Ellbogen amputiert werden muss. Obwohl der Schriftsteller nach dieser Verletzung in eine Depression fällt und, wie das nach Amputationen oft der Fall ist, unter Phantomschmerzen leidet, ist das für ihn zunächst kein literarisches Thema. Im 1916 publizierten Gedicht »Der Krieg im Jardin du Luxembourg«, dem ersten Text des nunmehr einarmigen Cendrars, stellt er die Absurdität der Völkerschlacht, die noch immer im Gange ist, am Beispiel der Kriegsspiele dar, mit denen sich Kinder in diesem Pariser

Stadtpark vergnügen. 1918 erscheint sein kurzer Text »J'ai tué« (»Ich habe getötet«), in dem der Autor der Ambivalenz nachgeht, dass man für eine gute Sache unter besonderen Umständen zum Mörder werden kann, worauf ihm aus pazifistischen Kreisen vorgeworfen wird, er verherrliche den Krieg. Das machte diesem unbestechlichen Schriftsteller, der sich nie als ein Bewohner des Elfenbeinturms, sondern als ein Mann der eigenen Tat verstand und sich auch nie als Mitunterzeichner von wohlfeilen künstlerischen Manifesten in Szene setzte, schwer zu schaffen. Im gleichen Jahr 1918 entsteht ein weiterer kurzer, aber erst aus dem Nachlass publizierter Text mit demselben Titel *La Main coupée,* den dann sein zweiter Erinnerungsband von 1946 tragen sollte (deutsch: *Die rote Lilie,* 2002). Damit scheint das Thema Krieg für Cendrars vorerst abgeschlossen, während es in Frankreich von Erfahrungsberichten aus dieser »Grande Guerre«, parallel zu den »Landser«-Romanen in Deutschland, nur so wimmelt. Erst 1938, kurz vor Ausbruch des Zweiten Weltkriegs, nimmt Cendrars das Thema überraschend wieder auf und publiziert im bisher noch unübersetzten Band *La Vie dangereuse (Das gefährliche Leben)* seinen Text »J'ai saigné« (»Ich habe geblutet«), in dem er den Moment der Kriegsverletzung von 1915 und deren Folgen eindringlich beschreibt.

Zwischen den beiden Weltkriegen hat der fortan linkshändige Schriftsteller Cendrars eine intensive Lebens- und Schaffensphase. Er ist literarischer Leiter der Editions de la Sirène, schreibt über moderne Kunst, wendet sich, unter anderem auch in Rom, wenn auch wenig erfolgreich, dem Film zu und ist mit dem Komponisten Darius Milhaud und dem Maler Fernand Léger an der prominenten Pariser Balletturaufführung »La Création du monde« beteiligt. Er bereist zweimal Brasilien, publiziert neben den »Reiseblättern« unter anderem die Romane *Gold, Moravagine* und *Dan Yack,* reist als Reporter für das Pariser Blatt »France-Soir« nach Hollywood, ist voller Tatendrang und hat Dutzende von Projekten im Kopf. Doch die traumatischen Erlebnisse im Ersten Weltkrieg lassen ihn nie wirklich los, was sich gerade auch in der gespenstischen Anlage des Romans *Moravagine*[3] zeigt, einer einzigen Sinfonie des Bösen. Als 1939 der Zweite Weltkrieg ausbricht, holt die Vergangenheit Cendrars ein, und er fühlt sich in seinen schlimmsten Ahnungen bestätigt.

Der Schriftsteller, nun über 50 Jahre alt, zeigt auch jetzt wieder Flagge, indem er als Berichterstatter für die britische Armee tätig ist. Seine Reportagen, die er 1940 unter dem Titel *Chez l'Armée anglaise* noch beim Pariser Verlag Corrêa publiziert, werden aber von den deutschen Truppen, die am 14. Juni 1940 in Paris einmarschieren, beschlagnahmt und vernichtet. Am 14. Juli, dem französischen Nationalfeiertag, zieht sich Cendrars, dessen gesamte Literatur unter das Nazi-Verdikt der »entarteten Kunst« fallen würde, ins scheinbar freie, von Deutschland im Verbund mit der deutschfreundlichen französischen Vichy-Regierung zwar auch, aber weniger kontrollierte Südfrankreich zurück. Beschützt von Freunden, lässt er sich zunächst in Marseille, dann in Aix-en-Provence nieder, völlig abgeschnitten von seinen vielen Büchern, Manuskripten und Notizen, die in zahlreichen Koffern auf diversen Dachböden in alle Winde verstreut sind. Blaise Cendrars, der grosse Reisende und Freiheitsliebende, ist festgenagelt und auf Almosen angewiesen, er zweifelt am Sinn der Welt und auch an sich selbst.

Drei Jahre bleibt er untätig, bis er sich vom Schock der schnellen französischen Niederlage und aus seiner Ratlosigkeit erholt. Ein Besuch des in der Nähe wohnenden Freundes und Schriftstellers Edouard Peisson, mit dem er sich immer wieder trifft, ist am 21. August 1943 der Auslöser, dass Cendrars plötzlich wieder in die Tasten seiner guten alten Remington-Maschine greift. Claude Leroy, der Herausgeber der neuen französischen Cendrars-Gesamtausgabe, vergleicht dieses Datum mit dem 1. September 1917, Cendrars' 30. Geburtstag, an dem der Schriftsteller nach dem Debakel des Ersten Weltkriegs in einer Art Initiation wieder zum Schreiben zurückfindet und mit dieser, wie er festhielt, »schönsten durchschriebenen Nacht« seine kreative Wiedergeburt feiert.

In einem Atemzug schreibt Cendrars in Aix nun das erste seiner vier »autobiographischen« Bücher nieder, *L'Homme foudroyé* (1945, deutsch: *Die Signatur des Feuers,* 2000), das nur kurz auf seine Leidenserfahrung im Ersten Weltkrieg eingeht und viel Beachtung findet, denn es zeigt bei Kriegsende einen Cendrars voller Phantasie und Erzähllust. Der Originaltitel *L'Homme foudroyé* ist in ähnlicher Prägnanz nicht übersetzbar; er bedeutet soviel wie der »vom Blitz getroffene Mann/Mensch«. Wie Claude Leroy im Vorwort zum betreffenden Band der französischen Gesamtausgabe moniert, steht der Titel generell für die Blitze, die in ein Leben einschlagen, sei es aus Liebe (»coup de foudre«) oder im Zusammenhang mit anderen Umständen.

Das Buch gliedert sich in drei Teile. Im ersten und kürzesten, »In der Stille der Nacht«, greift Cendrars auf 40 Seiten seine Erlebnisse im Ersten Weltkrieg auf, die er dann im nächsten Band *La Main coupée* näher ausführen wird. Den zweiten Teil, »Der Alte Hafen«, widmet er aus der Erinnerung der Zeit, die er 1927 in der Nähe von Marseille verbrachte, wo er an seinem Roman *Le Plan de l'aiguille* arbeitete, der 1929 erschien. Im dritten Teil, »Zigeuner-Rhapsodien«, verarbeitet er weitere Begegnungen aus seinem Leben zu Geschichten, die zum Teil ebenso wahr wie erfunden, also »echte« Literatur im cendrarsschen Sinne sind.

Zug um Zug folgen die weiteren drei Bände. Im zweiten, *La Main coupée (Die rote Lilie),* greift der Autor nun erstmals in solcher Breite seine Erlebnisse während des Ersten Weltkriegs auf. Dabei schildert er ausführlich, wie eine international zusammengewürfelte Truppe von Freischärlern, die für Frankreich kämpften, diesen Wahnsinn aushalten musste, was sie immer wieder neu zusammenschweisste, auch gegen die militärische Obrigkeit, die ihre Truppen oft im Stich liess. Dieses Buch ist nicht einfach ein Erfahrungsbericht aus dem Krieg, sondern wird den vielen anonymen Kämpfern mit ihren oft turbulenten Lebensgeschichten gerecht, die sich damals für Frankreich geschlagen und dabei ihr Leben gelassen haben. In der französischen Gesamtausgabe bezeichnet die Literaturwissenschaftlerin Michèle Touret dieses Buch als ein »monument aux morts« (»Denkmal für die Toten«). Trotz der grossen Distanz zum damaligen Geschehen lässt Cendrars sein Buch dort enden, wo er 1915 einen Urlaub von der Front hatte, bevor er dann seinen rechten Arm verlor. Nur im Kapitel »Die rote Lilie« kommt

Cendrars indirekt, in einer magischen Überhöhung, kurz auf diesen Moment zurück. Da fällt, bei schönem Wetter und bei grosser Ruhe im Gelände, plötzlich ein Arm vom Himmel, in Gestalt einer roten Lilie. Dieses Bild ist ein Indiz dafür, wie unaussprechlich nah Cendrars dieses Ereignis auch nach 30 Jahren immer noch ging; es belegt aber auch, dass er vermeiden wollte, als Opfer aufzutreten.

Im dritten Erinnerungsband *Bourlinguer* (1948, deutsch: *Auf allen Meeren,* 1998) überlässt sich der Schriftsteller wieder ganz seiner Inspiration, auch mit Themen, die sich bei ihm schon seit längerer Zeit angestaut haben. Da erleben wir jenen Cendrars, dem dann das Etikett des Weltenbummlers und Abenteurers angehängt wurde. In elf Erzählungen berichtet er aus europäischen Hafenstädten, als hätte er sich sein Leben lang da herumgetummelt und als sei er gar selbst Matrose gewesen. Dass er auch sein geliebtes Paris einbezieht und listig als »Hafen zum Meer« bezeichnet, mag für die Überlagerung von Autobiographischem und Fiktionalem stehen. Die Idee zu diesem Buch geht auf den befreundeten Pariser Verleger René Kieffer zurück, der einen Band mit Radierungen von Hafenstädten herausgeben wollte und Cendrars um literarische Kommentare zu diesen Städten bat. Statt diese rechtzeitig in der gebotenen Kürze abzuliefern, fabuliert der angestachelte Cendrars nun munter vor sich hin, froh darüber, sein ursprüngliches Projekt einer Fortsetzung von *La Main coupée* fallenlassen zu können, und schreibt ein 500 Seiten starkes Buch. Dabei greift er nicht nur reale Erlebnisse aus seiner Jugend auf, die er teilweise in Neapel verbrachte, sondern auch Begebenheiten aus seiner Zeit in Russland sowie andere Geschichten aus seinem Leben, die in ihm hochkommen, und komponiert sie neu.

Bourlinguer ist ein weiterer Titel, der nicht direkt übersetzbar ist. Er bedeutet soviel wie herumstromern, ein abenteuerliches Leben führen und immerfort unterwegs sein: ein Schlüsselwort für Cendrars und sein Schreiben. Diese umgangssprachliche Titelsetzung hatte übrigens Folgen: Die Académie française, die Gralshüterin der französischen Sprache, nahm das Verb »bourlinguer« 1955 in ihr Wörterbuch auf.

Im hier vorliegenden vierten Band der Erinnerungsbücher schliesslich, *Le Lotissement du ciel* (1949), zeigt Cendrars sich seinem Publikum von einer eher ungewohnten Seite. Wohl nimmt der Autor im zweiten Teil des Buches, »La Tour Eiffel sidérale«, den er auch als »Rhapsodie de la nuit« bezeichnet (was nun der Titel der deutschen Ausgabe ist), Vertrautes auf: Begegnungen, die ihn während seiner Brasilienreisen nachhaltig prägten, so etwa mit dem brasilianischen Dichter Oswald de Andrade. Cendrars kreiert aus ihm und anderen Komponenten die Gestalt des Dichters Oswaldo Padroso, der sich anlässlich eines Gastspiels der legendären französischen Schauspielerin Sarah Bernhardt unsterblich in diese verliebte und fortan keiner literarischen Sprache mehr mächtig ist, sondern der wieder fernen Diva auf einem Landsitz im brasilianischen Dschungel auf mysteriöse Art huldigt. Dabei glaubt der Hobbyastronom Padroso auch, am Himmelszelt einen Stern entdeckt zu haben, der die Gestalt des Eiffelturms hat … Auf ähnliche Art projizierte Cendrars seinen verlorenen rechten Arm in seinem Werk immer wieder ins Sternbild des Orion.

Im ersten Teil überrascht Cendrars aber nach der kurzen Beschwörung des Jüngsten Gerichts seine Leserinnen und Leser mit Unerwartetem. Da erzählt er von seltsamen Heiligen, die in religiöser Ergriffenheit vom Erdboden abheben konnten und die Levitation pflegten. Ein altes, in der Kirchenliteratur verbrieftes Phänomen, das von Rom aber nie wirklich akzeptiert, ja sogar bekämpft wurde. Dass sich Cendrars für fliegende Heilige interessiert, hat mitunter auch einen konkreten Grund. Einer seiner beiden Söhne aus erster Ehe ist Pilot bei der französischen Armee und kommt 1945, nach Kriegsende, bei einem Übungsflug in Marokko um.

Mit der Erinnerung an seinen Fronturlaub von 1915 und an ein überraschendes Zusammentreffen mit seinem Sohn greift Cendrars auch hier nochmals das Thema des Kriegs auf. Dabei könnte es sich um eine Weiterverwertung jener Seiten handeln, mit denen er ursprünglich die Fortsetzung von *La Main coupée* angehen wollte, bevor er sich dann an *Bourlinguer* machte. Gleichzeitig hebt Cendrars in diesem Buch in neue Dimensionen ab. Er, der zwar immer schon eine mystische Seite hatte, aber auch den Fortschritt und die neuen Technologien bewunderte, zeigt sich nun empfänglicher denn je für übersinnliche Werte. Sein Plädoyer für die fliegenden Heiligen wird zu einer Hymne an die Kunst, die für Cendrars nur entstehen kann, wenn man sich ihr mit vollster Hingabe widmet, wenn man sich als permanenter Grenzgänger zwischen allen Ideologien bewegt und wenn Leben und Schreiben dabei eins werden.[4]

Festzuhalten ist jedenfalls, dass das innerfranzösische Exil während des Zweiten Weltkriegs bei Cendrars nach drei Jahren der Lähmung einen ungeheuren kreativen Schub auslöste. Und so, wie seine vier Erinnerungsbücher, die ihn nun wieder vorantreiben, entstanden sind, lesen sie sich auch: aus einer durch äussere Umstände bedingten inneren Not geboren, keiner ausgeklügelten Dramaturgie folgend, aber von grosser Authentizität, auch dort, wo sie Realität mit Fiktion anreichern. Nicht von ungefähr spricht man in Frankreich im Zusammenhang mit diesen Büchern auch von autobiographischen Romanen, was schon deshalb nicht ganz korrekt ist, weil sie Konglomerate von Bruchstücken sind. Zwar bezeichnet der Verlag den ersten Band, *L'Homme foudroyé,* 1945 noch als Roman, doch wird dieser Definition kaum Beachtung geschenkt. Als Cendrars 1950 in seinen berühmten Radiogesprächen mit Michel Manoll vom französischen Rundfunk[5] auf seine »mémoires« (Erinnerungsbücher) angesprochen wird, verbittet er sich diese Bezeichnung und erklärt, es handle sich um »Memoiren, die nicht wirklich Memoiren sind«. Im gesamten Werk von Blaise Cendrars, das immer wieder autobiographisch eingefärbt ist, lässt sich gelegentlich schwer unterscheiden, was »wahr« und was »erfunden« ist. Anhand von Autoren wie Cendrars, aber zum Beispiel auch Louis-Ferdinand Céline (ein bedeutender, doch wegen seines späteren Antisemitismus umstrittener Zeitgenosse, dem Cendrars nur in seinen frühen Jahren kurz begegnet ist), hat sich in Frankreich deshalb eine Zeitlang der literaturwissenschaftliche Begriff der »autofiction«, der »Selbstfiktion«, etabliert und für akademische Debatten gesorgt, die aber letztlich wenig ertragreich blieben. Cendrars schuf seine Literatur von Anfang an aus einer Mischung von realen Erlebnissen, darunter auch

Leseerfahrungen, und damit verknüpften Projektionen; ein kreativer Vorgang, der, wenn auch in unterschiedlichem Mass, wohl für jede Art von Literatur bestimmend ist. Mit den vier Büchern, die 1945 bis 1949 erscheinen, treibt Cendrars seinen unbändigen Erzählwillen, den er immer wieder mit Selbstreferenzen durchsetzt, noch einmal auf die Spitze.

Erst 1950 kehrt er nach Paris zurück. Die Jahre 1948/49 hat er glücklich in Villefranche-sur-Mer verbracht, im Oktober 1949 reist er zum ersten Mal nach 40 Jahren wieder in die Schweiz und heiratet in Sigriswil, seinem Heimatort im Berner Oberland, die Schauspielerin Raymone Duchâteau, die sein Leben bisher mit viel Verständnis begleitet hatte und der er 1956 seinen letzten Roman *Emmène-moi au bout du monde!* (deutsch: *Madame Thérèse,* 1989) widmen wird. In Frankreich, wo er 1961 kurz vor seinem Tod mit dem Grossen Literaturpreis der Stadt Paris geehrt wird, den er aus den Händen des Schriftstellers und Kulturministers André Malraux empfängt, behält Cendrars bis heute einen hohen Stellenwert als wichtiger Autor des 20. Jahrhunderts. Die Bedeutung, die er in seiner Wahlheimat hat, zeigt sich nicht nur daran, dass sein Werk dort immer wieder literaturwissenschaftlich aufgearbeitet wird, sondern auch an einem interessanten editorischen Vorgang gegen Ende des Zweiten Weltkriegs: Bereits im Mai 1944 gibt Jacques-Henri Lévesque im Pariser Verlag Denoël (bei dem ab 1945 die vier Erinnerungsbücher und später dann auch die Gesamtausgaben von Cendrars' Werk erscheinen sollten) die *Poésies complètes* (Gesammelte Gedichte) heraus. Sie erscheinen in 2 300 Exemplaren und werden schon drei Jahre später in gleicher Auflagenhöhe nachgedruckt. Das bedeutet zweierlei: Zum einen stand Cendrars, der nach dem Ersten Weltkrieg französischer Staatsbürger geworden war, für die kulturelle Identität des vom Krieg gebeutelten Landes. Paris besann sich nach der nationalsozialistischen Besetzung gerade auch mit ihm auf seine Wegbereiterrolle für die Moderne und seine Weltoffenheit zurück. Zum anderen zeigt dieser Vorgang, dass mit Cendrars einer am Werk war, der gerade auch mit seinen Gedichten als Zeitgenosse empfunden und dessen Poesie verstanden wurde. Wenig später belegten dann auch seine vier umfangreichen »autobiographischen« Bücher, dass es in diesem Land ein Literaturpotential gab, das sich allen widrigsten Umständen der Zeitgeschichte zum Trotz nicht hatte unterkriegen lassen. Als nach dem Zweiten Weltkrieg in Frankreich eine politische und damit auch eine Kulturdebatte darüber begann, wer auf der richtigen Seite gestanden und wer Verrat begangen hatte, ging sie an Cendrars vorbei, denn dieser Schriftsteller hatte zwar für Frankreich gekämpft, sich aber als überzeugter Einzelgänger nie einer Gruppierung angeschlossen, weder einer politischen noch einer kulturellen. Er war, und blieb bis zuletzt, ein unabhängiger Geist.

Peter Burri

[1] Alle erwähnten Gedichte im Band *Ich bin der Andere,* Gesammelte Gedichte, Basel 2004

[2] Zitiert nach Miriam Cendrars, *Blaise Cendrars,* Basel 1986, S. 283

[3] *Moravagine. Der Moloch,* Zürich 1987

[4] Vgl. »Warum ich *Rhapsodie der Nacht* geschrieben habe«, S. 7 in diesem Buch

[5] *Blaise Cendrars. Am Mikrofon. Gespräche mit Michel Manoll,* Basel 1999

BLAISE CENDRARS IM LENOS VERLAG

Abhauen
Aus dem Französischen von Giò Waeckerlin Induni
Mit einem Nachwort von Peter Burri
68 Seiten, br.
ISBN 978 3 85787 646 2
Lenos Pocket, Band 46

Am Mikrofon
Gespräche mit Michel Manoll
Aus dem Französischen von Giò Waeckerlin Induni
228 Seiten, geb., mit Schutzumschlag
ISBN 978 3 85787 283 9

Auf allen Meeren
Aus dem Französischen von Giò Waeckerlin Induni
549 Seiten, br.
ISBN 978 3 85787 714 8
Lenos Pocket, Band 114

Brasilien
Eine Begegnung
Aus dem Französischen von Giò Waeckerlin Induni
Mit Fotos von Jean Manzon
148 Seiten, br.
ISBN 978 3 85787 665 3
Lenos Pocket, Band 65

Ich bin der Andere
Gesammelte Gedichte
Herausgegeben von Claude Leroy
Aus dem Französischen von Peter Burri
Mit einem Nachwort des Übersetzers
517 Seiten, geb., mit Schutzumschlag
ISBN 978 3 85787 347 8

Im Hinterland des Himmels
Zu den Antipoden der Einheit
Aus dem Französischen von Giò Waeckerlin Induni
Mit einem Begleittext von Jean-Carlo Flückiger
132 Seiten, br.
ISBN 978 3 85787 650 9
Lenos Pocket, Band 50

John Paul Jones
Die Geschichte seiner Jugend. Romanfragment
Aus dem Französischen von Giò Waeckerlin Induni
Mit einem Nachwort von Claude Leroy
132 Seiten, geb., mit Schutzumschlag
ISBN 978 3 85787 194 8

Die rote Lilie
Aus dem Französischen von Giò Waeckerlin Induni
Mit einem Nachwort von Peter Burri
398 Seiten, geb., mit Schutzumschlag
ISBN 978 3 85787 327 0

Die Signatur des Feuers
Aus dem Französischen von Giò Waeckerlin Induni
495 Seiten, geb., mit Schutzumschlag
ISBN 978 3 85787 300 3

über Blaise Cendrars erschienen:

Miriam Cendrars
Blaise Cendrars. Eine Biographie
Aus dem Französischen von Giò Waeckerlin Induni
615 Seiten, geb., mit Schutzumschlag
ISBN 978 3 85787 151 1

Cendrars entdecken
Blaise Cendrars, sein Schreiben, sein Werk im Spiegel der Gegenwart
Hrsg. von Peter Burri
126 Seiten, br.
ISBN 978 3 85787 152 8

Blaise Cendrars
Ein Kaleidoskop in Texten und Bildern
Hrsg. von Jean-Carlo Flückiger unter Mitarbeit von Peter E. Erismann
303 Seiten, mit Fotos und Illustrationen, geb., mit Schutzumschlag
ISBN 978 3 85787 288 4